Neue Europäische Erzähler

Friedrich Gorenstein

Psalm

Ein betrachtender Roman
über die vier Strafen Gottes

Deutsch
von Hartmut Herboth

Rütten & Loening
Berlin

Titel der russischen Originalausgabe
Псалом

Dem Andenken meiner Mutter

Du sollst dich nicht der Mehrheit
anschließen, wenn sie im Unrecht ist,
und sollst in einem Rechtsverfahren
nicht so aussagen, daß du dich der
Mehrheit fügst und das Recht
beugst. Du sollst auch den Geringen
in seinem Rechtsstreit nicht
begünstigen.

Zweites Buch Mose, Exodus

Die Gedanken eines großen
Menschen zu verfolgen ist eine
höchst fesselnde Wissenschaft.

Puschkin

Ich weiß auch von euren Malereien
Bescheid, Gott hat euch ein Gesicht
gegeben, und ihr macht euch ein
anderes; ihr schleift, ihr trippelt und
ihr lispelt und gebt Gottes Kreaturen
verhunzte Namen und stellt euch aus
Leichtfertigkeit unwissend.

Shakespeare, „Hamlet"

I

„Weh, welch Getöse von zahlreichen Völkern; wie das Tosen des Meeres, so tosen sie. Man hört das Toben der Nationen; wie das Toben gewaltiger Fluten, so toben sie." Also sprach Jesaja, Sohn des Amos, der Prophet, der acht Jahrhunderte vor dem Stern von Bethlehem die Geburt des Kindes, des Knäbleins, ankündigte, eines Sohnes seines von Herzen geliebten, ungehorsamen und eigensinnigen Volkes. Des Volkes, das in dem Tosen und Fußgetrappel von allen Seiten dahinsiechte. Dies sagt der Prophet, der mit feinem Ohr das höchst gefährliche, schwere Trappeln von Norden her vernahm.

Ja, lärmend und unruhig geht es zu auf Erden. Doch je höher zum Himmel, um so leiser wird der Lärm, und je näher zu Gott, um so mehr schwindet das Mitleid mit den Menschen. Deshalb schickt der Herr aus Barmherzigkeit seine Abgesandten auf die Erde. Nicht allein von sich aus schickt er sie und nicht nach eigener Wahl, sondern er schickt die, welche die Propheten erwählen und benennen. Dieses Recht hat Gott dem Menschen schon zu Beginn der Schöpfungsgeschichte eingeräumt, bei der Erschaffung der Welt. „Gott der Herr formte aus dem Ackerboden alle Tiere des Feldes und alle Vögel des Himmels und führte sie dem Menschen zu, um zu sehen, wie er sie benennen würde. Und wie der Mensch jedes lebendige Wesen benannte, so sollte es heißen." Damit legte Gott dem Menschen Schöpferkraft bei und ließ ihn teilhaben am Mysterium der Kunst. Der siebente Schöpfungstag gebar die Kunst, am siebenten Tag wurde dem Menschen diese göttliche Gabe zuteil, und seit diesem

9

Tag bewahrte sie der Herr für seine Auserwählten. Aus ihrer Schar erkor er die großen und die kleinen Propheten und Zukunftskünder, aus diesen aber nur drei insbesondere – Mose, den Autor des göttlichen Gesetzes, Jesaja, den Künder des Messias Christus aus dem Stamme Juda, und Jeremia, der den Antimessias prophezeite, den Antichrist aus dem Stamme Dan.

Auf seinem Sterbelager zeigte Jakob, der Stammvater Israels, jedem seiner neunzehn Söhne dessen Zukunft an, damit keiner von ihnen eine Neugier auf sein Schicksal hege, sondern alle Kraft nur für die Erfüllung des Vermächtnisses einsetze. Zu seinem vierten Sohn, Juda, sagte er:

„Juda, dir jubeln deine Brüder zu, deine Hand hast du am Genick deiner Feinde. Deines Vaters Söhne fallen vor dir nieder. Ein junger Löwe ist Juda. Vom Raub, mein Sohn, wurdest du groß. Er kauert, liegt da wie ein Löwe, wie eine Löwin. Wer wagt sie zu scheuchen? Nie weicht von Juda das Zepter, der Herrscherstab von seinen Füßen, bis der kommt, dem er gehört, dem der Gehorsam der Völker gebührt."

Zu seinem sechsten Sohn, Dan, sagte er:

„Dan schafft Recht seinem Volk wie nur einer von Israels Stämmen. Zur Schlange am Weg wird Dan, zur zischelnden Natter am Pfad. Sie beißt das Pferd in die Fesseln, sein Reiter stürzt rücklings herab."

Aus einer Fülle von Kraft und der Begierde eines Löwen wurde der Messias Christus geboren, von der Schlange, der Natter, die den alten Henkern und den Selbstmördern die Todeswaffe ersetzte, der Antimessias, der Antichrist. Und an dem großen Tag des Segnens und des Fluches, an dem Mose aus dem Stamme Levi das Volk lehrte, Gott zu lieben und die Lästerung zu fürchten, standen sie getrennt voneinander. Der Stamm Juda auf dem Berge des Segnens Garizim, der Stamm Dan auf dem Berge der Verfluchung Ebal.

Weit war damals schon die Zeit seit dem siebenten Tag der Schöpfung, dem heiligen Tag der Geburt der Kunst, *vorangeschritten. Schon plagte die Qual des Denkens, die schrecklichste irdische Pein, der in der Folgezeit Shakespeare erlag, ein eng der Erde verhafteter und vom Himmel verstoßener Genius, denn wer stark ist im menschlichen Denken, ist immer schwach im göttlichen, schon plagte die Qual des Denkens den Menschen, eine Qual, deretwegen er aus dem Garten Eden gewiesen und zu ewiger Arbeit verdammt ward. Schon hatte der Mensch auch gelernt, die Kunst, die heilige Gabe des Herrn, gegen den Geber zu verwenden. Und der erste auf dem Berge Ebal auf Moses Geheiß auszurufende Fluch lautete:*

„Verflucht ist der Mann, der ein Gottesbildnis, das dem Herrn ein Greuel ist, ein Künstlermachwerk, schnitzt oder gießt und es heimlich aufstellt."

Doch der Mensch, geplagt vom Verlangen und der Scham, die der Baum der Erkenntnis von Gut und Böse geweckt hatte, kannte weiterhin nicht seine Grenzen und entbehrte der Ehrfurcht. Er schuf Götzen schon nicht mehr nur insgeheim, sondern in aller Offenheit und hob seinesgleichen in den Himmel, die Sünder waren wie er selbst ... Vergebens hallte die Stimme des großen Propheten und Dulders Jeremia wie die des Rufers in der Wüste:

„Ein Handwerker hat ihnen eine glatte Zunge angefertigt; sie selbst wurden mit Gold und Silber überzogen; doch sie sind Fälschungen und können nicht reden ... Sie werden nichts anderes, als sie nach dem Willen des Künstlers werden sollten ... Wenn ihr seht, wie die Menge sich vor und hinter ihnen niederwirft, sprecht im Herzen: Herr, dir allein gebührt Anbetung ..."

Doch man verfuhr mit Jeremia seines Prophetentums wegen in der traditionellen Weise, man schlug ihn und warf ihn in den Kerker, in das Haus des Staatsschreibers Jonatan, das als Gefängnis für das Volk eingerichtet war. Als aber die Leiden des Jeremia so groß wurden, daß er zu sterben drohte, erbarmte sich der König seiner und ließ

11

ihn in sein königliches Gefängnis überführen, in den Wachthof, wo man ihn täglich mit Brot versorgte.

„Da befahl der König dem Kuschiter Ebed-Melech: Nimm dir von hier drei Männer mit, und zieh den Propheten Jeremia aus der Zisterne herauf, bevor er stirbt! Ebed-Melech holte Stücke von abgelegten und zerrissenen Kleidern und ließ sie an Stricken zu Jeremia in die Zisterne hinunter. Dann rief der Kuschiter Ebed-Mechmed Jeremia zu: Leg die Stücke der abgelegten und zerrissenen Kleider in deine Achselhöhlen unter die Stricke! Jeremia tat es. Nun zogen sie Jeremia an den Stricken hoch und brachten ihn aus der Zisterne herauf. Von da an blieb Jeremia im Wachthof."

So litt der große jüdische Prophet, der den Antichrist aus der Mitte seiner Brüder vom Stamme Dan voraussagte und die legendäre Lehre begründete, gegen das Gottlose nicht im Bösen und mit Gewalt anzugehen, welche sieben Jahrhunderte später, von ihm entlehnt, weltweit bekannt wurde. Denn ein jeder Prophet predigt gegen den König und gegen das Volk und wird von beiden verfolgt und gestraft. Daher konnte Gott der Herr nicht durch ein allgemeines Sühnegericht die vielen Sünder ausrotten, ohne zugleich die wenigen Gerechten zu vernichten, die nach seinem Konzept lebten, ebenso wie es keinem irdischen Schöpfer, sofern er nicht im Stil des sozialistischen Realismus arbeitet, gelingt, das Böse abzutöten und das Gute bestehen zu lassen, er kann vielmehr lediglich, wie Gogol, das ganze Manuskript ins Feuer werfen und es somit vernichten. So schuf der Herr, nachdem er schon zu Noahs Zeiten die allgemeine Strafe verworfen hatte, gegen die Bedrängnisse seitens der Könige und des Volkes die vier schweren Strafen Gottes. Und dies sind sie, wie Hesekiel, der Prophet der Verbannung, sie darlegt:

Die erste Strafe ist das Schwert, die zweite der Hunger, die dritte das wilde Tier, zu deuten als sinnliche Begierde, die vierte Krankheit und Pestilenz.

Mitunter treten diese Strafen gemeinsam auf, mitunter einzeln, manchmal hat die eine die Oberhand, manchmal die andere ... In jenem Jahr aber, in dem sich die Vorhersage des Propheten und Märtyrers Jeremia erfüllte und Dan aus dem Stamme Dan, die nicht zum Segnen, sondern zu Gericht und Verfluchung erschaffene Schlange, der Antichrist, auf Erden erschien, wirkte mit besonderer Kraft die zweite Strafe des Herrn – der Hunger. Es trat ein, was der Prophet Hesekiel vorhergesagt hatte:

„Ich schieße die quälenden, vernichtenden Pfeile des Hungers gegen euch ab; ich schicke sie ab, um euch zu vernichten. Um euren Hunger zu vergrößern, entziehe ich euch euren Vorrat an Brot."

Zu der Zeit kam Dan aus dem Stamme Dan auf die Erde, der Antichrist ... Dies geschah im Jahre neunzehnhundertdreiunddreißig im Herbst nahe der Stadt Dimitrow im Bezirk Charkow. Dort nahm das erste Gleichnis seinen Anfang. Denn wenn die Strafen des Herrn eintreten, gestalten sich die gewöhnlichen Menschenschicksale zu prophetischen Gleichnissen.

Das Gleichnis
vom verlorenen Bruder

„Die Ernte ist vorüber, der Herbst ist vorbei, uns aber ist nicht geholfen worden", sagte der Prophet Jeremia an einem trüben Tag wie eben diesem mit dem Blick auf die Felder des Gelobten Landes, die im Dämmerlicht des Herbstes ebenso unwirtlich und beängstigend wirkten wie der verhangene bedrohliche Himmel über ihnen, „ich schaute die Erde an: Sie war wüst und wirr. Ich schaute zum Himmel: Er war ohne sein Licht."

Und in der Tat, aus dem Fenster der ehemaligen Kneipe, jetzt Volksteestube des Kolchos „Roter Pflüger", bot sich der gleiche Blick auf eine solche Erde und einen solchen Himmel, der das mitleidsvolle Herz des jüdischen Propheten, das Herz eines pessimistischen Menschenfreundes und wehmütigen Psalmensängers, peinigte.

Beiläufig muß hier angemerkt werden, daß sich in den über zwei Jahrtausenden der jetzigen Zivilisation der Charakter des Optimisten kaum verändert und weder etwas von dem leichtfertigen Entzücken eingebüßt noch an Verstand gewonnen hat, wohingegen der Pessimist ein völlig anderer geworden ist – er gelangte nach dem Verlust seiner lyrischen Geisteshaltung zu philosophischer Spitzfindigkeit und überheblicher Lebensverachtung ... Davon hatte allerdings unter all den an diesem Abend in der Volksteestube des Kolchos „Roter Pflüger" Versammelten nur ein einziger eine Vorstellung, und zwar ein Halbwüchsiger, fast noch ein Knabe, zudem offensichtlich kein Einheimischer, so daß die übrigen Besucher anfangs ziemlich oft zu ihm hinsahen.

14

Er saß abseits von der Gesellschaft auf dem unbehaglichsten Platz an einem kleinen Tisch vor dem Fenster. Gekleidet war er städtisch und auf unverkennbar jüdische Art; da jedoch in diesem Jahr der Kollektivierung und der Mißernte eine Menge Bevollmächtigte aus der Stadt anreisten, darunter nicht wenig Juden, gewöhnten sich die Teestubenbesucher bald an den jugendlichen Gast und vergaßen ihn. Überdies zog es heftig durch das teilweise mit Sperrholz vernagelte Fenster, so daß keiner der erfahrenen Besucher den dort stehenden kleinen Tisch benutzen mochte.

An diesem Abend waren nach ihrem Bezirkskongreß die derzeit Wohlhabendsten aus der ortsansässigen Bevölkerung in der Teestube zusammengekommen, das heißt die „Udarniki", Bestarbeiter, unter den Traktoristen. Anläßlich ihres Treffens gab es am Büfett Hering und Brötchen, und auf den Tischen standen geröstete Sonnenblumenkerne und Fruchtbonbons. Aus diesem Grund setzten schon vom frühen Morgen an Bettler den Bestarbeitertraktoristen zu. Das wäre halb so schlimm gewesen, hätten sich nur solche aus dem eigenen Dorf Schagaro-Petrowskoje eingefunden. Aber sie kamen von überallher – aus Kom-Kusnezowskoje, aus der Siedlung Lipki und aus den Vorwerken.

„Herr, erbarme dich! Jesus Christus … Gottes Sohn …"

Dieser Kirchenbeigesang, vorgebracht mal von einer hellen Kinderstimme, mal greisenhaft stockend und flüsternd, begleitet von jeher die traditionellen russischen Mißernten und den Hunger. Wie schon unter Boris Godunow wurden Väter und Mütter, ja die gesamte arbeitende Bevölkerung auch in späteren, von Lew Tolstoi und Korolenko beschriebenen Zeiten des Elends und des Hungers zu Kostgängern ihrer mit Christi Namen auf den Lippen lebenden Kinder und Greise. Korolenko nannte einst den Bettlerstand in Rußland eine grandiose nationale Kraft. Heute jedoch haben sich zu den Mißernten und dem Hunger die Angst und die Unruhe gesellt, und jene Kraft, die letzte in der Not, hat ihre Stärke verloren. Die Kirche ist ihrer Sünden wegen verfallen, und von einem Volk ohne Hirten sagte traurigen Herzens schon Jeremia:

„Sie sind unvernünftige Kinder und haben keinen Verstand, sie sind klug im Bösen, doch Gutes verstehen sie nicht zu tun."

Auch früher gaben nicht alle Menschen gern und aus gutem Herzen, sondern eher aus Furcht vor der Sünde. Heute aber sind alle himmlischen Sünden durch die neuen Machthaber abgeschafft, und in den Kirchen, wo noch unlängst die Geistlichen gleichmütigen Mundes lebendige Wahrheiten zu totem Geplapper machten, in diesen Kirchen riecht es wie in einem feuchten Keller, Fuselgeruch liegt über faulendem Stroh und schlecht verwahrten Kartoffeln. Jesus Christus aus dem Stamme Juda ist an öffentlichen Orten überall entfernt und ersetzt, von der Wand genommen, abgekratzt oder überklebt. Doch gebettelt wird wie ehedem in Christi Namen, wenngleich auch nur, weil nichts anderes für die Bettler ersonnen wurde, denn ein Bettler, der seit eh und je auf der niedrigsten gesellschaftlichen Stufe steht, kann für seinen Lebensunterhalt nur das Allerhöchste nutzen, um auf seine hartherzigen Brüder einzuwirken. Wer aber könnte auf die Idee kommen, im Namen des Rates der Volkskommissare zu betteln, ohne dabei als Provokateur angesehen zu werden und der Verfolgung durch die GPU zu verfallen? Deshalb wurde Christi Name für den Bettlerstand als Anachronismus bewahrt, ähnlich wie einige Marken vorrevolutionärer Zigaretten.

So hob denn auch an jenem Abend beim Ertönen des üblichen Singsangs „Herr, erbarme dich! Jesus Christus ... Gottes Sohn ..." in der Volksteestube kaum jemand den Kopf von einem Gespräch, von seinem Mohrrübentee mit Fruchtbonbons oder von dem Tisch des Brigadiers, wo eine Männerrunde den rechten

Gesang ertönen ließ. Dort stand eine Flasche mit verdünntem Sprit, und auf den Tellern lag neben dem Hering richtiger rosiger Speck ...

Gerade war für zwei Jungen, zwei Brüder, die ein Lied vorgesungen und die „Zyganotschka" getanzt hatten, sowie für einen alten Mann und eine Frau mit Säugling etwas davon abgefallen. Die Armut ist zudringlich, sie hat kein Taktgefühl und kein Gewissen, sie will nur möglichst viel für sich ergattern und ihresgleichen zuvorkommen.

Das in die Teestube eintretende Mädchen kümmerte es offensichtlich nicht, daß die Leute nach dem vollbrachten Tag erschöpft waren, daß sie aßen und tranken, was sie durch schwere Arbeit oder auch durch glückliche Umstände oder Privilegien erlangt hatten, und daß ihnen die Bettler lästig fielen wie blutsaugende Bremsen den Arbeitspferden.

Überhaupt haben bettelnde Kinder etwas Dreistes und Forderndes im Unterschied zu bettelnden Erwachsenen und vor allem Greisen. Erstens weint ein bettelndes Kind selten, um Mitleid zu erregen, und wenn es weint, dann deutlich gekünstelt, man sieht, daß es dazu angehalten wurde und nicht von sich aus Tränen vergießt. Zweitens bedankt es sich für eine Gabe ohne innere Freude, ja oftmals gar nicht, es nimmt sie entgegen wie etwas ihm Zustehendes, als seien alle ringsum seine Schuldner oder vertraute Angehörige wie Vater und Mutter. Überdies befanden sich in der Volksteestube keine Frauen, und Männer geben in einem Lokal eher etwas, wenn der Bettelnde sie nicht rührt, sondern im Gegenteil erheitert wie die großzügig bedachten beiden Brüder, die die „Zyganotschka" getanzt hatten. Das Mädchen jedoch war sichtlich im Betteln noch unerfahren, es erheiterte das Publikum nicht, sondern ging lediglich zwischen den Tischen umher und trug mit klingender Stimme auf angelernte Weise den Namen Christi vor wie einen Kinderabzählvers. Sein Gesicht war ein typisch „weibisches", ruhig, mit grauen Augen, in denen etwas zwischen Einfalt und Güte lag, während die Lippen schon das fraulich Dralle hatten, was allerdings nicht das Mädchen selbst, sondern nur ein Betrachter und zudem ein erfahrenes Auge zu erkennen vermochten. Solche Gesichter wirken gewöhnlich rund und satt schon bei kärglicher Ernährung, von einem Stückchen guten Brotes und einem Scheibchen Speck, doch das Mädchen entbehrte offensichtlich selbst dieses wenige seit längerem. Es lag dieses wenige in Menge auf dem Tisch des Brigadiers, aber von diesem reichgedeckten Tisch wurde die junge Bettlerin verjagt, und an den anderen, ärmeren, achtete niemand auf sie, so daß sie nicht mal ein Fruchtbonbon oder eine Handvoll Sonnenblumenkerne ergatterte. Das hatte seine Gründe – das Volk lebte mühevoll, war der Bettler überdrüssig und fürchtete nicht die Sünde. Nach allen anderen Tischen ging das Mädchen jetzt auf den letzten, entferntesten zu, an dem der städtisch gekleidete, jüdisch aussehende junge Mann saß. Doch da blieb es plötzlich unentschlossen stehen. Hier muß angemerkt werden, daß keiner der Bettler, die an diesem Abend in die Teestube kamen, zu dem abseits stehenden kleinen Tisch hinging, wahrscheinlich aus Scheu vor dem Fremden aus der Stadt. Auch das Mädchen erkannte ihn sofort als Fremdling, doch nicht deshalb zögerte die kindliche Bettlerin. Nachdem sie bei den Einheimischen leer ausgegangen war, hatte sie vielmehr beschlossen, ihr Glück bei dem Fremden zu versuchen. Was sie bannte, war dessen Blick, ein gleichsam interstellares Aufblitzen in seinen dunklen Augen. Natürlich wußte sie nicht, daß die Schlange sie ansah, der vom Propheten vorhergesagte Antichrist.

Nein, nicht der Antichrist, von dem die christlichen Maler besessen sind und die Philosophen predigen, nicht der Widersacher Christi und nicht der Antichrist, den die Mystiker aufsässigerweise den Schöpfer nennen und über Gott stellen, sondern der Antichrist, der zusammen mit seinem Bruder das Göttliche ausmacht. Der eine ward gesandt zu Fluch und Gericht, der andere zu Segnung und Liebe, der eine vom Berge des Fluchs Ebal aus, der andere vom Berge des Segens Garizim . . . Einen Augenblick nur, dem Aufleuchten eines Blitzes gleich, hatte sich der von Jeremia prophezeite Dan aus dem Stamme Dan nicht in der Gewalt, und sogleich wurde es bedrückend still in der Volksteestube, die Gespräche verstummten, und jeder, selbst der Brigadier der Traktoristen, ein mächtiger Mann, zog unwillkürlich und unbewußt den Kopf zwischen die Schultern, wie es geschieht, wenn etwas Schweres oder Scharfes, Todbringendes vorüberfliegt.

Ursache für Dans momentanes Sichgehenlassen war die gleich einem unlängst geschaufelten Grab noch frische Sehnsucht nach seinem Zuhause. Der trübe Regenabend, nichts Seltenes zur Herbstzeit in der Gegend von Charkow, hatte diese Sehnsucht noch verstärkt, und der Anblick der fremden, seinem Herzen fernen Personen, die sich zudem gegenseitig erheiterten und miteinander wohl fühlten, verstärkte noch die nagende Wehmut des Zugereisten. Den ganzen Abend schon bemühte sich Dan, der Antichrist, empfindsam wie alle Judenkinder, für seine Augen, die klugen und bösen Augen der Schlange, einen Ruhepunkt zu finden, um seiner Seele wenn nicht Heiterkeit, so wenigstens eine Verschnaufpause zu verschaffen. Doch wenn er sich dem Innern der Volksteestube zuwandte, erblickte er überall die dunklen Köpfe der Abtrünnigen, und auf den niedergeschlagenen Gesichtern war nicht der Schatten einer lyrischen Stimmung, auf den dreisten nicht der Schatten von Größe, auf den gütigen nicht der Schatten von Verstand. Sah er aber aus dem Fenster, lag vor ihm die russische herbstliche provinzielle Hoffnungslosigkeit mit nassen Pappeln längs der Straße, mit Hundegebell und zwei, drei in der Ferne blinzelnden Lichtern, eine Hoffnungslosigkeit, gegen die kein Schreien und

19

kein Heulen half, sondern allenfalls ein Glas Selbst-
gebrannter. Dieses slawische Rezept aber war ungeeig-
net für Jakobs Sohn, der in der sinnlosen Trunkenheit ein
Abbild des Todes sah. Der Tod jedoch, wie sehr auch
gepriesen in vielen östlichen Religionen und philosophischen Systemen, war Dans Volk verhaßt, der physische
sowohl wie der in buddhistischer Kontemplation ...
„Denn bei den Toten denkt niemand mehr an dich. Wer
wird dich in der Unterwelt noch preisen? Herr, wende
dich mir zu und errette mich, in deiner Huld bring mir
Hilfe!" So steht es im Psalm sechs. Der Tod nimmt dem
Menschen die Möglichkeit, seine Pflicht zu erfüllen, das
heißt Gott bewußt zu lieben. Im buddhistischen
Nirwana aber liebt er nicht Gott, sondern sich selbst ...
Kein Abgesandter des Himmels, der auf Erden wandelt,
kann dem Menschlichen entfliehen. Dan erinnerte sich
dieser Belehrung, sie war auf seine Binden geschrieben
neben den Sprüchen aus Moses Gesetz, den Binden, die
er um seine Handgelenke gewickelt trug. Doch hier bei
Charkow war ihm in den ersten Stunden alles Menschliche noch fremd, deshalb richtete er den Blick nach
innen und sah seine Stadt, erhellt von der Sonne des
Monats Abib.

Da waren das Schaftor und das Fischtor, das Quelltor
am Teich, die Wasserleitung vor dem Königsgarten bei
den Stufen ... der Ofenturm ... die Waffenkammer an
der Ecke nahe dem Davidgrab. Der künstliche Teich
beim Hause Eliaschibs, des Hohenpriesters. Der königliche Palast am Wachthof, wo der große Seher Jeremia
geschmachtet hatte. Die Mauer des Ofel. Das Roßtor
gegenüber dem Haus der Händler. Das Wassertor auf
dem Platz der Händler, wo der große Schriftgelehrte
Esra von einer hölzernen Kanzel aus von morgens bis
mittag dem in der babylonischen Gefangenschaft ver-
zagten Volk aus dem Buch mit dem Gesetz des Mose
vorlas, und das ganze Volk lauschte. Esra aus dem
Stamme Levi las, und die Priester gaben dazu Erklärun-

gen. Dan wußte, daß Esra das größte Glück erfahren hatte, das einem Propheten zuteil werden konnte – die seltene Hingabe des Volkes an das Gute. „Esra öffnete das Buch vor aller Augen, denn er stand höher als das versammelte Volk. Als er das Buch aufschlug, erhoben sich alle."

Dan erinnerte sich, daß das ganze Volk stehend weinte vor Glück, während es an dem großen Ereignis teilhatte und die Worte des Gesetzes hörte. Dasselbe Volk, das wenige Jahrhunderte zuvor die Predigten des Propheten Jeremia verbrannt hatte und ein paar Jahrhunderte später seinen König Jesus aus dem Stamme Juda ablehnte. Dan wußte, daß sein Bruder Jesus von einem ähnlichen Erfolg geträumt hatte, wie er Esra zuteil geworden war – auch sein Bruder hätte gern bei Tagesanbruch die hölzerne Kanzel inmitten des Platzes der Händler am Wassertor bestiegen und in den Augen des Volkes frohe Tränen der Reue erblickt. Denn er liebte sein Volk ebenso leidenschaftlich wie der große Schriftgelehrte Esra, sein Volk mit den ehernen Stirnen der Beharrlichkeit und den eisernen Adern am Hals, den Adern des Ungehorsams vor dem Herrn. So sehr liebte er sein Volk, daß er zuzeiten sogar den Edelsinn in seinen Worten verlor. Er, Jesus, Dans Bruder, war es doch, der sagte, daß er seiner bösen Kinder wegen lebe, nicht für fremde gute Hunde. Dieser Gedanke, nur sehr flüchtig und unvollständig, aber dem Wesen nach klar von dem Evangelisten Matthäus dargelegt, wurde von den christlichen Predigern, angefangen bei Saulus aus dem Stamme Benjamin, dem späteren Apostel Paulus, dem ersten zum Christentum Konvertierten auf Erden, schlauerweise nicht bemerkt. Dans Bruder lebte und stritt für sein Volk und starb durch die Hand derer, die mit den römischen Besatzern zusammenarbeiteten und die man in heutiger Zeit Kollaborateure nennen würde. Wie seine unterdrückten Brüder seine Liebe zu ihnen nicht begriffen, so begriffen die fremden Unterdrücker

21

nicht seinen Haß auf sie. In der Geschichte mit dem Römer Pilatus, der Jesus loszugeben versuchte, wiederholte sich die Geschichte mit Nebusaradan, Kommandant der Leibwache des Königs von Babel, der Jeremia aus dem Gefängnis befreite, in das seine Brüder ihn seiner zersetzenden Reden wegen gesperrt hatten. Denn sowohl Jeremia als auch Jesus wiesen den Weg der Friedfertigkeit gegenüber dem Bösen, der nur denen idealistisch scheint, die die Grundlage des jüdischen Denkens – extrem praktischer Sinn im Alltagsdasein bei unbegrenzt metaphysischer Sicht auf das Himmlische – nicht verstehen. Der Weg der Friedfertigkeit gegenüber dem Bösen angesichts der mächtigen Gottlosen ist jedoch nur unter einer wichtigen Bedingung möglich, die Jeremia aufzeigt. Sie lautet im Prinzip so: Mag der Gottlose alles an sich reißen, doch du mußt dir von ihm als Beute deine Seele nehmen. Das wichtigste ist, angesichts des Gottlosen die eigene Seele zu bewahren, denn der Gottlose wird seine Seele früher oder später verlieren, und dann kann er mit deiner Liebe, die du ihm für seine Bosheit entgegenbringst, nichts anfangen. Du selbst aber hast deinen Nutzen von ihr. Dies eben ist die höchst praktische jüdische Denkart hinsichtlich des Vermeidens von Gewalt gegenüber dem Bösen. Aber angesichts des heutigen Gottlosen, wie ihn die Zivilisation hervorgebracht hat, wird die Bedingung des Propheten Jeremia immer weniger praktikabel, jene Bedingung, die Dans Bruder Jesus aus dem Stamme Juda, der Bruder vom Berge der Segnungen Garizim, kannte und auf die er baute ...

Ach, wie weit entfernt war Dan mit seinen Gedanken und Gesichten von dem regnerischen Herbstabend in dem Dorf Schagaro-Petrowskoje, Kreis Dimitrow, Bezirk Charkow, als das bettelnde Mädchen in der Hoffnung auf ihn zugehen wollte, eine milde Gabe von ihm zu erlangen! Sein in den ersten Sekunden noch nicht von seiner überirdischen Schau gelöster Blick ließ die

22

Bettlerin so heftig erschrecken, daß sie laut aufgeschrien hätte, wäre ihre Kehle nicht wie zugeschnürt gewesen. Als aber ihre Kräfte zurückzukehren begannen, hielt Dan ihr bereits ein Stück Brot hin, das er seiner Hirtentasche aus grobem, unbearbeitetem Leder entnommen hatte. Es war das unreine Brot der Vertreibung, verordnet von Gott dem Herrn durch Hesekiel, den Propheten der Vertreibung, als Vermächtnis, gebacken aus einem Gemisch von Weizen und Gerste, Bohnen und Linsen. Der Sünden wegen hatte der Herr geboten, dieses unreine Brot der Vertreibung auf Menschenkot zu backen, doch der Prophet Hesekiel hatte von ihm das Recht erwirkt, dazu Rindermist zu verwenden...

Sowohl der Spender als auch seine Gabe erschreckten das Mädchen, aber es war hungrig und nahm das Stück unreinen fremden Brotes. Ein Staunen ging durch die Volksteestube. Die Gesellschaft fühlte sich verletzt. Etwas Altes, Halbvergessenes wallte auf, zeigte sich zuerst in den gütigsten Gesichtern, ging dann auf die niedergeschlagenen über und berührte schließlich auf eigene Weise, als Unmut und Empörung, auch die Gesichter der Dreisten. Sie, die Ortsansässigen, die eigenen Leute, hatten die Bettlerin abgewiesen, und der Fremde, der Jude aus der Stadt, gab ihr etwas. Als erster hielt ein über seinem Mohrrübentee ihr am nächsten sitzender hagerer Dorfbewohner, noch nicht alt, aber schon ohne Vorderzähne, so daß er die Brotrinden in dem heißen Getränk einweichen mußte, um sie dann nicht zu kauen, sondern zu lutschen, was im übrigen auch ökonomischer war – als erster hielt dieser Zahnlose der jungen Bettlerin eine solche eingeweichte Brotrinde hin; dann gab ihr ein anderer zwei Fruchtbonbons, jemand bedachte sie mit einer Handvoll Sonnenblumenkerne, und schließlich winkte von dem reichsten Tisch her, an dem der Brigadier der Traktoristen saß, „Seine Hochwohlgeboren" in Person sie zu sich.

„Geh hin, dummes Ding", flüsterte ihr der Zahnlose zu, „zier dich nicht! Petro Semjonowitsch ist heute gut gelaunt. Bitte ihn um ein bißchen Speck!"

Und richtig, sie war kaum an den Tisch getreten, da überreichte ihr der Brigadier Petro Semjonowitsch feierlich, als händige er einem Bestarbeiter eine Leistungsprämie aus – zwei Meter Leinwand oder ein Paar Stiefel –, vor aller Augen auf Zeitungspapier ein Stück Speck.

„Hier", sagte Petro Semjonowitsch. „Und du bettelst fremde Leute an... Wer weiß, was das für einer ist, womöglich einer aus dem feindlichen Lager, ein Kulak oder einer ihrer Handlanger... Das kriegen wir noch raus..."

Petro Semjonowitsch war betrunken und fühlte sich zu verschiedenen politischen Äußerungen bemüßigt. Das Mädchen aber, zum zweitenmal innerhalb kurzer Zeit erschrocken, wenn auch aus anderem Anlaß, wagte nichts zu erwidern, sondern nahm schweigend den Speck und wickelte ihn in die Zeitung.

„Warum ißt du ihn denn nicht, Kind?" sagte Petro Semjonowitsch, den unversehens ein neues Gefühl überwältigte, das ihm Tränen in die Augen trieb. „Für wen hebst du das auf, du bist doch noch klein, hast keine Kinder?"

„Mein Bruder Wassja wartet draußen auf der Vortreppe", antwortete das Mädchen zaghaft.

„Dein Bruder Wassja, das ist ja gut. Und wie heißt du?"

„Maria."

„Aber wieso, Maria, schickt dich dein Bruder Wassja zum Betteln und bleibt selber draußen im Kühlen?"

„Er ist noch klein... Er hat Angst."

„Wovor denn?" fragte Petro Semjonowitsch gekränkt. „Hier sind doch keine wilden Tiere... Wir gehören doch zusammen, wohnen im selben Dorf... Was anderes wär's bei Fremden... Vor denen muß man Angst haben, wenn sie ohne Mandat kommen... Du

24

bist ja wohl eine von hier, wieso läßt dich dein Vater so spät noch betteln gehen?"

„Mein Vater ist voriges Jahr gestorben", erklärte Maria.

„Und wie hieß dein Vater?"

„Das weiß ich nicht."

„Wie soll ich das verstehen?" fragte Petro Semjonowitsch verwundert. „Und deine Mutter, wie heißt die?"

„Das weiß ich auch nicht", entgegnete Maria. „Eben Mutter."

„Na, na", sagte Petro Semjonowitsch und strich sich nach Ukrainerart mit dem Zeigefinger über den Mundwinkel, „das hat dir doch jemand beigebracht, dich so dumm zu stellen, Mädchen."

„Hör auf, Petro", warf ein zu seiner Rechten sitzender Dunkelhaariger ein. „Laß sie laufen."

„Nein, Moment, Stepan", widersprach Petro Semjonowitsch, „hier stimmt was nicht... Wie ist dein Familienname?"

„Weiß ich nicht", sagte das Mädchen, schon fast weinend.

„Lauf weg!" tuschelte ihr der zahnlose Dorfbewohner kaum hörbar zu.

Aber Petro Semjonowitsch, der sofort hellwach wurde und in sein Fahrwasser geriet, hörte es und fuhr den Bauern an:

„Dir flüstere ich gleich auch was!" Und er faßte das Mädchen bei der Hand. „Du willst wohl nach Sibirien, was? Ich weiß genau, daß sich bei euch in den Vorwerken Kulakenfamilien und ihre Helfershelfer verstecken, damit sie nicht nach Sibirien verfrachtet werden... Du kommst doch aus einem Vorwerk?" fuhr er fort, und sein von einer Säbelnarbe aus dem Bürgerkrieg entstelltes Gesicht näherte sich Maria.

„Ja", erwiderte Maria, halbtot vor Angst, „aus dem Vorwerk Lugowoi."

„Na siehst du, jetzt redest du doch vernünftig", sagte Petro Semjonowitsch ein wenig ruhiger. „Nun erzähl mal weiter der Reihe nach."

„Onkel, ich kenne meinen Familiennamen nicht", erklärte Maria, „und ich weiß auch nicht, wie mein Vater und meine Mutter heißen, denn unsere Eltern haben sich nie mit uns abgegeben, sie hatten keine Zeit für uns, weil sie immer im Kolchos arbeiten mußten, und jetzt, wo Vater tot ist, kann unsere Mutter uns schon gar nichts mehr beibringen, weil sie entweder zu Hause oder im Gemüsegarten mit Aufräumen, Umgraben oder Säen zu tun hat. Ich habe zwei ältere Geschwister, meinen Bruder Nikolai und meine Schwester Schura. Außerdem hab ich einen jüngeren Bruder, Wassja, und einen ganz kleinen, Shorik, der noch in der Wiege liegt."

„Wunderbar", sagte Petro Semjonowitsch, „du bist also doch gar nicht so dumm. Und wie werdet ihr von den Leuten genannt? Ich zum Beispiel war in meiner Kindheit für alle Nachbarn immer nur der Sohn von Semjon. ‚Da kommt der Sohn von Semjon‘, hieß es ... Und wie ist das bei euch?"

„Wir sind die Kinder der Städterin", sagte Maria.

„Wie soll ich das verstehen? Städter gibt's in Dimitrow oder in Charkow. Hier leben nur Bauern. Wieso nennt man euch also die Kinder der Städterin? Demnach stammt deine Mutter aus der Stadt?"

„Nein", entgegnete Maria mit gesenktem Kopf.

„Du lügst", sagte Petro Semjonowitsch ungehalten. „Du lügst, denn du kannst mir nicht in die Augen sehen." Er sprach plötzlich fast ohne Akzent und ohne eingestreute ukrainische Wörter, seine Sätze klangen russisch, protokollarisch. „Warum nennt man euch die Kinder der Städterin, wenn ihr nicht aus der Stadt seid?"

„So was ergibt sich eben irgendwie", versuchte der Dunkelhaarige zur Rechten des Brigadiers erneut einzuwenden, „du weißt doch, Petro, wie das ist mit den Spitznamen auf dem Dorf."

26

„Du sei still, und spiel hier nicht den Verteidiger. Willst du unter die Advokaten gehen? Du bist doch kein Jude, daß sie dich dafür nehmen würden... Nun also, fahre fort." Er wandte sich wieder an Maria.

„Sprich, Mädchen, hab keine Angst", sagte auch der Dunkelhaarige.

„Im vorigen Jahr ist unser Vater gestorben, in dem Hungerjahr."

„Das hab ich schon gehört", unterbrach Petro Semjonowitsch sie. „Weiter."

„Da war unsere Mutter allein mit uns fünf Kindern, eins kleiner als das andere", berichtete Maria. „Nach Vaters Tod ist unsere Hütte eingestürzt, und die Kolchosleitung hat uns eine andere zugewiesen, eine an der Landstraße. Und unsere Mutter blieb in der neuen Hütte zu Hause, weil wir fast alle aufgedunsen waren und krank lagen... Wir hatten nichts mehr zum Eintauschen, nur das, was wir am Leib trugen und worauf wir schliefen, außer unseren Lumpen besaßen wir nichts."

Maria schwieg. Es schwieg auch Petro Semjonowitsch, alle schwiegen. Dieses Bettlermädchen schilderte etwas, das alle kannten und viele selbst erlitten, doch laut von einer Kinderstimme vorgetragen, noch dazu erzwungenermaßen, klang es jetzt wie ein Klagegebet über die allgemeinen Drangsale und die allgemeine Not. Und vielleicht weil sie lange nicht mehr gebetet hatten, traten vielen Tränen in die Augen, und Petro Semjonowitsch saß mit vor Wehmut und Zorn bleichem Gesicht da, nur seine Säbelhiebnarbe füllte sich mit Blut.

„Da seht ihr, was diese bürgerlichen Blutsauger mit uns machen", knurrte er wütend durch die Zähne, „diese Kapitalisten um uns herum... Aber laßt nur, wir halten durch... Wir geben euch keinen Anlaß zur Schadenfreude... Ins Grab bringen wir euch!" Er hob plötzlich abrupt den Kopf. „Wo ist denn der Kerl dort am Fenster hin, der ihr Brot gegeben hat? – Zeig doch mal dein Almosen!" Bei den letzten Worten hielt er vor Maria seine mächtige Hand auf, deren stahlharte Finger einem Menschen in einer Sekunde die Kehle zuzudrücken vermochten.

Und das Mädchen legte auf die von Werkzeugen und Waffen schwielige Handfläche das nach dem Rezept des Propheten Hesekiel zubereitete Stück des dunkelkrustigen unreinen Brotes der Vertreibung.

„Ich hab's doch gewußt!" rief Petro Semjonowitsch. „Das ist kein Brot aus unserer Gegend, das ist fremdländisches... Verdammt, wir waren nicht wachsam genug..."

In der Tat war der Platz am Fenster leer. Niemand hatte den Fremden hinausgehen sehen.

„In den Dorfsowjet hätten wir ihn bringen müssen!" schrie Petro Semjonowitsch. „Stepan", er wandte sich zu dem Dunkelhaarigen um, „lauf hin und ruf Maxim Iwanowitsch an, den Bevollmächtigten der GPU! Wir suchen inzwischen schon die Gegend ab! Los, fünf Mann kommen mit mir. Du, du, du, du und du!" Er deutete im Vorbeigehen mit dem Finger auf einige der Volksteestubenbesucher und wählte so die für die Suche und Verfolgung Geeigneten aus.

Zugleich, ebenfalls im Gehen, zog er aus seiner Jacke einen abgenutzten alten und von einem kundigen Autodidakten schon oftmals eigenhändig reparierten Naganrevolver. In lockerer Kette lief die Verfolgergruppe sodann durch Schlamm und Pfützen die Dorfstraße hinunter, vorbei an den dunklen Katen und begleitet von Hundegebell.

Indessen ließ der Regen nach, gerade so, als wollte er auf die Morgendämmerung warten, um dann den ganzen Tag nicht aufzuhören, wenn die hungernden Einwohner ihrer persönlichen oder gemeinschaftlichen Aufgaben wegen aus ihren Häusern kamen. Der Mond ging auf, der ukrainische Mond, der hier in der Gegend um Charkow mit ihrem starken russischen Einschlag vielleicht nicht so ölig glänzte wie der in Poltawa, sich aber immerhin von dem Rjasaner durch weniger Strenge und mehr spielerisches Leuchten unterschied. In seinem Licht traten die Männer hinaus auf die Landstraße, auf die Tamba, wie man hier aus irgendeinem Grunde die große Straße in die Stadt Dimitrow nannte.

„Er ist wahrscheinlich in den Sakas gelaufen", erklärte der zahnlose Bauer, der ebenfalls unter die Verfolger geraten war, „dort fängt man keinen, jetzt in der Nacht."

Sakas, Schonung, hieß in der örtlichen Redeweise der Wald, der am Rande der Felder dunkel in der Ferne zu sehen war.

„Rede keinen Unsinn, Ochrimenko, du demoralisierst die Leute!" rügte Petro Semjonowitsch im Ton des Revolutionärs aus dem Jahre achtzehn ihn verbissen, so daß energische Beulen über seine Backen glitten. „Ich hole jeden Volksfeind nicht nur aus dem Wald, sondern aus seinem eigenen Fell, wenn er sich darunter versteckt, mit den Nägeln kratze ich ihn raus! Der hier ist nicht der erste, hinter dem ich her bin, und von vielen habe ich unsere sozialistische Erde schon befreit!"

In der Tat hatte Petro Semjonowitsch, der heutige Brigadier, zu seiner Zeit viele Menschen verfolgt, Intelligenzler und Denikin-Leute, die, nebenbei gesagt, seinen besten und einzigen Freund und Namensvetter, den Maschinengewehrschützen Peter Luschnja, in der Gefangenschaft grausam gequält hatten, desgleichen auch einfache Bauern aus Petljuras Anhängerschaft, an die ihn die Säbelnarbe in seinem Gesicht bis an sein Lebensende erinnerte. Deutlich war ihm auch noch im Gedächtnis, wie er unweit des Dorfes Kom-Kusnezow-skoje oder kurz Kusnezowka auf der Landstraße ein mit geraubtem jüdischem Hausrat aus der Stadt Dimitrow beladenes Fuhrwerk der Petljuraleute angehalten hatte. Ungeachtet aller Bitten war er auf der Stelle mit dem Säbel auf sie losgegangen – Petro Semjonowitsch liebte es, mit dem Säbel dreinzuschlagen, den Nagan benutzte er seltener und den Karabiner noch weniger, er fand mehr Gefallen am Nahkampf –, die Petljuraleute bekamen also seinen Säbel zu spüren, und dann nahm er sich auch noch den jüdischen Trödel vor. Federn flogen aus den Betten, spitzenbesetzte Samtstoffe, Tücher, Laken und irgendwelche Weiberkleider hieb er in Fetzen, silberne Becher und Leuchter warf er in den Bach, denn es ging ihm nicht darum, sich zu bereichern... Einmal versuchte einer aus seinem Trupp, sich etwas von dem Judenkram anzueignen, den stellte er gleich an die Wand. Der Kerl heulte und flehte, diese Stutenlaus. Aber wozu sollte so was auf der Welt sein? Wenn einer schon stehlen mußte, konnte er sich doch wenigstens unter seinesgleichen was Übliches klauen, eine Pelzjacke oder ein Pferd. Wozu braucht ein einfacher Bauer jüdische Federbetten oder Samtstoff mit Spitzen? Das brachte nur einen unangenehmen Geruch in die Hütte – nicht nach eingelegten Äpfeln und Kuhmist, sondern nach süßem Konfekt. Solch ein Mensch war Petro Semjonowitsch, der Brigadier. Ein harter Kämpfer, aber mit Prinzipien – wenn auch Blut an seinen Händen klebte, so waren sie doch sauber... Im vergangenen Jahr, als der Kulak Mitka, der Sohn des Müllers, den Kolchospferdestall angezündet hatte, verfolgte ihn Petro Semjonowitsch zusammen mit Maxim Iwanowitsch, dem Bevollmächtigten der GPU, stellte ihn im Wald und packte ihn an der Kehle, und ehe Maxim Iwanowitsch mit seinem üblichen „Hände hoch!" heran war, gab's schon niemanden mehr, der sich hätte ergeben können... Sie setzten beide ein Protokoll auf, ließen es im Dorfsowjet bestätigen und schickten es nach Dimitrow, den erwürgten Mitka aber übergaben sie dem alten Müller zur Beerdigung. Viele Flüchtige hatte Petro Semjonowitsch schon verfolgt und viele gefaßt, noch nie jedoch war er dem Antichrist auf der Spur gewesen wie eben jetzt im Licht des Charkower Mondes, der magerer war als der von Poltawa, aber spielerischer als der von Rjasan.

Und das Spielerische hatte zugestandenermaßen seinen Grund, denn der Ort Schagaro-Petrowskoje war ein hübsches Dorf, selbst zur Herbstzeit. Und das Vorwerk Lugowoi, in dem Maria, das Bettelmädchen, wohnte, lag gleich nebenan. Die neue Hütte, die die Kolchosleitung der Familie anstelle der alten, eingestürzten zugewiesen hatte, stand etwas abseits vor einem Blumengarten, aus dem sich die Kinder im Sommer Beeren und Pilze holten. Man konnte nur heimlich unter großer Gefahr in ihn hineingelangen, da er zu einem Sanatorium gehörte. Dieses Sanatorium stand auf einem Hügel, und die Mutter erzählte, daß dort früher eine alte Gutsherrin gewohnt habe, die nach der Revolution sehr boshaft geworden und immerfort darauf aus gewesen sei, einen Bauern oder eine Bäuerin aus dem Dorf mit ihrem Stock zu verprügeln, so daß ihre Tochter, ein wehleidiges, gutherziges Fräulein, sie ständig zurückhalten mußte. Aber einmal paßte die Tochter nicht auf, und die Alte lief mit ihrem Stock vors Tor und schlug damit auf den Bauern Wolodka Sentschuk ein, der gerade betrunken aus der Kneipe kam; er drehte sich um und versetzte der Alten eins zur Antwort, daß sie auf der Stelle ihren Geist aufgab. Das Fräulein verließ daraufhin die Gegend, und in dem Haus wurde ein Sanatorium für die Werktätigen aus Dimitrow eingerichtet. Zu ihm gehörte auch eine große Apfelplantage, in die Maria, wenn die Äpfel reif waren, oft schlich, um sich an den Früchten satt zu essen und welche mit nach Hause zu nehmen. Auch eine Kirche war da – jetzt Kolchoslagerhaus –, daneben der Kolchosklub, und weiter unten rauschte eine Wassermühle, deren Bach am Fuße des Hügels in das nächste Dorf floß, nach Kom-Kusnezowskoje. Jenseits der Tamba, der Landstraße, lag der Wald, dahinter das Dorf Popowka. Maria erinnerte sich, daß sie vor sehr langer Zeit, als sie noch ganz klein war, kleiner als nun ihr Bruder Wassja, der noch in der Wiege lag wie jetzt der damals noch gar nicht geborene Shorik, mit ihren feiertäglich gekleideten und fröhlich gestimmten Eltern in Popowka den Großvater und die Großmutter besucht hatte. Sie waren erst durch die Felder, dann durch den Wald gelaufen und schließlich zu einem großen Gehöft gelangt, aus dessen Scheune unversehens ein Schwein herausrannte. Maria hatte erschrocken aufgeschrien, aber die Mutter hatte sie an der Hand genommen und beruhigt. Bei der Großmutter stand ein Teller mit rot gefärbten Eiern, denn es war Ostern. Die Großmutter sprach: „Sag ‚Christ ist erstanden‘, Kindchen, dann gebe ich dir ein Ei." Maria brachte vor Schreck kein Wort hervor, aber die Großmutter gab ihr trotzdem eins. Das lag lange zurück. Danach war Maria nie wieder bei der Großmutter gewesen, sie wußte nicht, ob die Großeltern tot oder weggezogen waren. Indessen war der Vater gestorben, der Hunger kam, und in der Hungerzeit wuchs Marias Bruder Wassja heran. Anfangs war er noch fröhlich und lieb, Maria verbrachte ihre Zeit nur mit ihm, denn ihre Schwester Schura, ihr Bruder Nikolai und ihre Mutter hatten anderes zu tun. Aber dann war Wassjas Bauch angeschwollen, seine Beinchen wurden ganz dünn, und er saß mehr, als er lief, machte mal zwei Schritte auf dem Ofen und setzte sich gleich wieder hin. Zugleich wurde er unleidlich und böse. Zum Kneifen fehlte ihm die Kraft, deshalb biß er. Aber so war er nicht immer – wenn er etwas zu essen hatte, zeigte er sich wieder zärtlich und lieb. Maria wollte ihn eigentlich nicht zum Betteln mitnehmen, aber ihre Schwester Schura sagte:

„Nimm ihn mit, er sieht so kränklich aus, da geben die Leute mehr."

Maria widersprach Schura nicht, denn sonst hätte es nur Streit und womöglich Schläge gegeben, aber an der Teestube ließ sie den Bruder dann doch draußen bei der Vortreppe, setzte ihn in die Ecke auf eine kleine Bank, nahm ihr Tuch ab und wickelte es ihm ums Gesicht. Sie erhielt diesmal eine ganze Menge, obwohl zwei Leute sie erschreckten – einmal der aus der Stadt und einmal der Brigadier. Zudem nahm dieser ihr das Brot ab, das ihr der Städter gegeben hatte. Trotzdem war allerhand zusammengekommen: mehrere Kanten Brot, dazu Sonnenblumenkerne, Fruchtbonbons und vor allem – ein Stück Speck. Damit trat sie hinaus auf die Vortreppe. Ihr Bruder Wassja saß da, wie sie ihn zurückgelassen hatte, als schliefe er, aber er schlief nicht, sondern schaute mit offenen Augen vor sich hin.

„Komm, Wassja", sagte Maria, „es ist spät, schon fast Nacht."

„Ich will nicht", erwiderte Wassja, „der Weg ist so weit, wir wollen lieber hier bleiben bis morgen früh. Setz dich neben mich, Maria, dann wird uns wärmer."

„Du bist dumm", sagte Maria. „Hier werden wir weggejagt. Wir gehen nach Hause in unsere Hütte und essen, was ich hier gekriegt habe. Vielleicht gibt uns auch Mutter noch was oder unsere Schwester Schura."

„Was hast du denn gekriegt?" fragte Wassja. „Gib mir ein Stück Brot, sonst gehe ich nicht."

„Ich habe noch was viel Besseres, Wassja", sagte Maria stolz und zeigte ihm den Speck.

Wassja nahm ihn und steckte ihn in den Mund, das ganze Stück.

„Aber Wassja, was fällt dir ein?" sagte Maria, doch dann überlegte sie sich's, und sie trauerte dem Verlust nicht nach. Soll er nur essen, dachte sie. Er leidet ja am meisten.

Wassja aß den Speck, stand auf und sagte:

„Gehen wir nach Hause."

Sie liefen die dunkle Straße entlang, dann durch die Felder, überquerten die Landstraße und folgten dem Waldrand. Die Bäume rauschten mit ihren nassen Ästen, nächtliche Vögel schrien beängstigend. Aber weder Maria noch Wassja fürchteten die Nacht. Wölfe gab es hier längst nicht mehr, und für einen Menschen waren die bettelarmen Kinder wohl kaum eine Verlockung.

Allenfalls hätte sich jemand aus Übermut an ihnen vergreifen können, doch in Hungerzeiten treiben keine verwegenen Draufgänger mehr ihr Unwesen, ihre Räuberideale schwinden, und sie handeln nur noch sehr praktisch, überfallen den Verpflegungskommissar oder rauben einen Getreidespeicher aus. Früher allerdings hätte vielleicht ein Intelligenzler, ein Rasnotschinez*, geplagt von dem Verlangen, die Idee des weltweiten Leidens zu ergründen und herauszufinden, weshalb Gott dergleichen zuließ, ein Anhänger des Dostojewskischen Messias, zwei bettelnde Kinder aus doktrinären Vorstellungen heraus umbringen können. Doch zufolge der Revolution waren diese Art Leute entweder weitgehend ausgestorben oder aber beträchtlich verändert, überdies hatten sie sich auch in ihren besten Zeiten an Orten größerer Besessenheit aufgehalten, wo es mehr Ikonen gab, die langweilige Charkower Gegend war nie ihr Betätigungsfeld gewesen. So erreichten also dank all dieser Umstände Maria und Wassja glücklich ihr Vorwerk. Bald hörten sie das Mühlwehr rauschen, und da war auch schon der Zaun des Sanatoriums. Sie klopften an die Hüttentür, ihre Schwester Schura schloß auf und sagte:

„Da seid ihr ja ... Mutter war schon ganz unruhig, aber ich habe gesagt: Die werden schon kommen."

Die Mutter umarmte und küßte die beiden und fragte:

„Hat man euch was gegeben, Kinder?"

„Ja", erwiderte Maria.

„Dann setzt euch ins Eckchen, eßt zu Abend und legt euch schlafen, ich muß mit Kolja und Schura noch was besprechen."

„Ich habe sogar Speck gekriegt, Mama", erzählte Maria, „aber den hat Wassja allein aufgegessen, das ganze Stück."

---

* Im 18. und 19. Jahrhundert Angehöriger der russischen nichtadligen Intelligenz, Gegner des Zarismus.

„Macht nichts", sagte die Mutter, „Wassja ist so dünn, er kann's gebrauchen. Eßt jetzt, Kolja, Schura und ich sind schon satt."

Maria und Wassja verzehrten die milden Gaben der Teestubengäste, bedauerten, daß ihnen der Brigadier das Stück Brot des Fremden aus der Stadt weggenommen hatte, und kletterten auf den Ofen, wo sie aneinandergeschmiegt einschliefen. Die Mutter setzte indessen das Gespräch mit ihren älteren Kindern Schura und Kolja fort.

„Wir haben weder eine Kuh noch Kleidung noch Brot", sagte sie. „Den ganzen Sommer lang habe ich im Kolchos für zehn Kilo Roggen gearbeitet, und mit Kartoffeln sieht's genauso schlecht aus. Uns bleibt nur zweierlei – entweder sterben oder ein elendes Dasein fristen... Ich kann euch nicht ernähren, Kinder, deshalb habe ich beschlossen, daß wir uns trennen. Ich bringe die Kleinen weg, und ihr beide geht auf den Kolchosfeldern arbeiten, davon könnt ihr euch durchbringen."

„Das ist wahr", sagte Schura. „Solange wir Maria, Wassja und Shorik auf dem Hals haben, kommen wir nicht zurecht. Vielleicht nehmen gute Leute sie zu sich, oder ein Heim nimmt sie auf, dann bleiben sie am Leben."

„Und wenn sie sterben", sagt die Mutter, „dann wenigstens nicht vor meinen Augen. Das wäre zu schwer für mich, das könnte ich nicht mit ansehen."

So faßten sie den Entschluß, die jüngeren Kinder aus dem Hause zu führen.

Noch vor Tagesanbruch weckte die Mutter Maria und Wassja. Den kleinen Shorik hatte sie schon aus der Wiege genommen und in eine warme rote Decke gewickelt. Wassja wollte natürlich nicht aufstehen.

„Es ist kalt draußen", maulte er, „die Sonne ist ja noch gar nicht aufgegangen."

Aber seine Mutter antwortete:

„Kommt nur, Kinder, wir gehen in die Stadt Dimitrow auf den Markt, vielleicht kann ich was eintauschen oder

was für euch kaufen. Vielleicht einen Zweig mit Dörrpflaumen, Nüssen und Bonbons dran. So einen, wie ihr
auf Vaters Seelenmesse bekommen habt, wißt ihr noch?"

Maria erhob sich nicht nur folgsam, sie unterstützte
auch noch die Mutter, indem sie Wassja gut zuredete.

„Erinnerst du dich, Wassja, wie uns die Dörrpflaumen
geschmeckt haben? Aber wir müssen uns beeilen, denn
die Stadt ist weit, und wenn wir zu spät kommen, essen
die anderen aus dem Dorf uns alles weg."

Der Himmel war grau und öde, als sie sich auf den
Weg machten. Wie gewohnt, gingen sie am Zaun des
Sanatoriums vorbei, an der Kirche und an der Mühle. Als
sie vom Hügel herab in die Felder traten, klärte sich der
Himmel, und über dem Wald stieg die noch kühle
Morgensonne auf.

Maria und Wassja hielten einander an der Hand, den in
die rote Decke eingewickelten kleinen Shorik trug die
Mutter auf dem Arm – er hatte es am besten. In der Flur
wollte sich Wassja mehrmals hinsetzen und ausruhen,
denn seinen dünnen Beinchen war der Körper zu schwer,
doch seine Mutter und seine Schwester redeten ihm
jedesmal ins Gewissen, und als sie die Landstraße
erreichten, faßte er Mut und schritt zügiger aus, ohne
zu schwanken. Die Sonne stand indessen schon über
dem Wald, sie erhellte den ganzen Himmel, und es
wurde warm. Eine gewaltige Schar Zugvögel stieß in der
Nähe nieder, um vielleicht ein paar zu Boden gefallene
herrenlose Ähren zu ergattern, ein mit den Flügeln
blitzendes Insekt schoß unmittelbar vor den Füßen der
Dahinwandernden empor, flog ein Stück und verschwand
in dem seitlichen Straßengraben. Jetzt wurde den
Kindern und ihrer Mutter bewußt, daß der Herbst noch
gar nicht so weit vorangeschritten war, daß sie in
früheren, besseren Jahren zu dieser Zeit noch im Bach
gebadet und die Sommerfrischler aus der Stadt Dimitrow noch in ihren Landhäusern gewohnt hatten. Die
Mutter und Schura und auch andere Frauen brachten

ihnen Beeren zum Marmeladekochen aus dem Dorf. Selbst Maria erinnerte sich, daß sie mit der Mutter Beeren sammeln gegangen war, um sie den Sommerhausbewohnern zu verkaufen. Im Garten des Sanatoriums spielte damals ein Orchester, ein Sommergast mit Bart lachte ihnen zu und sagte etwas zu Mutter, die lachte ebenfalls und wehrte ihn ab, und auf einmal faßte der Sommergast nach ihrer Hand, die Mutter riß sich los, aber als sie dann mit Maria nach Hause ging, lächelte sie den ganzen Weg über. Sie war hübsch gewesen damals mit ihrem weißen Antlitz, ihrem schwarzen Haar und dem geblümten Kopftuch, das sie im letzten Winter gegen Hirse eingetauscht hatte.

Die warme Sonne, der schöne Tag, die Windmühle ganz in der Nähe, deren hölzerne Flügel sich träge drehten, die von der Straße abbiegenden Kolchosfuhrwerke, die entsprechend dem staatlichen Abgabesoll Kornsäcke zu ihr schafften, all das entrückte offensichtlich die Mutter der Wirklichkeit und weckte angenehme Empfindungen in ihr. Sie seufzte aus tiefster Seele und verfiel in heitere Nachdenklichkeit. Wassja, der die ganze Zeit nur mühsam vorangekommen war, sprang los wie ein junger Hengst auf morgendlicher Weide und lief fröhlich auf den Straßengraben zu, um ein vorbeisurrendes Insekt zu fangen. Man atmete jetzt leicht, alle Müdigkeit war verflogen. Da tauchten auch schon die ersten aus Stein gebauten Stadthäuser auf.

„Siehst du, wir sind schon da, Wassetschka", sagte Maria froh. „Wir kommen rechtzeitig auf den Markt."

„Nein, Kinder", erklärte die Mutter, gleichsam aus ihrer Entrückung erwachend, „das ist noch nicht die Stadt Dimitrow, sondern erst der Ort Lipki. Haltet euch fest an der Hand, damit ihr euch nicht verliert, denn hier sind eine Menge Menschen."

In dem Ort wimmelte es von Leuten und Fuhrwerken, und die Kinder bekamen plötzlich großen Hunger. Auf einem Platz hing vor einem großen steinernen Gebäude ein rotes Fahnentuch in der Windstille schlaff herab. Ein starker Duft nach Weizenbrei mit Schweineschmalz lag in der Luft. Weinend verlangte Wassja etwas von dem Brei und ein Stück Brot, und Maria sagte:

„Mama und Wassja, seid nicht traurig. Ich gehe in ein Haus und erbettele mir etwas."

Aber die Mutter erwiderte:

„Dazu haben wir keine Zeit, Kinder. Bis Dimitrow ist es noch weit, wir kommen sonst zu spät zum Markt. Wir gehen lieber vor dem Ort zu einem Brunnen mit schönem reinen Wasser, da könnt ihr euch satt trinken."

Und wirklich, nachdem sie getrunken hatten, spürten sie den Hunger weniger und wanderten weiter. Von Lipki bis Dimitrow wurde die Straße noch breiter, und es waren noch mehr Leute unterwegs, manche auf Fuhrwerken, manche zu Fuß. Und plötzlich erkannte Maria in einem der Passanten den Fremden, der ihr in der Volksteestube Brot gegeben hatte. Er trug einen fadenscheinigen Mantel mit zu kurzen, engen Ärmeln, aus denen seine knochigen Handgelenke weit herausragten, und auf dem Kopf eine pfannkuchenähnliche, abgewetzte alte Katzenfellmütze, und an seinen im übrigen gewöhnlichen Schuhen fiel auf, daß sie sehr dauerhaft gearbeitet waren und für jene Jahre ungebräuchlich dicke Sohlen hatten, als seien sie speziell für lange und häufige Fußmärsche angefertigt. Der Mantel hatte bemerkenswerterweise einen schmalen Samtkragen, wie ihn zu Anfang des Jahrhunderts nur die aristokratischen Stutzer, später aber auch viele Intelligenzler getragen hatten, selbst solche mit geringem Einkommen. Im ganzen wirkte die Kleidung des Fremden wie die eines schon geraume Zeit auf der Welt lebenden Mannes, dabei war er doch gerade eben ein Halbwüchsiger, fast noch ein Knabe. Jedenfalls hatte Petro Semjonowitsch, der Brigadier, trotz seiner Erfahrung bei der Verfolgung und Unschädlichmachung von Feinden des sozialistischen

Staates diesen Fremden nicht fassen können. Mehr noch, zu seinem größten Leidwesen und Ärger hatte er sogar dessen Spur verloren. Denn Gott der Herr liefert zwar manch einen seiner Sünden wegen der Willkür der Gottlosen aus, er hat ihnen ja sogar den zum Segen geschickten Fürsprecher, den Büßer für fremde Sünden ausgeliefert, doch er wird dies niemals mit der Schlange tun, mit dem zum Fluch geschickten Antichrist. Denn der Antichrist ist der Richter der Gottlosen wie überhaupt alles Seienden. Schwer aber ist dieses Joch für den, der, vom Himmel gesandt, irdische Wege geht. Es steht nicht in seiner Macht, zu retten und zu helfen, sondern nur zu verurteilen und zu vernichten. Und es redete auf der Straße von dem Ort Lipki in die Stadt Dimitrow an jenem sonnigen frühen Herbstmorgen Dan aus dem Stamme Dan, der Antichrist, mit dem Herrn durch den Propheten Jeremia, aus dessen Geist er geboren und der sein geistiger Vater war. Der Herr sprach:

„Noch ehe ich dich im Mutterleib formte, habe ich dich ausersehen, noch ehe du aus dem Mutterschoß hervorkamst, habe ich dich geheiligt."

„Ach, mein Gott und Herr", entgegnete Dan, „ich kann doch nicht reden, ich bin ja noch so jung."

Aber der Herr erwiderte:

„Sag nicht: Ich bin noch so jung. Wohin ich dich auch sende, dahin sollst du gehen, und was ich dir auch auftrage, das sollst du verkünden. Fürchte dich nicht vor ihnen; denn ich bin mit dir, um dich zu retten."

Und Dan spürte dort auf der belebten Straße, die in der örtlichen Redeweise Tamba hieß, wie etwas seine Lippen berührte, und er vernahm:

„Hiermit lege ich meine Worte in deinen Mund. Hebe den Blick, sieh auf die Leute, die um dich her in ihren Geschäften einherschreiten... Sie haben den Herrn verleugnet und gesagt: Er ist ein Nichts! Kein Unheil kommt über uns, weder Schwert noch Hunger werden wir spüren."

Und es sprach der Herr zu Dan durch einen anderen seiner Propheten, durch Jesaja, aus dessen Geist Dans Bruder Jesus aus dem Stamme Juda, der Fürsprecher, geboren war:

„Ihr seid schwanger mit Heu und bringt Stroh zur Welt... Hebe deinen Blick und sieh dich um... Kann denn eine Frau ihr Kindlein vergessen, eine Mutter ihren leiblichen Sohn? Und selbst wenn sie ihn vergessen würde: Ich vergesse dich nicht."

Dan hob den Kopf und erblickte unmittelbar vor sich Maria, die ihm, wie tags zuvor in der Volksteestube, die Hand entgegenstreckte, dazu ein Stück weiter weg eine Frau mit einem Säugling auf dem Arm, noch nicht alt, doch gebeugt von Hunger und Armut, samt einem kleinen Jungen, ihrem Sohn, in welchem Schreck und Hoffnung miteinander wetteiferten. Und wieder nahm Dan aus seiner Hirtentasche das Brot des Hungers und der Vertreibung, gebacken aus einem Gemisch von Weizen und Gerste, Bohnen und Linsen nach dem Vermächtnis des Propheten Hesekiel, und er gab Maria ein großes Stück davon. Zum erstenmal rührte dabei etwas an Dans Herz, und er freute sich seiner guten Tat, doch der Herr warnte ihn:

„Freue dich nicht deiner guten Tat, Dan, denn nicht dazu bist du gesandt. Dieses Volk hat das hölzerne Joch von seinem Hals abgeworfen, aber sich stattdessen ein eisernes auferlegt. Vieles steht ihm bevor, ehe ich mit seiner Erde wieder einen Bund eingehe."

Darauf schwieg der Herr. Dan aber drehte der, welche er beschenkt hatte, den Rücken und ging raschen Schrittes davon, bis er den Augen entschwunden war.

Froh sagte Maria zu ihrer Mutter:

„Was für ein großes Stück Brot, da bekommt jeder etwas! Teile es in drei Stücke, Mama – für dich, für Wassja und für mich, für Shorik kannst du ein biß-chen Krume in ein Tuch wickeln, da kann er dran saugen."

Wassja wollte flink zufassen, um sich schon vorher einen Bissen zu sichern. Doch da ergriff die Mutter seine Hand und sagte:

„Wirf dieses Brot weg, Maria. Es ist unrein, kein guter Mensch hat es dir gegeben. Das ist kein russisches Brot."

„Wie kann man Brot wegwerfen, Mama", entgegnete Maria, „wo wir doch hungrig sind und heute noch nichts zu uns genommen haben außer dem Wasser aus dem Brunnen... Erlaube wenigstens Wassja und mir, etwas davon zu essen."

„Nein, Kinder", sprach die Mutter, „da holen wir uns lieber Schilfgras, ehe wir dieses Brot anrühren. Schilfgras kann man essen, es wächst reichlich am Bachufer hinter dem Teich. Wenn wir vom Markt zurückkommen, gehe ich mit euch welches rupfen."

Sie nahm ihrer Tochter Maria das nach dem Vermächtnis des Propheten Hesekiel gebackene Brot aus der Hand und warf es weit weg in ein vom Regen aufgeweichtes Kolchosfeld, womit sie eine Schar Vögel in Aufregung versetzte, die sich aber dessenungeachtet sogleich darüber hermachten.

Dan, die Schlange, der Antichrist, sah es, obgleich er schon fern war, und sprach mit den Worten des Amos, des Begründers des Prophetentums, des ersten Propheten Gottes, eines Rinderhirten von Tekoa:

„Ich ließ euch hungern in all euren Städten, ich gab euch kein Brot mehr in all euren Dörfern... Ich versagte euch den Regen drei Monate vor der Ernte..."

Und weil Dan, der Antichrist, leicht verletzlich und nachtragend wie alle Judenkinder war, hegte er einen heimlichen Groll auf die sündhafte Frau.

Lange nach Mittag kam die Mutter mit ihren drei Kindern in der Stadt Dimitrow an. Nie zuvor war Maria in der Stadt Dimitrow gewesen, sie hatte nur immer von ihr gehört, auch Wassja hatte sie noch nie gesehen, aber die Mutter kannte sich gut aus, deshalb brauchte sie niemanden nach dem Weg zu fragen. Vor einem schönen großen Haus mit schmiedeeiserner Vortreppe, um die sich wilder Wein rankte, hielt sie an. In der kopfstein-gepflasterten Straße standen nebeneinander viele solcher Häuser, und vor ihnen wuchsen Bäume, die zur Hälfte weiß gekalkt waren wie die Katen in den Dörfern. Viele Fuhrwerke ratterten vorüber, offensichtlich führte die Straße zum Markt, und das Pflaster war reichlich mit verlorenem Stroh bedeckt. Davon sammelte die Mutter ein paar Armvoll auf, breitete es auf einer Bank neben dem Haus aus und sagte:

„Setzt euch hier hin, Kinder, und wartet auf mich. Euch tun bestimmt die Füße weh, ihr seid müde, auf dem Markt aber herrscht großes Gedränge. Ich gehe hin, kaufe euch Dörrpflaumen und Bonbons und komme dann wieder hierher."

Wassja brauchte man nicht lange zu bitten, er setzte sich gleich hin, und Maria ließ sich mit Shorik auf den Armen neben ihm nieder. Die Mutter ging schnell weg, sie küßte ihre Kinder nicht mal, um keinen Verdacht in ihnen zu wecken. Zuerst war es recht angenehm, auf dem weichen Stroh in der warmen Sonne zu sitzen, in Gedanken der Dörrpflaumen harrend, die die Mutter vom Markt mitbringen würde. Aber dann kam Wind auf, der Vorbote des Abends. Die Fuhrwerke rollten in die entgegengesetzte Richtung, unbeladen die meisten, da die Ware verkauft war. Ein abgemagerter Hund lief auf die Bank zu, auf der die Kinder saßen, und erschreckte Wassja, die Mutter aber kam noch immer nicht. Ein paarmal wollte Wassja schon weinen, doch Maria be-ruhigte ihn und erklärte, daß es in diesen Hungerzeiten nicht so einfach sei, schöne Dörrpflaumen zu finden, und man lange suchen müsse. Als aber der kleine Shorik auf ihrem Schoß zu schreien anfing, geriet sie selber in Verzweiflung. Shorik war krank, ganz mit Pusteln übersät, zudem hatte er Hunger und forderte seine Mahlzeit, aber Maria hatte nichts für ihn und auch nicht für Wassja, ihr knurrte selber grimmig der Magen, und

42

am Ende weinte auch sie, weil sie weder Wassja noch Shorik die Mutter ersetzen konnte. So saßen sie in Tränen aufgelöst; Shorik begann zu strampeln und stieß mit seinen kleinen Füßen die rote Decke weg, in die er eingewickelt war. Da öffnete sich die Tür des Hauses, ein Mann mit Brille kam heraus und fragte:

„Wer seid ihr, Kinder? Warum weint ihr?"

„Wir sind aus dem Vorwerk Lugowoi", antwortete Maria.

„Und wo sind eure Eltern? Euer Vater oder eure Mutter?" fragte der Mann mit der Brille.

„Unser Vater ist voriges Jahr gestorben", sagte Maria, „es war ein Hungerjahr. Da war dann unsere Mutter allein mit fünf Kindern. Nach Vaters Tod ist unsere Hütte eingestürzt, und die Kolchosleitung hat uns eine andere gegeben, an der Tamba."

„Na ja, schön", unterbrach sie der Mann mit der Brille, dem Marias Redefluß offensichtlich lästig wurde, „aber wie heißt ihr, wie heißt eure Mutter?"

„Das wissen wir nicht", erwiderte Maria. „Wir wissen nur, daß man uns im Dorf die Kinder der Städterin nennt."

In diesem Augenblick schaute eine sehr schöne Frau in einem Männerhemd mit Schlips aus der Tür und fragte:

„Pawel, was ist denn los?"

„Jemand hat uns diese Kinder untergeschoben... Ich rufe gleich mal im Asyl an."

„Aber laß sie doch reinkommen", sagte die Frau. „Womöglich sieht jemand aus einem Fenster zu und denkt, wir verhalten uns böse zu ihnen. – Kommt rein, Kinder!" fügte sie hinzu und hielt die Tür weit auf.

Da traten Maria mit dem weinenden Shorik auf dem Arm und Wassja in die Diele, in der viele Kleider hingen, von denen es appetitlich roch. Das rührte von Naphtalin her, aber Maria empfand jetzt jeden Geruch als appetitlich; sogar der von Shorik ausgehende erinnerte sie an etwas Säuerliches, das sie bei der Großmutter in dem

Dorf Popowka zu Ostern gegessen oder getrunken hatte. Aus der Diele führte eine grün gestrichene, sehr steile Holztreppe mit Geländer nach oben. Wassja machte mit seinen dünnen Beinchen zwei Schritte und setzte sich gleich hin, da sein aufgedunsener Bauch ihn behinderte. Aber Maria flüsterte:

„Gehen wir nach oben, Wassja, vielleicht kriegen wir dort was. Vielleicht Brot oder Borschtsch von gestern, um den es ihnen nicht leid tut."

Von einem alten Bettelweib aus ihrem Dorf Schagaro-Petrowskoje hatte sie gehört, daß man in der Stadt in reichen Häusern den Bettlern manchmal Borschtsch zu essen gab, weil der zuviel gekochte sonst weggeworfen werden müßte – die Alte selbst hatte sich schon oft an solchem übriggebliebenen Borschtsch gütlich tun können. Doch die Kinder bekamen weder Borschtsch noch Brot, da die Frau wahrscheinlich, ehe Wassja mit seinen schwachen Beinen und Maria mit dem schweren Shorik oben anlangten, den Borschtsch weggeräumt und Bücher auf den Tisch gelegt hatte. Ihr Mann telefonierte mit irgend jemandem; was ein Telefon war, wußte Maria, da eins im Dorfsowjet stand. Sehr rasch, geradezu wie aus dem Haus gegenüber, erschien daraufhin eine mürrische Frau mit kurzgeschnittenem Haar. Sie schlug mit gewohnten Bewegungen ziemlich grob Shoriks Decke auseinander, betrachtete ihn und fragte nach seinem Vor- und Familiennamen. Den Vornamen nannte Maria, doch statt des Familiennamens begann sie wieder ihre Geschichte von der eingestürzten Hütte zu erzählen. Aber die Frau hörte ihr nicht zu, sie nahm Shorik auf den Arm und ging weg.

„So, und nun geht nach Hause", sagte der Mann mit der Brille.

„Nein, das können wir nicht", antwortete Maria, „wir müssen auf den Markt. Dort ist unsere Mutter. Wie kommt man dahin?"

„Ganz einfach", sagte der Mann lebhaft. „Das ist kein Problem. Ihr geht nach links auf der Straße immer weiter, überquert den Platz, und schon seid ihr da."

Er brachte Maria und Wassja rasch die Holztreppe hinunter und schloß hinter ihnen die Tür ab.

Die beiden gingen zu dem Markt und fanden ihn auch gleich, aber ihre Mutter fanden sie nicht, sosehr sie auch suchten. Dafür erblickten sie, obwohl es schon Abend war und die Fuhrwerke nach und nach heimkehrten, noch reichlich Hirse in Säcken und Zwiebelbündel, und eine alte Frau, die im Gesicht so aussah wie das Bettelweib aus Schagaro-Petrowskoje, dasselbe, das von dem übriggebliebenen Borschtsch in reichen Häusern erzählt hatte, eine solche alte Frau bot Dörrpflaumen feil, die in kleinen Haufen vor ihr auf einem Stück Sackleinwand lagen. Hier hatte Wassja zum erstenmal den Gedanken zu stehlen.

„Ich nehme einfach mit beiden Händen einen ganzen Haufen", sagte er, „und wenn meine Beine auch schwach sind, wird mich die alte Händlerin nicht kriegen."

„Gott bewahre dich", entgegnete Maria. „So was ist eine große Sünde. Laß dir das nie wieder einfallen. Außerdem entkommst du auch nicht. Die alte Frau kriegt dich nicht, aber sie wird laut schreien, und andere halten dich fest. Weißt du, wie grausam Diebe verprügelt werden? Ich hab einmal gesehen, wie bei uns im Dorf ein Zigeuner geschlagen wurde."

„Und warum hat unsere Mutter keine Pflaumen gekauft, damit wir nicht stehlen müssen?" sagte Wassja.

„Sicher hat man ihr für das Tuch, das sie hier verkaufen wollte, auf dem Markt zu wenig geboten", erklärte Maria. „Es ist ein schönes Tuch, ein wollenes, das Vater ihr zur Hochzeit geschenkt hat. Gewiß wollte sie es nicht so billig hergeben und ist deshalb damit in ein paar reiche Häuser gegangen. Komm, Wassja, wir laufen durch die Stadt, vielleicht finden wir unsere Mutter."

Dimitrow war eine große, schöne Stadt. Es gab dort einen Boulevard mit einem Zaun, der zwar aus Eisen, aber so niedrig war, daß selbst Wassja ihn mit ein bißchen Nachhilfe hätte überklettern können. Hier brannten eine Menge elektrischer Lampen hinter großen Glasfenstern, in denen allerlei Waren lagen – Kleider und Schuhe, nur keine Lebensmittel, weil es ein Hungerjahr war und alles Eßbare an die Stadtbewohner auf Karten ausgegeben wurde. Die Leute auf den Straßen aber waren lauter Unbekannte, die die Kinder nie zuvor gesehen hatten. Deshalb flüsterte Maria, als sie in der Menge vor dem Hauptpostamt im Zentrum der Stadt den Fremden erblickte, ihrem Bruder Wassja sogleich zu:

„Sieh mal, dort ist der, von dem wir schon zweimal Brot bekommen haben. Gehen wir zu ihm, vielleicht gibt er uns ein drittes Mal was. Jetzt ist Mama nicht dabei und der Brigadier auch nicht, da nimmt uns niemand das Brot weg, und wir essen es, ehe wir Hunger leiden."

Vor dem Hauptpostamt sprudelte ein Springbrunnen, noch einer aus der Zeit vor der Revolution, schon dunkel geworden, mit Figuren nackter Kinder, die auf Fröschen ritten wie auf Pferden, und aus den Froschmäulern schossen die Wasserstrahlen. Daneben stand ein in Granit gemeißeltes Götzenbild aus jüngerer Zeit auf einem steinernen Piedestal, einem schweren Klotz, der noch nicht mit der Erde gleichsam verwachsen war wie gewöhnlich die alten Götzenbilder in heidnischen Städten.

In der kurzen Zeit seines Aufenthaltes hatte Dan aus dem Stamme Dan, der Antichrist, bereits erkannt, daß er sich unter Heiden befand, die entweder ihren heidnischen Glauben erst vor kurzem angenommen oder aber dessen Blüte bereits überlebt hatten, zu urteilen nach den ringsum in Menge vorhandenen, in Metall gegossenen, aus Holz geschnitzten oder in Stein gemeißelten Götzen und deren zahlreichen bildlichen Darstellungen. Sie waren von unterschiedlichem Aussehen, am häufigsten jedoch erblickte man einen schnurrbärtigen mit asiatischen Backenknochen, ähnlich den babylonischen Idolen, vor deren Verehrung der Prophet Jeremia warnte. Zwei große Propheten, leidenschaftliche Gegner der Götzenanbetung, Jesaja und Jeremia, redeten seinerzeit dem Volk ins Gewissen, doch es zeigte sich unbelehrbar.

„Wer sich einen Gott macht und sich ein Götterbild gießt, hat keinen Nutzen davon!" kündete Jesaja verbittert. „Der Schmied facht die Kohlenglut an, er formt das Götterbild mit seinem Hammer und bearbeitet es mit kräftigem Arm. Dabei wird er hungrig und hat keine Kraft mehr. Trinkt er kein Wasser, so wird er ermatten. Der Schnitzer mißt das Holz mit der Meßschnur, er entwirft das Bild mit dem Stift und schnitzt es mit seinem Messer; er umreißt es mit dem Zirkel und formt die Gestalt eines Mannes, das prächtige Bild eines Menschen; in einem Haus soll es wohnen. Man fällt eine Zeder, wählt eine Eiche oder sonst einen mächtigen Baum, den man stärker werden ließ als die übrigen Bäume im Wald. Oder man pflanzt einen Lorbeerbaum, den der Regen groß werden läßt. Das Holz nehmen die Menschen zum Heizen; man macht ein Feuer und wärmt sich daran. Auch schürt man das Feuer und bäckt damit Brot. Oder man schnitzt daraus einen Gott und wirft sich nieder vor ihm; man macht ein Götterbild und fällt vor ihm auf die Knie. Den einen Teil des Holzes wirft man ins Feuer und röstet Fleisch in der Glut und sättigt sich an dem Braten. Oder man wärmt sich am Feuer und sagt: Oh, wie ist mir warm! Ich spüre die Glut. Aus dem Rest des Holzes aber macht man sich einen Gott, ein Götterbild, vor das man sich hinkniet, zu dem man betet und sagt: Rette mich, du bist doch mein Gott!"

Nein, nichts Neues waren wohl auf dieser Welt das Heidentum und die Götzenbildverehrung. Dan aus dem Stamme Dan, der Antichrist, hatte in dem Tempel der Stadt eine Menge alte Leute gesehen, die sich kniend vor einer in Holz geschnitzten Darstellung eines alexandrinischen Einsiedlermönchs verbeugten, der im Unglauben sein Fleisch gefoltert hatte und den sie aus unerfindlichem Grund beim Namen seines, Dans, Bruders Jesus aus dem Stamme Juda nannten, des seinem Vorvater, dem jungen Löwen und Stammesgründer Juda, gleichenden Kraftvollen mit den brennenden Augen der makkabäischen Brüder, der umkam durch die Hand eigener und fremder Götzenanbeter wie sieben Jahrhunderte früher sein Prophet Jeremia, der in Demut angeregt hatte, den Gottlosen das Rückgrat zu brechen. Und während er beim Knistern der vielen Kerzen und bei feierlichem Gesang die gebeugten greisen Schultern betrachtete, dachte Dan aus dem Stamme Dan mit Bitterkeit gleich dem Propheten Jesaja:

„Sie überlegen nichts, sie haben keine Erkenntnis und Einsicht, so daß sie sich sagen würden: Den einen Teil habe ich ins Feuer geworfen, habe Brot in der Glut gebacken und Fleisch gebraten und es gegessen. Aus dem Rest des Holzes aber habe ich mir einen abscheulichen Götzen gemacht, und nun knie ich nieder vor einem Holzklotz."

Dan wußte, daß selbst die frühen Christen, die der ersten zwei Jahrhunderte des Christentums, wenngleich ihnen schon manches nicht dem Herrn Gemäßes, Heidnisches innewohnte, niemals vor Abbildungen und Götzen gebetet hatten. Von dem Augenblick an, in dem sie sich vor der Darstellung eines ausgemergelten alexandrinischen Einsiedlermönchs zu verneigen begannen, von da an trat eine Veränderung ein, und das Christentum wurde zum Feind Christi. Doch während man früher einen den Leib, nicht aber die Form des Herrn Besitzenden durch kunstvolle griechische Idole aus Holz, Bein oder Marmor ersetzte, hat man heute begonnen, statt des Schöpfers grobe babylonische Götzen aus schwerem Material aufzustellen, aus Metall oder Stein. Aber das Phänomen ist dasselbe, schon über eineinhalb Jahrtausende andauernde, im Wesen sich gleiche. Nur wurde der griechische erlesene und kunstvoll schöne, hier und da noch bei alten Leuten bestehende Götzendienst vom babylonischen mit seinen auf öffentlichen Plätzen aufgestellten Götzen verdrängt, um die sich die jungen Leute scharen und die zu verehren man selbst den Kindern beigebracht hat wie eben denen, welche an jenem Abend in der Menge vor der unlängst errichteten Statue des schnurrbärtigen, backenknochigen Asiaten um den Springbrunnen tollten. Denn Kinder sind Kinder, sie wollten, sobald der erste Schreck über den bedrohlichen Anblick der vergötterten Steinfigur verflogen war, rennen und sich austoben. In der kindlichen Ausgelassenheit, im Spiel liegen die Rudimente des Göttlichen, das der Herr den Menschen am siebenten Schöpfungstag gelehrt hat; übermäßiger Hunger aber vernichtet das Kindliche, ein hungriges Kind gleicht einem weisen Greis, der einzig mit seinen Gedanken lebt, und die Gedanken eines Hungernden sind immer nur die, wie er zu Brot kommt. Mit eben diesen Gedanken ging Maria abermals auf Dan zu, wobei sie die Hand bittend vorstreckte, im gleichen Augenblick aber fühlte sie sich durch einen Vertreter der Staatsmacht bei dieser Hand gefaßt, einen Gesetzeshüter im Umkreis des Götzenbildes, wo jegliche Bettelei, Hasardspiele und dergleichen Ordnungswidrigkeiten verboten waren.

„Zu wem gehörst du, Mädchen?" fragte der Milizionär streng, doch nicht eben zornig. „Wo sind dein Vater und deine Mutter?"

„Mein Vater ist letztes Jahr gestorben", antwortete Maria, „es war ein Hungerjahr. Meine Mutter blieb mit fünf Kindern allein, eins kleiner als das andere. Nach Vaters Tod ist unsere Hütte eingestürzt, und die Kolchosleitung hat uns eine andere zugewiesen, an der Landstraße. Dort mußte unsere Mutter zu Hause bleiben, weil wir fast alle aufgedunsen und krank waren."

„Lassen Sie die Kleine laufen, Genosse Milizionär", bat eine mitleidige Frau.

„Ich halte sie ja gar nicht", erwiderte der Ordnungshüter, „aber ich möchte wissen, wo sie hingehört. – Wo wohnst du? Kennst du den Weg nach Hause?"

„Ja", beteuerte Maria hastig, „bei Gott, den kenn ich. Zum Vorwerk Lugowoi... Man muß immer auf der Landstraße gehen und nicht von ihr abweichen. Dann kommt man am Sanatorium vorbei, an der Kirche, am Klub und an der Schule, und unten am Hügel fließt ein Bach mit einer Mühle. Dahinter liegt ein Garten, wo die Leute im Sommer Beeren und Pilze sammeln. Und vor dem Garten steht unsere Hütte."

„Na, dann geh mal nach Hause", sagte der Milizionär, der auch ohne bettelnde Kinder reichlich zu tun hatte. „Geh und sag deiner Mutter, daß ihr beide eingesperrt werdet, wenn sie dich noch mal betteln schickt."

„Richtig so", unterstützte ein Freiwilliger aus der Menge den Vertreter der Staatsmacht. „Anstatt im Kolchos zu arbeiten, betteln diese Leute und stehlen wie die Zigeuner."

„Bitte keine Diffamierungen nationaler Minderheiten, bei uns sind alle Nationen gleich!"

„Verzeihen Sie den Fehler", stammelte der Freiwillige und retirierte in die Tiefe der Menge.

Maria, somit zum drittenmal daran gehindert, das nach dem Vermächtnis des Propheten Hesekiel gebackene Brot zu essen, aber immerhin froh, daß man sie laufen ließ, nahm ihren hungrigen Bruder Wassja bei der Hand und ging ungesättigt davon.

Alles dies sah Dan aus dem Stamme Dan, der Antichrist, mit an; er leckte sich die Lippen, spürte Bitterkeit auf seiner Zunge und sagte im Sinne des Propheten Jeremia:

„Besser ein nützliches Gefäß im Haus, das der Hausherr verwendet, als falsche Götter, oder: Besser eine Tür im Haus, die das Gut in ihm wahrt, als falsche Götter."

Dies von dem gottgefälligen Propheten Gesagte aber bedeutet nach heutigen Begriffen:

Lieber Atheismus, wenn schon die Kraft fehlt, an Gott zu glauben, als Götzenanbeterei. Besser ist da ein gesunder, materieller Atheismus. Doch der von Gott hingenommene Atheismus ist nur entweder ehrlichen, charakterfesten fleißigen Arbeitern oder, im Gegenteil, untätigen weisen Insichgekehrten zugänglich. Das heißt, der echte Atheismus erschließt sich nur sehr wenigen. Und es gibt von jeher in diesem Land und in diesem Volk ebensowenig Atheisten wie an Gott Glaubende. Die waren stets entweder gleichgültige Psalmensänger oder blindwütige Götzendiener. Und Dan sagte zu sich selbst:

„Die Propheten weissagen Lüge, und die Priester richten ihre Lehre nach ihnen aus; mein Volk aber liebt es so. Doch was werdet ihr tun, wenn es damit zu Ende geht? Sollte ich das nicht bestrafen und an einem solchen Volk keine Rache nehmen? Wüstes, Gräßliches geschieht im Land..."

Nach diesen Worten verschwand Dan, der Antichrist, hinter der Ecke des Hauptpostamtes in einer von wenigen Laternen spärlich erleuchteten Gasse.

Maria und Wassja irrten noch lange durch die abendliche Stadt, weil sie nicht den Mut hatten, jemanden nach dem Weg zu fragen, aus Angst, abermals ergriffen zu werden, bis sie endlich von sich aus auf die Landstraße gerieten.

„Jetzt finden wir unsere Hütte", sagte Maria froh. „Wir müssen nur immer auf der Tamba bleiben bis hin zum Sakas."

So liefen die Bettelkinder wieder ohne jede Aufsicht durch die Nacht, und wieder verlockte ihre Schutzlosigkeit niemanden, wieder leuchtete ihnen vom Himmel der Charkower Mond. Nur wurde ihnen diesmal der Weg sehr lang, und als sie den Ort Lipki erreichten, waren sie mit ihren Kräften nahezu am Ende. Wassja weinte wie gewöhnlich und flehte:

51

„Maria, laß uns irgendwo in einem Hauseingang auf der Treppe übernachten! Vielleicht finden wir in einer Ecke eine Bank, wo es nicht zieht. Wir schmiegen uns aneinander und schlafen, bis die Sonne aufgeht. Gleich morgen früh machen wir uns dann wieder auf den Weg."

„Nein, Wassja, Gott mit dir", erwiderte Maria. „Womöglich ist Mama schon zu Hause und sorgt sich um uns, weil wir nicht da sind. Komm weiter, es ist ja nur noch ein kleines Stück. Weißt du, wie weit wir durch die Kolchosfelder bis Lipki gelaufen sind, wo Mama das Brot wegwarf, das mir der Fremde gegeben hatte? Soviel bleibt uns noch bis zu unserem Bach, und dort sind auch gleich der Wald, die Mühle, die Kirche und das Sanatorium. Beim Sanatorium sehen wir schon unsere Hütte."

So überredete Maria ihren Bruder, und sie gingen weiter, müde, hungrig und schutzlos. In der Nacht kommt einem alles anders vor. Über dem Kolchosland wehte der Wind heftiger, am Bach waren die Ufer kaum vom Wasser zu unterscheiden, der Wald wirkte wie eine finstere dichte Wolke, und die Kinder selbst fühlten sich klein und allein, eine rechte Versuchung für jeden Schurken, den ihre Armut nicht abhielt und der sich zum Lohn nur die menschlichen Qualen nahm; wäre dies nicht in dem ländlichen Gebiet um Charkow gewesen, wo die Gottlosen in mit Pech geschmierten Stiefeln einhergingen und kein blasses, inspiriertes schöpferisches Gesicht besaßen, hätten die Kinder wohl kaum ihre Hütte erreicht. Doch sie kamen dort an. Sie klopften, erst einmal, dann noch einmal. Ihre Schwester Schura schloß ihnen auf, musterte sie unwirsch und fragte:

„Wo habt ihr Shorik gelassen?"

„Eine fremde Tante ist gekommen und hat ihn mitgenommen", antwortete Maria.

„Wißt ihr", sagte ihr Bruder Kolja, „daß unsere Mutter eine auswärtige Arbeit angenommen hat? Sie will weg von uns."

„Wohin denn?" fragte Maria.

„Das hat sie uns nicht gesagt", erwiderte Schura. „Aber wenn ihr schon mal da seid, legt euch dort in die Ecke und schlaft."

So legten sich Maria und Wassja neben dem kalten Ofen auf den Lehmfußboden, umarmten einander, wärmten sich, so gut es ging, und schliefen erschöpft ein. Am Morgen, noch vor Sonnenaufgang, rüttelte jemand sie wach. Maria sprang hastig auf, weil sie glaubte, Schura werde mit ihr zanken, und vor der hatte sie Angst, aber es war nicht Schura, vielmehr stand Mutter in ihrer Steppjacke vor ihnen mit einem Beutel in der Hand.

„Also, Kinder", sagte sie, „wir wollen uns verabschieden, ich fahre weg."

Sie küßte Maria, küßte auch den schlaftrunkenen Wassja, dann Schura und Nikolai und verließ das Haus. Maria schlief nicht wieder ein, doch Wassja entschlummerte sogleich erneut. Kaum aber ging die Sonne auf, da stieß Maria ihren Bruder an.

„Genug geschlafen", sagte sie. „Es ist Zeit, daß wir uns was zu essen suchen."

Als sie auf die Straße traten, war es noch empfindlich kühl, und die Hähne in dem Dorf Schagaro-Petrowskoje krähten mal hier, mal dort einander zu. Maria und Wassja überquerten die Landstraße und gingen am Teich vorbei den Hügel hinab zum Bachufer. Noch zog Nebel darüber hin, durch den man das Wasser plätschern hörte, alles war feucht und unwirtlich, doch dafür wuchs hier eßbares Schilfgras.

„Nimm immer ein Büschel in die Hand, Wassja", sagte Maria, „und zieh es raus, sieh her, so." Sie machte es ihm vor. „Wir müssen möglichst viel Büschel rupfen", fuhr sie fort, „soviel wir tragen können, denn man kann nicht alles daran essen, ein Teil ist Abfall."

Während sie beim Sammeln waren, löste sich der Nebel auf, und es wurde wärmer. Dann kehrten sie mit dem Schilf zur Hütte zurück und setzten sich in die Sonne; Maria entfernte die nicht eßbare Schale und die trockenen Stiele, gab das Eßbare Wassja und nahm auch selbst davon. Beide aßen sich ordentlich satt, und danach überlegten sie.

„Weißt du was", sagte Maria, „wir gehen in die Stadt Dimitrow auf den Bahnhof, den Weg kennen wir ja."

„Gut", erwiderte Wassja.

„Aber wir müssen uns sehr beeilen", sagte Maria, „weil wir sonst, fürchte ich, Mutter nicht mehr erreichen. Bist du einverstanden?"

„Ja", erwiderte Wassja.

Also liefen sie los, und sie rannten die ganze Strecke, die ihnen diesmal kürzer vorkam, vielleicht weil sie reichlich Schilfgras gegessen und mehr Kraft hatten. Unversehens ließen sie das Sanatorium, die Mühle, die Kirche und den Wald hinter sich. Erst vor Lipki hielten sie in den Kolchosfeldern einmal inne, um Atem zu schöpfen, dann liefen sie gleich wieder weiter. Sie kamen an dem Feld vorbei, wo ihre Mutter das Brot des Fremden weggeworfen hatte, durchquerten Lipki und langten bald darauf in der Stadt Dimitrow an.

„Tante", sagte Maria dort zu einer Frau, „wie kommen wir möglichst schnell zum Bahnhof?"

„Warum denn?" fragte die Frau lächelnd. „Verpaßt du sonst deinen Zug?"

„Ich weiß nicht, was das ist, ein Zug", erwiderte Maria, „aber wir müssen dringend zum Bahnhof."

„Wenn du nicht weißt, was ein Zug ist, was stellst du dir dann unter einem Bahnhof vor?"

„Ein Bahnhof ist dort, wo die Lokomotiven pfeifen", antwortete Maria.

„Sieh an", sagte die Frau amüsiert, „was ein Zug ist, weißt du nicht, aber Lokomotiven kennst du." Sie lachte immer noch, zeigte aber Maria und Wassja den Weg zum Bahnhof.

Die beiden gingen über die Gleise, da sahen sie ihre Mutter mit ihrem Beutel auf einer Bank sitzen. Im Nu rannten sie zu ihr hin, die Mutter schlug die Hände zusammen, küßte ihre beiden Kinder unter Tränen, ging mit ihnen zum Bahnhofsbüffet und kaufte ihnen zwei Brötchen. Maria uns Wassja nahmen die Brötchen, und die Mutter sagte:

„Aber jetzt lauft schnell wieder nach Hause, Kinder, ehe es dunkel wird."

Darauf fingen Maria und Wassja heftig an zu weinen und baten so flehentlich, sie nicht fortzuschicken, daß schon einige Umstehende aufmerksam wurden. Da sprach die Mutter:

„Weint nicht, Kinder, setzt euch neben mich, ich schicke euch nicht weg von mir." Und zu einer Frau, ebenfalls einer mit Wattejacke, nur nicht mit einem Beutel, sondern mit einem Köfferchen, sagte sie: „Ich weiß, daß es verboten ist, aber ich bringe es nicht fertig. Es bricht mir das Herz."

„Ja", erwiderte die Frau mit dem Köfferchen, „eine Mutter ist eine Mutter."

Maria und Wassja setzten sich neben ihre Mutter, schmiegten sich an sie und fühlten sich wohl. Wassja betrachtete sogar neugierig die Umgebung.

„Oh, was für große Berge", sagte er und zeigte mit dem Finger auf die Gleise.

„Das sind keine Berge", erklärte die Mutter, „das sind mit Sand beladene Güterwagen. Hier ist es nicht so wie in unserem Vorwerk, Kinder, hier lauern überall Gefahren, und man kann leicht zu Schaden kommen. Unser Zug geht in der Nacht, also paßt gut auf, und du, Maria, achte auf Wassja. Wir müssen getrennt einsteigen und können uns erst später im Abteil treffen. Sonst merkt der Anwerber was und verbietet mir, euch mitzunehmen."

Tatsächlich wurde es bei Eintritt der Dunkelheit beängstigend auf dem Bahnhof: Die vielen Menschen rannten hin und her, Lokomotiven pfiffen, niemand achtete in dem allgemeinen Durcheinander auf den anderen. Am schlimmsten aber war das Einsteigen in den Zug. Als der eiserne Koloß heranrollte, erschrak Wassja so sehr, daß er zitternd die Beine in den Boden stemmte und nicht vorwärts wollte. Mit Mühe schaffte es Maria, ihn in den Waggon zu schieben, drinnen aber entdeckte die Mutter die beiden trotz der vielen Menschen sogleich. Sie setzte Wassja neben sich, und zu Maria sagte sie:

„Leg du dich unter die Bank.“

Maria tat es, und es war dort sogar behaglicher, weil einen die Leute nicht bedrängten. Unter dem Fußboden klopfte es wie von zwei Schmiedehämmern, nur klang es nicht wie Eisen auf Eisen, eher wie Eisen auf Holz. Das Klopfen ging immer weiter, ein dumpfes Dröhnen kam hinzu und ein Rauschen, und Maria schlief ein. Sie erwachte davon, daß ihre Mutter ihr eine Blechkanne unter die Bank hielt.

„Trink einen Schluck Wasser, Töchterchen.“

Maria trank und schlief wieder ein. Auf einmal spürte sie im Schlaf, daß etwas Schlimmes und sie Erschreckendes vorging. Sie schlug die Augen auf, da packte eine Hand sie schmerzhaft an der Schulter und zog sie unter der Bank hervor.

„Ach, unter der Bank habt ihr auch noch eine versteckt?“ schrie eine in der Dunkelheit nur undeutlich zu sehende Gestalt die Mutter an, welche stumm, mit schuldbewußt gesenktem Kopf dasaß. „Ich habe euch gewarnt... Es ist verboten, eure Kinder mitzubringen!“ Nach diesen Worten verschwand der Mann.

„Wer war das?“ fragte Maria.

„Der Anwerber“, erwiderte die Mutter. „Er hat im Vorbeigehen Wassja neben mir gesehen. Ach, so ein Unglück, so ein Unglück!“ Sie ließ abermals verzweifelt den Kopf hängen, schickte aber Maria nicht wieder unter die Bank, und die Kinder schliefen den Rest der Nacht auf den Knien der Mutter.

Am Morgen erreichten sie die Stadt Charkow. O Gott, was für eine Pracht tat sich dort vor den Kindern auf! Hätte das jemand Maria und Wassja erzählt, sie hätten es nicht geglaubt. Die Stadt Dimitrow war schön und groß, aber verglichen mit Charkow wirkte sie wie ein Dorf oder ein Vorwerk. Das, wohin die Kinder mit ihrer Mutter durch eine Tür gelangten, war kein Haus, aber auch nicht die Straße. Über ihnen wölbte sich ein gläserner Himmel, wundersame Bäume wuchsen in hölzernen Kübeln, und zwischen ihnen führte eine Treppe aus weißem, glänzendem Stein nach oben. Es glänzte überhaupt alles ringsumher, und Maria erblickte in einer Minute mehr Menschen als in ihrem ganzen bisherigen Leben. Und es wurde ihr und Wassja sogleich froh zumute, alles wollten sie betrachten und anfassen. Maria nahm ihren Bruder an der Hand und lief mit ihm die weiße glänzende Treppe hinauf. Der aus himbeerfarbenen quadratischen Platten bestehende Fußboden dort oben war glatt wie Eis. Wassja, der sich im Winter gern auf Schlitterbahnen tummelte, rannte los und fiel hin, aber er weinte nicht, sondern lachte. Maria folgte ihm nach, stürzte wie ihr Bruder und lachte ebenfalls. So trieben sie es eine Weile, bis Maria ein neues Spiel ersann: Sie lief um die Kübel mit den Bäumen herum vor Wassja davon, und der mußte sie fangen. Bei aller Fröhlichkeit aber schaute sie doch von Zeit zu Zeit über das Geländer nach unten, wo ihre Mutter neben ihrem Beutel auf einer Bank saß. Jedesmal sah Maria sie dort sitzen, doch dann war sie plötzlich nicht mehr da. Auf der Stelle rannten Maria und Wassja hinunter, sie schrien und riefen nach ihrer Mutter, erstaunlich geradezu, woher sie die Kraft nahmen, so laut und so lange pausenlos zu schreien, wo sie doch nur jeder am Abend in Dimitrow ein Brötchen gegessen hatten und seither nichts. Trotz alledem entdeckten sie ihre Mutter jedoch nirgends. Die Leute liefen auf das Geschrei hin zusammen, bildeten, den Kindern zugewandt, einen engen Kreis um sie und redeten auf sie ein.

„Wir holen einen Milizionär, der findet eure Mutter bestimmt gleich."

Der Milizionär kam, nahm Maria und Wassja bei der Hand und sagte freundlich:

„Kommt, wir suchen eure Mama."

Maria faßte sofort Zutrauen zu ihm, aber Wassja sah ihn scheel an und wollte seine Hand zurückziehen, doch der Milizionär ließ ihn nicht los. Er führte die beiden über die Gleise zu einem einzeln abseits stehenden Waggon. In ihm befanden sich viele Kinder in Marias und auch in Wassjas Alter. Das gefiel Maria nicht, Wassja hingegen fühlte sich offenbar gleich wohl. Maria sagte zu dem Milizionär, der sie hergeführt hatte:

„Onkel, gehen Sie doch mit uns unsere Mama suchen, wir wollen hier nicht bleiben, sonst werden wir womöglich geschlagen."

„Ich habe keine Zeit, Mädchen", erwiderte der Milizionär und strich ihr über den Kopf. „Ihr Lausebengel", wandte er sich an die ganze Schar, „daß ihr mir die beiden hier nicht anrührt! Sie sind ein solches Leben noch nicht gewöhnt. Sie kommen vom Dorf. Das stimmt doch, ihr kommt aus einem Dorf?"

„Aus einem Vorwerk", sagte Maria.

„Wenn was ist, dann ruft die Wachhabende", fügte der Milizionär noch hinzu. „Sie sitzt dort hinter der Wand."

Aber er war kaum weg, da begannen die Rabauken sich über Maria und Wassja lustig zu machen, und sie sagten, den Milizionär nachäffend:

„Na ruft doch, ruft doch die Wachhabende . . . Sie sitzt dort hinter der Wand."

Die Kinder in dem Eisenbahnwaggon waren größtenteils schmutzige, durch Kohlenruß und Unrat verdreckte Rangen, die längst keine elterliche Zärtlichkeit mehr kannten oder sie nie kennengelernt hatten, während Maria und Wassja ja noch am Morgen von ihrer Mutter

58

umarmt und gedrückt worden waren. Und Maria sagte zu Wassja:

„Setz dich zu mir, und sieh gar nicht zu denen hin."

Doch ein Bürschchen, etwa so alt wie Maria, in schmutzstarrenden Lumpen, mit schmutzigem Hals und ebenso schmutzigen, zerkratzten Händen, zeigte Wassja eine Tonpfeife, worauf Wassja sogleich auf ihn zuging und seine Schwester vergaß. Aber er hatte sich kaum dem Bengel genähert, da schnipste ihm der mit den Fingern ans Ohr, und die ganze Bande lachte laut auf.

„Das geschieht dir recht", sagte Maria zu Wassja, „vielleicht weißt du jetzt, daß man besser auf seine Schwester hört. Ich erzähle das auch Mama, wenn wir sie gefunden haben."

Nach diesem Vorfall hielt sich Wassja dicht an Maria und ging nicht mehr von ihr weg. Bald kamen ein Mann mit einer Aktentasche und eine Frau mit Papieren in der Hand in den Waggon. Der Mann sah sich um, runzelte die Stirn, weil er offenbar kaum atmen konnte, da die Rabauken ohne jede Scheu unter lautem Gelächter geräuschvoll die Luft verpesteten, und meinte:

„Das werden ja immer mehr, wo soll ich bloß noch hin mit denen... Im Kinderheim ist kein Platz mehr... Ein Skandal ist das! Ich kann sie nur in die umliegenden Gebiete schicken."

Sogleich warf Maria ein, die die Lage rasch erfaßte:

„Onkel, wir haben nur gerade unsere Mutter verloren, die müssen wir wiederfinden."

„Da hören Sie's, Kalerija Wassiljewna", sagte der Mann mit der Aktentasche. „Solche haben wir mehrere. Die können alle nach Hause expediert werden und müssen keinen Platz in einem Waisenhaus einnehmen."

Die Frau forderte Maria und Wassja auf mitzukommen. Hinter der Trennwand stand ein Tisch, in einem eisernen Ofen brannte ein Feuer. Der Mann legte seine Aktentasche auf den Tisch, zog den Mantel aus, nahm den Hut ab, hängte alles in die Ecke und begann Maria zu befragen, während die Frau mitschrieb.

„Wie ist euer Familienname?" erkundigte er sich.

„Das weiß ich nicht", antwortete Maria.

„Und wie heißen euer Vater und eure Mutter?"

„Das wissen wir auch nicht, die heißen einfach Papa und Mama, weiter nichts... Zu Papa haben wir auch Vater gesagt, aber er ist im vorigen Jahr gestorben, weil es ein Hungerjahr war."

„Habt ihr Brüder und Schwestern?"

„Ja", erwiderte Maria.

„Und wißt ihr, wie die heißen?"

„Ja", sagte Maria. „Unser Bruder heißt Kolja und unsere Schwester Schura, und dann haben wir noch ein Brüderchen, Shorik, aber das ist jetzt nicht zu Hause."

„Na schön", sagte der Mann und wechselte aus irgendeinem Grunde einen Blick mit der Frau, die alles aufschrieb. „Und wißt ihr, wo ihr wohnt? Bei welchem nächstgrößeren Ort, in welchem Kreis oder Bezirk?"

„Nein", entgegnete Maria, „das wissen wir alles nicht, wir kennen nur unser Dorf und das Vorwerk."

„Na, und wie heißt das?" fragte der Mann.

„Das Dorf heißt Schagaro-Petrowskoje, das Vorwerk Lugowoi", erklärte Maria.

„Das kann nicht weit weg sein", meinte der Mann. „Jedenfalls noch im Bezirk Charkow."

„Aber, Modest Felixowitsch", wandte die Frau ein, „im Bezirk Charkow heißen viele Dörfer Petrowskoje... Ich kenne selbst drei dieses Namens."

„Na wenn schon", sagte der Mann. „Wir geben ihnen einen Begleiter und Verpflegung mit, da können sie die Dörfer abfahren und ihr Zuhause suchen. Ich denke, das Amt für Volksbildung wird unsere Initiative gutheißen. Es entstehen ihm Kosten nur für die Fahrt und die Verpflegung. Den Begleiter nehmen wir aus dem örtlichen Aktiv."

Maria hörte dies alles und sagte:

„Ich werde mein Leben lang für Sie beten, wenn Sie Wassja und mich zu unserer Hütte bringen lassen und wir unseren Bruder Kolja und unsere Schwester Schura wiedersehen."

„Gehen Sie jetzt mit den beiden zur Desinfektionsstelle am Bahnhof, Kalerija Wassiljewna", sagte der Mann.

Hier bewies Maria abermals ihren praktischen Sinn, denn sie bat:

„Onkel, seien Sie doch so gut und geben Sie mir und Wassja um Christi willen ein bißchen Brot, denn wir haben seit gestern abend nichts gegessen, und eßbares Schilfgras, wie bei uns im Dorf, wächst hier keins."

Der Mann sah sie an – Maria wußte mitunter sehr geschickt zu bitten wie zum Beispiel in der Volksteestube, wo sie den eisernen Tscheka-Mann und Brigadier der Traktoristenbrigade Petro Semjonowitsch zu Tränen gerührt hatte. Auch der Beamte putzte plötzlich mit dem Taschentuch seine Brille und sagte:

„Kalerija Wassiljewna, gießen Sie diesen Kindern doch zwei Becher heißes Wasser ein und geben Sie ihnen das hier." Dabei entnahm er seiner Aktentasche ein in Fettpapier gewickeltes Paket und reichte es der Frau.

„Ich lasse doch Verpflegung für sie ausgeben", erwiderte Kalerija Wassiljewna, „warum wollen Sie Ihr Frühstück opfern, Modest Felixowitsch?"

„Das macht nichts", erklärte Modest Felixowitsch, „geben Sie's den Kindern. Ich sehe ja, daß diese beiden noch nicht zu stehlen verstehen und gänzlich auf Hilfe angewiesen sind wie junge Katzen. Das sind noch keine eingefleischten Straßenrabauken."

Die Frau nahm den metallenen Teekessel von dem transportablen kleinen Ofen, goß heißes Wasser in zwei Blechbecher und wickelte das Fettpapier ab. Ach, was für ein Glück griffen Maria und Wassja da mit Händen! Es war eine frische französische Semmel, in der Mitte durchgeschnitten und jede Hälfte mit zwei Scheiben

Kochwurst mit Speckgrieben belegt. Wassja verschlang seine Hälfte in einer Minute, wonach ihm von dem Glück nur noch die Erinnerung blieb, so daß er gierig auf Maria schaute, die ihren Anteil vernünftig und langsam verspeiste.

„Trink das heiße Wasser, Wassja", sagte sie, außerstande, von ihrem Stück auch nur eine Krume und ein bißchen Wurst an Wassja abzugeben. Dabei verlangte es ihn so sehr danach! Später sah sie darin oft ein Omen und machte sich Vorwürfe. Jetzt aber gab sie Wassja nichts von ihrer Portion ab, sondern aß sie auf bis zur letzten Krume, die sie noch von ihrem Knie sammelte. Als Wassja sah, daß er nichts zusätzlich bekommen würde, trank er das heiße Wasser. Auch Maria leerte ihren Becher und fühlte sich plötzlich müde, ihre Lider wurden schwer. Sie hatte ja nur mit Unterbrechungen geschlafen, mal unter der Bank, mal auf dem Schoß ihrer Mutter. Aber die Frau erlaubte nicht, daß sie auf dem Stuhl im Warmen einnickte.

„Kommt jetzt mit zur Desinfektionsstelle", sagte sie, „denn ich habe noch mehr zu tun."

Sie führte die beiden wieder über die Gleise, und Maria war froh, daß sie von den abgerissenen Rabauken wegkamen, bei denen sie womöglich noch Schläge bezogen hätten und Wassja verdorben worden wäre.

Sie betraten einen schwülen, feuchten Raum mit Wasserlachen auf dem Fußboden.

„Legt alle Kleidungsstücke ab, die werden hier mit Heißluft desinfiziert", sagte die Frau.

Wassja zog sich aus – jetzt wirkten sein kleiner Bauch noch aufgedunsener und seine Beinchen noch dünner, und unter seiner Haut sah man jeden Knochen. Auch Marias Körper war abgezehrt, aber doch ebenmäßig geformt; sie schämte sich schon lange, sich vor Männern auszuziehen, sogar vor ihrem Bruder Kolja. Doch vor Wassja empfand sie keine Scheu. In der Desinfektionsstelle befand sich zu dieser Stunde außer ihnen niemand, und so wuschen sich die Kinder froh mit dem heißen Wasser, womit sie nach der Wurstsemmel ein weiteres Glück erfuhren, noch dazu in so kurzem Abstand... Maria fand auf dem Fußboden einen Rest Seife und rieb damit Wassja tüchtig ein, worauf dieser vor Behagen knurrte wie ein dankbarer Hund. Jemand gab ihnen ein waffelgemustertes Handtuch, eins für beide. Als Maria eben in dem Vorraum dabei war, Wassja abzutrocknen, spürte sie plötzlich, daß jemand sie beobachtete. Sie sah sich um und erblickte einen jungen Burschen, der zur Tür hereinschaute. Mit einem Aufschrei lief sie in den Waschraum zurück. Der Bursche lachte.

„Was hast du denn", sagte er. „Ich bin euch als Begleiter zugeteilt, und ihr habt mir zu gehorchen."

„Mach die Tür zu!" rief Maria aus dem Waschraum. „Ich muß Wassja und mich erst anziehen."

„Na schön", erwiderte der Begleiter, „dann zieht euch an." Und er verschwand grinsend aus der Tür.

Der Begleiter ähnelte in gewisser Weise Marias Bruder, man hätte ihn für den herangewachsenen Wassja halten können. Er war hager wie dieser, hatte kleine graue Augen und ein längliches Gesicht mit einer leichten Stupsnase. Trotz dieser Ähnlichkeit mochte ihn Maria von Anfang an nicht, wohingegen Wassja ihm sogleich zuneigte. Maria verspürte plötzlich beiden gegenüber ein ähnliches Gefühl, das allerdings in bezug auf Wassja mehr Unmut und in bezug auf den Begleiter mehr Neid enthielt, als habe dieser für Wassja etwas, das sie, die leibliche Schwester, nicht besaß. Doch dem Begleiter, welcher Grischa hieß, ihre Feindseligkeit offen zu zeigen war unmöglich, da er den Korb mit dem Proviant – Brot und Speck – in Verwahrung hatte. Zwar gab er ihnen bislang nichts von dem Speck heraus, aber Brot teilte er ihnen immerhin zu.

So fuhren sie im Bezirk Charkow die Ortschaften mit dem Namen Petrowskoje ab. Sie gelangten in ein großes

Dorf mit vielen Häusern aus Stein und einer weißen Kirche auf dem Anger.

„Na also", meinte Grischa, „das ist doch bestimmt euer Petrowskoje."

Und um ihm einen Gefallen zu tun, erklärte Wassja: „Ja, das ist es, das ist es."

Aber Maria sah sich um und sagte:

„Nein, das ist nicht unser Petrowskoje... Bei uns steht die Kirche auf einem Hügel, in der Nähe ist ein Sanatorium, und unten fließt ein Bach."

„Na schön", erwiderte Grischa, „dann also nicht."

Sie fuhren weiter mit der Eisenbahn, stiegen dann aus und folgten auf einem Fuhrwerk einer Landstraße dort in der Gegend. Solange sie in dem Fuhrwerk saßen, flüsterte Grischa unentwegt mit Wassja, und Maria beobachtete die beiden mißbilligend, schwieg aber. Sie bemerkte, daß Grischa für sich und Wassja Brot und Speck abschnitt, für sich mehr, für Wassja weniger, aber ihr gab er nur Brot, zudem lediglich ein kleines Stück. Na gut, dachte sie, mag Wassja Speck essen, wenn ich schon keinen kriege! Und obwohl sie sich ärgerte, freute sie sich doch zugleich für Wassja.

Schließlich erreichten sie das nächste Dorf. Dort stand die Kirche auf einem Hügel, und unten floß ein Bach.

„Ist das euer Petrowskoje?" fragte Grischa.

„Ja", antwortete Wassja abermals einfältig ihm zuliebe.

„Nein, das ist es nicht", widersprach Maria. „Hier steht zwar die Kirche auf einem Hügel, und unten fließt ein Bach, aber wo ist das Sanatorium? Auch der Wald ist nicht zu sehen, durch den man in das Dorf Popowka gelangt, wo unsere Großmutter und unser Großvater ihre Hütte haben."

Wieder fuhren sie weiter, zuerst mit einem Pferdewagen, dann mit der Eisenbahn und dann noch einmal mit einem Pferdefuhrwerk.

„Ist das euer Dorf?" fragte Grischa.

„Ja", sagte Wassja.

„Wenn das unser Dorf ist", platzte Maria heraus, „wo ist denn dann das Vorwerk Lugowoi? Und zeig mir doch mal unsere Hütte, Wassja, in der Schura und Kolja wohnen! Weißt du nicht mehr, daß sie abseits bei einem Blumengarten steht, wo wir im Sommer Erdbeeren und Pilze gesammelt haben?"

„Schon gut", sagte Grischa grinsend, „streitet euch nicht, da fahren wir eben weiter."

Sie kamen an eine kleine Bedarfshaltestelle der Eisenbahn.

„Ich glaube, heute hält hier kein Zug mehr", erklärte Grischa. „Wir werden also hier übernachten. Außerdem hat es keinen Sinn, in der Nacht nach eurem Petrowskoje zu suchen. Ihr erkennt es ja schon bei Tag nicht."

Darauf entgegnete Maria:

„Ich würde es auch in der Nacht erkennen, wenn ich es vor mir sähe. An dem Hügel steht eine Mühle, unterhalb von ihm fließt ein Bach in ein anderes Dorf, das Kom-Kusnezowskoje heißt, und eine Landstraße führt durch den Ort Lipki in die Stadt Dimitrow."

„Na, dann wirst du's morgen nach diesen Merkmalen bestimmt finden", erwiderte Grischa mit seinem üblichen Grinsen. „Aber jetzt ist erst mal Zeit zum Abendessen."

Damit schnitt er sich ein großes Stück Brot und ein Stück Speck ab, für Wassja jeweils ein kleineres und für Maria wiederum nur einen kleinen Ranken Brot.

Wassja biß abwechselnd in das Brot und in den Speck und tuschelte beim Kauen in einem fort mit Grischa. Schließlich sagte dieser:

„Warum müssen wir eigentlich hier auf der Station übernachten? Hier zieht es, und wir werden nicht einschlafen können, weil dauernd Züge vorbeidonnern und Lokomotiven pfeifen. Ich kenne die Gegend, kommt mit, ganz in der Nähe steht eine große Scheune, noch vom Gutsbesitzer, da drin ist eine Menge Stroh. Wir verjagen die Ratten, indem wir laut schreien, und legen uns dort schlafen."

Maria wollte widersprechen, nicht, weil es ihr auf der Bahnstation besser gefiel, sondern weil es sie einfach trieb, Grischa in allem zu widersprechen. Aber Wassja unterstützte ihn.

„Mir ist kalt hier", erklärte er, „da kann ich nicht schlafen. Ich möchte in die Scheune."

Wenn auch Wassja in die Scheune wollte, war nichts zu machen. Sie liefen von der Station aus, wo wenigstens eine Laterne gebrannt hatte, hinaus in die Finsternis, denn an diesem Abend stand nicht mal der magere Charkower Mond am Himmel, und kein Stern war zu sehen. Der Himmel war dunkel, aber es regnete nicht, tiefe Stille herrschte, selbst Hundegebell hörte man nicht, kein Windhauch regte sich, und es schien wärmer geworden. Maria wollte ihren Bruder Wassja an der Hand nehmen, doch er entzog sie ihr und drängte sich näher an den Begleiter, so daß Maria allein hinter ihnen ging. Sie folgten keinem Weg, traten ständig auf Hügel oder in Löcher, das heißt sie liefen offensichtlich querfeldein, wo weit und breit kein Haus stand. Endlich tauchte etwas vor ihnen auf.

„Das ist die Scheune", sagte Grischa. „Aber die Tür ist abgeschlossen, man muß ein Brett wegnehmen, eins ist lose."

Sie krochen durch den Spalt und fanden tatsächlich Stroh vor.

„Oh, hier haben wir's weich und warm!" rief Wassja.

„Na siehst du, Maria", meinte Grischa. „Und du wolltest nicht."

„Also los, Wassja", sagte Maria, „leg dich neben mich und schmieg dich an mich, dann wärmen wir uns noch besser, denn auch im Stroh wird's gegen Morgen kalt."

„Nein", erwiderte Wassja, „ich lege mich zu Grischa."

Er sagte schon nicht mehr „Onkel Grischa" und auch nicht „Begleiter", sondern einfach Grischa, als sei der sein Bruder wie Kolja.

„Mach, was du willst", erwiderte Maria ärgerlich. „Du bist böse."

„Du bist selber böse", antwortete Wassja.

Hier verlor Maria die Geduld.

„Wassja, mein Brüderchen", sagte sie, „wer lehrt dich so was? Wenn Mama oder unsere Schwester Schura oder unser Bruder Kolja hörten, wie du dich aufführst, würden sie denken, ich hätte einen schlechten Einfluß auf dich, weil ich mich ja die ganze Zeit mit dir abgebe. Du bist doch noch ein Kind, Wassja, du mußt auf deine Schwester hören wie auf deine Mutter, wenn die nun mal nicht da ist."

„Du bist nicht meine Mutter", entgegnete Wassja, „auf Mutter würde ich hören, aber von dir laß ich mir nichts sagen."

Hier mischte sich Grischa aus dem Dunkeln ein.

„Schon gut", sagte er, „du solltest wirklich nicht so böse zu deiner Schwester sein, Wassja."

Und sofort wurde Wassja friedlich. Aber daß er sich nicht mehr frech gebärdete, beruhigte Maria keineswegs, es stimmte sie im Gegenteil noch trauriger. Wenn aus Wassja ein schlechter Mensch wird, dachte sie, dann werden mir das weder die Mutter noch unser Bruder Kolja noch unsere Schwester Schura verzeihen.

So schlummerte sie mit traurigen Gedanken ohne ihren Bruder ein, der schon am anderen Ende der Scheune schnarchte. Da hörte sie im Schlaf, daß sich jemand neben sie legte.

„Ja, komm, Wassja", sagte sie froh, ohne recht zu erwachen, „schmieg dich an mich."

In der Tat drängte sich jemand nahe zu ihr und versuchte seine Hand zwischen ihre Knie zu schieben, die, weil sie auf der Seite schlief, fest aufeinander lagen. Und sofort erkannte Maria: Das war nicht Wassja. Sie stieß die fremde Hand von sich und fuhr empor.

„Was willst du?"

„Sei still", sagte Grischa flüsternd, „du weckst Wassja auf!"

„Was willst du?" wiederholte Maria leiser.

„Ich bringe dir Speck", tuschelte Grischa. „Du hast doch noch keinen gekriegt, sondern immer nur Brot. Jetzt geb ich dir deinen ganzen Anteil auf einmal."

Maria nahm den Speck – wirklich ein großes Stück, wie sie tastend spürte –, biß hinein, kostete... Es war guter Speck, weich und saftig, sie biß noch einmal ab, und die Trauer, mit der sie eingeschlafen war, schwand dahin. Mit Wassja, dachte sie, wird schon alles gut gehen, er benimmt sich nur aus Dummheit so.

„Schmeckt dir der Speck?" fragte Grischa lachend.

„Ja", antwortete Maria.

„Na siehst du", sagte Grischa, „und du bist immer so widerborstig zu mir. Wenn du mich liebhättest, brauchtest du überhaupt keine Mutter."

„Wieso brauchte ich keine Mutter?" entgegnete Maria. „Sie hat mich geboren..."

„Ja", erwiderte Grischa, „aber sie hat dich und dein Brüderchen doch jedenfalls absichtlich verlassen... Sie wollte euch loswerden... Du brauchst keine Mutter, du brauchst einen jungen Burschen, weil du in dem Alter bist, dich richtig zu vergnügen; später, wenn dir die Brüste wachsen und du schwanger wirst, ist es aus damit."

Erst jetzt begriff Maria endlich, was Grischa wollte, obgleich niemand sie entsprechend aufgeklärt hatte und ihr dergleichen zum erstenmal widerfuhr.

„Verschwinde, du gemeiner Kerl", sagte sie. „Ich habe schon in der Badestube gemerkt, was du für einer bist, als du mich beobachtet hast."

„Um so besser, wenn du das gemerkt hast", erwiderte Grischa. Und plötzlich faßte er Maria unter die Achseln,

68

als wollte er sie irgendwo hinsetzen, und drückte mit seinen eisernen männlichen Knien ihre kindlichen Beine auseinander. Sie war völlig in seiner Gewalt in dieser von außen mit einem Schloß abgesperrten finsteren Scheune weit abseits inmitten der dunklen Flur, die sich bis hin zu dem Eisenbahndamm bei der menschenleeren Station erstreckte. Nicht mal der ausgezehrte Charkower Mond leuchtete in dieser Nacht.

Eine einzige lebende Seele nur weilte in der Nähe – Marias Bruder Wassja, doch der schnarchte in aller Ruhe. Und selbst wenn er wach gewesen wäre – was hätte er tun können? Er war ja noch ein Kind... Schreien hatte keinen Sinn, es hätte nur Wassja erschreckt, deshalb hielt ihr Grischa gar nicht den Mund zu, wie man auch ein Tier nicht am Brüllen hindert, wenn es geschlachtet wird – mag es brüllen, wer hört schon darauf? Maria versuchte sich schweigend zu wehren, doch sobald sie sich widersetzte, drehte ihr Grischa den Arm um, und das tat sehr weh, nur wenn sie stillhielt, ließ er locker. So erlangte Grischa von Maria, was er wollte. Wassja aber schlief weiter, er erwachte nicht einmal, als Maria unter dem ungewohnten und ihr unbekannten Schmerz aufschrie, den ihr Grischa um seines Vergnügens willen bereitete, selbst laut stöhnend, als werde sein Körper ebenso zerrissen, wie er Marias Körper zerriß. Maria wurde sich dessen erst bewußt, nachdem schon alles zu Ende war. Nur ihr und Grischas schweres Atmen und Wassjas Schnarchen waren jetzt noch zu vernehmen. Und Maria freute sich darüber, daß Wassja nichts gehört hatte und nicht erschrocken war. Indessen atmete Grischa schon ruhiger, und er sagte zu der nach wie vor erregten Maria:

„Mach dir nichts draus. Bei deinem Leben hätte dir sonst doch bloß irgendein alter Kerl Gewalt angetan. Da ist es schon besser, daß ich es war... Hier, nimm." Und er hielt ihr ein Stück Brot hin.

Maria nahm es, still geworden, und Grischa kroch von ihr weg ans andere Ende der Scheune, wo er bald darauf schnarchte wie Wassja.

Es wäre falsch, zu sagen, daß Maria einschlief, sie verfiel eher in eine Art Trance, denn sie sah die ganze Zeit über die aus dem Dunkel hervortretenden Dachbalken der Scheune und fühlte das Stroh unter sich. Sie verspürte Schmerzen im Magen und darunter, als habe sie statt des Schilfgrases giftige Kräuter gegessen wie ihre Nachbarin im Vorwerk, die fast am selben Tag wie der Vater an einer Darmvergiftung gestorben war. Aber allmählich ließ der Schmerz nach, und als die Dachbalken in der heller werdenden Scheune deutlich sichtbar wurden, erinnerte er nur noch ganz schwach an das in der Nacht Vorgefallene. Maria richtete sich auf und entdeckte Wassja, ihr Begleiter Grischa aber war verschwunden. Darüber freute sie sich, doch im nächsten Augenblick packte sie der Zorn, weil Grischa den Proviantkorb mitgenommen hatte. Aber ihr Ärger verflog sogleich, als sie in ihrer Tasche das Stück Speck und den Brotranken ertastete. Wenn beides auch, bei Tageslicht besehen, nicht so groß war, wie sie in der Dunkelheit geglaubt hatte, so konnten Wassja und sie doch immerhin fürs erste davon leben.

„Wassja, steh auf!" rief sie. „Unser Begleiter, der uns nach Hause bringen sollte, hat sich aus dem Staub gemacht, wir müssen jetzt allein herausfinden, wo unser Dorf liegt. Und er hat die ganze Verpflegung mitgenommen... Da siehst du, Bruder, was das für einer war, den du für einen guten Menschen gehalten hast, anstatt auf deine Schwester zu hören, die einzige dir nahestehende Person, nachdem unsere Mama nicht bei uns ist und unsere Geschwister Schura und Kolja weit weg sind."

Wassja schwieg, man sah, daß er sich schuldig fühlte.

Sie krochen durch den Spalt nach draußen und sahen sich um. Zu beiden Seiten nichts als Felder und Wiesen –

wohin sollten sie sich wenden? So gingen sie aufs Geratewohl los und gelangten genau an die Eisenbahnlinie und die Bedarfshaltestelle, wo ihr Begleiter Grischa mit Maria nicht das hätte anstellen können, was er mit ihr in der abgelegenen Scheune gemacht hatte, da hier immerhin ein Diensthabender aufpaßte und überhaupt allerlei schlaftrunkenes Volk über den Bahnsteig lief. Nie wäre es dazu gekommen, hätte Wassja sich nicht eingemischt, aber Maria machte ihm deshalb keine Vorwürfe, sie sprach überhaupt nicht mit ihm über das Geschehen in der Scheune, sondern sagte:

„Den Weg nach Hause in das Dorf Schagaro-Petrowskoje kenne ich nicht, aber ich weiß, daß wir von hier aus zu einer größeren Bahnstation fahren müssen, wo wir uns notfalls leichter was zu essen erbetteln können... Wenn der Zug kommt, steig sofort hinter mir ein."

„Ja", sagte Wassja.

Nachdem ihr Begleiter Grischa weg war, hörte Wassja wieder auf Maria, und vor Eisenbahnzügen hatte er keine Angst mehr wie noch in der Stadt Dimitrow.

Im Zug aßen Maria und Wassja den Speck und das Brot, das der Begleiter Grischa Maria als Entgelt gegeben hatte. Aber sie behielten noch etwas zurück, einen Teil versteckte Maria vor Wassja, der gleich alles essen wollte, für die nächste Mahlzeit. Sie kamen auf einer großen Station an und stiegen zusammen mit den zahlreichen anderen Passagieren aus, denn weiter fuhr der Zug nicht. Da sahen sich Bruder und Schwester um und riefen im nächsten Augenblick erfreut:

„Das ist doch die Stadt Dimitrow! Von hier aus führt die Landstraße direkt zu unserem Vorwerk!"

Aber ein alter Mann klärte sie auf:

„Das ist nicht die Stadt Dimitrow, Kinder, sondern die Stadt Isjum... So heißen süße getrocknete Weinbeeren, habt ihr die schon mal gegessen? Nach denen ist die Stadt benannt." Dabei lächelte er.

Wenngleich es Maria betrübte, daß sie nicht in Dimitrow, sondern in Isjum waren, überlegte sie sich doch sofort: Alte Männer lächeln selten, und wenn dieser hier lächelt, ist er gewiß gut, und ein guter Mensch wird uns sicher was geben, denn wir haben an Brot und Speck nur noch ganz wenig.

„Nein", erwiderte sie, „wir haben weder was Süßes noch was Getrocknetes gegessen, Großväterchen, denn mein kleiner Bruder hier und ich, wir haben unsere Mutter verloren... Geben Sie uns um Christi willen, was Sie können..."

„Euch kennen wir!" versetzte da der alte Mann in plötzlichem Zorn. „Ihr strolcht durch die Eisenbahnzüge und stibitzt Koffer, wenn ihr einen erwischt... Ich werde euch..."

Da nahm Maria Wassja bei der Hand und lief mit ihm von dem Alten weg über den Bahnsteig, in das Bahnhofsgebäude hinein.

Der Bahnhof von Isjum glich nicht dem von Charkow, er hatte weder eine Glasdecke noch eine weiße, glänzende Treppe, aber er war trotzdem auch schön und zudem warm, viele Bänke standen da und sogar ein Kübel mit einem ebenso wundersamen Baum wie in Charkow.

„Macht nichts, Wassja", sagte Maria, „hier leben wir erst mal nicht schlecht. Ich kann betteln, ich habe eine mitleiderweckende Stimme, wenn der eine nichts gibt, dann gibt der andere. Sieh hin, wieviel Leute hier rumlaufen. Zu denen gehe ich betteln, vielleicht geben sie mir was. Hier kann uns keiner was tun. Hier sind auch in der Nacht eine Menge Menschen, und es ist hell... Nur darfst du nicht aufs Stehlen verfallen, Wassja, Gott bewahre dich! Hast du gesehen, wie böse der Alte geworden ist? Der war nicht auf uns böse, sondern auf die Diebe... Vergehe dich nie am einfachen Volk, Wassja, dann wird es im gegebenen Moment auch für dich eintreten, aber wenn du es beleidigst, überläßt es dich der Willkür des Schicksals... War das etwa gut für uns nachts in der dunklen Scheune, mit nichts als finsteren Feldern ringsum und in Gesellschaft dieses schlechten Menschen, den du in deiner Dummheit liebgewonnen hast?"

So belehrte Maria ihren Bruder Wassja, und dieser hörte aufmerksam zu, denn er war ja darauf angewiesen, was Maria an milden Gaben zusammenbrachte. Und das war hier, auf dem Bahnhof von Isjum, in der Tat gar nicht wenig.

„Erbarme dich, Herr! Jesus Christus, Gottes Sohn", redete sie die Leute an.

Auf diese Worte hin gaben ihr Alte wie Junge, Männer wie Frauen meist etwas. Sogar einige Parteiangehörige konnten die Bitte des Kindes nicht abschlagen, obwohl es die überlebten kirchlichen Phrasen des alten Regimes benutzte. Ein Reisender, zweifellos Parteimitglied, denn er trug einen Ledermantel und hatte eine Säbelnarbe wie der Brigadier Petro Semjonowitsch, spendierte Maria fünf in ein Paket gewickelte, mit Erbsen gefüllte Piroggen, sie bekam auch mal einen Hering oder eine Wurst, von Brot gar nicht zu reden. In Isjum auf dem Bahnhof aßen Maria und Wassja zum erstenmal wenn nicht im Übermaß, so doch zumindest nicht mit Heißhunger. Nachts schliefen sie auf Bänken in einer warmen Ecke, zufrieden mit ihrem Leben.

Doch kein zufälliger, vom Schicksal nicht vorbereiteter Erfolg ist von Dauer. Als Maria einmal, es war am dritten Tag ihres und Wassjas erfolgreichen Lebens, von einem Bittgang um Almosen zurückkehrte, stand eine erboste Frau vor Wassja, ähnlich der, die in der Stadt Dimitrow Shorik mitgenommen hatte.

„Da ist meine Schwester", erklärte Wassja und zeigte mit dem Finger auf Maria.

„Sehr schön", sagte die Frau. „Und wo ist eure Mutter?"

„Die haben wir unterwegs verloren", erwiderte Maria.

„Dann kommt mal mit."

Sie führte Maria und Wassja aus dem warmen Bahnhofsgebäude hinaus auf einen windigen Platz, wo noch mehr Kinder standen, doch zum Glück keine solch abgerissene Rabauken wie in Charkow in dem Sammelwaggon, soviel erkannte Maria inzwischen schon. Alle wurden paarweise aufgestellt, dann setzte sich die Schar in Bewegung. Maria ging natürlich mit Wassja und hielt ihn an der Hand. Früher, als sie noch im Vorwerk lebte, hätte sie sich gewiß die Augen ausgeschaut, um all die Häuser und Menschen links und rechts zu betrachten. Aber jetzt kümmerte sie die Stadt Isjum kaum, vielmehr beschäftigte sie der Gedanke, wohin man sie brachte und was es dort zu essen gab. Der Marsch endete in einem Pferdehof, umgeben von mehreren Ställen, vor denen auf einem festgestampften freien Platz Pfosten mit Ketten zum Anbinden der Pferde standen und eine Menge Pferdemist lag. Eine Frau mit kurzgeschnittenem Haar stellte sich als Erzieherin vor; wie sie hieß, sagte sie nicht – eben einfach Erzieherin. Sie öffnete das Tor eines der Pferdeställe, in dem auf dem Boden fauliges Stroh lag; nur ganz im Hintergrund waren einige Pferde zu sehen, vorn war der Raum leer.

„Setzt euch hier hin", sagte die Erzieherin, „und wartet, bis ich euch zum Essen hole. Aber geht nirgendwo allein hin, sonst tritt euch womöglich ein Pferd tot."

Darauf entfernte sie sich. Maria und Wassja setzten sich abseits von den anderen Kindern hinter einen Strohhaufen und aßen von den Gaben, die Maria auf dem Bahnhof ergattert hatte. Da sah Maria ein junges Bürschchen auf sich zukommen, jünger als sie, aber älter als Wassja.

„Ich heiße Wanja", sagte der Junge.

„Na und?" erwiderte Maria.

„Gebt mir was zu futtern."

„Verschwinde", sagte Maria, „was wir haben, reicht kaum für meinen Bruder und mich. Es gibt ja bald ein

Mittagessen für alle, da kannst du dir den Bauch voll-
schlagen."

Der Junge ging weg, ohne noch etwas zu sagen.

Das gemeinsame Mittagessen ließ auf sich warten.
Nach mehreren Stunden erst kam die Erzieherin, stellte
alle Kinder paarweise auf und führte sie in eine Kantine
neben dem Pferdehof. Vielleicht hätte Maria in den
Hungerzeiten im Vorwerk ein solches Mittagsmahl mit
Appetit verzehrt, aber nachdem sie auf dem Bahnhof von
Isjum so gut bedacht worden war und Hering, Wurst
oder Piroggen mit Erbsen gekostet hatte, brachte sie
dieses Essen nur mühsam und notgedrungen hinunter.
Auch Wassja aß zögernd, wie sie bemerkte. Also wirklich, dachte sie, wir werden kaum zurechtkommen,
wenn Wassja nicht auch betteln geht. Ich muß es ihm
beibringen, sonst wächst er als Faulenzer auf, und das
verleitet im Nu zum Stehlen...

So geschah es dann auch. Einmal am Tag, stets zur
selben Zeit, am frühen Nachmittag, kam die Erzieherin
und führte die Kinder in die Kantine, wo es jedesmal
entweder eine dünne Suppe aus heißem Wasser und
Mehl oder Weizenbrei ohne Fett und ein Stück Brot gab.
In der übrigen Zeit sahen alle zu, wie sie sich selbst
versorgen konnten, die einen durch Betteln, andere
tatsächlich durch Diebstahl. Maria ließ Wassja nicht von
ihrer Seite, obgleich sie sah, daß betteln nicht sein Fall
war. Aus diesem Grund bekam er auch nur selten mal
was, denn jede Sache erfordert Mühe und Talent. Aber
gut, wenn er schon nicht bettelte, so war er doch in
Marias Nähe, wartete auf sie hinter der Ecke oder auf
einer Bank. Ihr zu gehorchen lag ja in seinem Interesse,
denn wenn sie etwas Gutes bekam, gab sie es ihm. Maria
bettelte in Bierstuben und an reicheren Häusern, auf
den Bahnhof aber ging sie selten und auf den Markt gar
nicht, und zwar einzig Wassjas wegen. Sie wußte, daß
sich dort viele Diebe rumtrieben, die möglicherweise
auf Wassja einen schlechten Einfluß ausüben würden.

So vergingen die Tage, und die Nächte verbrachten sie in ihrem Stall.

Auf dem Pferdehof arbeitete ein alter Mann als Nachtwächter, allgemein „der Moskal"* genannt. Er war gutmütig und freundlich, mochte die Kinder, und die Kinder mochten ihn. Oft saß er unter den jungen Bewohnern des Pferdestalls und erzählte ihnen vor dem Einschlafen Märchen. Einige Kinder entschlummerten dabei rasch, andere hörten ihm bis spät in die Nacht zu, darunter auch Maria und Wassja. Viele unterschiedliche Märchen kannte der Alte. Eins berichtete von Iwan Zarewitsch, eins von Marfuscha, dem Waisenkind, eins von Ilja Muromez, dem Bezwinger der Ungläubigen. Und da war noch eins, das interessanteste, das Märchen vom Gotteskindchen Jesus Christus. Der Großvater stützte sein faltiges Gesicht mit dem weißen Bart in die Hand, gab sich seinen Gedanken hin und begann:

„In einem Königreich weit hinter den sieben Bergen hatte sich die Sünde sehr verbreitet. Da beschloß Gott der Herr, das Volk von der Sünde zu erlösen, und er schickte sein geliebtes Kind, sein Söhnchen Jesus Christus, hinab auf die Erde. Als Jesus unter den Menschen erschien, ging es denen gleich besser. Er nahm Brot und speiste damit alle, bis sie satt waren, besprengte sie mit Wasser aus dem Fluß Jordan und sprach: ‚Ihr werdet von jetzt an das getaufte, rechtgläubige Volk sein, allen Juden aber, die nicht arbeiten, sondern nur in den heiligen Tempeln Handel treiben wollen, wird das Reich Gottes versagt bleiben.' Da nahmen sich die Juden vor, das liebe göttliche Kindchen, Gottes Söhnchen Jesus Christus, umzubringen. Der Oberste unter den Juden aber war Judas Antichrist", hier hob der gute Alte den Zeigefinger, als drohe er jemandem in der Dunkelheit, während er zugleich lauschte, wie am anderen, fernen Ende des Stalles

*Bei den Kleinrussen und Polen Spitzname für die Moskauer Russen.

die Pferde stampften und schnaubten, „und dieser Judas Antichrist versammelte den ganzen weltweiten jüdischen Kahal* – das heißt seine ganze Räuberbande – und sprach: ‚Solange Jesus Christus lebt, können wir das rechtgläubige Volk nicht unterwerfen und die rechtgläubigen Männer und Frauen nicht zwingen, für uns zu arbeiten, auch können wir nicht das Blut der rechtgläubigen Kinder erlangen, um unsere Mazzes damit zu backen.' Mazzes heißen bei denen ihre unreinen Fladenbrote. Und einmal ging Jesus Christus in einen Garten, da lauerten ihm Judas und noch andere Juden in den Büschen auf. Sie packten Jesus Christus, schleppten ihn auf einen Berg und nagelten seine Hände und Füße an ein Kreuz, weil sie dachten, davon werde er sterben. Aber er starb nicht, sondern erhob sich durch göttliche Kraft bis hinauf in den Himmel, von wo er abermals dem rechtgläubigen Volk erschien und sprach: ‚Ich bin es. Glaubt nicht den Juden, daß ich gestorben sei, und vergeltet ihnen meine göttlichen Qualen...'"

Dieses Märchen war zwar höchst spannend, aber doch auch sehr lang, so daß gegen sein Ende die meisten Kinder bereits schliefen. Maria und Wassja jedoch schliefen nicht, und auch der Junge, der am ersten Tag zu ihnen gekommen war und um etwas zu essen gebeten hatte – Wanja –, auch der schlief nicht, so daß er das Ende hörte. Das aber erzählte der Alte jedesmal anders. Mal erschienen auf Jesu Christi Ruf hin Ilja Muromez und Aljoscha Popowitsch, mal Stepan Rasin und Jemeljan Pugatschow oder Jermak Timofejewitsch, der Eroberer Sibiriens... So ging es jede Nacht. Die Pferde prusteten, und in das kleine Stallfenster unter dem Dach schaute der Mond. Am Ende hielt Wassja dann doch nicht durch, sein Kopf sank auf die Brust, und er atmete tief.

„Wassja ist eingeschlafen", sagte Maria, und sie führte ihren Bruder behutsam in die Ecke, wo sie zuvor das

---

* Gemeinde der polnisch-russischen Juden.

Stroh aufgeschüttelt hatte. Dort bettete sie ihn und legte sich selbst daneben. Ihr gefielen diese nächtlichen Märchen, doch später bedauerte sie, daß sie Wassja erlaubt hatte zuzuhören, weil er sich dabei mit Wanja anfreundete.

Eines Tages erklärte Wassja, als Maria sich eben zu ihrer Betteltour durch die Stadt anschickte:

„Ich gehe nicht mit dir, ich gehe mit Wanja."

„Brüderchen", sagte Maria zu ihm, „was habe ich dir denn getan? Du kriegst doch immer das Beste von dem, was ich erbettele... Wanja wird dir bloß das Stehlen beibringen, ich weiß, daß er auf den Markt geht."

„Na und, was ist denn dabei?" entgegnete Wassja. „Auf dem Markt geben einem die Leute mehr und bessere Sachen."

„Das kenne ich", erwiderte Maria. „Dort sind die Leute habgierig, wer was kauft, will möglichst wenig dafür zahlen, und wer was verkauft, will möglichst viel einnehmen... Es ist nirgends besser als in den Bierstuben und an reichen Häusern. Auch auf dem Bahnhof bekommt man reichlich, nur sind die Leute dort argwöhnisch, weil sie Angst haben vor Dieben. Wenn man ihr Vertrauen gewinnt, geben sie, wenn nicht, kann man auch Prügel beziehen. Geh mit mir, Brüderchen, da wirst du bestimmt satt."

Aber Wassja hörte nicht auf seine Schwester, er schloß sich Wanja an. Gegen Abend kam er und sagte:

„Maria, gib mir Brot, ich habe nichts bekommen."

Maria erwiderte tadelnd:

„Du hättest nicht auf den Markt rennen, sondern überall um eine milde Gabe bitten und dich anstrengen sollen." Aber sie gab ihm dennoch Brot.

Am nächsten Tag redete er gar nicht erst mit ihr und erschien nicht mal zum Mittagessen. Wanja und er kehrten spät zurück, beide zufrieden und mit Bonbons im Mund. Maria begriff sofort, sie fragte Wassja nichts, sondern nahm Wanja beiseite und sagte:

„Stehlt ihr auf dem Markt?"

„Ja", bekam sie zur Antwort.

„Wanja", sagte darauf Maria, „was du tust, ist deine Sache, aber ich bin für Wassja verantwortlich vor unserer Mutter, die wir unterwegs verloren haben, außerdem vor unserer Schwester Schura und unserem Bruder Kolja... Verleite Wassja nicht zum Diebstahl, Wanja."

„Wir stehlen ja gar nicht, wir erbetteln uns was", antwortete Wanja mit frechem Grinsen. „Das habe ich nur so gesagt."

„Du lügst wie gedruckt", rügte ihn Maria wütend, und während sie von ihm wegging, dachte sie: Die einzige Hoffnung ist jetzt, daß man uns bald von hier fortschafft und auf verschiedene Kinderheime verteilt, so daß Wanja und Wassja getrennt werden.

Von einer solchen Überführung war schon lange gerüchteweise die Rede. Eines Morgens holte die Erzieherin die Kinder zusammen und sprach:

„Kinder, heute kommt ein Auto, und ihr fahrt alle weg, aber wohin, das weiß ich nicht. In das Auto passen nicht alle rein, es muß ein paarmal fahren, deshalb seht zu, wenn ihr einen Bruder habt oder eine Schwester, daß ihr zusammenbleibt und in dieselbe Gruppe kommt."

Sie hatte kaum ausgeredet, da lief Maria los, um Wassja zu suchen und ihm Bescheid zu sagen, aber er war wie vom Erdboden verschwunden. Das Auto kam, ein Lastwagen. Die erste Gruppe fuhr ab – Maria wartete. Das Auto kam wieder und nahm die zweite Gruppe auf, Maria aber wurde unruhig, denn Wassja war immer noch nicht da. Was sollte sie tun? Ihn auf dem Markt zu suchen war nicht ratsam, zu leicht konnten sie sich verpassen. Er kehrte womöglich inzwischen auf den Pferdehof zurück, wurde aufgeladen und fuhr ohne seine Schwester weg. Wie litt Maria in diesen Minuten, wie verwünschte sie Wanja, daß er Wassja angestachelt hatte, mit ihm auf Diebstahl auszugehen, noch dazu an eben diesem Tag! Wie sehr warf sie sich auch selbst vor, daß sie Wassja erlaubt hatte, die nächtlichen Märchen des alten Nachtwächters mit anzuhören, bei denen er mit Wanja näher bekannt geworden war! Das Lastauto kam zum drittenmal und nahm eine weitere Gruppe auf, nur noch wenige Kinder blieben für die letzte Fahrt zurück. Da hielt Maria es nicht länger aus, sie rannte auf den Markt, suchte ihren Bruder, rief nach ihm, fand ihn aber nirgends. Sie lief auch durch die Stadt, in all die Bierstuben, wo sie früher mit Wassja gebettelt hatte, vielleicht, daß er doch noch zu Verstand gekommen und, statt zu stehlen, um milde Gaben bitten gegangen war, auch zum Bahnhof hastete sie. Schweißnaß und erschöpft langte sie wieder auf dem Pferdehof an. Wassja war nicht da, aber das Lastauto stand bereit und lud die letzten Kinder ein. Maria bat, sie zurückzulassen und nicht fortzuschaffen, ehe sie ihren Bruder gefunden habe, doch die Erzieherin sagte:

„Dein Bruder stiehlt, das wissen wir – willst du hierbleiben, um es ihm gleichzutun? Wir werden ihn finden, und dann bringen wir ihn dorthin, wo du auch bist."

Maria weinte, wollte erklären, daß sie vor ihrer Mutter für Wassja verantwortlich sei, aber die Erzieherin und ein grauhaariger Mann packten sie derb unter den Achseln wie seinerzeit Grischa in der Scheune, schoben sie in das Auto und befahlen den anderen Kindern, sie festzuhalten. Doch wenn sie in der nächtlichen Scheune Grischa gezwungenermaßen zu Willen gewesen war, weil er ihr den Arm umgedreht hatte, so kämpfte sie hier für ihren Bruder Wassja bis zuletzt, obgleich die fremden Hände, die sie festhielten, ihr weh taten; sie schrie so verzweifelt wie wohl bisher nur auf dem Bahnhof in Charkow, als die Mutter sie und Wassja verlassen hatte. Am Ende gelang es ihr tatsächlich, sich loszureißen und von dem Auto zu springen, aber die Erzieherin und der grauhaarige Mann holten sie ein, faßten sie abermals unter den Achseln und setzten sie wieder in den Lastwagen. Maria weinte und verwünschte die aufsichtführenden Erwachsenen, und ihre Stimme tönte noch laut, als das Auto die Stadt Isjum schon verlassen hatte und nach Überqueren einer Brücke zwischen Feldern dahinfuhr. Endlich, schon weit von Isjum entfernt, verstummte sie erschöpft und fügte sich, so daß man sie losließ. Und wie nach dem Geschehnis mit Grischa in der Scheune fiel sie nicht in Schlaf, sondern in eine Art Geistesabwesenheit. Sie nahm alles wahr, begriff jedoch nichts. Ihr Bewußtsein kehrte erst zurück, als sie in einem Dorf feststellte, daß von der ganzen Gruppe nur noch zwei Kinder übrig waren – sie selbst und ein älteres Mädchen. Das Mädchen wurde irgendwohin geführt, zu Maria aber sagte man:

„Du wartest hier."

Aber jetzt paßte niemand mehr auf, und kaum war sie allein, da rannte sie davon.

Sie lief zum Dorf hinaus und folgte der Landstraße, und als sie in die Felder kam – zum erstenmal ganz allein, denn wenn auch nur selten jemand von ihren Angehörigen um sie gewesen war, so hatte sie doch unterwegs immer Wassja bei sich gehabt –, als sie allein in die Felder kam, fühlte sie, daß mit der Welt eine Veränderung vor sich ging; sie blickte auf und sah: Es schneite… O du mein Gott, dachte sie, wie soll ich in solcher Kälte und noch dazu mit hungrigem Magen Isjum finden, wo Wassja zurückgeblieben ist? Sie hüllte sich fester in ihre alte Jacke und barg das Gesicht im Kragen, um mit ihrem Atem ihre Brust zu wärmen.

So schritt sie weiter aus. Alles ringsumher wurde weiß – es schneite und schneite, und je mehr Schnee fiel, um so mehr plagte sie der Hunger. Die Erde unter ihr war weiß und rein, der Himmel kaum merklich dunkler, aber ebenfalls weiß, wie verschneit, und in all dem Weiß bewegte sich Maria als kümmerlicher schwarzer Fleck. Wäre sie fähig gewesen, über sich selbst zu reflektieren, dann hätte sie in diesem Augenblick empfunden, wie überflüssig ihr Dasein in der Welt war und wie sehr es die Schönheit störte. Doch zu ihrem Glück konnte sie sich weder vor dem Hintergrund des ersten Schnees selbst sehen noch sich als Außenstehende begreifen, wie dies kontemplative Persönlichkeiten vermögen. Hätte sie jedoch über sich nachdenken können, wäre sie gewiß darüber erschrocken, daß noch niemand sie wirklich gebraucht hatte, nicht mal ihr Bruder Wassja, und daß ihre Existenz bisher lediglich für einen schlechten Menschen ein Vergnügen gewesen war, nämlich für Grischa, als er sie in der Scheune vergewaltigte. Solche entmutigenden menschlichen Gedanken bringen den seltenen fruchtbaren Atheismus hervor, der Gott wohlgefälliger ist als gefühlskaltes Psalmensingen oder der verbreitete Götzendienst. Zwischen Maria und ihrer Seele wie auch ihrem Verstand lag ein endloser Raum, aber das stumme Herz, dem Gott nicht die Gabe der Rede verliehen hat, Marias Herz war bei ihr, und sie weinte, ohne Worte, ohne zu begreifen, nur mit unartikulierten Lauten.

Dies war nicht das übliche, gewöhnliche Weinen, wie sie selbst es gerade erst bei der Trennung von Wassja hatte hören lassen, keine schreiende, verwünschende, gedankenlose, nichts bewirkende Klage. Es war ein göttliches Weinen, aus dem Herzen kommend, mit dem der Herr mitunter die Einfältigen belohnt, denen er es anstelle der nur den Propheten zugänglichen großen Wahrheiten gewährt. Und Maria, das Bettelmädchen, von der sich die Mutter, der ältere Bruder und die ältere Schwester abgewandt hatten und die ihren jüngeren Bruder Wassja verloren hatte, deren Fehlen auf Gottes Welt einzig ihren Vergewaltiger um sein Vergnügen gebracht hätte, der ihren Körper in einer Scheune benutzte, diese Maria wurde durch das göttliche Weinen inmitten des weißen Himmels und der weißen Erde erhöht und erwirkte durch solche einfältige, doch von Herzen kommende Klage den Trost des Herrn, wie er ihn durch den Mund seines Propheten Jesaja spendete:

„Wie eine Mutter ihren Sohn tröstet, so tröste ich euch... Wenn ihr das seht, wird euer Herz sich freuen, und ihr werdet aufblühen wie frisches Gras..."

Ohne Worte erfuhr Maria diese Belehrung des Herrn, und sie erfaßte sie ohne ihren Verstand. Getröstet durch die ihr gewährte kostbare Gabe – das göttliche Weinen –, wanderte Maria beruhigt und erleichterten Herzens weiter über die verschneite Flur, bis sie zu einem ebenfalls verschneiten Bahnhofsgebäude gelangte. Es war nicht Isjum, sondern die Station Andrejewka.

Tut nichts, dachte Maria, beruhigt im Herzen, hier kann ich mich immer von milden Gaben ernähren, und vielleicht denke ich mir auch noch was aus... Muß ich denn unbedingt nach Isjum? Womöglich ist mein Bruder Wassja gar nicht mehr dort, vielleicht war er es schon heute morgen nicht mehr, als ich wie eine Irre über den Markt und durch die Stadt gerannt bin. Vielleicht geht er mit seinem Freund Wanja in einem anderen Ort auf Diebstahl aus. Und wenn es mich auch bedrückt, daß ich nicht richtig auf ihn aufgepaßt habe, so werden doch meine Mutter, wenn ich sie wiederfinde, mein Bruder Kolja und meine Schwester Schura vielleicht verstehen, daß ich nicht mal für mich selber einstehen konnte, und Nachsicht mit mir üben.

Mit solchen Überlegungen beruhigte sich Maria vollends, und sie beschloß, die Reisenden auf der Station Andrejewka um milde Gaben zu bitten, denn sie war sehr hungrig. Aber wie sie nicht in jedes Haus betteln ging, so tat sie dies auch nicht an jedem einfahrenden Zug. Wenn sie sah, daß sich in einem die Passagiere drängten, in Lumpen gekleidet wie sie selbst, und ihr Gepäck aus Säcken und Körben bestand, dann rührte sie sich gar nicht erst von der Stelle, sondern blieb lieber im Warmen auf einer Bank sitzen. Kam jedoch ein reicher Zug an, aus dem nur ein paar Leute mit Koffern ausstiegen, bettelte sie sie sogleich an.

Gerade lief wieder ein solch reicher Zug ein. Aus einem der Waggons stieg ein junger Herr mit einem glänzenden Koffer in der Hand aus, gefolgt von einer jungen Dame ohne Koffer. Schon wollte Maria sie ansprechen, da verlor sie plötzlich den Mut. Noch nie hatte sie so schöne Menschen gesehen. Und ein Duft ging von ihnen aus – wie Honig. Ohne selbst zu wissen, warum, folgte Maria den beiden. Dabei hörte sie den jungen Herrn zu der jungen Dame sagen:

„Ich fahre nicht mit diesem Zug nach Charkow weiter, ich fahre über Kursk nach Lgow."

Da faßte sich Maria an den Kopf: Mein Gott, in Lgow arbeitet doch unsere große Schwester Xenia in einem Erholungsheim! Daran hatte sich Maria kaum noch erinnert, es fast vergessen. Aber als der junge Herr die Stadt nannte, fiel es ihr wieder ein.

Indessen ging die junge Dame weg, und der junge Herr blieb allein. Maria begann zu weinen. Natürlich nicht so wie in der verschneiten Flur, nicht allein für sich, sondern mit Vorbedacht, um Aufmerksamkeit zu erregen. Der junge Herr sah zu ihr hin und fragte:

„Warum weinst du, Mädchen?"

„Ich habe meine Mutter verloren", sagte Maria, „und in der Stadt Lgow wohnt meine große Schwester Xenia, sie arbeitet in einem Erholungsheim, aber ich habe kein Geld, um zu ihr zu fahren..."

„Sicher hast du auch Hunger?" fragte der junge Herr.

„Ja", antwortete Maria.

„Dann gehen wir erst mal in den Speisesaal, ich kaufe dir was zu essen", sagte der junge Herr.

Der Speisesaal der Station Andrejewka war nur klein, nicht so wie der auf dem Bahnhof der Stadt Isjum, aber der junge Herr sagte etwas zu dem Kellner, und der brachte sofort ein gebratenes Huhn und eine Flasche wohlschmeckendes süßes Wasser. Maria machte sich über alles her und betrachtete dabei immerfort den gutaussehenden jungen Herrn, was sie so ablenkte, daß ihr gar nicht bewußt wurde, wie gut das gebratene Huhn schmeckte.

Es muß bemerkt werden, daß mit Maria nach dem, was Grischa in der Scheune mit ihr angestellt hatte, eine Veränderung vorgegangen war. Sie lebte wie eh und je, aß, trank, schlief wie immer, und doch fühlte sie die Veränderung, und die war ihr sogar angenehm. So angenehm, daß sie sich manchmal wieder in die einsam in der weiten Flur stehende dunkle Scheune wünschte, aber nicht mit Grischa, sondern mit einem anderen Mann, ohne daß sie gewußt hätte, mit wem... Jetzt jedoch, nachdem sie den jungen Herrn getroffen hatte, wurde ihr klar, daß es einer wie er sein müßte, und selbst wenn es ihr wieder weh tun sollte, würde sie sich nicht wehren und nicht schreien. Und der Gedanke kam ihr, nicht nach Lgow zu Xenia zu fahren, sondern bei dem jungen Herrn zu bleiben. Aber wie sollte sie ihm das zu verstehen geben? Indessen sagte der junge Herr:

„Iß schneller, Mädchen, wir haben wenig Zeit. Du kommst jetzt mal mit.“

Maria nagte erfreut die Knochen ab und trank die ganze Flasche mit dem süßen Wasser leer, erst danach besann sie sich und sagte verlegen:

„Entschuldigen Sie, ich habe alles aufgegessen und nichts für Sie übriggelassen.“

Der junge Herr aber lachte nur, so daß man seine ebenmäßigen, blendend weißen Zähne sah.

„Das macht nichts“, erwiderte er, „ich werd's verkraften.“

Maria ging mit ihm hinaus, und vor Freude hätte sie zum erstenmal seit vielen Tagen wieder singen mögen. Hier muß angemerkt werden, daß sie früher zusammen mit ihrer Mutter und ihrer Schwester Schura gesungen hatte. „Mondhelle Nacht“ hatten sie gesungen oder „Gießt mir ein noch einen Becher Tee, lebt wohl, ich geh auf Reisen“. Das Lied mit dem Tee wurde sicherlich nicht zu fröhlichen Anlässen gesungen, aber die anderen

Lieder rief sie sich gern ins Gedächtnis. So folgte sie dem jungen Herrn, angenehmen Erinnerungen hingegeben. Sie näherten sich dem Eisenbahnwaggon, wo die junge Dame aus dem Fenster sah, und als sie den jungen Herrn erblickte, kam sie heraus, umarmte ihn und weinte, als hätten sie sich lange nicht gesehen. Der junge Herr sagte zu ihr:

„Walja, nimm dieses Mädchen mit bis Charkow, dort soll sie jemanden bitten, sie nach Kursk zu bringen und dann weiter nach Lgow, wo sie eine Schwester hat."

Die junge Dame löste sogleich die Arme von seinen Schultern, tupfte sich mit einem Spitzentaschentuch die Tränen von den Wangen und erwiderte:

„Du fährst doch selber nach Kursk und von dort nach Lgow."

„Ja, aber noch nicht so bald", antwortete der junge Herr, „und das Mädchen muß dringend hin. Mein Platz ist ja frei. Hier hast du was für die Ausgaben." Und er wollte ihr Geld geben.

„Ich brauche kein Geld", entgegnete die junge Dame. „Meinetwegen kann sie mitfahren."

Und Maria stieg in einen Waggon von unbeschreiblicher Schönheit – ganz mit Seide ausgeschlagen, mit einem Spiegel an der Wand und weichen Sitzbänken. Sie setzte sich ans Fenster neben den cremefarbenen Vorhang und schaute hinaus zu dem jungen Herrn, die junge Dame saß indessen ihr gegenüber und tat so, als werfe sie keinen Blick aus dem Fenster, aber Maria sah, daß sie doch immer wieder verstohlen auf den Bahnsteig lugte. Ja, dachte Maria schadenfroh, ich muß von dem jungen Herrn wegfahren, aber du auch... So hat ihn wenigstens keine von uns, weder du noch ich.

Da ruckte der Zug an, und Maria wurde davongetragen wie auf Händen, so weich und ohne jedes Geräusch.

„Wie heißt du?" fragte die junge Dame.

„Maria."

„Und wie alt bist du?"

„Das weiß ich nicht."

„Bist du vom Dorf?"

„Ja", erwiderte Maria, „aus dem Dorf Schagaro-Petrowskoje, Vorwerk Lugowoi."

„Du bist vermutlich noch nicht mal vierzehn", sagte die junge Dame, „vielleicht zwölf... Ein glückliches Alter, ohne Männer und ohne Leid."

Weiter redete sie nichts mit Maria, sie saß nur schweigend in ihrer Ecke und führte von Zeit zu Zeit mit ihren nadeldünnen, rotlackierten Fingern das Spitzentaschentuch an die Augen. Erst in Charkow sprach sie wieder.

„Hier hast du Geld", sagte sie zu Maria, „kauf dir davon eine Fahrkarte nach Kursk, und dort kaufst du dir eine nach Lgow."

„Gott schütze Sie", antwortete Maria, wie ihre Mutter sie gelehrt hatte, sich zu bedanken. „Aber geben Sie mir um Christi willen auch ein bißchen Brot... Die Fahrt ist lang, und wer weiß, ob ich unterwegs was erbetteln kann, an was für Leute ich gerate."

„Du hast mehr Geld, als du für die Fahrkarte brauchst", erwiderte die junge Dame. „Kauf dir Brot und Wurst... Ich habe kein Brot bei mir und bin selber hungrig."

Maria bedankte sich noch einmal und verließ die junge Dame, die sie nie wiedersah. Sie trat in das Bahnhofsgebäude, das ihr jetzt gar nicht mehr so groß vorkam, obwohl es noch genauso schön war wie früher. Sie erkannte die Bank, wo ihre Mutter neben ihrem Beutel gesessen hatte, und auch die weiße, glänzende Treppe, die sie mit Wassja hinaufgerannt war. Auch die Kübel mit den wundersamen Bäumen standen noch da. Ein Kloß setzte sich ihr in die Kehle, und sie weinte bitterlich, aber nicht so wie in der verschneiten Flur auf dem Weg zu der Station Andrejewka, so konnte sie nicht weinen, und deshalb war ihr danach noch ebenso schwer ums Herz. Papiergeld hatte ihr vordem nie jemand gegeben, immer nur Kupfermünzen, auch wußte sie zwar, wo man Brot und Wurst kaufte, doch wie man zu einer Fahrkarte kam, das wußte sie nicht. Ein junger Mann, den sie unter den vielen Leuten auswählte, um ihn zu fragen, zeigte es ihr, und so erstand sie das feste grüne Pappkärtchen.

Der junge Mann war nicht so schön wie der auf der Station Andrejewka, doch er sah ebenfalls gut aus, und vielleicht hätte Maria auch bei ihm nicht geschrien, wäre sie mit ihm in der dunklen Scheune gewesen...

Die Wurst, die sie kaufte, war hart und schwarz, sie schmeckte ihr nach dem gebratenen Huhn im Speisesaal der Bahnstation Andrejewka nicht, denn Maria war verwöhnt durch die reichen Gaben, die nicht daher rührten, daß es plötzlich so viele Wohlhabende gab, sondern daher, daß sie gelernt hatte, an der rechten Stelle bei den richtigen Leuten zu betteln.

„Magst du die Wurst nicht?" fragte sie ein Mann in Uniformmantel und Wickelgamaschen und mit so gerötetem Gesicht, als habe er in eisiger Kälte gestanden. „Auf solcher Wurst bin ich früher mal geritten... Wie's in dem Lied heißt: ,Und aus Budjonnys Reiterarmee wurde Wurst gemacht!' "* Er lachte. „Gib mir deine Pferdefleischwurst, wenn sie dir nicht schmeckt!"

Maria brach ein Stück von der Wurst ab, und zum erstenmal in ihrem Leben empfing sie nicht eine milde Gabe, sondern spendete sie, und im selben Augenblick begriff sie, wie angenehm es ist zu geben und welche Befriedigung sich die Leute damit bereiten... Nicht die Bettler sollten denen danken, die ihnen etwas geben, sondern die Gebenden dem Bettler dafür, daß er ihnen durch seine Existenz ein Vergnügen bereitet.

Obwohl der Mann schmutzig war, ging ein angenehmer Duft von ihm aus, wie von dem jungen Herrn auf der Station Andrejewka. Er nahm das ihm von Maria dargereichte Stück Pferdefleischwurst mit zitternden

---

* Verballhornung des damals populären Budjonny-Marschs.

88

Händen und biß sofort hinein. Auch wenn er Maria ganz sympathisch gewesen war, als sie ihm die Wurst gab, mochte sie ihn nicht mehr, sobald er das abgebissene Stück kaute; sie ging weg und dachte bitter: Wassja hat bestimmt nicht mal eine solche Wurst. Durch Diebstahl ist nichts zu erlangen, man wird nur verprügelt, und um milde Gaben zu bitten, habe ich ihm nicht beigebracht! Doch ihr Kummer um Wassja brannte schon nicht mehr so sehr wie in Isjum, als sie getrennt wurden, ihre Aufmerksamkeit galt jetzt bereits mehr sich selbst. Und wäre Maria je in Philosophie unterrichtet worden, dann hätte sie begriffen, daß ihr Kummer nun optimistisch war, denn jeder Optimismus, selbst der weltweite, fußt auf den eigenen Interessen. Sei's drum, dachte Maria, ich fahre zu Xenia, die wird Wassja schneller finden als ich, denn sie ist schon lange vom Dorf weg und lebt in der Stadt. Brot hatte Maria noch, auch Wurst, wenn auch nur solche aus Pferdefleisch, und so fuhr sie auf ihre Fahrkarte nach Kursk. Eine ganze Nacht fuhr sie und hatte ihren eigenen Platz, reiste wie ein Fräulein und stieß jeden mit dem Ellbogen weg, der sie verdrängen wollte.

In Kursk auf dem Bahnhof waren ebenfalls wieder viele Leute, und auch Bäume in Kübeln standen da, aber das war Maria schon gewöhnt, sie interessierte sich weniger für die Umgebung, sondern überlegte vielmehr, wie sie in die Stadt Lgow gelangen und zu einigen milden Gaben kommen könnte, denn das Charkower Brot und die Wurst waren aufgegessen. Doch die in Isjum leicht erlangten Gaben und die glückliche Begegnung mit dem jungen Herrn auf der Bahnstation Andrejewka wie auch die Fahrt in dem vornehmen Waggon hatten Maria sichtlich träge gemacht, und sie bettelte lustlos wie Wassja, ohne innere Anteilnahme. Daher gab ihr in Kursk niemand etwas, und eine Frau, die sie, mit Christi Namen auf den Lippen, ansprechen wollte, schlug ihr sogar unvermittelt ins Gesicht. Maria lief weg und versteckte sich hinter einigen Kisten am Ende des Bahnsteigs, aber sie weinte nicht, sondern dachte nach, auf welche Weise sie sich zu Xenia nach Lgow durchschlagen könnte, denn Geld für eine Fahrkarte hatte sie nicht mehr: Es war töricht gewesen, die Wurst zu kaufen, und auch für Brot hätte sie nicht so viel oder besser gar nichts ausgeben, sondern es erbetteln sollen. Hinsichtlich der Frau, die sie geschlagen hatte, beruhigte sie sich: Das ist nicht so schlimm, sie hat mich gewiß irrtümlich für eine Diebin gehalten . . . Aber sogleich sagte sie sich auch betrübt: So ergeht es Wassja sicher jeden Tag. Ich muß schnell zu Xenia, damit sie ihn sucht.

Da kamen plötzlich zwei schmutzige Jungen ihres Alters und ein Mädchen auf sie zu.

„Hast du der Frau den Koffer gestohlen?" fragte sie der größere.

„Nein, das war ich nicht", erwiderte Maria.

„Und wieso sitzt du hier?" fragte das Mädchen.

„Wo soll ich denn sonst sitzen", entgegnete Maria, „wenn ich in die Stadt Lgow muß und kein Geld für eine Fahrkarte habe?"

Da lachten die beiden Jungen und das Mädchen, und sie sagten:

"Du kannst mit uns fahren. Der Zug steht schon da." Und sie zeigten auf ein paar mit Sand beladene Güterwagen.

Das sind natürlich Rabauken, dachte Maria, aber ich muß doch irgendwie hinkommen . . . Wenn sie zudringlich werden, schreie ich.

Sie kletterten auf einen der Güterwagen, und der Zug fuhr ab.

„Komm her", sagte der größere Junge, „setz dich näher zu uns, sonst krepierst du ja in der Kälte."

Maria saß zuerst allein, aber der Wind drang ihr auf dem offenen Güterwagen bis auf die Knochen. Deshalb kroch sie zu den eng aneinandergedrängten anderen. Kaum war sie dort, fing der größere Junge an, sie zu kneifen, wie es der kleinere mit dem anderen Mädchen schon lange tat, wobei er ihr zugleich mit der Hand unter den Rock fuhr. Soll er kneifen, was kann ich machen, aber unter den Rock laß ich ihn nicht, dachte Maria und preßte die Knie zusammen. Sie spürte, daß der Junge keine solchen männlichen Kräfte besaß wie Grischa, er schaffte es nicht, ihre Knie auseinanderzudrücken. Das erkannte er auch selber, denn er sagte:

„Laß uns doch ein bißchen Liebe machen zusammen! Was willst du denn bei deiner Schwester in Lgow? Ich habe meinen Vater in Charkow und bin von ihm weggelaufen. Wir fahren zusammen mit den Zügen umher und machen uns ein schönes Leben."

Maria begriff natürlich, worauf er abzielte, stellte sich aber dumm.

„Nein", entgegnete sie, „ich muß zu meiner Schwester in Lgow, damit sie mir hilft, unseren Bruder Wassja zu finden."

Während sie noch so miteinander redeten, waren sie schon in Lgow.

„Entschuldigt", sagte Maria, „und schönen Dank für die Gesellschaft."

Damit sprang sie von dem Waggon.

„Ach, du Aas!" rief der Junge und wollte ihr nach. Aber Maria warnte ihn: „Ich schreie!" Da gab er es auf.

In der Stadt Isjum hatte es mal kurz geregnet, dann schien wieder die Sonne. Hier in der Stadt Lgow jedoch konnte man, wie Maria gleich sah, nicht im Freien übernachten – überall lag Schnee, und Kälte herrschte selbst im Bahnhof, der im übrigen kleiner und schlechter war als das Stationsgebäude von Andrejewka. Wenn ich meine Schwester Xenia nicht finde, dachte Maria, ist es aus mit mir... Wer wird mich ins Haus lassen zum Aufwärmen? Oder ich muß selber um Aufnahme in ein Kinderheim bitten, aber davor ist mir am allermeisten angst.

Sie fragte einen Vorübergehenden nach dem Erholungsheim.

„Welches meinst du denn, Mädchen?" erwiderte der Mann.

„Na das, wo meine Schwester Xenia arbeitet."

„Und welches ist das? Es gibt das Erholungsheim ‚Krutscha‘ und dann noch das nach dem Zehnten Parteitag benannte."

„Ich bin nicht von hier", sagte Maria, „ich weiß nicht Bescheid."

„Dann geh ins ‚Krutscha‘, dort kann es dir sicher jemand sagen." Und der Mann wies ihr den Weg.

Maria lief inmitten von Schneewehen dahin, denn in der Stadt Lgow waren die Straßen schmal und die Häuser niedrig, und in der Nacht hatte es offensichtlich ein Schneetreiben gegeben. Sie zitterte vor Kälte, die ihr so zusetzte, daß sie nicht mal stehenbleiben und sich umsehen konnte, wo sich in Lgow am günstigsten milde Gaben erlangen ließen, denn die letzten Reste der reichen Almosen waren dahin, spurlos verschwunden, die letzte aus den früheren Erfolgen geschöpfte Lebenskraft verbraucht, so daß Maria, allein geblieben, wieder Hunger litt wie zu Hause im Vorwerk. Gern hätte sie jetzt sogar Schilfgras gegessen, wenn die rechte Jahreszeit dafür gewesen wäre... Aber trotz alledem verlor Maria nicht die Hoffnung, daß sie ihrer wohlhabenden Schwester schon nahe war. Sie malte sich aus, daß Xenia reich sei. Wenn sie von ihrer dörflichen Familie nichts mehr wissen will, dachte sie, und nie was von sich hören läßt, dann muß sie reich sein.

Sie gelangte bis zum Stadtrand an einen zugefrorenen Fluß, der sich nur durch die steilen Ufer von den hinter ihm beginnenden weiß verschneiten Feldern abhob. Dort stand ein Zaun, ähnlich dem um das Sanatorium bei ihrer Hütte. Maria wollte durch das Tor gehen, aber da hielt ein alter Mann sie auf.

„He, he, verschwinde von hier!"

„Großväterchen", sagte Maria, „ich will nicht bei euch betteln. Meine Schwester arbeitet hier, ich komme von weither, um sie zu besuchen."

„Wie heißt deine Schwester?"

„Xenia."

„Und ihr Familienname?"

„Den weiß ich nicht."

„Dann verschwinde."

„Großväterchen", sagte Maria, „mein Zuhause liegt weit weg von hier, im Vorwerk Lugowoi . . . Unser Vater ist letztes Jahr gestorben, weil es ein Hungerjahr war. Er hat unserer Mutter fünf Kinder hinterlassen. Und unsere Hütte ist eingestürzt, da hat uns die Kolchosleitung eine andere Hütte gegeben, an der Landstraße, und unsere Mutter ist dort zu Hause geblieben, weil wir alle aufgedunsen waren, wir hatten nichts mehr zum Eintauschen, nur das, was wir auf dem Leib trugen und worauf wir schliefen, außer unseren Lumpen besaßen wir nichts."

„Na gut", sagte da der Alte, „geh ins Kontor und frage nach deiner Schwester." Und er ließ Maria durch.

Sie ging hinein und erblickte ein schönes altertümliches Haus, weiß angestrichen, mit einem tief verschneiten Park ringsum, in dem alte Männer und Frauen spazierengingen. Aber Maria hatte Angst, sie zu fragen, denn sie dachte: Der Alte am Tor hat mir geglaubt, aber die hier glauben mir vielleicht nicht und jagen mich weg. Was mach ich bloß? Sie ging aufs Geratewohl dem Duft von Brei mit gebratenen Zwiebeln nach und kam an eine Vortreppe, auf der ihr eine dicke Frau mit einem Eimer voll dampfendem heißem Spülwasser entgegentrat. Zu dicken Leuten hegte Maria von jeher mehr Vertrauen als zu hageren, ein Dicker hatte immer was übrig, ein Dünner hingegen gab selten etwas ab, dem mußte man eher selber was geben.

„Tantchen", redete Maria die Frau an, „wo finde ich hier meine Schwester Xenia?"

„Xenia Korobko?" fragte die Frau.

„Ja", erwiderte Maria erfreut, denn sie dachte im stillen: Das ist bestimmt meine Schwester, und wir heißen also Korobko!

„Die arbeitet nicht mehr hier", erklärte die dicke Frau, „sie hat schon am ersten Mai aufgehört und ist aus der Stadt weggezogen."

Da fing Maria an zu weinen, und sie schluchzte so bitterlich, daß der dicken Frau ebenfalls die Tränen kamen, während sie noch den Eimer in der Hand hielt. Und sie sagte:

„Weine nicht, Mädchen, ich war Xenias Freundin und kenne ihre Adresse. Sie ist in die Stadt Woronesh gezogen, dort hat sie einen Mann geheiratet, der mal bei uns zur Erholung war."

„Aber wie komme ich nach Woronesh?" sagte Maria, noch immer weinend.

„Komm mit", erwiderte die dicke Frau. „Ich gebe dir erst mal ein bißchen Suppe, dann sehen wir weiter."

Sie führte die durchgefrorene, zitternde Maria in den Raum zum Geschirrspülen, ließ sie sich auf einen Schemel niedersetzen und reichte ihr einen Blechnapf mit heißer Suppe. Lange erinnerte sich Maria später noch an die rundlichen, durch das Wasser weichen Hände mit den kurzen Fingern, die ihr die heiße Suppe gaben, während sie in einer warmen Ecke auf dem Schemel saß, denn für sie war in diesen Händen etwas Göttliches... Nicht für immer erinnerte sie sich daran, das ist auch nicht nötig, immer muß man sich nur an Gott selbst erinnern, nicht auch an seine Erscheinungsformen; an diese eine aber erinnerte sich Maria lange... Es gibt von Menschen erwiesene Guttaten, die nicht die Weihe des Höchsten haben. Das gebratene Huhn auf der Station Andrejewka hatte Maria ohne jede Emotion verspeist, im Zug hatte sie das Geld von der schönen jungen Dame ohne tiefere Empfindung angenommen, so wie sie gewöhnlich die kärglichen Almosen empfing – einen Kanten Brot oder ein Fünfkopekenstück. Die vom Vortag übriggebliebene Suppe in der Ecke des Geschirrspülraumes aber nahm sie mit weihevoller Feierlichkeit entgegen, denn eine ebensolche Feierlichkeit wie ihrem

Weinen in der verschneiten Flur auf dem Weg zur Bahnstation Andrejewka wohnte auch ihrer Dankbarkeit für die ihr in der Stadt Lgow gespendete aufgewärmte Suppe inne. Hier waltete nicht menschliche Güte, sondern die Güte Gottes...

Und wieder, schon zum zweitenmal, erfuhr Maria ohne Worte die Weisung des Herrn, begriff sie ohne ihren Verstand das, was den Propheten ständig dank ihrer Gerechtigkeit und Weisheit offenbar wird. Ohne Worte hörte und ohne ihren Verstand begriff sie das durch den Propheten Jesaja Gesagte:

„Du Ärmste, vom Sturm Gepeitschte, die ohne Trost ist, sieh her: Ich selbst lege dir ein Fundament aus Malachit und Grundmauern aus Saphir. Aus Rubinen mache ich deine Zinnen, aus Beryll deine Tore und alle deine Mauern aus kostbaren Steinen."

Sofja aber, die dicke Frau, die des Lesens und Schreibens unkundige Geschirrwäscherin, die nicht in menschlicher, sondern in göttlicher Güte gut war, hörte den Herrn nicht zum erstenmal ohne Worte und begriff ihn nicht zum erstenmal ohne ihren Verstand. So begriff sie auch jetzt den Propheten Jesaja nicht mit ihrem schwerfälligen Verstand, sondern mit ihrem stummen Herzen:

„Teile an die Hungrigen dein Brot aus, nimm die obdachlosen Armen ins Haus; wenn du einen Nackten siehst, bekleide ihn, und entziehe dich nicht deinesgleichen."

Und sie nahm ihre in der Ecke hängende Wattejacke, gab sie Maria und sprach:

„Zieh das an, sonst erfrierst du ja." Und weiter sagte sie: „Nach Schichtwechsel gehe ich mit dir zum Bahnhof und bitte den Schaffner, dich bis zur Stadt Woronesh mitzunehmen, denn das Geld für eine Fahrkarte habe ich nicht."

Sie wurde gegen Mittag abgelöst, und in der Zeit gab sie Maria noch zweimal was zu essen – einmal Weizenbrei mit gebratenen Zwiebeln und einmal Makkaroni, und von sich aus legte sie noch ein Stück Brot und ein Stück Hering dazu.

Auf dem Bahnhof befahl Tante Sofja ihrem Schützling, während sie auf den Zug warteten, ein trauriges Gesicht zu machen und, wenn möglich, sogar zu weinen. Aber wie sehr es Maria auch versuchte, diesmal gelang es ihr nicht.

„Na gut", sagte Tante Sofja, „vielleicht können wir den Schaffner auch so überreden."

Sie faßte einen Schaffner ins Auge, nicht den stillen, der alle höflich abwies, weil sein Waggon schon überfüllt war, sondern den, der die Leute beschimpfte und wegstieß. Auf ihn ging Tante Sofja zu und schilderte ihm ohne lange Vorrede Marias Kummer.

„Was willst du?" unterbrach sie der Schaffner wütend. „Wozu erzählst du mir hier Geschichten, die ich mir selber erzählen kann?"

„Nimm das Mädchen hier mit zu seiner Schwester nach Woronesh", bat Tante Sofja.

„Bist du mit ihr verwandt?"

„Nein", erwiderte Tante Sofja, „aber im Moment sind wir beide, du und ich, gemeinsam ihre Verwandten."

Der Schaffner schwieg, aber Tante Sofja blieb bei ihm stehen, wich nicht von der Stelle, und Maria befahl sie, ebenfalls stehenzubleiben. Als alle eingestiegen waren, sagte der Schaffner:

„Also los, sie soll reingehen und zusehen, wo sie einen Platz findet."

Sofja umarmte Maria, küßte sie, schlug das Kreuz und sprach ein paar leere Worte, wie sie jeder kennt und viele sie vorbringen, keine göttlichen, sondern menschliche.

„Unser Herr Jesus Christus möge dich beschützen", sagte sie. Und zu dem Schaffner sagte sie dasselbe, doch der antwortete:

„Hör mir damit auf, Tantchen, dein Christus ist längst durch Dekret abgeschafft, bete lieber für die Kleine, daß sie unterwegs kein Kontrolleur aufspürt..."

Er hatte recht, der Schaffner des Waggons Nummer sieben. Nicht in Gottes Wort, sondern in göttlichen Taten ist der einfache Mensch stark. Gottes Wort ist die Stärke nur der Propheten.

So wurde Maria durch die göttliche Tat der Geschirrwäscherin Sofja und des Schaffners des Waggons Nummer sieben in die Stadt Woronesh befördert, wo der Zug mitten in der Nacht ankam. Maria wollte zuerst den Morgen auf dem Bahnhof abwarten, aber dann sagte sie sich: Xenia ist doch meine leibliche Schwester! Sie fragte einen auf dem Bahnhof diensthabenden Milizionär nach der Straße und erfuhr, daß diese gar nicht weit weg lag. Ich gehe hin! beschloß Maria.

In Woronesh waren die Straßen breiter als in Lgow, und überhaupt gefiel ihr Woronesh vom ersten Blick an. Hier ist es wie in Isjum! dachte sie. In Kursk haben die Leute ungern was gegeben, aber in Isjum war's gut. Falls ich meine Schwester nicht finde, bleibe ich hier in Woronesh den Winter über. Und wenn ich sie finde, bleibe ich mit ihrer Hilfe erst recht! Mit solchen Gedanken suchte Maria in der Straße nach der Adresse, denn lesen und schreiben konnte sie, das hatte sie noch vor der Hungerzeit gelernt. Sie trat in einen stillen, dunklen Hof, denn es war ja Nacht, und alle Leute schliefen. Sodann geriet sie vor eine Tür, wiederum der Adresse folgend, und klopfte an. Mehrmals hintereinander klopfte sie, doch niemand öffnete. Ob meine Schwester verreist ist? dachte Maria betrübt. Aber vielleicht hört sie bloß nicht, vielleicht sollte ich an das kleine Fenster um die Ecke klopfen!

Da ging plötzlich dieses Fenster von sich aus auf, und ein Mann in weißen, in die Filzstiefel geschobenen Hosen sprang heraus. Erst als er Hals über Kopf an ihr vorbeirannte, wie von Hunden gehetzt, sah sie, daß er keine Hosen trug, sondern seine Unterhosen in die Stiefel gesteckt hatte. Einen Augenblick stand sie verwirrt da, dann hörte sie, daß die Tür aufgeschlossen wurde. Schnell lief sie hin – und sah ihre Mutter in der Tür stehen, nur sehr viel jünger und noch schön, ähnlich der jungen Dame, mit der sie von der Station Andrejewka abgefahren war. Die Mutter hatte sich die Lippen geschminkt, doch sonst wirkte sie blaß; in der einen Hand hielt sie eine brennende Kerze, mit der anderen zog sie den Kragen ihres goldverzierten blauen Hausmantels zusammen.

„Wer ist da?" fragte sie.

Im selben Augenblick begriff Maria, daß nicht ihre Mutter, sondern ihre reiche schöne Schwester Xenia vor ihr stand.

„Xenia", sagte sie, „ich bin's, deine Schwester Maria."

Da ließ Xenia mit einem Aufschrei die Kerze fallen, umarmte Maria und führte sie weinend ins Haus. Und alles war so, wie Maria es sich ausgemalt hatte: Eine reich ausgestattete Wohnung, in einem Zimmer eine Chiffonnière, ein Diwan – Maria kannte dies alles aus den Häusern, in denen sie großzügige Almosen bekam. In einem anderen Zimmer stand ein aufgedecktes Bett mit zwei riesigen Kissen.

„Ich denke, wer klopft denn da mitten in der Nacht", sagte Xenia, immer noch in Tränen. „Wie hast du mich denn gefunden, Schwesterlein?"

Maria berichtete vom Vater, der im vergangenen Jahr gestorben war, von der eingestürzten Hütte und von Wassja. Xenia fragte:

„Wer ist Wassja?"

„Das ist unser kleiner Bruder."

„Ach, wir haben noch einen kleinen Bruder?" sagte Xenia. „Ich kenne nur Kolja, unsere Schwester Schura und dich, aber du warst noch ganz klein, als ich wegfuhr, bist noch auf dem Fußboden umhergekrabbelt."

„Wir haben sogar einen noch kleineren Bruder, Shorik heißt er", erklärte Maria. „Aber der ist jetzt auch nicht mehr zu Hause." Und sie berichtete auch von Shorik.

Was immer Maria vorbrachte, es rührte Xenia zu Tränen. Alles erzählte ihr Maria, nur von dem, was Grischa mit ihr des Nachts in der Scheune angestellt hatte, erzählte sie nichts, das verschwieg sie. Und auch daß sie einen Mann in Unterhosen aus dem Fenster hatte springen sehen, verschwieg sie.

„Gut", sagte Xenia, „gut, Schwesterlein. Morgen kommt mein Mann, Alexej Alexandrowitsch, er ist Techniker bei der Eisenbahn, ein anständiger Mensch und gutmütig; wir überreden ihn, daß du den Winter über bei uns wohnen darfst, und dann werden wir sehen..."

In der Tat erschien am nächsten Morgen Alexej Alexandrowitsch, der Eisenbahntechniker. Er trug warme Kleidung – eine pelzgefütterte Jacke, wattierte Hosen und Filzstiefel. Als er seine Fellmütze mit Ohrenklappen abnahm, sah Maria, daß er eine Glatze hatte. Xenia umarmte und küßte ihn stürmisch, so daß Alexej Alexandrowitsch sagte:

„Ich möchte mich erst mal waschen, Liebes, ich rieche nach Maschinenöl."

„Dies hier", erklärte Xenia, „ist meine Schwester Maria, sie kommt uns besuchen."

„Schön, sie kann bei uns wohnen", erwiderte Alexej Alexandrowitsch. „Wir haben ja genug Platz."

So lebte sich Maria bei ihnen ein. Sie stand vor Morgengrauen auf, wenn draußen noch dunkle Nacht war, so daß sie in der warmen Küche, wo sie schlief, eine Kerze anzünden mußte, um mit der Hausarbeit zu beginnen. Die Kerzen besorgte Alexej Alexandrowitsch billig kartonweise, weil durch sie Strom gespart werden konnte. Als erstes räumte Maria ihr Bettzeug vom Fußboden – alte warme Decken und Jacken –, dann wischte sie auf und putzte die Schuhe; wenn es hell wurde, ging sie hinüber ins Wohnzimmer, setzte sich zu Alexej Alexandrowitsch und Xenia an den Tisch, trank süßen Tee, aß Brot mit Schweineschmalz oder Marmelade, und danach machte sie sich wieder ans Aufräumen, jetzt in den Zimmern. So nahte unmerklich die Zeit für das Mittagessen, zu dem Alexej Alexandrowitsch nach Hause kam. Es war immer reichlich und schmackhaft. Xenia kochte gut, sie war ja Köchin in dem Erholungsheim gewesen. Mal gab's Borschtsch, wie ihn wahrscheinlich die alte Bettlerin zu Hause im Vorwerk einmal in einem reichen Haus zu ergattern gehofft hatte, mal Makkaroni mit Fleischsoße, mal Buletten mit Weizenbrei, mal Plinsen. Beim Essen dachte Maria stets: Ach, wenn doch Wassja hier wäre! Er ist so mager... Und auch unserer Mutter täte das hier gut... oder Schura und Kolja...

Nach dem Mittagessen wusch Maria lange unter Xenias Aufsicht das Geschirr. Zunächst füllte sie einen Bottich mit heißem Wasser, in dem sie die Teller und Bestecke vom Fett säuberte, danach spülte sie jedes einzelne Stück mit kaltem Wasser ab.

Auf diese Weise lebte Maria dort in diesem Winter, mit sich und der Welt zufrieden. In freien Minuten ging sie entweder mit Xenia auf den Markt, oder sie sah sich einfach Woronesh an. Eine schöne Stadt, dachte sie, besser als Kursk. Wenn ich nicht bei meiner Schwester wäre, könnte ich hier wohl auch von milden Gaben leben, ohne abzumagern. So nahm der Winter seinen Fortgang. Da sagte eines Tages Xenia zu Maria:

„Putz Alexej Alexandrowitschs Arbeitsstiefel, denn er muß auf eine Dienstreise fahren."

Maria nahm sich die Stiefel vor. Sie waren schwer, aus dickem Leder, doppelt genäht, dazu warm gefüttert und die Sohlen mit eisernen Beschlägen benagelt. Maria mühte sich redlich und verbrauchte mehrere Lappen und eine Menge Schuhcreme, bis die Stiefel glänzten und das Leder weich war. Alexej Alexandrowitsch zog sie an, stampfte ein paarmal auf den Boden und sagte:

„Na, jetzt werde ich immer trockene Füße haben. Manchmal platzt so ein verdammtes Rohr, und dann dringt die Nässe leicht in die Stiefel."

Alexej Alexandrowitsch fuhr weg. Und Xenia sagte: „Maria, feg heute nicht mehr aus, denn das bringt Unglück. Geh spazieren, wenn du willst, und danach leg dich schlafen."

So schlenderte Maria durch Woronesh, bis es dunkel wurde. Als sie nach Hause zurückkehrte, saß Xenia vor dem Spiegel, und sie sah so schön aus, daß sie gewiß der jungen Dame, die Maria von der Bahnstation Andrejewka mitgenommen hatte, nicht nachstand. Wenn doch unsere Mutter sie jetzt sehen könnte! dachte Maria. Sie würde sich bestimmt freuen.

„Maria", sagte Xenia, die so froher Stimmung war, daß sie ständig vor sich hin trällerte, „Maria, iß eine Bulette mit Brot und geh schlafen. Heute brauchst du nichts mehr zu tun."

Maria aß sich in der Küche satt, legte sich dann auf ihre weichen alten Decken und schlief rasch ein. Mitten in der Nacht erwachte sie von flüsternd geführten Gesprächen und leisem Lachen.

Alexej Alexandrowitsch ist zurückgekommen! dachte sie.

Indessen verstummten die Gespräche vollends, und plötzlich hörte Maria Xenia stöhnen. Xenia ist krank geworden, dachte Maria, es geht ihr nicht gut. Sie ging zur Tür, doch die war verschlossen, Maria konnte die Küche nicht verlassen. So blieb sie an der Tür stehen und lauschte. Xenia stöhnte weiter. Doch das klang seltsam lustvoll, als singe sie in ihrem heftigen Schmerz ein frohes Lied. Da fiel Maria plötzlich ein, wie Grischa gestöhnt hatte, als er in der dunklen Scheune über sie hergefallen war. Ob ich vielleicht gar nicht fähig bin, so was zu empfinden? dachte Maria. Etwas zu essen kann man sich erbetteln und ein Nachtlager auch, wenn man es geschickt anstellt, aber wie soll man jemanden um eine solche Lust bitten? Sie fröstelte auf einmal, als stünde sie auf freiem Feld in der Kälte und nicht in der warmen Küche eines Hauses. Und es verlangte sie

101

danach, erneut in der dunklen Scheune im Stroh zu liegen, wenn nicht mit dem gutaussehenden jungen Herrn von der Bahnstation Andrejewka, dann schlimmstenfalls eben wieder mit Grischa. Beim zweitenmal, dachte sie fieberhaft erregt, lerne ich es vielleicht auch, so lustvoll zu stöhnen...

Doch Xenias leises Ächzen brach plötzlich abrupt ab, und sogleich setzte ein unbeschreiblicher Lärm ein, als versuche jemand, die Chiffonnière durch die zu schmale Tür aus dem Haus zu schaffen. Maria hörte mehrere Stimmen zugleich schreien, darunter auch Xenia. Wäre Maria ein wenig in der Musik bewandert gewesen, hätte sie gemerkt, daß diese Stimmen in derselben Tonhöhe schrien, ohne jedoch akzentuierte Worte vorzubringen. Da schlug unversehens die Küchentür auf, und der Maria schon bekannte Mann stürzte herein, der in der Nacht ihrer Ankunft in Woronesh aus einem Fenster in Xenias Wohnung gesprungen war, wovon sie Xenia nichts erzählt hatte. Wieder nur mit seinen in die Filzstiefel gesteckten weißen Unterhosen bekleidet, rannte er schnurstracks auf das Küchenfenster zu. Ihm nach stürzte Alexej Alexandrowitsch, noch in voller Reisemontur, die Wattehosen in den von Maria geputzten Stiefeln. Den beiden folgte Xenia, völlig nackt. Trotz ihres Schrecks über das Vorgehende war Maria von dem Anblick der nackten Xenia so verblüfft, daß sie sie mit großen Augen anstarrte und unwillkürlich mit sich selbst verglich. Xenias weiße Brüste waren schwer und prall, jede hatte eine rötliche Warze, lang wie ein Finger des kleinen Shorik. Bei Maria hingegen wölbten sich anstelle der Brüste gerade eben zwei flache Hügel, die man nur ertasten konnte, mit Warzen wie Pickel. Xenias ganzer Körper war milchweiß, kein Knochen stand vor, Leib und Beine gingen straff ineinander über, und als sie jetzt angesichts des gnadenlosen Kampfes zwischen den beiden bekleideten Männern ihre Nacktheit zu verbergen vergaß, entblößte sie nicht ihre Scham, sondern ihre Schönheit, so daß die Kämpfenden, mal der eine, mal der andere, verstohlen zu ihr hinsahen und schon weniger erbittert aufeinander losgingen. Wäre Maria so aufgetreten, hätte gewiß jeder nur gelacht – über ihre knochendünnen Beine, über ihren Bauch unter den Rippen und über ihre entblößte Scham an der Stelle, wo Xenias Schönheit war. Sie hatte sich darüber früher keine Gedanken gemacht, doch seit Grischas gewaltsamem Vorgehen in der Scheune tat sie es, und sie begriff, während sie Xenia betrachtete, daß sie, Maria, künftighin allenfalls jemanden im Dunkeln zu sich lassen durfte. Xenia hingegen konnte das auch bei Licht...

So bekam Maria durch Grischa und die weiteren Ereignisse eine Vorstellung von der dritten schweren Strafe, die der Herr den Menschen auferlegt und die der Prophet Hesekiel nennt. Diese dritte schwere Strafe Gottes ist das Tier, dessen Name ist Wollust. Sie ist eine besondere Strafe, denn Schwert, Hunger und Pestilenz haben die Propheten nicht zu fürchten, wohl aber das Tier. König Salomo, ein Gerechter, hatte die dritte Strafe zu erdulden. Auch Dan, die Schlange, der Antichrist, wußte, daß er auf seinem Erdenweg die erste Strafe – das Schwert – nicht zu fürchten brauchte, da er unsterblich war, desgleichen nicht die zweite – den Hunger –, denn seine Hirtentasche war stets gefüllt mit dem unreinen Brot der Vertreibung, und auch die vierte nicht – die irdischen Krankheiten –, weil er einzig dem Gericht des Herrn unterstand, gegen die dritte Strafe aber – die ehebrecherische irdische Wollust –, gegen die war er nicht gefeit.

Mose, der das Volk aus der ägyptischen Verbannung führte, sagte die dritte Strafe voraus, und Nehemia, der viele Jahrhunderte später dem babylonischen Exil ein Ende bereitete, erklärte, daß sie schon eingetreten sei. Denn während Mose noch nichts vom Schicksal des Königs Salomo, des Gerechten, wußte, war es Nehemia schon bekannt, und er nahm es als ein Gleichnis.

„Hat sich nicht wegen solcher Frauen Salomo, der König Israels, versündigt?" sagt er. „Unter den vielen Völkern gab es keinen König wie ihn. Er wurde von seinem Gott geliebt; darum hatte ihn Gott zum König über ganz Israel gemacht. Aber selbst ihn haben die fremden Frauen zur Sünde verführt."

Doch worin liegt das Geheimnis der dritten Strafe Gottes? Warum ereilt sie nicht nur Sünder, sondern auch Gerechte? Weil das Schwert, der Hunger und die Krankheit nur quälen, das wilde Tier hingegen zugleich auch der Fruchtbarkeit dient. Weil die dritte Strafe gleichsam nicht nur Spreu, sondern auch Weizen ist. Und weil einen weder Verstand noch Rechtschaffenheit vor ihr bewahren. Es hilft auch nicht, seinem Körper Gewalt anzutun gleich den Asketen: Das führt nur zu Verzerrungen, wie man am Beispiel der alexandrinischen Mönche sieht, deren entstelltes Äußeres die mittelalterlichen Christen der Gestalt Jesu aus dem Stamme Juda beigegeben haben.

Die dritte Strafe legte der Herr in seinem Unmut über das Weib wegen des Apfels im Paradies in die Hände des starken Gottlosen, gegen den sich deshalb nur bei dem Verzicht auf gewaltsamen Widerstand gegen das Böse ankämpfen läßt, wie es der Prophet Jeremia lehrt und Jesus aus dem Stamme Juda sieben Jahrhunderte später bekräftigt. Rettung jedoch ist nur unter der Bedingung des Propheten Jeremia zu erlangen, nämlich indem man alles dem Gottlosen hingibt, aber als Beute die eigene Seele davonträgt. Die Liebe ist eben dazu ersonnen, dem Gottlosen die Beute abzunehmen – die ehebrecherische Wollust, ihm nicht die Seele auszuliefern. Um den Weizen von der Spreu zu trennen und, indem man dem Tier das Seine läßt – die Wollust –, das Fruchtbringende zu bewahren. Aber um einer solchen Liebe willen ist es notwendig, Gottes Fluch zu erfüllen und den eigenen, von der Schlange verlockten Verstand zu überwinden. Ist dieser Verstand groß, wird auch der Gerechte schwach werden wie König Salomo, in welchem das Weib Gott besiegte. Ein kleiner Verstand aber behindert die Geistesanstrengung noch mehr, denn je kleiner der Verstand, um so geringer wird auch die Notwendigkeit, ihn zu überwinden, und um so mehr wächst der Zug zur Leere. Die höchste Erscheinungsform geistiger Leere aber ist das Tier – die Lüsternheit. Das war so auch schon im Altertum.

„Blick hin, und schau zu den Höhen hinauf!" sagt voller Trauer der Prophet und Märtyrer Jeremia. „Wo hast du dich nicht schänden lassen? An allen Wegen hast du auf sie gewartet wie ein Araber in der Wüste. Mit deiner Unzucht und Verkommenheit hast du das Land entweiht.

Da blieb der Regen aus, und auch der Frühjahrsregen kam nicht. Doch du hattest die freche Stirn einer Dirne und wolltest dich nicht schämen."

„An jeder Straßenecke hast du deine Kulthöhen errichtet", sagt auch der verbannte Prophet Hesekiel, „du hast deine Schönheit schändlich mißbraucht, hast dich jedem angeboten, der vorbeiging, und hast unaufhörlich Unzucht getrieben."

Eben dies, wenngleich auf seine Woronesher Weise, dachte auch Alexej Alexandrowitsch, der Eisenbahntechniker. Er holte aus und gab dem Mann in Unterhosen eins in die Zähne.

„Warum schlägst du mich?" fragte der Mann in Unterhosen, während er sich das Blut abwischte.

„Für deine Niedertracht", erklärte Alexej Alexandrowitsch.

„Sie mußt du schlagen", entgegnete der Mann in Unterhosen. „Ich habe nur ihre Bitte erfüllt."

Da versetzte ihm Alexej Alexandrowitsch einen Tritt mit dem Stiefel, demselben, den Maria geputzt hatte, der mit Eisen beschlagen und schwer war wie ein Pflasterstein. Der Tritt bewirkte, daß der Mann mit den in die Filzstiefel gesteckten Unterhosen in feierlichen kleinen

Paradeschritten rückwärts marschierte, an das Fenster stieß, die Scheibe eindrückte und mit den Stiefeln nach oben untertauchte, so daß er im nächsten Augenblick aus der Küche verschwunden war und dort nur der warm angezogene Alexej Alexandrowitsch in seinen Stiefeln sowie die nackte, barfüßige Xenia zurückblieben, denn die von allen vergessen in der Ecke auf dem Fußboden hockende Maria zählte nicht. Faktisch waren Mann und Frau unter vier Augen. Eine oder zwei Minuten lang starrte Alexej Alexandrowitsch seine Frau Xenia mit blutunterlaufenen Augen an, ohne auch nur die Fellmütze abzunehmen, Dann hob er die Arme, um sie zu packen und mit ihr abzurechnen. Xenia wehrte sich nicht, sie entzog nur durch eine Bewegung ihrer vollen Hüften ihre Kehle seinem Zugriff, so daß er – unversehens, wie es schien – stattdessen ihre schwere, milchweiße Brust preßte, wodurch sich die säuglingsfingerlange Warze aufrichtete; Alexej Alexandrowitschs zweite Hand aber faßte Xenia an ihrer üppigen Schönheit, hob sie mit einem Schlachtruf empor wie eine Kiste voll Gleisarbeiterwerkzeug und trug sie, die Hand unterhalb ihres runden Bauches, aus der Küche, wobei Xenias draller Arm mit dem Grübchen im Ellbogen die Küchentür von außen fest verschloß.

Eine Zeitlang war Lärm hinter dieser Tür zu hören, Xenia weinte, doch nicht lange. Bald wurde es still, und dann stöhnte Xenia plötzlich wieder in singenden Tönen. Sie verführte, nachdem sie den Liebhaber verloren hatte, ihren Ehemann... Und wieder überkam Maria ein Frösteln, aber ein weit stärkeres als vordem, verursacht von all dem Vorgefallenen; außerdem zog es von dem eingedrückten Fenster her.

Sie schlief die ganze Nacht nicht, bemüht, sich zu erwärmen. In sämtliche alte Decken gewickelt, die sie sonst als Unterlage auf den Fußboden breitete, wanderte sie von einer Ecke in die andere. Am Morgen endlich, es war schon spät, kam Xenia in die Küche, welk, verschlafen und häßlich, wo sie doch vordem jeden Tag so schön gewesen war.

„Hör mal", sagte sie, und ihr häßliches Gesicht legte sich in Falten, „Alexej Alexandrowitsch und ich haben beschlossen, dich nach Hause ins Dorf zu schicken. Wir setzen dich in den Zug, geben dir Geld und Proviant... Ist dir das recht?"

„Ja", erwiderte Maria.

Nur dies sagte sie, denn sie wollte in der Tat ihre Hütte wiedersehen, ihr Vorwerk und den Garten hinter der Hütte, in dem man Beeren und Pilze sammeln konnte. Sie stellte sich die Kirche vor und daneben den Klub, den Bach unten am Hügel und die Mühle. Der Bach floß ins nächste Dorf – nach Kom-Kusnezowskoje –, die Tamba, die Landstraße, führte in die Stadt Dimitrow, und jenseits von ihr lag der Wald.

„Ich war schon einmal auf dem Weg nach Hause", sagte Maria dann noch zu Xenia, „aber Wassja und ich konnten unser Dorf nicht finden. Wir waren in vielen Dörfern, doch keins davon war das unsere. Wir hatten sogar einen speziellen Begleiter bei uns..." Mehr erzählte Maria über ihren Begleiter Grischa jedoch nicht.

„Wie denn", fragte Xenia, „weißt du nicht, daß unser Dorf im Kreis Dimitrow liegt?"

„Daß man auf der Tamba in die Stadt Dimitrow gelangt, weiß ich, aber daß das unser Kreis ist, das wußte ich nicht", antwortete Maria. „Unsere Eltern haben sich nie mit uns abgegeben, sie hatten keine Zeit für uns."

Von Xenia erfuhr Maria, daß ihre Mutter ebenfalls Maria hieß und ihr Vater Nikolai geheißen hatte wie ihr Bruder.

„Ich habe bloß Angst", sagte Maria, „daß unser Bruder Kolja und unsere Schwester Schura mich ausschimpfen werden, weil ich Wassja an einem fremden Ort allein gelassen und nicht besser auf ihn geachtet habe."

„Dich trifft keine Schuld", antwortete Xenia. „Du kannst ja nichts dafür, daß wir auseinander geraten sind und jeder eigene Wege geht." Sie warf einen Blick auf die geschlossene Küchentür und fuhr flüsternd fort: „Hier, nimm das, zeig es niemandem, versteck es gut und hüte es, denn da ist Geld drin. Dir gebe ich noch gesondert was und Proviant auch, das ist mit Alexej Alexandrowitsch abgesprochen, aber dieses Geld ist persönlich von mir für Mutter. Sollte sie nicht zu Hause sein, dann gib es Kolja und Schura." Sie hielt Maria ein Päckchen hin. „Steck es in deinen Schlüpfer, aber verlier es nicht, wenn du aufs Klo gehst."

Maria tat, wie ihr geheißen; dann begleitete Xenia sie gleich aus der Küche zum Zug, so daß sie gar nicht mehr in die Zimmer kam, um sich von Alexej Alexandrowitsch zu verabschieden. Von Xenia jedoch nahm sie herzlich Abschied. Xenia umarmte und küßte sie unter Tränen und winkte ihr nach, bis sie nicht mehr zu sehen war. Und zusammen mit ihr entschwand auch die schöne Stadt Woronesh.

Maria reiste auf eigenem Platz mit eigenem Proviant, zudem trug sie zwischen ihren Beinen, mit einem Gummiband befestigt, das Päckchen mit dem Geld von Xenia für die Mutter. Unterwegs knüpfte sie keinerlei Bekanntschaften, um das Geld sicher zu bewahren und von ihrem Brot und ihrer Wurst nichts abgeben zu müssen. Wäre sie darum gebeten worden, hätte sie es wohl getan, aber von sich aus mochte sie nicht teilen. Besser, ich bringe Kolja und Schura das Übriggebliebene mit, dachte sie, bei ihnen dort im Vorwerk herrscht Hunger. Aber es bat sie niemand um Brot, und von dem Geld ahnte ja niemand was.

So erreichte sie die Stadt Dimitrow, wo sie sich wieder in bekannter Umgebung befand, und vor Freude vergoß sie sogar Tränen. Überall ist es anders, dachte sie, Kursk gefällt mir nicht, Lgow schon besser, Isjum und Woronesh sind schöne Orte, aber so wie zu Hause ist es nirgends. Sie lief durch die Stadt Dimitrow und erkannte das Haus wieder, wo ihre Mutter, die ebenfalls Maria hieß, für die Kinder Stroh auf eine Bank gelegt und sie dann verlassen hatte, angeblich um vom Markt Dörrpflaumen für sie zu holen, worauf eine fremde Tante das Brüderchen Shorik mitgenommen hatte. Vor der Stadt betrat Maria die Landstraße, auf der sie bald die Stelle erreichte, wo der Fremde ihnen Brot gegeben hatte, über das die Mutter seltsamerweise so erschrocken gewesen war, daß sie es nahm und in die Felder warf. Und je weiter sie kam, desto mehr Vertrautes erblickte sie. Da war der Sakas, der Wald, dessen weiß verschneite, in der Sonne glitzernde Zweige sich unter der Schneelast bogen. Da war der Bach mit dem jetzt festgefrorenen Mühlrad. Oben auf dem Hügel die Kirche. Nichts Fremdes sah Maria wie seinerzeit auf der Suche nach ihrem Dorf mit Wassja und dem Begleiter Grischa, der sie in der Scheune vergewaltigte. Damals hatten sie nur Unbekanntes vorgefunden, hier aber war alles heimatlich. Schon lag das Dorf Schagaro-Petrowskoje vor ihr, winterlich verschneit, hübsch anzusehen mit dem aus den Hütten aufsteigenden Rauch. Auf der Straße kam ihr eine Menschenmenge mit Fahnen entgegen, ein ganzer Zug. Und sie hörte ein Gespräch zwischen einem Mann, den sie zu kennen glaubte, und einem einfachen Dorfbewohner, dessen Gesicht sie schon öfter gesehen hatte.

„Was habt ihr für einen Feiertag?" fragte der Mann.

„Das ist kein Feiertag, Genosse, sondern das Totengeleit für ein Parteimitglied", erwiderte der Bauer.

„Wer wird denn beerdigt?"

„Petro Semjonowitsch, der Brigadier. Er ist ermordet worden!"

„Und wer hat ihn ermordet?"

„Das war der Müller, kein anderer", sagte der Bauer, „der Müller mit seinem jüngeren Sohn Ljoschka wegen seinem älteren Sohn Mitka, der von Petro Semjonowitsch erwürgt worden ist... Er hat ihn so zugerichtet, daß Petro Semjonowitschs Leichnam nicht aussah wie der eines Menschen, sondern wie ein geschlachtetes

Rind oder Schwein in einem Fleischerladen der Stadt Dimitrow in besseren Zeiten. Der Müller und sein Sohn Ljoschka werden bestimmt zum Tod durch Erschießen verurteilt. Sie sind schon nach Charkow geschafft worden."

Das alles hörte Maria, aber sie kam nicht drauf, wer der Fragende war. An Petro Semjonowitsch jedoch erinnerte sie sich. Er tat ihr sogar leid, dennoch weinte sie nicht. Und sie bemerkte, daß alle ringsum Petro Semjonowitsch bedauerten, aber niemand ihn beweinte. Schweigend trug man ihn in einem verdeckten Sarg zu Grabe. Maria ging weiter, und da war auch schon das Vorwerk Lugowoi, da waren der Zaun um das Sanatorium, der Blumengarten, jetzt zugeschneit, und davor die heimatliche Hütte. Ach, wie schlug ihr da das Herz, wie sehr wünschte sie sich, daß ihre Mutter Maria herauskäme und sie weinend umarmte wie Xenia beim Abschied, ihren Bruder Wassja neben sich, der seine Diebereien aufgegeben hatte und vor ihr nach Hause zurückgekehrt war!

Doch die Tür öffnete ihre Schwester Schura.

„Wo kommst du denn her?" fragte sie.

„Ich war in der Stadt Woronesh", antwortete Maria, „bei unserer Schwester Xenia."

„Und wo ist Wassja?"

„Wassja", sagte Maria, „Wassja ist in der Stadt Isjum abhanden gekommen."

Da geschah das, was Maria am meisten befürchtet hatte: Ihre Schwester Schura machte ihr Vorwürfe.

„Wie konntest du Wassja allein in der Fremde lassen?" sagte sie.

Dazu schwieg Maria, denn sie wußte keine Antwort. Jetzt ließ sich auch ihr Bruder Kolja aus der Hütte vernehmen.

„Wer ist dort?"

„Maria ist zurückgekommen", erwiderte Schura. „Aber Wassja hat sie unterwegs verloren."

Jetzt tadelte auch Kolja sie:

„Wieso hast du nicht auf Wassja aufgepaßt? Was sollen wir denn unserer Mutter schreiben, die in einem Brief schon nach dir und Wassja fragt?"

Als Maria von einem Brief der Mutter hörte, vergaß sie auf der Stelle jede Kränkung.

„Wo ist Mutter?" fragte sie.

„Mutter ist in der Stadt Kertsch", antwortete Kolja.

„Und warum bist du nicht bei Xenia geblieben? Ist sie zu arm, kann sie dich nicht durchfüttern?"

„Nein", erwiderte Maria, „Xenia ist nicht arm, sie schickt euch sogar Geld, ich bin zurückgekehrt, weil ich Heimweh hatte." Nach diesen Worten holte sie das Päckchen aus ihrem Schlüpfer und gab es Schura.

Die nahm es und zählte zusammen mit Kolja das Geld. Dann sagte sie:

„Xenia denkt bloß daran, wie sie zurechtkommt und satt zu essen hat, während wir hier zugrunde gehen... Seit sie im Jahre dreiundzwanzig als vierzehnjähriges Mädchen mit einem durchreisenden Fotografen davongelaufen ist, hat sie sich nicht mehr zu Hause sehen lassen... Was macht sie denn, lebt sie noch mit dem Fotografen?"

„Nein", erwiderte Maria, „ihr Mann heißt Alexej Alexandrowitsch und ist Eisenbahntechniker, und vorher hat sie in der Stadt Lgow in einem Erholungsheim gearbeitet. Das hat mir Mutter erzählt."

„Mutter hat sie uns anderen immer vorgezogen", sagte Schura, „und auch Vater hat sie geliebt, als er noch lebte, daran erinnere ich mich... Na, setz dich hin, wenn du schon mal da bist, ich fülle dir Borschtsch auf."

Sie setzte Maria einen Teller kalten, wenig schmackhaften Borschtsch vor, wobei sie gewiß dachte, daß Maria auch dafür dankbar sein werde, denn vor deren Abreise hatten sie selbst so etwas nicht zu essen gehabt, erst seit Schura und Kolja auf den Kolchosfeldern arbeiteten, kam ein bißchen was auf den Tisch, aber erübrigen konnten sie natürlich auch jetzt nichts.

Davon überzeugte sich Maria sehr bald, denn für sie begann wieder eine Hungerzeit; jemanden anzubetteln hatte keinen Sinn, hier war nicht Woronesh und nicht Isjum, hier in der Heimat gaben die Leute noch weniger als in Kursk. Dennoch bot das Zuhause viel Schönes, vor allem im Sommer, aber auch im Winter, nur der Herbst und das Frühjahr gefielen Maria nicht so, weil es dann regnete; im Winter wie im Sommer aber fand sie manch wunderschöne Stelle...

Sie überquerte die Tamba, in deren Schneedecke Autos und Fuhrwerke ihre Spuren gegraben hatten, und schlug einen Pfad zum Sakas ein. Von Xenia hatte sie Filzstiefel und ein Schaltuch mitgebracht, Tante Sofja, die Geschirrwäscherin, hatte ihr in Lgow eine Wattejacke geschenkt, so daß sie jetzt, ohne zu frieren, froh und frei atmend ausschritt. Im Wald flatterten Vögel auf, Schnee rieselte von den Tannenzweigen, und Maria fühlte sich unendlich wohl. Nur der Hunger quälte sie und die Trauer darüber, daß sie allein war. Zwar hatten sich auch früher weder ihre Mutter noch ihr Vater, als er noch lebte, mit ihr abgegeben, auch Schura oder Kolja nicht, aber sie war doch immer mit Wassja zusammen gewesen, hatte ihn, so konnte man sagen, anstelle der Mutter aufgezogen und, solange er klein war, ihre Freude an ihm gehabt. Nun machte sie sich im stillen auch selbst Vorwürfe, daß sie ihn nicht ordentlich behütet hatte. Vielleicht hätte sie in Andrejewka doch nicht dem jungen Herrn folgen, sondern wieder nach Isjum gehen sollen, um Wassja zu suchen...

In solcher Trübsal trat sie aus dem Wald und erblickte vor sich über der weißen Flur die himbeerrot lodernde Sonne. Und sie sank auf die Knie nieder, obgleich niemand sie das gelehrt hatte, streckte, das Gesicht der himbeerfarbenen Sonne zugewandt, die Hand vor, wie sie es tat, wenn sie um Brot bat, und sprach:

„Herr im Himmel! Jesus Christus! Sohn Gottes!"

Und sie dachte an das Märchen des guten Alten, des Nachtwächters in dem Pferdestall zu Isjum, das davon handelte, wie die Juden Gottes Sohn umgebracht hatten, und sie schluchzte laut, weil sie nicht wußte, wer ihr helfen könnte, Wassja zu retten, denn selbst wenn Gottes Sohn noch lebte, war er jetzt im Himmel, ihr Wassja aber auf der Erde, in der Stadt Isjum...

Währenddessen kam ein Mensch über die verschneite Flur, der fragte Maria wie seinerzeit auf der Bahnstation Andrejewka der junge Herr:

„Warum weinst du, Mädchen?"

Und Maria antwortete:

„Ich weine, weil die Juden den Sohn Gottes umgebracht haben und er jetzt im Himmel ist, und Wassja, mein Bruder, ist auf der Erde, in der Stadt Isjum, und keiner hilft ihm."

Da sprach Dan aus dem Stamme Dan, die Schlange, der Antichrist, mit den durch den Propheten Jesaja wiedergegebenen Worten des Herrn, mit himmlischen Worten, in denen der Sinn des Ganzen liegt, die er für den Schluß hatte bewahren wollen, aber in der im Vorbeigehen plötzlich gewonnenen Erkenntnis, daß dies die Zeit sei, sie anzuwenden, schon jetzt aussprach, um sie später nur mehrfach zu wiederholen:

„Ich wäre zu erreichen gewesen für die, die nicht nach mir fragten, ich wäre zu finden gewesen für die, die nicht nach mir suchten." So sprach Dan mit Jesaja die Worte des Herrn, und nach einigem Schweigen fügte er hinzu: „Die aber suchen, werden mich nicht finden... Ich zeige mich denen, die ich selbst erwähle, nicht denen, die mich erwählen... Die aber, die mich erwählen, mögen sich der Worte meines Bruders Jesus aus dem Stamme Juda über die bösen Kinder und die fremden guten Hunde erinnern: daß es nicht recht sei, das Brot den Kindern wegzunehmen und den Hunden vorzuwerfen, auch nicht bösen Kindern... Nur durch den Glauben können sie ihr

113

Stück erhalten . . . Den Kindern aber gibt man auch ohne Bitte ihr Brot . . . So spricht Jesus . . . Denn entweder du hast eine starke Herde, welche nimmt, oder es existiert Gott, welcher gibt . . ."

Nach solcher Rede schritt er über die Felder auf den Wald zu davon. Und kaum war er den Blicken entschwunden, da erkannte Maria in ihm den Fremden, der ihr schon zweimal Brot gegeben hatte, und sie bedauerte, ihn nicht noch einmal gebeten zu haben, denn der Brigadier Petro Semjonowitsch war ermordet und ihre Mutter in der Stadt Kertsch, so daß ihr diesmal niemand das Brot hätte wegnehmen können, mit dem sie immerhin satt geworden wäre. Denn sie wußte ja nicht, ob Schura ihr weiterhin wenigstens den bitteren kalten Borschtsch oder einen mageren Brei zu essen geben würde. Und die Erinnerung an das satte Leben in der Fremde ließ sie den Hunger in der Heimat noch stärker empfinden. Einen Bettler, der nicht nur um sein Vorwerk herumstreicht, sondern hinauskommt in die Welt, kann man mit keiner Speise verblüffen. Er kostet von allem – Kärglichem wie Üppigem. Schade, daß ich ihn nicht um Brot angebettelt habe! dachte Maria noch einmal. Was er gesagt hat, habe ich nicht verstanden, offenbar kommt er von sehr weither, aber sein Brot hätte ich gegessen!

Es wurde rasch dunkel. In der Charkower Gegend bringen die Nächte im Winter Frost, und wenn die Sterne zu sehen sind und der Mond scheint, wird es noch kälter.

Maria eilte nach Hause. Ihre Schwester Schura empfing sie und sagte:

„Leg dich schlafen, Maria, denn morgen heißt es früh aufstehen . . . Kolja und ich haben beschlossen, dich zu Mutter nach Kertsch zu schicken. Ist dir das recht?"

„Ja", antwortete Maria, und sie dachte dabei: Nach Mutter hatte ich ja schon solche Sehnsucht, und vielleicht muß ich bei ihr auch nicht soviel hungern.

Am Morgen, noch bei Dunkelheit und dem kalten Licht des Mondes, machte sich Maria für die Reise fertig; dann küßte sie Kolja und Schura und verließ die Hütte, wobei sie selbst nicht recht wußte, ob sie darüber betrübt war oder nicht. Sie hatte ihr Zuhause gesucht, hatte die erstrebte Heimat wiedergesehen, nun verließ sie sie ohne Trauer, fuhr weg in die Fremde, in die Stadt Kertsch, zu ihrer Mutter. Zur Mutter fahren war doch schön, die Mutter würde sie bemitleiden, sie ernähren, so gut sie konnte. Leb wohl, Wald, leb wohl, Kirche auf dem Hügel, leb wohl, Mühle am Bach... Schon sah sie das Dorf Schagaro-Petrowskoje nicht mehr, wie sie es auch in der Stadt Isjum nicht gesehen hatte, wo es ihr gut gegangen war, oder in der weniger verlockenden Stadt Kursk und in der Stadt Woronesh, wo sie bei Xenia wiederum eine gute Zeit verlebt hatte. Nun lief sie erneut auf der Landstraße dahin, jetzt in die umgekehrte Richtung, auf die Stadt Dimitrow zu, zum Bahnhof. Geld für eine Fahrkarte hatten Kolja und Schura ihr gegeben, aber kein Brot; auf der Landstraße war nichts zu erbetteln, also hieß es hungern bis zu der Stadt Dimitrow. Für Bettler gilt ein Gesetz: Wenn du hungrig bist, wappne dich mit Geduld. Und richtig: In der Stadt Dimitrow ergatterte Maria an einem reichen Haus ein paar Zwiebäcke. Die aß sie auf dem Bahnhof; danach kaufte sie eine Fahrkarte nach Charkow, weil bis Kertsch keine ausgegeben wurde. Der Zug war jetzt für Maria schon etwas Gewohntes, und auch der Bahnhof von Charkow versetzte sie nicht mehr in Erstaunen wie beim erstenmal. Dort erbettelte sie sich noch Brot bei wohlhabenden Reisenden, kaufte sich eine Fahrkarte und fuhr ab in die Stadt Kertsch, die sie sich so vorstellte wie Isjum oder Woronesh, denn eine häßliche Stadt wie etwa Kursk hätte ihre Mutter Maria sicherlich nicht zum Aufenthaltsort gewählt.

Einen Tag fuhr Maria in die Stadt Kertsch und eine Nacht, und als sie am Morgen erwachte und aus dem

Fenster sah, da lag draußen kein Schnee mehr, die Sonne schien, und vor dem Bahndamm breitete sich eine endlose blaue Fläche aus.

„Das ist das Meer", sagte jemand zu ihr, „es erstreckt sich bis hin zur Türkei, einem anderen Staat."

Und Maria sah die Erde mit dem Himmel zusammenstoßen.

„Das ist der Berg Mithridates", erklärte man ihr.

Die Stadt Kertsch ähnelte nicht im geringsten weder Isjum, wo man Maria reichlich gegeben hatte, noch Kursk, das weniger einträglich gewesen war, noch auch Woronesh, der Stadt, in der es sich Maria bei ihrer Schwester Xenia hatte wohl sein lassen... Wie wird es hier sein? dachte sie, als sie vom Trittbrett des Eisenbahnwagens auf die warme Erde trat. Sie ging los und staunte über alles, fast wie bei ihrer ersten Ankunft in Charkow, als sie mit Wassja zwischen den wundersamen Bäumen in Kübeln umhergelaufen war. Die Straßen glichen nicht den gewohnten, das Meer, das von weitem, aus dem Zugfenster, still, rein und riesig wie ein Feld ausgesehen hatte, war, von nahem betrachtet, laut, diesig und nicht mal groß, kaum breiter als ein Fluß, man sah das andere Ufer mit einer Menge kleiner Häuser, die nicht auf der Erde standen, sondern eins auf dem anderen. Wie kann denn das sein? dachte Maria. Ein Wunderding! Und sie fragte jemanden.

„Das ist nicht das Meer", bekam sie zur Antwort, „das ist eine Bucht und der Hafen. Das Meer ist dort um die Ecke."

Maria lief bis ans Ende einer steinigen Straße, und tatsächlich – da war es, das Meer, endlos und weit... Eine ungewöhnliche Stadt, dachte Maria, aber sie ist auch schön, und Mama hat gut daran getan, sich hierher anwerben zu lassen.

Doch ungewöhnlich war die Stadt Kertsch nur, bis Maria, der Adresse folgend, in das Randgebiet gelangte, wo ihre Mutter wohnte. Im Zentrum standen fröhliche

Häuser aus weißem Stein, dort draußen jedoch sah man nur mürrische, rußige Gebäude aus roten Ziegeln wie in Woronesh nahe der Eisenbahn. Maria trat in einen der Wohnblocks und fragte nach Maria Korobko. Sie bekam sogleich Auskunft, nicht, weil alle ihre Mutter kannten, sondern weil sie zufällig an eine Frau geraten war, die Bescheid wußte. Sie klopfte an die ihr gewiesene Tür, und die Stimme ihrer Mutter antwortete von innen. Als Maria sie hörte, zitterten ihr die Hände und die Beine, die Tränen schossen ihr förmlich aus den Augen, und sie stürzte mit dem Ruf „Mamotschka!" in das Zimmer. Die Mutter saß in diesem Augenblick auf ihrem Bett und flickte eine Männerfeldbluse. Sie sah ihre Tochter Maria, wurde blaß und sagte zu drei anderen gleich ihr auf ihren Betten sitzenden und mit persönlichen Dingen beschäftigten Frauen:

„Das ist meine Tochter Maria..."

Im nächsten Augenblick weinte sie noch lauter los als Maria, und beide schluchzten so herzzerreißend, daß die drei Frauen, die sich ebenfalls die Tränen abwischten, sie nicht beruhigen konnten. Als dies schließlich doch gelang, sagte die Mutter:

„Du wirst bei mir wohnen... Dort in dem Kesselchen ist noch Brei von gestern, nimm ihn dir und iß..."

Eine der Frauen hieß Olga, die andere Klawdija, die dritte war die Matwejewna. Jede gab Maria etwas, ein Stück Brot, ein Bonbon, und die Matwejewna hielt ihr zwei Äpfel hin.

„Nimm", sagte sie, „hier auf der Krim ist Obst die Hauptnahrung."

Danach gingen alle drei aus dem Zimmer.

„Kommt", hatte die Matwejewna gesagt, „wir gehen ein bißchen spazieren... Laßt Mutter und Tochter erst mal allein miteinander reden."

Maria erzählte der Mutter ihre Erlebnisse, alles erzählte sie ihr, nur wie Grischa ihr in der Scheune Gewalt angetan hatte, das berichtete sie nicht und auch nicht den nächtlichen Vorfall mit Xenias Ehemann Alexej Alexandrowitsch und dem Mann in Unterhosen. Und auch von ihrer Mutter bekam sie einen Tadel zu hören:

„Wie konntest du Wassja in der fremden Stadt allein lassen?"

„Ja, ich weiß, das hätte ich nicht tun sollen", erwiderte Maria betrübt. „Ich habe ihn nicht richtig behütet."

„Aber wenigstens ist Xenia gut versorgt, meine Älteste", sagte die Mutter. „Da können wir froh sein... Xenia habe ich geboren, als wir noch genügend Brot und Speck hatten – wenn wir uns zum Mittagsmahl hinsetzten, vertilgten wir ein ganzes Pfund Speck auf einmal. Ich war jung und satt, und Kolja, dein Vater, war ebenfalls noch jung und schön. Schura und Kolja sind zwar auch noch in den satten Jahren zur Welt gekommen, aber die mußte ich schon in Hungerzeiten großziehen... Du dagegen und Wassja und vor allem Shorik, ihr seid im Hunger geboren..."

In diesem Augenblick klopfte jemand an die Tür, und ein bereits älterer Mann kam herein.

„Hast du meine Bluse fertig?" fragte er.

„Ja", erwiderte Marias Mutter. „Und sieh mal, Saweli, was für eine unerwartete Freude mir widerfährt... Meine Tochter Maria ist gekommen."

„Schön", sagte Saweli. „Kinder sollten immer bei ihrer Mutter sein, solange sie noch nicht erwachsen sind."

Fortan lebte Maria bei der Mutter, und sie gewöhnte sich daran wie auch an die Stadt Kertsch. Ach, was für eine schöne Stadt war das! Man mochte gar nicht mehr woanders leben, nachdem man sie kennengelernt hatte. Eine solche Stadt wird einem nicht über, selbst wenn man bis an sein Ende dort festsitzt. Die Leute ringsum waren freundlich und hatten Mitleid mit Maria. Onkel Saweli war gut, Tante Matwejewna war gut und Tante Klawdija auch, nur zu Tante Olga fand Maria kein rechtes Verhältnis. Auch ihre Mutter mochte Olga nicht.

Einmal hörte Maria, wie ihre Mutter zur Matwejewna sagte:

„Olga gefällt es nicht, daß ich meine Tochter bei mir habe. Sie sagt, sie hätte drei Söhne zu Hause im Dorf, die könnte sie ja auch noch herholen, wo's hier ohnehin zu eng ist..."

„Laß nur", erwiderte die Matwejewna. „Hier hat nicht Olga zu bestimmen, sondern die Gemeinschaft. Maria kann ruhig hier wohnen, nur muß sie im Herbst zur Schule, sonst lebt sie ja wie im alten Regime... Haben dafür die Bolschewiki und Lenin zu seinen Lebzeiten gekämpft?"

„Meine Maria hat drei Klassen lang die Schule besucht", wandte die Mutter zaghaft ein.

„Das ist zuwenig", entgegnete die Matwejewna. „Sieh mich an oder dich, wir können gerade mal lesen und schreiben. Was haben wir erreicht – wir schaufeln Erde... Aber unsere Kinder sollen mal Ärzte oder Ingenieure werden."

„Eine Tochter von mir, Xenia, führt in Woronesh ein reiches Leben", brüstete sich die Mutter. „Sie ist eine Schönheit wie ich in jungen Jahren... Ihr Mann arbeitet als Eisenbahntechniker. Maria war dort, sie hat satt zu essen bekommen von ihr und außerdem ein Tuch, Filzstiefel und eine Wattejacke."

„Die Jacke hat mir nicht Xenia geschenkt, sondern Tante Sofja in der Stadt Lgow", sagte Maria.

„Rede nicht dazwischen, wenn Ältere sich unterhalten", rügte die Mutter sie ärgerlich. „Ich habe sie wohl ziemlich verwöhnt, Matwejewna. Sie war mit ihrem Bruder Wassja unterwegs, meinem jüngsten Sohn, da hat sie nicht ordentlich auf ihn aufgepaßt und ihn verloren."

„Der Jüngste ist nicht Wassja, sondern Shorik", warf Maria wieder ein, „und den hat eine fremde Tante in der Stadt Dimitrow mitgenommen, als du uns verlassen hast, um auf dem Markt dein Tuch für Dörrpflaumen zu verkaufen."

„Hör mal, ich schicke dich morgen zurück ins Dorf",
drohte die Mutter ungehalten. „Du bist auf deinen
Reisen übermütig geworden, scheint mir."

Die Matwejewna unterstützte die Mutter.

„Verärgere deine Mutter nicht, die dich geboren hat!
Sie schindet sich für dich ab."

Da entschuldigte sich Maria bei ihrer Mutter für ihr
vorlautes Benehmen, und die Mutter wie auch die
Matwejewna verziehen ihr.

Dieses Gespräch fand im dritten Monat ihres Auf-
enthalts bei der Mutter statt, und es war das erstemal,
daß sich ihre Mutter über sie ärgerte. Sie hatte ihr schon
früher Wassjas wegen Vorwürfe gemacht, aber geärgert
hatte sie sich über sie noch nie. Am nächsten Morgen,
nachdem die Mutter so aufgebracht gewesen war und ihr
dann verziehen hatte, machte sich Maria auf den Weg in
die Stadt Jenikale, die von Kertsch etwa so weit entfernt
lag wie Dimitrow von dem Dorf Schagaro-Petrowskoje.
Dazu muß angemerkt werden, daß Maria schon öfter
in die Stadt Jenikale gewandert war, um dort zu betteln,
denn obgleich sie bei ihrer Mutter lebte, litt sie doch
Hunger. In Kertsch zu betteln, scheute sie sich, weil sie
dort zu leicht womöglich von der Matwejewna gesehen
werden konnte, in Jenikale hingegen kannte sie niemand.
Sie wählte die reicheren Häuser aus, in denen Juden,
Griechen oder Tataren wohnten, bettelte dort, und man
gab ihr etwas. Auf ihrem Weg am Meeresufer entlang
über den nassen Sand atmete sie froh die Seeluft,
innerlich voller Kraft, denn am Meer gewinnt selbst ein
Typhuskranker eine gesunde Gesichtsfarbe. Zu der Zeit
hatte Maria bereits die Erfahrung gemacht, daß man im
Meer genausogut baden kann wie in einem Fluß. Sie
kannte eine geeignete Stelle auf dem Weg zwischen
Kertsch und Jenikale. Dort war der Sand, wo das Meer
nicht hinreichte, weich und warm, wo es ihn aber
überspülte, da war er fest und kühl; das klare Wasser ließ
einen jedes Steinchen auf dem Grund erkennen, ein

Stück weiter weg ragten zwei Klippen auf, und ganz im Hintergrund erhob sich der Berg Mithridates. An diesem Tag beschloß Maria zu baden, denn es war bereits Frühling, und im Frühling brennt hier die Sonne so heiß wie in Charkow im Sommer. Sie schaute sich um – niemand war in der Nähe, da zog sie ihr Kleid aus, mehr hatte sie bei dem warmen Wetter nicht an, und rannte ins Wasser. Dabei stellte sie unversehens fest, daß ihre Brüste wenn auch nicht so groß wie die Xenias, so doch keine bloßen Hügel mehr waren und daß die vordem flachen Pickeln ähnelnden Warzen spitz vorragten. Auch bildeten Beine und Bauch jetzt eine straffe Einheit, was so schön aussah, daß sie selbst Lust bekam, mit der Hand darüber zu streichen, und es nicht beschämend fand, sich bei Licht zu betrachten... Was sie aber nicht sah, war, daß tatsächlich jemand sie betrachtete, ein Grieche, ehemals Besitzer eines Cafés in Jenikale, jetzt Mitarbeiter in der Gastronomie. Dieser Grieche war, wie er es gern tat, nach dem Frühstück mit einem Seemannsfernglas am Strand entlanggegangen und hatte dabei plötzlich unentgeltlich die nackte Frau erblickt. Er sah Maria und begehrte sie. Als Maria aus dem Wasser kam und ihr Kleid übergezogen hatte, erfrischt am ganzen Körper, rein und nach Meerwasser duftend, ging der Grieche auf sie zu und fragte:

„Wohin des Wegs, Mädchen?"

„Ich gehe nach Jenikale", antwortete Maria, „um mir Brot zu erbetteln."

„Schämst du dich nicht", sagte der Grieche, „ein so hübsches Mädchen... Ai, das ist nicht schön... Komm mit, ich gebe dir gebratenes Fleisch zu essen, magst du das?"

Maria musterte ihn. Der Mann war kein Russe, er sah gut aus und war offenbar reich, und der Gedanke, bei ihm gebratenes Fleisch zu essen, behagte ihr. So ging sie mit ihm in sein Haus in der Stadt Jenikale. Es war ganz mit Teppichen ausgelegt und roch auf nichtrussische Art angenehm nach etwas Süßem. Eine alte Frau brachte auf einer Schüssel einen dampfenden, mit rotem Pulver bestreuten Braten herein. Der erste Bissen, den Maria kostete, verbrannte ihr förmlich die Kehle. Der Grieche lachte.

„Das ist griechischer Pfeffer . . . das reinste Feuer."

Maria aß reichlich von dem Fleisch und war am Ende so trunken, daß der Grieche der Alten befahl, die Flasche mit dem süßen Wein wegzunehmen, der zuviel für sie war. Maria ließ sich auf den weichen Teppich sinken, und der Grieche legte sich neben sie. Und sie erlangte das ihre, hatte sich erbettelt, was Xenia besaß, bekam von dem Griechen, was Xenia von ihrem Liebhaber und ihrem Mann bekam und was der Begleiter Grischa sich von ihr, Maria, in der dunklen Scheune genommen hatte. Und sie hörte sich selbst in allen Tönen genußvoll stöhnen, sie umschlang den Griechen, den satten, schönen Mann, der kein Russe war, nutzte seine Kraft zu ihrem Vergnügen einen ganzen Tag, einen ganzen Abend und eine ganze Nacht.

„Wie fiebert dein Herz", spricht der Herr durch seinen Propheten Hesekiel, „weil du all das getan hast, du selbstherrliche Dirne."

Von Kind auf hatte Maria die zweite Strafe des Herrn – den Hunger – an sich erfahren, doch der schmackhaft gestillte Hunger macht trunken, er weckt, entzündet den Körper, und so ereilte sie anstelle der zweiten Strafe Gottes die dritte – das wilde Tier, die Wollust, der Ehebruch.

Bis zum Morgen ließ Maria den Griechen nicht los, und sie hätte ihn noch länger festgehalten, doch er sagte:

„Bei uns pflegt der Mann die Frau zu nehmen, nicht die Frau den Mann. Du dummes Ding ißt mein Fleisch und fällst dann über mich her, einen griechischen Mann . . ."

Und er jagte Maria davon, gab ihr nicht mal mehr was zu essen zum Abschied. So wanderte sie bedrückt und hungrig zurück in die Stadt Kertsch, denn der durch den Braten gestillte Hunger war nach dem und durch das, was sie mit dem Griechen bis zum Morgen getrieben hatte, gründlich wiedergekehrt. Je mehr sie sich der Arbeiterkaserne näherte, das heißt dem Gemeinschaftshaus aus roten Ziegeln, in dem sie bei ihrer Mutter wohnte, um so mehr fürchtete sie sich vor der Begegnung, und sie überlegte, wie sie das Geschehene möglichst geschickt vor der Mutter verbergen konnte, nachdem sie ihr auch die Sache mit Grischa in der Scheune und den Vorfall mit dem Mann in Unterhosen bei Xenia verheimlicht hatte. Aber das ließ sich leichter vertuschen, da es sich ereignet hatte, als sie allein in der Fremde gewesen war, jetzt jedoch wohnte sie bei ihrer Mutter. Mit solchen Gedanken betrat sie die Kaserne. Sie stieg die eiserne Treppe hinauf, da kam ihr im Korridor die Matwejewna entgegen und sagte weinend zu ihr:

„Wo warst du denn? Wir haben dich gesucht, deine Mutter ist von einem Zug überfahren worden, du bist jetzt eine Waise."

Zuerst begriff Maria gar nicht, was ihr die Matwejewna da berichtete. Als sie es aber verstanden hatte, sank sie im Korridor neben ihrer Tür auf den Fußboden nieder und blieb dort sitzen. Ihre Mutter lag in einem Fichtenholzsarg auf dem staatseigenen Eßtisch zwischen den vier staatseigenen Betten. Ringsum standen eine Menge Leute, die Abschied von ihr nahmen, vor allem Frauen, aber auch Männer, Freunde von Saweli, der auch den Sarg gezimmert hatte.

„Warum sitzt du hier?" herrschte Tante Olga die vor der Tür hockende Maria ärgerlich an. Sie schneuzte sich in ihr Taschentuch und wischte über ihre Augen. „Willst du nicht von deiner Mutter Abschied nehmen?"

Doch Maria saß stumm auf dem Fußboden im Korridor und gab niemandem Antwort. Sie öffnete lediglich ein ganz klein wenig die Tür, nur einen Spalt, und erblickte das Sargende mit dem um das reglose Haupt der Mutter gebundenen Kopftuch der Matwejewna. Eine Minute oder zwei schaute sie hin, dann schloß sie die Tür wieder. Viel Zeit verging, vielleicht eine Stunde, ehe sie, jetzt ein wenig kraftvoller, die Tür ein Stück weiter öffnete, so daß sie die weiße Stirn der Mutter unter dem Tuch der Matwejewna sah. Darauf zog sie sich abermals zurück und saß erneut lange schweigend da; dann drückte sie die Tür wiederum ein bißchen mehr auf und sah: Eine Kerze brannte in den über der Brust zusammengelegten Händen der Mutter. Wieder zog Maria die Tür zu, ohne in das Zimmer hineinzugehen, sie blieb im Korridor, sosehr Tante Matwejewna und Onkel Saweli auch in sie drangen, doch von der Mutter Abschied zu nehmen. Noch drei- oder viermal öffnete Maria die Tür, jedesmal ein Stück weiter, bis sie endlich ihre Mutter mit dem weißen Kopftuch der Matwejewna in dem Sarg liegen sah, eine Kerze in den Händen, in ihrem schwarzen Tuchkleid, das sie an Feiertagen auch zu Hause, im Vorwerk Lugowoi, getragen hatte... Maria dachte daran, wie sie seinerzeit zu Ostern durch den Sakas in das Dorf Popowka gewandert waren, um die Großmutter und den Großvater zu besuchen – Vater hatte noch gelebt, und Wassja war mit ihnen gewesen, klein wie Shorik, der noch gar nicht geboren war –, auch damals hatte die Mutter dieses schwarze Kleid angehabt... Jetzt, da sie ihre Mutter in ganzer Größe sah, überwand sie sich, stieß die Tür vollends auf und betrat das Zimmer. Die Mutter lag barfuß in dem Sarg, ihre Füße waren weiß wie ihr Antlitz und ihre Hände. Kinder kamen herein, die in dem Gemeinschaftsheim bei ihren Eltern lebten, sogar solche aus anderen Wohnblocks; ihnen allen gab Tante Matwejewna Äpfel, Honigkuchen oder kleine Krimhaselnüsse.

So verlor Maria ihre Mutter, und niemand wußte, was nun mit ihr geschehen sollte. Wenn auch alle in ihrer

Umgebung ihr wohlwollten, so waren es doch Fremde, und Maria war für sie ebenfalls eine Fremde.

„Sie muß zu ihren Geschwistern zurück", riet Onkel Saweli.

„Willst du das?" fragte er Maria.

„Nein", antwortete sie. „Schura und Kolja im Vorwerk haben selber nichts zu essen, und zu Xenia in Woronesh kann ich nicht gehen, weil mich ihr Mann, Alexej Alexandrowitsch, der Eisenbahntechniker, nicht mag."

„Dann bleibt nur das Kinderheim", sagte die Matwejewna. „Hier in Kertsch gibt es ein gutes."

Da brach Maria in Tränen aus.

„Vor dem Kinderheim hab ich mehr Angst als vor allem anderen in meinem Leben", erklärte sie.

„Aber was willst du denn anfangen?" fragte die Matwejewna. „Du bist in einem Alter, in dem du nicht ohne Aufsicht bleiben kannst, denn du würdest auf Abwege geraten und entweder dem Diebstahl verfallen oder der Prostitution, wenn nicht beidem zusammen."

Darauf antwortete Maria:

„Ich habe noch nie jemanden bestohlen, sondern immer nur um milde Gaben gebeten. Meinen Bruder Wassja habe ich nicht vor dem Stehlen bewahrt, das ist meine einzige Schuld. Was Prostitution ist, weiß ich gar nicht."

Onkel Saweli lächelte und sagte:

„Das ist das, was eine verkommene Frau für Geld tut und eine ehrbare umsonst."

„Pfui, du Schamloser", rügte ihn die Matwejewna. „Wie kannst du vor dem Mädchen so reden!"

Doch Maria verstand, worum es ging; sie war in diesen Dingen jetzt recht hellhörig und dachte bei sich: Was Xenia mit Alexej Alexandrowitsch macht, ist also etwas anderes als das, was ich mit dem Griechen gemacht habe... Das eine ist erlaubt, und das andere wird einem Diebstahl gleichgestellt, das heißt, man muß es besonders sorgsam verheimlichen.

Und sie verließ das Zimmer in der Angst, daß jemand womöglich etwas von ihrem Zusammensein mit dem Griechen in der Stadt Jenikale erfuhr, wozu noch die bange Frage kam, wie sie dem Kinderheim in der Stadt Kertsch entgehen könnte. Doch in Kertsch wollte sie bleiben, denn diese schöne, warme Stadt am Meer gefiel ihr, wenngleich sie ihr vor der Reise hierher völlig unbekannt gewesen war. Sie hatte ja bis zur Abfahrt mit ihrer Mutter und Wassja aus der Stadt Dimitrow nicht mal gewußt, was ein Zug ist, obwohl sie das Wort Lokomotive kannte. Jetzt wußte sie sogar, was ein Dampfer ist oder ein Lastkahn und vieles andere mehr, denn sie bettelte auch im Hafen. Ein paarmal trieb sie dort mit Matrosen das, was es besonders sorgsam zu verheimlichen galt und was dem Diebstahl gleichgestellt wurde, aber eines Tages schlug eine Frau sie weit heftiger als seinerzeit die in Kursk, woraufhin sie es vermied, in den Hafen zu gehen. Überdies machten die Matrosen es stets in aller Eile auf einer harten Bank oder irgendwo auf dem Fußboden, so daß sie nie Gelegenheit hatte, eines Mannes Kraft länger zu ihrem eigenen Vergnügen zu nutzen wie mit dem Griechen. Zudem zahlten die Matrosen nicht mit gebratenem Fleisch, sondern mit Brot oder Dörrfisch, das heißt mit Dingen, die sie sich auch ohne solches einem Diebstahl gleich-kommende Tun erbetteln konnte. Nachdem die Frau im Hafen sie geschlagen hatte, war ihr ohnehin die Lust daran vergangen; dennoch blieb der Wunsch, es wenig-stens noch einmal so zu erleben, daß sie unter ihren Gefühlen in allen Tönen stöhnte wie ihre Schwester Xenia bei ihrem Mann und ihrem Liebhaber und sie selbst bei dem Griechen, der sich seltsamerweise am Morgen über sie geärgert hatte und mit ihr unzufrieden gewesen war.

In das Wohnheim, in dem ihre Mutter bis zu ihrem Tod gelebt hatte, ging sie nicht, weil sie fürchtete, die Matwejewna werde sie abfangen und ins Kinderheim bringen. Sie übernachtete im Freien aufs Geratewohl, denn der Frühling ist warm in der Stadt Kertsch, und bei Regen fand sie immer irgendwo einen Unterschlupf.

Einmal suchte sie sich in einer warmen Nacht ein Lager am Meeresufer unter einem Felsüberhang, da von Zeit zu Zeit von dem Sternenhimmel ein kurzer nächtlicher Regenschauer niederging. Sie hörte ihn unter ihrem Schutzdach jeweils ein paar Minuten lang rauschen, dann trat Stille ein, die bald wieder von einem fünf bis zehn Minuten andauernden Rauschen unterbrochen wurde. Der Mond über dem Meer war mit dem mageren, ausgehungerten, welken Charkower Mond überhaupt nicht zu vergleichen, der zwar auch leuchtete, doch gleichsam wie im Typhusfieber, der einem nur gefallen konnte, weil kein anderer da war, und bei dem allenfalls – gemessen an dem schon ganz und gar dürren, strengen Mond über Kursk – von einem spielerischen Glanz die Rede sein konnte. Der Mond über der See stand an Wohlgenährtheit dem von Poltawa nicht nach, und an Größe übertraf er ihn sogar um ein mehrfaches. Der Poltawaer Mond, wie im übrigen auch der von Charkow und der von Kursk, standen einfach mal über den Feldern, mal über dem Wald, der Meermond hingegen schien ständig im Fallen begriffen. Man hatte den Eindruck, als werde er im nächsten Augenblick plätschernd ins Meer stürzen. Aber das tat er nicht, obwohl man beklommenen Herzens darauf wartete.

In einer ebensolchen inneren Erregung befand sich Maria in jener Nacht, was vielleicht auch daher rührte, daß sie am Abend kaum etwas von den Leuten bekommen hatte und hungrig war, oder daher, daß der Regen diesmal auf besondere Weise rauschte, als rede er zu dem Felsvorsprung und verstumme immer eine Weile nachdenklich, um dann seine Rede fortzusetzen. Der Himmel war übersät von großen südlichen Sternen, der unstete Mond so groß und dem Wasser so nahe, daß man den Eindruck hatte, man müßte, schloß man die

Augen, das Plätschern hören, so daß man, wenn man sie wieder öffnete, ihn nicht mehr vorfand. In einem solchen Zustand befand sich Maria, und schlafen mochte sie nicht. Plötzlich hörte sie jemanden unmittelbar am Ufer entlanggehen, die nassen Kiesel knirschten unter seinen Füßen. Maria schaute hin – dort lief ein Mann. Ich gehe zu ihm, dachte sie, und bitte ihn um Brot, und wenn er mir so nichts geben will, dann lege ich mich vielleicht mit ihm unter den Felsen, dafür gibt er mir bestimmt Brot oder Dörrfisch. Sie ging auf den Mann zu und erkannte in ihm den Fremden aus der heimatlichen Charkower Gegend, der ihr hier in der Stadt Kertsch, wo sie nach dem Tod der Mutter völlig allein lebte, gar nicht mehr fremd vorkam. Die Hand nach einer milden Gabe ausstreckend, sagte sie zu ihm:

„Gott der Herr! Jesus Christus! Gottes Sohn!"

Und es antwortete Dan aus dem Stamme Dan, die Schlange, der Antichrist:

„Nicht mich rufst du an, sondern meinen Bruder aus dem Stamme Juda. Ich bin Dan aus dem Stamme Dan, der Antichrist, ein Sohn Gottes, gesandt zur Verfluchung, wie sie erstmals vom Berge Ebal aus gesprochen wurde. Für den Segen, zuerst erteilt vom Berge Garizim, ist die Zeit noch nicht gekommen, deshalb antwortet dir nicht mein Bruder Jesus aus dem Stamme Juda..."

Maria begriff nichts von dem Gesagten, weil ihr der Verstand dafür fehlte und in den Worten Dans, des Antichrist, nichts war, was ohne Verstand begreifbar ist. Und sie weinte. Da fragte Dan, die Schlange, der Antichrist:

„Warum weinst du?"

„Mein Vater ist vor langer Zeit gestorben", sagte Maria, „und vor kurzem auch meine Mutter. Meine älteren Geschwister haben sich von mir losgesagt, meinen jüngeren Bruder Wassja habe ich in der Stadt Isjum verloren, jetzt habe ich niemanden mehr, der für mich sorgt und für den ich sorgen kann... Ich bin ganz allein..."

Darauf erwiderte Dan:

„Beklage deine Mutter, und weine um sie, doch davon wird dir nicht leichter werden. Sie ist nicht nach menschlichem Ermessen gestorben, denn Gott richtet auch den Armen und begünstigt nicht den Geringen... Selbst Schakale reichen die Brust, säugen ihre Jungen. Die Töchter meines Volkes sind grausam wie Strauße in der Wüste. Des Säuglings Zunge klebt an seinem Gaumen vor Durst. Die Kinder betteln um Brot, keiner bricht es ihnen."

So sprach Dan, die Schlange, der Antichrist mit den Worten des Propheten Jeremia, holte aus seiner Hirtentasche das vom Propheten Hesekiel überlieferte unreine Brot der Vertreibung und reichte es Maria. Und endlich nahm ihr niemand dieses Brot weg, von dem der Herr sagte:

„Das Brot sollst du wie Gerstenbrot zubereiten und essen; auf Menschenkot sollst du es vor aller Augen backen. Und der Herr sprach: Ebenso werden die Israeliten unreines Brot essen bei den Völkern, zu denen ich sie verstoße."

Aber es bat der Prophet Hesekiel den Herrn, das unreine Brot der Vertreibung nicht auf Menschenkot, sondern auf Rindermist backen zu dürfen.

So wurde Maria, das Bettelmädchen, durch das Stück unreinen Brotes der Vertreibung eins mit dem göttlichen Gedanken, und alle, die sie kannten und verdarben, wenn auch nach dem göttlichen Gebot, wurden Gott zuwider, und alle, die ihr halfen, wurden ihm angenehm, selbst wenn sie nicht in seinem Namen, sondern von sich aus handelten. Durch das unreine Brot der Vertreibung vereinte sich Maria mit dem fremden Volk wie einst Tamar mit Juda und Ruth, die Moabiterin, mit Boas aus Bethlehem, der judäischen Stadt. Nicht Maria traf diese Wahl, sondern sie wurde erwählt. Und Dan, die Schlange, der Antichrist, vereinte sich mit Maria durch die dritte Strafe des Herrn, die

einzige der vier Strafen, gegen die er auf seinen Erdenwegen nicht gefeit war.

Sie lagen unter dem Felsdach, das Meer rauschte in der
Dunkelheit, der Regen flüsterte ihnen minutenlang
etwas zu und verstummte wieder, Maria aber antwortete
auf die von verschiedenen Seiten auf sie eindringenden
Geräusche nur mit einem frohen, klangvollen Stöhnen.
Doch plötzlich vernahm sie ein Plätschern, als stürze
eine überschwere Masse ins Meer. Sie blickte über
Dans, des Antichrist, knochige Schulter hinweg nach
oben und sah – der Mond stand nicht mehr am Himmel. Still war es auf einmal, das Meer und der Regen
schwiegen wie in tiefes Nachdenken versunken, und
Maria, nach der Art aller Obdachlosen in der Morgen-
kühle zu einem Knäuel zusammengekauert, schlief ein,
sorgsam den ihrem slawischen Schoß fremden, noch
frischen Samen des sechsten Sohnes Jakobs wärmend.
Dan, der Antichrist, aber erhob sich von dem schlafenden Mädchen und ging weiter am Meeresufer entlang.

Es war von hier nicht weit bis zu seinen heimatlichen
Gefilden, er spürte das, und sein Herz klopfte wie das
des verlorenen Sohnes vor des Vaters Schwelle. Er
bewegte sich auf griechischem Boden, um Pantikapäon,
der Gegend, wo die Hellenen schon vor der Geburt
seines Bruders Jesus am Berge Mithridates ihre Sied-
lungen erbaut hatten. Bei allem Griechischen aber fühlte
er, Dan, sich schon fast zu Hause, denn die Hellenen
waren für das Volk Dan zwar feindliche, aber keine
fremden Nachbarn gewesen, wohingegen es auch
fremde Völker gibt, die einem anderen Volk nicht feindlich sind, ebenso wie fremde und zugleich feindliche...
Denn wie es keine gleichartigen Menschen gibt, obwohl
jeder für sich gut sein mag, so gibt es auch keine gleich-
gearteten Völker, sie unterliegen, wie auch die Menschen, sämtlich ihrem eigenen Schicksal. Und es gibt
Völker wie Menschen, die sich mögen, und daneben

solche, die sich nicht mögen, obgleich das Schicksal sie zusammengeführt hat.

Der Tag war noch nicht angebrochen, doch die morgendlichen Mächte begannen bereits kraftvoll ihre Tätigkeit, als Dan aus dem Stamme Dan, die Schlange, der Antichrist, unweit der Stadt Jenikale zur Rast innehielt. Er befand sich an eben der Stelle, wo Maria gebadet und sich zum erstenmal ihres fraulich erblühten Körpers erfreut hatte. Der Ort war in der Tat wunderschön, die glasklare morgendliche See verlieh den auf dem Grund des seichten Wassers sichtbaren Kieseln den Glanz von Edelsteinen, die erstarrte Kraft der aus dem Wasser ragenden Felsen aber erinnerte jeden, der sich an dem trügerischen, schmeichelnden Plätschern in der morgendlichen Windstille weidete, daran, daß in der Schönheit des Meeres, wie in allem grenzenlos Schönen, die Grausamkeit überwiegt, an der man sich nur in Momenten seelischer Verzweiflung weiden kann. Die Schönheit des Meeres ist dem Menschen feindlich wie die Schönheit des Kosmos. Der Mensch erlangt Seelengröße nicht durch Meer oder Felsen, auch nicht durch das Weltall, sondern durch Feld und Flur, durch Wiesen, den kleinen Bach und den irdischen Himmel... Die Bibel ist am Meer entstanden, doch nahezu alles in ihr Beschriebene verläuft abseits des Meeres, in Talniederungen, an Flüssen, auf Weideflächen oder in Städten des Inlandes, nicht in Häfen. Und es ist sicherlich kein Zufall, daß die wichtigsten Stämme der Söhne Jakobs, unter denen sich die wesentlichen biblischen Leidenschaften abspielten, ihr ihnen zugeteiltes Land fernab von der Küste hatten... Gott erschien Abraham auf einem Berg, Mose in einem Dornbusch; Mose redete mit Gott auf dem Berge Sinai in der Wüste, Jakob erblickte den Engel ebenfalls in einem Dornbusch... Der Mensch lebt am Meer, er lebt durch das Meer und bewundert es, aber lehren kann es nur den starken Grausamen etwas, den schönen Bösen, den großspurigen Herzlosen... Nicht ohne Grund hatte von allen Stämmen Israels nur der Stamm Dan, aus dem der Antichrist hervorgehen sollte, sein Erbteil am Meer. An dem Wege nach Hetlon, gen Hamat und Hazar-Enon, vom Osten bis ans Meer lag das Land Dans, der geschaffen wurde, das menschliche Tun zu verfluchen. Und fünf Landstriche weiter erst lag das Erbteil Judas, aus dem der zum Segnen gesandte Christus hervorging. Nur notgedrungen begab sich Jesus aus dem Stamme Juda ans Meer, um Wunder zu tun und auf dem Wasser zu wandeln wie auf dem festen Land, doch seine Seele war in der Wüste, am Flusse Jordan und in der Heiligen Stadt...

Auch seinen Bruder Dan, den Antichrist, aus dem Stamme Dan, dessen Erbteil am Meer lag, beruhigte das Meer nicht. Denn am Meer kann man sich nur ohne den Verstand freuen, der Verstand nimmt vom Meer Unheil.

Dan, der Antichrist, schaute hinüber zum Berge Mithridates und sah hinter den Ruinen der mittelalterlichen genuesischen Festung die Sonne aufgehen. Ihr schmaler, scharfer Strahl stach in die dunklen Wolken wie ein Schwert, und sie füllten sich mit Blut, das, sobald ein Druck auf sie ausgeübt wurde, als blutiger Regen zum Meer niederfallen mußte, bis sie sich erschöpft in schwerelosen Dunst verwandelten, den selbst ein schwacher Windhauch davontrug... Und Dan sah: Das überquellende Blut tropfte von dem Schwert ins Meer, und blutrote morgendliche Streifen bildeten sich auf den Wogen. Und es sagte Dan, die Schlange, der Antichrist, mit den Worten des Propheten Jeremia:

„O mein Leib, mein Leib! Ich winde mich vor Schmerz. O meines Herzens Wände! Mein Herz tobt in mir; ich kann nicht schweigen. Denn ich höre Trompetenschall und Kriegslärm..." Und zum wiederholten Mal sprach er gleich dem Propheten Jeremia: „Sie haben den Herrn verleugnet und gesagt: Er ist ein Nichts! Kein

Unheil kommt über uns, weder Schwert noch Hunger werden wir spüren."

Und weiter sagte Dan, der Antichrist, das Judenkind, das auf seinen Erdenwegen erstarkt und zum Jüngling herangewachsen war:

„Schon mehrere Jahre leiden sie unter der zweiten Strafe des Herrn – dem Hunger, keinen Schutz haben sie vor der dritten Strafe – dem wilden Tier des Ehebruchs, es plagt sie die vierte Strafe – die Krankheit, doch es wird die erste Strafe wieder zu ihnen kommen – das Schwert; und sie wird alle anderen Strafen in ihrem Gefolge haben... Denn so spricht der Herr: Die ganze Erde soll verwüstet werden, aber völlig werde ich sie nicht vernichten."

Nach diesen Worten brach Dan, der Antichrist, auf, um weiter den von Gott vorgezeichneten Fluch zu erfüllen. Der ihm gewiesene Weg führte ihn in die Stadt Rshew, in ein völlig anderes Gebiet zu anderen menschlichen Schicksalen. Und obgleich er seinem Auftrag nach erst sechs Jahre später in der Stadt Rshew aufzutreten hatte, nämlich gegen das Jahr neunzehnhundertvierzig nach der Geburt seines Bruders Jesus aus dem Stamme Juda, verschwand er rasch aus der Gegend, so daß Maria ihn nicht wiederfand, wie sehr sie auch nach ihm suchte.

Schon wegen Prostitution und Landstreicherei verurteilt, gebar Maria im Gefängnishospital einen von Dan, dem Antichrist, empfangenen Sohn. Auf Grund aller Erkenntnisse der Medizin glaubte man, daß der Knabe nicht lebensfähig sei, da seine Mutter minderjährig und zudem unterernährt war, doch er blieb am Leben, und Maria nannte ihn Wassja nach ihrem verlorenen Bruder. Der kleine Wassja hatte ungewöhnlich schwarze Augen, und seine unslawische Nase berührte fast seine Oberlippe, sobald er seine Mutter anlachte. Wenn Maria ihm ihre Brustwarze in den gierigen kleinen Mund schob und ihm alle ihre mühsam aus der kargen Gefängnissuppe gewonnenen Körpersäfte hingab, stöhnte sie dabei lustvoll, so daß der Gefängnisarzt sagte:

„Das ist krankhaft. Womöglich leidet sie an einer versteckten Syphilis."

„Sie hat sich ihren Wechselbalg entweder von einem Juden oder von einem Grusinier oder Armenier andrehen lassen", erklärte die Gefängnissanitäterin, die Maria wegen des jüdisch aussehenden kleinen Wassja nicht leiden konnte.

Man nahm Maria den schwarzäugigen Wassja weg und gab ihn in ein Säuglingsheim. Danach wollte Maria nicht mehr leben. Sie starb im Gefängnishospital im Alter von fünfzehn Jahren am dreiundzwanzigsten Februar neunzehnhundertsechsunddreißig und wurde ohne Sarg begraben. Noch am selben Tag strich man sie aus der Gefängnisversorgung, schloß ihre Akte und gab diese ins Archiv.

II

Ein Leben wiederholt das andere, ein Schicksal ahmt das andere nach, geradeso wie ein Tag dem anderen gleicht und eine Nacht das Abbild der anderen ist. Was ist das Dasein, wenn nicht Wiederholung und Nachahmung? Der Tag löst die Nacht ab, die Nacht den Tag. Jeder Frühling, jeder Herbst gleicht dem anderen, und die Grundlage solcher Nachahmung, das heißt des Daseins, ist die rationale Ordnung. Darin besteht die göttliche Klassik. Das Schicksal Isaaks spiegelt das Schicksal Abrahams wider, das Schicksal Jakobs das Schicksal Isaaks. Alles Höchste, im göttlichen Verstand Lebende, wie auch das Allerirdischste, dem göttlichen Instinkt Folgende, wiederholt sich und existiert als Nachahmung. Das Klassische ist die Nachahmung Gottes durch den Verstand oder der Welt Gottes durch den Instinkt. Der Prophet ahmt Gott nach, das Volk die Welt Gottes. Doch je weiter die Zivilisation fortschreitet, um so mehr verdrängen neue Ideen die Klassik. Zu Anfang erscheint das Dogma. Das Klassische stirbt, zu Tode malträtiert von seinen entarteten Anhängern. Der Neuerer, dem mit der lebenden Klassik zu kämpfen die Kraft fehlte, stürzt sich auf den Leichnam und frohlockt über den Sieg . . . Und da geschieht, was der Prophet voraussagt: Das zerbrochene hölzerne Joch wird durch ein eisernes ersetzt. Ein neuer Prophet möchte nach dem Instinkt leben, ein neues Volk nach dem Verstand. Der neue Prophet, der nach dem Instinkt leben will, erfindet einen idealistischen Materialismus, eine eklektische soziale Utopie und einen materialistischen Idealismus oder Mystizismus, das neue Volk, das nach dem

135

Verstand leben will, erfindet den Gottmenschen und den Götzendienst, und der Mensch wird in seinen besten Momenten Atheist und in seinen schlechtesten ein Götzendiener ... Jeder strebt danach, sich eigene Lehren zu schaffen und etwas Einmaliges vorzutragen. Die Patriarchen hingegen unternahmen nicht das, was ihnen selbst gefiel, sondern was gottgefällig war, und die Propheten trugen nicht ihre eigenen Ansichten vor, sondern Gottes Wort ... Da war ein kleines Hirtenvolk, ebenso einfältig wie alle anderen großen und kleinen ihm in Raum und Zeit nahen oder auch fernen Völker. Es unterschied sich von ihnen allen nur durch seine Patriarchen und seine Propheten, und um dieser Patriarchen und Propheten willen erwählte es Gott. Und es sprach der Prophet Jeremia:

„Dein Verhalten und Tun haben dir das eingebracht. Deine bösen Taten sind schuld, daß es so bitter steht, daß es dich bis ins Herz trifft.“

Und der Prophet Jesaja sprach:

„Unsere Schuld trägt uns fort wie der Wind.“

Doch die Menschen bauen zu sehr auf das Neue und hoffen auf die Unterschiedlichkeit ihrer Schicksale. Und so kommt die Nachahmung, der sie in ein von ihnen abhängendes Glück ausweichen wollen, in einem nicht von ihnen abhängenden Unglück zu ihnen.

Das Gleichnis
von den Leiden der Gottlosen

In der Stadt Rshew im Bezirk Kalinin lebte im Jahre neunzehnhundertvierzig ein Mädchen namens Annuschka. Seine Mutter hieß ebenfalls Annuschka. Und seinen Familiennamen wußte das Mädchen auch – Jemeljanowa. Es hatte einen Bruder mit Namen Iwan, den jedoch alle seltsamerweise Mitja nannten, warum, wußte niemand. Und dann war da noch ein kleines Brüderchen, Wowa, zwei Jahre alt. Aber einen Vater hatte Annuschka nicht, der war im finnischen Krieg gefallen, denn die Stadt Rshew liegt im Norden, und von dort mußten viele Männer in den finnischen Krieg. Annuschka war im selben Bezirk geboren, aber nicht in Rshew, sondern im Kreis Subzow, in dem Dorf Nefedowo. Sie erinnerte sich noch daran, wie sie dort gewohnt hatte. Im Sommer war sie gern frühmorgens, wenn die ländliche Sonne schon zärtlich wärmte, aus ihrem Bett gekrochen und, noch schlaftrunken, im Hemd hinausgelaufen, um sich vor dem Haus auf die Erde zu setzen und so noch ein bißchen weiterzuschlafen. Doch jetzt lautete ihre Anschrift: Stadt Rshew, drittes Revier, Baracke drei, Zimmer neun. Bei einer solchen Adresse konnte man nicht vor dem Haus in der Morgensonne sitzen. Die Baracke hatte überhaupt keine Ähnlichkeit mit einem Bauernhaus. Sie roch nicht gut und bestand nicht aus festen Balken, sondern aus verputzten modrigen Brettern, der Erdboden vor ihr war nicht schön weich, sondern hart und rauh, in den Pfützen, die auf ihm lange nicht trockneten, lagen Zeitungsfetzen, zerschlagene Ziegel und ölige Lappen.

Vom nahen Flugplatz her, wo Annuschkas Mutter, die auch Annuschka hieß, auf dem Bau arbeitete, dröhnte und lärmte es unaufhörlich, als führen dort viele Traktoren gleichzeitig. Annuschka wußte längst, daß es Flugzeuge waren, die so brummten, trotzdem stellte sie sich manchmal wie früher in den ersten Tagen vor, es seien Traktoren. Ihren Bruder Iwan oder Mitja brachte die Mutter morgens in den Kindergarten, den kleinen Wowa aber überließ sie Annuschkas Obhut, weshalb diese ihn nicht mochte.

Das Haus in Nefedowo war schöner gewesen als die Baracke in Rshew, dafür konnte man in der Stadt Rshew mehr erleben als in dem Dorf. Im Sommer kam ein Zirkus auf den Marktplatz, dann ging es dort lustig zu, auch wenn man keine Eintrittskarte hatte; im Winter trug Annuschka gewöhnlich rote Filzstiefelchen, die im Warenhaus der Stadt gekauft waren. Das Ereignis aber, das Annuschka zeit ihres Lebens anhaftete, geschah nicht im Winter, als sie ihre geliebten roten Stiefel trug, sondern im Sommer, während der Zirkus auf dem Marktplatz stand. Die Tage waren schwül und heiß, so daß selbst die ewigen Pfützen vor den Baracken austrockneten und nur hier und da ein feuchter Schlammfleck blieb. Und trotz der in den Barackenwänden klaffenden vielen Ritzen, durch die es im Winter zog – sie mußten dann mit Lumpen zugestopft werden, die die Mutter jetzt wieder herausgezogen hatte –, trotz dieser Ritzen war es im Zimmer sehr drückend, und Wowa weinte immerfort, er biß Annuschka und wollte seinen Grießbrei nicht essen, sondern spuckte ihn auf seine Beine. Annuschka wußte, daß der Zirkus auf dem Marktplatz angekommen war und dort die Musik spielte; sie zürnte ihrem Bruder, weil sie seinetwegen in der stickigen Baracke hocken mußte, und als er sie einmal besonders heftig biß, kniff sie ihn dafür. Da heulte er noch lauter los, und zur Tür ihres Zimmers Nummer neun schaute Tante Schura aus dem Zimmer zwölf herein. Sie brachte eine Schüssel warmes Wasser und wusch Wowas Gesicht, seine mit Brei beschmierten kleinen Hände und Beine. Darauf hörte er auf zu weinen und schlief ein. Tante Schura ging, und Annuschka war wieder allein in der stickigen Baracke mit dem schlafenden Wowa. Da beschloß sie, solange Wowa schlief, auf den Marktplatz zu laufen, wo der Zirkus stand. Dort war es herrlich und sehr lustig, sie ging umher, sah sich alles an und lachte, obwohl niemand sie dazu animierte, bis am Ende eine Frau mit einem weißen Panamahut zu ihr sagte:

„Mädchen, warum lachst du denn so? Ohne Grund lachen nur die Dummen."

Annuschka lachte, weil es ihr vor dem Zirkus, wo die Musik spielte, in der herausgeputzten Menge besser gefiel als in der schwülen Baracke bei Wowa, aber das erklärte sie der Frau nicht, sie ging einfach davon und lachte weiter. Da wurde es plötzlich finster, und dicke Regentropfen fielen. Alle Leute hasteten durcheinander und schrien: „Ein Gewitter, ein Gewitter... Seht doch die dunkle Wolke!" Und tatsächlich, vom Marktplatz aus sah man eine Wolke herankriechen, die bislang reglosen Bäume erzitterten, die Segeltuchkuppel des Zirkuszeltes knatterte bedrohlich, und die Musik verstummte. Sogleich machte sich Annuschka rennend auf den Heimweg. Sie hatte erst ein paar Straßen hinter sich gebracht, da begann es heftig zu regnen, Blitze zuckten vom Himmel zur Erde, und dumpfe Donnerschläge grollten, einer, noch einer und ein dritter, aber es war unmöglich, sich daran zu gewöhnen, Annuschka erschrak jedesmal aufs neue. Binnen einer Minute wurde sie so naß, daß ihr Kleid am Körper klebte, zudem bekam sie vom Rennen kaum noch Luft; aber sie konnte sich nicht in einen Toreingang oder unter einen Balkon zu den dort Schutz suchenden zahlreichen nassen, fröhlichen Menschen flüchten, sie mußte nach Hause in die Baracke am Rande der Stadt, wo Wowa allein war, den schon jedes Zuschlagen einer Tür erschreckte (weshalb die Mutter

Annuschka und Mitja verboten hatte, mit der Tür zu knallen) – wieviel mehr mußte er sich jetzt ängstigen!

Vor den Baracken, wo noch vor kurzem alle Pfützen von der Hitze ausgetrocknet waren, stand jetzt nicht nur das Wasser, es schoß vielmehr dahin wie ein Bach und reichte Annuschka bis über die Knöchel, ja stellenweise bis an die Knie. Die feucht gewordene Tür klemmte, und als Annuschka sie mit dem unter einem Dielenbrett hervorgeholten Schlüssel mühsam öffnete, strömte ihr das Wasser aus dem Zimmer in den Korridor entgegen... Annuschka erschrak und schrie: „Wowa!"

Aber der war nicht in seinem Bett. Sie rannte durch das Zimmer und rief weiter weinend nach ihrem Bruder. Dann sah sie das offene Fenster und schrie, in dem Glauben, daß Wowa auf die Straße hinausgeklettert sei, auch nach draußen: „Wowa, Wowa!", denn sie hatte große Angst, daß die Mutter sie bestrafen würde, wenn Wowa aus dem Fenster geklettert war.

Schließlich schaute sie unter das Bett und entdeckte ihn dort, mit dem Gesicht nach unten liegend. Er mußte herausgefallen und daruntergerollt sein. Der kleine Körper war naß und kalt. Wowas Gesicht sah aus, als ob er weine, doch er gab keinen Laut von sich, und als sie ihn wieder ins Bett legte, blieb er reglos liegen. Da begriff Annuschka, daß ihr Brüderchen tot war, und sie erschrak zutiefst. Es tat ihr nicht so sehr um Wowa leid, den sie nicht liebte, aber sie dachte entsetzt daran, wie streng ihre Mutter sie sich vornehmen würde, wenn sie von der Arbeit kam. Dieser Gedanke ließ sie völlig verzweifeln, am liebsten wäre sie ebenfalls tot gewesen wie Wowa, so daß ihre Mutter sie nicht bestrafen und mit ihr schimpfen konnte. Aber sie wußte nicht, was tun, deshalb saß sie einfach da, den Kopf in den Händen, und weinte leise, damit niemand von den Nachbarn ins Zimmer kam und erfuhr, daß Wowa durch ihre Schuld gestorben war.

Als gegen Abend die Mutter mit Mitja heimkehrte, erblickte sie als erstes Annuschka, die mit geschlossenen Augen auf dem Fußboden saß und sich die Ohren zuhielt, um nichts zu hören und zu sehen.

„Was ist mit dir, Töchterchen?" rief die Mutter erschrocken, und zugleich entdeckte sie den toten Wowa auf dem Bett.

Sie schrie auf, wie sie noch nie geschrien hatte, und war plötzlich nicht mehr wiederzuerkennen, weder der Stimme noch ihrem Aussehen nach. Augenblicklich liefen die Nachbarn herbei, jemand rannte zum Barackenkommandanten, um von dort die Schnellhilfe anzurufen, jemand bewegte Wowas Arme und Beine, um ihn künstlich zu beatmen, und jemand sagte:

„Es hat keinen Zweck, er ist tot."

Mitja, Annuschkas Bruder, sah all dem mit ernster Miene zu, ohne zu weinen, denn er war ein ruhiger, vernünftiger Junge. Die Mutter aber, deren Zorn Annuschka schon unter normalen Umständen fürchtete, kam dieser jetzt mit ihrer überschnappenden Stimme und ihrem entstellten Antlitz schlimmer vor als das schrecklichste Waldtier. Sie fiel laut schreiend über Annuschka her und schlug auf sie ein, nicht mit der Hand, sondern mit der Faust, was sie nie zuvor getan hatte... Wenn eine Mutter oder ein Vater ihr Kind schlagen, so denken sie selbst im Zorn doch immer daran, daß sie ihm weh tun, und sie schlagen nicht wahllos. In diesem Fall jedoch schlug die Mutter rücksichtslos auf den Leib ihrer Tochter ein, wie man auf einen Feind einschlägt, bis es Annuschka schwarz vor Augen wurde... So behandelt man seine Kinder nur in übermächtigem Kummer oder aus frevelhafter Bosheit – unterschiedliche Auswüchse ein und derselben Wurzel... Die Mutter hätte noch weiter zugeschlagen, wäre man ihr nicht in den Arm gefallen.

Tante Schura nahm Annuschka und Mitja mit hinüber zu sich, schenkte jedem ein Stück Konfekt und kühlte

Annuschkas Stirn mit einer Kompresse. Sie behielt Annuschka auch über Nacht. Tags darauf wurde Wowa begraben. Man schaffte einen Kindersarg herbei, bettete Wowa hinein und legte ihm Fünfkopekenstücke auf die Augen. Annuschka wollte mit zum Friedhof, doch Tante Schura ließ sie nicht gehen, und so sah sie nur vom Fenster aus, wie ihre Mutter, die nicht mehr weinte, in einem schwarzen Schaltuch, mit Mitja zur Seite, Wowas kleinem Sarg folgte.

Annuschka blieb auch noch am nächsten Tag bei Tante Schura, die ihr zu Mittag eine schmackhafte Pilzsuppe mit Kartoffeln und warme Milch vorsetzte. Gegen Abend kam die Mutter, sie weinte, aber nicht mehr böse, sondern zärtlich, und war wieder wie früher. Sie küßte Annuschka innig und nahm sie mit, wobei sie sie weiter streichelte und so fest an sich preßte, daß der vernünftige Mitja sagte:

„Vorsicht, Mama, du erdrückst Anka ja."

Fortan betrug sie sich anders zu Annuschka, sie schimpfte selten mit ihr und schlug sie niemals. Und es freute Annuschka im tiefsten Innern geradezu, daß Wowa gestorben war. Sie wanderte in ihrer freien Zeit draußen umher, ging zum Flugplatz, wo ihre Mutter arbeitete, und man ließ sie auch ein. Überhaupt suchte sie mehr die Gesellschaft Erwachsener, Kinder mochte sie nicht. Es gefiel ihr, wenn man sie bemitleidete; Kinder jedoch tun das nie, sie sind gnadenlose Wesen. Annuschka wurde oft von den Nachbarskindern und auch in der Schule geneckt. Ihre Mutter hatte sie sogar schon in eine andere Schule gegeben, aber da war es dasselbe; sie hatte sie im Sommer in ein Pionierlager geschickt, und von dort war Annuschka weggelaufen, weil sie mitunter nicht aufwachte, wenn sie in der Nacht mal mußte. Mit Mitja, ihrem Bruder, kam sie gut aus; er tröstete sie, wenn sie durch andere Kinder zu leiden hatte, aber er setzte sich nie für sie ein. Er trat nur leise zu ihr heran, nahm sie bei der Hand und sagte: „Komm,

Annuschka, wir gehen." Und Bruder und Schwester gingen Hand in Hand nach Hause. Seit September besuchte Mitja ebenfalls die Schule, aber ihn hänselte keiner, obgleich alle wußten, daß er der Bruder von Anka, der Bettnässerin, war. Nur wurde er statt Iwan, wie er laut Geburtsurkunde im Klassenbuch stand, von allen Kindern Mitja genannt, ja, manchmal rief ihn sogar die Lehrerin versehentlich bei diesem Namen.

Wie auch immer, am Ende gewöhnte sich Annuschka zwar nicht an die Hänseleien, aber sie schickte sich drein – damit konnte man leben, zumal Rshew eine große Stadt war, die genügend Raum bot, derlei bösem Spott auszuweichen. Mit der Zeit wurde sie überdies weniger geneckt, denn in ihre Klasse kam ein Junge, der beim Sprechen mit der Zunge anstieß, was bald die Spottlust der anderen auf sich zog. Sogar Annuschka schloß sich da nicht aus. So lief nach Wowas Tod für sie eigentlich alles ganz gut, bis ein neuen Unglück sie traf. Es geschah nicht im Sommer, solange der Zirkus auf dem Marktplatz stand, sondern im Winter, zu einer Zeit, in der sie in ihren geliebten roten Stiefeln umherlief.

Eines Tages briet sie sich auf dem Primuskocher Buletten, weil sie erst nachmittags Unterricht hatte. Mitja war in der Schule, ihre Mutter auf Arbeit. Da ging plötzlich die Tür auf, ohne daß jemand angeklopft hatte, und zwei ihr unbekannte Männer kamen herein.

„Bist du allein, Mädchen?" fragte der eine, der mit Leder eingefaßte weiße Filzstiefel trug.

„Ja", erwiderte Annuschka.

„Na, dann setz dich mal hier auf den Stuhl und verhalte dich still", sagte der andere, der mit einer pelzgefütterten schwarzen Jacke bekleidet war.

Annuschka gehorchte. Da holten die Männer eilig alle Sachen aus dem Schrank und packten sie in Koffer. Sie zogen die Schubkästen auf, schauten in die Kommode und liefen dabei an Annuschka vorüber, als sei sie gar nicht vorhanden. Schließlich gingen sie und nahmen außer den Koffern auch noch die tragbare Nähmaschine mit.

Wenn Annuschkas Mutter Gelegenheit fand, von der Baustelle in einem Auto mitgenommen zu werden, fuhr sie zum Mittagessen nach Hause. Auch an diesem Tag kam sie und sah: Alles stand sperrangelweit offen, der Schrank war ausgeräumt, die Nähmaschine weg, und mittendrin hockte Annuschka auf einem Stuhl. Wieder schrie sie laut auf, und wieder liefen die Nachbarn zusammen wie damals, als Wowa gestorben war.

„Ich bin bestohlen!" schrie die Mutter. „Alles haben sie mitgenommen, sogar Koljas Anzug, den ich zur Erinnerung aufgehoben hatte... Er war aus gutem Wollstoff, Kolja hat ihn nur zweimal getragen!" Und sie weinte.

Ein Nachbar aus Zimmer elf sagte:

„Ich habe Schritte gehört, aber Anka war ja zu Hause und hantierte am Kocher, da dachte ich, es kämen Verwandte zu Besuch."

„Warum hast du denn nicht geschrien?" fragte Tante Schura die verzweifelte Annuschka.

„Ich hatte Angst, daß sie mich schlagen", erwiderte diese.

„Na, aber danach, als sie mit den Koffern weggegangen sind?" fragte der Nachbar aus Zimmer elf.

„Da dachte ich", sagte Annuschka, „daß sie womöglich noch hinter der Tür stehen und mich packen, sobald ich schreie..."

Jetzt schlug die Mutter, nach so langer Pause, Annuschka zum erstenmal wieder, doch nicht mit der Faust wie seinerzeit bei Wowas Tod, sondern mit der flachen Hand und immerhin noch mit mütterlicher Nachsicht, obwohl es weh tat. In diesem Augenblick kam der Kommandant vorbei und und meinte:

„Schläge nützen hier gar nichts. Sag uns lieber, Mädchen: Würdest du die Kerle wiedererkennen?"

144

„Ja", erwiderte Annuschka. „Einer hatte eine pelzgefütterte schwarze Jacke an und der andere weiße
Stiefel."

„Wir stellen alle Männer aus den Baracken nebeneinander", erklärte der Kommandant. „Vielleicht waren
es welche von den Zwangsverpflichteten, die kürzlich
gebracht wurden. Unter denen sind eine Menge ent-
eigneter Kulaken."

Alle Männer aus den Baracken mußten auf dem verschneiten freien Platz antreten. Annuschka betrachtete
sie, und sie hatte große Angst. Zusammen mit ihrer
Mutter, dem Kommandanten und zwei Milizionären
ging sie die Reihe entlang, alle sahen sie ängstlich an,
und sie musterte die Männer nicht weniger verängstigt.
Beim erstenmal erkannte sie niemanden. Ein paar
Gesichter kamen ihr bekannt vor, aber die Diebe waren
nicht darunter.

„Das will nichts besagen", meinte der Kommandant.
„Du hast vielleicht nicht richtig hingesehen."

Sie versuchten es ein zweites Mal. Wieder wechselten
Annuschka und die Männer ängstliche Blicke, und in ihrer wachsenden Aufregung unterschied Annuschka schon
gar nichts mehr, alle Gesichter ähnelten einander, und
die bekannten kamen ihr jetzt ebenfalls unbekannt vor.

„Macht nichts", sagte der Kommandant, „wir gehen
noch ein drittes Mal. Der Kerl erschreckt dich vielleicht
mit seinem Blick."

Tatsächlich zitterte Annuschka wie im Fieber, sie
wußte einfach nicht, auf wen sie zeigen sollte. Sie hatte
längst einen nassen Schlüpfer vor Angst, und das war
schlimm in der Kälte, aber erkennen konnte sie immer
noch niemanden... Da deutete sie kurzerhand auf den
dritten von links.

„Der da", sagte sie.

„Mädchen!" schrie der Mann, auf den ihr Finger zeigte.
„Ich bin aus Subzow... Potschiwalin ist mein Name...
Ich habe sieben Kinder..."

„Na und?" fuhr ihn der Kommandant an. „Auch wenn du aus Subzow bist, kannst du durchaus die Witwe eines Helden aus dem finnischen Krieg bestohlen haben." Und er gab ihm eins mit der Faust in die Zähne.

Sofort floß Blut, und Annuschka fing an zu weinen.

„Es ist gut", sagte der Kommandant, „bringt das Mädchen weg. Er wird uns seinen Kumpan auch so nennen."

Die Mutter führte Annuschka zurück in die Baracke. Sie schimpfte nicht mehr mit ihr und schlug sie auch nicht, sondern war zärtlich zu ihr wie nach Wowas Beerdigung. Einige Tage später kam der Kommandant in das Zimmer neun und verkündete:

„Ihre Sachen konnten wir bisher noch nicht ausfindig machen, Anna Alexejewna, aber ich habe trotzdem eine gute Nachricht für Sie... Ob dieser Halunke der Dieb war oder nicht, wird sich noch herausstellen, aber daß er im Jahre vierunddreißig in Subzow Kolchosgetreide in Brand gesteckt hat, das ist bereits einwandfrei erwiesen. Und in Anbetracht Ihrer Mithilfe bei seiner Überführung sowie der Tatsache, daß Sie die Witwe eines Helden aus dem finnischen Kieg sind, daß Sie zwei Kinder ernähren, daß Sie unlängst ihr jüngstes Söhnchen verloren und nun durch diesen Diebstahl auch noch einen großen Teil Ihrer Sachen eingebüßt haben, wurde beschlossen, Ihnen Wohnraum und einen Arbeitsplatz in der Nähe zu bewilligen. Sie können sich im Speicher vierzig einstellen lassen."

Der Speicher Nummer vierzig lag in der Stadt, und man arbeitete dort im Warmen. Die Mutter freute sich sehr.

„Ich danke dem Genossen Stalin für diese Fürsorge", sagte sie. „Ja, ich habe Kinder... das jüngste ist gestorben... und hier bin ich bestohlen worden."

Vor Freude weinte sie anfangs, dann lachte sie unter Tränen, weil sie es noch erlebte, aus der Baracke herauszukommen.

146

Sie erhielt eine Wohnung in einem Außenbezirk am entgegengesetzten Ende der Stadt Rshew – nicht mehr neben dem Flugplatz, sondern am Friedhof. Das Haus war die ehemalige Friedhofskirche, die man kurz vor Annuschkas Einweisung geräumt und umgestaltet hatte. Annuschkas Adresse lautete jetzt: Straße der Werktätigen einundsechzig. Der Umbau war in aller Eile erfolgt, um möglichst schnell Wohnraum für die bedürftige Bevölkerung zu schaffen, so daß von den schlecht geweißten Wänden noch die Gesichter der Heiligen herabschauten; dort, wo die Kommode stand und der Radiolautsprecher hing, erkannte man noch ein gemaltes Kruzifix. Die Mutter verklebte es mit Zeitungen und hängte ein Stalinbild an die Stelle, doch die dicken Kirchenwände waren feucht, die Zeitungen lösten sich und schrumpften, und man sah den Oberkörper des rechtgläubigen Christus neben dem Brustbild Stalins, so daß man beide für Kampfgefährten halten konnte.

Die Kirche war geschlossen, der Geistliche verhaftet worden, nachdem erwiesen war, daß am ersten Sonntag der großen Fasten unter dem Anschein des Feiertages der Orthodoxie und der Ikonenverehrung dort eine antisowjetische Kundgebung stattgefunden hatte. Es hieß, eine angeblich nicht von Menschenhand gefertigte Ikone sei aufgestellt worden, die nach Mitteilung der städtischen Gesundheitsbehörde nicht nur viele Menschen geküßt hätten, sondern von der man auch noch Farbe abgekratzt habe, um sie unter die Nahrung zu mischen oder in der Kleidung bei sich zu tragen, was zweifellos die Verbreitung von Infektionskrankheiten begünstige. Das Rekonstruktionsbüro, welches Schwierigkeiten bei der Beschaffung von Wohnungen hatte, stellte unverzüglich eine Überschlagsrechnung für den Umbau auf, die sich als gar nicht so hoch erwies – es mußten lediglich die Heiligenbildwand entfernt, der Altar zerstört und einige andere unbedeutende Arbeiten vorgenommen werden. Schon wenige Monate

147

später zogen die ersten Stachanow-Aktivisten in die ehemalige Kirche, jetzt Neubau „Straße der Werktätigen" einundsechzig, neben dem Friedhof ein. Wenn auch die Wände ein bißchen feucht waren, so daß sie im Sommer muffig rochen und sich im Winter mit Rauhreif bedeckten, wenn auch die eilig installierten Rauchabzüge mächtig qualmten und die Mauern „schwitzten", so schützten diese doch besser gegen Kälte und Wind als die Bretterwände der Baracke, von denen der Putz abbröckelte.

Annuschka, der Mutter, gefiel es hier, und Annuschka, der Tochter, nicht minder, und wenn Mitja-Iwan seine Meinung über die ehemalige Kirche im Vergleich zu der Baracke nicht äußerte, so nur, weil er ohnehin nicht viel redete.

Die gestohlenen Sachen wurden nicht gefunden, das heißt, Annuschka, die Mutter, erhielt sie nicht zurück, aber irgendwie kam sie doch zurecht, ja, sie schaffte sogar dieses oder jenes neue Stück an, denn sie war jetzt verantwortliche Materialverwalterin und verdiente im Speicher Nummer vierzig besser als bei der Baustelle auf dem Flugplatz.

Nachdem sich die Familie auf diese Weise eingelebt hatte und für Annuschka sogar ein Wintermantel mit Wattefutter gekauft werden konnte, erschien eines Tages unversehens abermals ein Unbekannter, der erklärte, daß er sich die Malereien an den Wänden sowie die Stelle ansehen wolle, wo sich Altar und Ikonenwand befunden haben. Wieder war Annuschka allein zu Hause, und wieder fürchtete sie, geschlagen zu werden. Schweigend und bekümmert setzte sie sich auf einen Stuhl, obgleich der Mann das nicht von ihr verlangte.

Der Mann war Dan, die Schlange, der Antichrist. Die Jahre auf Erden hatten ihn älter werden lassen, und er hatte gelernt, mit den Menschen ohne innere Abneigung zu reden, was den Engeln des Himmels nicht gegeben ist, sondern nur den Propheten, aber auch nicht allen und nicht immer. Dan wußte, daß man den Menschen nur

lieben konnte, wenn man die Abneigung gegen ihn überwand, doch selbst die großen Propheten vermögen diese
Abneigung in Augenblicken der Schwäche nicht zu
verbergen. Das widerfuhr Mose in der Zeit zwischen
den ersten und den zweiten Gesetzestafeln, nachdem er
die ersten aus Gram darüber zerschmettert hatte, daß er
gezwungen war, sein hohes Herz so nichtigen Wesen
hinzugeben, die die Fleischtöpfe in der ägyptischen
Sklaverei dem Himmelsmanna im freien Sinai vorzogen;
das widerfuhr auch Dans Bruder Jesus aus dem Stamm
Juda, der eine wachsende Abneigung gegen die Apostel
verspürte, diesen von ihm nicht aus freien Stücken,
sondern der Notwendigkeit folgend ausgewählten
geistigen Pöbel, unfähig, mit dem Herzen die kühne
Absicht des Usurpators zu erfassen, sein Volk zu erretten, das genauso gottlos war wie alle anderen Völker,
es zu erretten und damit den göttliche Plan zu erfüllen.
Und es wiederfuhr auch Elisa, der nach den von Menschen erlittenen Kränkungen beschloß, ein Prophet zu
werden, und kühn den Propheten Elija bat:
„Möchten mir doch zwei Anteile deines Geistes
zufallen.“
Worauf Elija entgegnete:
„Du hast etwas Schweres erbeten. Wenn du siehst, wie
ich von dir weggenommen werde, wird es dir zuteil
werden. Sonst aber wird es nicht geschehen.“
Das weitere inspirierte den russischen Dichter der
Puschkinzeit Jasykow; und Gogol vermerkt die Größe
dieser Bibelstelle und die Größe der jugendlichen
Inspiration Jasykows in den „Ausgewählten Stellen aus
dem Briefwechsel mit Freunden“. Gogol schreibt, Jasykow habe sich hier selbst übertroffen, indem er an etwas
Höheres rührte. Ja, hier hat Jasykow Puschkinsche Kraft
gewonnen.

Als donnernd und in Feuerlohe
Gen Himmel der Prophet entfuhr,

149

Durchdrang ein mächtiger Flammenstrahl
Elisas lebensvolle Seele.
Und froh erzitterte der Genius,
Die eigne Größe spürte er,
Vor Augen gleißend im Glanze
Des anderen Genius' Himmelsflug.

Der Geist des Elija, der „in Feuerlohe gen Himmel entfuhr", war auf Elisa übergegangen. Und nicht länger als ein von bösen Buben verspotteter Kahlkopf ging er aus Jericho weg nach Bet-El, sondern als Prophet. Die Erwachsenen hüteten sich jetzt, über ihn zu lachen und zu spotten, die Kinder aber, die nicht den Verstand haben, ihre Grausamkeit zu verbergen, haben auch nicht den Verstand, ihre Bosheit zu fürchten. Deshalb ist in der Aufsässigkeit der Menschen, in ihrem Ungestüm, in ihrem Totalitarismus immer ein Stück kindliches Spiel, und eine Kindergesellschaft ist immer eine totalitäre. Der Herr gibt weder den Großen noch den Kleinen den Vorzug, vor Gott sind alle gleich, er bestraft auch die kindliche Grausamkeit und Bosheit, jedoch erst im reifen Alter, wenn die Strafe besonders spürbar wird. Der auf dem Wege nach Bet-El dahinschreitende Elisa ist sich seines Prophetentums bewußt, er hat seine Abneigung gegen die grausamen, noch in ihrem frühen Kindesalter befindlichen Menschen nicht überwunden. „Während er den Weg hinaufstieg, kamen Kinder aus der Stadt und verspotteten ihn. Sie riefen ihm zu: Kahlkopf, komm herauf! Kahlkopf, komm herauf! Er wandte sich um, sah sie an und verfluchte sie im Namen des Herrn. Da kamen zwei Bären aus dem Wald und zerrissen zweiundvierzig Kinder."
Der Prophet Jesaja sagt:
„Wenn die Gottlosen nicht bestraft werden, lernen sie nicht Gerechtigkeit."
Und der weise König Salomo antwortet ihm:
„Die Gerechtigkeit, welche stirbt, bestraft die Gottlosen, welche leben."

150

Der Herr tötet den Gottlosen nur selten angesichts der Gerechtigkeit, meist tötet er die Gerechtigkeit vor dem Angesicht des Gottlosen, und dann geht ein Gottloser dem anderen an die Kehle. Als Elisa die grausamen Kinder tötete, war dies eine schlechte Bestrafung der Gottlosen, denn sie hätten in ihrem reifen Alter bestraft werden müssen, wenn ihr Appetit auf das Leben genügend groß war. Aber schuld an allem sind die Augenblicke seelischer Schwäche, in denen selbst ein Prophet seine Abneigung gegen den Menschen nicht zu verbergen und die Bestrafung nicht hinauszuschieben vermag.

Eben dies erlebte auch Dan, die Schlange, der Antichrist, in den Straßen von Rshew. Oftmals mußte Dan, der Antichrist, während seines Erdendaseins sowohl in der Charkower Gegend als auch in Kertsch und in Rshew hinter seinem Rücken gehässige Worte hören, manchmal flüsternd vorgebracht, manchmal auch lauter, wenn der Alkohol die Kehle frei machte. Anfangs glaubte er, diese Menschen errieten in ihm den zum Verfluchen gesandten Antichrist. Später nahm er an, sie haßten vielleicht den ganzen Stamm Dan, weil sie durch die Voraussagen des Propheten Jeremia wußten, daß der Antichrist eben aus diesem Stamm kommen sollte. Schließlich aber begriff er, daß ihnen alle zwölf Stämme Israels gleichermaßen verhaßt waren. Der Stamm Ruben, Jakobs Erstgeborener, ebenso wie der Stamm Simeon und Levi, aus dem der große Prophet Mose hervorging, desgleichen alle Leviten, die Priester, Juda, Urvater des Königs und Psalmensängers David, der weise Salomo und Jesus aus dem Stamme Juda, den sie in ihren Kirchen in heidnischen Darstellungen abbildeten, um davor zu beten, auch Ephraim und Manasse, die Söhne Josephs, des schönen, und Benjamin, Vorvater des Propheten und Märtyrers Jeremia, und Sebulon und Issachar, Gad, Assir und Naftali... Alle zwölf Stämme haßten sie. Da verstand Dan, der Antichrist, daß die volle Strafe die

Gottlosen erst in ihrem reifen Alter traf, nachdem sie den Wert von Gottes Welt erfaßt hatten; wenn sie ihn bis zu ihrem Grabe nicht erfaßten, so wartete die Strafe Gottes nach ihrem Tod auf sie... Jedoch sowohl Christus als auch der Antichrist handelten in Augenblicken der Schwäche mitunter gegen die Absicht Gottes, der sie gesandt hatte, und erfüllten das Göttliche vor der Zeit...

Es geschah, als Dan auf einer Straße in Rshew jemanden in einem rostbraunen Mantel überholte. Der Mantel war nicht zugeknöpft und hing an dem Jemand wie ein Sack... Überhaupt stand alles, was Knöpfe hatte, an ihm offen: die Jacke, eine Strickweste und das Hemd, nur das blaue Unterhemd konnte nicht offenstehen, weil es keine Knöpfe hatte, dafür war es zerrissen. Der Jemand hatte ein Dutzendgesicht und einen Dutzendschädel, dennoch hatten seine massenhaft verbreiteten Züge etwas Individuelles, da das Durchschnittliche an ihnen die äußerste Grenze erreichte und dadurch geradezu symbolisch wirkte. Seine Haare waren blond bis grau, aber zerzaust und abstehend, die Magerkeit seiner Wangen wurde noch betont durch zwei Längsfalten und den grauen Stoppelbart, seine den Bewohner des Nordens verratenden Augen schimmerten farblos, ja wässrig, über seine typisch slawische Nase liefen zahllose rote Adern, und seine ihrer Form nach in keiner Weise bemerkenswerten Lippen waren derart von getrocknetem Speichel und Schleim verklebt, daß man unwillkürlich erschaudernd an die Frau dachte, die sie womöglich küßte. Als Dan an ihm vorüberging, starrte der Jemand ihn plötzlich an, als erkenne er ihn. Quälender Haß verzerrte sein unsauberes Gesicht ins Extreme, seine speichelverklebten Lippen öffneten sich, und er preßte hinter Dans Rücken durch seine gelben Zähne wie durch ein fauliges Gitter:

„Verdammter Jude..."

Nicht immer gebraucht ein normaler Russe diesen Ausdruck in solchem Ton, sondern nur im Extremfall. Der einfache Russe spricht ihn eher genüßlich aus, als beiße er in einen saftigen Apfel. Auch mit dem Wort Jude allein läßt sich die zornheisere oder vor Freude belegte Kehle ganz gut reinigen. Dennoch ist das Wort Jude mit dem Ausdruck „verdammter Jude" überhaupt nicht zu vergleichen. Es hat nicht die kurze, schöpferische Schärfe, die ein Glas Wodka von einem Becher Kwaß unterscheidet. Ein Schluck Kwaß an einem heißen Tag ist was Gutes, aber nur als Beihilfe, nicht als Grundlage... Der russische Intelligenzler hinwiederum verwendet oft das Adjektiv „jüdisch" zur Charakterisierung gewisser Erscheinungen und Ereignisse. Er sagt traditionsgemäß statt „Jude" häufig „das Jüdische", was er zudem vollklingend in drei melodischen Noten ausspricht. Er redet vom „jüdischen Element", als betupfe er nach einem Haselhuhnbraten und einem Ebereschenwodka seine geröteten schwellenden Lippen mit einer knisternden gestärkten Serviette.

Der Jemand aber, dem Dan begegnete, wischte seine blauen, mageren Lippen längst nur mit seinem schmutzigen, speckigen Ärmel ab, denn er bewegte sich an der Grenze. Und so stieß er in seiner Unbesonnenheit hervor:

„Verdammter Jude... "

Das aber ertrug Dan entgegen der göttlichen Absicht nicht in seinem Herzen, geradeso wie seinerzeit der Prophet Elisa, der zu früh, das heißt nicht in der gehörigen Weise, auf dem Wege von Jericho nach Bet-El die gottlosen Kinder bestrafte. Wie von Jeremia vorausgesagt, legte Dan dem Jemand ein Hindernis in den Weg. Die schlechten Gehsteige in Rshew und der gute Getreidewodka des Jahres neunzehnhunderteinundvierzig taten ein übriges. Der Jemand stürzte nicht mit dem Gesicht nach vorn, wobei er sich vielleicht nur die Stirn und die Nase blutig geschlagen hätte, und auch nicht auf die Seite, um sich vielleicht den Arm zu brechen, sondern rücklings mit dem Genick auf einen Pflasterstein, so daß er auf der Stelle starb und damit den vielköpfigen, weitverzweigten slawischen Stamm um ein geringes verminderte. Er sprach fürderhin kein Wort mehr, der „verdammte Jude" war sein letztes gewesen, und mit ihm auf den Lippen trat er augenblicks vor Gott den Herrn, der ihn, ohne noch eine Frage zu stellen, kurzerhand in einen Kessel mit siedendem Pech schickte, wo man höchst unehrerbietig mit ihm umging und mit Schürhaken auf seine nach der Revolution und den Fünfjahrplänen abgemagerten Rippen einschlug. Hienieden auf Erden aber scharten sich die Stammesgenossen erschrocken um den „Bedauernswerten", bemüht, bis zum Eintreffen der kostenlosen sozialistischen ärztlichen Hilfe den blutigen Nacken des Verunglückten mit Wasser reinzuwaschen, das eine vom Markt kommende Bauersfrau in ihrer leeren Milchkanne herbeibrachte.

Vielleicht hatte einer der Stammesgenossen gehört, daß der Betrunkene einem vorbeigehenden Israeliten „verdammter Jude" nachgerufen hatte, aber wer dachte sich schon was dabei, wer wußte den Rabinowitsch aus dem Galanteriewarenladen von dem von Gott zum Verfluchen gesandten Antichrist zu unterscheiden? Diese Leute waren doch allesamt Kinder eines Vaters, wenn auch unterschiedlicher Mütter, weshalb sie alle einen gemeinsamen Ursprung, nicht aber ein gemeinsames Ende hatten.

Zwei Tage später wurde der Jemand begraben, und der Antichrist kam, um der Beerdigung beizuwohnen. Auch Annuschka sah zu, denn sie wohnte ja am Friedhof und hörte täglich die Trauermusik. Der Jemand hatte auf dieser Welt Pawlik geheißen, ebenso also wie der Apostel Paulus aus dem Stamme Benjamin, der erste Konvertit auf Erden. Dessen Name war allerdings anfangs, als er noch die Christen verfolgte, Saulus gewesen, aber danach hieß er Paulus, worauf er sehr stolz war wie

154

auch auf seine römische Staatsbürgerschaft, und er wurde der eifrigste Christ, obwohl er den lebenden Christus nie gesehen hatte. Der Jemand aber hieß Pawlik seit seiner Geburt. Für kurze Zeit hatte es allerdings so ausgesehen, als werde man ihn auf Betreiben seines Taufpaten Wassja nennen, aber letzten Endes erhielt er doch den Namen Pawlik.

Das Orchester des Eisenbahnerklubs geleitete den Beinahe-Wassja und schließlich Pawlik zu Grabe, denn er hatte auf dieser Welt in den Eisenbahnwerkstätten von Rshew gearbeitet, wo er im Ruf eines traditionsbewußten Proletariers und später in dem eines unverbesserlichen Alkoholikers stand. Seit er den letzteren erworben hatte, sang er in aller Öffentlichkeit das bekannte russische Couplet „Schlagt die Juden, rettet Rußland", das sich am besten durch einen Tenor vortragen läßt. Und Pawlik war einer.

Dieses Liedchen, eine sogenannte Tschastuschka, gilt bis auf den heutigen Tag als ein Volkslied, obwohl es, wie viele populäre Volkslieder, einen Verfasser hat, nämlich Markow zwei, den Abgeordneten der Reichsduma aus der Stadt Kursk. Doch gleich vielen unter dem Volk verbreiteten populären Liedern hatte es sich längst von seinem konkreten Autor gelöst und die Zeit überdauert. Und so sang Pawlik es mit seiner Tenorstimme.

Man lud ihn vor das Betriebsgewerkschaftskomitee und rügte ihn wegen seines Benehmens wie im alten Regime. Darauf wurde sein Lotterleben nur noch schlimmer. Seine Frau heulte.

„Du wirst noch an einem Zaun sterben, niemand wird dir zu Hilfe kommen!"

„Na wenn schon", erwiderte Pawlik und winkte mit der Hand ab. „Dann sterbe ich eben, sollen sie mich zu Wurst verarbeiten."

Aber nach dem Unfall kamen doch eine Menge Leute zu seiner Beerdigung. Sogar mit Kränzen. Sie trugen den Sarg bis ans hinterste Ende des Friedhofs, wo statt der

Kreuze rote Sterne die Gräber zierten. Auch Pawlik bekam kein Kreuz, sondern einen Stern, damit er in der anderen Welt der Sowjetmacht nahe blieb.

Die Proletarier aus den Eisenbahnwerkstätten wußten nicht, was Dan, die Schlange, der Antichrist, wußte. Pawlik wurde im Jenseits in einen unpolitischen Pechkessel gesteckt, und sein letztes Wort brannte wie das siedende Pech auf seinen Lippen und zerschnitt ihm mit scharfen Spitzen den Mund. Und die anderen, ebenfalls ewige Qualen erduldenden Sünder in dem Kessel haßten ihn für sein peinigendes, dem Quieken eines Ferkels gleichendes Geschrei in Tenorstimmlage. Nicht eine Sekunde ließ dieser Schmerz nach, nicht eine Sekunde verstummte Pawliks peinigendes Geschrei. Doch unten auf der Erde, wo der Himmel aussah wie die Augen eines Slawen aus dem Norden, ruhte Pawliks Körper friedlich in dem roten Sarg.

Es war zu Beginn des Frühlings im Jahre neunzehnhunderteinundvierzig seit der Geburt von Dans Bruder Jesus aus dem Stamme Juda. In der Charkower Gegend oder sogar auch in Kursk taute es tagsüber bei klarem Wetter in der Sonne bereits, in Rshew jedoch wich der Winter noch nicht von der Stelle. Ausdauernd und beharrlich lag der Schnee auf den Gräbern, die Zweige der Friedhofsbäume waren abgestorben, aus den Mündern der Trauergäste wehte Dampf. Dan, der Antichrist, sah sich um, er betrachtete das Antlitz des Toten und die Gesichter der Lebenden, und eins der frühen Gebote Moses kam ihm in den Sinn.

„Wird ein Dieb beim Einbruch ertappt und so geschlagen, daß er stirbt, so entsteht dadurch keine Blutschuld. Doch ist darüber bereits die Sonne aufgegangen, dann entsteht Blutschuld."

Es war dies eins der zahlreichen biblischen Gebote, die mit Vorbedacht nicht ganz klar formuliert sind. Der biblische Stil vermeidet übermäßige Klarheit, denn übermäßig Klares wird zur Losung. Es gibt Gebote, die zu verstehen beträchtliche Mühe erfordert, und es gibt andere, die leicht zu deuten sind wie dieses. Aber keines läßt sich ohne alle Anstrengung erfassen. Hier die Auslegung: Ein Dieb, heißt es in dem angeführten Gebot, der bei Tage ertappt wird, hat ein Recht auf Nachsicht, doch einem, der sich mit der Nacht verbündet, gebührt dieses Recht nicht.

Dan hob den Blick und sah: Die Sonne schien, aber die Menschen ringsum hatten nächtliche Gesichter. Und er begriff: Sie hatten eine Blutschuld auf sich geladen...

Unter den Menschen auf dem Friedhof entdeckte der Antichrist das aufgeweckte Mädchen, das ganz anders aussah als Maria, mit der er in der Charkower Gegend zusammengetroffen und bei Kertsch der dritten Strafe Gottes verfallen war, dem wilden Tier der Wollust... Das Mädchen auf dem Friedhof ähnelte Maria nicht, und doch erinnerte es ihn an sie, und er begann es zu beobachten. Er folgte Annuschka bis in die Kirche und sah, daß die Kirche zu einem Wohnhaus umgestaltet war. Da bat er das Mädchen, die Wandmalereien und die Stelle ansehen zu dürfen, wo früher der Altar gestanden hatte.

Die Bilder riefen seinen Unwillen hervor, da sie gegen das Heiligste verstießen, gegen das zweite Gebot des Propheten Mose. Als Jude wußte er, daß jedem Symbol Gottes die Negation Gottes innewohnt und daß diese Negation schon bei den Verfolgungen der Christen einsetzte, in den Katakomben, an deren Wänden diese den von dem Propheten Jesaja vorausgesagten Jesus Christus aus dem Stamme Juda mit den Zügen eines ausgemergelten alexandrinischen Mönchs darstellten. Im übrigen war auch der Name Juda bei ihnen verpönt, denn sie gehörten einem nicht nur feindlichen, sondern auch fremden Volk an, und das Unverstandene behält immer einen einseitigen, mechanisch angelernten Sinn und wird nur von den Lippen vorgetragen, nicht vom Verstand, geradeso wie menschliche Worte durch sprechende Vögel... Juda war verpönt, aber auch Jesus Christus erregte Zweifel, wenn sie nicht ständig seine von ihnen geschaffene Darstellung vor sich sahen.

„Sucht das Abbild Christi in seinen im Evangelium niedergeschriebenen Worten", rieten die vernünftigsten Kirchenväter den Zweiflern. Aber als einem nationalen Weltempfinden fremde Religionsschöpfer vermochten sie nur dann mit dem Herzen an das Fremde zu glauben, wenn sie mit dem Auge das eigene sahen. Dan, die Schlange, der Antichrist, wußte, wozu ein solcher Glaube mit den Augen führt.

Wie auch hier in der Friedhofskirche von Rshew konnte man überall die alten Ikonen und Idole mit Zeitungen überkleben und neue Ikonen, neue Idole hinhängen. Denn was man vor Augen hat, an das glaubt man, doch was man nicht sieht, daran glaubt man nicht, wie es schon im Volksmund heißt: Aus den Augen, aus dem Sinn. Und je öfter einem ein und dasselbe vor Augen geführt wird, um so mehr glaubt man daran. Nicht ohne Grund hingen überall vor den Blicken dieser Menschen die Bilder des beleibten schnurrbärtigen assyrischen Badegehilfen anstelle des bisherigen ausgemergelten alexandrinischen Mönchs. Auch hier sah man neben der zugeklebten Abbildung des alexandrinischen Griechen das Konterfei des schnurrbärtigen Assyrers... Aber der geistige Glaube an den Richtigen läßt sich nicht mit Zeitungen zukleben und durch einen assyrischen Badegehilfen ersetzen, wie es auch seinerzeit in der Wüste Sinai nicht gelang, das goldene Kalb an seine Stelle zu erheben.

Dies dachte Dan, die Schlange, der Antichrist, während Annuschka verängstigt dasaß und darauf wartete, daß er die Chiffonière öffnen werde, um abermals alle wieder angeschafften Sachen einzupacken und womöglich auch ihren neuen wattierten Mantel mitzunehmen. Trotz ihrer großen Angst musterte sie ihn jedoch verstohlen, damit sie ihn, falls hinterher wieder alle Männer aufgestellt wurden und sie die Reihe ablaufen mußte, fehlerfrei erkennen könne. Da sah sie bei einem Blick aus dem Fenster plötzlich ihre Mutter, die mit Mitja an der Hand den Weg am Friedhof entlang auf ihre Wohnstatt zukam. Ihr Antlitz wirkte traurig, wahrscheinlich war sie an Wowas Grab gewesen, denn sie wohnten ja jetzt ganz in dessen Nähe und konnten Wowas kleine Ruhestätte täglich besuchen. Erleichtert überwand Annuschka ihre Angst; sie sprang vom Stuhl auf, rannte hinaus, der Mutter entgegen, und rief laut:

„Ein Dieb, ein Dieb ist bei uns!"

Auch die Mutter schrie auf, getrieben durch die bittere Erfahrung aus dem vorigen Diebstahl. Zum Glück wohnten in der Kirche weitaus bewußtere Leute als in der Baracke, da hier nur auf Grund ihrer Leistungen privilegierte Bestarbeiter eingewiesen worden waren. Sie liefen rechtzeitig zum Beistand in der Not zusammen. Ein bewaffneter Milizionär war nicht in der Nähe, doch einer der Stachanow-Aktivisten hatte für seine heldenmütige Arbeit als Prämie ein Jagdgewehr erhalten, das er jetzt bei sich trug. Ehe Dan zur Besinnung kam, versperrte eine dichte Menge ihm den Ausweg aus dem Teil der Kirche, in dem durch Holzwände Wohnräume abgetrennt waren. Das Volk musterte ihn mit jenem heiteren Haß, mit dem gewöhnlich der Stärkere seinen unterlegenen Feind betrachtet. Genau das ist auch der Blick des Antisemiten in seinen besten Momenten, wenn er das Wort „verdammter Jude" ausspricht, als esse er einen reifen Apfel.

„Wir sind erst vor kurzem bestohlen worden, und nun geht das schon wieder los", wehklagte die Mutter. „Nur gut, daß meine Tochter nicht den Kopf verloren hat..."

„Da heißt es immer, sie stehlen nur im Handel, sonst seien sie ehrlich", murrte jemand.

„Man sollte ihm eine Briefmarke auf den Hintern kleben und ihn abschicken", sagte der mit der Jagdflinte prämierte Stachanow-Aktivist, die er gesenkt im Anschlag hielt.

Und die Menge wollte auf Dan, den Antichrist, losgehen wie seinerzeit auf seinen Bruder Jesus aus dem Stamme Juda. Denn das waren dieselben Leute, und Dan, der Antichrist, wußte es, während sie selbst es nicht wußten. Aber Dan war nicht zum Segnen zu ihnen gesandt, sondern zum Verfluchen, nicht für sie, sondern gegen sie, und deshalb konnten sie nicht Hand an ihn legen. Plötzlich teilte sich die Schar nach zwei Seiten, der Freund wurde von seinem neben ihm stehenden Freund getrennt, der Ehemann von seiner Frau, Annuschka von ihrer Mutter... Als sie sich aber wieder vereinten, war der Antichrist nicht mehr im Raum, befand er sich weit entfernt von der Straße der Werktätigen, wenn auch noch innerhalb der Grenzen der Stadt Rshew. Und vieles wurde geredet. Die einen sagten, der Bandit habe ein Messer in der Hand gehabt, andere hatten eine Mauserpistole gesehen und wieder andere sogar eine Kulakenflinte mit gestutztem Lauf. Da aber nichts von den häuslichen Sachen fehlte, war der Vorfall schnell vergessen, zumal man sich voreinander wegen der auf seltsame Weise mißlungenen Festnahme unbehaglich fühlte. Dan, die Schlange, der Antichrist, aber fand sich, nachdem er die durch frühere wie gegenwärtige heidnische Darstellungen geschändete Kirche verlassen hatte, am entgegengesetzten Ende von Rshew bei den Baracken wieder, wo Annuschka noch vor kurzem unweit des Flugplatzes gewohnt hatte.

Der Abend nahte, doch hier herrschte nicht die abendliche Stille, wie sie im Winter draußen im Wald und in der Flur bei Sonnenuntergang eintritt. Lärm und Flugzeugmotorengeheul begleitete die in der zitternden Frostluft sinkende Sonne. Und Dan erblickte wiederum das Schwert, das er erstmals vor Kertsch gesehen hatte, als es über dem blutroten Meer in die blutgefüllten Wolken gedrungen war. Diesmal stützte sich das

Schwert mit dem Knauf auf die Abendsonne, seine Klinge aber verschwand hinter den verschneiten Dächern des westlichen Ortsrandes der Stadt Rshew, und der Schnee auf den Dächern erglühte im Rot von Arterienblut. Und Dan, die Schlange, der Antichrist, vernahm die von Gott dem Herrn durch den Mund Hesekiels, des Propheten der Vertreibung, gesprochenen Worte:

„Weh der Stadt voll Blutschuld, weh dem verrosteten Kessel, und weh dem Rost, der nicht abgeht. Stück für Stück nimm ihn wahllos heraus! Denn das Blut, das die Stadt vergoß, ist noch mitten in ihr. An den nackten Felsen hat sie es hingeschüttet. Nicht auf die Erde hat sie es vergossen und nicht mit Erde bedeckt, so daß mein Zorn entbrannte und ich Rache nahm: Auf den nackten Felsen vergieße ich ihr Blut, es wird nicht mit Erde bedeckt. Darum – so spricht Gott der Herr: Weh der Stadt voll Blutschuld. Auch ich schichte einen großen Holzstoß auf, ich häufe das Holz, ich entzünde das Feuer."

Nach diesen Worten ging die Sonne unter, und die Vision des Schwertes und des Blutes verschwand. Durch eine von wenigen Laternen erleuchtete Straße am Rande der Stadt Rshew, vorbei am friedlichen abendlichen Licht der Häuserfenster lief Dan, die Schlange, der Antichrist, über den knirschenden, trockenen kalten Schnee und bog dort ein, wo der Zaun des unlängst erbauten Milchkombinats begann. Zu solcher Zeit traf man am Stadtrand von Rshew kaum einen Passanten, und es dauerte lange, ehe wieder einer vorüberkam – ein Mann in einer Wattejacke und gesteppten Filzstiefeln mit weiten Galoschen darüber.

Dans Vision erfüllte sich nicht sogleich, sondern erst, als Annuschka ihre geliebten roten Filzstiefel längst wieder abgelegt hatte und schon auf den Zirkus wartete. Da hörte sie plötzlich von allen Erwachsenen die Worte „Krieg, Krieg" und „die Deutschen".

Doch für sie bedeutete das zunächst nichts, und auch die Mutter sagte zu der Nachbarin:

„Bei mir wird sich kaum was ändern, mein Kolja ist ja schon im finnischen Krieg gefallen."

In der Tat blieb den ganzen Juni über alles beim alten. Nur der Zirkus kam nicht. Im Juli jedoch begannen die Veränderungen. Eines Tages kam die Mutter sehr besorgt vom Speicher vierzig nach Hause und sagte:

„Kinder, wir müssen unsere Sachen packen. Wir gehen als Flüchtlinge in das sieben Kilometer entfernte Dorf Kleschnewo."

Sie legten die nötigsten Dinge zusammen, darunter auch Annuschkas rote Filzstiefel und ihren Wattemantel, da sie womöglich den Winter über in Kleschnewo bleiben mußten, und schlossen das Zimmer ab. Einen ganzen Tag waren sie in der Hitze bis Kleschnewo unterwegs. Nur zweimal hielten sie Rast, um zu verschnaufen und etwas zu essen.

„Wir müssen uns beeilen, Kinder", sagte die Mutter, „damit wir eine gute Unterkunft finden, ehe die anderen kommen."

Sie erreichten Kleschnewo gegen Abend und wurden in der Schule einquartiert, aber Annuschka merkte, daß die vielen bereits anwesenden Leute weder sie noch die Mutter noch Mitja gern bei sich aufnahmen.

In der nächsten Zeit lebten sie in Kleschnewo wie auf der Eisenbahn; ständig mußten sie ihr Gepäck bewachen, und sobald ihre Vorräte aufgebraucht waren, hatten sie nichts mehr zu essen. Deshalb freuten sich Annuschka und Mitja, als ihre Mutter sagte:

„Wir gehen zurück nach Rshew. Es ist bald September, und ihr müßt in die Schule."

Den Rückweg in die Stadt bewältigten sie schneller, sie waren weniger erschöpft, und als sie zu Hause alles unversehrt vorfanden, dachten sie froh: Jetzt wird es leichter.

In der Tat lebten sie zu Hause besser als in dem Dorf Kleschnewo, obwohl Krieg war. Die Mutter ging wieder in den Speicher vierzig zur Arbeit, und sie litten weniger Hunger. Natürlich hatten sie nicht so reichlich zu essen wie vor dem Krieg, aber sie wurden doch einigermaßen satt.

Eines Abends, am letzten Tag im August, sagte die Mutter:

„Morgen fängt die Schule an, Kinder. Wir wollen eure Bücher in die Tasche packen, sonst müßt ihr morgen früh erst suchen und kommt womöglich zu spät zur ersten Unterrichtsstunde."

Sie hatten kaum damit angefangen, die Bücher zusammenzulegen, da ertönte ein mächtiger Donnerschlag wie damals bei dem heftigen Gewitter, in dem der kleine Wowa umgekommen war. Annuschka erschrak, auch die Mutter bekam einen Schreck und nahm Mitja bei der Hand.

„Kommt schnell, wir laufen in den Garten und legen uns zwischen die Beete", sagte sie.

Neben dem Friedhof befand sich ein Stück Ödland, und die Behörden hatten den in der ehemaligen Friedhofskirche wohnenden Stachanow-Aktivisten erlaubt, dort einen kleinen Gemüsegarten anzulegen. Annuschka sah, daß einige von ihnen, die nicht evakuiert waren, ebenfalls zwischen den Beeten Deckung suchten. Da krachte es ganz in der Nähe auf dem Friedhof und gleich darauf noch einmal. Weißer Qualm kroch heran, und es roch nach angebrannten Eierkuchen. Annuschka weinte, aber der mit dem Jagdgewehr prämierte Stachanow-Aktivist beruhigte sie:

„Hab keine Angst, Mädchen... Die Sowjetmacht lebt noch."

Nach dem Beschuß des Friedhofs kehrte Annuschka mit ihrer Mutter und Mitja ins Haus zurück, doch sie fanden alle drei die ganze Nacht keinen Schlaf. Autos fuhren vorbei und Pferdewagen, man hörte Stimmen, bis zum Morgen währte noch die Sowjetmacht. Danach aber kam die deutsche Macht.

„Kinder“, sagte die Mutter, „bleibt im Haus, geht nicht auf die Straße.“

Aber die deutsche Macht wartete nicht, bis Annuschka und Mitja auf der Straße erschienen, sie kam ins Haus, trappelte auf nichtrussische Art im Korridor, lärmte hinter der hölzernen Trennwand und brach sofort jeglichen Widerstand, was ihr leichtfiel, weil sie die stärkere war. Annuschka hatte große Angst, so große, daß die Neugier sie trieb, in den Korridor hinauszuschauen. Obwohl sie noch nicht allzulange auf der Welt war, hatte sie doch schon mehrfach gesehen, wie jemand geschlagen wurde, denn sie lebte in einem Land, wo dies häufig geschah. Allerdings war dabei meist kein Blut geflossen, Schläge bis aufs Blut hatte sie erst zweimal mit angesehen – einmal, als der Barackenkommandant dem Mann, den sie als Dieb angegeben hatte, eins mit der Faust in die Zähne gab, und einmal hatten sich vor ihren Augen ein paar Jungen blutig geprügelt. Sie wußte, wie weh schon ein Schlag bloß mit der Handfläche tat, an die Faustschläge ihrer Mutter aber, als Wowa durch ihre Schuld gestorben war, weil sie ihn allein gelassen hatte, erinnerte sie sich bis heute. Niemals jedoch hätte sie geglaubt, daß man einen Menschen so schlagen konnte, wie die Deutschen den Stachanow-Aktivisten schlugen, der von der Sowjetmacht als Auszeichnung für seine hervorragende Arbeit ein Tulaer Jagdgewehr bekommen hatte. Davon, daß dies nicht bis aufs Blut geschah, konnte überhaupt keine Rede sein. Es sah aus, als habe jemand eine volle Schüssel Blut durch den Korridor getragen wie manchmal die Hausfrauen nach dem Waschen eine Schüssel Seifenwasser und sei damit im Dunkeln gestolpert. Immer angewiderter schlugen die Deutschen zu, das heißt nicht mehr mit dem anfänglichen Eifer, weil sie sich dabei die Stiefel mit Blut beschmutzten. Und sie gingen im Korridor um den dort ausgestreckt liegenden Körper herum, wie man im Herbst oder im Frühjahr durch den Schlamm geht, indem man von einer trockenen Stelle auf die andere tritt. Schließlich sagte ein nicht auf russische Art gekleideter Deutscher etwas zu einem Mann in einer Baumwolljacke aus dem Kaufhaus von Rshew, worauf dieser, ohne anzuklopfen, die Tür aufriß, hinter der Annuschka stand, und ihre Mutter anschrie:

„He, du Stalinhure, komm raus!"

Annuschka fing sofort an zu weinen und klammerte sich wie Mitja an die Mutter. Da erwachte in dem von den Deutschen als Polizist eingesetzten russischen Zivilisten offenbar plötzlich die althergebrachte slawische Herzensgüte, denn er sagte:

„Keine Angst, dir passiert nichts. Ihr sollt den Kommissar hier wegschaffen, weil er voller Blut ist und die Herren Deutschen sich vor ihm ekeln."

Die Frau und die Kinder des Stachanow-Aktivisten waren evakuiert, er selbst hatte bleiben müssen, um die Verlagerung der Betriebsausrüstung zu leiten... Die Mutter und eine Nachbarin hoben ihn auf und trugen ihn davon. Erst sollten sie ihn nur bis zu einem Fuhrwerk bringen, doch auf halbem Wege überlegten es sich die Deutschen anders und befahlen, ihn auf den Friedhof zu schaffen. Die Überführung des von den deutschen Stiefeln verstümmelten Stachanow-Aktivisten beaufsichtigte der Polizist in dem baumwollenen Massenbedarfsartikel.

„Je weiter ihr ihn tragt, desto besser für euch", erklärte er. „Dann stinkt er nicht vor eurer Tür."

Die beiden Frauen trugen den Stachanow-Aktivisten vorbei an vorrevolutionären Grabeinfassungen, an ärmlichen Kreuzen und an Wowas kleiner Ruhestatt mit dem Gedenkstein darauf bis zu den sowjetischen Gräbern mit den roten Sternen. Neben dem frischen sterngezierten Grab, in dem der durch den Antichrist zu Tode gekommene und mit dem Wort „verdammter Jude" auf den Lippen gestorbene Pawlik lag, hielten sie an.

„Werft ihn ab", sagte der in einer Jacke aus dem Kaufhaus von Rshew steckende und mit einem russischen Sieben-Komma-sechs-Millimeter-Gewehr samt aufgepflanztem, in Liedern besungenem dreikantigem russischem Bajonett bewaffnete Polizist.

Aber das taten Annuschkas Mutter und ihre Nachbarin nicht, sie legten den Stachanow-Aktivisten vielmehr behutsam in das Friedhofsgras, so daß sein Haupt an Pawliks Grab ruhte wie auf einem Kissen.

„Jetzt geht", sagte der Polizist.

Sie hatten sich kaum abgewandt, da hörten sie hinter ihrem Rücken ein kurzes Ächzen, wie es die Bauern gewöhnlich beim Holzhacken ausstoßen, und danach etwas wie ein Schluchzen... Den Blick zu Boden gesenkt, beschleunigten die beiden Frauen ihre Schritte, doch der Polizist holte sie sehr rasch ein, während er zugleich das blutige Bajonett mit einem Büschel Gras säuberte.

„Ich habe nur wenig Munition", beklagte er sich treuherzig. „Das ist ein russisches Gewehr, ein erbeutetes, und die Patronen sind auch erbeutet, davon gibt's nicht allzu viele." Doch als die Frauen nicht antworteten, fuhr er ärgerlich fort: „Daß ihr mir ja heute noch alles sauber aufwischt und fegt! Die Deutschen wollen bei euch Quartier nehmen. Ist das klar?"

So begann das Leben unter der deutschen Macht. Es kamen immer wieder neue Deutsche, das hatte kein Ende. Die einen gebärdeten sich rücksichtslos, andere mitleidiger. Gewöhnlich erschienen sie gegen Abend zum Übernachten. Die Rücksichtslosen trieben die Mutter, Annuschka und Mitja ins Freie, obwohl die Septembernächte in Rshew kalt waren. Zum Glück regnete es noch nicht – was aber, wenn der Herbstregen einsetzte? Die Mutter klopfte bei einigen Häusern in der Nachbarschaft an und bat, sie aufzunehmen, doch die Leute hatten Angst, weil sie glaubten, sie seien vielleicht von den Deutschen gesuchte Juden. Und wenn die

Mutter Mitja ans Fenster hob, um zu zeigen, daß sie Russen waren, ließ man sie dennoch nicht ein – sie konnten ja auch die Angehörigen eines Kommunisten oder Partisanen sein. Schließlich fand sich aber doch eine gutherzige alte Frau, die sich ihrer erbarmte, und von da an gingen sie jedesmal, wenn eine deutsche Einquartierung sie vertrieb, über Nacht zu der Alten, wobei sie sogar Bettzeug und Kissen mitnahmen. Am Morgen zogen die Deutschen ab, die Mutter, Annuschka und Mitja kehrten zurück und erkannten ihr Heim nicht wieder... Alles war zerschlagen, durcheinandergeworfen, besudelt und durchnäßt. Und über allem lag der unverkennbare deutsche Erbsengestank. Selbst bei Frost mußte man die Fenster weit öffnen. Den ganzen Tag hatte die Mutter zu wischen und zu räumen, und Annuschka half ihr dabei, während Mitja frisches Wasser vom Brunnen holte und das gebrauchte wegtrug. Kaum hatten sie sich gegen Abend wieder eingerichtet, erschienen die nächsten Deutschen zur Einquartierung... Hier muß angemerkt werden, daß die Mutter zudem ständig in der Angst lebte, es könnte jemand von dem Stalinbild erfahren, das sie sorgsam in ein altes Hemd ihres gefallenen Mannes Kolja gewickelt und auf dem Friedhof bei den abgelegenen sowjetischen Gräbern vergraben hatte. Doch das wußte niemand, es kümmerte auch niemanden, und die Mutter beruhigte sich. Sie hatte die Zeitungen von den Wänden abgerissen und die alten Kirchenwandgemälde wieder freigelegt, weil sie gehört hatte, daß die Deutschen Gott achteten. Allerdings bemalten sie einmal in einem besonders heftigen Anfall von Zerstörungswut unter dem Einfluß von Schnaps und Wodka die Gesichter der Heiligen mit Kohle, und auf die Stirn des gekreuzigten Christus zeichneten sie einen sechszackigen Stern mit der Inschrift „Judensau". Die Mutter wagte nicht, die Schmierereien abzuwischen, und untersagte dies auch Annuschka und Mitja.

Indessen litten sie großen Hunger, denn es gab nichts zu essen. Selten genug brachte die Mutter von irgendwoher rote Rüben, Möhren oder Kartoffeln mit. Einmal freundete sich Mitja auf der Straße mit einem Jungen an, der zu ihm sagte:

„Kennst du die Kasernen? Dort sind jetzt viele unserer Soldaten hinter Stacheldraht. Zu denen gehen wir hin und bitten sie um Brot."

Annuschka sagte:

„Mach das nicht, Mitja, es ist gefährlich, die Deutschen werden euch schlagen oder gar erschießen."

Mitja ging trotzdem und kehrte lebend zurück, aber ohne Brot.

„Wir haben sie um Brot gebeten", erzählte er, „und sie uns."

Gerade an diesem Tag brachte auch die Mutter nichts mit.

Was sollen wir essen? dachte Annuschka.

Da erschien wieder wie gewöhnlich eine Gruppe Deutscher zur Einquartierung, denn es war bereits Abend. Die Mutter zog Mitja an, dann auch sich selbst, und Annuschka schlüpfte in ihren Wattemantel, doch einer der Deutschen sagte:

„Nein, nein – njet, njet, ostawaitjes sdjes." Die Mutter zögerte, der Deutsche lächelte und zeigte ihnen ein Foto. „Kinder", sagte er, „moi rebjonotschek... Zwei... Toshe dwa... Ja nemnoshko gawarju pa-russki."*

Er holte zwei Zwiebäcke hervor und gab den einen Annuschka, den anderen Mitja. Darauf gab er auch Annuschkas Mutter einen. Annuschka gefiel ihm offenbar besonders.

„Gut, gut", sagte er. „Tebja nado utschitj njemjezki jasyk. Ja jest utschitel."**

---

* Nein, nein, bleiben Sie hier. – Meine Kinder. – Auch zwei. – Ich spreche ein bißchen Russisch.
** Du mußt Deutsch lernen. Ich bin Lehrer.

Dieser Deutsche zog nicht am nächsten Morgen wieder ab, und die Mutter war froh darüber. Er blieb fast eine Woche, und die Mutter wie auch Annuschka fanden Gefallen an ihm, nur Mitja hielt sich argwöhnisch zurück. Von Hans, so hieß der Deutsche, bekamen sie nach Monaten mal wieder ein Stück Brot oder Speck oder ein bißchen Erbsenkonzentrat. Dieser Deutsche spuckte oder schneuzte sich nie auf den Fußboden, und er aß ordentlich. Nach dem Essen nahm er eine Rolle Zwirn aus der Tasche, riß ein Stück ab und reinigte damit seine Zähne von den Fleisch- und Erbsenresten. Dabei rülpste er einmal und noch einmal und rief Annuschka zu sich, um ihr Deutsch beizubringen. Annuschka lernte rasch eine Menge Wörter und konnte bald auch deutsch zählen – eins, zwei, drei.

„Brot heißt chleb", erklärte der Deutsche. „Anna und Großvater gehen spazieren – Anna s djeduschkoi idut guljatj." Sein Blick fiel auf den sechszackigen Stern auf dem Christusbild und die Inschrift. „Judensau", erläuterte er lachend, „heißt russisch jewrejskaja swinja."

„Judensau", wiederholte Annuschka gelehrig. „Anna und Großvater gehen spazieren . . . Eins, zwei, drei."

Jedoch gegen Ende der Woche zeigte sich Hans zunehmend bekümmert. Eines Morgens schnallte er das Koppel um seinen Uniformmantel, nahm seine Maschinenpistole, stülpte den Stahlhelm auf und wurde zum gewöhnlichen Deutschen, so daß Annuschka richtig Angst vor ihm bekam.

„Woina, woina",* sagte er traurig zu ihrer Mutter. „Rshew plocho**, Köln charascho***." Und er seufzte. Er bemerkte Annuschkas ängstlichen Blick, die ihn ansah, als sei er nicht mehr der gute, fröhliche Onkel Hans, der ihr Speck zu essen gegeben und sie deutsch sprechen gelehrt hatte, sondern einer der üblichen

* Krieg.
** schlecht.
*** gut.

Deutschen, die sie verjagten und mit Füßen traten. Da lächelte er, zwinkerte ihr zu und zeigte auf das Christusbild mit dem sechszackigen Stern und dem mit Kohle geschriebenen Wort auf der Stirn.

„Judensau", sagte er.

„Judensau", wiederholte Annuschka, „jewrejskaja swinja. Anna und Großvater gehen spazieren. Haus – dom, Vogel – ptiza, Katze – koschka, Hund – sabaka."

„Gut, gut", lobte Hans sie lachend. Er streichelte ihr noch einmal den Kopf, verabschiedete sich von der Mutter und ging, weil seine Kameraden ihn von der Straße her schon riefen und sich über ihn lustig machten.

Gegen Abend kamen neue Deutsche zum Übernachten, darunter auch einer, der Hans ähnelte. Die Mutter flüsterte Annuschka zu, sie solle ihn in seiner Sprache mit den Worten anreden, die Hans sie gelehrt hatte, denn in der Woche, als dieser bei ihnen gewesen war, hatten sie sich sicher gefühlt und zudem einiges von der deutschen Kost abbekommen.

„Judensau", sagte Annuschka. „Anna und Großvater gehen spazieren. Haus – dom, Vogel – ptiza..."

Der Deutsche lachte und lobte sie wie Hans:

„Gut, gut."

Die Mutter brachte ihm, um ihn sich noch gewogener zu stimmen, gleich eine Schüssel warmes Wasser und ein reines Handtuch. Der Deutsche wusch sich, trocknete sich ab, betrachtete die Mutter und faßte plötzlich unterhalb des Bauches nach ihrem Rock. Sie schrie erschrocken auf und gleich danach noch ein zweites Mal, weil Mitja den Deutschen mit dem Kopf so heftig in die Seite stieß, daß der derart Angegriffene fast zu Boden stürzte. Auch Annuschka erschrak, weil sie wußte, wie die Deutschen zuschlugen. Doch ehe der Deutsche über Mitja herfallen konnte, schlug die Mutter ihren Sohn selbst, allerdings nicht an den Kopf, wie es der Deutsche vorgehabt hatte, sondern auf sein Hinterteil, wobei sie ihn zugleich mit ihrem Rücken gegen den erbosten

Deutschen abschirmte. So verpügelte der Deutsche Mitja nicht, sondern jagte sie alle drei bloß hinaus auf die Straße gleich den anderen Deutschen vor Onkel Hans.

Sie gingen wieder zu der guten Alten, doch die Angst, daß Mitja abgeholt werden könnte, ließ sie nicht schlafen. Am Morgen sagte die Mutter:

„Kinder, bleibt ihr hier, ich hole von zu Hause, wenn die Deutschen weg sind, soviel ich kann von unseren Sachen... Wir gehen in das Dorf Agarkowo zu meiner Kusine, vielleicht kommen wir dort unter."

Unterwegs betete sie zu Gott, daß die Deutschen schon aufgebrochen waren, denn solange es die Sowjetmacht nicht gab, konnte man sich ja an niemanden um Hilfe wenden als an den lieben Gott. Und das Gebet wurde erhört: Die Deutschen kamen eben heraus, stiegen auf einen Lastwagen und fuhren davon. Sogleich ging die Mutter ins Zimmer. Natürlich war wieder alles zerschlagen, über den Haufen geworfen und von Urin durchnäßt, aber das frische Handtuch, das die Mutter dem Deutschen gegeben hatte, lag noch sauber auf dem Bett. Sie ergriff es und spürte, daß es schwer war. Es umhüllte einen Haufen festen, gesunden arischen Kot, an dem sich, geradeso wie an den Schädelmaßen, vollauf die Zugehörigkeit zur arischen Rasse bestimmen ließ. Er ist mit einem slawischen und schon gar mit einem jüdischen überhaupt nicht zu verwechseln. Jetzt aber hatte der Deutsche seine deutschen Exkremente nicht zur Untersuchung der Rassereinheit in ein russisches Handtuch gewickelt, sondern geleitet von seinem vollblütigen deutschen Schweinefleischhumor, der sich, wie er meinte, positiv von der jüdischen hühnerbrüstigtuberkulösen Ironie unterschied. Nur die fähigsten Slawen vermögen den deutschen Geist zu erfassen. Annuschkas Mutter, die ebenfalls Annuschka hieß, gehörte nicht zu den besten Elementen ihrer Rasse, sie fühlte sich nicht als Arierin und strebte im Unterschied zu einem bekannten russischen Literaten des neunzehnten Jahrhunderts keine arische Einheit vom Ural bis an den Rhein an. Sie lebte für ihre niedrigen Interessen und raffte jetzt von ihren Sachen zusammen, was sie zu fassen bekam...

Wenig später schleppten Annuschka, Mitja und die Mutter sich bereits mühsam durch die verschneite Flur auf das Dorf Agarkowo zu. Sie gingen nicht, sondern schleppten sich, weil sie ihr Gepäck zu tragen hatten. Und zunächst kamen sie nicht in Agarkowo an, sondern wieder in dem Dorf Kleschnewo, wo sie auch diesmal niemand mit offenen Armen empfing. Man ließ sie übernachten, aber zu essen bekamen sie nichts, da die Leute selber nichts hatten. Am Morgen zogen sie weiter und erreichten das Dorf Grigorjewka. Hier erbettelte die Mutter ein paar gefrorene gekochte Kartoffeln. Ins Haus ließ man sie nicht, weil die Bewohner Angst vor Typhus hatten, man brachte ihnen die Kartoffeln in einer Zeitung auf den Hof. Erst gegen Abend des nächsten Tages langten sie in Agarkowo an. Das Dorf bestand aus etwa zehn Häusern, nicht mehr, dafür war hier alles ruhig, Deutsche hatte man nur einmal durchfahren sehen.

Die Kusine der Mutter zeigte sich nicht sonderlich erfreut über die Ankömmlinge, ließ sie jedoch ein und gab ihnen zu essen. So lebte denn Annuschka mit ihrer Mutter und Mitja in dem Dorf Agarkowo. Sie verbrachten den Winter hier und den Frühling, und im Sommer, im August, befreiten sowjetische Truppen den Ort. Das bedeutete ein freudiges Ereignis. Aber Agarkowo war nur klein, und in jeder Hütte drängten sich die einquartierten Sowjetsoldaten.

Auch die eigenen Soldaten haben ihren Geruch, aber der ist einem vertraut, nicht feindlich. Zudem muß man sich vor Augen halten, daß die Russen und sonstigen Bewohner Rußlands wenig Fleisch essen, sondern mehr Pflanzliches und Gesäuertes. Daher verbreiten sie einen zwar kräftigen, aber nicht ätzenden Geruch. Der

Deutsche hingegen ernährt sich in der Hauptsache von Erbsen und Speck, deshalb ist sein Geruch kalorienreich und nachhaltig...

Unglücklicherweise aber erkrankte Mitja, kaum daß die sowjetischen Truppen das Dorf Agarkowo befreit hatten. Die Mutter setzte ihn in ein vorbeikommendes Fuhrwerk und brachte ihn in ein Militärlazarett. Dort sagte sie, daß sie die Witwe eines im finnischen Krieg gefallenen Soldaten sei, so nahm man sich ihrer an und behielt Mitja zur Behandlung da. Nach ein paar Tagen ging es ihm schon besser, er kam sogar heraus auf die Vortreppe zu seiner Mutter und Annuschka und gab ihnen Brot, das er dort reichlich erhielt.

„Eßt", sagte er, „sonst geht ihr noch ein."

Das war abermals eine Freude, doch nahte schon gleich auch ein neues Unglück. Eines Nachts bombardierten plötzlich viele deutsche Flugzeuge das Dorf Agarkowo, und am Morgen war von dem Ort nichts mehr übrig. Wer konnte, hatte sich in den Wald gerettet und möglichst viel von seiner Habe mitgenommen. Der Wald lag drei Kilometer entfernt, und in ihm ließen sich jetzt auch die sowjetischen Truppen nieder. Die Dorfbewohner aber lebten dort gesondert von dem Militär beisammen, und Annuschka, ihre Mutter und Mitja lebten wiederum gesondert von den Dorfbewohnern, weil man sie trotz allem nicht als dazugehörig empfand.

Sie hausten in einem Unterstand an einem kleinen Bachlauf. Für Mitja hatte die Mutter dort aus allen mitgebrachten Sachen ein weiches Lager bereitet, damit er schnell vollends gesund wurde. In dem Unterstand hing ein Käfig mit einem Vogel, den Annuschka nach dem Bombenangriff auf der Straße gefunden hatte. Und trotz der Schießereien ringsumher, trotz des Geschreis und Kinderweinens sang der Vogel, sobald die Sonne aufging. Annuschka gewann ihn bald lieb und die Mutter ebenfalls, und Mitja war geradezu vernarrt in ihn. Er

173

versorgte ihn mit Grünzeug und Sonnenblumenkernen und stellte ihm frisches Wasser hin. Einmal waren Annuschka und die Mutter bei der Roggenmahd auf einem nahen Feld, Mitja aber lag in dem Unterstand und lauschte dem Gesang des Vogels. Plötzlich kam eine Granate geflogen und schlug genau neben dem Unterstand ein, und kurz darauf folgte noch eine zweite. Rauch stieg auf, aber die Mutter wartete nicht, bis er sich verzogen hatte, sondern rannte durch ihn hindurch zu Mitjas Lager. Annuschka lief hinter ihr her. Als sie anlangten, kroch Mitja unversehrt heraus. Der Unterstand jedoch sah aus wie umgepflügt, und die Bäume ringsum waren schwarz verkohlt. Dann sahen sie den Käfig auf der Erde liegen, und der Vogel darin war tot. Traurig dachten sie daran, wie er gesungen hatte, doch was konnten sie tun? Mitja berichtete:

„Ich habe gehört, daß etwas auf mich zu kam, da hab ich mich in die Ecke gedrückt und gedacht: Jetzt ist es aus, gleich wird alles einstürzen."

Ein Militärfuhrwerk brachte Annuschka samt ihrer Mutter und Mitja tiefer in den Wald. Dort wurde Mitja wieder ganz gesund. Doch dafür erkrankten Annuschka und die Mutter gleichzeitig... Sie wohnten in einer notdürftigen Hütte aus Tannenzweigen, da niemand da war, der für sie etwas Festeres gebaut hätte. Die Mutter versuchte in den ersten Tagen trotz ihrer Krankheit, solange sie noch auf den Beinen war, gemeinsam mit Mitja weitere Zweige heranzuholen, damit sie es trocken hatten, wenn der Regen kam; Annuschka hingegen konnte schon gar nicht mehr helfen, ihr Kopf wurde heiß und schwer, sie war nicht imstande, aufzustehen oder auch nur ihre fiebernden Glieder zu heben. Dann mußte sich auch die Mutter niederlegen, und so lagen beide mehrere Tage. Mitja versorgte sie, so gut er es vermochte: Er holte Wasser, zerrieb Roggenähren und entschälte Sonnenblumenkerne, die er ihnen gab.

Eines Morgens kam vom Lazarett ein Fuhrwerk mit einem Roten Kreuz. Zwei Frauen in Uniform sahen sich unter der Zivilbevölkerung um und verbanden alle Verletzten, und Sanitäter trugen die Kranken zu dem Fuhrwerk. Sie nahmen auch die Mutter und Annuschka mit, doch Mitja ließen sie zurück.

„Er ist ja gesund", erklärten sie.

Die Mutter sagte zu Mitja, als die Sanitäter sie aufhoben:

„Söhnchen, geh nicht weg, halte dich an die Leute. Ich komme bald wieder."

Annuschka hörte es noch, aber an mehr erinnerte sie sich nicht. Als sie wieder zur Besinnung kam, sah sie sich in einem großen Zelt auf einer Krankentrage liegen. Sie hatte kaum die Augen aufgeschlagen, da begann sie zu schreien und nach ihrer Mutter zu rufen. Eine Stimme wies sie zurecht:

„Schrei doch nicht so, deine Mutter liegt ja neben dir."

„Dreht mich auf die Seite, ich will sie sehen!"

Wiederum hörte sie nur diese ihre eigenen Worte und dann nichts mehr. Das nächste, was ihr bewußt wurde, war, daß sie auf einem strohbedeckten Fußboden neben vielen ihr unbekannten Männern und Frauen lag; einer der Männer sah ganz blau aus und starrte sie mit offenem Mund reglos an... Sie schrie auf, ohne ein Wort hervorzubringen. Jemand sagte:

„Sanitäter, schafft doch endlich die Toten weg, wie lange sollen wir euch noch darum bitten?"

Und abermals schwanden Annuschka die Sinne. Als sie wiederkehrten, lag sie noch in demselben Raum, aber, wie auch die anderen Kranken, nicht auf dem Fußboden, sondern in einem Bett. Gleich fing sie an zu weinen, und sie hörte nicht auf, ehe sie ihre Mutter in einem Bett an der gegenüberliegenden Wand entdeckte. So war es jedesmal – sobald sie die Augen aufschlug, weinte sie und beruhigte sich erst, wenn sie ihre Mutter erkannte. Und einmal sah sie, daß ihre Mutter auf eine

Trage gelegt und weggeschafft wurde. Sofort kamen ihr die Tränen, und man erklärte ihr:

„Deine Mutter wird in den Saal nebenan verlegt. Hier haben wir nur Typhusfälle, Ruhrkranke dürfen hier nicht liegen."

„Wo bin ich?" fragte Annuschka.

„In einem Krankenhaus", lautete die Antwort.

„Und in welchem Dorf?"

„Nicht in einem Dorf, in einer Stadt. Sie heißt Pogoreloje Gorodischtsche."

Annuschka vernahm noch den Namen und schlief wieder ein oder wurde bewußtlos, das war für sie schwer zu unterscheiden. Sie erwachte davon, daß man sie auf eine Trage legte.

„Wohin bringt ihr mich?" fragte sie.

„Du kommst in ein anderes Krankenhaus", sagte ein Sanitäter. „Nicht weit weg, achtzehn Kilometer."

Man trug sie durch den Saal, in dem ihre Mutter lag. Annuschka sah sie, weinte und bat:

„Laßt mich bei meiner Mama!"

Die Mutter erwiderte:

„Hab keine Angst, Töchterchen, ich komme bald nach."

Und die Sanitäter brachten Annuschka weg.

In dem anderen Krankenhaus mußte sie lange bleiben, wovon sie später kaum noch etwas wußte. Sie erinnerte sich nur an ihre Entlassung. Es war Herbst, an schattigen Stellen lag Reif. Sie hatte ihren wattierten Wintermantel an, aber weder Schuhe noch Strümpfe. Um die bloßen Füße zu erwärmen, mußte sie schnell laufen, doch dazu fehlte ihr die Kraft. Auf der Straße sprach sie einen Jungen an.

„Wohin gehst du?"

„Nach Pogoreloje Gorodischtsche", antwortete der Junge. „Da bin ich geboren."

„Nimm mich mit", bat Annuschka erfreut. „Dort muß ich auch hin."

„Gut, komm", sagte der Junge. „Ich kenne den Weg. Bis zum Wald sind es sechs Kilometer und dann noch zwölf."

Sie wanderten lange und erreichten den sechs Kilometer entfernten Wald. Durch ihn führte ein aus Holzstämmen gelegter Knüppeldamm, bedeckt mit kaltem dünnem Schlamm... Annuschka trat mit ihren bloßen Füßen in die kalte Brühe und dachte: Hier kann ich nicht gehen. Aber sie versuchte es dennoch. Bis zu dem abgebrochenen Baum dort gehe ich, dann kann ich nicht mehr! dachte sie. Trotzdem lief sie auch nach dem abgebrochenen Baum noch weiter. Dabei wußte sie: Noch ein bißchen, und ich bin völlig steif vor Kälte! Ich habe zwar meinen Wintermantel an, aber meine Beine spüre ich schon gar nicht mehr, ein Wunder, daß sie mich noch tragen.

Da hörte sie hinter sich ein Fuhrwerk kommen. Der Mann auf dem Bock sah, daß sie barfuß war, hielt die Pferde an, stieg ab und hob Annuschka auf den Sitz. Den Jungen, ihren Begleiter, hob er nicht hinauf, weil der Wagen mit Kisten vollgeladen war, aber er stützte ihn beim Gehen. So erreichten sie vor Anbruch der Nacht den Ort Pogoreloje Gorodischtsche.

Dort erkundigte sich Annuschka bei einer Militärpatrouille nach dem Krankenhaus, und man wies ihr den Weg. Im Krankenhaus sagte sie zu ein paar Leuten am Eingang:

„Ich möchte zu Frau Jemeljanowa... Ich bin ihre Tochter."

Und eine Frau sagte zu einer anderen:

„Der Jemeljanowa geht es doch sehr schlecht..."

Annuschka aber hörte daraus nur, daß ihre Mutter noch lebte. Sie ging in den Krankensaal und sah ihre Mutter wie vordem im Mantel und mit Kopftuch auf ihrem Bett liegen... Sie trat näher und erkannte ihre Mutter nicht wieder. Von weitem hatte sie sie erkannt, von nahem schien sie ihr fremd. Es war, als sei sie es und sei es doch auch nicht. Aber die Mutter erkannte Annuschka sofort und sagte:

„Ich konnte nicht zu dir kommen, Töchterchen, wie ich versprochen hatte, aber nun komme ich bald..."

Eine Krankenschwester riet Annuschka:

„Geh bis morgen ins Haus der Landwirte, Mädchen, da kannst du übernachten."

Die Militärpatrouillen zeigten Annuschka das Haus der Landwirte, man ließ sie ein und erlaubte ihr, über Nacht zu bleiben. Sie war so müde, daß sie auf dem Fußboden neben dem Ofen sofort einschlief. Erst am Morgen erwachte sie wieder. Ein Soldat stand vor ihr und fragte sie:

„Woher bist du, Mädchen?"

„Aus dem Dorf Agarkowo", erwiderte Annuschka.

„Geh zum Kommandanten", sagte der Soldat, „er stellt dir ein Papier aus, mit dem dich jedes in deine Richtung fahrende Auto mitnimmt."

Der Soldat gab ihr auch Brot. Sie nahm es und ging in das Haus, das ihr die Patrouillen zeigten. Dort waren lauter Leute in Uniform, aber vor denen hatte Annuschka keine Angst, sie hatte ja früher in Rshew am Flugplatz gewohnt und täglich Militärpersonen gesehen. Also fragte sie sich durch, und ein Offizier gab ihr das entsprechende Papier. Als sie wieder ins Krankenhaus kam, sagten die Leute:

„Der Jemeljanowa geht es besser."

Annuschka zeigte ihrer Mutter das Papier, und die lobte sie:

„Du bist ein kluges Kind... Fahr zurück in den Wald, denn Mitja ist dort allein... Ich werde sicher bald gesund, dann lasse ich mir auch so ein Papier vom Kommandanten geben und komme nach."

Annuschka stellte sich an die Straße, doch kein Auto nahm sie mit, bis sie ihr Papier einem Verkehrsposten zeigte, der ihr einen Mitfahrerplatz verschaffte. So kam sie in dem Wald bei Agarkowo an und fand die Stelle, wo die Dorfbewohner kampierten. Die Hütte, wo sie mit ihrer Mutter und ihrem Bruder Mitja gehaust hatte, war zerfallen, ihre Habseligkeiten lagen durchnäßt umher, niemand ging dorthin.

„Eure Sachen sind vom Typhus verseucht", erklärte man ihr, „auf die braucht keiner aufzupassen, das tun schon die Läuse."

„Und wo ist mein Bruder?" fragte Annuschka.

„Dein Bruder", erfuhr sie, „hat drei Tage lang geweint, dann ist er zu den Soldaten gegangen."

So fand Annuschka ihren Bruder nicht mehr vor.

Indessen zogen alle Leute für den Winter wieder in ihre Unterstände um, die sie sich nach der Zerstörung des Dorfes Agarkowo eingerichtet hatten. Und Annuschka schloß sich der Kusine ihrer Mutter an, die sie, wenn auch widerwillig, in ihrer Behausung aufnahm. Wenn Mutter kommt, wird sie mich hier am ehesten finden, sagte sich Annuschka. Doch eines Tages verkündete ihr die Kusine unvermittelt:

„Deine Mutter ist gestorben."

Woher will sie das wissen? dachte Annuschka. Hier gibt es doch weder eine Post noch ein Telefon! Trotzdem ging sie los, fand auch den Weg in die Stadt und kam in Pogoreloje Gorodischtsche an.

Im Krankenhaus ließ man sie nicht ein – es war noch zu früh. Sie setzte sich auf die Vortreppe, kroch gegen die Morgenkälte in sich zusammen und wartete. Eine Krankenschwester machte ihr Hoffnung.

„Jemeljanowa?" sagte sie. „Ja, die muß hier sein." Sie suchte in einem Kasten, fand die entsprechende Karte und sprach: „Deine Mutter ist am siebenten Oktober neunzehnhundertzweiundvierzig verstorben."

Und es war bereits der dreizehnte Oktober... Gedankenlos kehrte Annuschka in den Wald zurück. Dort lag schon Schnee, von der Zivilbevölkerung war niemand zu sehen. In ihrem Leid hatte Annuschka vergessen, daß die Dorfbewohner aus dem Wald in die

Unterstände umgezogen waren. Lange irrte sie umher, doch sie schrie nicht und rief nicht um Hilfe, sondern lief still und wortlos dahin. Ein Soldat griff sie auf und führte sie zu den Unterständen. In einem fand sie schlecht und recht Platz, denn es war überall eng, in jedem drängten sich zwei oder drei Familien. Erschöpft vor Anstrengung und Kummer, schlief sie sofort ein. Am Morgen wurde sie durch laute Gespräche geweckt. Sie trat hinaus ins Freie. Alles war verschneit, Kälte und Wind schlugen ihr entgegen. Doch jetzt hatte sie die Stiefel ihrer Mutter an. Die waren ihr zwar zu groß, hielten aber schön warm, wenn sie sich Lappen um die Füße wickelte. Sie hob den Blick und sah ganz in ihrer Nähe ein Militärfuhrwerk stehen, das alle Zivilisten aufnahm. Jemand sagte:

„Wir werden nach Pogoreloje Gorodischtsche zum Zug gebracht und von dort evakuiert, denn die Deutschen greifen wieder an."

Auch Annuschka wurde mitgenommen. In Pogoreloje Gorodischtsche stieg sie mit allen anderen in einen Zug. Wie weit sie fuhr und wie lange, wußte sie nicht, denn die Trauer um ihre verstorbene Mutter ließ sie alles um sich her vergessen. Wie im Traum merkte sie plötzlich, daß sie sich mitten in einem Bombenangriff befand. Alles brannte, und es wurde geschossen. Die Leute rannten, und sie rannte mit... Durch die vielen Brandstätten war die Nacht hell wie der Tag, man hätte leicht den rechten Weg gefunden, wäre man hier zu Hause gewesen. Aber es war ein fremder Ort, Annuschka erblickte nirgends etwas Bekanntes. Sie lief in ein Haus, das völlig heil war, nur das Dach fehlte. In einem Zimmer stand ein ebenfalls unversehrter Ofen, in dessen Feuerloch eine Ikone steckte. Annuschka rannte wieder hinaus, folgte einer Straße und geriet in einen großen Raum, in dem sich viele Frauen befanden. An vertrauten Orten ist es schön, allein umherzugehen, in der Fremde aber läßt man sich besser führen. Eine Frau nahm Annuschka mit. Es war schon Morgen, und nichts rührte sich, nur der Schnee fiel leise. Aus einem Haus kam ein Mann, vor dem Annuschka zuerst erschrak, weil er seine rechte Hand ständig zur Faust geballt hielt. Kusmin, so hieß der Mann, war Leiter eines Kinderheims, und Annuschka erfuhr später, daß er Kriegsinvalide und seine rechte Hand bei einer Explosion so verletzt worden war, daß die Finger für immer gekrümmt blieben. Er nahm Annuschka mit seiner Linken an der Hand und führte sie in ein warmes Zimmer, in dem eine Menge Jungen und Mädchen in Kinderheimkleidung saßen, wobei viele Jungen, vor allem kleinere, Mädchenkleider trugen, weil die Anzüge nicht ausreichten. Als Annuschka die Schar erblickte, wußte sie sofort, daß sie hier gehänselt werden würde, denn die Kinder musterten sie genauso frohlockend wie die in Rshew vor dem Krieg.

In jedem Kinderheim herrschen, wie in jeder Familie, eigene Gepflogenheiten. In diesem war es seit langem üblich, daß man immer jemanden neckte und sich dadurch einen Spaß machte. So bekam Annuschka bald den Spitznamen „die Heulsuse“, weil sie manchmal, in eine Ecke gekauert, um ihre Mutter und ihren Bruder Mitja weinte. Das hatte ein schwarzhaariges Mädchen namens Sulamith beobachtet und zum Anlaß für den Spitznamen „Heulsuse“ genommen, der Annuschka fürderhin das Leben schwer machte.

Diese Sulamith war besonders darauf bedacht gewesen, Annuschka einen Spitznamen anzuhängen, weil sie selbst sowohl von den Erwachsenen als auch von den Kindern als „die Jüdin“ verspottet wurde. Anfangs hatte jeder sie mit „Moskwitschka, w pope spitschka“* geärgert, weil sie aus Moskau kam, später war jemand wegen ihrer komischen Aussprache auf „die Jüdin“ gekommen. In dem ersten Kinderheim, in das man Sulamith oder kurz Mitha nach der Trennung von ihren

Eltern gesteckt hatte, war sie von niemandem so genannt worden, das hatte erst hier angefangen. Natürlich gebrauchte Kusmin keine solchen Spottnamen, aber er war noch ziemlich neu hier, galt als ein Fremder, und die Kinder achteten ihn nicht sonderlich, sie mochten eher die ehemalige Leiterin und jetzige Erzieherin Tante Katetschka, ebenfalls eine Versehrte – sie hatte einen Buckel. In ihr sahen die Kinder so etwas wie eine Mutter, weil sie die Späße mitmachte. Als Sulamith einmal, gereizt durch die Hänseleien, weinend schrie, sie werde weglaufen und ihre Mama suchen, entgegnete ihr Tante Katetschka mit einem Lächeln:

„Wo willst du denn hin? Wenn deine Eltern noch am Leben wären, hätten sie dich schon geholt. Juden lassen ihre Kinder nicht im Stich."

Und Sulamith begriff, daß sie nirgendwohin konnte. Sie war bei den Kindern auch deshalb nicht beliebt, weil sie ständig mit dem Blick zur Erde nach etwas suchte und oft tatsächlich was fand, mal einen Apfel, mal ein Geldstück, für das sie in der Küche etwas zu essen bekam, und mal einen Bleisoldaten.

„Sie hat Glück, diese Jüdin", hieß es von ihr. „Immerzu findet sie was."

Eins der Mädchen, die blasse Glaschenka, hätte gern mit Sulamith Freundschaft geschlossen. Glaschenka war von ihrer Mutter ins Kinderheim gebracht worden. Sie wollte durchaus nicht bleiben, obwohl man ihr einen großen Apfel gab. Sie weinte und hängte sich der Mutter an den Rock. Da führte man sie in den Saal und spielte ihr auf dem Klavier etwas vor, sie hörte zu, und indessen ging ihre Mutter weg.

Diese Glaschenka also wäre gern Sulamiths Freundin gewesen, doch Sulamith wollte sie nicht. Glaschenka umarmte und küßte sie und sagte:

„Laß mich deine Schwester sein... Warum willst du nicht mit mir spielen? Wir sind doch beide Waisenkinder..."

Aber Sulamith erwiderte:

„Meine Mama hätte mich niemals weggegeben. Sie war sehr gut, hatte lockiges Haar und trug Strohhüte und auch andere Hüte. In Moskau hat sie immer an alle Kinder im Kindergarten Konfekt verteilt. Und ich habe sie sehr liebgehabt, wenn die Leute sie auch immer ‚die Madam' nannten, weil sie Locken hatte, sich die Lippen anmalte und Hüte trug."

„Ja, meine Mama ist böse", stimmte Glaschenka zu, und sie weinte.

Nur Glaschenka und Kusmin nannten Sulamith nicht spöttisch „die Jüdin". Aber auf Glaschenka legte sie keinen Wert, und vor Kusmin hatte sie Angst wie alle anderen, die ihn nicht mochten. Deshalb freute sie sich, als Annuschka ins Kinderheim gebracht wurde. Sie beobachtete sie und dachte sich den Spitznamen „Heulsuse" für sie aus. Von da an nahmen die Kinder seltener „die Jüdin" aufs Korn, eher wurde Annuschka ausgelacht.

Einmal zogen die tonangebenden, spottlustigsten und boshaftesten Kinder los, um, wie schon oft zuvor, die Nachbarin Fjokla zu ärgern.

Diese Fjokla, eine unfreundliche, griesgrämige alte Frau, lebte einsam in ihrem kleinen Haus unweit des Kinderheims, und die Rädelsführer unter den Kindern machten sich von jeher, vielleicht sogar schon vor dem Krieg, einen Spaß daraus, sie zu reizen.

„Swjokla!"* schrien sie vor dem Haus. „He, alte Rübe!"

Zur Antwort bellte das fuchsrote Hündchen der „Oma Rübe" wütend los, und „die Rübe" selber sprang schimpfend und drohend heraus, wodurch die Sache noch besonders lustig wurde.

Diesmal beschloß Sulamith, sich den tonangebenden Kindern anzuschließen, um sich bei ihnen einzuschmeicheln.

---

* Rübe.

„Geh nicht", bat Glaschenka sie.

Doch Sulamith ging mit. Und auch Annuschka. Um den Rädelsführern zu gefallen, stellte sich Sulamith dicht an den Zaun, hinter dem das fuchsrote Hündchen haßerfüllt und zitternd kläffte, und rief laut:

„Oma Rübe!"

Gleich sprang die ergrimmte Alte heraus, und als sie Sulamith erblickte, schrie sie:

„Ach, du verdammte Judengöre!"

Da ließen die Anführer der Schar von der alten Fjokla ab und lachten wieder über Sulamith, und Annuschka, deren Schwäche Sulamith ausgespäht hatte, sagte:

„Die Deutschen sagen ‚Judensau'."

„Du kannst deutsch?" fragte Kostja, ein Junge, dem jedes Kind etwas von seiner Brotportion abgab, um nicht von ihm geschlagen zu werden.

„Ja", erwiderte Annuschka, die sich bei ihm anbiedern wollte. „Anna und Großvater gehen spazieren... Das heißt: Anna i deduschka idut guljatj."

„Faschistin, Faschistin!" schrie da Kostja los. „Du bist ja eine Deutsche!"

Und alle einflußreichen Kinder schrien:

„Ih, du Deutsche, du Deutsche! Faschistin, Faschistin!"

Von da an wurde Sulamith wieder von allen verstärkt als „Jüdin" und Annuschka als „Deutsche" und „Faschistin" verspottet, was zur Folge hatte, daß sich die beiden mehr und mehr haßten.

In dieser Zeit fuhr Kusmin einmal weg, und als er wiederkehrte, sagte er besorgt:

„Die Deutschen kommen. Ich habe Lastautos bestellt, wir müssen uns zur Evakuierung bereithalten."

Aber es verging ein Tag und noch ein zweiter, ohne daß ein Auto erschien, dabei hörte man die Granatein-schläge immer deutlicher. Bisher wurde nur die Bahn-station beschossen, um das Kinderheim blieb es noch ruhig. Kusmin rief Tante Katetschka zu sich und sagte:

„Wir können nicht länger bleiben, wir gehen zu Fuß los. Bringen Sie mir die Liste der Heimkinder, wir müssen alle Unterlagen vernichten, denn die Deutschen suchen nach jüdischen Kindern."

Doch Tante Katetschka entgegnete:

„Sollen wegen einer Jüdin alle leiden? Wenn wir die Unterlagen vernichten, läßt sich später die Herkunft der Kinder nicht mehr nachweisen."

Aber Kusmin sagte:

„Ich befehle es Ihnen."

Und Tante Katetschka erklärte:

„Wir sind hier nicht in der Armee und nicht an der Front, daß Sie etwas zu befehlen hätten."

Da schlug Kusmin mit seiner sich nie öffnenden Faust auf den Tisch, und Tante Katetschka brachte die Listen.

Auf Kusmins Geheiß mußten die Kinder paarweise antreten und sich an den Händen fassen. Annuschka geriet neben Sulamith, weil es sich so ergab und beide Angst hatten, Kusmin nicht zu gehorchen. Darauf zogen die Kinder in Richtung Bahnstation los. Doch da tauchten von dorther in der Ferne Lastwagen auf.

„Das sind deutsche", sagte Kusmin, „ich kenne sie von der Front. Es ist besser, wir ändern unsere Marschroute und gehen in die abgelegenen Dörfer."

Lange liefen sie ohne Pause. Kusmin und Tante Katetschka trugen die kleinen Kinder auf dem Arm, mal das eine, mal das andere, und so gelangten sie in das Dorf Brussjany.

Hierher kamen gewöhnlich die Bauern aus den umliegenden Dörfern zum Markt. Auch jetzt war gerade wieder Markttag. Erfreut konstatierte Kusmin, daß keine Deutschen im Ort waren. Er ließ seine Kinder inmitten der Fuhrwerke auf dem Platz eine Reihe bilden und sagte:

„Genossen Bauern, vor euch stehen die Kinder einer Heimfamilie. Meine Bitte an euch ist: Nehmt sie zu euch, wählt euch jeweils eins aus, das euch zusagt, sonst sind sie verloren."

Da kamen die Bauern herbei, betrachteten die Kinder und suchten sich welche aus. Zuerst die kräftigsten und flinkesten, die im Haus eine Hilfe sein konnten und für mancherlei Arbeiten zu gebrauchen waren. Bei den übrigen Kleineren und Schwächlicheren ging man einfach nach Wohlgefallen. Als Glaschenka an die Reihe kam, bat sie die Bäuerin, die sie erwählt hatte, inständig, doch auch Sulamith zu nehmen. Doch die Frau sah, daß Sulamith eine Jüdin war, und lehnte ab. Glaschenka weinte, umarmte Sulamith und versicherte ihr, daß sie sie nie vergessen werde. Sulamith jedoch hatte jetzt anderes im Sinn als Glaschenka, sie wartete aufgeregt, ob auch sie ein Obdach bekommen würde. Schon waren fast alle Kinder verteilt. Nur Sulamith, Annuschka und ein schwächlicher kleiner Junge standen noch bei Kusmin, denn auch Tante Katetschka war, nachdem sie alle ihre Lieblinge unter den tonangebenden Kindern in gute Hände gegeben und sich beruhigt hatte, von einem alten Bauern als Arbeiterin aufgenommen worden. So gab es denn kaum noch gute Stellen, lediglich ein paar abgerissene Gestalten standen umher, die vielleicht selber kein Zuhause hatten und nur aus Neugier ausharrten. Da sah Annuschka plötzlich eine Frau herankommen, wie sie sich jedes Waisenkind als Pflegemutter nur erträumen kann. Sie war reinlich gekleidet, hatte gute Augen und trug ein akkurat gebundenes Bäuerinnenkopftuch. Keine leibliche Mutter konnte besser sein. Annuschka dachte bei sich: Sie kommt zu mir. Den Jungen wird sie nicht nehmen, er sieht zu kränklich und unansehnlich aus, und Sulamith ist eine Jüdin! Die Frau trat vor die Kinder hin, musterte sie, nahm ihre Kette mit einem kupfernen Kreuz daran ab und hängte sie Sulamith um. Die fiel der guten Frau, die sie erwählt hatte, sogleich um den Hals.

186

„Mütterchen", sagte sie, „danke, daß Sie mich zu sich nehmen."

Annuschka aber stockte das Herz vor Eifersucht und Trauer. Die Liebe der leiblichen Mutter hatte die Krankheit ihr genommen, nun verlor sie die Liebe der Pflegemutter durch die Jüdin, die sie im Kinderheim in ihrem Leid um die verstorbene Mutter beobachtet und sich den kränkenden Spitznamen für sie ausgedacht hatte. Schmerzhaft zog sich ihr Herz zusammen, jeder aber, der sich in seiner Not den praktischen Verstand der Kindheit bewahrt, ist zu großen Missetaten fähig. Und so wünschte sich Annuschka in diesem Augenblick Sulamiths Tod, damit sie selbst die gute Pflegemutter bekam.

Aber war das ein unerfüllbarer Wunsch? Machte es im Jahre neunzehnhundertzweiundvierzig unter der deutschen Herrschaft Schwierigkeiten, den Tod eines jüdischen Mädchens zu erwirken? Annuschka brauchte es nur von Herzen zu wollen, und schon erschien auf dem Marktplatz des Dorfes Brussjany die deutsche Macht. Und in einem der sie Ausübenden erkannte Annuschka den Onkel Hans, der ihr Brot und Erbsenkonzentrat gegeben hatte, weil die Slawen bislang nicht in ihrer Gesamtheit der Ausrottung unterlagen.

„Onkel Hans!" rief sie froh. „Anna und Großvater gehen spazieren... Vogel – ptiza, Hund – sabaka..."

Auch Onkel Hans erkannte das Mädchen wieder, bei dem er in Rshew gewohnt hatte, ebenso aber erkannte er in Sulamith die Jüdin, die nach den neuesten deutschen Regeln für das Leben auf diesem Planeten nirgendwo eine Existenzberechtigung hatte. Die deutsche nationale Maschinerie arbeitete exakt und differenziert. Kusmin kam in ein Gefangenenlager, der Bäuerin schlug man mit dem Gewehrkolben das Gesicht blutig, Sulamith wurde nach ihrer Entfernung aus der für die slawische Rasse des Dorfes Brussjany abgeteilten Zone umgebracht und in den Straßengraben geworfen und Annuschka in einen

Güterwagen verladen, damit sie in Deutschland deutsche Kultur und deutsche Arbeit kennenlerne.

Dies alles sah Dan, die Schlange, der Antichrist, der viel auf der Erde, der blutgetränkten, umhergegangen und an diesem Tag auf dem Marktplatz des Dorfes Brussjany angelangt war. Dan, der Antichrist, hatte sowohl frisch vergossenes Blut als auch das ausgetrocknete Gebein vergangener Jahre gesehen. Und er, der Antichrist, der jüdische Jüngling aus dem Stamme Dan, war innerhalb von zwei Jahren grau geworden. Nicht als Vollstrecker war er gesandt, sondern nur als Gottes Zeuge...

Er war unter fügsam Duldenden gewandelt und unter sich Empörenden, unter des Lebens, aus dem man sie vertrieb, klagend vorzeitig Überdrüssigen und unter solchen, die das Glück hatten, das Leben noch vor ihrem Tod zu vergessen. Aber einmal war er vor Minsk neben einem aus dem Stamm Ephraim gegangen, denn er wußte, wer zu welchem Stamm gehörte, wenngleich die jeweiligen Personen selbst es nicht wußten. Und sein Begleiter, ein Gelehrter und Philosoph, der voller Scham dem Grabe zueilte, hatte gesagt:

„Unser Volk hätte längst abtreten sollen, denn wir gleichen einem dreisten Gast, der sich im Hause anderer Völker einnistet, einem Gast, den man jetzt mit Gewalt und in Schande vor die Tür setzt. Ein übles Volk sind wir Juden, und ich bin mir selbst zuwider...“

Dan, die Schlange, der Antichrist, sah sich um, und in der Tat, nicht viele Gerechte erblickte er in seinem Volk, das von hier aus zu Grabe schritt... Da trieb ein Weib Ehebruch, ein Mann schändete eine Waise, der eine zeigte sich geizig und aß die Speise seiner Nächsten, der andere verfocht eine schmutzige Philosophie, dieser betete falsch, jener übte Verrat und ein anderer schwor ab... Und es sagte Dan, die Schlange, der Antichrist:

„Wer vertreibt uns denn und von wo? Vertreibt uns Gott aus dem Garten Eden? Vertreiben uns die heiligen

188

Engel aus dem Himmel? Nein, es vertreiben uns Sünder, die gefallenen Sünder einer gefallenen Welt ... Seht euch doch um. Ist der Ehebruch eine Sünde in dieser gefallenen Welt? Ist der Verrat eine Sünde? Die schmutzige Philosophie? Das falsche Gebet? In unserem inneren Zwist haben wir unsere Propheten umgebracht von Jeremia bis Jesus, aber ist das eine Seltenheit für die gefallene Welt? Wieviel blutige Verleumdungen, wieviel bösartige Legenden kann man über andere Nationen schaffen, die in internen Streitigkeiten ihre Gerechten umgebracht haben! Was für eine besondere Schuld wird uns da zugeschrieben? Warum jagt man uns als ganzes Volk in dieser gefallenen, doch bewohnten Welt vor die Tür, nachdem man uns das Beste genommen und für sich behalten hat? Wie soll man denn in eine andere Welt gehen, sich einleben, sich dort von neuem ein historisches Schicksal und allen sonstigen Besitz schaffen?"

Und es antwortete Gott der Herr seinem Gesandten, dem Antichrist, an einem Herbsttag vor der Stadt Minsk am Rande eines Panzerabwehrgrabens, in dem Abkömmlinge aller zwölf Stämme Israels in ihrem Blut lagen:

„Es gibt eine besondere Schuld, die auf euch liegt und die die einzige echte Schuld in der gefallenen, doch bewohnten Welt ist, und nur durch sie unterscheidet ihr euch von anderen Völkern, nur ihretwegen werdet ihr gestraft, und keine andere lastet auf euch, die nicht andere Völker ebenso trifft ... Nur diese eine wirkliche ... Und diese Schuld heißt Wehrlosigkeit ... Nur sie tragt ihr vor den anderen Völkern, und nur darin liegt eure Sünde vor mir. Doch solange diese besondere Schuld vor der Welt und diese Sünde vor mir auf euch ruht, vergebe ich euch alle eure Sünden. Wenn ihr euch aber dieser schrecklichen Schuld entledigt, werde ich euch auch für die anderen Sünden zur Verantwortung ziehen. Und auch mit euren Verfolgern, durch die ich euch bestrafe, werde ich siebenfach abrechnen, bis ins letzte, denn Gottes Strafgericht wird nie durch Gerechte

189

vollzogen, sondern immer durch furchtverbreitende Gottlose."

Und es sagte Dan, die Schlange, der Antichrist, durch den Propheten Jeremia zu seinem Volk:

„Fürchte dich nicht, du, mein Knecht Jakob, sagt der Herr. Ich werde dich niemals vernichten; ich züchtige dich mit rechtem Maß, doch ganz ungestraft kann ich dich nicht lassen."

Danach kehrte der Antichrist wieder in die Stadt Rshew zurück, in die er zu der gottlosen Märtyrerin Annuschka gesandt war, von der minderjährigen guten Dirne Maria kommend, welche ihren Bruder verloren und im Gefängnishospital den zu Ehren dieses Bruders Wassja genannten Erstling des Antichrist geboren hatte. Als er aber Annuschka in der Stadt Rshew nicht antraf, begab er sich in das Dorf Brussjany, wo Annuschka das Mädchen Sulamith aus dem Stamm Manasse dem Tod anheimgab, Sulamith, der es nicht beschieden war, in den Rest einzugehen und einen Zweig zu begründen...

Es heißt bei dem Propheten Jesaja: „Israel, wenn auch dein Volk so zahlreich ist wie der Sand am Meer – nur ein Rest von ihnen kehrt um. Die Vernichtung ist beschlossen, die Gerechtigkeit flutet heran."

Heranflutende Gerechtigkeit lag in dieser Vernichtung, und sie wurde vollzogen wegen der schrecklichen Schuld eines Volkes vor der Welt – seiner Wehrlosigkeit. Die Vernichtenden aber sprachen in siebenfacher Wiederholung der assyrischen Überheblichkeit:

„Das alles habe ich mit meiner starken Hand und mit meiner Weisheit vollbracht, denn ich bin klug. Die Grenzen zwischen den Völkern habe ich aufgehoben, ihre Schätze geplündert."

Und der Antichrist antwortete für sich selbst mit den Worten des Propheten Jesaja:

„Prahlt denn die Axt gegenüber dem, der mit ihr hackt, oder brüstet die Säge sich vor dem, der mit ihr sägt?" Und es sprach Dan, der Antichrist: „Eurer schrecklichen Gottlosigkeit wegen hat Gott euch zum Werkzeug der Strafe an seinem Volk für dessen Schuld erkoren." Es gibt gottlose Völker, und es gibt gottlose Länder. Die gottlosen Völker nehmen, wenn sie gehen, ihren Fluch mit sich, und die Erde wird sauber. Aber ein verfluchtes Land bewegt sich nicht von der Stelle, und alles, was von ihm ausgeht, ist für immer verflucht. Von dem Volk eines verfluchten Landes bleibt kein Rest und kein Zweig, wie auch kein Zweig von Babylon blieb, das siebenmal weniger sündenbeladen war. Es steht geschrieben im Buch des Propheten Jeremia: „Jeremia hatte all das Unheil, das über Babel kommen sollte, in einer einzigen Buchrolle aufgeschrieben, alle jene Worte, die über Babel aufgezeichnet sind."

Gott schickt Christus zu den sündigen Völkern zum Segnen, den Antichrist zum Verfluchen und die großen Propheten zur Ausdeutung der Werke des Herrn, aber weder Christus noch dem Antichrist noch den Auserwählten unter den Propheten ist es gegeben, ein unreines Land zu betreten. Deshalb brachte Jeremia das Buch der Verfluchungen nicht selbst nach Babylon, sondern übergab es den in die Sklaverei Getriebenen. „Jeremia sagte zu Seraja: Wenn du nach Babel kommst, sieh zu, daß du alle diese Worte laut vorliest. Dann sag: Herr, du hast diesem Ort angedroht, ihn zu vernichten, so daß niemand mehr darin wohnt, weder Mensch noch Vieh; für immer soll er zur Wüste werden. Sobald du diese Buchrolle zu Ende gelesen hast, binde sie an einen Stein, und wirf sie dann in den Euphrat! Sprich dabei: So soll Babel versinken und nicht wieder hochkommen, wegen des Unheils, das ich über die Stadt bringe."

Dan, die Schlange, der Antichrist, wußte, daß es ihm oblag zu verfluchen, doch wie und wann der Fluch zu erfolgen habe, das wußte nur Gott. Um aber den Ritus des Verfluchens zu vollziehen, brauchte der Antichrist einen Sünder, der unter Qualen in die Sklaverei getrieben wurde, denn dem Antichrist als Abgesandten des Herrn ist es, wie auch Christus, nicht gegeben, unreine Länder zu betreten. Dan, die Schlange, der Antichrist, wußte, daß es in seinem Volke viele Gottlose und viele Sünder gab, doch die Machthaber des unreinen Landes, die sich anmaßten, an Gottes Statt die irdischen Güter zu verteilen, sahen in der Sklaverei einen zu schmackhaften Bissen für einen Juden, denn in der Sklaverei kann man immer noch in einem Stall schlafen und Abfälle essen und so sein Leben fristen. Das aber widersprach der Anweisung eines Lieblings der arischen Rasse, Martin Bormanns, eines der höchsten Götter des nazideutschen Heidentums, welche lautete: „Die Slawen werden auf dieser Welt die Sklaven der Arier sein, die Juden aber sind Viehzeug, das keine Existenzberechtigung hat." Deshalb mußte der Antichrist nach leidenden Gottlosen unter den anderen Nationen suchen, denen die Güter der deutschen Sklaverei zugänglich waren.

Dan, die Schlange, der Antichrist, verließ das Dorf Brussjany und machte sich auf den Weg zur Bahnstation, wo die Slawen in Güterwagen nach Deutschland verfrachtet wurden, um der deutschen Kultur und der deutschen Arbeit teilhaftig zu werden.

Es war ein rechter Tag des Nordens, ein Puschkin-Tag mit „Frost und Sonne", reich und strahlend. Jeder, der noch an der Herzlosigkeit der Natur zweifelte, hätte sich an diesem Tag davon überzeugen können, daß sie für den Menschen so etwas ist wie eine schöne, doch ungetreue Frau. In Zeiten der Freude und des Erfolges ist sie bereit, uns in Fülle ihre Schönheit und ihre Zärtlichkeit zu spenden, in der Not aber läßt sie uns augenblicklich im Stich und fühlt sich in gleicher Weise zu den Mördern an blutigen Gräbern hingezogen und betrachtet gleichmütigen Blickes die erkaltenden Leichname derer, die sie eben noch mit dem Grün ihrer Gräser, dem würzigen Duft des Herbstlaubes und der Luft des verschneiten Nadelwaldes umschmeichelt hat. Den

Mördern wird die Schönheit und Freigebigkeit, die Zärtlichkeit und die Wonne der Natur als Beute von den Gemordeten zuteil, Gott aber erlangen sie nicht. Deshalb hat sich Urvater Abraham auch nur vor dem Herrn verneigt, nicht vor den in den Sumpf des Fatalismus führenden Sternen, nicht vor der die materielle Schönheit weckenden Sonne und nicht vor dem die mystische Schönheit weckenden Mond, nicht vor der vergänglichen Jugend der Pflanzen, dem ewigen Alter der Steine, dem endlosen Himmel und dem gleichgültigen Wasser. In einer nächtlichen Vision sprach der Herr zu Abram:

„Fürchte dich nicht, Abram, ich bin dein Schild; dein Lohn wird sehr groß sein."

Von da an glaubte Abram an Gott den Herrn, nicht aber auch an eine göttliche Natur, wie es die Heiden taten, denn bekanntlich ist Gott in der Natur, aber er ist nicht die Natur. Wie den Menschen packt die Natur der Stolz, wie der Mensch lehnt sie sich zuzeiten gegen ihren Vater auf und wird gottlos in ihrer Mißgestalt wie in ihrer Schönheit...

Auf diese Weise gottlos zeigte sich die Natur eben jetzt in der Nähe des Dorfes Brussjany über dem zertretenen Leichnam des Mädchens Sulamith, der Jüdin aus dem Stamm Manasse, der es nicht beschieden war, einen Samen in ihren noch nicht erkalteten Schoß aufzunehmen und so in den Rest einzugehen und einen Zweig zu gründen... Hoch über dem verschneiten, glitzernden Wald stand in unbeschreiblicher Großartigkeit die frostklare Sonne an dem frischen nördlichen Himmel, denn während die Strahlen der sommerlichen und vor allem der südlichen Sonne durch die ihnen innewohnende Glut Körperlichkeit besitzen und folglich nicht völlig rein sind, wirken die Sonnenstrahlen des Nordens schwerelos und rein wie eine Phantasmagorie. Erwächst aus dieser Frostreinheit vielleicht das eisige, stille Alptraumhafte in den nordischen Ländern?...

Inmitten dieses Eisglanzes, inmitten der stahlenden Schwerelosigkeit der Sonne lag in einem Graben Sulamith aus dem Stamm Manasse in ihrem gefrorenen Blut, dem Blut, das über viele Generationen hinweg auf sie gekommen war, noch von Abraham her, der den Bund mit Gott schloß. Nicht lange hielt sich der Antichrist bei dem zertretenen Leichnam Sulamiths aus dem Stamm Manasse auf, denn Sulamith war noch nicht erkaltet, das Andenken an sie war noch frisch, zu lebhaft erinnerte sich an sie die gute Bäuerin, die jetzt weinend und wehklagend mit von einem deutschen Gewehrkolben zerschlagenen Antlitz auf ihrem Ofen lag; und auch Annuschka, die ihr in ihrer kindlichen Widersprüchlichkeit den Tod gewünscht hatte, dachte in dem Güterwagen an sie, nicht in Trübsal wie die geschlagene Bäuerin, sondern voller Angst, wie seinerzeit anfangs an ihren Bruder Wowa, der in der Stadt Rshew durch ein Gewitter gestorben war.

Dan, der Antichrist, kannte das große biblische Gebot: Laßt die Toten ihre Toten begraben. Solange das Gedenken an die Toten noch frisch, noch nicht erkaltet, noch körperlich ist, solange nicht andere Tote dieses Gedenken in Würde begraben, darf man sich eines Verstorbenen nur erinnern, doch nicht von ihm sprechen, denn er gehört noch den Menschen an und nicht Gott.

In gelassener Trauer ging der Antichrist an der ermordeten Sulamith vorbei wie an einem fremden Sarg, in dem kein vertrauter Angehöriger liegt. Bis weit hinaus vor das Dorf Brussjany gelangte er, wo der sonnige Frosttag des russischen Nordens ebenso gottlos war und gegen die göttlichen Gefühle rebellierte. Und er sah eine Menge Menschenknochen. Es waren die Gebeine derer, die ein Jahr zuvor hier in den Granitsteinbrüchen umgebracht worden und von den anderen Toten bereits begraben waren. Aber auch noch auf freiem Feld lagen Knochen, denn man hatte die Opfer aus vielen Orten –

aus der Stadt Rshew ebenso wie aus Pogoreloje Gorodischtsche und Subzowo – auf den offenen Loren der
vor dem Krieg von der Bahnstation zu den Granit-
brüchen angelegten Schmalspurbahn hierhergefahren.
Von überall hatte man sie in kleinen Gruppen geholt, um
sie in großer Zahl zu erschießen, dennoch hatten hier
keine solchen Massenerschießungen stattgefunden wie
im Süden. Aber diese nördliche Exekution in kleinen
Gruppen hatte ihre eigene endgültige, gewissenhafte
Unerbittlichkeit. Zu jener Zeit war bereits das geheime
deutsche Rundschreiben betreffs der unbefriedigenden
Arbeit der „Einsatzgruppen" ausgegeben worden. „An
sich bestünden gegen die zahlreichen Erschießungen von
Juden keine Bedenken, würde es bei ihrer Vorbereitung
und Durchführung nicht zu technischen Unachtsam-
keiten kommen. So läßt man zum Beispiel Leichen am
Ort der Exekution unbestattet liegen." Es war dies ein
Rundschreiben vom 25. Juli 1941. Inzwischen war der
Winter neunzehnhundertzweiundvierzig heran, doch die
Verstöße und technischen Schludereien bei der Arbeit
waren noch immer nicht ausgemerzt. Eben mit einer
solchen technischen deutschen Schluderei sah sich der
Antichrist in der Gemarkung des Dorfes Brussjany
konfrontiert.

Er blickte sich um und spürte plötzlich die Hand
Gottes auf seiner Schulter, und es widerfuhr ihm das,
was auch der Prophet der Vertreibung, Hesekiel, erlebt
hatte: Wie dieser redete er mit dem Herrn.

„Die Hand des Herrn legte sich auf mich, und der Herr
brachte mich im Geist hinaus und versetzte mich mitten
in die Ebene. Sie war voll von Gebeinen. Er führte mich
ringsum an ihnen vorüber, und ich sah sehr viele
über die Ebene verstreut liegen; sie waren ganz ausgetrocknet. Er fragte mich: Menschensohn, können
diese Gebeine wieder lebendig werden? Ich antwortete:
Herr und Gott, das weißt nur du. Da sagte er zu mir:
Sprich als Prophet über diese Gebeine, und sag zu ihnen:

Ihr ausgetrockneten Gebeine, hört das Wort des Herrn! So spricht Gott der Herr zu diesen Gebeinen: Ich selbst bringe Geist in euch, dann werdet ihr lebendig. Ich spanne Sehnen über euch und umgebe euch mit Fleisch; ich überziehe euch mit Haut und bringe Geist in euch, dann werdet ihr lebendig. Dann werdet ihr erkennen, daß ich der Herr bin." Und es sah der Antichrist, wie in dem verschneiten Feld sich die Knochen einander näherten, und jeder Knochen, wenngleich er auch weit weggeworfen war, fand sein Gegenstück, und ein Lärm entstand, und Sehnen und Fleisch wuchsen an den Gebeinen, und Haut bedeckte sie, und es gewann dies alles die Gestalt der unlängst begrabenen Menge der Toten, die unter der heiteren nördlichen Sonne standen wie traurige Götzenbilder. Denn bekanntlich fangen übelwollende Tote, die einem Lebenden erscheinen und sich über ihn lustig machen wollen, als erstes an zu tanzen, weil der Totentanz etwas besonders Erschreckendes für die Lebenden hat. Hier lagen die Dinge anders, diese toten Märtyrer waren traurig und standen ebenso reglos da, wie ganz in der Nähe das Judenmädchen in seinem gefrorenen Blut lag, dessen zertretenen Leichnam die Deutschen entgegen ihren Hygieneinstruktionen nicht begraben hatten.

Da sagte der Herr zu Dan, der Schlange, dem Antichrist, durch den Propheten Hesekiel:

„Rede als Prophet zum Geist, rede, Menschensohn, und sage zum Geist: So spricht Gott der Herr: Geist, komm herbei von den vier Winden! Hauch diese Erschlagenen an, damit sie lebendig werden."

Und gleich dem Propheten Hesekiel sprach Dan, die Schlange, der Antichrist, als Prophet zum Geist, und es wurden die Toten lebendig, eine riesige Schar. Und der Herr sagte zu Dan, dem Antichrist, durch den Propheten Hesekiel:

„Diese Gebeine sind das ganze Haus Israel. Jetzt sagt Israel: Ausgetrocknet sind unsere Gebeine, unsere

Hoffnung ist untergegangen, wir sind verloren. Deshalb tritt als Prophet auf, und sag zu ihnen: So spricht Gott der Herr: Ich öffne eure Gräber und hole euch, mein Volk, aus euren Gräbern herauf. Ich bringe euch zurück in das Land Israel. Wenn ich eure Gräber öffne und euch, mein Volk, aus euren Gräbern heraufhole, dann werdet ihr erkennen, daß ich der Herr bin."

Da spürte Dan, die Schlange, der Antichrist, die Hand des Herrn nicht länger auf seiner Schulter, die wiederbelebten toten Märtyrer zerfielen erneut zu Knochen auf der schneebedeckten Ebene, der Abend nahte, der Wald wurde dunkel, der Schneeglanz der Ebene erlosch wie die ganze teuflische, ungesunde Schönheit des nördlichen Tages. Der Antichrist erkannte, daß dies ein Zeichen für ihn war. Er mußte eilends die Bahnstation erreichen, bevor die gottlose Märtyrerin Annuschka, durch deren Hand er den Fluch über das unreine Land zu bringen hatte, in die Sklaverei dieses unreinen Landes entführt wurde. Denn eben dazu war er von Gott dem Herrn in die Stadt Rshew zu der kindlichen gottlosen Märtyrerin Annuschka geschickt worden, nachdem er in der Stadt Kertsch bei der gutherzigen kindlichen Dirne Maria gewesen war.

Als er am Abend auf der Station anlangte, war es bereits dunkel. Die Laternen verbreiteten, den Kriegszeiten entsprechend, nur mattes Licht. Dem Wehgeschrei nachgehend, fand der Antichrist unter den vielen Transportzügen den der Sklaverei, obgleich das Jammern nur gedämpft zu ihm klang, denn die Türen der Güterwagen waren bereits geschlossen – der Zug mußte jeden Augenblick abfahren ... Unhörbar ging der Antichrist an ihm entlang, vorbei an den davorstehenden Deutschen, welche die Slawen in die Sklaverei trieben. Nicht deshalb bewegte er sich unhörbar, weil er fürchtete, von den Deutschen getötet zu werden, denn dieser Gefahr unterliegt der Antichrist nicht, sondern weil ihn schon lange das Verlangen plagte, einen Deutschen umzubringen. Am liebsten hätte er sich den Genuß bereitet, ihnen allen den Garaus zu machen, aber das wäre ein zu großes Glück für ihn gewesen, und er wußte, daß ein übergroßes Glück niemandem auf dieser Welt widerfährt. Deshalb träumte er von dem kleinen Glück, wenigstens einen der Deutschen umzubringen. Doch es stand dem Gesandten Gottes nicht zu, den Absichten des Herrn zuvorzukommen. Er wußte, daß Gott das Vorgehen des Propheten Elisa nicht gebilligt hatte, als dieser die gottlosen boshaften Kinder mit dem Tode bestrafte. Der Gesandte des Herrn hat nur die ihm gestellten Aufgaben zu erfüllen. Deshalb ging der Antichrist unhörbar an denen vorbei, nach deren Tod es ihn verlangte.

An einem der Waggons hatten die Deutschen aus irgendwelchen Gründen die Tür noch einmal geöffnet, und der Antichrist sah eine Menge zusammengepferchter Menschen, vor allem Frauen, aber auch Halbwüchsige, junge Leute. Alle drängten zu der jetzt offenen Tür, an die Luft, und Annuschka stand ganz vorn, eingezwängt zwischen fremden Leibern. Der Antichrist nahm aus seiner Hirtentasche das von dem Propheten Hesekiel auf ihn gekommene unreine Brot der Vertreibung und begann es an die slawischen Sklaven zu verteilen. Annuschka reichte er ein in eine Papierrolle gewickeltes Stück und sagte dazu:

„Iß dieses Brot, das Papier aber versteck in deiner Kleidung. Wenn du in das unreine Land kommst, dann lies, was auf dem Papier geschrieben steht, sodann befestige einen Stein daran und wirf es in einen Fluß dieses unreinen Landes."

Annuschka betrachtete den Spender des Brotes und erkannte in ihm plötzlich den Mann, der vor dem Krieg in Rshew in ihre Wohnung, die ehemalige Kirche, gekommen war, um zu stehlen. Sie erschrak und wollte den deutschen Wachmann rufen, der sich irgendwelcher Erledigungen wegen entfernt hatte, denn außer ihm war keine Obrigkeit zur Stelle. Doch sie kam nicht dazu, weil eine Frau mit einem Säugling auf dem Arm neben ihr plötzlich den Antichrist anredete und flehte:

„Guter Mann, nimm mein Kindchen, denn ich werde verhungern, dein Brot reicht nicht für lange, und mein Mädchen wird vor meinen Augen sterben!"

Sie hielt dem Antichrist den in eine rote Wattedecke gewickelten Säugling hin, der, sobald er sich auf den fremden Armen befand, laut und haltlos zu weinen begann. Und die bisher unbemerkt verlaufene Ordnungswidrigkeit wurde offenbar. Aber was heißt Ordnungswidrigkeit – das, was die Deutschen sahen, war einem nordischen Verstand einfach unbegreiflich. Mitten in dem deutschen militärischen Arrangement stand im Lichtkegel der Taschenlampe einer deutschen Patrouille ein die Frostluft atmender, das heißt noch nicht umgebrachter Jude mit einem Kind auf dem Arm, das, wenn es heranwuchs und durchkam, sich hinter der Maske einer anderen Nationalität verbergen würde, so daß es keiner mehr fand, um es zu vernichten. Denn nach ihrer Doktrin, und das ist für ein aufrechtes deutsches Hirn immer der idealistische Materialismus, nach der Doktrin der Rassentrennung konnten sie nicht annehmen, daß ein Jude ein slawisches Kind auf den Armen trug. Und es vereinte sich in ihnen die Jagdleidenschaft mit dem Unmut des auf Reinlichkeit bedachten Hausvaters. Beiderseits kam Freude auf: Freudig liefen die Deutschen herbei, um den Juden zu erschlagen, von allen Seiten liefen sie herbei – vom Pumpenhaus, vom Bahnhofsgebäude und von den anderen Güterzügen –, und freudig begrüßte auch Dan, die Schlange, der Antichrist, die neue Situation, denn er sagte sich: Ich habe ein sterbliches Kind auf dem Arm, das zu nehmen mir der Herr nicht verwehrt hat, daher wird er mir verzeihen, wenn ich seinen Plänen teilweise zuvorkomme, wie er mir auch verziehen hat, als ich Pawlik, dem Proletarier in Rshew, das Hindernis in den Weg legte."

Und die Deutschen stürzten unversehens zu Boden, hielten sich den Bauch, legten die kühlenden Hände an die in plötzlichem Schmerz zerbissenen Lippen, während sie zugleich aus beiden Körperenden blutigen Unflat absonderten. Eine ganze Kompanie Bewacher lag auf dem verschneiten Bahnsteig wie von einer Maschinengewehrsalve hingemäht in ihren eigenen blutigen Exkrementen. Und im Gedenken an die Lösung der Judenfrage in den Panzerabwehrgräben vor Minsk und an die zugeschneiten vertrockneten Gebeine beim Dorfe Brussjany begriff Dan, die Schlange, der Antichrist, angesichts der blau angelaufenen, durch die Atemnot verzerrten wahren deutschen Nationalgesichter, was irdisches Glück ist...

Später erklärte die deutsche Macht den Vorfall als eine Vergiftung der Kompanie durch verdorbene Konserven, und es wurde zusätzlich ein Deutscher erschossen, nämlich der Verpflegungsoffizier. So verminderte sich die allgemeine Zahl der Dolichozephalen um ein weiteres Exemplar.

Bekanntlich ist die Dolichozephalie, die Langschädligkeit, nach der deutschen Doktrin ein Kennzeichen des Germanen. Annuschka gehörte jedoch zum typischen brachyzephalen Typ mit rundem slawischem Schädel, und deshalb hatte sie im Rheinisch-Westfälischen Schiefergebirge die Schweine zu versorgen. Ihr Dienstherr war ein ausgesprochener Dolichozephalus mit germanischem Schädel, was seiner Meinung nach selbst unter Deutschen nicht allzu häufig und ein Privileg der dörflichen Gegend war, denn in den Städten ließ sich doch eine starke Beimischung Dunkelhaariger, das heißt des westslawischen, romanischen und, um ehrlich zu sein, auch des jüdischen Elements, nicht verkennen, ein pikantes Problem übrigens, da auch der Führer fatalerweise schwarzes Haar hatte.

Sehr viel später, nach dem Krieg, versicherte Annuschkas dolichozephaler Dienstherr, daß er immer gegen die Nazis und gegen Hitler gewesen sei, weil die Führung der Nazipartei überwiegend aus rundköpfigen Brachyzephalen bestanden und auch Hitler selbst keinen reinen Germanenschädel gehabt habe und zudem auch noch schwarzhaarig gewesen sei. In der Zeit jedoch, zu der Annuschka bei ihm arbeitete, verbarg er seine innere gegnerische Gesinnung tief vor der Gestapo und bemühte sich, den deutschen nationalen Mittagstisch mit verschiedenartigen Schweinefleischgerichten zu versorgen, darunter auch Eisbein mit Sauerkraut... Die Schweineaufzucht und der Krautanbau sind eine aufwendige Beschäftigung, die Annuschka, welche an die deutsche Arbeit nicht gewöhnt war, von der ihr der gute Onkel Hans erzählt hatte, stark ermüdete, zumal es zwar manchmal Kraut zu Mittag gab, aber Schweinefleisch nie. Auch die anderen Brachyzephalen erschöpfte die deutsche Arbeit, ohne daß sie ihre Kräfte durch das deutsche Mittagessen wiederherstellen konnten.

Nichtsdestoweniger war die Gegend, in der sie in der Sklaverei weilten, sehr schön. Sanft ansteigende Hügel wechselten mit Tälern, durch die sich in graziösen Windungen Flußläufe zogen. Vielerorts war das Land, das es zu verfluchen galt, mit dichten Laubwäldern bedeckt, in denen Vögel sangen; in Obstplantagen reiften Birnen, Pflaumen und rotbäckige Äpfel, weithin erstreckten sich Felder mit Wein, Weizen oder Gerste. Dies alles bedurfte der Pflege, doch es gab nicht genug kundige Dolichozephale, die es übernahmen, unter dem Oberbefehl des schwarzhaarigen Führers auf Gottes Erde die deutsche Ordnung einzuführen. Deshalb holte oder schickte man zur Erntezeit die faulen, verängstigten Brachyzephalen hierher. Es waren dies zum großen Teil junge Leute, die in der Sklaverei ihre Geschlechtsreife erlebten und somit trotz der kärglichen Nahrung oftmals von ihren diesbezüglichen Wünschen überwältigt wurden, schon gar inmitten der duftenden, fruchttragenden Bäume.

201

Einmal schleppte Annuschka gemeinsam mit einem Brachyzephalen aus Kursk einen schweren Korb. Der junge Bursche gefiel ihr. Er hatte eine Stupsnase und graue kleine Augen und pfiff immer lustige deutsche Lieder vor sich hin. Annuschka gab ihm mit ihrem Lachen über diese Lieder zu verstehen, daß sie ihn mochte. Als sie mit dem leeren Korb vom Speicher zurückliefen, wo sie die Äpfel ausgeschüttet hatten, lockte der grauäugige Brachyzephalus Annuschka in ein Gebüsch; dort packte er sie plötzlich, schwer atmend, als trage er wieder den vollen Äpfelkorb, warf sie ins Gras, spreizte mit seinen Knien ihre Beine und verschloß mit seinen Lippen ihren Mund. Damit widerfuhr Annuschka das gleiche Schicksal wie Maria, die im Jahre neunzehnhundertdreiunddreißig nahe der Stadt Isjum im Bezirk Charkow vergewaltigt worden war. Jedoch verlief im weiteren sowohl für Annuschka als auch für ihren Bezwinger alles anders. Annuschka wurde tagsüber zum Opfer, und am Abend beklagte sie sich darüber bei ihrem Dienstherrn, dem Dolichozephalus. Der dolichozephale Dienstherr, der zuweilen Goethe las, schätzte, wie er sich ausdrückte, keine „Mystifikation seitens junger Leute", um so mehr, da er selbst halb gelähmt war und einen Widerwillen gegen derlei Beschäftigungen hegte. Daher forderte er für den Kursker Brachyzephalus eine exemplarische Bestrafung, und dieser wurde im Polizeirevier verprügelt. Weil aber einer der Polizisten ungewöhnlich schwere, eisenbeschlagene Schweinslederstiefel trug, fielen die Prügel ein wenig härter aus, als die Gerechtigkeit es erforderte, und der Kursker Brachyzephalus starb. Da überkamen den dolichozephalen Dienstherrn, der, wie gesagt, gelegentlich Goethe las, Zweifel an seiner Maßnahme, zumal die Arbeitskräfte rar waren und die deutsche Landwirtschaft im Jahre neunzehnhundertvierundvierzig ohnehin mit Schwierigkeiten zu kämpfen hatte. Er bedauerte den ihm durch den Tod des Kursker Brachyzephalus entstandenen Verlust und bestrafte in seinem Zorn auf Annuschka, die ihn zu einer Ungerechtigkeit gegenüber einem guten Arbeiter verleitet hatte, diese dadurch, daß er sie die schwersten Arbeiten im Schweinestall verrichten und sie für jede Verfehlung schlagen ließ; auch teilte er ihr selbst im Vergleich mit den Hungerrationen der übrigen Brachyzephalen geringere Verpflegungsportionen zu und beschuldigte sie der Verderbtheit, und da Annuschka sich völlig in seiner Macht befand, glich sie schon im Herbst des Jahres vierundvierzig, einen Monat später, den russischen Kriegsgefangenen in den Torfabbaustätten, wo manch einer in dem Moorboden sein Grab fand und im übrigen auch alle anderen gestorbenen oder umgekommenen Brachyzephalen hingeschafft wurden. Annuschka wußte, daß auch der stupsnäsige grauäugige Bursche dort lag, der sie im Gebüsch vergewaltigt hatte.

Nach einem besonders anstrengenden Tag ruhte Annuschka erschöpft auf ihren Lumpen, denn sie hatte Fieber, und in diesem Zustand kostete es größte Mühe, ohne Hilfe den schweren Kübel voll Schweinefutter vor dem Bauch zu tragen. Das hatte ihr die letzte Kraft genommen. Die Schweine schliefen, nur selten grunzte eins hinter der Trennwand, Annuschka aber vermochte sich noch immer nicht zu erwärmen, um einzuschlafen. Sie umfaßte mit beiden Händen ihre knochigen Knie und preßte sie an ihren schmerzenden Leib, damit ihr wärmer werde. In dieser Lage spürte sie plötzlich ihren Schoß und erinnerte sich des Kursker Burschen in dem Gebüsch.

So ereilte sie nach der ersten Strafe des Herrn, dem Schwert, nach der zweiten, dem Hunger, und nach der vierten, der Krankheit, nun auch die dritte, das wilde Tier der Wollust und des Ehebruchs, die einzige, die ihr bis dahin erspart geblieben war. Und sie kam ganz unerwartet zu unziemlicher Zeit. Annuschka dachte an den Kursker Burschen oder träumte von ihm, aber sie sah ihn in anderer Gestalt, zu Lebzeiten ihrer Mutter und im Beisein ihres Bruders Mitja-Iwan. Immer und überall weilte er bei ihr, dieser grauäugige Kursker Bursche. Er saß in dem Dorf Nefedowo neben ihr vor dem Haus in der schläfrigen, zärtlichen Morgensonne... Annuschka trug dabei im Traum nur ihr Hemd, und das war ihr angenehm... Er war mit in der Wohnung in der Stadt Rshew, drittes Revier, Baracke drei, Zimmer neun, und spielte Babki mit Annuschkas Bruder Iwan, welcher Mitja genannt wurde... Und er lebte auch bei ihr in der Straße der Werktätigen einundsechzig, in der ehemaligen Kirche, die man den Stachanow-Aktivisten zur Wohnung gegeben hatte; dort ging er mit ihr auf dem Friedhof spazieren, wo Brüderchen Wowa begraben lag. Nur wuchsen auf dem Friedhof jetzt mehr Bäume, und sie waren besser gepflegt, so wie in der deutschen Plantage. Viele duftende Bäume standen da und Rebstöcke, aber es gab auch Beeren, wie man sie bei dem Dorf Nefedowo im Wald gefunden hatte. Annuschka sammelte mit dem Kursker Burschen Beeren, da gingen sie in ein Gebüsch, und plötzlich packte er sie und warf sie ohne große Mühe zu Boden, weil sie sich ihm von sich aus hingab, sie umklammerte kraftvoll ihre Knie und preßte sie an sich, da wurde ihr warm und wohltuend zumute... Aber da sagte plötzlich jemand zu ihr: Deine Mutter mit dem Familiennamen Jemeljanowa ist am siebenten Oktober neunzehnhundertzweiundvierzig gestorben... Ein Gewitter brach los, es regnete heftig. Annuschka vergaß die mit dem Kursker Burschen erlebte Glückseligkeit und rannte, was sie konnte, damit man ihre Mutter nicht ohne sie beerdige. Sie lief zu den Baracken, aber da war alles überschwemmt, sie kam nicht durch, und der Sarg mit dem Körper ihrer Mutter stand auf dem Hof im Regen. Annuschka sah die Nachbarn, die sie alle noch kannte, an den Sarg treten, um ihn aufzuheben und zum Friedhof zu tragen. Da schrie sie:

Ich bin hier... ich bin die Jemeljanowa... die Tochter!

Aber ihre Stimme war aus der Ferne nicht zu hören, und durch das Wasser konnte Annuschka nicht. Die Nachbarn bückten sich zu dem Sarg, da richtete sich die Mutter plötzlich auf und sprach:

Wartet, ich möchte noch etwas sagen...

Das hörte Annuschka deutlich, aber was die Mutter weiter sagte, verstand sie nicht, weil das Wasser zu sehr rauschte und sie nicht näher heran konnte. Die fremden Leute, die Nachbarn, verstanden es, aber die leibliche Tochter verstand es nicht. Da lief sie quer durch das Wasser, es reichte ihr bis zum Gürtel, dann bis zum Hals, aber niemand half ihr... Dennoch kam sie durch und rannte zu dem Sarg, aber ihre Mutter redete nicht mehr, sie lag wieder tot und reglos wie vordem. Die Nachbarn hoben den Sarg auf und trugen ihn davon. Annuschka weinte, und von diesem Weinen erwachte sie in dem deutschen Stall neben der Bretterwand, hinter der die Schweine im Schlaf grunzten.

Regen trommelte auf das Ziegeldach, aber es wehte kein kalter Luftzug herein, denn der deutsche Schweinestall unterscheidet sich vom russischen dadurch, daß er sauberer und gut abgedichtet ist... Nicht äußere, sondern innere Kälte ließ Annuschka erzittern, nicht ein Luftzug, sondern der Schüttelfrost. Im Traum hatte Annuschka laut geweint, weil sie zu Hause gewesen war, und niemand hatte es ihr verboten; wieder erwacht, weinte sie nur noch leise, weil sie sich in der deutschen Sklaverei befand. Es war dies das göttliche Weinen von Herzen, mit dem der Herr bisweilen die Einfalt belohnt und das in der Ebene vor der Bahnstation Andrejewka im Jahre neunzehnhundertdreiunddreißig auch die minderjährige Dirne Maria erfahren hatte. Durch dieses göttliche Weinen war Maria damals erhöht worden, hatte sie ohne Worte die Belehrungen Gottes erfahren und ohne ihren Verstand das in sich aufgenommen, was dem Propheten Jesaja durch den Verstand zuteil wurde.

205

„Wie eine Mutter ihren Sohn tröstet, so tröste ich euch... Wenn ihr das seht, wird euer Herz sich freuen, und ihr werdet aufblühen wie frisches Gras."

Als Annuschka diese Lehre des Herrn ohne Worte vernommen und ohne ihren Verstand erfaßt hatte, ging sie aus dem warmen deutschen Schweinestall hinaus in den Regen und auf einem Pfad über die gottlose Erde, die zu verfluchen ihr oblag. Währenddessen hörte es auf zu regnen, und das deutsche Land, überzeugt von seinem immerwährenden Bestand, weidete sich an dem deutschen Mond, bei dessen Anblick die grausamen deutschen Herzen so viele zarte Tränen vergossen...

Hier und da erhoben sich sanfte, eintönige deutsche Hügel unter dem an ihnen erstarrten vulkanischen Magma, und zwischen ihnen breiteten sich kühle, feuchte Weideflächen aus. Nordöstlich eines Flusses begann dichter Wald. Der Fluß glitt in einem malerischen Tal zwischen felsigen Ufern dahin, an denen reinliche, ziegelgedeckte mittelalterliche Ansiedlungen schlummerten... Über all das sollte Gottes Fluch kommen, vermittelt durch den Abgesandten des Herrn, durch Dan, die Schlange, den Antichrist, und überbracht durch die in die Sklaverei getriebene gottlose Märtyrerin Annuschka Jemeljanowa aus der Stadt Rshew. Sie trat an das Flußufer, setzte sich auf einen moosbewachsenen Stein und zog aus dem Unterfutter ihrer Kleidung das Papier, das ihr der Antichrist gegeben und an das sie sich erst in dieser Nacht während des göttlichen Weinens erinnert hatte. Es war in zwei Sprachen beschrieben: einer unbekannten mit unverständlichen Zeichen wie die Spuren von Vogelfüßen im Schnee oder im Sand und der gewohnten, in der man Annuschka in der Schule unterrichtet hatte. Wie sehr sich der germanische Mond auch bemühte, hinter den Wolken zu verschwinden – die Himmelsmächte zwangen ihn, Annuschka zu leuchten, und sie las in seinem gediegenen deutschen Licht stockend, weil sie in der Sklaverei das Alphabet schon fast verlernt hatte, den jetzt gegen das gottlose Land und das gottlose Volk gerichteten Fluch der biblischen Propheten. Mit ihm hatten diese einst ihr Volk vor der Sünde gewarnt. Siebenfach verflucht aber ist der, durch dessen Bosheit diese Sünde bestraft wird. Denn für den Vollzug seines Zornes wählt Gott stets verwegene Missetäter.

„Ich wende mein Angesicht gegen euch, und ihr werdet von euren Feinden geschlagen... Ihr flieht, selbst wenn euch niemand verfolgt... Ich mache euren Himmel wie Eisen und euer Land wie Bronze... Und ich werde euch an Zahl so verringern, daß eure Wege veröden... Und eure Kraft verbraucht sich vergeblich, euer Land liefert keinen Ertrag mehr, und die Bäume im Land tragen keine Früchte mehr. Ich entziehe euch dann euren Vorrat an Brot, so daß zehn Frauen euer Brot in einem einzigen Backofen backen, und ihr werdet euch nicht satt essen können... In das Herz derer, die von euch überleben, bringe ich Angst... Das bloße Rascheln verwelkter Blätter jagt sie auf." Und dies ist der Fluch aus dem Propheten der Vertreibung, Hesekiel: „Ich, der Herr, habe gesprochen. Jetzt ist es soweit, ich führe es aus. Ich sehe nicht tatenlos zu. Ich habe kein Mitleid, es reut mich nicht. Nach deinem Verhalten und deinen Taten will ich dich richten. Zum Schrecken mache ich dich, und du wirst nicht sein, und man wird dich suchen, aber dich nicht mehr finden in Ewigkeit." Und dies ist der Fluch aus dem Propheten Jesaja, später wiederholt in der Apokalypse des Johannes: „Wie eine Buchrolle rollt sich der Himmel zusammen." Und im Zorn rief der Viehzüchter Amos aus Tekoa, der erste biblische Prophet, als er auf das gottlose Land sah, und er legte seine Worte in seiner von dem Propheten Jeremia ererbten Schrift der Verfluchungen nieder: „Ich hasse eure Feste, ich verabscheue sie... Weg mit dem Lärm deiner Lieder!" Am Ende aber schrieb er hinzu: „Das Recht ströme wie Wasser, die Gerechtigkeit wie ein nie versiegender Bach."

Bis hierhin las Annuschka Jemeljanowa die Schrift der Verfluchung. Der königliche Quartiermeister Seraja beendete vor Sonnenaufgang das Verlesen der Schrift der Verfluchung Babels, und wie er hatte Annuschka die Schrift der Verfluchung bei Tagesanbruch zu Ende gelesen, als es schon Zeit wurde, in den deutschen Schweinestall zurückzukehren und die schweren Kübel mit dem Schweinefutter zu schleppen, damit sie nicht wegen ihres Zuspätkommens und ihrer Nachlässigkeit Prügel bezog. Daher suchte sie rasch am Ufer einen Stein, riß ein Stück von ihrem Gewand ab, band die Schrift und den Stein daran und warf den Fluch in das Wasser des nationalen deutschen Flusses.

Haß als ständiges Gefühl läßt die Seele vertrocknen, aber die andauernde Feindseligkeit gegen die Deutschen und alles Deutsche mußte als Warnung für andere historische, weniger geschickte Feinde zu einem nationalen Charakterzug des Volkes Gottes werden. Und wenn die jetzigen zeitnahen Generationen bei ihrem Abtreten diese Feindseligkeit mit sich nehmen, so wird doch zwangsläufig das Mißtrauen für immer bleiben, jenes verstandesmäßige nationale Mißtrauen, das im Maße des Möglichen den Haß als ständiges Gefühl zu einer unnötigen, schwerfälligen und zu groben Form des nationalen Selbstschutzes macht. Der nationalmystische Humanismus der Nazis hat den nordischen Menschen vergöttert und ihn zum Maß aller Dinge erhoben. Von ihm ausgehend, führte die rassische und hierarchische Stufenleiter nach unten, und auf der untersten Sprosse stand der entmenschte, aus dem Bereich alles Menschlichen verstoßene Jude. Und das ist auch ganz natürlich. Die Juden sind als Menschen ebenso schlecht wie die ganze andere Menschheit auch. Aber als historische Bildung, als biblische Erscheinung steht dieses Volk Gott nahe, der Mensch aber haßt seinem Wesen nach Gott, deshalb haßt er auch die Juden, und deshalb hassen viele Juden als Menschen sich selber und ihr biblisches

Schicksal. Dieses Faktum ist so wichtig, daß es hier noch einmal mit etwas anderen Worten wiederholt werden mag. Natürlich ist der Jude als Mensch nicht besser als alle Menschen, aber er ist nach der Bibel als Jude ein Teil des Volkes Gottes, da aber der Mensch ein Feind Gottes ist und, um an Gott zu glauben, seine von Gott verfluchte menschliche Natur überwinden muß, was nur wenigen gelingt, ist sein Haß auf die Juden völlig natürlich. Und je weiter sich dieses oder jenes Volk in seiner gegenwärtigen historischen Entwicklung von Gott entfernt hat, um so stärker ist der Haß, um so natürlicher der Antisemitismus als nationales Merkmal. Zudem zeigt das viele Jahrhunderte lange Schicksal des jüdischen Volkes dem Menschen, daß er nicht der Herr auf Erden ist, sondern nur Gottes Arbeiter und ein Pilger. Auch das ist ein Grund, weshalb die Völker, vor allem die großen und starken, die Gottes Weinberg für ihren eigenen halten und das Gleichnis des Evangeliums von den Arbeitern im Weinberg verwerfen, das jüdische Volk hassen, das durch sein Schicksal immerwährend, wenn auch oft unbewußt, über den Anspruch der Menschen spottet, die Herren in Gottes Weinberg zu sein. Und wie in dem Gleichnis des Evangeliums die unbotmäßigen Winzer immer wieder die Gesandten Gottes verprügelten und erschlugen, die sie an ihre Pflichten vor dem wahren Herrn des Weinbergs erinnerten, genauso versuchte man im Laufe der Jahrhunderte oftmals die jüdische Frage zu lösen. Die Deutschen gar machten dies an einem Wendepunkt ihres historischen Schicksals und namens der Erfüllung ihrer historischen Pflicht vor der Menschheit zur Grundlage ihrer Staatsidee. Denn wie gesagt, die meisten Menschen hassen Gott insgeheim oder offen. Sie hassen ihn, weil er stark ist und der Mensch schwach, weil er unsterblich ist und der Mensch vergänglich. Und in ihren Gebeten betteln sie ihn eher an, als daß sie ihn preisen, und in ihren Mythen verherrlichen sie Titanen wie Prometheus, den Feind

Gottes und menschlichen Märtyrer, den Dulder für die Menschheit. Nur wenige lieben Gott, und deshalb traten die Deutschen bei der wissenschaftlichen Endlösung der Judenfrage im Namen der Mehrheit auf, die entsprechend dem Gleichnis im Evangelium bestrebt ist, die Besitzer des Weinberges abzugeben und nicht die Arbeiter in ihm...

Kaum erfuhr Gott der Herr, daß Annuschka Jemeljanowa aus Rshew drei Tage vor ihrem Tod durch das Fieber den Fluch vollzogen hatte, berief er seinen Abgesandten, den Antichrist, zu sich und sprach:

„Geh in die Stadt Bor an der Wolga und lebe dort, bis du gebraucht wirst."

„Herr", erwiderte der Antichrist, „ich bin nicht mehr allein. Ich habe ein slawisches Kind bei mir, ein Mädchen, dessen Mutter mich gebeten hat, es zu retten. Die Mutter lebt bereits nicht mehr, sie ist in dem Güterwagen auf der Fahrt in die deutsche Sklaverei gestorben."

„Nimm es mit", sprach der Herr.

So machte sich Dan, die Schlange, der Antichrist, mit dem slawischen Mädchen auf in die Stadt Bor an der Wolga. Er gab dem Mädchen, seiner Pflegetochter, den Namen Ruth – nach der Moabiterin, die zu Bethlehem in sein Volk Eingang fand –, da er nicht wußte, welchen Namen man ihr in ihrem Dorf gegeben hatte, nämlich den griechischen Pelageja. Denn auch der Antichrist verfügt nicht über die Gabe, alles zu wissen. Er wußte nicht einmal, was ihm diesmal bevorstand. Das verbarg Gott der Herr noch vor ihm. Nur so viel war ihm bekannt, daß in der Stadt Bor an der Wolga Wera Kopossowa mit ihren beiden Töchtern lebte, der älteren Tassja und der jüngeren Ustja. Weras Mann Andrej war noch an der Front, jedoch er mußte bald zu seiner Familie zurückkehren, weil die erste Strafe des Herrn, die des Schwertes, zu Ende ging. Obgleich die gefallene Welt sie verdiente, erkannte doch Gott der Herr, daß der Mensch die erste Strafe nicht allzulange aushielt.

Dafür konnte er die zweite Strafe, den Hunger, länger ertragen, der vierten, der Krankheit, vermochte er sich noch besser anzupassen, an die dritte gar, das wilde Tier der Wollust und des Ehebruchs, hatte er sich geradezu schon gewöhnt ...

In der Kenntnis dessen schickte Gott der Herr der gottlosen Märtyrerin Annuschka vor ihrem Tod zur Belohnung für den durch sie vollzogenen Fluch einen glückseligen Traum, aus dem sie nicht mehr in ihren bösen, nichtgöttlichen Alltag zurückkehrte. Wieder schloß sie in diesem glückseligen Traum der junge Bursche aus Kursk in seine Arme, warf sie bei dem Bauernhaus in dem Dorf Nefedowo, in dem sie einst geboren wurde, auf den warmen Boden und trieb mit ihr im Guten das, was er in der deutschen Sklaverei zu ihrem Schrecken gewaltsam mit ihr gemacht hatte.

Als bei Tagesanbruch die anderen brachyzephalen Arbeiter Annuschkas Todesstöhnen hörten und näher traten, lag auf dem Antlitz der Sterbenden der Ausdruck einer so glücklichen, übermächtigen Leidenschaft, wie sie nur im Höhepunkt einer Hochzeitsnacht möglich ist. Solche Fälle sind bekannt und in der medizinischen Literatur beschrieben, auf solche Weise sterben mitunter im Fieber junge Menschen, deren gequälter Körper unausgelebte Leidenschaften mit sich nimmt.

III

Um den Menschen zu veranlassen, das Notwendige zu tun, bedarf es des Übermaßes. Für die Existenz des Alltäglichen ist das Streben nach dem Großen vonnöten. Damit aber der Mensch das Große begreift, muß es erniedrigt werden ... In der Stadt Bor im Bezirk Gorki, dem ehemaligen Gouvernement Nishegorod, geschah solches Übermaß, festgestellt von Gott dem Herrn und erniedrigt durch dessen dritte Strafe, das wilde Tier der Wollust und des Ehebruchs ... In der Stadt Bor lebte die Familie Kopossow: der Vater, Andrej Kopossow, die Mutter, Wera Kopossowa, und zwei Töchter, Tassja und Ustja. Und ihr Leben gestaltete sich zu dem folgenden Gleichnis.

Das Gleichnis vom Ehebruch

Man schrieb das Jahr neunzehnhundertachtundvierzig, eine Zeit, in der alles schon überstanden war. Vorüber waren die schweren Kriegsleiden, vorüber auch die frohen Nachkriegsfreuden. Der Gedanke, daß dies alles weit zurücklag, gab den Gefühlen wie dem Aussehen der Menschen etwas Greisenhaftes, Würdevolles. Selbst die Hoffnungen auf die Zukunft wirkten seltsam greisenhaft – alles Streben war darauf gerichtet, die Vorkriegsverhältnisse zu erreichen, denn die Entbehrungen zwangen dazu, von der armen Vorkriegsvergangenheit ebenso zu träumen wie von einer reichen Nachkriegszukunft. Während diese in den Staatsplänen vielversprechend aufgezeigt wurde, war in den Herzen der Menschen das Streben, in der Zukunft das Vergangene wiederzuerlangen, natürlich nicht deutlich geplant, aber es existierte und bedrückte, denn das Menschenherz ist keine zerstörte Fabrik und nicht einfach so zu handhaben wie die im Vergleich zur Vorkriegszeit zurückgegangene Traktorenproduktion.

Im übrigen war die Stadt Bor im Krieg Etappe gewesen, keine allzu ferne, aber zerstört wurde dort nichts, und von der Zivilbevölkerung kam niemand zu Schaden, was jedoch nicht bedeutet, daß sie die vier Strafen Gottes nicht in vollem Maße an sich erfahren hätte. Es gab eine Menge Todesnachrichten, man litt Hunger, zahlreiche Krankheiten grassierten, und nicht gering an Zahl waren auch die Fälle von Unzucht und Ehebruch seitens der zurückgebliebenen Frauen und der heranwachsenden Jugend. Die slawische Verwegenheit lieferte dazu das ihre. Manch eine der Frauen tat fremde Vor-haltungen oder solche des eigenen Gewissens mit einer Handbewegung ab wie einen lästigen Hund: „Ach, der Krieg löscht alles aus..."

Wera Kopossowa jedoch wartete auf ihren Mann und blieb ihm treu. Sie arbeitete in einer Textilfabrik, nähte Wattehosen und Wattejacken für die Soldaten und ernährte von ihrem Lohn und dem Heimatgeld ihres Mannes ihre Töchter Tassja und Ustja. Es kam vor, daß jemand bei ihr zudringlich wurde. Das versuchte auch Pawlow, ein Mann, nach dem sich selbst manche ihren Männern treuen Frauen unwillkürlich umdrehten, ganz zu schweigen von denen, die entschlossen waren, ihr Vergnügen zu haben und sich nicht länger zu versagen. Ob ein- oder zehnmal, das blieb sich schließlich gleich. Der Krieg löschte alles aus. Und ihre an der Front stehenden Männer waren ihnen ja sicher...

Pawlow war Kriegsinvalide, doch ohne äußere Ge-brechen, er hatte noch seine Arme und Beine und nur unter der Kleidung verborgene Narben. Von Angesicht sah er gut aus, seine blauen Augen bestrickten, sein schmaler Schnurrbart weckte Verlangen... Wera sah mehrfach Frauen auf der Straße hastig neben ihm gehen, die es eilig hatten, ihn mit sich zu nehmen. Und Pawlow verschmähte nach Seemannsart keine, weder unerfahrene junge Mädchen, die er verführte, noch vierzigjährige Witwen, von denen er verführt wurde. Wera aber reizte ihn nicht einfach als Frau wie alle anderen, sondern weil sie hübsch und selbst in den Kriegszeiten nicht sichtbar gealtert war. Und er setzte ihr nicht unumwunden zu, wie er es sonst bei Frauen zu tun pflegte, er näherte sich ihr mit Geschenken – einem Seidentuch und zwei Büchsen Schweinefleisch, die er übrigens von einer in der Lebensmittelversorgung arbeitenden vierzigjährigen Witwe bekommen hatte.

„Hier", sagte er, „das ist für dich... Wird dir die Einsamkeit zur Last, denk an die Freunde, die du hast."

Dies geschah eines Abends auf der Dershawinstraße, unweit des Hauses Nummer zwei, in dem Wera wohnte. Dort hatten schon vor dem Krieg nicht allzu viele Laternen gebrannt, jetzt aber war es völlig dunkel. Und Dunkelheit spornt bekanntlich Männer an, deshalb gedachte Pawlow sie zu nutzen, zumal es Sommer war und sich ganz in der Nähe ein grasbewachsenes Ödland befand, auf dem tagsüber die Vorstadtziegen weideten.

Damals, im Krieg, herrschte nicht die Mode, zudringliche Männer lediglich mit einer Ohrfeige abzuwehren, deshalb versetzte Wera in gar nicht weiblicher Art Pawlow einen Faustschlag auf die Nase, und sicherlich nahm diese völlig unweibliche Reaktion Pawlow alle Lust, den Versuch zu wiederholen. Dafür beschimpfte er Wera grob als eine verdammte Hure und ging, das Taschentuch vor der Nase, zum Ausleben seines männlichen Dranges zu der vierzigjährigen Witwe, was für ihn mit seinen dreiundzwanzig Jahren sogar interessanter war. Wera trat in ihr Haus Nummer zwei, wo ihr Tassja froh erregt einen lange erwarteten, zu einem Dreieck gefalteten Feldpostbrief von Andrej überreichte, und in der Freude darüber war das Vorkommnis bald vergessen.

Tassja wuchs heran und wurde ihrer Mutter immer ähnlicher, Wera flocht ihr auch schon das Haar zu einem Zopf wie sich selbst. Ustja hingegen war noch klein, doch als Andrej Kopossow im Herbst neunzehnhundertfünfundvierzig, mit Orden und Medaillen geschmückt, aus dem Krieg heimkehrte, empfing sie ihn schon auf eigenen Füßen, nicht auf dem Arm ihrer Mutter oder ihrer Schwester.

Andrej Kopossow fand alles unversehrt vor. Sein Eheweib war unversehrt und unverändert, desgleichen seine Töchter, die sich allenfalls in erfreulicher Weise verändert hatten, und auch seine Hobelbank stand wie ehedem in der Ecke des großen Wohnraumes, sogar die Vorkriegshobelspäne lagen noch darunter, von Wera als

Erinnerung an ihren Mann und für die Töchter an den Vater absichtlich nicht weggefegt. Andrej wußte noch, daß Tassja immer gern mit diesen Spänen gespielt hatte – jetzt spielte Ustja, seine ihm bis dahin unbekannte Tochter, damit, und ihm kamen die Tränen vor Rührung. Was kann sich ein Soldat, der vier Jahre im Krieg war, mehr wünschen? So verging in Freuden der Rest des Jahres fünfundvierzig, und auch das Jahr sechsundvierzig blieb noch erfreulich, wenngleich sich schon der Hunger ankündigte, der neunzehnhundertsiebenundvierzig so spürbar wurde, daß man von der auf die Hungerjahre nach der Kollektivierung gefolgten satten Zeit vor dem Krieg zu träumen begann. Überhaupt sehnte man sich zunehmend nach der Vorkriegsvergangenheit... Neunzehnhundertachtundvierzig wurde es mit dem Hunger etwas besser, doch zugleich schwanden auch die letzten Nachkriegsfreuden, und es machte sich das Greisenhafte in den Gefühlen und im Äußeren der Menschen bemerkbar, von dem bereits die Rede war. Das Leben wurde ruhiger, aber auch eintöniger. Auf der Tanzfläche im Stadtpark erklangen vaterländische lyrische Walzer, kein erbeutetes deutsches Akkordeon spielte mehr aufgeregt in sklavischer Nachahmung die Foxtrotts des Westens. Die Jugend gab sich in Vorkriegsmanier Pfänderspielen hin, doch ohne Küsse. Und selbst das seit Urzeiten nach slawischer Tradition freimütig und öffentlich betriebene Sichbetrinken beschänkte sich weitgehend auf die Wohnungen.

Tassja Kopossowa war zu dieser Zeit schon fast ein heiratsfähiges Mädchen, ebenso hübsch wie ihre Mutter vor dem Krieg, der sie mit der Fülle ihres blonden Haares nicht nachstand, wobei jedoch die Mutter mit ihrem aus duftendem Goldhaar geflochtenen Zopf noch durchaus mit ihr konkurrieren konnte. Beide waren voll erblüht, die Mutter als Frau, die Tochter als junges Mädchen. Wenn Andrej Kopossow sein Eheweib betrachtete, verliebte er sich noch mehr in seine Tochter, und sah er diese an, zog es ihn noch mehr zu seiner Frau und ihrem für ihn über den Krieg bewahrten Körper.

Hier nun beginnt das Gleichnis, um dessentwillen der Antichrist auf Gottes Geheiß in der Stadt Bor im Bezirk Gorki erschien. Die dritte Strafe Gottes ist allgegenwärtig, denn Gott selbst hat nicht die Macht, sie ebenso abzuwenden wie die schreckliche erste Strafe, das Schwert, die zweite, den Hunger, oder die vierte, die Krankheit. Die dritte Strafe des Herrn, der Ehebruch, folgt dem Menschen nach wie ein Schatten, der nur verschwindet, wenn man den ihn werfenden Gegenstand entfernt. Immerhin aber ist die dritte Strafe Gottes überall nur gegenwärtig, hier, in diesem Gleichnis jedoch, steht sie im Mittelpunkt des Geschehens...

Den ganzen Krieg über hatte sich Wera für ihren Mann bewahrt, doch kaum war das erste Nachkriegsjahr mit ihm vergangen, da mochte sie ihn nicht mehr... Vielleicht lag es an der allgemeinen Greisenhaftigkeit, an dem allgemeinen unausgesprochenen Gefühl, daß alles vorbei war – das Schlimme wie das Schöne. Selbst ein Mensch mit Seelengröße ist der Sklave seiner Zeit, Wera Kopossowa aber war nur eine einfache Frau, ehedem eine Schönheit und auch jetzt noch ansehnlich, doch ein fremder Vorübergehender hätte sich nicht unbedingt nach ihr umgedreht wie früher. Das hätte allenfalls Andrej Kopossow getan, wäre er ein Fremder gewesen. Er aber war Wera inzwischen zuwider. Sie empfand Abneigung gegen Andrej, ihren Mann, rein als Frau, ein Umstand, den man niemandem mitteilen konnte, zumindest ist es einer normalen Frau peinlich, davon zu erzählen.

Andrej arbeitete, wie vor dem Krieg, beim Komitee für Stadtwirtschaft als Zimmermann; am Abend und an freien Tagen fertigte er an seiner Hobelbank hölzerne Backschüsseln, Pflanzenölbehälter, Butterfässer, Löffel und Salznäpfe. Stets roch es im Haus angenehm nach frischen Hobelspänen. Und die Töchter spielten neben dem Vater mit diesen Spänen, die ältere Tassja ebenso wie die jüngere Ustja, obwohl Tassja schon zur Braut getaugt hätte. Beide liebten ihren Vater und nannten ihn „Tjatja", wie er es sie gelehrt hatte, denn er stammte aus einer Gegend, wo dieses Wort für Vater gebräuchlich ist. Eine Menge Dinge aus Holz stellte Andrej her, die er dann auf den Markt der Stadt oder sogar bis nach Gorki zum Verkauf schaffte. Von dort brachte er Mehl und andere Lebensmittel mit. Wera verabschiedete und empfing ihn, bereitete schmackhafte Mahlzeiten, hielt die Wohnung sauber und wusch die Wäsche, doch wenn sie abends mit ihm zu Bett ging, kostete es sie die größte Überwindung. Kam es dann zwischen ihnen zur nächtlichen Vereinigung, war ihr, als werde sie vergewaltigt. Auf ihre weibliche Lust hätte sie ja noch verzichtet, wenn nur nicht dieser Widerwille gewesen wäre... Wenn sie es doch wenigstens fertiggebracht hätte, gleichgültig dazuliegen, bis Andrej sein männliches Gelüst befriedigt hatte und einschlief... Sobald er in Schlaf sank, war sie jedesmal bestrebt, auf das Lager ihrer Töchter hinüberzukriechen. Das war breit und reichte für drei. Und Andrej spürte ihre weibliche Abneigung für ihn, obwohl sie nie auch nur mit einem einzigen Wort davon sprach. Aber in solchen Dingen bedarf es keiner Worte... Anfangs wurde er nur grob, doch schließlich schlug er seine Frau auch. Zum erstenmal geschah dies, als er ohne Mehl und andere Lebensmittel, doch stark betrunken aus Gorki zurückkam.

„Gute Leute haben mir alles erzählt!" schrie er. „Du Hure hast dich im Krieg hier mit Pawlow eingelassen!"

Und er beschrieb vor den Töchtern unverblümt mit unflätigen Wörtern, was Wera im Krieg angeblich mit Pawlow getrieben hatte. Darauf wütete er so, wie es Zugewanderte aus dem Dorf in der Stadt oder deren Vororten zu tun pflegen.

Auf dem Lande haben die Bauern, vor allem in früheren Zeiten, ihre Wut stets auf andere Weise ausgelassen:

Sie prügelten alles Lebende fast zu Tode, rührten jedoch das Mobiliar nicht an, denn Lebendes vermag sich selbst zu erneuern, Unbelebtes nicht. Andrej hingegen tobte nach Vorstadtart, auf Stadtrandmanier. Er zog Wera an den Haaren, vergriff sich am Geschirr und zerschlug die Bettstatt mit der Zimmermannsaxt... Einmal jagte er die zu Tode erschrockene Ustja vor sich her.

„Die ist von Pawlow!" schrie er. „Ich bringe sie um!"

Von da an zog Wera, sobald Andrej seine Tobsuchtsanfälle bekam, ihre Töchter an sich und lief mit ihnen aus dem Haus, um bei Nachbarsleuten zu übernachten. In der Dershawinstraße acht wohnte die kleinrussische Familie Morosenko, dorthin gingen sie meist. Seine Hobelbank, mit der er das Geld für Brot und Wodka verdiente, ließ Andrej jedoch stets unangetastet, auf sie schlug er nicht ein, vor ihr besann er sich. Das tat er im übrigen auch vor seiner älteren Tochter Tassja. Deshalb ging diese auch bald nicht mehr mit der Mutter weg, wenn ihr Vater tobte, sondern sie blieb bei ihm und beruhigte ihn.

„Leg dich ein Weilchen hin, Tjatja", sagte sie, „trink ein bißchen Sauerkrautbrühe, dann wird dir besser."

Randalierer verstehen sich in Rußland sehr gut darauf, Tränen zu vergießen, nachdem sie ihre Tat vollbracht und womöglich jemanden zum Krüppel geschlagen haben. Dann weicht die Spannung von ihrem Herzen, und sie werden zu Kindern – habt Mitleid mit mir, gute Leute! Und die Leute haben Mitleid. Ein namhafter russischer Literat sah darin sogar eine allgemein höchst wertvolle Nationaleigenschaft. Andrej Kopossow konnte im Beisein seiner älteren Tochter auch ohne gänzlich vollbrachte Tat in eine derartige Rührung verfallen.

„Du mein Fleisch und Blut", sagte er, „deinetwegen bin ich aus dem Krieg zurückgekehrt, nicht wegen deiner hinterhältigen Mutter. Deinetwegen hat mich die Granate vor der Stadt Korsum nicht tödlich getroffen, deinetwegen hat mir in Polen eine Mine nur eine kleine Wunde zugefügt." Weinend löste er Tassjas Zopf, flocht ihn wieder neu und küßte ihn. „Einen solchen Zopf hatte deine Mutter, als wir heirateten..."

Sobald aber Wera daheim war, gelang es Tassja nie, ihren betrunkenen Vater zu beschwichtigen. Wenn er Wera sah, wurde er zum Tier. Und auch Ustja liebte er nicht.

„Das ist nicht mein Blut!" schrie er. „Die ist mit einem anderen gezeugt!"

O Gott, dachte Wera, wenn er sich doch selber eine andere nähme... Ich würde es der Kinder wegen neben ihm aushalten, wenn er mich nur nicht anrührte! Und sie lauschte voller Hoffnung auf die Redereien der Nachbarn. Doch die mißbilligten zwar Andrejs Verhalten, sprachen aber nie davon, daß er zu anderen Frauen gehe. Und das, obwohl er mit Wera längst nicht mehr wie mit einer Ehefrau lebte. Über einen Fehltritt ihrerseits gab es Gerüchte, die besagten, sie habe es mit Pawlow getrieben, von Andrej erzählte man sich lediglich, daß er trinke, seine Frau schlage und seine Kinder verhöhne.

So verging die Zeit, und alle nahmen die Situation hin. Andrej gewöhnte sich daran, in seiner Frau eine Dirne zu sehen, Wera fand sich damit ab, einen unbeherrschten Trinker zum Mann zu haben, und die Nachbarn wußten es nicht anders, als daß die Familie Kopossow unglücklich und verkommen war. So sehr wurde alles zur Gewohnheit, daß Wera sogar die Anzeichen dafür kannte, wann Andrej seine Tobsuchtsanfälle bekam und wann er sich ruhig verhielt. Vor Neumond wütete er, danach setzte eine Pause ein. Deshalb betete Wera zu Gott – denn seit sie dieses Höllenleben ertragen mußte, hatte sie sich an Gott erinnert, obgleich sie nie in die Kirche ging –, und sie flehte den Himmel an, daß die arbeitsfreien Tage in die Zeit vor Neumond fielen. Dann brachte nämlich Andrej seine Holzprodukte nach Gorki, wo er den Erlös mit Bekannten vertrank, und er kehrte

221

erst nach ein bis zwei Tagen finster und still zurück. Wenn er zu anderer Zeit tobte, geschah es immerhin in Maßen. Er versuchte Wera zu schlagen, versetzte aber Ustja nicht in Angst und rührte auch die Einrichtungsgegenstände nicht an.

Eine Freude war Wera bei alledem noch geblieben, außer ihren Töchtern natürlich. Sie lebte in einem schönen Landstrich und liebte ihre Heimat, die Stadt Bor. Die Umgebung war fischreich, es gab Pilze und Beeren. Trotz ihres unglücklichen Lebens als Ehefrau fand sie hier manchen Anlaß zur Freude... Sie hatte bemerkt, daß Tassja sie in letzter Zeit vorwurfsvoll ansah und mehr zu ihrem Vater hielt, dafür schloß sich Ustja, die der Vater nicht liebte und der er neuerdings sogar verbot, bei der Hobelbank mit den Spänen zu spielen, enger ihrer Mutter an. Wera arbeitete wie früher in der Textilfabrik, sie nähte jetzt keine Wattebekleidung für die Soldaten mehr, sondern unscheinbare blaue oder graue Baumwolljacken für den Massenbedarf. An arbeitsfreien Tagen aber ging sie mit Ustja in den Wald. Wieviel Schönes gab es dort, das man kosten, hören oder sehen konnte... Wera war mit Waldluft aufgewachsen, und das wollte sie auch ihrer Lieblingstochter Ustja zuteil werden lassen. Nicht ohne Grund hieß die Stadt ja „Bor", was im Slawischen „Wald" bedeutet. Tassja verurteilt mich, dachte Wera, sie ist ein Vaterkind, nur in Ustenka habe ich jetzt eine vertraute Angehörige. Ihre einzige Sorge war, daß Andrej in seiner Trunkenheit und Tobsucht Ustja etwas antun könnte, wie er immer drohte...

Eines Sonntags – der Winter hatte begonnen, und den Wald durchzog ein ganz besonderer Duft – wollte Wera mit Ustenka in der Waldluft spazieren gehen, doch ihre Tochter war nicht da. Sie rief im Hof nach ihr, aber Ustja blieb verschwunden. Da lief sie ins Haus. Andrej arbeitete mit finsterer Miene, doch nicht betrunken, an der Hobelbank, Tassja las neben ihm die Späne auf.

„Habt ihr Ustja gesehen?" fragte Wera beunruhigt.

„Nein, wir haben deine Ustja nicht gesehen", erwiderte Andrej düster. „Das fehlte noch, daß ich deinen Sünden nachlaufe und sie behüte."

Aber Tassja sagte:

„Die ist zu der alten Tschesnokowa gegangen."

„Wer ist das?" fragte Wera aufgeregt weiter.

„Na die, bei der die Juden wohnen", antwortete Andrej mit einem hämischen Lächeln. „Vielleicht hast du sie gar nicht mal von Pawlow, sondern von dem Juden."

Da erinnerte sich Wera, daß in den dreißiger Hausnummern tatsächlich eine alte Frau namens Tschesnokowa wohnte, von der man sagte, daß sie einen Juden mit seiner Tochter bei sich beherberge.

In der Stadt Bor im Bezirk Gorki hocken wie eh und je, wie schon zu der Zeit, da dieser noch das Gouvernement Nishegorod war, in der Dershawinstraße wie auch in anderen Straßen und anderen Städten anderer Bezirke, den früheren Gouvernements, auf den Erdwällen und Bänken vor den einzelnen Wohnhäusern oder in den Toreinfahrten der mehrstöckigen Gebäude die Wachposten der Nation, die runzligen Wurzeln des Volkes, Greisinnen mit in die Stirn gezogenem Kopftuch, die einstmals breitnackige Söhne zur Welt gebracht haben. Kräftige asiatische Backenknochen zeichnen sie aus, die Nüstern ihrer kurzen Nasen sind nach oben gekehrt, ihre farblosen Augen spiegeln längst keine mütterliche Zärtlichkeit mehr, und ihre einzige gefühlsselige Aufgabe ist es, über alles zu wachen. Wir sind Russen! verkünden sie schweigend allein durch ihr backenknochiges, kurznasiges Aussehen. Und was seid ihr für welche?

Eben durch diese Aufpasserinnen erfuhr die gesamte nach dem großen russischen Dichter, der einst Puschkin gepriesen hatte, benannte Dershawinstraße, daß bei der Tschesnokowa, einer Altgläubigen, Juden wohnten, ein Vater um die Dreißig mit seiner etwa achtjährigen Tochter. Bei der Tochter war die Sache allerdings nicht ganz eindeutig, man mußte näher hinschauen, dem Vater hingegen sah man auf den ersten Blick an, daß er Jude war. Auch Wera hatte schon davon gehört, es jedoch nicht für so wichtig gehalten und in ihrem Kummer vergessen. Jetzt aber dachte sie, Ustja betreffend: Ich muß ihr verbieten, ohne zu fragen irgendwo hinzugehen, es wird ohnehin schon zuviel Schlechtes über unsere Familie geredet.

Die alte Tschesnokowa lebte allein in ihrem kleinen Haus, nachdem die beiden Söhne an der Front gefallen waren und ihr Mann nicht mehr lebte. Es hieß von ihr, sie sei eine Altgläubige von der Sekte der Subbotniki. Wera sah sie gelegentlich, doch sie grüßten einander nicht.

Jetzt trat Wera an die Tür des Hauses Nummer dreißig in der Dershawinstraße und klopfte an. Die Tschesnokowa öffnete.

„Ist meine Ustja bei Ihnen?" fragte Wera ungehalten, als habe sich die alte Frau vor ihr schuldig gemacht.

Die Tschesnokowa antwortete nicht in demselben Ton, sondern im Gegenteil sehr freundlich.

„Ja, sie ist hier bei uns, liebe Frau. Sie hört sich Grammophonplatten an. Komm doch herein!"

„Nein, wozu", entgegnete Wera. „Rufen Sie Ustja her, sie soll mit nach Hause kommen." Und außerstande, an sich zu halten, fügte sie unwillkürlich hinzu: „Da hat sie die rechte Freundin gefunden. Als ob es unter den Russen nicht genug gäbe..."

„Was hast du denn an Ruth auszusetzen?" erwiderte die Tschesnokowa. „Sie ist ein wohlerzogenes Mädchen, achtet die Alten, ihr Vater trinkt nicht..."

Da hatte Wera, ohne selbst zu wissen, warum, plötzlich den Wunsch, die Juden zu sehen, bei denen ihre Ustenka verkehrte. Sie klopfte den Schnee von ihrer pelzgefütterten Jacke.

„Na schön", sagte sie, während sie die Jacke in der Diele ablegte.

Sie trat in das Zimmer, in dem ein Grammophon spielte, und sah ihre Ustja am Tisch neben einem hellhaarigen Mädchen sitzen, das man nie für eine Jüdin gehalten hätte, wäre es einem nicht gesagt worden. Dafür war der Vater des Mädchens ein typischer Jude, obwohl er als solcher doch auch etwas Ungewöhnliches an sich hatte... In Bor begegnete man selten Juden, in der Stadt Gorki jedoch gab es eine ganze Menge. Als Ustja ihre Mutter erblickte, sprang sie auf und sagte:

„Das ist meine Mutter... Das ist Ruth, meine Freundin... Und das ist ihr Tjatja."

Wera betrachtete noch einmal Ruths „Tjatja" und vermochte wieder nicht zu ergründen, was das Ungewöhnliche an diesem Juden war. Je öfter sie zu ihm hinsah, um so mehr ergriff sie seltsamerweise ein banges Gefühl, und doch empfand sie mit dieser wachsenden Angst zugleich im Herzen ein zunehmendes Wohlgefallen...

In der Tat war Dan, die Schlange, der Antichrist, zu dieser Zeit bereits gereift, und seine biblischen Züge traten in Vollkommenheit zutage. Obwohl sein Haar nach alledem, was mit anzusehen und zu vollbringen ihm beschieden war, einen vorzeitigen grauen Schimmer zeigte, hatte er auf seinem derzeitigen Erdenweg ein Höchstmaß an Männlichkeit erreicht. Vor dem aber, was der Antichrist an Männlichem in sich hat, möge Gott jede Frau bewahren. Nein, es war nicht die offene oder geheime Verderbtheit, eher einsiedlerische Abgeschiedenheit, ein Insichverschlossensein. Nicht der Satan in ihm lockte. In seiner Männlichkeit lag die Kraft Gottes wie in den Naturerscheinungen – eben das aber sah und fühlte Wera, ohne daß sie es mit ihrem Verstand begriff. Eine Macht aber, die dem Verstand unzugänglich bleibt, übt stets eine besondere Gewalt aus. Und Weras weibliche Angst wurde zu einer verlegenen Erregtheit.

„Was hören Sie denn da für eine Musik?" sagte sie. „Die sagt mir nichts."

„Das sind jiddische Lieder", erwiderte Dan, die Schlange, der Antichrist.

„Ach daher", versetzte Wera, und sie lachte kichernd wie ein betrunkenes Marktweib, „können Sie nicht eine russische auflegen? Jiddisches verstehe ich nicht."

„Aber ja", antwortete Dan, die Schlange, der Antichrist, und zu seiner Tochter gewandt, fügte er hinzu: „Ruth, hol doch mal die Tschastuschki aus der Kommode."

Da zeigte sich Ruth, die eigentlich Pelageja hieß, was allerdings weder sie selbst noch der Antichrist wußten, plötzlich völlig verändert; das gutmütige ländliche Antlitz der in dem Dorf Brussjany bei der Stadt Rshew Geborenen spiegelte eine wahrhaft südliche, harte Leidenschaftlichkeit wider, derer nur früh gereifte Mädchen fähig sind.

„Nehmen Sie Ihre Ustja nur mit nach Hause", erklärte sie. „Ich werde künftig nicht mehr mit ihr zusammenkommen."

Darüber erregte sich die alte Tschesnokowa, und sie tadelte Ruth:

„Du solltest dich schämen, deinen Vater vor den Leuten so bloßzustellen!"

Und auch der Vater, der Antichrist, sah seine Tochter an und fragte, allerdings nur leise und ohne Erregung: „Was hast du denn, Ruth?", denn er kannte sie als ein zartfühlendes, nachgiebiges und gutherziges Mädchen, so daß ihm sein Kind jetzt vorkam wie ausgewechselt.

Doch Ruth drehte statt einer Antwort allen den Rücken zu und verschwand im Nebenzimmer.

„Na schön", sagte Ustja, „die denkt wohl, ich brauche sie... Dann spiele ich eben auch nicht mehr mit ihr. Gehen wir, Mama."

Völlig verwirrt lief Wera aus dem Haus der alten Tschesnokowa ihrer Tochter nach. Sie fühlte, daß ihr Unglück mit dem bisher Durchlebten kein Ende hatte, sondern sich noch ein neues anbahnte.

Auch für Dan und seine Tochter änderte sich viel nach dem Auftritt der ungebetenen Besucherin. Hier muß bemerkt werden, daß der Antichrist seine angenommene Tochter so liebte, wie seine Kinder nur jemand lieben kann, der in der immerwährenden Liebe zu Gott dem Herrn, seinem Schöpfer, unterwiesen ist. Hier liegt auch der Grund für die besondere Liebe der Juden zu ihren Kindern, obwohl sie ihn oft selbst nicht erkennen, denn die Liebe des Volkes Abrahams zum Schöpfer ist weniger eine Religion als vielmehr vor allem ein nationaler Instinkt. Zu den eigenen Instinkten aber steht der Mensch in einer komplizierten Beziehung, sie beruhen oft auf einem Mißverständnis eventuell auch wissenschaftlich-philosophischer Art oder auf einer, natürlich machtlosen, Ablehnung. Deshalb wirken unter den zahlreichen Gottesleugnern die Juden besonders unaufrichtig, und deshalb findet man unter den talentierten Atheisten nur wenig Juden, sondern stets mehr scharfsinnige, windige französische Satiriker. Ein atheistischer Jude ist in der Regel entweder unbegabt oder inkonsequent. Doch selbst die Juden, die Gott leugnen, leben in ihrem göttlichen Alltagsdasein, und der erhabene Instinkt der Liebe, den der Herr ihnen eingegeben hat, äußert sich bei den jüdischen Müttern und Vätern in deren religiöser Liebe zu ihren Kindern. Wie sehr viel mehr mußte das für den Abgesandten des Herrn gelten, den Antichrist, der als Mensch lebte, noch dazu als einsamer! Er mußte jedes Kind lieben und dabei konsequent das Wenige unterschlagen, das ihm von der Liebe zu Gott geblieben war. Seine Tochter jedoch liebte er darüber hinaus, hier wendete er sogar den Anteil seiner Liebe zu Gott auf, denn ein verständiger Vater liebt eine Tochter stets ein bißchen mehr als einen Sohn. Ruth alias Pelageja liebte natürlich einen solchen Vater ebenfalls, und ihre Tochterliebe erlitt nach dem Besuch der ungeladenen Frau keine Einbuße, obwohl sie nervöser und nachdenklicher wurde. Ruth sah sich jetzt einem raschen Wechsel ihrer Gefühle ausgesetzt.

Einmal kam sie fröhlich und erregt aus der Schule.

„Vater", sagte sie zu Dan, dem Antichrist, „es ist heute wunderschön draußen – es schneit ganz herrlich."

Tatsächlich fiel in der Windstille schwerer, weicher Schnee in großen Flocken. Ruth ergriff einen tiefen Teller und rannte in den Hof, um die Schneeflocken zu fangen. Nach einer Weile kehrte sie zurück und stellte den nassen Teller auf den Tisch. Dann fragte sie unvermittelt:

„Vater, wo hast du mich eigentlich her?"

Nie hatte Ruth während des Zusammenlebens mit ihrem Vater eine solche Frage gestellt, jetzt tat sie es. Nun ja, jeder Vater kann eine solche Frage von seinem Kind zu hören bekommen, obgleich sie nicht für jedes Kind, vor allem für Mädchen in Ruths Alter, überhaupt noch eine Frage ist.

„Einmal", antwortete Dan, die Schlange, der Antichrist, seiner Tochter, „herrschte grimmiger Frost, und ein heftiger Wind wehte. Plötzlich hörte ich draußen jemanden weinen. Ich ging vor die Tür, aber es war niemand da. Und wieder weinte jemand. Da hob ich den Kopf und sah dich auf einem Baum sitzen."

Ruth lächelte seltsam traurig. Sie setzte sich neben ihren Vater, schmiegte sich an ihn und sagte leise:

„Die Frau, die uns besucht hat, das war meine Mama..."

„Aber Ruth", erwiderte der Antichrist, „deine Mutter ist in einem deutschen Transportzug gestorben... Die Frau war Ustjas Mutter."

„Nein", entgegnete Ruth. „Ich habe sie mir genau angesehen. Sie hat die gleichen Augen wie ich und das gleiche Haar... Aber hab keine Angst, Vater, ich liebe nur dich, diese Frau mag ich nicht."

„Das ist auch nicht schön", sagte der Antichrist. „Warum magst du sie nicht?"

„Sie hat dich so merkwürdig betrachtet", erklärte Ruth. „Aber früher war sie gut. Ich erinnere mich, wie sie Butter gemacht und die Milch im Faß gestampft hat..."

Von da an beobachtete der Antichrist seine Tochter voller Sorge, stets darauf bedacht, sie in seiner Nähe zu behalten. Und auch Ruth war bestrebt, ihn nicht wegzulassen. Er brachte sie zur Schule und holte sie von dort wieder ab, überall gingen sie zu ihrer beiderseitigen Freude gemeinsam hin.

Wera aber hatte seit jenem Tag überhaupt keine Freude mehr, nicht mal die kleinste. Vordem war all ihr Sinnen darauf gerichtet gewesen, ihrem Mann des Nachts zu entgehen, nachdem sie es bereits gelernt hatte, ihn tagsüber zu meiden. Jetzt galt ihr ganzes Trachten ausschließlich dem Gedanken, sich dem Juden hinzugeben, mit ihm alle ihre brachliegenden fraulichen Kräfte zu wecken, denn sie wußte, daß das Weibliche in ihr noch lebte, daß ihr Leib selbst nach zwei Geburten noch jungfräulich geschmeidig war wie früher und daß sie sehr wohl die Wonnen zu geben vermochte, nach denen ihr Mann, Andrej Kopossow, schmachtete und deren Unerreichbarkeit ihn wüten ließ. Er schlug seine Frau jetzt seltener, das war ihm offensichtlich zu dumm, und je mehr er sich von ihr entfernte, um so enger verband er sich mit seiner älteren Tochter Tassja; er brachte ihr vom Markt Geschenke mit, und abends in seiner Ecke bei der Hobelbank, wenn er nicht arbeitete, löste er gern ihren Zopf und flocht ihn neu. Das Leben der Kopossows verlief jetzt nicht mehr so stürmisch, doch nicht weniger rauh und quälend. Wenn Wera nicht in ihren Betrieb mußte, lief sie ziellos umher, sie konnte nicht reglos an einer Stelle bleiben und fürchtete am meisten die körperliche Ruhe, die ihr die größte Pein bereitete. Auf ihrer Lagerstatt vor dem Ofen warf sie sich gewöhnlich bis drei oder vier Uhr hin und her, ehe sie gegen Morgen in einen kurzen Schlaf sank.

In einer besonders schweren Nacht zu Beginn des Frühlings und vor Neumond beschloß sie, von sich aus zu dem Haus der alten Tschesnokowa zu gehen. Dazu brauchte sie jedoch einen Vorwand, deshalb sagte sie am Morgen zu Ustja, als sie sie für die Schule fertigmachte:

„Töchterchen, geh doch nach dem Unterricht mal zu Ruth, ich komme dann hin und hole dich ab."

„Vielleicht noch", entgegnete Ustja. „Mit denen will ich nichts mehr zu tun haben. Die Sergejewna sagt, das sind Juden, und sie haben viel Geld."

Sergejewna hieß eine der backenknochigen, stummelnasigen alten Frauen, die in der Dershawinstraße vor dem Haus Nummer siebzehn auf Posten saßen und von dort aus jedermann allein durch ihren Anblick warnten: Wir sind Russen, und was seid ihr für welche?

„Was kümmert dich die Sergejewna", rügte Wera sie ärgerlich. „Das ist eine alte Frau. Hör lieber auf das, was man dich in der Schule lehrt."

„In der Schule sagen alle über Ruth genau dasselbe", widersprach Ustja. „Sie hat viel Geld, und ihr Vater ist ein Kosmopolit."

Hier mischte sich Tassja in das Gespräch ein.

„Tjatja erlaubt nicht, daß sie da hingeht."

„Ach, ihr seid mir die Rechten", sagte Wera böse. „Immer nur Tjatja und Tjatja... Eure Mutter gilt euch wohl gar nichts? Wer hat euch denn im Krieg erzogen und ernährt?"

„Tjatja hat uns an der Front verteidigt", entgegnete Tassja. „Er war dreimal verwundet und hat staatliche Auszeichnungen bekommen."

„Und wenn er zehnmal verwundet worden wäre", versetzte Wera voller Zorn, „wer gibt ihm das Recht, einen so zu beschimpfen und zu schlagen und sich zu betrinken?"

„Er trinkt aus Kummer", erklärte Tassja. „Weil er dich liebt. Überhaupt ist das kein Gespräch für Ustjas Ohren.

230

Geh in die Schule, Ustja. Und für uns wird es ebenfalls Zeit, Mama."

Wera hatte auch Tassja in der Textilfabrik untergebracht, als Lehrling in der Näherei. Sobald Ustja weg war, sagte Wera:

„Warum machst du mich vor dem Kind schlecht? Dich hat dein Vater mir schon genommen, jetzt wollt ihr mir auch noch Ustja nehmen. Auf einmal ist sie die gute Ustja, und früher war sie fremdes Blut... Da hieß es, ich hätte sie von einem anderen... Von Pawlow!"

„Ich sage dir doch", erwiderte Tassja, „so redet Tjatja nur aus Kummer. Er liebt dich, Mama."

„Hör mal", sagte Wera, zunehmend verärgert, „darüber zu urteilen steht dir jungem Ding ja wohl nicht zu, du bist noch immer meine Tochter und hast mir zu gehorchen. Ist das denn eine Art, so mit seinen Nachbarn umzugehen? Willst du so sein wie die Sergejewna, dieses alte Weib? Was hat man dir in der Schule beigebracht? Doch wohl auch was von Völkerfreundschaft... Was können unsere Nachbarn dafür, daß sie Juden sind, haben sie sich das ausgedacht, ist es ihr freier Wille? Man hat doch schließlich ein Gewissen. Wenn Vater und du Ustja nicht dorthin lassen wollt, dann gehst eben du hin und besuchst sie. Bitte die Tschesnokowa um ihr Stickmuster... Sie hat ein sehr schönes für Sofakissen, ich hab's gesehen."

„Gut", erwiderte Tassja, „wenn du möchtest, gehe ich mit dir hin. Aber Ustja solltest du nicht schicken, sie ist ja noch ein Kind."

Nach der Arbeit begaben sich Mutter und Tochter zu dem Haus Nummer dreißig in der Dershawinstraße, in dem die Tschesnokowa wohnte. Wera klopfte an, und Tassja, ihre Tochter, wartete ein Stück zur Seite. Sie hielt sich auch weiterhin die ganze Zeit zurück, sowohl in ihrem Gesichtsausdruck als auch in ihrem Verhalten. Wera, ihre Mutter, hingegen gebärdete sich, getrieben von fieberhafter Leidenschaft und dem Gedanken, daß sie den Mann zu sehen bekommen werde, zu dem es sie Tag und Nacht hinzog, zunehmend laut, ja hektisch. Und Tassja stand schweigend dabei. Als Wera den Mieter der Tschesnokowa, den Juden, erblickte, schwanden ihr fast die Sinne; sie hielt sich kaum auf den Beinen, überwand sich aber und redete, anstatt die Tschesnokowa um das Stickmuster zu bitten, ungehemmt drauflos wie eine leichtlebige Kokotte, als habe sie sich nicht im Krieg, in ihrer Jugend, bewahrt und nur für die Nachrichten von ihrem an der Front stehenden Mann und für ihre Töchter gelebt, ohne andere Freuden zu kennen.

„Guten Tag", sagte sie, „meine Tochter und ich würden gern ein bißchen Grammophon bei Ihnen hören, dürfen wir das?" Und sie lachte grundlos nach Kokottenart.

„Nehmen Sie Platz", erwiderte der Antichrist. „Ruth wird Ihnen gleich russische Tschastuschki aus der Kommode holen."

Ruth ging zur Kommode und brachte schweigend die Platte mit den russischen volkstümlichen Couplets. Das Mädchen war unversehens blaß geworden, und die alte Tschesnokowa, die durch einen Türspalt aus ihrem Zimmer hereinschaute, seufzte schwer.

„O Gott, was soll das werden, laß es vorübergehen und behüte uns!" flüsterte sie und bekreuzigte sich nicht nur mit drei Fingerspitzen, als wollte sie eine Prise Salz aus dem Salzfäßchen nehmen, sondern mit zwei zusammengelegten Fingern nach rechter Altgläubigenart.

Wera zog indessen ein Batisttuch aus der Tasche, wischte damit über einen Stuhl und sagte zu der beiseite stehenden Tassja:

„Setz dich, Tassja, ich habe den Stuhl für dich abgewischt, du hast doch dein neues Kleid an." Und wieder gab sie sich als einzige durch ihr Lachen fröhlich.

Tassja widersprach ihr aus Angst vor neuen Peinlichkeiten mit keinem Wort, sie errötete lediglich, während sie sich setzte, über das törichte Betragen ihrer Mutter.

Dabei trat ihre noch zarte, nicht wie bei ihrer Mutter vom Leben gezeichnete Schönheit in vollem Maße zutage. Dan, die Schlange, der Antichrist, sah es, und sein Herz begann so sonderbar zu schlagen, daß er sich selbst darüber wunderte. Denn als Abgesandter Gottes kannte er nur die göttliche Liebe, in der er seiner Tochter Ruth zugetan war und mit der ein Vater seine Tochter oder ein Bruder seine Schwester liebt. Was menschliche Liebe bedeutet, das hatte Dan, die Schlange, der Antichrist, an sich selbst noch nicht erfahren, obwohl er natürlich um die Tatsache wußte, daß alles menschliche Schöne das zur Erreichbarkeit für den Menschen erniedrigte Göttliche ist. Nur bei seinen Sünden hat der Mensch ein eigenes Maß. So ist auch die menschliche Liebe eine Erniedrigung der göttlichen. Und wenn die göttliche Liebe in Ewigkeit besteht – weit, ruhig, fest und unwandelbar –, so gleicht die menschliche einem eiligen, erregten, wundersam schillernden Augenblick.

Auch Tassja betrachtete Dan, die Schlange, den Antichrist, sie sah sein biblisches Angesicht und fühlte ebenfalls ihr Herz schlagen, doch sie wunderte sich nicht darüber, obwohl auch ihr dergleichen zum erstenmal widerfuhr... Der jungfräulichen Naivität ist in der Liebe stets alles klar. So saßen sie denn da: Der Antichrist erregt und verwundert über seinen Zustand, Tassja erregt und nicht verwundert über den ihren, Ruth auf unkindliche Weise bleich; die alte Tschesnokowa seufzte in ihrem Zimmer auf einem Hocker hinter dem Türspalt und bekreuzigte sich nach Altgläubigenart, das Grammophon kicherte und winselte Woronesher Tschastuschki, Wera kicherte und winselte im Takt und klatschte dazu noch in die Hände. Plötzlich sprang sie auf, hochrot im Gesicht, doch nicht vor Verlegenheit wie Tassja, sondern in weiblicher Erregung, und begann in russischer Manier zu tanzen wie auf einer Hochzeit, mit den Absätzen klappernd, als würden Erbsen aus einem Sack auf den Fußboden geschüttet; dazu schwenkte sie die Arme, seht

her, sollte das heißen, so weit ist unser Land... Steppe,
Wälder, Flüsse... Wart ihr schon mal in Sibirien? Dort
ist überhaupt alles ohne Ende, grenzenlos... Und dieses ganze weite Land hat die russische Frau bevöl-
kert... Um das zu bewerkstelligen, muß man seine
Sache gut verstehen. In zwei Fällen muß das eine Frau –
wenn ein Volk sich ständig selbst umbringt und der
Ergänzung bedarf und wenn ein Volk in sehr weit-
räumigen Landstrichen lebt, die es zu besiedeln gilt...
In diesen beiden Fällen wird von der Frau höchste
Meisterschaft gefordert... Wonnebereitende Meisterschaft, süß wie Beeren, wie Honig, wie Milch, denn in
der Verwegenheit des Weibes liegt die Rettung des Volkes...

Natürlich wurde all dies nicht ausgesprochen, ja nicht
einmal gedacht, doch es lag in dem tollkühnen weiblichen Tanz, dessen eine Russin fähig ist. Unter leidenschaftlichen, schamlosen Schreien, die an das Stöhnen
einer Frau im Augenblick des höchsten körperlichen
Genusses erinnerten, die Arme weit ausgebreitet wie vor
allzu großer Hitze auf dem Lager, tänzelte Wera nach
den Klängen der übermütigen Woronesher Tschastuschki
unerwartet auf Dan, die Schlange, den Antichrist, zu,
packte ihn und drängte sich mit ihrer trotz zweier
genährter Töchter noch prallen, schmerzenden, das
eigene Fleisch erregenden Brust an ihn.

„Tanzen Sie mit mir, Dan Jakowlewitsch!"

Im selben Augenblick wich der letzte Blutstropfen aus
dem Antlitz des Mädchens Ruth alias Pelageja, der
angenommenen Tochter des Antichrist, sie schrie nach
Dorfweiberart auf wie eine Fallsüchtige und sank ohnmächtig zu Boden. Die alte Tschesnokowa stürzte aus
ihrem Zimmer, stellte das Grammophon ab und reichte
dem erschrocken über seine Tochter gebeugten Antichrist einen Krug Wasser.

„Laß uns nach Hause gehen, Mama", sagte Tassja
leise.

Verwirrt durch den Vorfall und erhitzt von dem Tanz, fragte Wera schwer atmend in wahrhaft russischer Treuherzigkeit:

„Habe ich was falsch gemacht? Muß ich mich entschuldigen?"

„Du mußt gar nichts", erwiderte Tassja, „wir sind jetzt hier überflüssig, laß uns gehen, Mama."

Sie verließen, ohne sich zu verabschieden, das durch sie in Aufregung versetzte Haus, jede in ihre Gedanken versunken. Und an einem Abend im einsetzenden Frühling vor Neumond denkt man besonders weiträumig, so wie man auch besonders tief atmet. Es duftet nach tauendem Schnee, und die Bäume am Straßenrand kommen einem vor wie Gebärende... Von Grün gesäumt würde die Dershawinstraße sein, sobald die Zweige ihr Laub gebaren, nicht umsonst war auch der Wald nahe, in anderer Montur würden dann die wachenden Greisinnen im Schatten der Bäume hocken: mit weißen Kopftüchern und in leichten Hauskitteln. Jetzt jedoch, zu Beginn des Frühjahrs, hatten sie ihre Winterkleidung noch nicht abgelegt – die ärmeren trugen ihre Steppjacken, die wohlhabenderen einen Umhang mit Fuchskragen. Kaum hörten die Wächter der Nation die Schritte in der Dunkelheit, da starrten sie hin, tuschelten miteinander und verkündeten wortlos, durch ihr bloßes Dasein, ihre Parole: Wir sind Russen, und was seid ihr für welche? Nahten da nicht zwei von den Kopossows? Eine nichtswürdige Familie... Er ein Trinker und Wüterich, sie eine Gestrauchelte – was konnten da die Kinder schon lernen? Es waren Wera und ihre Tochter, die da so spät des Weges kamen. Woher wohl? Etwa gar aus der Nummer dreißig, wo bei der Tschesnokowa die Juden wohnten?

Dergestalt von dem schweigenden Kontrollposten der alten Frauen zur Ordnung gerufen, erreichten Mutter und Tochter ihr Haus Nummer zwei ganz am Ende der Straße. Andrej war nicht betrunken, aber auch nicht nüchtern; er setzte zweimal dazu an, Wera für ihr langes Ausbleiben zu schlagen, doch da er Tassja neben ihr sah, schlug er sie nicht, sondern maß sie nur mit dem Blick eines Wolfs.

Wera deckte den Tisch zum Abendbrot. Sie selbst wollte nichts essen, sondern legte sich sofort neben den Ofen schlafen, so daß Tassja entgegen der sonstigen Gewohnheit Ustja zu Bett brachte, was üblicherweise Wera für ihren Liebling besorgte. Wera war so müde und so wenig empfänglich für alles um sie her, daß sie augenblicklich einschlief, ohne von der erwarteten quälenden Schlaflosigkeit heimgesucht zu werden.

In der Folgezeit bemerkte sie an ihrer Tochter Tassja eine Veränderung, die sie als Mutter und Frau nur zu leicht zu deuten vermochte. Anfangs bohrte sich diese Erkenntnis wie ein scharfer Dolch in ihr Herz, doch nachdem sie ein wenig darüber nachgedacht hatte, schien ihr die neue Lage sogar äußerst günstig zu sein. Denn Frauen bleiben in ihrer maßlosen weiblichen Tollheit doch stets schlau und berechnend. Schon seit dem Garten Eden ist das Weib unaufhaltsam in seiner Unbesonnenheit. Nicht ohne Grund war Kain Evas Erstgeborener. Und nicht von ungefähr folgte Eva haltlos den Verlockungen der Schlange, nicht von ungefähr sagte der Herr zu ihr:

„Viel Mühsal bereite ich dir, sooft du schwanger wirst. Unter Schmerzen gebierst du Kinder. Du hast Verlangen nach deinem Mann; er aber wird über dich herrschen."

Und zu Adam sprach er:

„Weil du auf deine Frau gehört und von dem Baum gegessen hast, von dem zu essen ich dir verboten hatte: So ist verflucht der Ackerboden deinetwegen. Unter Mühsal wirst du von ihm essen alle Tage deines Lebens... Im Schweiße deines Angesichts sollst du dein Brot essen, bis du zurückkehrst zum Ackerboden; von ihm bist du ja genommen. Denn Staub bist du, zum Staub mußt du zurück."

So bilden weibliche Unbesonnenheit und Haltlosigkeit die Grundlage des Menschenlebens, seit der sündige Mensch aus dem Paradies vertrieben und zur Arbeit verdammt ward... Als er aber Gottes Brot verlor und fortan selbst für sich sorgen mußte, war auch sein Weib bei ihm, dessen Name, aus der Sprache der Bibel übersetzt, „Leben" bedeutet. Wenn also der mit der Vertreibung aus dem Garten Eden beginnenden Menschheitsgeschichte die weibliche Unbesonnenheit zugrunde liegt und der Begriff „Leben" gleichbedeutend mit dem Namen des Weibes ist, wie könnte dann irgend etwas eine Frau in ihren unbedachten weiblichen Wünschen aufhalten? Und eben dies ist ein weiterer Grund, weshalb die dritte Strafe des Herrn – der Ehebruch – noch so stark und unabwendbar wirkt. Das Weib ist bei dieser Strafe der Vollstrecker, sogar wenn es selbst durch sie zugrunde geht...

Wera Kopossowa erkannte, daß sie ihr Ziel nur über die Liebe ihrer Tochter erreichen konnte, vor der der Jude machtlos war, da er selbst liebte. Und da sie dies begriff, verbarg sie fürs erste schlau ihre unbezähmbare weibliche Unbesonnenheit...

Indessen ging an der Wolga der duftende Frühling zu Ende, der junge Sommer kam, der Wald erblühte, und es begann die Beerensaison. Das schlaue Weib bemerkte, daß Tassja in der letzten Zeit zwar ihrem finsteren Vater wie vordem erlaubte, sie zu liebkosen und ihr den Zopf zu lösen und neu zu flechten, wie er es in der Jugend bei seiner Frau getan hatte, daß sie, Tassja, aber solche Zärtlichkeiten schon zurückhaltender aufnahm. Jetzt ist die rechte Zeit! dachte Wera.

„Tassenka", sagte sie, „geh doch am Sonntag mal auf den Berg", so nannte man dort eine bewaldete Anhöhe über dem Talhang, „die Himbeeren sind reif, und Vater braucht unbedingt frischen Himbeersaft für seine verwundete Brust. Ich würde selber gehen, aber ich muß in die Fabrik, meine Fehlzeit im Frühjahr nacharbeiten, als

Ustenka krank war. Und wenn wir uns nicht ranhalten, pflücken die anderen alles weg, dann bleibt nichts für uns."

„Gut", sagte Tassja, „ich gehe."

Trotz ihres bereits heiratsfähigen Alters gehorchte Tassja normalerweise, obwohl sie in bestimmten Fällen ihrem Vater und ihrer Mutter auch widersprechen konnte, wenn sie fühlte, daß diese im Unrecht waren. Hier jedoch ging es um nichts Unrechtes – die Mutter schickte sie in den Wald nach Himbeeren für den an der Front verwundeten Vater. Im Gegenteil, Tassja freute sich sogar – vielleicht fanden die Eltern doch wieder in Liebe zueinander.

„Gut", sagte sie also, „ich gehe."

Jetzt! dachte die in ihrer Unbesonnenheit schlaue Mutter. Und sie begab sich, alle Scham vergessend, zu dem Haus Nummer dreißig in der Dershawinstraße, in dem sie sich so schändlich aufgeführt hatte. Die alte Tschesnokowa empfing sie diesmal nicht freundlich.

„Was gibt's?" fragte sie auf der Schwelle, ohne die Besucherin hereinzubitten.

Aber Wera sah, daß der Gegenstand ihrer Leidenschaft, der Jude, auf der nahen offenen Veranda zusammen mit seiner Tochter Beeren verlas.

„Großmutter Tschesnokowa", sagte sie, „wie ich sehe, wart ihr schon im Wald nach Beeren. Habt ihr die oben auf dem Berg gesammelt? Ich brauche ganz dringend welche, denn mein Mann muß wegen seiner Verwundung frischen Himbeersaft haben."

„Na, dann geh doch hin", erwiderte die Tschesnokowa. „Auf dem Berg findest du genug. Dieses Jahr gibt's massenhaft."

„Das Schlimme ist", erklärte Wera, „daß ich nicht frei habe, ich muß am Sonntag arbeiten, deshalb kann ich nur meine Tochter Tassja schicken. Die Stelle oben am Berg liegt weitab, und mein Mädchen ist noch jung, sie fürchtet sich allein, und auch ich habe Angst um sie. Geht denn von euch niemand hin?"

„Nein", entgegnete die Tschesnokowa. „Wir waren schon, du siehst ja, wir verlesen die Beeren. Was soll ihr denn passieren? Ein Bär ist dort zum letztenmal vor drei Jahren gesehen worden. Die meisten hat man abgeschossen, und der Rest hat sich ins Dickicht zurückgezogen, weitab von den Menschen."

„Sicher, Bären gibt's keine mehr", erwiderte Wera, „aber schlechte Menschen, und die sind für ein Mädchen schlimmer als ein Bär. Womöglich wird sie von jemandem überfallen. Gott verhüte, daß etwa gar Pawlow in der Nähe ist."

Pawlow war wie eh und je in der ganzen Stadt Bor bekannt, und die Mütter schreckten mit ihm wie mit dem Teufel ihre jungen Töchter, die allzu weite Spaziergänge unternahmen. „Warte nur, wenn Pawlow dich mal erwischt!" drohten sie.

In einer Hinsicht hatte Pawlow sich verändert: Während im Krieg keine Frau vor ihm sicher gewesen war, hielt er jetzt nur nach jungen Mädchen Ausschau, ja, es hieß sogar, daß er sich an Neun- und Zehnjährige heranmache, die über ihr Alter hinaus kräftig und üppig entwickelt waren, denn er selbst ging schon auf die Dreißig. Er bekam dabei kaum Schwierigkeiten, weil seine Freunde, ehemalige Frontkämpfer wie er, die jetzt in der Stadt auf verantwortlichen Posten saßen, ihm stets aus der Patsche halfen. Das behauptete jedenfalls das Gerücht. Aber es wurde auch insgeheim gegen den gewissenlosen Verführer aufbegehrt. Einmal, hieß es, sei er bei einer Vergewaltigung auf frischer Tat ertappt und eingesperrt worden. Doch zwei, drei Tage später sah man ihn wieder in der Hauptstraße vor dem Kino und im Park bei der Tanzfläche, immer in seiner Matrosenjacke, betrunken, kräftig, gutaussehend, wenn auch schon ein bißchen verwelkt. So stellte er weiter den Mädchen nach und zettelte Streit an. Die Väter und Mütter junger

Mädchen murrten und schrieben einen Brief an die Lokalzeitung „Borskaja Prawda". Dort dachte man über die Sache nach. Einerseits mußte man auf die Wünsche der Werktätigen eingehen, andererseits galt es, Pawlows Gönner nicht zu brüskieren. Und da griff die Zeitung „Borskaja Prawda" zu einer erprobten Methode: Sie erinnerte sich der Existenz der schöngeistigen Literatur, der man nichts am Zeuge flicken konnte, da sie sich nicht mit konkreten Tatsachen, sondern mit allgemeinen landesweiten, ja weltweiten Erscheinungen befaßte. Die günstigste Form für derlei Verallgemeinerungen sind Gedichte. Es fand sich auch sogleich ein Gedichteschreiber, getreu dem Ausspruch von Marx, daß die Nachfrage Raffaels hervorbringt. Natürlich war dieser Gedichteschreiber kein Raffael, aber dafür ein Ortsansässiger, geboren und aufgewachsen in der Familie eines einfachen Arbeiters im gasbeheizten Kesselhaus des zentralen Krankenhauses der Stadt Bor. Seine Mutter übte den Beruf einer Buchhalterin aus. Der Mann hieß Somow, war Russe der Nationalität nach und träumte von einem Studium am Moskauer Literaturinstitut. Bislang hatte er seine Begabung nur autodidaktisch entwickelt, und zwar auf zwei Gebieten, dem der Lyrik und dem der Satire, wobei er im übrigen der letzteren mehr zuneigte. Beispielsweise hatte er sich scherzhaft über seinen Familiennamen und zugleich über ähnliche Fischnamen ausgelassen*. Somows, meinte er, gäb's zur Genüge, auch fände man wohl die Namen Jorschow, Piskajew, Karpow, Okunjew und Schtschukin, nie jedoch Sterljadew oder Sewrjugow – diese Fische seien wohl für Familiennamen zu wertvoll... Mit einer solchen Biographie und in diese Richtung zielenden Fähigkeiten kam Somow der „Borskaja Prawda" gerade recht. Und er befriedigte ihre Anforderungen durchaus. Zum ersten

---

* Der Name Somow ist nach dem russischen Wort für „Wels" gebildet, die nachfolgenden Namen deuten auf die Wörter für Kaulbarsch, Fisch (lat. piscis), Karpfen, Barsch und Hecht sowie Sterlet und Hausen hin.

verlegte er den Ort des Geschehens aus der Stadt Bor in die Stadt Moskau, der auch sein eigenes Streben seit langem galt. Zweitens änderte er den Familiennamen Pawlow in Prochorow und den Vornamen Stepan in Iwan. Auf dem probaten Weg des griechischen Fabeldichters Äsop voranschreitend, brachte er nunmehr etwas in der Art einer satirischen Fabel zu Papier, welche folgendermaßen begann:

Es lebte in Moskau ein Invalide
des Namens Prochorow, Iwan,
ein Individuum, perfide,
nicht wert der Wunden, die als Mann
er für die Sowjetmacht empfangen.
Doch davon später mehr.
Jetzt hört zunächst...

Im weiteren wurden dann in Versen alle von Pawlow verübten Gemeinheiten aufgezählt.

Den ersten Schlag erhielt Somow von Pawlow selbst, der sich durch die Sprache Äsops nicht hinters Licht führen ließ. Dem zweiten entzog er sich durch einen Sprung über den Parkzaun nahe der Tanzfläche. Der dritte jedoch von seiten des „Agitprop", der örtlichen Abteilung für Agitation und Propaganda, traf ihn hart, da er sich von dieser Institution eine Befürwortung seiner Bewerbung um Aufnahme am Moskauer Literaturinstitut erhofft hatte. Er wußte vom Hörensagen, daß über diese Aufnahme hauptsächlich von Juden entschieden wurde, und als Russe mit einer Befürwortung des Agitprop hatte man alle Rechte auf seiner Seite... Vom Agitprop kam jedoch nicht mehr und nicht weniger als eine Anschuldigung wegen Katzbuckelei und dem Versuch der Verleumdung von heldenhaften Verteidigern des Vaterlandes, die ihr Blut für die Heimat vergossen hatten. In der Zeitung „Borskaja Prawda" knallten daraufhin die Türen, so daß man sich einer ständigen Zugluft ausgesetzt sah. Mancher entging mit dem bloßen Schrecken dem Vorwurf der Einmischung in eine Privatangelegenheit, andere verloren für immer jede Möglichkeit, am weiteren kulturellen Aufbau teilzunehmen. Die Zeitung veröffentlichte die Zuschrift einer Gruppe von Frontkämpfern, überschrieben mit „Gegen das poetische Pasquill eines gewissen Somow" und verfaßt von dem Mitarbeiter des Agitprop Wladimirow (Willner). Nach solcher emphatischen Verteidigung wurde Pawlow vollends unverschämt, und in der Stadt Bor wuchsen die Bedenken, eine noch jugendliche Tochter ausgehen zu lassen.

Das aber wollte eine jede, denn die Sommerabende in der Stadt Bor waren von solcher Art, daß ein junges Herz ohne sie in Trübsal verfiel. Das Grün der Straßen und die mit der vom Fluß wehenden lauen Brise vermischte Waldluft machten auf ganz besondere Weise trunken, von der Tanzfläche tönten die vom Blasorchester des Fischkombinats gespielten Walzerklänge, und über allem leuchtete der gottlose astronomische Himmel, unter dem es sich sogar ruhiger lebte, weil er jedermann erfreute, aber zu nichts verpflichtete. Unbeschwert konnte man mit seinen siebzehn Jahren aus voller Brust atmen, von der Liebe träumen und den Mond und die Sterne betrachten. Wenn nur nicht dieser Pawlow gewesen wäre... Welch Schrecken für ein Mädchen, ihm an einem späten Abend zu begegnen!

Tassja widerfuhr dies nicht weit von der Stelle, wo Pawlow im Krieg bei Wera, ihrer jungen Mutter, zudringlich geworden war. Und es geschah etwa zu der gleichen Abendzeit. Aber natürlich nur zufällig. Ohne ein Wort, schweigend fiel Pawlow über Tassja her, und sie entkam ihm nur wie durch ein Wunder, rannte mit zerrissener Bluse, am ganzen Leib zitternd, nach Hause und warf sich ihrer Mutter an die Brust. Andrej war nicht da, er verkaufte gerade in der Stadt Gorki seine Holzarbeiten. Als er zwei Tage später zurückkehrte, verhältnismäßig ruhig, denn es war glücklicherweise gerade Neumond, sagte Wera zu ihm:

„Du betrinkst dich zusammen mit diesem Pawlow, nennst ihn einen alten Frontsoldaten und deinen Freund, dabei hat er vorgestern versucht, deine Tochter zu vergewaltigen."

Andrej wurde dunkelrot und erwiderte:

„Der denkt wohl, die Tochter kommt nach ihrer Mutter und hat's genauso nötig wie sie!" Darauf verließ er das Haus, obwohl es schon Nacht war. Nach einer halben Stunde kam er wieder und sagte zu Tassja: „Hab keine Angst, Tochter, du kannst von jetzt an beruhigt ausgehen, er wird dich nicht mehr anrühren. Ich verstehe mich zwar nicht aufs Gedichteschreiben, aber ich quetsche ihm die Augen aus."

Tatsächlich trat Pawlow Tassja nie mehr zu nahe, er betrachtete sie nur noch von weitem. Doch eine volle Garantie für die Sicherheit ihrer Tochter sah Wera darin nicht, denn sie wußte, wie Pawlow sich gebärdete, wenn er getrunken hatte und seine männlichen Gelüste ihn bedrängten... Man sagte, daß er sich auch im Wald herumtreibe und dabei sein Gewehr bei sich trage, als gehe er zur Jagd. Und drohten denn einem jungen Mädchen nur von Pawlow Gefahren? Wera hatte ihre Tochter von jeher geliebt und gehütet. Wie groß mußte die weibliche Unbesonnenheit sein, die über sie gekommen war, wenn sie jetzt die leibliche Tochter für ihre Ziele ausnützte! Einen schlauen Plan verfolgte diese Frau, als sie die Tschesnokowa wissen ließ, daß Tassja allein nach Himbeeren auf den Berg gehen werde, an die Stelle, wo der Bach aus der Talsenke trat. Gegen sieben Uhr, das heißt möglichst früh, wenn noch wenig andere Leute unterwegs und reichlich Beeren vorhanden waren.

Tassja stand bei Tagesanbruch auf, aß in Eile etwas, nahm den Korb und ging in den Wald. Ihre Mutter aber folgte ihr heimlich nach. Daß sie am Sonntag in der Fabrik arbeiten müsse, hatte sie sich nur ausgedacht. Sie schlich vorsichtig durch das Gebüsch und dachte besorgt: Wird Dan Jakowlewitsch kommen? Vieles hatte sie über ihn in Erfahrung gebracht. Sie wußte, daß er aus der Gegend um die Stadt Rshew kam, daß er als Witwer lebte, dessen Frau im Krieg umgekommen war, und daß er als Nachtwächter im Fischkombinat arbeitete, eine seltene Beschäftigung für einen Juden, die vermuten ließ, daß er nicht zu den Klügsten unter seinesgleichen zählte, die sich doch stets erfolgreich einzurichten verstanden. Wera durchschaute ja nicht, daß für Dan, die Schlange, den Antichrist, seit er die angenommene Tochter bei sich hatte und das von dem Propheten Hesekiel auf ihn gekommene Brot der Vertreibung zu ihrer beider Ernährung nicht mehr ausreichte, von allen dem Lebensunterhalt dienenden zeitgenössischen Tätigkeiten die eines Nachtwächters die geeignetste war, da er bei ihr den Menschen weitgehend fernblieb und sie ihn unter dem nächtlichen Himmel an sein heimatliches Hirtenhandwerk erinnerte... Vieles hatte Wera über den bei der Tschesnokowa logierenden Juden erfahren, doch vieles wußte sie nicht. Vor allem natürlich nicht, daß Dan Jakowlewitsch der Antichrist war, ein Abgesandter des Herrn. Eins jedoch wußte sie als leidende Frau und liebende Mutter mit Sicherheit: Dan Jakowlewitsch und ihre Tochter Tassja hatten sich ineinander verliebt, fanden aber keine Möglichkeit, sich zu treffen oder ein Rendezvous zu vereinbaren. Eine Frau, die in Leidenschaft für einen Mann entbrannt ist, der ihre Tochter liebt, befindet sich in einem eigentümlichen Zustand. Zum einen empfindet sie das Fleisch ihrer Tochter als Teil ihres eigenen und freut sich mit ihr, zum anderen fühlt sie in diesem Fleisch ihre Pein und leidet an ihm, ja haßt es, so wie man unwillkürlich seinen Arm, sein Bein oder seinen Kopf haßt und verflucht, wenn sie einem unerträgliche Schmerzen bereiten. Auf diese Weise hätte Wera, wenn sie einesteils durch die Tochter ein eigenes Glück erlebte und andererseits in diesem Glück einen fremden Erfolg sah, der ihr etwas wegnahm und sie beraubte, sehr leicht neben der körperlichen Unbesonnenheit auch noch in geistige Verwirrung fallen können, wäre nicht unbewußt die biblische Schlauheit in ihr gewesen, deretwegen Eva von Gott verdammt wurde und die ihr sagte, daß sie sich in ihrer Qual nicht ihrem Gefühl überlassen durfte, sondern ihren Verstand gebrauchen mußte. Gefühle klug zu genießen gelingt nur im Glück. Kaum hatte sie das begriffen, wurde sie zur gewöhnlichen Dirne, erfaßt von einer übermächtigen Leidenschaft, die es unter Ausnutzung aller Möglichkeiten zu befriedigen galt. So kam sie auf die Idee, ein Stelldichein für den zu arrangieren, nach dem es sie verlangte, der ihr aber unerreichbar blieb ohne ihre Tochter, die er liebte.

So schlich das schlaue Weib der Tochter nach, und da war auch schon der Berg, ein wilder, abgelegener Ort. Über der Talsenke wuchsen Wald und Gebüsch, unten plätscherte der Bach, und Himbeeren gab es in Hülle und Fülle. Doch der Jude war nicht da, er ließ sich nicht sehen, obwohl er Weras Worte unbedingt gehört haben mußte. Betrübt setzte sich Wera in einiger Entfernung nieder, damit ihre Tochter sie nicht bemerkte. Tassja aber begann nichtsahnend Beeren zu pflücken. Sie sammelte und sammelte, hatte schon fast den halben Korb voll, da knackten plötzlich Zweige, und der Jude trat auf die Lichtung, ebenfalls einen Spankorb in der Hand. Tassja hob den Kopf, der Korb entfiel ihr, und die Beeren lagen verstreut auf der Erde. Und getrieben von einer für den Himmel seltsamen und erheiternden Kraft, sanken die Verliebten einander in die Arme: Dan, die Schlange, der Antichrist, dessen irdisches Erbteil von Hetlon bis Hamat reichte, und Tassja Kopossowa aus der Stadt Bor im Bezirk Gorki. Wortlos, ohne Tränen, ohne Seufzer umarmten sie sich stehend, und jeder hielt das Seine fest umfangen: der Antichrist Tassja und Tassja den Antichrist. So standen sie, und Wera lag im Gebüsch, und alles, was in ihr an Eigenem war, schmerzte. Doch abermals überlistete die wahnwitzige Frau den Schmerz durch die unzüchtige Leidenschaft, abermals verteidigte sie ihren weiblichen Verstand... Der Antichrist und Tassja hielten sich indessen starr umschlungen, bis dem zarten Mädchen Tassja zufolge der heißen Reglosigkeit Arme und Beine lahm wurden. Da sprach der Antichrist, der jetzt jede Empfindung der Geliebten erfühlte:

„Kommst du morgen wieder?"

„Ja", antwortete Tassja, „nach der Arbeit, um sechs... Unsere Näherei macht fünf Uhr Schluß, aber ich muß mich noch umziehen."

Und sie trennten sich ohne Kuß. Der Antichrist entfernte sich rasch, denn er besaß die Gabe, unversehens zu verschwinden; Tassja hingegen blieb, um weiter Himbeeren zu pflücken, damit ihre Mutter keinen Verdacht schöpfte. Die Mutter aber war, nachdem sie ihre Schwäche überwunden hatte, froh über das Geschehene, das ganz ihrem Plan entsprach.

Und zwischen dem Antichrist und Tassja begann eine beständige Liebe. Natürlich war dies keine göttliche, wie sie der Bruder für die Schwester empfindet oder ein Vater für seine Tochter, aber es war auch keine menschliche wie zwischen einem Mann und einer Frau. Da jedoch der Antichrist nicht anders lieben konnte und Tassja überhaupt zum erstenmal liebte, wunderten sich beide nicht über ihre besondere Liebe. Sie trafen sich immer am selben Ort, oberhalb des Baches im Wald am Anfang der Talsenke. Sobald Tassja Dan erblickte, ging sie ein paar Schritte auf ihn zu wie eine Schlafwandlerin bei Vollmond, vor dem letzten Schritt aber verließen sie die Kräfte, ihre Knie knickten ein, und sie drohte ohnmächtig niederzufallen, doch der Antichrist ließ sie nie diesen letzten Schritt in die Glückseligkeit tun. So sank Tassja, wenn die Schwäche sie überkam, nicht zu Boden, sondern an Dans Brust, und sie standen wieder beieinander, wortlos und ohne Küsse. Immer in der gleichen Weise verlief ihre Begegnung, denn nur eine kleinliche Liebe bedarf der Abwechslung. Tassja empfing alles ohne Einbuße in den Armen des Antichrist, und ihre jungfräuliche Reinheit und Zärtlichkeit halfen wiederum diesem, der Strafe des Herrn, der lüsternen Wollust, zu entgehen, für die er anfällig war wie alles Irdische. So verwirklichte sich in dem Wald nahe der Stadt Bor im Bezirk Gorki der uralte Traum von etwas Drittem, nicht Körperlichem und nicht Asketischem...

Die Vorläufer der heutigen sexuellen Revolution, die Einwohner der Stadt Sodom, welche den Engeln Gewalt anzutun trachteten, haben dieses Dritte gesucht. Auch die ersten Ehemänner der Tamar, die Brüder Er und Onan, haben es gesucht. Doch Er starb, und Onan ließ, sooft er zur Frau seines Bruders ging, den Samen zur Erde fallen und machte seinen Namen als den einer menschlichen Krankheit oder eines abartigen Verlangens unsterblich. Auch andere Perversionen beruhen auf der Suche nach dem Dritten, nicht Männlichen, nicht Weiblichen, doch es gelang nie, ein drittes Organon zu finden und ein sexuelles „Perpetuum mobile" zu schaffen. Bisher kennt man lediglich ein einziges Drittes, das nicht körperlich, nicht asketisch und natürlich nicht der griechische Ersatz ist – den Platonismus; doch die Sünde ist in Ersatzhandlungen erfinderisch, wie das Beispiel des griechischen Christentums lehrt... Hier aber handelte es sich nicht um einen Ersatz. Tassja Kopossowa aus der Stadt Bor erfuhr im Sommer des Jahres neunzehnhundertneunundvierzig etwas Drittes. Sie fand, weil sie nicht suchte... Es ist dies ein nicht formuliertes biblisches Gesetz: Wer nicht sucht, der wird finden, wer sucht, wird verlieren... Doch es gibt auch noch ein Gesetz des dialektischen Materialismus, das man nicht unbedingt bei Feuerbach studieren muß, da es genügend deutlich schon in einem sowjetischen Lied dargelegt wird: „Wer fröhlich ist, der lacht, wer will, gewinnt, wer sucht, wird immer finden."

Stepan Pawlow, der zeit seines Lebens das biblische Opium abgelehnt hatte, wollte Tassja gewinnen, deshalb suchte er sie überall und fand sie auf dem Berg am Tal in den Armen des Juden... Er schlenderte eben mit seiner Flinte durch den Wald und pfiff dabei das Lied von dem fröhlichen Wind, das die Grundlagen der Dialektik verdeutlicht. Da erblickte er plötzlich von weitem... Ja, hält man's denn für möglich? Alles heimsen diese Juden für sich ein, und nun auch noch unsere Mädchen! Er unterbrach sein Pfeifen, hob das Gewehr, und wer weiß, was er im ersten Augenblick vorhatte... Doch dann besann er sich und überlegte sich, eingedenk der durch Kopossow erlittenen Kränkung, etwas noch Wirkungsvolleres. Niemand hat mich bisher in dieser Stadt zu schlagen gewagt außer ihrem Vater, Andrej Kopossow, dachte er. Sehr schön – da dir ein Russe, ein Frontkämpfer, nicht paßt, kriegst du jetzt einen Juden zum Schwiegersohn, eine Etappenratte! Er robbte auf Frontkämpferart näher heran und erlauschte die Zeit, zu der sich Tassja und der Antichrist für den nächsten Tag verabredeten. Wo er Andrej zu suchen hatte, wußte er, und er fand ihn ohne Schwierigkeit und ohne Dialektik. Es gab im Zentrum der Stadt Bor, gegenüber dem Kino, einen Holzpavillon, genannt „Die blaue Donau", obwohl auf dem Aushängeschild nur „Bier, Limonade, Imbiß" zu lesen stand. Was in der Stadt an der Wolga der Name dieses fremden Flusses zu suchen hatte, blieb unerfindlich. Vielleicht rührte er von einem der Stammgäste des Lokals her, die früher mal Budapest gestürmt und Bukarest oder Wien erobert hatten. Als realer Grund konnte allenfalls die Tatsache gelten, daß die Bierbude blau angestrichen war. Die Geschäfte in ihr besorgte die Serviererin Njura, mit der Pawlow irgendwann einmal zusammen gelebt hatte. Seiner Gewohnheit nach begann er jedesmal, ehe er sich betrank, mit dieser Njura einen

Wortwechsel zum Thema zu knapp eingeschenkter Gläser oder preislicher Übervorteilung. Doch Njura stand ihm nicht nach, sie war eine Frau, die ihre volle Gleichberechtigung durchsetzte.

„Na, du alte Hündin!" sagte er fröhlich.

„Na, du Aas", erwiderte Njura, nicht weniger heiter.

„Beklaust du schön die Leute?"

„Und du, was machst du alter Schürzenjäger?"

„Dich sollte man sich mal wieder vornehmen..."

„Mach's dir doch alleine, das kommt billiger."

Hierauf sagte Pawlow unter dem Einfluß des gerade Gesehenen und Erlebten:

„Du bist auch so eine richtige verdammte Jüdin."

Da fing Njura an zu heulen.

„Wieso bin ich eine Jüdin? Warum beleidigt der mich so, Leute?"

Jetzt mischten sich die Stammkunden ein.

„Laß doch, Njura, wegen Pawlow brauchst du nicht beleidigt zu sein. Der ist gerade der Richtige... Und du, Stepan, komm her, wir trinken einen zusammen."

Unter den Anwesenden war auch Andrej Kopossow, aber er befand sich in anderer Gesellschaft. Die beiden Gruppen tranken zuerst getrennt, später gemeinsam. Nachdem sie sich vereint hatten, sagte Pawlow zu Andrej Kopossow:

„Komm mal mit raus, ich habe was mit dir zu bereden."

„Na los", erwiderte Andrej.

Die Saufkumpane, denen die Fehde zwischen den beiden bekannt war, versuchten sie zu beschwichtigen:

„Hört auf damit, Kinder, ihr seid doch beide Frontkämpfer. Was sollen denn solche Zwistigkeiten unter slawischen Brüdern?"

„Slawische Brüder" war damals ebenfalls so ein von der Front mitgebrachtes Modewort. Pawlow entgegnete:

„Ich will mich nicht mit ihm schlagen, er würde mir die Rippen brechen, das weiß ich. Es geht um was Seelisches."

Sie gingen hinaus. Eine Weile standen sie vor dem Pavillon, rauchten Nachkriegspapirossy Marke „Trud" und schlugen ihr Wasser an dem Betonfundament ab, wobei Pawlow zweimal volltönend sein Gedärm erleichterte. Gerade wollte er seine Rede beginnen, da lief ein streunender Hund herbei, erwies seine Reverenz und unterbrach dadurch Pawlows Gedanken.

„He, du Aas!" schrie dieser, hob einen Stein und traf damit den Hund, der winselnd davonrannte.

„Also, was willst du von mir?" drängte Andrej, als er sah, daß Pawlow immer noch zögerte. Zugleich trat er ein Stück zurück, um ihn, falls er auf die Idee kommen sollte, sich für die früher bezogenen Prügel zu rächen, zum zweitenmal durch einen Fußtritt unter den Magen zur Räson zu bringen.

Pawlow durchschaute die Geste und sagte:

„Du richtest deinen Zorn gegen den Falschen, Andrjuscha. Ich bin Frontkämpfer wie du... Und ich hege bei deiner Tassja, der Tochter eines Frontkämpfers, ganz ernsthafte Absichten... Aber der Jude, der den ganzen Krieg über nur in der Etappe gehockt hat, der will sie umlegen."

„Was soll das heißen? Welcher Jude?" schrie Kopossow.

„Geh mir nicht gleich an die Kehle", erwiderte Pawlow. „Der Jude, der bei der Tschesnokowa wohnt, Dershawinstraße dreißig."

Und er berichtete, was er gesehen hatte. Andrej wurde zuerst rot, dann bleich und schrie nur immer wieder:

„Den bringe ich um!"

„Nicht so eilig", entgegnete Pawlow, innerlich frohlockend, daß er wirkungsvoller zugeschlagen hatte als mit der Faust in die Zähne. „Du siehst mich immer scheel an, Andrjuscha, sogar wenn wir zusammen trinken. Du glaubst den Gerüchten, daß ich was mit deiner Frau gehabt hätte. Ich will es dir nicht verbergen: Sie hat versucht, bei mir anzulegen, aber ich habe sie abgewiesen, weil ich die Frontkämpferkameradschaft achte."

Andrej knirschte mit den Zähnen.

„Fang jetzt nicht von meiner Frau an, von der ist nicht die Rede. Es geht um meine Tochter."

„Da habe ich einen Plan", erwiderte Pawlow. „Wenn die beiden sich morgen am Berg treffen, greifen wir sie uns auf frischer Tat. Einverstanden?"

„Ja, einverstanden", erklärte Kopossow. „Komm, wir trinken noch einen."

Das taten sie. Andrej verfiel in ein düsteres, dumpfes Schweigen von der Art, bei der man nie weiß, ob einer danach in einen bleischweren Schlaf sinkt oder jemanden umbringt. Pawlow aber fühlte sich obenauf, weiten Herzens und mit geschwellter Brust genoß er die frohe Laune, in der sich ihm die von den Vätern ererbten berühmten russischen Tschastuschki förmlich auf die Zunge drängten. Zwar erklang seine Stimme im Augenblick etwas heiser, nicht eben geeignet für einen angenehmen Vortrag, sie ertönte nicht als voller Tenor, doch dafür laut mit innerer Anteilnahme.

„,Schlagt die Juden, rettet Rußland... Chaim hat seinen Laden geschlossen... Ein hübsches Pärchen, Abraham und Sara... Der tapfere Jankel im Krieg...' Wir haben sie verteidigt und errettet, sie aber haben Christus gekreuzigt und die Sowjetmacht verraten... Wir waren in den Schützengräben, sie in ihren Läden... Im ganzen Krieg habe ich keinen einzigen Juden an der Front gesehen... Ein Jude fuhr mal an die Front, und der hat sich vor Angst selber erschossen..."

Dies alles gab er so lautstark von sich, daß die Miliz seine Stimme vernahm und in dem Glauben, Pawlow habe wieder eine Schlägerei angezettelt, in der „Blauen Donau" anrückte. Dort ging es hoch her, aber eine Prügelei war nicht im Gange.

251

„Warum brüllst du denn so, Pawlow?"

„Warum trinken die Juden unser Blut?"

„Du störst die öffentliche Ordnung, Pawlow", sagte der Milizhauptwachtmeister.

„Aber diese Leute dürfen sie stören, was? Einem Vater und Frontkämpfer nehmen sie die Tochter weg!"

„Wer hat wem was weggenommen? Wenn du Beweise hast, dann schreib eine offizielle Anzeige... Welchem Vater ist die Tochter weggenommen worden? Wovon redest du?"

„Na hier, von meinem Freund... der im Krieg war... der sein Blut vergossen hat..." Pawlow lallte nur noch, er brachte keinen Satz mehr zusammen.

Hier schlug Andrej so gewaltig mit der Faust auf den Tisch, daß er der Serviererin Njura für ein beträchtliches Sümmchen Scherben produzierte.

„Halt den Mund, du Schuft!"

„Mach ich ja", antwortete Pawlow. „Alles in Ordnung, Hauptwachtmeister, alles in Ordnung..."

„Hol euch der Satan", sagte der Hauptwachtmeister. „Macht euren Streit unter euch aus, aber verhaltet euch anständig."

Er ging wieder. Pawlow trank jetzt schweigend weiter, bis er am Ende mit der Stirn auf dem Tisch sanft entschlummerte. Geweckt wurde er, im Freien an einem Zaun sitzend, von einem lauen nächtlichen Wind.

Alles war still, es herrschte die Zeit der tiefsten Ruhe. Die Stadt Bor an der Wolga verstand es, im rechten Seelenfrieden zu schlafen. Wohin man auch schaute, kein Fenster ringsum war erleuchtet, man hörte kein Geräusch außer dem Rauschen der Blätter, und nichts bewegte sich außer den blinzelnden Sternen und dem ab und zu hinter dunklen Wolkenfetzen verschwindenden Mond.

Wenn es geschah, daß Pawlow auf solche Weise einsam in der Stille erwachte, überkam ihn in den ersten Augenblicken jedesmal unversehens ein seltsames

Gefühl, das er nicht zu deuten wußte. Ihm war, als sei er wieder ein Säugling und schaue aus seiner Wiege in ein dunkles Fenster, oder als warte er auf ein nur an ihn gerichtetes Wort, auf sein Wort, denn es gibt für jeden Menschen ein persönliches Wort, das, wenn er es nicht hört, ungenutzt in der Welt bleibt; mitunter schien es ihm auch, als sehe er zum erstenmal dieses Blinzeln der hohen Sterne, und etwas drängte mit ungewohnter Anspannung gegen seine harte Seemannsstirn, als werde gleich etwas wie ein Bach reinen Wassers unter der mächtigen grauen Gefängnismauer hervorströmen, die seine Stirn für jeden klaren Gedanken darstellte. Doch sobald er sich rührte und ächzend die eingeschlafenen Glieder streckte, kehrte er sofort zu den momentanen Erfordernissen zurück, was vor allem bedeutete, daß er mit der Hand in seine Hose griff. War sie trocken oder lediglich naß von einem kleinen Bedürfnis, dann ging er zu Waljuscha, der jungen Krankenschwester, zu Tanetschka, der Technikerin in der Abteilung für Stadtwirtschaft, zu Ninka, Alexandra Iwanowna oder sonst einer, da bestand kein Mangel. Fühlte sich seine Hose jedoch nicht nur naß an, sondern völlig verklebt von einer großen Notdurft, was vor allem in der Sommersaison vorkam, in der allgemein mehr Obst gegessen wurde, Äpfel oder Wolgapflaumen – wenn dies eingetreten war, gab es für ihn nur ein Anlaufziel, nämlich Alexandra Iwanowna, die Witwe aus der Lebensmittelversorgung, die ihn, den jungen Kriegsinvaliden, seinerzeit verführt und den Reigen seiner Frauenbekanntschaften in der Stadt Bor eröffnet hatte. Sie ging inzwischen schon auf die Fünfzig zu und war immer bereit, ihn zu empfangen und zu waschen, ihm ein Mahl vorzusetzen und ihn zu Bett zu bringen . . . Jetzt war Sommer, und da Pawlow an diesem Abend viel getrunken und reichlich ungewaschene, überreife Äpfel gegessen hatte, die Njura, das Aas, verkaufte, verspürte er bei seinem Erwachen in vollem Maße den Anlaß dafür, sich zu Alexandra Iwanowna zu begeben. Dort schlief er den Rest der Nacht und einen Teil des Tages, denn vor der geplanten Hetzjagd auf den Juden am Abend galt es frisch zu sein wie eine grüne Gurke.

Kopossow und Pawlow gingen die Sache höchst umsichtig an, der eine aus Jagdleidenschaft, der andere aus Wut. Kopossow verließ rechtzeitig seine Arbeit, Pawlow ebenso rechtzeitig Alexandra Iwanowna, und beide trafen sich nicht unmittelbar auf dem Berg, sondern beim „Dreieck" – so hieß ein anderer Platz im Wald, warum, wußte niemand mehr. Pawlow war betrunken, Kopossow nüchtern, aber unter seiner Jacke steckte ein gut geschärftes Zimmermannsbeil im Militärkoppel.

„Sie sind da", sagte Pawlow leise. „Ich habe es schon ausgekundschaftet. Sie stehen an derselben Stelle und umarmen sich, wie immer."

Ein Slawe spart seine Erbitterung schweigend in quälender Wut bis zum entscheidenden Augenblick auf. Kopossow legte die Hand an sein Beil und folgte dem Pfad in der angegebenen Richtung. Vorsichtig bog er das nasse Gebüsch beiseite, denn es hatte seit dem Morgen leicht geregnet, und richtig – in einiger Entfernung standen seine Tochter und der Jude in inniger Umarmung... Ein Slawe schweigt in seinem Zorn, doch im entscheidenden Moment vermag er den wilden Schrei seiner Vorfahren auszustoßen, mit dem diese zur Zeit der großen Völkerwanderung ihre Raubzüge in den Karparten begleiteten, wo sie sich in der Hoffnung aufhielten, sich nicht am Dnepr, sondern an der Donau niederzulassen. Eben einen solchen unartikulierten Schrei gab Kopossow von sich, der leidende Vater mit dem Zimmermannsbeil in der Faust. Im Gegensatz dazu schrie Pawlow etwas Moderneres und deutlicher Artikuliertes, nämlich: „Schlagt die Juden, rettet Rußland!"

Tassja sah die beiden herannahen, zuckte zusammen, erbebte und weinte zum erstenmal aus Angst in den Armen ihres Geliebten.

„Wer ist das?" fragte der Antichrist.

„Mein Tjatja und sein Freund Pawlow", erwiderte Tassja zitternd unter Tränen.

„Was wollen die von uns?" fragte der Antichrist weiter, denn es widerfuhr ihm gelegentlich, daß er in extremen Augenblicken plötzlich das ihn umgebende Leben nicht mehr verstand und aus seinem Innersten die himmlische Abscheu gegen den Menschen aufstieg.

„Lauf weg!" flehte Tassja weinend. „Mich wird mein Tjatja nur schlagen, weil er mich liebt, dir aber spaltet er den Schädel, denn dich haßt er. Lauf weg, er hat sein Beil dabei."

„Damit wird er doch nicht auf uns losgehen", meinte der Antichrist. „Er wird uns überhaupt nicht anrühren, höchstens mit der Hand."

„Seine Hand ist schwer genug, er kann einen zum Krüppel schlagen", erwiderte Tassja, zitternd vor Angst. „Und Pawlow drückt mit Vorliebe jemandem die Kehle zu."

Indessen waren Kopossow und Pawlow bereits nahe; über das nasse Gras gleitend, rannten sie den Berghang herab. Schon erkannten Tassja und der Antichrist deutlich ihre wütenden Gesichter, wobei sich in Kopossows Miene zu dem Zorn das Leid gesellte, was ihm ein wenig faszinierendes Aussehen verlieh, wohingegen sich bei Pawlow der Unwille mit Heiterkeit paarte, wodurch sein Gesichtsausdruck etwas von der Faszination des Antlitzes eines geistreichen Satirikers und Slawophilen gewann.

„Schmiege dich eng an mich, Liebes", sagte der Antichrist, „halte dich ganz fest und hab keine Angst. Sie können uns nichts tun."

„Wieso nicht?" fragte Tassja, schon fast ohnmächtig. „Wieso sollten sie uns nichts tun, wo sie doch so wütend sind?"

„Weil sie nicht dazu kommen werden", erwiderte der Antichrist. „Sobald sie uns anrühren, werden beide auf der Stelle sterben."

Trotz ihrer Furcht glaubte sich Tassja plötzlich angesichts dessen, was sie unmittelbar vor sich sah, in einem Fieberwahn befangen. Aus den milden, sanften, jüdischen Zügen des Geliebten blickten die feuersprühenden, todbringenden Augen der Schlange, so daß er entflammt schien von der Bosheit der Hölle, der allumfassenden göttlichen Strafe... Eiseskälte beschlich Tassja, und sie bangte schon nicht mehr um den gleichsam entschwundenen Geliebten, sondern um ihren Vater.

„Tu ihm nichts", bat sie flehend, ohne zu wissen, an wen sie sich wandte, „laß meinen Vater am Leben..."

„Schade", entgegnete der Antichrist, „dann muß ich auch den anderen verschonen. Denn sie hatten dasselbe vor, deshalb können sie jetzt nicht unterschiedlich bestraft werden. Doch später wird sie eine andere Strafe ereilen."

Kopossow und Pawlow vermochten nicht innezuhalten, so wie ein Mensch nicht anhalten kann, der einen steilen Berg hinabläuft; wie von einem geheimnisvollen Wind getragen, rannten, flogen sie förmlich an den sich umarmenden Verliebten vorbei durch dichtes Gestrüpp über den vom Regen aufgeweichten, glitschigen Hang hinab ins Tal bis in den friedlich zwischen den Steinen plätschernden Bach... Der unfreiwillig schnelle Lauf nahm den beiden jede Möglichkeit, ihre Körper zu beherrschen und ihre Arme und Beine nach eigenem Ermessen zu gebrauchen.

„Uff!" Ohne es eigentlich zu wollen, schlug Kopossow mit seinem Zimmermannsbeil auf einen nassen Felsbrocken. Das Beil war gut, doch der Stiel zerbrach.

Der betrunkene Pawlow bekam die Bachsteine an sämtlichen Knochen zu spüren.

„Hoppla! Verdammter Mist... Das Gras war so glatt... Der Jude hatte Glück mit dem Regen heute morgen..."

Kaum waren Kopossow und Pawlow unten im Tal angelangt, erlosch der Flammenschein auf Dans

Antlitz, und Tassja hatte wieder ihren Geliebten vor sich.

„Leb wohl", sagte sie, „ich gehe nach Hause, geh du auch... Ich lasse dich wissen, wann und wo wir uns wieder treffen können, denn hier ist es nicht mehr möglich... Mach dir keine Sorgen um mich, wir sehen uns bald."

Und sie küßten sich zum erstenmal, denn von diesem Tag an war es mit dem Höchsten in ihrer Liebe, dem Dritten, vorbei, sie liebten sich fürderhin auf menschliche Weise, mit Küssen und dem Verlangen nach Abwechslung.

Tassja kam nach Hause, ihre Mutter sah sie und wurde unruhig.

„Mama", sagte Tassja, und sie umarmte die Mutter, schmiegte ihre Wange an die der Mutter, so daß die dicken Zöpfe der beiden nebeneinander zu liegen kamen, „Mama, ich habe mich verliebt..."

„In wen denn?" fragte die fürsorgliche Mutter, aber schlaue Frau.

„In den Nachtwächter im Fischkombinat", antwortete Tassja, „der bei der alten Tschesnokowa wohnt."

„Warum beschreibst du mir den so umständlich?" sagte ihre Mutter, die Heuchlerin. „Ich habe dich doch selber zum erstenmal zu Dan Jakowlewitsch hingeführt."

„Ach Mama, er ist ja so lieb", gestand die Tochter ganz spontan und aufrichtig, womit sie ihre in denselben Mann verliebte Mutter in Eifersucht und Unmut versetzte.

„Wenn das dein Vater erfährt", drohte ihr Wera verärgert, als hätte nicht sie selbst alles so arrangiert.

„Er weiß es schon", erwiderte Tassja.

Hier horchte Wera in schon nicht mehr gespieltem Erschrecken auf.

„Seit wann?"

„Seit eben jetzt."

„Hat er dich geschlagen?"

257

„Das wollte er."

„Und du bist ihm entwischt?"

„Ja, so ungefähr", antwortete die Tochter, ein wenig rätselhaft.

Jede weitere Unklarheit in ihrem Gespräch fand jedoch dadurch ein Ende, daß die Tür mit einem Fußtritt aufgestoßen wurde und Andrej Kopossow auf der Schwelle erschien, und zwar in einem Zustand, daß die kleine Ustja bei seinem Anblick sofort zu weinen begann. Er war aber auch erschreckend anzusehen. Die Kleider von den Zweigen zerrissen, naß und lehmbeschmutzt, der Mund schief zur Seite verzerrt, die Lippen zerbissen, die Finger schlagbereit zu weißen Fäusten geballt... Wortlos warf sich Wera ihm entgegen, um ihre Tochter zu schützen, wortlos versetzte er ihr einen gewohnheitsmäßigen und daher nicht allzuheftigen Schlag mit dem Handrücken, und wortlos schlug er seine Tochter Tassja, weil ungewohnt, mit so rücksichtsloser Gewalt ins Gesicht, daß augenblicklich Blut floß... Als Wera ihre Tochter bluten sah, schrie sie gellend auf, und der unglückseligen Frau wurde klar, was sie angerichtet hatte und daß sie an allem schuld war. Für einen Moment begriff sie, was die dritte Strafe des Herrn – das wilde Tier der Begierde und des Ehebruchs – bedeutet. Und sie hörte, vielleicht ohne ihren Verstand, nur wie ein Rauschen in ihren Schläfen, Moses Verfluchung des Ehebruchs:

„Dann wird der Herr dich zum sprichwörtlichen Beispiel für einen Fluch und Schwur in deinem Volke machen. Der Herr wird deine Hüften einfallen und deinen Bauch anschwellen lassen."

Sie stürzte mit erhobenen Armen auf ihren Mann zu, vielleicht, um die Tochter zu verteidigen, selbst wenn es ihr Leben kosten sollte, vielleicht auch, um ihrem Mann vor den Augen der Kinder alles zu gestehen. Aber es war keine Gelegenheit mehr, jemanden zu verteidigen oder sich vor jemandem anzuklagen: Nachdem Andrej seine Tochter geschlagen hatte, wurde er schwach und brach auf ganz unmännliche Art schluchzend in Tränen aus, während er doch auf Wera in stets gleichbleibender Wut und ohne Reue losgegangen war. Er warf sich mit dem Gesicht nach unten auf sein Lager, Tassja setzte sich neben ihn, ein Taschentuch an die blutende Nase gepreßt, und legte ihre Hand auf seinen Kopf. Wera erkannte, daß sie hier überflüssig war, und ihre Bußfertigkeit verflog, ja, es wuchs im Gegenteil ihr Verlangen, den für sich selbst und zu ihrer eigenen Befriedigung ausgedachten Plan zu Ende zu führen.

„Komm mit nach draußen, Töchterchen", sagte sie zu der erschrockenen Ustja, „wir gehen in den Wald, an die frische Luft."

Als der Vater mit Tassja allein geblieben war, sprach er:

„Töchterchen, du bist doch mein einziges Glück, glaubst du, ich wünsche dir etwas Böses?"

Tassja erwiderte:

„Tjatja, ich weiß, du hast das nicht von dir aus getan, dich hat Pawlow aufgestachelt... Der ist ein Lump."

„Gut", entgegnete Kopossow, „Pawlow ist sicher ein Lump, obwohl er an der Front gekämpft hat, aber findest du hier keinen anderen Freund für dich, leben wir nicht in einer russischen Stadt?"

„Tjatja", antwortete darauf Tassja ganz in der Art eines siebzehnjährigen jungen Mädchens, „ich kann ohne ihn nicht leben, lieber stürze ich mich in die Wolga. Glaube mir, deiner Tochter, Tjatja, die dich liebt."

Andrej Kopossow schwieg eine Weile und sagte dann:

„Das hast du von deiner lasterhaften Mutter, die bringt uns nur Unglück... Nicht ohne Grund siehst du ihr so ähnlich."

Damit endete ihr Gespräch, das zunächst so aufrichtig und mit dem Anschein begonnen hatte, als werde es manches klären. Aber es klärte gar nichts. Wera kam mit Ustenka zurück und bereitete das Abendessen, Andrej

ging in die Ecke zu seiner Werkbank, um Pflanzenölbehälter, Backschüsseln, Butterfässer und andere Holz-
artikel herzustellen, die er zum nächsten Markttag nach
Gorki bringen wollte.

Während dieser zu erwartenden Abwesenheit ihres
Mannes gedachte Wera ihr Vorhaben zu verwirklichen.
Es war von der Art, daß sein Gelingen nicht unbedingt
wahrscheinlich schien, doch mochte sie auch nicht an
seine Unausführbarkeit glauben...

Eine Frau, die ihre Schamhaftigkeit geringschätzt,
darf keiner starken Leidenschaft verfallen, ihre Rettung
liegt in der kleinbürgerlichen Alltäglichkeit... Wera
kannte diese Wahrheit nicht, und wäre sie ihr bewußt
gewesen, sie hätte sie nicht befolgen können... Zu viele
Jahre hatte sie mit ihrem weiblichen Verlangen gelebt,
dessen Erfüllung ihr anfangs durch die von der Vernunft
diktierten Kriegsumstände und später durch die eigene
Unvernunft versagt geblieben war. Es hatte in ihr ge-
lagert wie ein starkes alkoholisches Getränk, von dem
ein einziger Schluck einen der Sinne beraubt... Das war
der Tod, das war die Geburt, das war die Ewigkeit...

Der Mensch vermag die Ewigkeit nur zu begreifen,
wenn er diese göttliche Empfindung stark erniedrigt.
Die größte Erniedrigung der Ewigkeit aber ist der
Genuß... Nur durch den Ehebruch, durch die Sinnen-
lust kann ein endliches Wesen an das Ewige rühren, und
die wechselseitige Liebe veredelt die beschämende Nichtigkeit des Menschen vor Gott... Höher als die gegenseitige Liebe kann eine erhabene Idee stehen, doch
solche Fälle sind selten und zudem nicht sehr mensch-
lich, obwohl sie mit Menschen vor sich gehen. Die Idee
der Erhaltung des Stammes veranlaßte Lots Töchter
nach dem Untergang der Stadt Sodom zum Ehebruch
mit ihrem zu diesem Zweck von ihnen betrunken
gemachten Vater. Die Idee von der Geburt des Messias
trieb Tamar zum Ehebruch mit dem Vater ihres Mannes,
mit Juda, den sie als Dirne verkleidet überlistete. Was

jedoch Wera zum Ehebruch mit dem Antichrist, dem Geliebten ihrer Tochter, verleitete, wurde der unglückseligen, unbesonnenen Frau nicht offenbar. Doch sie war, wie gesagt, in ihrer Unbesonnenheit schlau und hartnäckig. Sie wußte, daß Dan Jakowlewitsch immer gegen Mittag zu Hause weilte, wenn er sich nach seinem Nachtdienst ausgeschlafen hatte, das heißt, sie mußte nur einen Augenblick abpassen, in dem die alte Tschesnokowa und seine Tochter nicht anwesend waren. Vor allem die Tochter... Denn die Tochter eines geliebten Vaters ist selbst auf die leibliche Mutter eifersüchtig, geschweige denn auf eine Fremde. Bei Dan Jakowlewitsch lag die Sache zudem noch ganz besonders, da Ruth ein sehr empfindsames Mädchen war, das leicht erblaßte und in Ohnmacht fiel. Ihr Aussehen entsprach jedoch solchen Leiden nicht, es wirkte eher dörflich, und das war verwunderlich. Auch Wera hatte in Ruths Alter so ausgesehen und bis zu ihrem sechzehnten Lebensjahr wie eine rechte Unschuld vom Lande gelebt, ehe sie heiratete. Danach allerdings hatte sie sehr schnell alles gelernt... Diese Ruth aber brauchte, ihrem Erbleichen und ihren Ohnmachtsanfällen nach zu urteilen, trotz ihres noch kindlichen Alters von erst zehn Jahren keinerlei Belehrung. Sie war schlau, womöglich steckte weibliche Raffinesse in ihr. Aber damit hat man's leichter – man durchschaut alles schneller und kann sich besser behaupten...

Und schlau ging auch Wera zu Werke... Sie wartete ab, bis die alte Tschesnokowa und Ruth auf den Markt gingen, begleitete beide dorthin und klopfte dann an die Tür. Dan Jakowlewitsch öffnete.

„Guten Tag", sagte Wera. „Ist meine Tochter Tassja bei Ihnen?"

„Nein", antwortete der Antichrist verwirrt, „die kommt niemals hierher."

„Sie kommt nur auf den Berg, was?" sagte Wera und drehte den Schlüssel um.

Ein vorgeschobener Riegel oder allein der Anblick einer von innen versperrten Tür versetzt eine hemmungslos begehrende Frau sofort in Erregung. Und Wera erzitterte, als gelte es, in süßer Wonne ihr Leben hinzugeben. Wie aber sollte Dan, die Schlange, der Antichrist, Abkömmling eines Landes, in dem oftmals Dirnen das Wirken der Propheten bedrohten, dieses Erzittern nicht zu deuten wissen? Er, der im Jahre neunzehnhundertfünfunddreißig vor der Stadt Kertsch mit der minderjährigen Dirne Maria selbst der dritten Strafe des Herrn verfallen war? Und es sprach der Antichrist zu Wera:

„Ich gebe dir alles, was du verlangst, nur geh..."

Und Wera, die zügellose Dirne, erwiderte gepeinigten Herzens:

„Ich will nur dich... Wenn du dich mir nicht hingibst, schicke ich meine Tochter Tassja, die du liebst, weit weg von hier, und du siehst sie nie wieder... Sie wird nicht wagen, sich ihrer Mutter zu widersetzen, und mein Mann wird ihr beistehen, denn er ist ihr Vater."

Darauf sprach zu ihr der Antichrist mit den Worten des Propheten Hesekiel:

„Du warst keine gewöhnliche Dirne; denn du hast es verschmäht, dich bezahlen zu lassen. Die Ehebrecherin nimmt sich statt ihres Mannes fremde Männer. Jede Dirne bezahlt man; du aber hast all deinen Liebhabern Geschenke gegeben und sie bestochen... Bei deiner Unzucht hast du es gerade umgekehrt gemacht wie andere Frauen: Dir lief niemand nach, aber du hast Geschenke gegeben und deinen Körper schamlos entblößt bei der Unzucht mit deinen Liebhabern."

Und Wera erwiderte in seinem Ton, vergehend vor sehnsüchtiger Lüsternheit:

„Ich habe seit langem meinen Körper vor niemandem entblößt, nicht einmal vor meinem Mann, nur vor dir will ich ihn entblößen. Und mein Geschenk an dich ist nicht mit Gold und Silber geziert, es entstammt meinem

262

Blut und lebt mit meinem Blut... Es ist meine geliebte Tochter Tassja..."

Darauf sagte der Antichrist:

„Ist dir bekannt, Frau, daß Gott der Herr die einfache Dirne für eine gewöhnliche Sünde bestraft, wie sie nicht wenige Menschen begehen, daß aber deine Unzucht durch ein besonderes Gericht geahndet werden wird, welches dasselbe ist für Ehebrecherinnen wie für Mörderinnen?"

Und Wera, die russische Frau, die durch ihre überragende Meisterschaft ein gewaltiges, vorher kaum bewohntes Festland besiedelt hatte, antwortete:

„Ich nehme alles in Kauf."

Denn eine notwendigerweise erworbene hohe Meisterschaft läßt sich später nicht mehr nur auf das Notwendige beschränken, sie sucht nach Möglichkeiten, für eigene Bedürfnisse eingesetzt zu werden. Jede anderen dienende Meisterschaft strebt letzten Endes danach, auch sich selbst zu dienen, eine Meisterschaft um der Meisterschaft willen zu sein und sich selbst zu genießen. Das gilt auch für die Leistungsstärke der Frau. Wo aber eine Meisterschaft die höchste Stufe erreicht, wird sie zur Kunst, die des Dichters ebenso wie die des Zimmermanns oder des Weibes...

Dan, die Schlange, der Antichrist, betrachtete Wera.

„Weißt du, wie das Gericht des Herrn dergleichen bestraft?" sagte er. „Mit Blut, Grimm und Eifersucht."

„Ich nehme alles in Kauf", bekräftigte Wera lediglich zur Antwort, mit dem Rücken an die von innen abgeschlossene Tür gelehnt, denn ihre Beine trugen sie kaum noch.

Wieder ließ Dan, die Schlange, der Antichrist, den Blick auf ihr ruhen, und er sah vor sich die noch junge Mutter seiner Tassja, seiner Geliebten, von der er womöglich getrennt wurde, wenn er die weibliche Leidenschaft derer nicht befriedigte, die sie in ihrem Schoß ausgetragen hatte... Hier waltete schon nicht

263

mehr rein Menschliches, vieles wirkte hier zusammen, vielleicht gar auch eine Idee wie die der Tamar... der Antichrist wußte es nicht. Er erinnerte sich auch eines Wortes des Propheten Hesekiel: „Wer ein Sprichwort auf dich anwenden will, der sagt: Wie die Mutter, so die Tochter!" Seine letzte Begegnung mit Tassja hatte mit einem Kuß geendet, das heißt mit der Erniedrigung jenes Hohen, Gleichbleibenden, das zwischen ihnen gewesen war. Vielleicht würden sie sich bei ihrem nächsten Treffen mehr Abwechslung wünschen, und dann konnte die dritte Strafe des Herrn, der sich die unzüchtige Mutter unterwerfen wollte, leicht auch über deren zart-fühlende, reine Tochter kommen...

„Gut", sagte der Antichrist, „doch denke an die Worte des Herrn: ‚Ich lasse dein Verhalten auf dich selbst zurückfallen.'"

„Ich nehme alles in Kauf", gab Wera, jetzt nur noch flüsternd, zur Antwort.

Zum Anwesen der alten Tschesnokowa gehörte ein Stall, wie man ihn häufig auf solchen halb städtischen, halb dörflichen Höfen findet. Früher hatte die Tschesno-kowa dort eine Kuh und anderes Viehzeug gehalten, doch das konnte sie jetzt der hohen Steuern wegen nicht mehr, die man nach dem Krieg nicht nur für jede Kuh, sondern selbst für jedes Küken von Privaten erhob, um das Interesse am Privateigentum auszumerzen. Jetzt lag in dem Stall nur noch das übriggebliebene Stroh, außer-dem diente er als Aufbewahrungsort für allerlei Trödel, für Körbe, für das Schlosserwerkzeug des verstorbenen Hausherrn, das Fahrrad des an der Front gefallenen ältesten Sohnes sowie für heute im Hause benötigte Gerätschaften.

Ruth alias Pelageja, die angenommene Tochter des Antichrist, erklärte der alten Tschesnokowa, mit der sie unterwegs war, unversehens und überraschend für sich selbst, sie müsse nach Hause zu ihrem Vater, und als sie diesen dort nirgendwo fand, kam sie zunächst nicht auf die Idee, im Stall nach ihm zu suchen, weil sie sofort glaubte, er sei wieder auf den Berg in den Wald gegangen. Sie wußte schon seit geraumer Zeit von den Zusammenkünften ihres Vaters mit Tassja, Ustja Kopossowas älterer Schwester, doch sie schwieg und weinte nur in der Nacht leise für sich. Auch jetzt wollte sie, da augenscheinlich niemand zu Hause war, der sie in ihrem Kummer sehen konnte, in ihr Zimmer gehen, um sich dort hinzulegen und still zu weinen. Doch ein Geräusch im Stall ließ sie aufhorchen. Vorsichtig trat sie hinzu, lugte durch einen Spalt – und hier bot sich dem Mädchen der Anblick der Hölle, wie er selbst im reifen Alter selten jemand zuteil wird. Sie sah ihren Vater mit einem erschreckenden Gesichtsausdruck, umklammert von zwei hoch erhobenen nackten Frauenbeinen, die ihn zu verschlingen schienen...

In einer Ecke lag Wera auf dem Rücken im Stroh, damit es ihr erstmals seit langer Zeit wieder satter Schoß bequem habe, der gierig atmete wie die Brust in reiner Bergluft. Es war dies nicht das gewöhnliche Atmen, nicht das übliche Heben und Senken des Schoßes, das einen die gewohnte abendliche Lust empfinden läßt und das Tassjas und Ustjas Geburt bewirkt hatte. Das war wie ein Einatmen mit voller Brust in höchsten Höhen, wo die Luft so rein ist, daß sie wenig höher schon zum Leben nicht mehr ausreicht, denn das Leben bedarf unbedingt der Beimischung des Niedrigen, Einfacheren, hier oben aber war jeder Atemzug einzigartig, jedes Einatmen das erste und jedes Ausatmen eine süße Erinnerung an das soeben Geschehene... Doch je tiefer man einatmet, um so kürzer geht der Atem, schon erfolgt gar kein Ausatmen mehr, es kommt nur noch zum ewigen tiefen Einatmen wie vor dem Tode, denn das letzte Atmen im Leben ist ein Einatmen. Das Ausatmen ist nur noch ein Entweichen der Luft aus dem Leichnam.

Ruth, das in die Hölle geratene lebende Mädchen, sah die Frauenbeine schlaff, schwer, ersterbend auf das alte

Stroh sinken. Und aller Glanz erlosch. Es herrschte das Dämmerlicht des trüben Tages, nur noch undeutlich vermochte Ruth zu erkennen, wie sich im Dunkel des Stalles die Schatten ihres Vaters und der Frau bewegten; sie hörte ein Flüstern, ein leises, glückliches Frauenlachen... Und es wiederholte sich mit ihr das gleiche, was mit Annuschka Jemeljanowa, der gottlosen Märtyrerin, in dem Dorf Brussjany geschehen war, als das fremde Glück sie zu einer Freveltat verleitete. Denn schon damals auf dem Marktplatz des besetzten Dorfes Brussjany galt das Wort: Wer in seiner Not den praktischen Verstand der Kindheit bewahrt, ist zu großen Missetaten fähig. Augenblicklich ersann Ruth eine Möglichkeit, Rache zu nehmen an ihrem Vater für das, was er seiner geliebten Tochter antat, und an der Frau für das, was sie mit ihrem geliebten Vater trieb. Durch Ustja wußte sie, wo die Kopossows wohnten: ganz in der Nähe, Dershawinstraße zwei... Sie lief hin und fand Ustja, die, im Hof sitzend, Himbeeren verlas.

„Wo ist deine Schwester Tassja?" fragte Ruth alias Pelageja.

„Das geht dich nichts an", erwiderte Ustja. „Ich will mit dir nichts mehr zu tun haben, du bist eine Jüdin und hast viel Geld."

In diesem Augenblick trat Tassja in den Hof und sagte zu ihrer Schwester:

„Wer hat dir so was beigebracht? Du solltest dich schämen."

„Warum denn?" entgegnete Ustja. „Sie will ja nicht zu mir, sondern zu dir, dich sucht sie."

„Was hast du denn?" fragte Tassja die Besucherin, erschrocken über deren Aussehen, denn Ruth war sehr blaß. „Ist etwas mit deinem Vater?"

„Ja", antwortete Ruth. „Komm mit."

Außer sich vor Erregung, folgte Tassja ihr nach bis in den Hof, wo sie, alle Vorsicht vergessend – denn Dan und sie hatten vereinbart, sich nur im Wald oder an einem anderen entfernten Ort zu treffen –, sogleich auf das Haus zulief.

„Nein, nicht dorthin", sagte Ruth, und sie zeigte auf den Stall. „Sieh dir durch den Spalt an, was mein Vater mit deiner Mutter treibt."

Völlig verwirrt lugte Tassja durch den Spalt, und es bot sich ihr dasselbe Bild, das kurz zuvor Ruth erblickt hatte. Denn der Antichrist begriff ebenso wie Wera, daß dies ihr irdischer Festtag war, der sich nicht wiederholen würde, weshalb sie ihn tunlichst in die Länge zu ziehen trachteten.

Im selben Augenblick ging mit Tassja eine Veränderung vor. Verflogen war all ihre zarte Jungfräulichkeit. Es erwachte die in ihrer Leidenschaft haltlose Urmutter Eva in ihr, die Adam verführt und Kain geboren hatte und von Gott verflucht worden war, und Tassja fand sich bereit, die Sünde des Ehebruchs durch die Sünde des Neides zu bestrafen.

Sie rannte vom Hof des Hauses Dershawinstraße dreißig hinunter zum Flußhafen und setzte sich dort auf eine Bank, um ihren Vater zu erwarten, der heute vom Markt in Gorki zurückkehren mußte. Ruth aber, alias Pelageja, floh in den Wald, lief lange in der Hoffnung umher, sich zu verirren, drang tief ins Dickicht ein, bis sie am Ende irgendwo im Gebüsch entkräftet niedersank, um schluchzend den Rest ihrer Kraft aufzubrauchen.

Tassja saß indessen wie versteinert und ohne einen klaren Gedanken am Hafen und hörte gleichgültig die Stimmen der Menschen und den Schrei der gierigen kleinen, im Volksmund „Martyschki", Meerkatzen, genannten Wolgamöwen. Am Abend kam ihr Vater. Er hatte seine hölzerne Ware günstig veräußert und zwar einen Teil des Erlöses vertrunken, aber doch auch noch Mehl und Speck dafür eingekauft. Als er Tassja erblickte, freute er sich.

„Sei gegrüßt, Töchterchen... Holst du deinen Vater ab?"

„Ja", antwortete Tassja, „denn du bist jetzt für mich Vater und Mutter zugleich... Meine Mutter hat mir meine Liebe zerstört... Wie ich sie im Stall der Tschesnokowa im Stroh gesehen habe und mit wem, das wage ich dir gar nicht zu sagen..."

„Dann sag's auch nicht", erwiderte ihr Vater leise, ohne Hast, nur tiefer gebeugt unter der Last der aus Gorki mitgebrachten Lebensmittel, als hätten das Mehl und der Speck sich plötzlich in Eisen verwandelt. „Sag es mir nicht, Tochter... Laß uns nach Hause gehen."

Dort empfing Wera sie ungewöhnlich heiter, sie war sogar zärtlich zu ihrem Mann wie seit langem nicht.

„Ich habe den Ofen angeheizt", sagte sie. „Ich will Buchweizenplinsen backen."

Die Kopossows hatten einen der Öfen, die man in Rußland „russische" nennt, obgleich man sie auch anderswo vorfindet. Aber in Rußland wird vieles als „russisch" bezeichnet – da sind die Birken russisch, obwohl sie genauso überall auf der Welt wachsen, und der Himmel ist russisch, der doch in gleicher Weise auch anderenorts zu sehen ist. Jedenfalls stand bei den Kopossows ein russischer Ofen, in dem man Brot backen konnte, in dem die russische Kohlsuppe im eisernen Topf schön in der Hitze garte und die Plinsen herrlich goldbraun wurden... Andrej aß Buchweizenplinsen für sein Leben gern, doch Wera hatte lange keine gebacken, obwohl sie sich meisterlich darauf verstand.

„Du bist schon eine tüchtige Ehefrau", sagte Andrej, während er die mitgebrachten Lebensmittel abstellte, als entledige er sich einer überschweren Last. „Ich habe Weizenmehl und Buchweizenmehl eingekauft und auch schönen Speck... Back die Plinsen mit Speck aus wie die richtigen russischen. Da werden sie ganz wunderbar."

„Ja, das kann ich machen", erwiderte Wera, bemüht, ihrem Mann in jeder Weise zu Willen zu sein, und als sie an ihm vorüberging, strich sie ihm wie beiläufig mit der Hand übers Haar, als wollte sie es glattstreichen, in Wirklichkeit aber, um ihn zärtlich zu berühren.

„Wasch dich doch erst mal nach der Fahrt, Andrjuscha“, sagte sie.

„Das hab ich schon getan“, antwortete Andrej. „Aber Tassja soll mit Ustenka ein bißchen spazierengehen, bis die Plinsen fertig sind. Es ist so schönes Wetter draußen.“

„Ja, das ist wahr“, bekräftigte Wera eilig. „Geh ein Stück mit Ustenka, Tochter.“

Tassja erwiderte nichts, sie nahm Ustenka bei der Hand und ging mit ihr hinaus. Kaum war die Tür von innen verriegelt, da erwachte in Wera erstmals seit langer Zeit wieder das Verlangen nach ihrem Mann. Sie trat zu ihm, setzte sich neben ihn auf die Bank, knöpfte liebkosend seine oft gewaschene Soldatenjacke auf und schob ihre Hand unterhalb des Kragens auf seinen Körper, von dem sie ihrer weiblichen Torheit wegen seit langem geschieden war... In diesem Augenblick packte Andrej sie mit der einen Hand an der Kehle und mit der anderen am Fuß, so wie man ein Huhn ergreift, das geschlachtet werden soll, und schleppte sie zum Ofen.

„Was tust du ... warum ...“, schrie Wera erschrocken.

„Was ich tue“, erwiderte Andrej, „das weiß ich, und warum, das solltest du wissen.“

Und er schlug ihren Kopf an eine Ecke des Ofens, so daß ihr blondes Haar sogleich naß wurde von Blut; darauf traf er Anstalten, sie in den heißen Ofen zu drängen. Mit einer Hand schob er sie, mit der anderen warf er Stroh in das Feuerloch. Das Stroh flammte auf. Im selben Augenblick klopfte jemand. Gewöhnlich war das die Nachbarin, die sich Brot ausborgen wollte, sie klopfte meist ein paarmal und ging wieder weg. Aber diesmal ging sie nicht, vielmehr schlug sie mit aller Kraft an die Tür, sprengte fast den Riegel. Es war, als handle sie nicht von sich aus, sondern als habe Gott sie geschickt. Andrej kam zur Besinnung, er ließ Wera los, die stürzte blutig, mit angesengtem Haar und verbrannter Haut zur Tür, riß den Riegel zurück und rannte auf die Straße. Dort liefen ihr Tassja und Ustenka entgegen, beide in Tränen aufgelöst. Tassja hatte sich plötzlich auf halbem Weg der sonderbar leisen Stimme ihres Vaters erinnert und war eilig umgekehrt... Jetzt erschien auch Andrej auf der Schwelle. Er sah die empörten Leute ringsum, lauter Nachbarn, sah seine von ihm blutig geschlagene und verbrannte Frau Wera, umarmt von ihren weinenden Töchtern, und sprach:

„Geht ins Haus, stellt euch nicht so den Leuten zur Schau!"

„Du Unmensch!" tönte es ihm von allen Seiten entgegen. „Warum schlägst du deine Frau? Du bist wirklich unverbesserlich!"

„Geht ins Haus", wiederholte Andrej. „Ich tue es nicht wieder... Mir ist nicht gut..."

Inzwischen hatte jemand Wera ein feuchtes Handtuch gebracht und es ihr um den aufgeschlagenen Kopf gelegt. Dadurch erholte sie sich etwas, und sie blutete nicht mehr. Sie nahm ihre beiden Töchter an der Hand und führte sie zurück.

„Gib mir Brot und Salz", sagte Andrej zu ihr, „ich habe Hunger."

Wera reichte ihm das Verlangte, er setzte sich auf die Bank und aß alles auf, ein großes Stück, fast einen halben Laib.

„Jetzt gib mir Wasser", forderte er dann, „ich muß was trinken."

Sie hielt ihm eine große Schöpfkelle voll Wasser hin. Er trank sie aus, ohne abzusetzen.

„Noch mehr", sagte er.

Seine Frau reichte ihm eine zweite volle Kelle, und auch sie leerte er in einem Zug.

„Jetzt gehe ich schlafen", erklärte er und stieg auf den russischen Ofen.

Nach einer Weile hörten Wera und die Töchter ihn schnarchen.

„Legen wir uns auch hin", sagte Wera, und alle drei streckten sich auf der Ofenbank aus.

Ustenka schlief gleich ein, Wera und Tassja jedoch lagen noch lange schweigend wach. Plötzlich hörten sie Andrej stöhnen.

Ein Mensch kann auf unterschiedliche Weise stöhnen. Es gibt ein lebendiges Stöhnen, mit dem einer jemanden zu sich ruft, und es gibt ein allem Lebendigen gegenüber gleichgültiges, mit dem jemand allein zu sich selbst etwas sagt, das er anders nicht mehr sagen kann. Könnte er es, würde er es in den ihm unbekannten, nie gehörten oder gelesenen Worten eines Psalms tun:

„Ich bin müde vom Rufen, meine Kehle ist heiser, mir versagen die Augen, während ich warte auf meinen Gott."

Doch es gibt Augenblicke und Umstände, unter denen sich dies nur durch ein Stöhnen kundtun läßt. Andrej Kopossow hätte sich mit dem Psalter in der Hand nicht deutlicher ausdrücken können als durch sein Stöhnen, denn die russische Bibel ist stellenweise ungeschickt übersetzt. So lautet dort zum Beispiel der für einen Sterbenden so notwendige Psalm siebenundzwanzig, Vers vier: „Denn meine Seele ist gesättigt mit Elend, und mein Leben ist der Unterwelt nahe", während es im Original heißt: „Denn meine Seele ist gesättigt mit Leid, mein Leben ist dem Totenreich nahe."

Leben und Sterben des Andrej Kopossow aus der Stadt Bor im Bezirk Gorki, dem ehemaligen Gouvernement Nishegorod, bestätigen die Ungenauigkeit der russischen Bibelübersetzung an der genannten Stelle. Zwischen einer mit Elend und einer mit Leid gesättigten Seele besteht ein großer Unterschied. Aus dem Elend kann man ungerechterweise auch zur Hölle fahren, das Leid führt in jedem Falle ins Totenreich... Doch zum Glück bedarf ein Todesstöhnen keiner Übersetzung.

„Sieh mal nach deinem Vater", sagte Wera.

„Ich kann nicht, ich habe Angst", erwiderte Tassja, und sie verspürte plötzlich einen solchen Schmerz im Leib, daß sie erzitterte wie im Schüttelfrost.

Da erhob sich Wera. Sie lüftete den Vorhang und sah ihren Mann auf der Seite liegen. Seine weit offenen Augen blickten ungewöhnlich starr und fremd.

„Liegst du nicht gut, Andrej?" fragte Wera.

Er antwortete nicht, sondern schaute nur immer seltsam angestrengt in eine Zimmerecke, wo sich das erste schwache Licht der Morgendämmerung andeutete. Wera versuchte ihn umzudrehen, damit er bequemer auf dem Rücken zu liegen käme, und im selben Augenblick starb er. Aber Wera merkte es nicht sofort. Auch als seine große Zunge herausquoll wie eine mächtige Woge, die erstaunlicherweise im Mund eines Menschen Platz gefunden hatte, und unmittelbar darauf wie von einer Feder gezogen wieder zurückglitt und verschwand, begriff sie noch nichts. Erst als sich seine Beine ganz von selbst streckten und seine Augen sich schlossen, erkannte sie, was geschehen war, und sie beweinte ihren toten Mann, zu seinem Haupt sitzend.

Die kleine Ustja erwachte und weinte ebenfalls, nicht über den Tod des Vaters, von dem sie noch nichts ahnte, sondern weil sie ihre Mutter weinen sah. Denn jedesmal, wenn der Tjatja die Mama schlug und diese in Tränen ausbrach, weinte Ustja sogleich mit. Tassja aber war durch die Leibschmerzen, welche die wie im Schüttelfrost Zitternde quälten, daran gehindert, sich ihrem Vater in den ersten Minuten nach dessen Hinscheiden zu nähern. Sie weilte in diesem Augenblick draußen in der nächtlichen Kühle...

Es schien, als nehme die schreckliche Nacht kein Ende, doch auch sie ging vorüber. Am Morgen nahm schon alles den üblichen Gang. Ustenka wurde zu Nachbarn gegeben, Wera und Tassja wuschen Andrejs Leichnam im Waschtrog. Tassja sah ihren Vater zum erstenmal in ihrem Leben nackt, und es überkam sie neben ihrer Trauer als Tochter ein unangenehmes Gefühl der Scham. Auch Wera hatte ihren Mann lange nicht unbekleidet gesehen, doch sie empfand neben der Trauer als Ehefrau eher ein Gruseln und Widerwillen. Als sie darangingen, ihn anzuziehen, fanden sie keine heilen Socken, weil er all sein Geld vertrunken und sein Äußeres sehr vernachlässigt hatte. Wera mußte ihr einziges Paar gute Seidenstrümpfe abschneiden, damit sie wie Socken aussahen, und sie ihrem Mann über die Füße streifen. Doch sobald Andrej Kopossow in seinem Sonntagsanzug im Sarg lag, war er für seine Frau und seine Töchter nur noch der verstorbene liebe Angehörige, dem man, heidnischen abergläubischen Vorstellungen folgend, nichts Schlechtes, sondern nur Gutes nachsagt, dessen Namen man in Ehren hält, dessen heiliges Andenken einem in der Not ein Trost ist und dessen zerfallendem, verwesendem Leib manch eine Frau eher die Treue wahrt als zu Lebzeiten ihrem saft- und kraftvollen Ehemann. Wera wußte, daß sie diesem dem Vermodern anheimgegebenen Körper jetzt bis an ihr Ende treu sein würde, und Tassja wußte, daß sie nach dem Ableben des Vaters bereit war, seinen Wünschen nachzukommen, was sie vordem nicht getan hatte. Nicht mit dem Juden würde sie die Sippe der Kopossows fortpflanzen, sondern als rechtschaffenes Geschlecht von Wolgaanwohnern mit dem Kraftfahrer der zweiten Kategorie Wessjolow, einem Sohn der Sergejewna, einer der greisen Wachpostenfrauen. Zwei Söhne würde sie gebären – Andrej Wessjolow und Warfolomej Wessjolow... Aber so weit sah sie natürlich in diesem Augenblick noch nicht, sie kannte nicht einmal ihren künftigen Familiennamen, doch daß es ein russischer sein würde, das wußte sie...

Mit den Trauergästen, die sich bei dem Toten einfanden – es kam fast die ganze Dershawinstraße außer der alten Tschesnokowa aus der Nummer dreißig, der Altgläubigen –, erschien überraschend auch Pawlow, natürlich betrunken. Er trat an den offenen Sarg, setzte sich daneben, betrachtete Andrej eine Weile und faßte ihn bei der Hand.

„Andrjuscha, was machst du für Sachen, alter Front-kämpfer... Komm mit, wir gehen einen trinken..." Der Verstorbene lag stumm wie in Stein gemeißelt. Pawlow ließ die leblose Hand los, und sie fiel wieder auf die tote Brust. „Ich gehe", sagte Pawlow, „sonst fange ich noch an zu heulen." Und er verließ den Raum.

Indessen verkündeten die Wächterinnen der Nation, die alten Weiber auf den Bänken:

„In der Nummer zwei, bei den Kopossows, ist der Hausvater gestorben. Dahin hat ihn seine liederliche Frau gebracht... Und der Jude in der dreißig vermißt seine Tochter, sie suchen schon zwei Tage nach ihr. Der Jude ist ganz verrückt, weil seine Tochter sicherlich in der Wolga ertrunken ist."

Und die Sergejewna fügte hinzu:

„Von mir aus könnten die alle verrückt werden und in der Wolga ertrinken."

Ihr Sohn Sergej Wessjolow, künftiger Erhalter der Sippe Kopossow, wovon er allerdings noch nichts ahnte, lachte über diese Äußerung seiner Mutter und sagte:

„Mutter, wenn die alle in der Wolga ertränken, würden von ihrem Geruch ja die Fische eingehen. Ich glaube, die Jüdin ist nicht in der Wolga ertrunken, sie hat sich im Wald verirrt. Dort ist sie zum letztenmal gesehen worden."

„Na schön", erwiderte die Sergejewna, „auch gut. Aus dem Wald kommt keiner mehr raus, der dort nicht Bescheid weiß, und tiefer drin im Dickicht kann einer leicht von einem Bären zerrissen werden, oder ein Betrunkener überfällt einen... Das ist schon nicht schlecht."

Der Antichrist suchte in der Tat schon den zweiten Tag wie von Sinnen nach seiner Tochter, denn er verfügt nicht über die Gabe, alles zu wissen, er weiß nur, was

Gott der Herr ihm zur Kenntnis zu geben wünscht. Daher wußte er nicht, wo Ruth sich befand, doch er kannte den Grund ihres Verschwindens und litt unsäglich mit der religiösen Leidenschaft eines jüdischen Vaters, der sein Kind über die Maßen liebt. Auch die gute alte Tschesnokowa machte sich Sorgen, aber ihre Anteilnahme war von russischer Art, das heißt, ihr wohnte zugleich das unbewußte Gefühl eines unermeßlichen Raumes und Volkes inne. Wieviel davon auch verloren geht, es bleibt immer genug.

„Da kann man nichts machen, mein Guter", sagte sie. „Gott hat's gegeben, Gott hat's genommen."

Wo aber jede Seele und jeder Fußbreit Land zählen, da ist der Kummer über einen Verlust grenzenlos... Und der jüdische Vater, der Antichrist, der Abgesandte Gottes, mochte in seinem Gram nicht an eine göttliche Fügung glauben. Und er sprach mit dem Propheten Jeremia den Gedanken aus, dem Hiob, der Gerechte, sein ganzes Schicksal weihte und auf dessen vulgärer Deutung die Gottlosigkeit fußt:

„Du bleibst im Recht, Herr, wenn ich mit dir streite; dennoch muß ich mit dir rechten. Warum haben die Frevler Erfolg, weshalb können alle Abtrünnigen sorglos sein?"

Und der Herr antwortete dem Antichrist, dessen Adoptivtochter verschwunden war, durch den Propheten Jesaja dasselbe, was dieser, der Antichrist, seinerzeit Maria nach dem Verlust ihres Bruders Wassja geantwortet hatte:

„Ich wäre zu erreichen gewesen für die, die nicht nach mir fragten, ich wäre zu finden gewesen für die, die nicht nach mir suchten. Ich sagte zu einem Volk, das meinen Namen nicht anrief: Hier bin ich, hier bin ich."

Der Antichrist wußte das und verstand es, aber er hatte es in seiner Not vergessen. Wer nicht erwählt hat, sondern gewählt wurde, kann dem Herrn keine Fragen stellen. Er muß sie sich selbst stellen und die Antworten des Herrn abwarten.

Wieder ging er in den Wald, bis tief in dessen Inneres, obwohl er gerade erst zurückgekehrt war, durchnäßt von dem feuchten Dickicht. Und je weiter er sich von den Wohnstätten der Menschen entfernte, um so heftiger packte ihn die Trübsal und um so mehr verlangte es ihn danach, in Einsamkeit zu trauern gleich einem wilden Tier, das sich versteckt, um zu verenden, denn dieses ernste Ereignis muß sich ohne die Nichtigkeiten vollziehen, aus denen der Alltag besteht. Es ist gut, unter seinesgleichen zu leben, und es ist gut, fern von seinesgleichen zu sterben... Der Antichrist begriff, daß er nicht zum Verfluchen vom Herrn hierhergeschickt war, sondern um selbst die Verfluchung zu erfahren. Nur Gott kann verfluchen, ohne selbst verflucht zu sein.

Dan, die Schlange, der Antichrist, setzte sich auf einen moosbewachsenen modernden Baumstumpf und stützte den Kopf in beide Hände. Zur selben Zeit befand sich seine Tochter Ruth alias Pelageja gar nicht weit von ihm entfernt, nur etwa zehn Minuten zu Fuß durch einen Windbruch und dorniges, spinnwebenbehangenes Buschwerk. Den dritten Tag irrte sie im Wald umher, ernährte sich von Beeren und Blättern, trank aus Waldtümpeln und schlief zusammengekauert an Baumstämmen. Ihre lauten Klagerufe hatten ihr schon fast die Stimme genommen, ihr Kleid war von den Zweigen zerfetzt... Auf einer sonnenbeschienenen Lichtung angelangt, hatte sie sich zu kurzer Rast niedergelegt und war vor Erschöpfung eingeschlafen. Sie schlief fest und wurde im Traum der Wirklichkeit weit entrückt, wie weit, das erkannte sie, als sie erwachte. Noch tief schlafend fand Pawlow sie, einer der Betrunkenen, die im Wald Mädchen überfallen, insonderheit dieses jüdische, wie sich die alte Sergejewna erhoffte.

Er hatte sich nach Andrej Kopossows Beerdigung zu dessen Gedenken betrunken und Tränen vergossen, jedoch keine seiner Frauen aufgesucht, so daß seine männlichen Gelüste beträchtlich angewachsen waren. Volltrunken hatte man ihn von der auf seine Weise vollzogenen Totenehrung weggetragen, nur wenig ernüchtert war er danach mit seinem Gewehr in den Wald gegangen und durch ihm selbst unbekanntes Dickicht gestrichen. Und wie ein Dürstender in der Wüste eine Fata Morgana erblickt, so hatte er plötzlich das schlafende, völlig wehrlose Mädchen vor sich gesehen...

Er betrachtete Ruths über ihr Alter hinaus entwickelte, kräftige bloße Beine, ihre kindlich frische, feste, gerade erst aufkeimende Brust. Die Erschöpfung und die in den Tagen und Nächten im Wald durchlebte Angst im Verein mit der Ruhe des reinen Schlummers verliehen Ruths Antlitz in dieser Waldabgeschiedenheit einen Ausdruck innigen Vertrauens zu Mensch und Tier, der ungemein verlockte... Mit einem unartikulierten dumpfen Laut stürzte Pawlow auf sie los, und als er sich niederbeugte, schlug sie die Augen auf. Wenn Pawlow doch bloß bei Sinnen gewesen wäre, wenn er sich doch der Augenblicke erinnert hätte, in denen er selbst an einem Zaun in Einsamkeit und Stille erwacht war und auf das einzig ihm geltende Wort gewartet hatte, das ihn in dieser Welt suchte! Aber Pawlow fand dieses Wort nicht, er freute sich sogar über das Erwachen der Jüdin, und der Vergewaltiger verfiel in einen trunkenen Haß angesichts der Schwäche derer, die er haßte.

„Warte, jetzt zerstöre ich dir dein Vorderteil, Sarotschka!" schrie er wie im Rausch. „Ich mache eine Frau aus dir! Asochen wej...*" Wie jeder Slawe kannte er in seiner ungezügelten Leidenschaft zwei, drei angelernte jiddische Ausdrücke, überwiegend traurige, die ihm besonders komisch vorkamen und die in seiner slawischen Aussprache tatsächlich sehr komisch klangen. „Asochen wej", wiederholte er, als er plötzlich in seinem Rücken heißen, feuchten Atemhauch spürte...

* Jiddisch: A solchen Weh.

Hinter ihm standen zwei Bären, die aus dem Waldesdickicht hervorgekommen waren wie weiland bei Bet-El
die beiden biblischen Bären, welche auf den Ruf des
Propheten Elisa hin die ihn verspottenden bösen Kinder
bestraften. Pawlow trug zwar sein Gewehr über der
Schulter, aber das taugte nicht viel, außerdem waren die
Bären schon ganz nahe. Ein gräßlicher Gedanke, daß sie
ihm womöglich die Rippen eindrückten oder ihn gar
zerfleischten! Pawlow brach in Tränen aus. Er rührte
weder Hand noch Fuß, sondern stand nur da und weinte
wie ein gekränktes Kind.

„Ich will leben!" greinte er, ohne selbst zu wissen, zu
wem er das sagte, zu dem Mädchen, das er beinahe
vergewaltigt hätte, oder zu den unverständigen wilden
Geschöpfen.

Die beiden Bären beschnüffelten ihn, fanden aber
offensichtlich keinen Geschmack an ihm. Sie bespuckten
ihn lediglich, zuerst der eine, dann der andere, und
verschmierten sein kriegerisches Seemannsgesicht mit
ihrem klebrigen Speichel. Dann beschnüffelten sie auch
Ruth, leckten ihr die Hände und trotteten zurück in das
Waldesdickicht. Kaum waren sie weg, da verlor Pawlow
die Standfestigkeit, die ihm die Angst verliehen hatte.
Er stürzte auf der Stelle zu Boden und blieb ausgestreckt
liegen. In der Tat fast gelähmt und der Sprache beraubt,
kroch er danach einen Tag und eine Nacht lang durch
den Wald hin zu den Menschen und ins Leben. Um
neunzehn Uhr des folgenden Tages erreichte er eine
Straße, und da es zu seinem Glück in dieser Gegend
nicht schwer war, einem russischen Menschen zu begegnen, konnte er sich verständlich machen und bitten, ihn
zu Alexandra Iwanowna, der fünfzigjährigen Witwe, zu
bringen. Denn die Gabe der Rede gewann er allmählich
zurück, seine männlichen Triebe aber waren für immer
versiegt.

Alexandra Iwanowna, die Mitarbeiterin im Nahrungs-
mittelhandel, war jedoch bereit, ihn in jeglichem

Zustand aufzunehmen, da sie ihn als einzige seiner Frauen liebte. Sie fuhr ihn fortan täglich in einem Versehrtenrollstuhl an die frische Luft, wobei sie allen Bekannten erklärte:

„Die alten Wunden aus dem Krieg machen ihm zu schaffen... Sie haben Stjopa umgeworfen..."

Ruth aber gelangte durch das Zeichen, bei dem Pawlow, der sie schänden wollte, seine Männlichkeit eingebüßt hatte, zu der Gewißheit, daß sie die in dem Dorf Brussjany nahe der Stadt Rshew geborene Prophetin Pelageja war. Sie erinnerte sich, daß ihr dies in dem von Pawlow unterbrochenen Traum offenbart wurde. Wie Elisa den Geist des Propheten Elija empfing, so erlangte Pelageja den Geist durch ihren Vater, den Antichrist. Und Pawlow hatte dies befördert. Also war auch Pawlow nicht vergebens von Gott erschaffen.

Pelageja machte sich auf und entdeckte alsbald ihren Vater, der verzagt auf dem modernden Baumstumpf saß. Und sie sprach:

„Da bin ich."

Der Antichrist stürzte auf seine lebend und unversehrt vor ihm stehende Tochter zu, und beide umarmten sich froh.

Der Prophet Jona befreite, nachdem er drei Tage im Bauch des Walfisches verbracht hatte, durch die angedrohte Verfluchung die Stadt Ninive von der Sünde. So wurde auch der Antichrist durch die angedrohte Strafe seiner Sünde ledig. Und es sagte Dau, die Schlange, der Antichrist:

„Der Herr hat mir verziehen."

Und seine Tochter, die Prophetin Pelageja, antwortete ihrem Vater:

„Meine Stärke und mein Lied ist der Herr."

Sie wußte jetzt, wer ihr Vater war, aber ihr Vater wußte nicht, wer seine Tochter war, und er glaubte, Ruth habe die Worte der Propheten von der alten Tschesnokowa, der Altgläubigen, gelernt. Und Dan, die Schlange, der Antichrist, sagte zu ihr:

„Ruth, du bist in dieser Gegend aufgewachsen, doch wir müssen sie jetzt verlassen."

„Das macht nichts", erwiderte die Prophetin Pelageja, „wo du bist, dort ist meine Heimat."

Darüber freute sich der Antichrist, denn Gott der Herr schickte ihn bereits zu seinem nächsten Bestimmungsort: In der Stadt Witebsk sollte am neunundzwanzigsten September neunzehnhundertneunundvierzig Alexander Semjonowitsch Kucharenko, geboren neunzehnhundertzwölf, als gefährlicher Feind der Sowjetmacht abgeurteilt und in die Arbeits- und Besserungslager von Burepolomsk eingewiesen werden. Damit beginnt das folgende Gleichnis.

IV

Es gibt eine ewige, sozusagen fundamentale russische Frage, die da lautet: Wer verdirbt Rußland? Stellt diese Frage ein Russe, dann sieht er sich dabei sogleich nach allen Seiten um, sofern er nicht ein russischer Literat ist natürlich. Ein solch doppelt wertvoller Russe, das heißt ein russischer Mensch und obendrein russischer Literat, wird sich bei der Frage „Wer verdirbt Rußland?" nicht nach allen Seiten umsehen, sondern konzentriert auf das mit Wein begossene Tischtuch starren, als suche er dort die Lösung dieses alten russischen Rätsels.

Unter Wladimir dem Täufer stand der heidnische russische Mensch an der Schwelle des Muselmanentums. Wenig fehlte, und es gäbe heute in Rußland steinerne und hölzerne Moscheen, Mikula Seljaninowitsch hätte einen Turban getragen und Jaroslawna eine Parandsha*, und es würden keine schicksalsträchtigen Fragen gestellt werden, wie sie so sehr dem Christentum eigen sind. Doch Wladimir rief im letzten Augenblick, entgegen der Meinung des Großteils seiner Adligen und des ganzen Volkes, seine Abgesandten aus Charesm zurück und schickte sie nach Byzanz. So wurde – nach dem Willen des Zufalls – der Welt statt eines russischen Muselmanentums ein russisches Christentum beschert. Aber hat denn Rußland überhaupt eine dementsprechende christliche Geographie? Im Osten verläuft es vom Ural zum Altai in Asien, im Süden tritt von der Türkei und dem Balkan her Asien heran, und die Wolga, diese nationale Reliquie, fließt nach Asien ...

---

* Weites Gewand der Mohammedanerin mit Gesichtsschleier.

Und wie sieht denn das Antlitz des jungen Rußland aus
– doch nicht besinnlich nördlich oder heiligenbildartig ...
Ein runder Schädel, dunkelblond im Osten, schwarz-
haarig im Süden, schmale Augen, hell im Osten, dunkel im
Süden, und darunter hartnäckig hervordrängende hand-
feste asiatische Jochbeine. Seit dreihundert, vierhundert
Jahren schon liegt in diesem backenknochigen Rußland die
nationale Staatsidee. Geht man allerdings zu den Quellen
zurück, in die Zeit noch vor dieser Geographie, als die
von der Donau verdrängten Ostslawen sich am Dnepr
niederließen, so sagte nach einem Blick in deren unstete
Nomadenaugen schon damals ein arabischer reisender
Kaufmann: „Wenn dieses Volk auf Pferden zu reiten lernt,
wird es zu einer Geißel für die Menschheit." Prophetische
Worte, klar und durchaus nicht rätselhaft. Das tief-
gründigste Rätsel ist jenes, das gar kein Rätsel ist. Der
tiefste Brunnen ist der gar nicht gegrabene. Die Kultur
verbindet Rußland mit Europa, die Zivilisation mit Asien.
Das ist ein Problem, doch kein Rätsel. Das Problem gilt es
in schwerer geistiger Anstrengung zu lösen, die aus der
dynamischen nationalen Idee zu gewinnen ist. Das Rätsel
muß nicht gelöst werden. Über das Rätsel kann man nach-
sinnen und dabei in dem für den Russen so wonnevollen
Zustand verharren, den Gogol in den „Toten Seelen"
beschreibt: „Du denkst an nichts, und die Gedanken
kriechen dir von selber in den Kopf." Ganz gewiß hat sich
in eben einem solchen Zustand auch die schicksalsträch-
tige, bis auf den heutigen Tag nicht beantwortete Frage
eingestellt: Wer verdirbt Rußland? Sie ist nicht durch
Gedankenarbeit entstanden, sondern von selbst in den
Kopf gekrochen ...
Man gewinnt allerdings den Eindruck, als sei die
Antwort mit Hilfe weiser Sachkundiger aus dem Volk und
äußerst nationaler Intelligenz bereits gefunden. Wer Ruß-
land verdirbt, scheint klar. Nur zu deutlich kommt einem
die Antwort ganz von selber in den Kopf ... Doch wer
begünstigt sie? Wieder eine Frage ... Ach, und so lebt der

Russe, der von alters her durch Not und Leid ans Grübeln gewohnte Rechtgläubige, mit diesen Fragen.

Rette uns! gellt es ihm in den Ohren.

Aber wie? stöhnt er gequält und müde.

Das ist doch klar – schlag sie!

Der russische Mensch mag noch so müde sein, zum Zuschlagen findet er immer die Kraft.

Wen denn? Die?

Die sowieso. Und die auch ...

Für die wird Gott mir vergeben, aber die anderen sind unsere Leute ... Wie heißt es doch in jenem Gassenhauer:

> Komm heraus, komm heraus, du Bürschchen,
> schau in die weiße Welt!
> Eine Menge Volks steht dort versammelt,
> mittendrin deine Mutter, dein Vater.
> Sage uns, sage, du Bürschchen,
> wie viele Seelen hast du vernichtet?
> Achtzehn Rechtgläubige
> und zweihundertsiebzig Juden!
> Die Juden seien dir verziehen,
> doch die Russen nimmermehr ...

Die Russen verzeihen wir dir auch ... Seht doch hin, Rußland ist voll von Russen, ein unermeßliches Volk. Wieviel man da auch abschöpft, es wird nicht weniger. Die russische Frau hat ganze Arbeit geleistet und das Land besiedelt. Das Abgeschöpfte ist gar nicht zu sehen – zu weit sind die Räume.

Vielleicht denkt die russische Jugend oder eine künftige, noch gar nicht geborene Generation, wenn sie die schlimmen Erinnerungen von Augenzeugen liest: Ach, wie furchtbar war doch damals das russische Leben! Wie konnten die Menschen dabei nur existieren? – Nichts war furchtbar, die Mehrheit lebte ganz normal, froh sogar und im Glauben an die Gerechtigkeit, begünstigt auch durch das russische Klima. Die Hitze nimmt nie überhand, und bei übermäßiger Kälte wärmt man sich durch

Beifallklatschen. Neunzehnhundertsiebenunddreißig zum Beispiel war ein herrlicher Frühling, alles erblühte zeitig, und das Volk erholte sich von den Schrecken der Kollektivierung, und neunzehnhundertneunundvierzig fand mit dem beginnenden Sommer die Nachkriegshungerzeit ihr Ende. Schlecht ging es nur einer erdrückenden Minderheit, die man an den Fingern abzählen konnte, wenn man jeden Finger für eine Million nahm. Doch Rußland ist nicht das enge Europa. Hier ist es nicht üblich, das Volk an den Fingern abzuzählen. Hier lebt man von alters her der übrigen Welt zum Neid. Doch noch kann man den russischen Menschen nicht in allem beneiden. Wie kommt das? Weil die Verderber am Werke sind. Sie arbeiten zum Schaden Rußlands ... Und wo stecken sie?

Wieder stehen wir vor der alten Frage: Wer verdirbt Rußland? Auch wenn wir uns nach allen Seiten umsehen oder, die Wange in die Hand gestützt, auf das weinbefleckte Tischtuch starren ... Die Straforgane versuchen dieses alte nationale Rätsel auf ihre Weise zu lösen.

Und es geriet unter die Verderber Rußlands auch Kucharenko, Alexander Semjonowitsch, Beauftragter der Getreidebeschaffungsstelle im Bezirk Witebsk, so geschehen im Sommer neunzehnhundertneunundvierzig.

Dies ist nicht meine Angelegenheit, dachte Gott der Herr, hier ist ja wohl niemand mit meinem Fluch zu belegen. Die verfluchen sich selber, was selbst für den endlichen menschlichen Verstand unschwer zu erkennen ist.

Aber der Mensch leidet an einer Krankheit: Was er nicht begreifen kann, das sucht er zu ergründen, und was er begreifen könnte, das will er nicht verstehen ... Diese geistige Krankheit erwächst dem sündigen Menschen aus der vierten Strafe.

„Ich werde Krankheit und Pestilenz vor allem anderen auf sie legen", entschied der Herr. „Ein Pestgeschwür benagt den Geist ebenso wie die Seele und den Körper."

So wurde der Antichrist als Abgesandter Gottes einbezogen in das Gleichnis von der Krankheit des Geistes.

Das Gleichnis
von der Krankheit des Geistes

Alexander Semjonowitsch Kucharenko war der Nationalität nach Weißrusse, das heißt, er gehörte zum dritten Brudervolk unter den russischen Menschen. Bei jeder Aufzählung nach Nationalitäten liegt die Reihenfolge bis drei in der slawischen Rangordnung fest; wie es weitergeht, ist schon nicht mehr so sicher. Manchmal sind die vierten die Georgier, manchmal die Usbeken, die Moldawier oder gar die Kosaken, mitunter werden die Georgier auch als sechste nach den Esten genannt und die Kosaken als siebente vor den Moldawiern... Vom vierten Platz an geht's also nach Gutdünken, doch die ersten drei slawischen Plätze stehen fest. Der Dritte unter den russischen Menschen ist der Weißrusse gleich hinter dem Ukrainer. Das ist nicht schlecht, wenn man bedenkt, daß der Weißrusse seit Urzeiten auf unfruchtbarem Boden lebt... Im neunzehnten Jahrhundert schrieb einer der bekannten Ankläger des Absolutismus: „Mit unseren Dorfbewohnern um Orjol ist es so weit gekommen, daß sie Bettler sind wie die Weißrussen." Das Prinzip der Gleichheit hat ja nicht vom Westen her bei uns Eingang gefunden, es entstammt nur scheinbar den Losungen der Französischen Revolution, sondern gehört vielmehr zu den Wurzeln des russischen Nationalbewußtseins. „Entweder es geht allen gut oder allen schlecht – das ist Gerechtigkeit."

Es lebten in der Stadt Witebsk zwei Familien in verantwortlicher Position: die Kucharenkos und die Jarnutowskis. Die Familie Kucharenko war glücklich, doch in der Familie Jarnutowski stimmte es nicht so recht.

Sascha und Waljuscha Kucharenko hatten sich in den weißrussischen Partisanenwäldern kennengelernt, wo entgegen den Instruktionen und als große Ausnahme ihre Tochter Ninotschka geboren wurde; ihr Sohn Mischenka erblickte schon im befreiten Witebsk das Licht der Welt. In der Nachkriegszeit bestand die Administration Weißrußlands größtenteils aus ehemaligen Partisanen. Diese einflußreichen Personen waren bestrebt, die leitenden Posten mit ihren Leuten zu besetzen, das heißt mit am Leben gebliebenen Kämpfern. So geriet auch Kolja Jarnutowski, ehedem für Sprengungen zuständig, in eine Führungsposition. Er heiratete Swetlana, die Sekretärin im Staatsanwaltsbüro der Stadt. Es war eine Liebesheirat, und doch verlief das Leben der beiden nicht in den rechten Bahnen, obwohl sie fleißig arbeiteten und sich nichts zuschulden kommen ließen. Laut Eintragung im Standesamt wurden ihnen zwei Kinder geboren. So hätten sie durchaus nicht spüren müssen, daß sie etwas entbehrten, wäre da nicht die glückliche Familie Kucharenko gewesen... Zwar wußten sie nicht, worin deren Glück eigentlich bestand, doch daß Sascha und Waljuscha glücklich waren, das wußten sie. In der Tat, worin äußerte sich das? Darin, daß am Haus der Kucharenkos große gelbe Blumen wuchsen? Daß Sascha Kucharenko an arbeitsfreien Tagen gern in einem orangefarbenen Seidenhemd mit dem Fahrrad ausfuhr, seine Tochter Ninotschka vor sich? Daß Waljuscha im Sommer eine weiße Bluse, einen grauen Rock und ein weißes Kopftuch trug und im Winter chromlederne Stiefel und eine Jacke mit graubraunem Pelzkragen? Daß die Kucharenkos die Mehlklößchensuppe mit bunten Holzlöffeln aßen? Swetlana versuchte dies alles nachzuahmen, sie lernte sogar die weißrussischen Kartoffelpiroggen besser zuzubereiten als Waljuscha. Dennoch stellte sich das Glück nicht ein, das Kucharenko seiner Umgebung demonstrierte. Bei alledem lebten beide Familien in gleichen materiellen

286

Verhältnissen, recht guten für die Zeit nach dem Krieg im zerstörten und abgebrannten Weißrußland. Und beide arbeiteten gleichermaßen daran, diese Kriegsauswirkungen zu überwinden.

Der Weißrusse liebt seit Urzeiten sein armes Mütterchen Weißrußland ebenso wie der Ukrainer seine reiche großbäuerliche Mutter Ukraine und der Russe seine breitschultrige kräftige Gebärerin. Doch er hat es stets weniger nach außen spürbar geliebt, eher kühl, auf polnisch-litauische Weise, wenn auch ohne die polnische Farbigkeit... Dem weißrussischen Nationalgefühl sind weder das ukrainische beklemmende Leid noch das russische rauflustige Übermaß noch die polnische katholische Theatralität eigen. Das nimmt auch nicht wunder. Der Boden ist zum großen Teil sumpfiges Flachland, bedeckt von dichten Wäldern und durchschnitten von im Frühling weit über die Ufer tretenden Flußläufen. Die Erde trägt wenig Früchte; die Sümpfe und Moore, das Hochwasser im Frühjahr und der undurchdringliche Morast im Herbst erschwerten vor allem in früheren Zeiten den Verkehr der Bewohner miteinander... Eine einheitliche Idee, wie sie für ein Nationalitätsempfinden unumgänglich ist, kam hier nie so deutlich zum Ausdruck, sie wurde vielfach durch die nicht sehr zahlreiche Intelligenz aus polnisch-litauischem Munde übernommen, anstatt im Volke heranzureifen, das an abgelegenen Orten, wie zum Beispiel in den Sümpfen von Pinsk, recht lange zwar kein Nationalbewußtsein, aber doch ein Stammesbewußtsein wahrte. Weder die hochnäsigen griechisch-römischen Aufklärer noch die grausamen mongolischen Eroberer zeigten ein sonderliches Interesse an den kargen Sümpfen. Stattdessen erlebten diese eine Invasion heimatloser Juden, die aus üppigeren Landstrichen durch Nationen hierher verdrängt wurden, welche das Gesetz Darwins lange vor dessen Formulierung begriffen hatten. Diese eigenartige jüdische Expansion nicht mit dem Schwert, sondern mit dem Zwerchsack, bei der Heimatlose zu Bettlern kamen, förderte auch das Entstehen einer wahrhaft einmütigen nationalen Idee, die dank des polnisch-litauischen Kuratels rasch die weltweite Norm erreichte. Darüber hinaus ist der Nationalismus Weißrußlands jedoch wenig bekannt geworden und in einer unerlaubten antirussischen Richtung kaum jemals ernsthaft entwickelt gewesen. Deshalb hat es Verhaftungen wegen nationalistischer Umtriebe in Weißrußland weitaus seltener gegeben als in der Ukraine. Doch es gab sie, und eben sie zerstörten die glückliche Familie Kucharenko ebenso wie die unglückliche Familie Jarnutowski.

Wenn man Kucharenko, den Beauftragten der Getreidebeschaffung, ins Gefängnis steckte, so konnte es sich eigentlich nur um ein landwirtschaftliches Problem handeln. Doch sein Verbrechen war kultureller Art. Er hatte in einem Dorf ein altes Buch des Dichters Buratschok-Bahuschewitsch unter dem Titel „Die weißrussische Schalmei" entdeckt. Darin stand zu lesen, daß das Weißrussische eine ebenso menschenwürdige und salonfähige Sprache sei wie die französische, die deutsche oder irgendeine andere. „Dürfen wir denn nur in einer fremden Sprache lesen und schreiben?" hieß es dort. Kucharenko ging mit dem Buch zum Pädagogischen Institut der Stadt, wo ihm der Lehrstuhlleiter Dozent Bahdanowitsch erklärte, daß Buratschok-Bahuschewitsch der Begründer der modernen weißrussischen Poesie sei. Neben ihm, so erfuhr der Beauftragte der Getreidebeschaffungsstelle im Bezirk Witebsk weiter, förderte das Wiedererstehen einer weißrussischen Kultur auch Janka Lutschyna durch seine achtzehnhundertneunundachtzig veröffentlichten weißrussischen Gedichte und den Sammelband „Das Reisigbündel". Der Dozent Bahdanowitsch war, wie sich herausstellte, ein entfernter Verwandter des gleichnamigen vorrevolutionären Dichters; er griff das Interesse des zu der hochangesehenen Schicht der ehemaligen Partisanen gehörenden Leitungskaders an der weißrussischen nationalen Idee mit Freuden auf und regte an, doch mal eine entsprechende Ausstellung zu arrangieren.

Alexander Semjonowitsch Kucharenko hegte in der Tat eine große Neigung für alles Weißrussische, er schätzte weißrussische Speisen ebenso wie weißrussischen Gesang. Und von den heimischen Liedern oder den Nationalgerichten bis zur Nationalkultur ist es nicht weit. Die Kultur aber war im Jahre neunzehnhundertneunundvierzig ein höchst gefährliches Betätigungsfeld, ebenso wie im Jahre neunzehnhundertzweiundvierzig jede subversive Unternehmung. Kucharenko unterbreitete den Vorschlag des Dozenten Bahdanowitsch seinem alten Mitstreiter Jarnutowski, der eben auf diesem gefährlichen Gebiet des sozialistischen Aufbaus arbeitete, nämlich im Agitprop. Jarnutowski, den das seltsame Glück der Familie Kucharenko nach wie vor eigentümlich berührte, weshalb er sie schon kaum noch besuchte, beschloß auf den Rat seiner Frau Swetlana, der Sekretärin bei der Staatsanwaltschaft, die Instanzen zu konsultieren. Das Resultat war, daß man den Dozenten Bahdanowitsch verhaftete, weil er versucht habe, den Kampf der polnischen Gutsbesitzerklasse gegen Rußland, die in Weißrußland ihren kulturellen Einfluß geltend machen wolle, aus entstellend positiver Sicht darzulegen. Bahdanowitschs Festnahme erfolgte am zweiten Juni; am Morgen des neunzehnten, während des Frühstücks, wurde auch Kucharenko abgeholt...

Tags zuvor war die Familie gemeinsam im Wald gewesen, denn glücklichen Familien bereitet es eine besondere Freude, nicht nur zu Hause, sondern auch außerhalb ihres Heims vollzählig beisammen zu sein. So schritten sie miteinander auf dem Waldpfad dahin. Sascha hielt seine Ehefrau an der Hand, Ninotschka ihren kleinen Bruder Mischenka.

Der weißrussische Wald ist von anderer Art als der an der Wolga oder in der Ukraine. Ein Weißrusse lebt mit seinem Wald so wie der Wolgaanwohner mit seinem Fluß und der Ukrainer mit der weiten Flur. Der Wald hat ihn jahrhundertelang ernährt und gekleidet. Die dort wachsenden Beeren und Pilze sind für ihn nicht eine Zuspeise, sondern sein täglich Brot. Mochten die Fremden seit Urzeiten in ihren Städtchen trockene Semmeln mit Hering und bitteren braunen Zwiebeln hinunterwürgen... Hier waren die weißrussischen nährenden Dörfer – kraftvoll, verläßlich wie die häuslichen vier Wände, welche wärmten und bewahrten, hier waren die beerenübersäten sonnigen Waldwiesen...

„Halt, bleibt stehen, Kinder", sagte der Vater. „Seht mal dort, eine Schlange! Schaut sie euch an, Ninotschka und Mischenka. Ehe ein Weißrusse nicht eine Schlange getötet hat, ist er kein richtiger Weißrusse, meint unser Volk... Nimm einen Stein, Ninotschka, geh hin und erschlage sie."

Darüber erregte sich Waljuscha:

„Was soll denn das? Womöglich wird sie gebissen!"

„Ach, woher", erwiderte Sascha. „Ninotschka ist eine Weißrussin, da wird sie sich doch nicht vor einer Schlange fürchten. Außerdem bin ich ja dabei."

Hier sagte der kleine Mischa weinend:

„Ihr dürft die Schlange nicht erschlagen, sie will auch leben, sie hat auch Kinder."

„Ach, Söhnchen", antwortete der Vater, „wer wird denn eine Schlange bedauern? Sieh hin, was sie tut! Sie liegt in der Sonne, dabei saugt sie an ihr, und davon wird die Sonne in jedem Sommer kleiner. Jetzt überlege dir mal, wie viele solche Reptilien es auf der Welt gibt und wie oft es Sommer ist. In jedem saugen eine Unmenge Schlangen an der Sonne, deshalb mußt du jede töten, wenn du ein Mensch bist. Das ist deine Pflicht. Und gar als Weißrusse hast du kein Recht, an einer lebendigen Schlange vorbeizugehen. So sagt unser Volksglaube."

Er bückte sich, nahm mit der einen Hand einen Stein auf und zog mit der anderen Nina behutsam vorwärts.

Die Schlange ließ sich's in dem Waldgras wohl sein, sie hatte in ihrem Behagen die kluge Wachsamkeit vor ihrem ewigen Feind verloren und vorübergehend den warnenden Fluch des Herrn aus der Zeit des Paradiesgartens Eden vergessen, in der Eva von ihr verführt worden war: „Weil du das getan hast, bist du verflucht unter allem Vieh und allen Tieren des Feldes. Auf dem Bauch sollst du kriechen und Staub fressen alle Tage deines Lebens. Und Feindschaft setze ich zwischen dich und die Frau, zwischen deinen Nachwuchs und ihren Nachwuchs. Er trifft dich am Kopf, und du triffst ihn an der Ferse."

Ninotschka schleuderte den Stein auf das Haupt der träge in dem warmen Gras liegenden, in ihrer Wonne unvorsichtigen Schlange, traf und zerschmetterte es. Die Schlange war zu Tode gekommen, weil sie geglaubt hatte, daß der Fluch des Herrn ihr nicht auch das Recht zu leben nehme, denn auch der Mensch war ja verflucht und das Weib in besonderer Weise. Sie war tot, nachdem sie sich eben noch an der allen Wesen gemeinsamen göttlichen Sonne gelabt hatte, an der alle saugen und die alle kleiner machen. Sie jedoch wurde von dem Vater und dessen Tochter Ninotschka mit einer Partisanenschanzschaufel in Stücke geschlagen, während Walja den weinenden Mischa beiseite führte. Niemand aber sah, daß zwei andere Schlangen, eine große und eine kleine, die glückliche Familie aus dem Gebüsch heraus mit kalten, haßerfüllten Augen beobachteten.

„Ich gratuliere dir", sagte der Vater, und er küßte seine Tochter. „Du bist jetzt eine richtige Weißrussin, weil du den Volksglauben erfüllt und mit eigener Hand eine Schlange getötet hast."

Mit diesem besonderen Ereignis prägte sich jener Sonntag, der achtzehnte Juni, in Ninotschkas Gedächtnis... Und am neunzehnten Juni, etwa um neun Uhr, als die Familie Kucharenko gerade zum Frühstück mit bunten Holzlöffeln weißrussische Mehlklößchen aß,

erschienen zwei trotz des sonnigen Morgens in Leder-
mäntel gekleidete Männer.

„Sie sind verhaftet."

Das Ganze wirkte nicht nur keineswegs beängstigend,
sondern sogar seltsam unseriös.

„Zeigen Sie mir Ihren Haftbefehl", forderte Kucharenko.

Einer der beiden, ein Hagerer mit Schnurrbart, offenbar der Verantwortliche, langte seufzend und widerwillig in die Tasche und wies das Verlangte vor.
Kucharenko überzeugte sich, daß das Gesetz gewahrt
und das Papier vom Staatsanwalt, von Wassili Makaro-
witsch, unterschrieben war. Erst als er diese Unterschrift
Wassili Makarowitschs erblickte, neben dem er noch
zwei Tage zuvor auf einer Versammlung gesessen hatte,
wurde ihm plötzlich schwer ums Herz ... In glücklichen
Familien empfinden die Herzen einheitlich, es besteht
zwischen ihnen eine unsichtbare Verbindung. Deshalb
brach Waljuscha, die bis dahin wie versteinert dagesses-
sen hatte, sogleich in Tränen aus.

„Weine nicht, Waljuscha", sagte Sascha und küßte sie
mit von den Mehlklößchen in saurer Sahne fettigen
Lippen. „Weine nicht, du erschreckst die Kinder."

Aber es war schon zu spät. Auch Ninotschka weinte,
sich an ihn klammernd, und Mischenka verkroch sich in
eine Ecke.

„Ninotschka", sagte der Vater, „du hast gestern im
Wald eine Schlange erschlagen, hab also auch jetzt keine
Angst. Dein Vater kommt bald wieder. Ich gehe jetzt,
kaufe dir eine Puppe und komme zurück."

„Für mich kauf ein Taschenmesser", bat Mischenka.

„Nein", erwiderte der Vater, „das ist zu gefährlich,
damit schneidest du dich in den Finger. Ich bringe dir
was anderes mit, Mischenka, was ganz Schönes."

Obgleich Mischenka noch klein war, begriff er doch,
daß der Vater nicht nur eben mal wegging, sondern für
längere Zeit wegfuhr. Das klang auch aus dem Ton

seiner Bitte. Walja hingegen, die Mutter und Saschas liebendes Eheweib, durchschaute das Vorgehende anfangs weit weniger als ihre kleinen Kinder. Dennoch tat sie alles, was einer Frau obliegt, deren Mann verhaftet wird. Sie packte rasch einige Sachen zusammen und nahm ohne laute Klagen Abschied, um den Kindern nicht noch mehr Angst einzujagen; sie ging mit auf die Straße bis zum dem Auto, in das Sascha einstieg, und sah plötzlich die große, gewaltige Welt um sich und sich selber klein und unbedeutend in ihr. Ninotschka beobachtete alles vom Fenster aus, allerdings sah sie nicht die riesige fremde Welt, sondern nur die Straße, und sie erinnerte sich später an den davongehenden Vater, an seinen Rücken...

Am selben Tag, eine Stunde früher, wurden auch die Jarnutowskis verhaftet, Kolja und Swetlana. Ihre minderjährigen Kinder brachte man gleich in das Kinderheim der Stadt Witebsk... So erwies sich, daß Waljuscha selbst hierbei noch die Glücklichere war. Zwar wußte sie nicht, ob sie es bleiben würde, dennoch beschloß sie, ihr Glück zu nutzen. Sie kleidete ihre Kinder rasch an, schnitt Brot auf, füllte warmen Grießbrei in ein Halblitergefäß, schüttete Konfekt in eine über der Schulter zu tragende Kindertasche und sagte:

„Kommt mit mir auf den Bahnhof, Kinder!"

Dort angelangt, erklärte sie:

„Ninotschka, du fährst jetzt mit Mischenka nach Moskau zu Tante Klawa."

„Und du?" fragte Nina.

„Ich bleibe hier in Vaters Nähe", antwortete Waljuscha. „Ninotschka, du bist doch schon ein großes Mädchen – erzähle unterwegs niemandem, was mit Vater geschehen ist, achte nur immer schön auf Mischenka."

Ihr schwindelte plötzlich der Kopf, und sie dachte an das seinerzeit von den Deutschen am Stadtrand von Witebsk errichtete Konzentrationslager. Die dort eingekerkerten Frauen hatten die Vorübergehenden durch den Stacheldraht um Brot gebeten oder sie angefleht, ihre Kinder an sich zu nehmen. Waljuscha und ihre Freundin Stassja, die später in der Partisanenabteilung gefallen war, hatten den Stacheldraht mit den Händen aufgebogen und einer Mutter einen zweijährigen Jungen abgenommen, dazu noch zwei etwa sechsjährige sowie ein Mädchen von acht Jahren... Die Deutschen hatten von den Wachtürmen aus auf sie geschossen und es ihnen dadurch unmöglich gemacht, auch die übrigen Kinder herauszuholen, die ihnen deren Mütter, einander wegstoßend, durch den Zaun reichen wollten... In einer Gefahr drückt eine Mutter meist ihr Kind fest an sich, aber manchmal versucht sie es auch zu retten, indem sie es weggibt, von sich entfernt und auf das Risiko hin, es für immer zu verlieren, dem unsicheren Zufall überläßt, denn in unmenschlichen Situationen ist der Tag schrecklicher als die Nacht, die belebte Straße bedrohlicher als die Wolfseinsamkeit des Waldes und das heimatlich Vertraute schlimmer als das Fremde... Was empfanden die liebenden Mütter, die, einander verdrängend, sich bemühten, ihre Kinder loszuwerden? Wären sie in diesem Augenblick in Trauer und Leid verfallen, hätten sie ihre Absicht nicht vollbringen können. Nein, in unmenschlichen Situationen zerstört das Herz den Menschen und alles Menschliche. Einzig der tierische Instinkt des Weibchens, nicht das Mütterliche, verheißt hier Rettung... Deshalb küßte Waljuscha hastig ihre Kinder Mischenka und Ninotschka und setzte sie in einen Waggon des Zuges nach Moskau, und als der Zug ordnungsgemäß abgefahren war und sie die Kinder nicht mehr bei sich hatte, empfand sie Freude statt Trauer. Froh durchschritt sie mehrere Straßen; erst in einer abgelegenen, menschenleeren Grünanlage stöhnte sie auf. In der Nähe befand sich ein Getränkepavillon, dorthin begab sie sich und bestellte Wodka.

Derselbe tierische Instinkt, der sie befähigt hatte, sich ihrer geliebten Kinder zu entledigen, half ihr auch, das ihr Herz beschleichende Entsetzen zu vertreiben. Der Wodka beseitigte das Grauen nicht, aber er machte die Seele seichter, schwächer, und schwache Seelen ertragen bitteres Leid leichter. Schon reichlich betrunken, entschied sich Waljuscha, ins Ortsbüro des NKWD zu Kuleschkow zu gehen, den sie von der Partisanenbewegung her kannte. Im Vorzimmer geriet sie mit irgend jemandem in Streit. Später auf der Straße wichen ihr alle Leute aus. Drei Tage danach wurde sie verhaftet. So endete die glückliche Familie.

In Witebsk redete Sascha Kucharenko mit dem Untersuchungsrichter noch per „Du", in Minsk wurde er geschlagen und getreten, jemand zertrat ihm mit dem Stiefelabsatz die Zehen, und mit Hilfe solcher Mißachtung der sozialistischen Gesetzlichkeit brachte man Einzelheiten über seinen weißrussischen Nationalismus und seine Verbindungen zur Gestapo während des Krieges ans Licht. Damit war die Untersuchung abgeschlossen, und am neunundzwanzigsten September wurde er verurteilt. In der Zeit, als er noch seine Unschuld zu beweisen versuchte, als er um die Wahrheit kämpfte und Gerechtigkeit forderte, litt Sascha Kucharenko schwer, und kaum jemals kam ihm der Gedanke an Frau und Kinder. Doch dann verließen ihn die Kräfte, er vergaß sowohl seine Verdienste als auch alle ihm zugefügten Ungerechtigkeiten, ihm wurde leichter, ganz leicht sogar, und er dachte an nichts anderes mehr als an seine Frau Waljuscha und seine Kinder Ninotschka und Mischenka.

Mit den Kindern aber geschah das folgende. Nina und Mischa langten wohlbehalten in Moskau an. Im Zug hatten sie sich von dem mitgenommenen Brot, dem Grießbrei und dem Konfekt ernährt und sich dazu Tee und Kekse beim Schaffner gekauft. Sie bekamen auch Wurst von mitreisenden Passagieren. Ninotschka zeigte sich, kaum allein gelassen, als selbständige Frau, wobei sie einen ähnlich zähen Selbsterhaltungstrieb bewies wie seinerzeit Maria aus dem Dorf Schagaro-Petrowskoje im Gebiet Charkow, die im Jahre neunzehnhundertdreiunddreißig ebenso allein, ohne ihre Mutter, mit ihrem Bruder Wassja unterwegs gewesen war, wenn auch unter anderen Umständen. Den Abteilnachbarn erzählte sie, daß sie beide seit langem keine Eltern mehr hätten und bei einer fremden Tante aufgewachsen seien, bis sich jetzt eine leibliche Tante namens Klawa in Moskau gefunden habe... Kinder verstehen ja sehr geschickt zu lügen und haben weit mehr Spaß daran als Erwachsene. Jede Lüge ist auch eine Art Spiel. Der kleine Mischa beteiligte sich an diesem Spiel seiner Schwester, und so erreichten sie schließlich ihren Zielort. Ein freundlicher Mitreisender, ein alter Moskauer, führte sie zu der Adresse, die ihnen Walja Kucharenko vorsorglich, falls sie einen verlören, auf vier Zettel geschrieben und in die Kinderschultertasche zu dem Konfekt gelegt hatte. Die mit einem Häschen bestickte Tasche hatte die Mutter beim Verlassen des Hauses Ninotschka umgehängt. Ein Telegramm hatte sie Klawdija nicht geschickt, zum einen, um die Abreise der Kinder nicht bekannt werden zu lassen, und zum anderen, weil sie sich dachte, daß Klawdija über deren Ankunft nicht gerade begeistert sein würde und deshalb lieber vor die vollendete Tatsache gestellt werden sollte. Korrespondiert hatte sie mit ihrer Schwester seit langem nicht, und deren Mann, ein Jude, mißfiel ihr.

Die wesentlich ältere Klawdija war früher sehr schön gewesen. Noch vor dem Krieg heiratete sie einen Moskauer Kunstwissenschaftler, den sie in Jalta kennengelernt hatte. Familienname, Vorname und Vatersname dieses Kunstwissenschaftlers lauteten Iwolgin, Alexej Jossifowitsch. Mit ihm und ihrem halbwüchsigen Sohn Saweli – Resultat einer offensichtlich ungünstigen Blutsvermischung –, einem kränklichen, versonnenen, aller-

dings weniger tiefen Gedanken als vielmehr irgendwelchen Halluzinationen nachhängenden Jungen, lebte
sie in einer großen Moskauer Wohnung in denkbar
bester Lage – am Twerski Boulevard. Ein Nachteil der
Wohnung bestand jedoch darin, daß sie im Erdgeschoß
lag. Das allein wäre noch nicht so schlimm gewesen,
denn in den alten Häusern liegen die Parterrefenster
hoch, fast auf der Ebene des ersten Stocks in Neubauten,
zudem existierte darunter noch ein Kellergeschoß, in
dem ebenfalls Leute wohnten. Weit mehr störte die
Iwolgins, daß ihr Quartier ein sogenanntes kommunales
war, in dem die Wohnungsverwaltung drei Räume den
Iwolgins zugewiesen hatte, kränkenderweise aber ein
weiteres kleines Zimmer für den Hausmeister bean-
spruchte. Wenngleich es sich dabei nur um eine Person
handelte, so mußten sie doch mit ihm sowohl die Küche
als auch das Bad und das Telefon teilen, und überhaupt
fühlten sie sich eingeengt. Iwolgin schrieb mehrfach an
unterschiedliche Instanzen und holte von den vielen
kulturellen Institutionen, für die er arbeitete, Befürwor-
tungen ein, doch ohne Erfolg. Das Hauswartszimmer in
der Wohnung der Iwolgins blieb bestehen, okkupiert
von dem als Hauswart eingesetzten Tataren Achmet,
einem groben Kerl, der ständig mit dem Messer drohte.
Einmal war Alexej Jossifowitsch ihm nur dadurch ent-
gangen, daß er sich in der Toilette einschloß. Sich im Bad
einzuschließen hätte ihm nichts genützt. Da war die Tür
zu schwach, schon ganz morsch, und der Haken hielt
kaum noch.

„Geh zu Fadejew", sagte Klawdija aufgebracht zu
ihrem Mann. „Nur er kann uns helfen, daß wir diese
Hauswartsstube loswerden."

„Ich kann mich doch nicht mit so einer Lappalie an
den Generalsekretär des sowjetischen Schriftstellerverbandes wenden!" erwiderte Iwolgin, mit den Armen fuchtelnd. „Es wird ohnehin genug über mich geredet."

„Na und? Sollen sie doch reden!" antwortete Klawdija, ebenfalls unter lebhaften Gesten, denn die Ehefrauen von Juden entwickeln sehr oft geradezu pantomimische Fähigkeiten, wenn sie mit ihrem Mann allein leben und nicht in einer großen slawischen Familie, in die der jüdische Schwiegersohn aufgenommen wurde.

„Aber er kennt mich doch gar nicht", wandte Iwolgin ein.

„Wieso denn nicht?" erwiderte Klawdija. „Auf der Totenehrung für Michoëls* hat er dich doch begrüßt."

„Da hat er jeden begrüßt, weil er sehr irritiert war", antwortete Alexej Jossifowitsch.

„Mich hat er nicht begrüßt", entgegnete Klawdija in der Absicht, durch starrsinnige Wortwiederholungen in dem Gespräch die Oberhand zu behalten.

„Dich nicht, aber mich!" schrie Iwolgin nun endlich unbeherrscht.

„Schrei nicht so!" protestierte Klawdija, ebenfalls mit erhobener Stimme. „Daß ihr immer gleich laut werden müßt!"

„Was heißt hier ‚ihr'?" Iwolgin errötete, doch weniger vor Zorn als vielmehr aus schamvoller Entrüstung, wie jedesmal, wenn er aus beliebigem Anlaß irgendwo das Wort Jude herauszuhören glaubte, als habe man ihn bei einer heimlichen Missetat ertappt wie unlängst Klawdija ihren Sohn Saweli in der Toilette. Auch Saweli war dabei rot geworden vor Scham...

Iwolgins Äußeres war unauffällig, sein Familienname klang gut und war überdies kein Pseudonym, sondern stand so in seinem Paß, denn schon sein Vater, ein Intelligenzler noch aus der Zeit vor der Revolution und russischer Patriot, hatte sich mit Erfolg „aus einer jüdischen Katze in einen russischen Vogel verwandelt", wie

---

* Salomon Michailowitsch Michoëls (1890–1948) war Leiter des jiddischen Theaters in Moskau, das unter Stalin geschlossen wurde.

er sich ausdrückte.* Mit dem Familiennamen Iwolgin lief auch alles bestens, nur der Vatersname konnte einigen Verdacht erregen. Aber viele wußten nicht einmal, daß Alexej Iwolgin Jude war. Auf der Totenehrung für Michoëls hatte neben Fadejew, Subow und anderen namhaften Russen auch er, Alexej Iwolgin, eine kurze Rede gehalten. Das Wort Jude war während der ganzen Feier nicht gefallen, und Alexej Jossifowitsch hatte nur zweimal eine leichte Herzbeklemmung verspürt...

Achmet jedoch, der Hauswart, mußte irgendwie erraten haben, wie es um den mit ihm in Feindschaft lebenden Mitbewohner stand.

„Verdammter Jude!" schrie er manchmal, wenn er betrunken war. „Ich ersteche dich!"

„Geh zu Fadejew", sagte Klawdija, „dieser Tatare tut dir noch was an und Saweli auch, oder ist dir dein Sohn gleichgültig? Du hast dich bis jetzt nicht mal um einen guten Psychiater für ihn gekümmert!" Und sie brachte es nicht über sich, ihrem Mann nicht noch einen schweren Schlag zuzufügen: „Schlimm genug, daß du dem Jungen eine solche Nase vererbt hast... Die Kinder hänseln ihn auf der Straße."

„Was habe ich denn damit zu tun?" Iwolgin errötete nervös. „Meine Nase ist ganz normal, und auch mein Vater hatte keine jüdische."

„Wer hat denn dann eine Judennase, ich vielleicht oder mein Vater, der auf dem Dorf Böttcher ist?" erwiderte Klawdija, und als sie sah, daß ihr Mann rot wurde wie gewöhnlich, fügte sie hinzu: „Nun wirf mir bloß noch Antisemitismus vor, wo doch allen Juden unseres Instituts bekannt ist, daß mir so was fern liegt und ich mit einem Juden verheiratet bin."

„Was soll denn hier der Antisemitismus", sagte Alexej Jossifowitsch. „Du weißt genau, daß ich da sehr großzügige Ansichten hege."

* Der Name Iwolgin deutet auf das russische Wort für Pirol.

Und er sprach nicht mehr mit seiner Frau, verstummte für diesen Abend, denn die Auseinandersetzung geschah an einem Abend, natürlich in Sawelis Abwesenheit. Iwolgin nahm das Buch „Ausgewählte Werke russischer Denker der zweiten Hälfte des achtzehnten Jahrhunderts" zur Hand und setzte sich mit ihm in seinen geliebten Schaukelstuhl. Bei dem Satz: „Man bedenke, aus welch kleinen Anfängen die urtümlichen russischen Völker hervorgegangen sind und zu welcher Größe, welchem Ruhm und welcher Macht sie es heute gebracht haben", geriet er in ein süßsaures Grübeln darüber, wie wohl er sich fühlen könnte, wenn er von slawischen Ureltern oder wenigstens von Tataren oder Jakuten abstammte. Was für ein guter, humaner Nichtjude würde er sein, wie vieles würde er für die tun, die unglücklicherweise einen jüdischen Vater und eine jüdische Mutter hatten, ein Umstand, an dem am schwersten wog, daß sich nichts daran ändern ließ. Wer als Jude geboren war, der blieb diesem Los ebenso für alle Ewigkeit verfallen wie einer, der als Russe starb. Womöglich würde sein Sohn Saweli dies auf noch schlimmere, kränkendere Weise erfahren. Ihm fehlte eine Hälfte, nur eine Hälfte... Ach, was für ein Reichtum, ein Russe zu sein, und wie wenig wußten die Russen das zu schätzen, wie wenig liebten sie Rußland... Alexej Jossifowitsch sah täglich, daß viele Russen ihr Land nicht genügend mochten... Hätte man ihm nur gestattet, ein Russe zu sein – was wäre er für ein russischer Patriot! Doch er wußte, daß es eine Menge Russen gab, denen es nicht paßte, wenn ein Jude Rußland liebte, die ihm ihre Heimat eifersüchtig streitig machten und es besser fanden, wenn er deren Feind war. Und es gab eine Menge Juden, die solche leidigen Gedanken rechtfertigten. Ja, ja, er hätte mit dem Finger auf sie zeigen können... Sie achteten weder das russische Brot noch die russische Gastfreundschaft... Undankbare Leute... Oh, wie sehr waren sie ihm zuwider... Ihretwegen mochten die

Russen allgemein die Juden nicht... Auch Klawdija war Russin... Die Weißrussen waren ja ebenfalls ein russischer Stamm...

Von hier aus liefen seine Gedanken weit auseinander und wurden uninteressant wie gewöhnlich in solchen Fällen, wie überhaupt von jeher alle Gespräche und Erörterungen über das Judentum nach anfänglichem lebhaftem Ungestüm. Überdies erschien in diesem Augenblick Saweli, abstoßend erregt. Er musterte seine Eltern und sagte:

„Habt ihr euch wieder beschimpft?"

Sie setzten sich zum Nachtmahl nieder. Alexej Jossifowitsch glaubte schon, daß ihm von diesem Abend außer den üblichen lästigen Gedanken über das Judentum, dem gewöhnlichen langweilenden Streit mit seiner Frau und Sawelis abstoßender Erregung nur der heftige Regen in Erinnerung bleiben werde und sonst nichts. Doch das denkwürdigste Ereignis jenes Abends wurde Achmets Verschwinden... Zwei Tage hörten und sahen sie nichts von ihm, dann erfuhren sie von dem Reviermilizionär Jefrem Nikolajewitsch, daß Achmet im Gefängnis saß. Er hatte jemandem sein Messer in den Leib gestoßen.

„Geh sofort los", sagte Klawdija erfreut, „und laß dir ein Gesuch befürworten, damit man uns nicht wieder jemanden reinsetzt."

Für ein solches Gesuch waren drei gewichtige Unterschriften nötig, unbedingt slawische, am besten aber russische. Namenszüge, die auf -ow, -in oder allenfalls auf -enko endeten.

Iwolgin begab sich in eine entsprechende Kanzlei – die gewichtige Unterschrift auf -ow war auf Dienstreise; er lief in die nächste – die Unterschrift auf -in erholte sich auf der Krim. Erst an der dritten Stelle hatte er Erfolg, allerdings bekam er keine russische Unterschrift, doch immerhin eine slawische auf -enko. Froh eilte er nach Hause, aber Klawdija empfing ihn erbost.

„Du kommst zu spät... Deine slawische Unterschrift kannst du dir einsalzen. Es ist schon ein Neuer da. Noch dazu mit einer Tochter... Achmet war wenigstens allein."

Iwolgin trat an die Tür des Hauswartzimmers. Das Schloß war abgenommen, und von innen hörte man Stimmen – eine männliche und eine weibliche.

Was ist es für einer? fragte Iwolgin mit den Augen.

Komm weg da, du Tölpel, erwiderte Klawdija ebenfalls mit den Augen.

Sie gingen ins Wohnzimmer und setzten sich niedergeschlagen vor den Flügel.

„Was ist es für einer?" fragte Alexej Jossifowitsch jetzt vernehmlich.

„Ein Jude natürlich", erwiderte Klawdija.

„Was?" sagte Iwolgin. „Ein Jude als Hauswart? Das ist doch ein Witz!" Und er lachte.

„Ich finde das nicht so komisch." Auch Klawdija lächelte. „Aber es hängt alles vom ersten Gespräch ab. Da müssen wir gleich klare Verhältnisse schaffen. Mit dem Neuen wird das leichter sein, denke ich. Notfalls schlage ich ihm mit der Kasserolle den Schädel ein. Von so einem lasse ich mich nicht in meinem Heimatland an die Wand drücken. Er soll merken, daß er in der Sowjetunion lebt."

Alexej Iwolgin wußte, daß seine als Rechnungsführerin im Ministerium für Straßenbau angestellte Frau tatsächlich mit der Kasserolle zuschlagen würde, wenn sie sicher sein konnte, daß sie dafür nicht nach Tatarenmanier ein Messer zwischen die Rippen bekam, sondern allenfalls nach jüdischer Art verklagt wurde. „Und wenn er mich vor Gericht bringt – dort werde ich schon erzählen, was das für Leute sind... Kommen einfach hierher nach Moskau! Und erschleichen sich sogar noch einen Hauswartsposten!"

„Das brauchst du nicht", sagte Iwolgin. „Was nützt uns das Gericht... Überlaß nur alles mir, ich verstehe diese Leute besser als du. Die jüdische Frechheit scheut ein scharfes Wort. Bei denen wird nur immer getuschelt, sie wollen alles flüsternd aushandeln. Aber da mache ich nicht mit. Ich werde ihnen zeigen, daß mich ihre Probleme nicht interessieren."

Und er ging hinaus in den Korridor.

Dort hatte er seine erste Begegnung mit Dan, der Schlange, dem Antichrist... Um nicht grüßen zu müssen und nicht gleich grob zu werden, tat der Kunstwissenschaftler gedankenverloren und blieb mit gerunzelter Stirn stehen. So konnte ihn der von Gott gesandte Antichrist betrachten und sogleich erkennen. Der in Hausschuhen, Netzunterhemd und Seidenpyjama vor ihm Stehende war ein Sproß des von Ruben, Jakobs Erstgeborenem, begründeten Stammes, des einstmals starken, doch längst zerfallenen, aus dem nicht viele in den Rest eingegangen waren, um einen Zweig zu bilden. Der, den der Antichrist da vor sich hatte, war ein Ende, sein Anbeginn aber fiel in die Zeit der ägyptischen Sklaverei, als die Quälereien und Grausamkeiten des Pharao im Widerstreit lagen mit der Zähigkeit der Söhne Jakobs und ihrem Wunsch zu überleben. Je schlimmer der Pharao sie peinigte, um so nachdrücklicher vermehrten sie sich, doch Gott war nicht mit ihnen, und so vermehrten sich nicht die Besten, bis im Stamme Levi schließlich Mose geboren wurde.

Zu der Zeit hatte sich jedoch bereits viel Schlechtes vermehrt, denn in der Unterdrückung, wenn der Mensch nicht lebt, sondern nur zu überleben trachtet, und Gott fern ist, kann das Gute nicht überleben, das Schlechte hingegen überlebt an den Fleischtöpfen, wo es sein gewohntes Leben führt.

Von Ruben also, Israels starkem, gutem Erstgeborenen, stammte der Mann ab, der in Hausschuhen und Seidenpyjama vor dem Antichrist stand und der ihn mit unreinen Augen betrachtete, wobei er mit schwammigen, an Arbeit nicht gewöhnten Händen seinen aufge-

303

dunsenen Bauch wiegte wie ein liebes Kind. Was der Antichrist da in dem Korridor vor sich sah, war die vollkommene Abscheulichkeit und Bosheit. Doch das Abscheuliche vermag nichts Vollkommenes zu schaffen, nicht einmal die vollkommene Anscheulichkeit oder einen vollkommenen Übeltäter. Woher stammt dann aber das viele vollkommene, grenzenlose Böse, wer bringt es hervor? Es erwächst aus dem Guten... Nur das Gute trägt Früchte, doch es gebiert nicht nur seinesgleichen, sondern auch sein Gegenteil. Alles Böse entsteht aus dem Guten, wenngleich dieses auch wiederum Gutes schafft... Weshalb aber läßt Gott dies zu, weshalb hat sich selbst in seinem eigenen Volk das Böse vermehrt? Das ist die spöttische Frage der Atheisten und die irritierende der Mystiker. Wozu braucht Gott einen Alexej Jossifowitsch Iwolgin, wo es doch Mose, Jeremia, Jesaja und Jesus von Nazareth gab? Die Antwort ist einfach für den, der nicht nur das spätere christliche Anhängsel, das Evangelium, gelesen und studiert hat, in dem kein einziges eigenständiges Wort steht, sondern auch das göttliche Poem über die Erschaffung der Welt, die Urgrundlage der Bibel, ohne die das Nachfolgende nicht zu verstehen ist. Iwolgin existiert, weil nach dem Garten Eden ein Fluch auf dem Menschen lastet. Er ist zur Arbeit und zur Geschichte verdammt, was es beides im Paradies nicht gab. Durch Gottes Barmherzigkeit leben auf der Erde Propheten und Gerechte, durch seine Barmherzigkeit existiert das Gute, während das Böse aus dem Wesen des Geschehens erwächst. In dieser Erkenntnis unterscheidet sich der biblische Prophet von dem wortgewandten Humanisten. Als sich aber, das verzerrte Lächeln des einfachen Bauern, des geknechteten Gottlosen vor Augen, der russische Humanist Alexander Blok vom Humanismus lossagte, da war seine Stimme die eines Rufers in der Wüste, denn das Schlechte hatte bereits überhand genommen. Auch der Humanismus hatte sich ausgebreitet, unfruchtbar in der Masse und nützlich nur im Verein mit dem Individualismus, mit der Persönlichkeit. Zunächst verbreitete sich der christliche, antibiblische Humanismus, danach verlor er auf einem Sechstel der Erde seinen stolzen Hochmut durch einen illegitimen Sohn des antibiblischen Christentums, den materialistischen Humanismus, dessen Heilslehre Alexej Jossifowitsch Iwolgin gläubig diente, der Jude und Internationalist oder, um in der christlichen Sprache zu reden, schlicht der Konvertit, getauft nicht durch das reine Wasser, sondern durch die wohlklingende reine Ideologie, was im Prinzip dasselbe ist und das Gute zur Grundlage hat, welches das Böse gebiert.

„Alter Teeaufguß wird hier bei uns nicht in die Badewanne geschüttet!" erklärte schließlich der jüdische Kunstwissenschaftler dem jüdischen Hauswart laut, ohne mauschelndes Getuschel. „Wir sind nicht verpflichtet, hinter Ihnen und Ihrer Tochter sauberzumachen."

Kaum hatte Alexej Jossifowitsch aus dem Stamme Ruben seinen kommunalen Verweis ausgesprochen, da erinnerte sich Dan aus dem Stamme Dan an etwas, das Iwolgin über sich selbst natürlich nicht wußte: Der Mann in Hauspantoffeln war ein ferner Nachkomme jenes Hebräers, den Mose in der ägyptischen Sklaverei dadurch verteidigt hatte, daß er den auf den Hebräer einschlagenden Ägypter in dem entbrennenden Handgemenge tötete. Und der erschrockene Hebräer hatte Mose angeschrien: „Wer hat dich zum Richter über uns bestellt?"

Der Mann wußte, daß der ihn mißhandelnde Ägypter gewiß wieder von ihm abgelassen und ihm die Möglichkeit gegeben hätte, an den Fleischtopf zurückzukehren. Aber nun hatte der ungebetene Verteidiger Mose alles verdorben. Daher schrie jener Hebräer des Altertums in der ägyptischen Sklaverei mit dem auch dem derzeitigen Kunstwissenschaftler Iwolgin eigenen Sarkasmus: „Wer hat dich zum Aufseher und Schiedsrichter über uns bestellt? Meinst du, du könntest mich umbringen, wie du den Ägypter umgebracht hast?"

So heißt es in der unvollkommenen russischen Bibelübersetzung. Im Original hingegen steht, der Hebräer habe „Mose die Zähne gezeigt". Das wäre die genaue Definition – er verspottete ihn. Ebenso galt es jetzt, die Zähne zu zeigen. Und in der Tat: Alexej Jossifowitsch betrachtete den auf seinem neuerlichen Erdenweg schon reichlich ermüdeten und ergrauten Antichrist, und er meinte etwas Klägliches, „Schtetl"haftes im Gesicht des jüdischen Hauswarts zu erkennen. Bissige Spottlust überkam ihn, denn Alexej Jossifowitsch Iwolgin war ein russischer Kunstwissenschaftler, und ihn konnte der Weltschmerz jüdischer Augen durchaus zum Lachen bringen, wie er einst Voltaire belustigt hatte, den gehätschelten Liebling des russischen humanistischen Freidenkertums.

So öffnete Alexej Jossifowitsch den Mund und zeigte grinsend seine Zähne, die schon tüchtig russisches Brot und ukrainische Wurst gekaut hatten... Hier, in der Kombination von Goldkronen vorn und seitlichen verchromten Brücken mit der kaffeebraunen Substanz dazwischen, wurde, so meinte er, der Dienst eines guten Juden für den Glauben und die Überzeugung des Wirtsvolkes durch Nahrung, Trank und Atemluft belohnt... Nicht in der Brust empfing so einer den wichtigsten Lohn, sondern im Mund, zwischen den Zähnen...

„Hahaha!" lachte Iwolgin kurz und scharf.

Und der Antichrist sagte schweigend zu ihm mit den Worten des Propheten Jesaja:

„Über wen macht ihr euch lustig, gegen wen reißt ihr das Maul auf, wem streckt ihr die Zunge heraus? Ihr seid doch selbst Kinder des Frevels, eine Lügenbrut."

Jedoch der jüdische Weltschmerz, der Voltaire belustigt hatte und Iwolgin zum Lachen reizte, sprach keineswegs nur aus den Augen des Antichrist, er lag auch in Iwolgins eigenen Augen, allerdings in höchst verfallener, unbedeutender Form.

Alles Unbedeutende, Kleine ist das unendlich erniedrigte Große. Der extrem erniedrigte erhabene Weltschmerz wird zur gewöhnlichen feigen Angst. Was Alexej Jossifowitsch auch immer tat oder vorbrachte, seine Augen verrieten immerfort wider seinen Willen: Ich habe Angst, ich habe Angst...

„Fürchte dich nicht, Abram", sagte der Herr zum Stammvater.

Dies war eine der Voraussetzungen für Gottes Bund mit Abram sowie dafür, daß Abram zu Abraham wurde, das heißt der babylonische Wanderer zum Stammvater des Volkes Gottes... Die aber, welche sich in Ägypten an den Fleischtöpfen der Sklaverei vermehrten, begannen Gott zu vergessen, wobei sie als erstes eben diesen mit ihm geschlossenen Bund brachen.

Man muß etwas fürchten, man muß Angst haben! sagen sie bis auf den heutigen Tag. Der Hase ist ängstlich zeit seines Daseins, und er lebt...

Das lehren sie ihre jungen Verwandten nach einem Glas guten Kirschlikörs. Und in einem philosophischen Traktat vernimmt man plötzlich hinter einer Fülle glänzender Gedanken: Ich habe Angst, ich habe Angst...

Dasselbe klingt aus den Urteilen des gelehrten Konvertiten: Ich habe Angst, ich habe Angst... Oder aus der gewandten, talentierten kirchlichen Birkenlyrik des Poeten, der sich in der Hoffnung wiegt, daß seine russischen Leser über den dem Herzen teuren „Gebeten", den dem Ohr schmeichelnden „fliegenden herbstlichen Gärten" und dem malerisch beschriebenen weihnachtlichen Schnee seine jüdische Herkunft vergessen oder zumindest verzeihen...* So haben sie den Bund mit Gott gebrochen.

---

* Anspielung auf Boris Pasternak.

Und kaum zeigte der eine von ihnen, Alexej Jossifowitsch Iwolgin, dem Antichrist lachend die Zähne, da wurde die Angst in seinen Augen noch deutlicher. Und der Antichrist sagte ihnen allen durch den Propheten Jesaja:

„Wen hast du denn so sehr gescheut und gefürchtet, daß du mich betrogen hast? An mich hast du nicht gedacht, um mich hast du dich nicht gekümmert. Nicht wahr, weil ich schwieg und mich verbarg, hast du mich nicht gefürchtet?" Und von sich aus fügte der Antichrist hinzu: „Wer die Menschen allzusehr fürchtet, der fürchtet Gott nicht..."

Indessen kam Alexej Jossifowitsch, der Kunstwissenschaftler, zufolge seiner Angst, dem stärksten und wirkungsvollsten seiner Gefühle, dem Geschehen im Korridor des Gemeinschaftsquartiers doch näher, wenngleich er es selbst nicht merkte. Immerhin hörte er auf zu lachen und begab sich eilig in seine eigenen Gemächer, ohne noch etwas vorzubringen.

„Ich will verraten, wie es um deine Gerechtigkeit und um dein Tun bestellt ist", sagte der Antichrist schweigend, den Blick auf den geduckten feisten Rücken Alexejs aus dem einst ruhmreichen Stamme Ruben gerichtet. „Sie werden dir nichts mehr nützen."

So trennten sich die Nachbarn, und der Korridor lag verlassen.

„Ich habe ihm gezeigt, wer hier der Herr ist", verkündete Alexej Jossifowitsch seiner Frau Klawdija, nachdem er im Wohnzimmer neuen Mut geschöpft hatte. „Er hat nicht mehr zu mucksen gewagt. Ein gewöhnlicher Schtetl-Jude... Das sind die Leute, deretwegen man uns nicht mag."

Der Antichrist aber setzte sich, in sein kleines Zimmer zurückgekehrt, mit seiner Adoptivtochter Ruth zum Tee. Nach dem Vorfall im Wald nahe der Stadt Bor sprachen Vater und Tochter wenig miteinander, um so mehr jedoch schauten sie sich an, und es lag in ihrem

308

Blick ein gemeinsames Leuchten und ein gemeinsames Lächeln. Genauso mußte das Zusammenleben des bereits ergrauten Abgesandten Gottes mit einer jungen irdischen Prophetin auch sein. Nur gelegentlich wechselten beide mal ein Wort, dann schwiegen sie wieder. Die Menschen reden ja viel miteinander, um dem bedrückenden Gefühl der Ferne und Entfremdung ihrer Seelen zu entgehen. Wenn der Vater gar zu lange stumm blieb, wußte die Prophetin Pelageja, worüber er schwieg. Dann nahm sie ihre nach dem Alltag einer Greisin riechende Bibel zur Hand. Ein süßlicher Duft von Zimt und Schimmel entströmte dem abgegriffenen Einband, modrig rochen die vom vielen Umblättern befleckten Seiten, auf denen besonders bemerkenswerte Stellen unterstrichen oder, offenbar immer mit demselben blauen Bleistift, kommentiert waren. Namentlich im Psalter und in den Sprüchen Salomos fanden sich solche Hervorhebungen. Ruth hatte die Bibel von der alten Tschesnokowa, der altgläubigen Sektiererin, geschenkt bekommen.

Für jemanden, der von der Kultur gekostet und sich Verstand wie einen Besitz erworben hat, nicht als ein Geschenk Gottes, haben solche Zusätze und Unterstreichungen keinerlei Wert. Wer aber über einen verfeinerten Verstand mit Sinn für Voltairesche Satire verfügt, der wird diese Anmerkungen belächeln und sich in seiner Überzeugung von der Primitivität des schlichten Volksglaubens bestätigt sehen, dem nur Rituale und Aberglaube zugänglich sind. Denn Echtheit ist in der Einfalt noch seltener als im Verstand. Die Bibel besteht zur Gänze aus diesen seltenen, göttlichen Extremen. Die Menschen können nur auf das Ritual und auf einen ehrlichen, klugen Lehrer hoffen, einen Geistlichen im einfachen Volk oder einen klugen, ehrlichen Religionsphilosophen in gebildeten Kreisen. Doch die Religionsgeschichte zeigt, wie selten sich solche Hoffnungen erfüllen. Die meisten hintergehen entweder den Verstand oder die Ehrlichkeit. In den Sprüchen Salomos war von der Tschesnokowa, der wenig gebildeten Altgläubigen, mit blauem Stift unterstrichen: „Die Gottesfurcht ist ein Lebensquell, um den Schlingen des Todes zu entgehen." Darüber ließe sich noch philosophieren, wenngleich ein verfeinerter Verstand auch das schon nicht als eine sonderlich ernsthafte Nahrung für sich ansehen wird. Doch weiter: „Besser ein Gericht Gemüse, wo Liebe herrscht, als ein gemästeter Ochse und Haß dabei ... Besser wenig in Gottesfurcht als reiche Schätze und keine Ruhe." Über eine so selbstverständliche kindliche Äußerung des weisen Salomo wird der verfeinerte Verstand schon nur noch lachen. Er wird lachen, weil er nicht begreift, daß der Weise hier nicht von der Moral ausgeht, auf deren Ebene leichtfertige Geistliche und schönrednerische humanistische Philosophen die Menschen zu denken gelehrt haben, sondern vom individuellen Egoismus, dem sie in der Realität bei ihrem Tun vertrauen.

Du Egoist, meint Salomo, wenn du dich liebst, dann iß besser ein Gericht Gemüse mit Liebe als Rindfleisch mit Haß.

Der humanistische Philosoph will das Gute durch den Verweis auf die der menschlichen Natur fremde Moral lehren, die Bibel lehrt es unter Berücksichtigung des menschlichen Egoismus, denn sie ignoriert nicht, wie die Humanisten, die wahre Natur des Menschen; doch im Unterschied zu den faschistischen Theoretikern, die sich auf das Schlechte stützen und das Schlechte lehren, lehrt die Bibel das Gute ausgehend von der schlechten menschlichen Natur.

„Der Gewalttätige verführt seinen Nächsten", trug die Prophetin Pelageja weiter das von der Altgläubigen Unterstrichene vor, „er bringt ihn auf einen Weg, der nicht gut ist. Wer mit den Augen zwinkert, sinnt auf Tücke; wer die Lippen verzieht, hat das Böse schon vollbracht."

In diesem Augenblick läutete es an der Wohnungstür, aber weder der Vater noch die Tochter rührten sich. Denn wenn sie beide zu Hause waren, erwarteten sie niemanden.

„Graues Haar ist eine prächtige Krone, auf dem Weg der Gerechtigkeit findet man sie", las die Prophetin Pelageja in den Sprüchen Salomos.

Es hatte ein freundlicher Mitreisender geklingelt, der mit Ninotschka und Mischenka aus Witebsk gekommen war. Er ging nicht gleich wieder weg, sondern wartete hinter der Ecke, ob die beiden aufgenommen würden, um sie anderenfalls zu einem Kinderasyl bei der Miliz zu bringen. Doch eine Frau empfing Ninotschka und Mischenka mit einem offenbar doch frohen Ausruf, und dadurch zufriedengestellt, entfernte sich der Mann, der unbekannt bleiben wollte, mit einem angenehmen Gefühl ob seiner guten Tat. Er hatte die Stimme Klawdijas vernommen, die, als sie die ohne ein vorheriges Telegramm angereisten Kinder ihrer Schwester Walentina erkannte, sofort ein Unheil argwöhnte, auch wenn der freundliche Begleiter ihren Aufschrei als eine Äußerung der Freude deutete. Kaum hatte sie die Kinder eingelassen, fragte sie sie hastig, wo denn ihre Mama und ihr Papa seien und wieso sie allein kämen. Zwischendurch sagte Iwolgin immer wieder aufgeregt:

„Nur ruhig, Klawdija, ruhig, es wird sich aufklären."

Währenddessen musterte Saweli, der kränkliche halbwüchsige Mischling, auf dem Sofa liegend, die grauäugige Ninotschka, seine Kusine, die er nie zuvor gesehen hatte. Bei diesem Empfang begann Mischenka zu weinen, und auch Ninotschkas von der Mutter ererbte Katzenaugen blinzelten verräterisch.

„Da siehst du's", sagte Iwolgin, in dem immerhin noch etwas von der instinktiven Schwäche des Juden beim Anblick von Kindertränen steckte, „du hast sie erschreckt... Sie müssen vor allem erst mal was zu essen haben."

„Ja, natürlich", erwiderte Klawdija eilig.

Sie gab den beiden aufgewärmte Suppe vom Vortag und dazu je einen Fleischkloß mit Makkaroni. Während die Kinder aßen, lasen Klawdija und Alexej Jossifowitsch, im Schlafzimmer eingeschlossen, den Brief, den sie in der mit einem Häschen bestickten Tasche gefunden hatten, das heißt, Klawdija las ihn, und sie kam nur bis zu der Stelle, wo von Saschas Verhaftung die Rede war.

„Aha", sagte sie erbleichend und ließ das Papier sinken, „früher war ich ihr gleichgültig, und jetzt, wo sie in der Klemme sitzt, will sie mich ruinieren. Sie weiß doch ganz genau, daß ich einen Juden zum Mann habe. Auf uns darf keinerlei Verdacht fallen!"

„Was hat denn meine Abstammung damit zu tun?" fragte Iwolgin, und sein Herz erbebte wie immer bei der Erwähnung seiner schrecklichen tiefinnersten Schande.

„Sehr viel hat sie damit zu tun!" rief Klawdija böse. „Stell dich bloß nicht so an, als verstündest du das nicht! Du Lamm Gottes... Willst du, daß mit dir dasselbe geschieht wie mit Scherman?"

„Aber wieso denn?" erwiderte Iwolgin, während er versuchte, sein verstörtes Herz im Zaum zu halten. „Scherman hatte Verbindung zu Verwandten in Amerika." Und sogleich spürte er das übliche „Ich habe Angst, ich habe Angst!" aufgeschreckt aus seinem Innern emporsteigen. Ich habe Angst, ich fürchte mich! schrie die Seele des Nachfahren aus dem einst ruhmreichen Stamme Ruben, eines der Menschen, von denen der Herr durch seinen Propheten Hesekiel sagt:

„Als sie aber zu den Völkern kamen, entweihten sie überall, wohin sie kamen, meinen heiligen Namen; denn man sagte von ihnen: Das ist das Volk Jahwes, und doch mußten sie sein Land verlassen."

Ich habe Angst, ich fürchte mich! krächzte Iwolgins vom Schreien schon heisere Seele, durch den Schreck aus

312

dem Körper geholt wie ein Strafgefangener nachts aus dem Bett, und er flüsterte mit belegter Stimme:

„Es heißt, in Weißrußland sei ein ernster Prozeß im Gange, die Nationalisten würden angeklagt... Bahdanowitsch und andere...“

„Senja, wir müssen mit Waljas Kindern etwas unternehmen“, erklärte Klawdija fest und schon nicht mehr in Hektik. „Walja wird mir böse sein, aber ich kann die beiden nicht hierbehalten. Ich habe selbst ein Kind. Außerdem würden wir das materiell gar nicht durchstehen, aber das ist nicht die Hauptsache...“

„Gut“, sagte Iwolgin eilig. „Aber laß das jetzt. Legen wir uns erst mal schlafen... Morgen werden wir uns was überlegen.“

Alexej Jossifowitsch wußte sehr wohl, was seine Frau vorhatte, wenngleich es ihm im einzelnen noch nicht klar war, doch er scheute sich, darüber zu reden, und versuchte den Augenblick möglichst hinauszuzögern... Er fürchtete unwürdiges Tun ebenso wie edelmütiges, er hatte überhaupt vor allem Angst, selbst vor Leuten, die ihrer Stellung nach schwächer waren als er, wenn er sich mal ermannte, mit ihnen ins Gericht zu gehen.

Vor dem Schlafengehen gaben sie Waljas Kindern Ninotschka und Mischenka ebenso wie ihrem eigenen Sohn Saweli je ein Glas Fruchtmilchbrei und eine Semmel. Dann bereiteten sie ihnen im Wohnzimmer auf dem Sofa ein Lager, und die müden Kinder schliefen rasch ein. Auch Saweli legte sich in seinem Zimmer nieder, aus dessen Tür ein Schlosser die innere Verriegelung entfernt hatte. Das war auf Klawdijas Anordnung hin geschehen, nachdem sie ihren Sohn bei der einst von Tamars zweitem Ehemann, Onan, begangenen Jünglingssünde ertappt hatte, um ihn, Saweli, wissen zu lassen, daß seine Eltern jeden Augenblick hereinkommen und ihn bei seinem frevelhaften Treiben überraschen konnten. In jener Nacht jedoch war es den Eltern nicht um ihn zu tun, denn sie standen am Morgen beide mit gleichermaßen verschwollenen Augen auf und gingen zur Arbeit, ohne zu frühstücken. Die Kinder aßen abermals Klopse mit Makkaroni, tranken Fruchtmilchbrei und gaben sich danach allerlei Spielen hin. Der kleine Mischenka stieg zu der großen Wanduhr hinauf und versuchte den Perpendikel zu fangen. Saweli aber fragte Ninotschka:

„Kannst du Kunstgymnastik?"

„Wie geht das?" erkundigte sich Ninotschka.

„Sehr einfach", erklärte Saweli, „ich hebe dich hoch, und du machst mit den Armen verschiedene Bewegungen. Verstehst du?"

„Ja", antwortete Ninotschka. „Das habe ich mit meinem Vati in Witebsk auch gespielt. Er hat mich immer ganz hoch gehoben, ganz hoch... Oder er ist mit mir auf dem Fahrrad gefahren... Und Gedichte hat er mir beigebracht. Hör mal zu:

Ich renne von der Schule aus
gleich in unser neues Haus,
steige rasch die Treppe rauf,
zähl die Etagen beim schnellen Lauf:
Eins und zwei und drei und vier –
dort ganz oben wohnen wir."

Saweli erinnerte sich, daß er als Vorschulkind gern in Modezeitschriften die dort abgebildeten schönen Tanten betrachtet hatte und mit dem Finger an ihren glatten, glänzenden Beinen entlanggefahren war, wobei er ein ebensolches Behagen empfand wie beim Bonbonlutschen. Natürlich wußte er nicht, daß die schädliche Vermischung des Blutes oft durch die vierte Strafe Gottes, die Krankheit, wie auch durch die dritte, das wilde Tier der Wollust, geahndet wird. Dennoch kam er schon als Kind darauf, sich mit einer Modezeitschrift allein in eine Ecke zu setzen und die glänzenden gelben Beine der schönen Tanten zu berühren... So gewöhnte er sich von klein auf daran, jedes angenehme Gefühl mit

Einsamkeit zu verbinden. Aus seiner Einsamkeit heraus beobachtete er die Mädchen auf dem Hof; von seinen Mitschülerinnen in der Klasse hielt er sich abseits und litt, bis ihn eines Tages ein Junge in der Schultoilette das schändliche Sichbefriedigen lehrte... Er ging auch gern in den Zirkus oder zu Gymnastikvorführungen, um zuzusehen, wie die Männer die Frauen an den Beinen und Hüften in die Höhe hoben. Nun, wo er mit seiner Kusine allein war – der kleine Mischenka zählte ja nicht –, wollte er es zum erstenmal selbst probieren, und sein Herz klopfte wie nie zuvor. Und er erkannte, natürlich nicht mit dem Verstand, dafür war er noch zu dumm, sondern mit seinen Händen, was ein weiblicher Körper bedeutet, vor dem all die armseligen abwegigen Genüsse verblassen, denen sich auch Onan, Tamars zweiter Ehemann, hingab. Er spürte die weiche, feuchte Schwere des Weiblichen, die so manchen zu allerlei Unbesonnenheiten treibt... Empfanden etwa ebendies täglich die Turner und Zirkusleute? Saweli kannte noch nicht den Überdruß des Satten angesichts üppiger Gerichte wie einer goldbraun gebratenen Gans oder gebackener Karauschen in Sahne. Er war ein Junge aus einer zwar wohlversorgten, aber doch hauptsächlich von Sardellen und Fleischklößchen sich ernährenden Moskauer Familie des Jahres neunzehnhundertneunundvierzig.

Auch Ninotschka gefiel es, wenn Saweli sie in die Höhe hob, sie kreischte und schwenkte die Arme, und Mischenka klatschte dazu in die Hände. Völlig im Bann ihres Tuns, bemerkten sie gar nicht, daß die Erwachsenen zurückkehrten. Klawdija trat in dem Augenblick ein, als die gymnastische Pyramide gerade zustande kam, was vorher nicht gelungen war, da Ninotschka sich von Sawelis Griff gekitzelt fühlte. Endlich ergab sie sich ihm und erlaubte ihm, wenn auch laut kreischend, seine Hand ziemlich weit nach oben zu schieben.

315

„Was geht hier vor?" schrie Klawdija erbleichend, was jedoch eine rein rhetorische Frage war, denn sie sah sehr wohl, was vorging. „Hört sofort auf damit!"

„Wir spielen", erklärte Ninotschka lachend.

Klawdija packte Saweli, zerrte ihn ins Schlafzimmer und verpaßte ihm eine heftige Ohrfeige. Nach ihr kam Alexej Jossifowitsch herein und schlug ihn ebenfalls, aber nicht so schmerzhaft, denn er war immerhin ein jüdischer Vater.

„Auch deshalb müssen wir sie wegschicken", sagte Klawdija leise. „Das fremde Mädchen im Haus verdirbt den Jungen."

„Ja, ja, ich bin einverstanden", antwortete Iwolgin, und sein Herz pochte nach seiner Gewohnheit wie das eines Hasen, „aber sie müssen unbedingt erst noch ein Mittagessen bekommen, ehe wir sie . . ." Er stockte verlegen.

Nach dem Essen befahl Klawdija ihrem eingeschüchterten Sohn:

„Du bleibst hier . . . Vater und ich fahren mit den Kindern weg, wir haben was mit ihnen zu erledigen. Verstanden?"

Im Bewußtsein seiner Schuld wagte Saweli nicht zu widersprechen, und er legte sich folgsam aufs Sofa. Die Eheleute Iwolgin bestiegen mit den Kindern ihrer gemaßregelten Verwandten Kucharenko den Trolleybus und gelangten, nachdem sie noch einmal umgestiegen waren, zum Weißrussischen Bahnhof. Dort begaben sie sich in den Raum für Mutter und Kind. Die Kinder setzten sich, Klawdija und Alexej Jossifowitsch traten in eine Ecke ans Fenster und redeten flüsternd miteinander. Dann ging Klawdija hinaus, Alexej Jossifowitsch kam zu den Kindern und nahm gedankenverloren neben ihnen Platz. Nach einer Weile sprach er Nina an und führte sie beiseite zu dem Fenster, wo er vordem mit Klawdija getuschelt hatte.

„Du bist doch schon ein großes Mädchen", sagte er, „du mußt verstehen: Deine Eltern sind verhaftet, und das läßt sich nicht verheimlichen. Bei uns wird man euch immer entdecken, weil wir eure Verwandten sind. Deshalb nimm Mischa, trag ihn in den großen Wartesaal, setz dich dort hin und fang an zu weinen. Wenn dich jemand fragt, warum du weinst, dann antworte: Unsere Mutter hat uns ausgesetzt und kommt nicht wieder... Und sage, du heißt Iwanowa."

Ninotschka war ein eifriges Mädchen und hörte stets auf die Erwachsenen. Sie nahm Mischa, ging mit ihm in den großen Saal, setzte sich und fing an zu weinen. Aber sie weinte nicht um die Mutter, die sie angeblich ausgesetzt hatte und weggegangen war, sondern um ihre richtige in Witebsk wie auch um ihren Vater. Leute traten zu ihr heran und fragten, was passiert sei. Es kam auch eine Frau mit roter Armbinde, die Diensthabende auf dem Bahnhof.

„Was hast du, Mädchen?" fragte sie. „Warum weinst du?"

„Unsere Mama hat uns verlassen", antwortete Ninotschka, wie Onkel Alexej es ihr aufgetragen hatte. „Sie kommt nicht mehr wieder, um uns zu holen."

Dabei wurde ihr plötzlich so traurig zumute und so weh ums Herz, und sie fühlte sich so bitter gekränkt, daß sie sich selber leid tat. Und auch Mischenka tat ihr leid.

„Ja, das stimmt", bestätigte die Diensthabende, „das Mädchen sagt die Wahrheit: Vorhin war in dem Raum für Mutter und Kind ihre Mutter noch bei ihnen." Die Frau hatte offenbar Klawdija bei den beiden gesehen und hielt die Tante für die Mutter. „Nimm dein Brüderchen und komm mit", fuhr sie fort.

Ninotschka nahm Mischenka auf den Arm und folgte der Diensthabenden. Als sie am Bahnhofstelegrafenamt vorbeigingen, sah Ninotschka ihren Onkel Alexej hinter einigen Leuten hervor aufgeregt nach ihr Ausschau halten. Im nächsten Augenblick aber war er verschwunden. Durch Übergänge, auf einem Bahnsteig und schließlich auf einer Straße in der Nähe des Bahnhofsgebäudes lief Ninotschka hinter der Diensthabenden her. Mischenka war schwer, Ninotschka hielt sich kaum noch auf den Beinen, ihre Arme wurden schwach. Endlich traten sie in ein Haus. Die Frau ging wieder weg, und die Kinder saßen lange zu zweit auf dem Fußboden in der Ecke. Nach einer ganzen Weile erst wurden sie in ein anderes Zimmer gerufen, in dem ein Milizionär saß. Der fragte sie, wer sie seien und woher sie kämen. Ninotschka erinnerte sich der Anordnungen ihres Onkels Alexej und antwortete so, wie er es ihr aufgetragen hatte, während Mischenka verängstigt schwieg. Aber als dann auch noch eine strenge Frau mit einem Kamm im grauen Haar hereinkam und sie ebenfalls ausfragte, fingen die Kinder an zu weinen, und Ninotschka erzählte alles, wie es war, daß sie nicht Iwanow hießen, sondern Kucharenko... Sie bekamen ein gutes Mittagessen und blieben drei Tage in dem Haus; danach wurden sie mit der Eisenbahn in die Stadt Tobolsk geschickt.

Anfangs wohnten sie in einem nach Makarenko benannten Kinderheim, das man in einem sieben Kilometer von Tobolsk entfernt mitten im Wald gelegenen ehemaligen Kloster eingerichtet hatte. Dort war es sehr schön. Im Sommer badeten die Kinder im Irtysch oder im Tobol. Und gleich nebenan lag eine Fuchsfarm, die sich die Heimkinder oft ansahen. Aber eines Tages brach ein Feuer aus. Es hieß, Nonnen hätten das Kloster angezündet, weil die Sowjetmacht ihnen ihre Wohnstatt weggenommen und ein Waisenhaus daraus gemacht hatte. Nach dem Brand mußten alle Kinder in ein Kinderheim namens Krupskaja in der Stadt Tobolsk umsiedeln, und dort war es nicht mehr so schön. Eines Vormittags wurde Nina unversehens zur Leiterin bestellt, und die sagte:

„Kucharenko, du wirst morgen verlegt."

„Wohin denn?" fragte Nina.

„Das siehst du dann schon."

„Und mein Bruder Mischa?"

Darauf gab ihr die Leiterin keine Antwort. Am nächsten Morgen nahm Nina von Mischa Abschied, und dann wurde sie zusammen mit anderen Kindern in einem Güterzug sehr weit weg an einen Ort gebracht, wo es ganz schlimm zuging. Sie bekamen wenig zu essen, und die Erzieherinnen waren böse. Ringsum ragten mächtige Berge auf, und die Erwachsenen schreckten die Kinder ständig mit den dort lebenden Bären, damit sie nicht davonliefen. Einmal sah Nina eine Kolonne weiblicher Häftlinge. An eine der Vorüberziehenden erinnerte sie sich besonders, weil ein begleitender Wachmann die Frau so schlug, daß ihr das Blut übers Gesicht lief... Von diesem Tag an wurde Nina sehr unruhig, sie gab auch den Erwachsenen grobe Antworten, so daß man sie öfter in den Keller sperrte, wo die Fässer mit dem Sauerkraut für die Anstalt standen. In diesem Kinderheim herrschte ein strenges Reglement, jedes Vergehen wurde unausweichlich bestraft. Auf Tränen gab man hier nichts.

Im allgemeinen liebt Rußland es seit Urzeiten, zu weinen und zu bereuen, das liegt im russischen Nationalcharakter. Doch im Jahre neunzehnhundertzweiundfünfzig erreichte das russische nationale Leben, das damals so vollkommen wie nie zuvor das Leben des ganzen Staates ausdrückte, eine extreme Geschlossenheit und geradezu mönchisch strenge Ordnung. Eine jugendlich unreife Seele vermag sich in solcher Lage gewöhnlich nur dadurch zu retten, daß sie das Leben nicht ernst nimmt. Diese Art Leichtfertigkeit hat von jeher in schweren Augenblicken die russische Seele begleitet und sie vor dem Verderben bewahrt. Im stählernen Gardejahr neunzehnhundertzweiundfünfzig jedoch war dieser rettende Unernst allerorts abgeschafft, selbst dem Antisemitismus wohnte keinerlei Fröhlichkeit mehr inne. Über die Juden wurde nicht mehr gescherzt, sie waren nicht mehr Zielscheibe des Spottes, die Zahl der

Judenwitze ging drastisch zurück. Dafür erschien eine Menge asketisch strenger Aufsätze, buchstäblich an der Grenze der staatlichen Ideologie... Es war, als müsse das gesprochene Wort sogleich zum gedruckten werden. Abends in einem Couplet, morgens in der Zeitung... Die verschiedenen Strophen der berühmten Tschastuschka „Schlagt die Juden, rettet Rußland" ertönten ohne die kecke Ausgelassenheit, sondern ernst wie eine Hymne... Die gequälte, müde Seele des russischen Menschen war völlig verwandelt, es roch nicht mehr nach fröhlichen orthodoxen Pogromen, sondern nach mittelalterlich ernsten, katholischen... Das von schmallippigen polnischen Mündern abgelutschte Bonbon „Żyd", Jude, hatten die anderen Münder, die es übernahmen – wenngleich ebenfalls slawische, aber breitere und weniger scharfkantige –, doch stets als süß und nicht als bitter empfunden. Ach, wie angenehm, es im Mund zu behalten, und der Wodka schmeckte dazu nicht schlechter als zu einem Stückchen Gurke. Auch erfrischte es in gelehrten Gesprächen wohltuend den Mund. Und besonders dem russischen Literaten erleichterte es die Antwort auf die ewigen russischen Fragen und Rätsel. Gut war das polnische Bonbon „Żyd" gewesen, doch in dem stählernen Gardejahr neunzehnhundertzweiundfünfzig wurde es zur bitteren Pille, die im Mund brannte und bei der jeder das Gesicht verzerrte.

O Gott, was für erschreckende Gesichter bekam Alexej Jossifowitsch Iwolgin zu sehen! Seine Seele schrie schon nicht mehr: Ich habe Angst!, sie zitterte ohne Worte.

„Ruf Fadejew an!" flüsterte Klawdija im Bett.

„Um ihn an sein Auftreten bei der Totenfeier für den jüdischen bürgerlichen Nationalisten Michoëls zu erinnern, ja?" erwiderte Alexej Jossifowitsch bissig und peinlich berührt.

„Wieso denn?" widersprach Klawdija. „Meinst du, er weiß noch, wo er mit dir zusammengetroffen ist?"

„Nein, nein", entgegnete Iwolgin. „Im Moment ist das wichtigste, unbemerkt zu bleiben."

Aber es fiel schwer, unbemerkt zu bleiben, nachdem sich die russische Frage „Wer verdirbt Rußland?" zu ihrer vollen Größe erhoben hatte und im russischen Menschen brannte und bohrte. Es mag leicht sein, auf einer verwegenen Hochzeit aus dem fröhlichen Getümmel zu verschwinden, indem man sich, scheinbar betrunken, unter den Tisch legt, aber wenn der Russe anfängt, Kränkungen aufzurechnen, wenn in der russischen Rede die Zisch- und Summlaute betont werden und alles wie „Schakal" oder das polnische „Żyd" klingt, dann versuche mal einer unterzutauchen... Man geht auf der Straße – ringsum dieses Summen. An öffentlichen Orten – in Ämtern, im Kino oder in den Verkehrsmitteln –, überall summt es... Alexej Jossifowitsch hegte schon Bedenken, in eine Straßenbahn oder einen Trolleybus zu steigen... Der Antisemitismus in den Verkehrsmitteln war an sich nichts Neues, doch jetzt fanden dort geradezu Kundgebungen auf Rädern statt. Die durch die Verfassung garantierte Freiheit des Wortes war in dieser Hinsicht schon immer gewahrt worden, jetzt aber traten in den Trolleybussen mehr Redner auf als im Hydepark. Dabei hatte Alexej Jossifowitsch auch schon in früheren, lustigeren Zeiten Angst gekriegt, wenn sich in den städtischen Verkehrsmitteln zwischen den Passagieren laute Debatten entspannen. Einmal stieg ein Spaßvogel in einen Trolleybus. Das geschah selten, aber es kam vor. Er schnupperte in der Luft und sagte:

„Glückwunsch zum Knoblauch, Bürger und Genossen! Ich weiß zwar noch nicht, wer da so duftet, aber wir genießen es ja jetzt gemeinsam, im Kollektiv sozusagen."

Die Leute schwiegen, einige lachten immerhin, Alexej Jossifowitsch aber senkte den Blick und zog den Kopf in die Schultern. Er hatte keinen Knoblauch gegessen, doch sein Herz stockte. Gleich würde ihm einer mit dem schrecklichen Wort einen Schlag unter die Gürtellinie versetzen... Gleich mußte es fallen... Doch niemand sprach es aus. Die Gefahr ging vorüber. Er kam auch noch ein andermal glimpflich davon und ein drittes Mal... Aber er wartete. Und einmal sagte im Trolleybus Nummer zwanzig auf der Strecke zwischen dem Karl-Marx-Prospekt und der Station mit dem phantasievollen slawischen Namen Serebrjanny bor, Silbertannenwald, ein russischer Mensch mit einem tadelnden Blick zu ihm:

„Wenn wir euer Latein nicht für unsere Arztrezepte brauchten, hätten wir euch Juden längst alle erwürgt."

Und die Businsassen, dieses spontan geschaffene Kollektiv, stimmten ihrem Sprecher schweigend zu. Denn ein Jude ist für ein russisches Kollektiv ein wichtiges Detail, um das Gefühl einer nationalen Einheit aufkommen zu lassen.

Am Platz des russischen Genius Puschkin stieg oder, besser gesagt, stürzte Alexej Jossifowitsch förmlich aus dem Bus; danach saß er lange und hielt sein Herz.

Zwei Tage später fuhr er im Auftrag der Zeitschrift „Theater" nach Leningrad, und während der ganzen Fahrt redete ein im selben Abteil reisender russischer Mensch mit ihm „frei von der Leber weg".

Der Antisemitismus in den städtischen Verkehrsmitteln unterscheidet sich grundsätzlich von dem in der Eisenbahn. In den Stadtverkehrsmitteln legt man kürzere Entfernungen zurück, man ist beengt, die handelnden Personen wechseln rasch, und all das fördert die Dynamik, verleitet zum Lautwerden und zu kurzen, klaren, losungsartigen Formulierungen. Ganz anders in der Eisenbahn. Hier fühlt man sich freier, und man hat genug Zeit, um einander näherzukommen. Es werden umständliche Erörterungen und Analysen im Sinne eines „offenen Wortes" möglich. Hier befolgt jeder Antisemit, der kein lautes Geschrei anstimmen möchte, sondern ein sachliches Urteil abzugeben gedenkt, auch das erste Gebot für seinesgleichen. Dieses erste Gebot besteht für den Antisemiten darin, zu erklären, daß er viele jüdische Freunde habe. Und darin, über Brüderlichkeit zu reden. Genau in diesem Stil des einlullenden Eisenbahnantisemitismus, das Stampfen der Räder im Ohr, schrieb Dostojewski im März achtzehnhundertsiebenundsiebzig seine „Jüdische Frage".

„Ja, ja", bestätigte Alexej Jossifowitsch seinem Gesprächspartner, „da bin ich mit Ihnen einer Meinung. Ich war immer ein Internationalist und folge den Vorurteilen meines Volkes längst nicht mehr. Mein Familienname ist ein internationaler – Iwolgin –, und ich bin mit einer Weißrussin verheiratet... Fjodor Michailowitschs Aufruf ‚Es lebe die Brüderlichkeit' schließe ich mich dankbar an, und ich stimme ihm zu, wenn er sagt, daß ein Jude weniger imstande sei, einen Russen zu verstehen, als ein Russe einen Juden... Unter uns gesagt", fügte er mit glänzenden Augen hinzu, froh darüber, an einen gebildeten Menschen geraten zu sein und nicht an einen Schwätzer, „unter uns gesagt: Für jüdische Frauen hatte ich nie was übrig... Die sind mir zu schlampig und fahrig und im rein Weiblichen von einer doch sehr typisch jüdischen Gier... Da hat eine Slawin doch andere Qualitäten." Und der Kunstwissenschaftler Alexej Jossifowitsch leckte sich verschwörerisch die Lippen.

Dabei sagte er, in dem Bemühen, seinem Gegenüber zu Gefallen etwas Anzügliches vorzubringen, sogar die Wahrheit. Wenn ein Volk seelisch verzagt, dann spiegelt sich das zuerst in seinen Frauen wider, denn das Weib schafft das nationale Antlitz eines Volkes. In den Konzentrationslagern des Alltagslebens, den kleinen Städten, verfiel während dumpfer Hochzeitsnächte von Vettern und Basen in der zum Schutz der schwindsüchtigen Lungen vor jedem kalten Luftzug sorgsam bewahrten Schwüle von Generation zu Generation zunehmend das herrliche Antlitz der biblischen Schönheiten. Und Frauen mit unproportionierten Nasen, eckigen Lenden oder hängenden Bäuchen brachten schmalbrüstige, gebeugte und kraftlose chronisch kranke Nachfahren zur Welt. Deshalb versuchte alles, was sich zufällig den gesunden Ursprung bewahrt hatte, dem Judentum zu entfliehen, trotz strenger Verbote dogmatischer Talmudisten. Das Gesunde floh, rettete sich aus den Konzentrationslagern des Alltags, in die man die Juden zu ihrem Verderben und ihrer Degenerierung eingesperrt hatte. So flohen auch die wenigen schönen Frauen, ihrem biologischen Instinkt folgend bemüht, nicht das eigene Untergehende fortzupflanzen, sondern das fremde Kraftvolle. Es flohen die Klugen, die Zähen, die Geschickten, wohin und wann immer sie konnten. Wie Alexander Herzen schreibt: „Die Not machte die Juden schlau und wendig." Niemand berief ihretwegen internationale Foren ein, niemand schuf internationale humanitäre Fonds zu ihrer Unterstützung. Die Untergehenden retteten sich selbst. Sie liefen dem Jüdischen davon, um das Menschliche in sich zu bewahren. Welchen Preis sie jedoch dafür zahlen mußten, erkannten sie erst sehr viel später, ja, manche erkennen es bis heute nicht. Er liegt weit höher als der, den Mephisto von Faust verlangte. Denn sie haben nicht ihre Seelen verkauft, sondern den Geist. Die Seele bewahrt im Menschen den Menschen, der Geist bewahrt Gott in ihm. Die dem Judentum Entflohenen haben ihre Seelen gerettet, doch den Geist verloren...

So hatte einst Alexej Jossifowitsch Iwolgins Großvater seinem Städtchen den Rücken gekehrt, ein Mann mit dem für slawische Ohren lächerlich klingenden Vornamen Chaim und dem Zunamen Katz. Der Familienname Katz war gut für eine deutsche Arbeitsstelle, für eine russische aber brauchte man einen anderen. Und so kaufte sich Jossif Katz, Chaims Sohn, beim Amtsvorsteher den Namen Iwolgin. Das kostete ihn nicht viel – fünf Silberrubel. Irgendwo weiter weg, in einem abgelegenen Landkreis, hätte er sich schon für einen Silberrubel sogar den Namen seiner Majestät des Zaren, Romanow, kaufen können. Jedoch Jossif Katz, von Beruf Zahnarzt, wohnte in Petersburg, und dort war das Leben ein bißchen teurer. So nahm er, was er bekam. Iwolgin – nun gut, also Iwolgin. Ach, wie dankbar war ihm dafür später sein Sohn Alexej Jossifowitsch! Ein solches Erbe war für einen Juden in Rußland besser als jedes Kapital, besser als Haus und Hof. Der neugebackene Jossif Iwolgin gehörte zu den Juden, die nicht schlecht lebten, weil sie auf ihrem Gebiet geschickt zu arbeiten verstanden, denn Rußland brauchte zunehmend tüchtige Ingenieure, Advokaten und Angehörige ähnlicher Berufe, die dem russischen Landmann und Grundbesitzer nicht recht geheuer waren. Diese russischen Patrioten aus der jüdischen Bevölkerung bildeten eine Gruppe um die Petersburger Zeitung „Retsch", „Die Rede", welche von dem an der konservativen Vereinigung der „Schwarzen Hundert" orientierten Blatt „Russkoje snamja", „Russisches Banner", nicht ohne Grund eine jüdische genannt wurde. Je häufiger in der „Retsch" entlarvende Artikel gegen den Zionismus erschienen, der die Juden für einen engen Nationalismus anstatt für eine brüderliche Zusammenarbeit mit dem großen russischen Volk zu gewinnen trachtete, um so wütender reagierte das schwarzhundertschaftliche „Russkoje snamja", das ebenfalls Aufsätze gegen den Zionismus veröffentlichte, jedoch ekstatischere und zündendere, welche forderten, daß der weltweite jüdische Kahal daran gehindert werden müsse, die Macht über die Menschheit zu ergreifen. Die „Schwarzen Hundert" zimmerten mit schweren Werkzeugen, und die jüdischen Russophilen arbeiteten indessen mit der Hand. Doktor Dubrowin, das Haupt des „Bundes des russischen Volkes", wurde grün vor Ärger, wenn er die Zeitung „Retsch" las. Eine ureigene Angelegenheit des echten russischen Menschen, die antisemitische Propaganda, wurde von gebildeten Juden betrieben, ihnen fielen dabei die besten Anteile zu...

Das war wieder typisch für diese widerlichen, gerissenen Burschen – sogar beim Antisemitismus hatten sie ihre geschickten Finger im Spiel...

Ach, diese Zeitung „Retsch"... Im Grunde hatte Alexej Jossifowitsch seine literarisch-kritische Karriere mit einer in dieser Zeitung veröffentlichten Glosse begonnen, in der er als blutjunger Journalist darlegte, wie die Talmudisten einer Kleinstadt einen zum Christentum übergetretenen jungen Mann traktierten, ohne daß der von den reichen Opfergabenspendern der Synagoge bestochene Polizeihauptmann des Ortes für ihn eintrat. Jetzt hingegen gestattete man Alexej Jossifowitsch immer seltener, sich in einer Zeitung gegen die Kosmopoliten zu äußern, und das war ein sehr schlechtes Zeichen. Unlängst war ihm sogar etwas höchst Unangenehmes passiert. Er hatte einen langen Beitrag geschrieben, in dem er nachwies, daß hinter Michoëls' äußerlich romantischen Auffassungen kleinbürgerlicher jüdischer Nationalismus steckte. Es war ein Aufsatz zur rechten Zeit, aber er kam nicht durch. Und plötzlich entdeckte er ihn in leicht veränderter, primitiverer Form, gezeichnet von einer bekannten, einflußreichen russischen Unterschrift auf -ow. Alexej Jossifowitsch war fassungslos. Nicht, daß es ihm um ein „Denkmal aus Bronze, zentnerschwer" gegangen wäre. Doch in der ursprünglichen Gestalt hätte der Artikel von weit größerem Nutzen für die patriotische Propaganda sein können... Ja, das, was Doktor Dubrowin in dem Jahr orthodoxer Pogrome neunzehnhundertfünf vorgeschwebt hatte, erfüllte sich im stählernen Gardejahr neunzehnhundertzweiundfünfzig. Die Juden waren aus der russischen patriotischen Propaganda weitgehend entfernt. Selbst nutzbringende Fähigkeiten ihrerseits wurden den Prinzipien geopfert. Für Alexej Jossifowitsch Iwolgin brachen schlimme Zeiten an. Die Zeitungen verzichteten generell auf seine Dienste, und wer weiß, vielleicht verlor er morgen auch noch seine Stelle an der Universität.

„Ruf Fadejew an", flüsterte Klawdija im Bett, „er wird helfen. Wäre nicht die Sache mit meiner Schwester Walja, würde ich selber zu ihm gehen, als deine Frau, eine Weißrussin."

In dieser Zeit begann Alexej Jossifowitsch an der verbreiteten Krankheit derer zu leiden, die von der Außenwelt nichts Gutes erwarten. Die Wohnungstür war für ihn wie ein lauerndes Tier... Jeden Moment konnte es dort läuten, konnten fremde, beängstigende Geräusche und Fußgetrappel ertönen...

Ihr Mitbewohner, der Hauswart, stand früh auf. Alexej Jossifowitsch hörte die Schritte im Korridor und dachte mit dumpf schmerzender Stirn: Hauswart – das ist ein sicherer Posten für einen Juden! Dieser Nachbar war schlauer als ich. Bei einem Genozid allerdings rettet ihn das auch nicht. Aber solange die Vernichtung auf der Grundlage des Klassenkampfes vor sich geht, ist Hauswart das verläßlichste.

„Ruf Fadejew an", beharrte Klawdija mit weiblicher Hartnäckigkeit, da sie nur in diesem geistigen Kniefall die Rettung sah.

„Gut", erwiderte Alexej Jossifowitsch. „Morgen früh tu ich's."

Ob er das nur sagte, um seine Frau zu beruhigen, oder ob er sich tatsächlich dazu durchgerungen hatte, wußte er selbst nicht. Aber was bedeutete „morgen" im Jahre neunzehnhundertzweiundfünfzig für einen im gefährlichsten Bereich des sozialistischen Aufbaus Tätigen, im Bereich der Kultur? Jedes „Morgen" forderte neue Opfergaben gleich einem böswilligen heidnischen Idol. Und niemand ersetzte die Menschenopfer durch Schafe wie bei Abraham, der auf Geheiß des Engels statt seines Sohnes Isaak einen Widder schlachtete und an ihm den Holocaust vollzog. So wurde die Herde der potentiellen Menschenopfer immer kleiner, sie verringerte sich so sehr, daß man schon auf die Schwächsten zurückgriff. Für jeden Artikel über den ideologischen Kampf, für jede interne Sitzung und jede öffentliche Versammlung waren neue Opfer nötig. Auch für Iwolgin kam dieses „Morgen" – man lieferte ihn in einem Seminar über die Darstellung des Klassenfeindes im heutigen Dramenschaffen ans Messer... Und woran erinnerte man sich zu diesem Zweck? An die Zeit, als Iwolgin in jungen Jahren auf sich aufmerksam machen wollte. Wie hätte das anders geschehen sollen als in einer Polemik? Speziell hatte er gegen diejenigen polemisiert, die meinten, man könne den Klassenfeind nur als eine lächerliche Karikatur darstellen. „Ein Komsomolze", schrieb er, „vermag kein Bild des Klassenfeindes in allen Feinheiten seiner Psyche zu entwerfen. Er kann ihn natürlich lächerlich machen und als Karikatur wiedergeben. Damit drückt der Künstler seine Einstellung, seine Ablehnung des Klassenfeindes aus. Doch das ist eine satirische Methode, die sich auf das Gesamtwerk erstrecken muß."

„Das bedeutet mit anderen Worten", hieß es jetzt in dem besagten Seminar, „Iwolgin ruft dazu auf, mit der Karikatur des Klassenfeindes zugleich auch die gesamte Atmosphäre der sowjetischen Wirklichkeit zu karikieren, um den allgemeinen künstlerischen Eindruck nicht zu verfälschen. Neben einem modernen Chlestakow kann es, meint er, nicht auch einen modernen, vollblütigen sowjetischen Charakter geben, sondern nur einen sowjetischen Stadthauptmann Skwosnik-Dmuchanowski."

Was für eine stickige Luft, als drücke einem jemand die Kehle zu... Könnten die nicht mal ein Fenster aufmachen... weit auf... Habt doch Mitleid mit mir... Ihr braucht mir gar nicht zu vergeben, darauf kann ich nicht hoffen, nur auf Mitleid...

„Ich zitiere: ‚Man muß den Klassenfeind so darstellen, wie er ist, in der ganzen Größe seiner Philosophie und Psychologie und der ganzen Breite seiner Tätigkeit.' Mit anderen Worten: Iwolgin ruft unter dem Anschein der

Objektivität dazu auf, antisowjetische Propaganda auf der Bühne zuzulassen."

„Iwolgin... Iwolgin... Iwolgin... Iwolgin..." Und unversehens sagte jemand: „Katz..."

„Iwolgin-Katz gehört, wie auch der von ihm verehrte Meyerhold, zu der, mit Verlaub gesagt, Plejade, die Lunatscharski ‚die versauernde Intelligenz' nannte, womit er, ungeachtet der in der Folgezeit von ihm selbst begangenen Fehler, recht hatte."

„Auch Stanislawski hat seinen Tribut an den fremden Einfluß, den bürgerlichen Realismus, gezahlt... Doch er hat die Kraft gefunden..."

In einem seltsamen, überraschenden Zustand befand sich Alexej Jossifowitsch jetzt, in einer Art geistigem Trugbild. Die Worte des russischen Menschen im Trolleybus Nummer zwanzig auf der Strecke zwischen den Stationen Karl-Marx-Prospekt und Silbertannenwald waren ihm für immer im Gedächtnis haften geblieben: „Wenn wir euer Latein nicht für unsere Arztrezepte brauchten, hätten wir euch Juden längst alle erwürgt." Das taten sie jetzt. Hatten sie inzwischen gelernt, selber lateinisch zu schreiben? Nein, ihr Lieben, ihr wißt immer noch nicht, was Latein bedeutet. Wir tragen das Lateinische tief in unserem Herzen. Dort liegt es tief vergraben wie ein teurer Verstorbener. Und darüber ist der gesunde Humus des Volkes, der unfruchtbare Lehm intelligenter Reue.

„Um vier Uhr begann der feierliche Gottesdienst. Ich war im Paradies. Die Orgel tönte. Lange Alleen weißer Schleier. Der zarte Klang silberner Glöckchen, bewegt von den zarten Händen blasser Knaben. Ein Engelchor. Kirchenfahnen aus zarter, duftiger Spitze. Kerzen, und vor den Fenstern Tageslicht. Weihrauch, wallende Schwaden aus den Räucherfäßchen, und der goldene Herbst vor den Fenstern. Die Statue der Madonna und die Schritte der Betenden auf dem Steinfußboden, ebenso dumpf wie das Flüstern der Blätter vor den Fenstern.

Ich stand so lange, bis die Erschöpfung mich zu gehen zwang."

Das war Meyerhold zur Zeit der Aufführung von „Schwester Beatrice". Das ist Latein, Genossen...

Nach dem Seminar sahen alle Hinausgehenden Alexej Jossifowitsch in einem tiefen Sessel im Aufenthaltsraum vor dem Versammlungssaal sitzen. Das seitlich einfallende Licht erhellte sein Gesicht wie das harte Antlitz eines Totenmals aus weißem Marmor. Weit zurückgebeugt, den Nacken auf der Sessellehne, hielt er seine vorgestreckten weißen Marmorhände zusammengelegt auf dem Knauf seines wertvollen, mit einem Messingmonogramm verzierten, gelblackierten dicken Knotenstockes. So saß er, und alle gingen an ihm vorbei, als schritten sie über einen zu Boden geworfenen Leichnam. Als Gott der Herr ihn so sah, reute es ihn um seinen heiligen Namen, der hier entweiht wurde, und er sagte:

„Nicht euretwegen handle ich, Haus Israel, sondern um meines heiligen Namens willen, den ihr bei den Völkern entweiht habt, wohin ihr auch gekommen seid. Meinen großen, bei den Völkern entweihten Namen, den ihr mitten unter ihnen entweiht habt, werde ich wieder heiligen. Und die Völker werden erkennen, daß ich der Herr bin, wenn ich mich an euch vor ihren Augen als heilig erweise. Ich hole euch heraus aus den Völkern, ich sammle euch aus allen Ländern und bringe euch in euer Land. Ich gieße reines Wasser über euch aus, dann werdet ihr rein. Ich reinige euch von aller Unreinigkeit und von allen euren Götzen. Ich schenke euch ein neues Herz und lege einen neuen Geist in euch. Ich nehme das Herz von Stein aus eurer Brust und gebe euch ein Herz von Fleisch... Dann werdet ihr an euer verkehrtes Verhalten und an eure bösen Taten denken, und es wird euch ekeln vor euch selbst wegen eurer Greueltaten... Dann werden die Völker, die rings um euch noch übrig sind, erkennen, daß ich, der Herr, das

330

Zerstörte wieder aufgebaut und das Ödland wieder bepflanzt habe. Ich, der Herr, habe gesprochen, und ich führe es aus."

Dies sagte Gott, während er den in seiner Nichtigkeit verschmähten Alexej Jossifowitsch aus dem Stamme Ruben betrachtete, und zugleich las die Prophetin Pelageja bei sich zu Hause, mit der ihr von der alten Tschesnokowa geschenkten aufgeschlagenen Bibel auf einem Hocker am Fensterbrett sitzend, dasselbe im Buch des Propheten Hesekiel. Ihr Vater Dan, die Schlange, der Antichrist, fegte indessen im Hof das abgefallene Herbstlaub zusammen, das regennaß an der Erde klebte. Es war dies eine nicht leichte, langwierige Arbeit, die ihn bis zum Abend in Anspruch nahm, so daß schließlich seine Adoptivtochter, die Prophetin Pelageja, eine hölzerne Schaufel ergriff und hinausging, ihrem Vater zu helfen. So schafften sie, bis gleich den anderen heimkehrenden Hausbewohnern auch ihr Nachbar Alexej Jossifowitsch an ihnen vorbeikam, wie ein Blinder mit seinem in Sotschi gekauften teuren Gehstock den Weg ertastend. Da beendeten sie ihre Arbeit und gingen hinein, um in gegenseitiger Liebe ihren billigen Tee zu trinken. Die Familie Iwolgin aber setzte sich zu einem reichen, bitteren Abendmahl nach dem Rezept aus den Sprüchen Salomos: gebratenes fettes Ochsenfleisch...

In seinem nervösen Kummer aß Iwolgin-Katz reichlich von dem fetten Ochsenfleisch und begab sich zu Bett. Die Familie Iwolgin lebte in Furcht. Selbst Saweli, der halbwüchsige Mischling, der seit langem über nichts intensiv nachgedacht hatte außer über den irritierend weiblichen Körper seiner Kusine Ninotschka, bekam Angst um seinen Vater und sagte:

„Papa und Mama, ich werde euch nicht mehr verärgern."

Doch Klawdija, in ihren Sorgen befangen, schrie ihn an:

„Geh in dein Zimmer!"

Saweli tat es und ergab sich in der Einsamkeit, von niemandem kontrolliert, wieder seinem üblen Laster. Klawdija aber begann das gewohnte Bettgespräch:

„Ruf Fadejew an... Bevor es zu spät ist."

„Gut", erwiderte Iwolgin, „morgen ruf ich ihn an."

Darauf schlief er ein beziehungsweise fiel vor Angst in Ohnmacht. Und ihm träumte, daß er tatsächlich mit dem Generalsekretär des sowjetischen Schriftstellerverbandes, Mitglied des Zentralkomitees und Abgeordneten des Obersten Sowjets, telefoniere. Er hörte Fadejews Stimme. Das Telefon aber bestand aus einer Zeitungspapiertüte, wie sie die Verkäufer in den Geschäften oder auf dem Markt zur Aufnahme bestimmter Waren zusammendrehen. Natürlich war Alexej Jossifowitsch nicht nur durch diese Tüte mit dem Genossen Fadejew verbunden. An seiner Schulter hing eine Art Tasche, von der er wußte, daß sie ein Teil des Apparates für Direktgespräche war. Er spürte aber nur ihr Gewicht, sehen und ertasten konnte er sie nicht. Real vor sich hatte er nur die Zeitungstüte, in die er hineinsprach wie in einen Trichter.

Guten Tag, Genosse Fadejew, sagte Alexej Jossifowitsch.

Guten Tag, Genosse Iwolgin, tönte es aus der Tüte.

Ihm fiel ein Stein vom Herzen. Er redet mich mit „Genosse" an, nicht mit „Katz".

Genosse Fadejew, sprach Alexej Jossifowitsch in die Tüte, gegen mich wurden heute in einem Seminar über das Bild des Klassenfeindes in der Dramatik von einer Gruppe Personen, die kein politisches Vertrauen verdienen, einige unsinnige Anschuldigungen vorgebracht... wirklich unsinnige, Genosse Fadejew...

In der Zeitungstüte herrschte lange Zeit Schweigen, aber es war zu spüren, daß die Verbindung noch bestand, der Genosse Fadejew überlegte lediglich, um nicht irgend etwas Belangloses zu erwidern. Und nach einer Pause kam seine Antwort:

332

Werde ich denn dafür bezahlt, daß ich meinen Großvater liebe?

Nicht vergebens hatte Fadejew so lange nachgedacht:
Er antwortete sozusagen philosophisch, in einem
Gleichnis. Aber welches war der Sinn?

Genosse Fadejew, schrie Alexej Jossifowitsch in die
Zeitungstüte, Genosse... Erklären Sie doch bitte...

Die Verständigung wurde schlechter, aus der Tüte ließ
sich nichts mehr herausholen. Alexej Jossifowitsch
erwachte, in kaltem Schweiß gebadet.

Es war spät in der Nacht, fast schon Morgen, der am
wenigsten geschäftige Moment in der ruhelosen großen
Stadt. Die nächtliche Betriebsamkeit war abgeflaut, die
morgendliche hatte noch nicht begonnen... Klawdija
schlief, drüben bei Saweli rührte sich nichts. Rasch setzte
sich Alexej Jossifowitsch an den Schreibtisch und schrieb
beim Licht der Tischlampe einen kurzen, klaren Brief an
Fadejew: So und so... Darauf kleidete er sich an, trat
auf Zehenspitzen in den Korridor, bemüht, nicht zu
atmen, schloß die Tür auf, ging hinaus und lief, fröstelnd
in der morgendlichen feuchten Herbstkälte, das kleine
Stück bis zum nächsten Postkasten. Als der Brief ein-
geworfen war, zitterten Alexej Jossifowitsch plötzlich
alle Glieder; er umfaßte wie ein Betrunkener mit beiden
Armen das staatliche Metall und weinte um sein ver-
dorbenes Leben. Was hatte ihn ruiniert? Warum traf ihn
das so kränkend? War es denn das erstemal, daß auf
dieser Welt ein Mensch zugrunde ging? Aber er hatte
doch nicht um seiner selbst willen gelebt und endete
nicht für sich selbst. Nicht irgendein Iwan und irgendeine Marja hatten sich zusammengefunden, um Alexej
Jossifowitsch zu zeugen – das war es, was ihn vernich-
tete... Kränkend, kränkend... Ach, wäre er doch durch
eine unbefleckte Empfängnis geboren worden, nicht
durch Jossif Chaimowitsch... Alexej Jossifowitsch
preßte die Stirn an das gleichgültige kalte Metall des
Postkastens, von dem aus jetzt der unter dem Eindruck

eines seltsamen Traumes geschriebene Brief an den Genossen Fadejew unwiederbringlich seinen Weg nehmen würde. Und in seiner stummen Klage wiederholte er bei sich die Worte, mit denen der Prophet Jeremia sich selbst verwünschte: „Verflucht der Tag, an dem ich geboren wurde; der Tag, an dem meine Mutter mich gebar, sei nicht gesegnet. Verflucht der Mann, der meinem Vater die frohe Kunde brachte: Ein Kind, ein Knabe ist dir geboren! und ihn damit hoch erfreute. Jener Tag gleiche den Städten, die der Herr ohne Erbarmen zerstört hat. Er höre Wehgeschrei am Morgen und Kriegslärm um die Mittagszeit, weil er mich nicht sterben ließ im Mutterleib. So wäre meine Mutter mir zum Grab geworden, ihr Schoß auf ewig schwanger geblieben."

Durch diese Klage hindurch spürte Iwolgin-Katz plötzlich zum erstenmal seine wahre Seele; bis dahin hatte er nur jüdisch gottlos gezittert und Angst gehabt, doch russisch gottlos gelacht und geweint. Jeder hat seine eigene Art zu weinen, zu lachen und sich zu ängstigen... Ein Russe wird vor Angst religiös, ein Jude Atheist. Ein Russe lacht breit, alles vergessend, trunken, kindlich, antireligiös, und wenn er weint, tut er es von Herzen, aus freier Seele... Das wahre jüdische Lachen und das wahre jüdische Weinen aber kennt diese russische gottlose Freiheit nicht. Ein Jude lacht für Gott und weint für Gott... Weder im Weinen noch im Lachen findet er Selbstvergessen, er betrachtet sich dabei stets selbst von der Seite... Sein Lachen ist ironisch, sein Weinen vernünftig... Nur in der Angst verfällt der Jude dem Selbstvergessen und dem Atheismus, Abrahams Gelöbnis vor Gott übertretend...

Seit jenem Herbstmorgen, an dem Alexej Jossifowitsch zum erstenmal auf jüdische Art weinte, war mit seiner Seele etwas geschehen, er legte sich zu Bett und wartete dort auf seine Verhaftung... Doch das stählerne Gardejahr neunzehnhundertzweiundfünfzig ging

zu Ende, es begann das Jahr neunzehnhundertdreiundfünfzig, ein besonderes, gepanzertes, aber die Verhaftung erfolgte nicht. Das kann nicht sein! dachte Alexej
Jossifowitsch beunruhigt. Im Januar wird man mich
verhaften, schon in den ersten Tagen!

Hell leuchtete des Abends der Planet Venus. War er
der Stern von Bethlehem? Hatte die weihnachtliche
Geburt nicht was mit Venus zu tun?

Dan, die Schlange, der Antichrist, erinnerte sich,
während er auf dem Hof und vor dem Haus auf dem
Gehweg den Schnee fegte, daran, wie kalt und sternklar
die Nächte im Dezember und Januar in Bethlehem gewesen waren, wo Ruth, die Moabiterin, und Boas sich
zusammentaten, um den Stamm Juda fortzupflanzen. Im
Sternbild des Schützen strahlte die sinnliche, blutvolle
Venus... Von Mitte Januar an fiel reichlich Schnee, der
Antichrist konnte ihn nicht allein bewältigen, und seine
Tochter, die Prophetin Pelageja, half ihm... Die Venus
stand zu der Zeit schon im Sternbild des Steinbocks, und
gegen Ende des Monats glitt sie bei Tauwetter und
Glatteis in das Sternbild des Wassermanns.

Im Februar werden sie mich verhaften! dachte Alexej
Jossifowitsch. In den ersten Tagen des Februar wurden
ja auch durch die Ärzte, die angeblichen Mörder im
weißen Kittel, Dostojewskis besonnene Eisenbahn-
gedanken endgültig bestätigt... Nicht pro, sondern
kontra...

Den ganzen Februar über herrschte Glatteis, und
damit und mit kalten Winden begann der März. Im
Sternbild des Widders strahlte jetzt die Venus, der Weih-
nachtsstern... Am zweiten März endlich wurde Alexej
Jossifowitsch verhaftet. Sie holten ihn direkt aus dem
Bett, wo er mit Senfpflastern lag, hinaus in den kalten
Grippewind.

Ins Verhör nahm ihn ein Ukrainer mit dem Familiennamen Serdjuk. Ein kriegerischer, ein Kosakenname. So
könnte ein Major heißen oder ein General, auch ein

ehemaliger Militärangehöriger und jetziger Literat. Dieser Serdjuk war Hauptmann. Ein junger Bursche aus Winniza, einem Ort, wo man gut weiß, was ein Jude ist.

> Chaim lebte im Land,
> bei allen bekannt...

Serdjuk erstellte das Protokoll, wobei er sich der aufdringlichen Melodie erwehrte wie einer Fliege. Dann sagte er:

„So, du Gauner, nun verrate uns mal, wo du dein Gold versteckt hast."

Und Alexej Jossifowitsch erwiderte, vor Schreck plötzlich bissig:

„Sie könnten mich als sowjetischer Untersuchungsrichter ja auch gleich einen jüdischen Gauner nennen."

Da ging Serdjuk zum Sie über und fuhr höflich fort:

„Seien Sie so gut, und machen Sie sich mit diesem Material bekannt." Dabei hielt er ihm irgendeine Mappe entgegen.

Alexej stand auf, erfreut über seinen kleinen Sieg, und griff nach der Mappe. Im selben Augenblick verpaßte ihm Serdjuk mit seiner schmiedehammerähnlichen Kosakenfaust eins in die Zähne... Alexej Jossifowitsch schwankte, seine Beine knickten ein, er taumelte zurück... Das Zimmer war nicht sehr groß, aber auch nicht gerade klein... einen unsicheren Schritt noch und noch einen, dann schlug er mit dem Hinterkopf an die Wand.

Damit hatte Hauptmann Serdjuk dieses Verhör nicht in der richtigen Weise geführt, was man ihm bei der Wiederherstellung der Gesetzlichkeit als Schuld anrechnete. Er wurde aus den Organen entlassen und fand Arbeit in einem stomatologischen Institut, denn er war noch jung und in der Lage, eine neue, immerhin artverwandte Laufbahn anzutreten: Früher hatte er Zähne ausgeschlagen, jetzt lernte er, welche einzusetzen. Das heißt, er machte seine Fehler wieder gut. Der bei dem

Verhör niedergeschlagene Alexej Jossifowitsch Iwolgin aus dem Stamme Ruben aber hatte sich endlich heimbegeben zu seinem Volke...

In diesem Jahr hingen lange Eiszapfen von den Dächern, was auf einen sich hinziehenden Frühling deutete. Die Zuggänse flogen hoch und kündeten dadurch viel Wasser an, die Flüsse würden über die Ufer treten. Und die Birken führten reichlich Saft, das heißt, es war ein regnerischer Sommer zu erwarten... Das Frühlingswasser und die Regenfälle im Sommer spülten das besondere, gepanzerte Jahr neunzehnhundertdreiundfünfzig hinweg. Alles wurde feucht und weichte auf, es kam zu ernsthaften Verlusten. Und ein feister, rundköpfiger, wohlbestallter Bauer mit einer volkstümlich witzigen Redeweise ging überraschend daran, Rußland das uralte russische Rätsel zu erklären. Doch dazu kam es erst ein wenig später. Zuvor begannen höchst uninteressante Zeiten, das Volk durchlebte zwei bedeutungslose Jahre, in denen der Antichrist und die Prophetin Pelageja nichts zu tun bekamen, da Gott ihnen keine neuen Aufgaben übertrug. Ein einziges Mal nur nutzte die Prophetin ihre Kraft, indem sie Saweli bestrafte, der heimlich aus dem Bad in die Toilette lugte, geplagt von der dritten Strafe des Herrn. Wegen seiner Jugend bestrafte sie ihn ziemlich hart, und man brachte Saweli in eine psychiatrische Klinik. Fortan besuchte Klawdija, die einsame Frau, untröstliche Witwe und leidende Mutter, öfter mal den Hauswart. Wie alle von Natur aus bösen Menschen, die einen schweren Schmerz durchleben, wurde sie nicht besser, sondern dümmer. Aber auch die Dummheit kann unterschiedlicher Art sein, ein böser Mensch ist auch in der Dummheit unruhig und ängstlich. Er vergießt leicht und bei jedem sich bietenden Anlaß Tränen und erzählt jedermann freimütig und redselig seinen Kummer. So wurde aus Klawdija, der streitsüchtigen, selbstbewußten Frau, unversehens eine hilflose, einfältige und aufdringliche Alte.

337

In solchem Zustand fand Ninotschka Kucharenko sie vor, die eines Tages erschien, ihre Tante zu besuchen. Ninotschka war trotz all des erlittenen Unglücks zu einem hübschen, kräftigen, nicht sehr klugen Mädchen herangewachsen und hatte demzufolge ohne Schwierigkeiten unlängst einen Mann gefunden. Als sich Nichte und Tante nach so langer Pause trafen, fanden sie großes Gefallen aneinander. Ninotschka erzählte später dem Antichrist und der Prophetin Pelageja von dem Wiedersehen: „Wir fielen einander um den Hals, umarmten uns und weinten laut."

Danach tranken die Tante und ihre Nichte oft bei dem Hauswart Dan Jakowlewitsch und seiner Tochter Tee. Ninotschka, jetzt eine redefreudige junge Frau, berichtete plaudernd:

„Neunzehnhundertneunundvierzig wurden meine Eltern festgenommen, Mutter und Vater, und mit ihnen in derselben Sache auch die Familie Jarnutowski. Ich war damals natürlich klein, aber an vieles erinnere ich mich, sogar aus der Zeit, als sie mich noch an der Hand hielten."

Hier weinte Klawdija und sagte:

„Du bist ein tüchtiges Mädchen. Hast deinen Weg gemacht und dich nicht unterkriegen lassen. Ach, wie sehr ähnelst du doch meiner Schwester Walja!"

„Ich habe zwei Jahre lang nach meinen Eltern gesucht", erzählte Ninotschka dem Antichrist und der Prophetin Pelageja. „Zuerst bin ich zu der alten Frau Jarnutowskaja gefahren, Wassilina Matwejewna. Sie hatte selbst schon lange beharrlich nachgeforscht, allerdings nur in Weißrußland, nicht in der ganzen Union, denn sie war krank und konnte kaum lesen und schreiben. Aber sie hat viel um ihren Sohn Nikolai gelitten. Geholfen hat uns bei der Suche der ehemalige Justizminister unserer Weißrussischen Sozialistischen Sowjetrepublik, Genosse Wetrow."

An dieser Stelle weinte Klawdija erneut, weil sie an

338

ihren Mann Alexej Jossifowitsch und an die schlimme Krankheit ihres Sohnes Saweli denken mußte.

„Wir wollen lieber gehen, Tante", sagte Ninotschka, „sonst regen Sie sich zu sehr auf."

„Nein, sprich nur, sprich weiter. Dan Jakowlewitsch ist ein guter Mensch. Und es tut ja so wohl, wenn man seinen Kummer einem guten Menschen mitteilen kann, das weiß ich von mir selber."

Also fuhr Ninotschka fort:

„Meinen Vater konnten wir nicht finden, er lebt sicher nicht mehr, und die Jarnutowskis auch nicht, nur meine Mutter Walentina habe ich aufgespürt. Aber als ich mich mit ihr traf, war ich natürlich bitter enttäuscht, denn sie hatte sich völlig dem Trunk ergeben, und es tat mir sehr weh, daß sie nicht imstande gewesen war, die schwere Zeit in ihrem Leben durchzustehen und sich besser zu bewahren. Nachdem wir uns wiedergefunden hatten, ertrug sie jedoch ihr Dasein nicht mehr und ertränkte sich in der Wolga."

Ninotschka schwieg, auch Klawdija blieb stumm, sie weinte nicht mal, obwohl es hier ja eigentlich am angebrachtesten gewesen wäre. Auch der Antichrist und seine Tochter, die Prophetin Pelgeja, sprachen nicht. Da ist es, das Leid, dachte der Antichrist, mit dem die christlichen Philosophen alles messen. Doch nur ein guter Mensch wird durch Leiden weise, ein schlechter oder farbloser nur töricht. Deshalb sind in der Welt am meisten das Leid und die Dummheit verbreitet.

„Mein Vater, Alexander Semjonowitsch Kucharenko", fuhr Ninotschka fort, „war in den Lagern von Burepolomsk; wo er später hingekommen ist, weiß man nicht, aber meine Mutter sagte, er habe ihr noch geschrieben, bis ihr einmal träumte, er sei gestorben."

„Sie war schön, meine Schwester", sagte Klawdija und hielt sich das Taschentuch an die Augen.

„Ja", bestätigte Ninotschka, „meine Mama hatte eine kräftige, sportlich schöne Figur. Im Sommer trug sie immer eine weiße Bluse, einen grauen Rock und ein weißes Kopftuch, im Winter chromlederne Stiefel, einen kleinkarierten Rock und eine Jacke mit braun-grauem Kragen... Und vor unserem Haus wuchsen gelbe Blumen, das weiß ich noch... Manchmal tut es mir weh, wenn ich daran denke, vor allem abends... Aber das macht nichts... Ich bin ja Kraftfahrer wie Fedja, mein Mann, ich fahre einen Lastwagen. Das hat seinen Grund: Falls es Krieg gibt, gehe ich als erste mit an die Front, setze mich in einen Panzer und nehme Rache an allen Imperialisten für uns alle. Mir ist klar, daß ohne die Imperialisten um uns herum alles ganz anders wäre."

Ninotschka konnte nicht lange bleiben, schon am Tag nach diesem abendlichen Gespräch mußte sie wieder nach Hause in den Fernen Osten, wo sie in einem Kinderheim aufgewachsen war.

„Die Heimat hat mich nicht vergessen, sie hat mir ein Obdach geboten und mich erzogen", erklärte sie. „Ich habe geheiratet und bin in verläßliche Hände gekommen. Mein Bruder Mischenka ist in Tobolsk an Unterleibstyphus gestorben. Nur ich lebe noch aus unserer Familie Kucharenko. Manchmal kommt es mir plötzlich so vor, als wäre ich allein auf der ganzen Welt, natürlich in meinem riesigen einträchtigen Kollektiv..."

Danach ging sie zusammen mit ihrer fürsorglichen Tante schlafen, damit sie den Morgenzug nicht verpaßte.

Aristoteles, Zeitgenosse der späten biblischen Propheten mehr als drei Jahrhunderte vor Christi Geburt und der Entartung des großen biblischen Charakters, schrieb, daß ohne Handlung keine Tragödie möglich sei, ohne Charaktere jedoch sehr wohl. Zum Beispiel werden in den neuen Tragödien großenteils keine Charaktere dargestellt, da die Tragödie nicht das Abbild von Menschen ist, sondern eines Geschehens und des Lebens, von Glück und Unglück, das aber vollzieht sich in der Aktion.

Nach neunzehnhundertdreiundfünfzig begann in Rußland jene Periode, in der, laut Aristoteles, das historische Geschehen weiterging, doch die Charaktere ver-
schwanden. Die Tragödie schließt das Leben oder eine
Periode im Leben des Menschen und der Nation ab, die
Komödie erneuert. Die peinigende Kollektivierung, den
verhängnisvollen Krieg und die Nachkriegshoffnungen
hatte der Charakter vor den Augen des Antichrist, des
Abgesandten des Herrn, durchgestanden, auch die
zweite Strafe Gottes, den Hunger, die erste, das Schwert,
und die dritte, den Ehebruch. Bei Eintritt der vierten
Strafe aber, der Krankheit und Pestilenz des Geistes, war
kaum noch ein Rest von Charakter vorhanden, er
schrumpfte und verkam, obgleich die Macht des Verhängnisvollen nicht geringer wurde, sondern wuchs. Im
übrigen zeigten, mit größerem Abstand betrachtet,
schon früher sowohl in Rußland wie in der ganzen Welt
die großen Verderber einen durchweg uninteressanten,
alltäglichen, keineswegs überragenden Charakter und
die großen Leidenden eine kleinliche Seele. Puschkin
oder Shakespeare hätten sich von dem Charakter eines
Hitler-Schicklgruber oder Stalin-Dshugaschwili wohl
kaum inspiriert gefühlt, und ebensowenig anregend als
Charaktere sind auch diejenigen, die deren Bestialitäten
zu erdulden hatten, vor allem in ihrer extrem fanatischen Periode. In einer ausweglosen Tragödie bleibt
kein Charakter bestehen, doch ein andauerndes Dasein
ohne Charakter ist nicht möglich. Hier setzt die Komödie fruchtbringend ein, der komische Charakter bewirkt
den Neubeginn. Das ist in der Tat so. Ende der fünf-
ziger, Anfang der sechziger Jahre tauchten eine Menge komischer Charaktere auf. Wie immer in der Komödie erschienen sie in seltsamen Kombinationen, in
undurchschaubarer Absicht und oft ohne jede Erklä-
rung, völlig chaotisch, denn die Komödie ist das am
weitesten von Gott entfernte und folglich menschlich-
ste Genre.

Saweli kehrte aus der psychiatrischen Klinik zurück, von einem Halbwüchsigen mit verwerflichen Neigungen zu einem harmlosen lyrischen Träumer gewandelt. Sein Weg führte ihn logischerweise direkt in die komischste aller jemals auf der Welt eingerichteten Lehranstalten – in das Literaturinstitut beim sowjetischen Schriftstellerverband. Hier kam er mit zwei Wolgaanwohnern zusammen, Landsleuten aus der Stadt Bor im Bezirk Gorki, nämlich mit dem jungen Lyriker Andrjuscha Kopossow und dem Satiriker Somow. Außerdem war dort Wassja Korobkow, ein sonderbarer Mensch mit geheimnisvoller Biographie, dem Anschein nach ein Übriggebliebener aus der Schar minderjähriger Strauchdiebe, wie man Jugendliche seiner Art bezeichnete, ein Bursche mit schwarzen Augen und orientalischem, fast jüdischem Aussehen, dabei aber ein lauthals auftretender, unverhohlener Antisemit. Des weiteren gehörte zu dieser Gruppe ein unreinlicher alter Mann namens Ilowaiski, ein Literat und kenntnisreicher Gelehrter, der schon über das russische Christentum debattiert hatte, als religiöse Gespräche in der Gesellschaft noch nicht so geschätzt waren.

Dazu muß bemerkt werden, daß Ilowaiski sich bei solchen Gesprächen anfangs von seiner besten Seite als kluger Mann und geschickter Erklärer zeigte, um danach viel dummes Zeug zu reden.

Ebendies geschah auch, als er mit dem Antichrist und dessen Nenntochter, der Prophetin Pelageja, bekannt wurde. Vermittelt hatte diese Bekanntschaft, wie man sich denken kann, Saweli, der Ruth respektive Pelageja natürlich seit langem liebte, heimlich, wie er es gewohnt war. Ilowaiski hatte nach der Art russischer Debattierer einen zottigen Haarschopf, seine Augen aber wirkten, obzwar hell, nicht russisch, nicht offen; zudem war er seinerzeit rehabilitiert worden und trank seitdem. Mitunter gewann man den Eindruck, daß ihm Klawdija, Alexej Jossifowitsch Iwolgins Witwe und Sawelis Mutter, gefiel. Jedenfalls malte sich Klawdija jedesmal, wenn er erschien, die Lippen rot, und anstatt des Bildes von Stalin, am Schreibtisch in seinem Arbeitszimmer im Kreml, hatte sie eine Christus, den Erlöser, darstellende Ikone aufgehängt.

Einmal führten sie beim Tee eins der üblichen faden russischen Streitgespräche über Christus. Im allgemeinen können Russen viele Dinge heiteren Gemüts tun und fröhlich miteinander reden. Über Christus aber streiten sie immer erstaunlich schleppend und planlos, wenn auch stichhaltig. Man versuche einmal, mit einem russischen Christen über Christus zu debattieren. Im ersten Moment hat man stets den Eindruck, man könne ihm leicht den Widerpart halten und ihn umstimmen, so langweilig und naiv erscheinen einem seine Argumente. Doch je länger ein Streit dauert, um so häufiger ertappt man sich bei dem seltsamen Gefühl, daß man sich selbst klüger vorkommt, aber der andere klüger redet... Dan, die Schlange, der Antichrist, dachte in solchen Fällen bei sich, daß sogar sein Bruder Jesus aus dem Stamme Juda und dem Hause Davids, Josefs Pflegesohn, der gebildete Pharisäer, wohl nicht imstande gewesen wäre, vor einem fanatischen russischen Christen seine Ansichten zu beweisen, wie es ihm gegenüber den Angehörigen seiner eigenen Sekte der Pharisäer so glänzend gelungen war, denn mit diesen einte ihn trotz ihrer feindseligen Einstellung zu ihm immerhin die gemeinsame Weltsicht und der gemeinsame Glaube an Moses Gesetz... Hier aber wurde zwar angeblich dieselbe Lehre verfochten, nämlich das von ihm, Christus, Mitgeteilte und aus dem Evangelium Erfahrene, doch die gänzlich andere, feindliche Weltsicht machte jedes eigene Wort unkenntlich und einen selbst machtlos vor eben diesem eigenen Wort. Hieraus resultiert auch im wesentlichen die atheistische Theorie, daß Gott, nachdem er die Welt erschaffen hat, sich in deren Angelegenheiten nicht mehr einmischt, denn einen solchen

Gott gibt es offenbar heute nicht mehr, obwohl es ihn einst gab. In der Annahme dieser früheren Existenz Gottes besteht der einzige äußere Unterschied des theologischen Materialismus zum gewöhnlichen Materialismus.

Besonders unergründbar aber wird der Sinn des Disputs, wenn russische Christen untereinander über ein und dasselbe streiten, das heißt, wenn sie dasselbe mit so unterschiedlichen Worten sagen, daß eine Einigung unmöglich scheint. Alles wird so sinnlos, daß man den Eindruck gewinnt, es müsse doch endlich das Gesuchte, in vernünftigen, fesselnden Streitgesprächen Unmögliche zutage treten... Ohne sich dessen bewußt zu werden, wird ein Unverständiger das Wort aussprechen... Das Wort, das eine so wichtige Funktion im unjüdischsten aller vier Evangelien einnimmt, dem Evangelium nach Johannes. Es ist dies das von dem zur Dekadenz tendierenden russischen Intelligenzler am meisten geschätzte Evangelium. Und von ihm ausgehend, fühlen sich die Unverständigen zur Apokalypse hingezogen. Auch die Apokalypse des Johannes mögen sie sehr. Aber stammt sie von demselben Johannes? Das unjüdischste Werk der Evangelienliteratur ist das vierte Evangelium, das jüdischste ist die Apokalypse, das Buch des Hasses und der Hoffnung. Desselben Hasses auf das Römische Reich, den auch Christus im Herzen trug. Die Apokalypse gibt klar und einsichtig wieder, was im Evangelium nach Matthäus nur milde und behutsam angedeutet wird: den Haß der Erbauer des Tempels auf die Erbauer des Turms zu Babylon, der für jedwedes Imperium steht. Im übrigen wurde das Evangelium nach Matthäus wie auch das nach Markus und das nach Lukas, vor allem aber das nach Matthäus, jeweils von einem geistigen Bruder des Apokalypseverfassers Johannes geschrieben, während das Evangelium nach Johannes der Feder eines begabten und geschickten Andersgesinnten entstammt, zudem eines rein literarisch, nicht geistlich begabten. Nach diesem vierten Evangelium stand am Anfang das Wort, erst danach erhellte sich dessen Sinn. Das ist auf griechische Weise plastisch, doch man spürt den Versuch, dem Göttlichen eine Gestalt zu geben, man spürt genau das, was der Trennung zwischen dem Biblischen und dem Griechischen, zwischen dem Judenchristentum und dem Heidenchristentum zugrunde liegt. Gerade umgekehrt gibt Gott mitunter dem Unverständigen den Sinn, nicht das Wort, durch das wortlose göttliche Weinen, wie es im Jahre neunzehnhundertdreiunddreißig die minderjährige Märtyrerin Maria nahe der Bahnstation Andrejewka erlebte.

Der ganze Geist des vierten Evangeliums ist durchweg griechisch und antibiblisch. Dennoch gibt es im Kosmos keine niedrigen Höhen. Das Große ist groß auch in der Dekadenz, im Mystizismus und in seinem Verfall. Nur das Niedrige kennt keinen Niedergang. Der Akmeist Gumiljow verkündete: „Schon im Johannesevangelium steht, daß das Wort Gott ist." Dem ist natürlich nicht so, das ist nicht biblisch ... Das Wort erniedrigt immer den Sinn. Im Dialog zwischen Gott und den Propheten wird das Göttliche erniedrigt, im Dialog zwischen den Propheten und dem Volk das Prophetische. Die Propheten wußten, daß im erhabenen Wort Gott erniedrigt und im trivialen gar nicht erst vorhanden ist ... Doch es gibt seit langem keine Propheten mehr, und das Göttliche ist seit langem vielfach erniedrigt, ehe es sich dem Volk durch das Triviale genähert hat. Deshalb wird heute selbst das zufällige Wort, selbst das nichtbiblische, griechische Wort aus dem vierten Evangelium so wertvoll, ja sogar das menschliche, wenn es dem göttlichen Sinn vorangeht ...

Im letzten, schon hitzigen Stadium des russischen Disputs über Christus, als alle, sogar die im alltäglichen Sinne Einfältigen, sogar Alexej Jossifowitschs Witwe Klawdija, kluge Reden führten und deshalb nichts mehr zu verstehen war, auf das man hätte eingehen können, in diesem Stadium sagte Ilowaiski, mit den Fingern des Rheumatikers seine blauumrandete weiße Massenbedarfsteetasse umklammernd, aus der es nach Wodka roch:

„Schauen Sie auf diese Schüssel", er gebrauchte das Wort Schüssel statt Tasse, weil er sich für einen gelehrten Altertumskenner hielt, „schauen Sie auf diese Schüssel... Sie ist jetzt einfach... aber wenn ich sie zu Boden werfe, wird sie augenblicklich kompliziert."

Tatsächlich ließ er den ihm nicht gehörenden Gegenstand auf russisch gnadenlose Art und entgegen allen kleinbürgerlichen Gepflogenheiten auf den Fußboden fallen, es scheppterte, Splitter flogen umher, und alle Umsitzenden verstummten, denn in der Tat, die als Massenbedarfsartikel hergestellte Tasse war zu einem komplizierten Scherbenhaufen geworden. Da begriff Dan, die Schlange, der Antichrist, daß Gott durch dieses unverständige Tun ein Zeichen setzte, welches erlaubte, zuerst das Wort auszusprechen und erst danach dessen Sinn zu bestimmen. Und seine angenommene Tochter Ruth alias Pelageja begriff es ebenfalls.

So waren seit dem Jahre neunzehnhundertdreiunddreißig vier göttliche Gleichnisse geschehen, und in jedem hatten sich alle vier Strafen des Herrn offenbart, wie der Prophet Hesekiel sie aufzeigt. Und in jedem hatte eine die Oberhand über die anderen gewonnen und im Vordergrund gestanden, einmal die zweite, der Hunger, dann die erste, das Schwert, die dritte, das wilde Tier der Wollust und des Ehebruchs, und die vierte, Krankheit und Pestilenz. Unter diesen Strafen Gottes vollendet sich das Leben einer Generation, und es gilt, in einem fünften Gleichnis zusammenfassend Bilanz zu ziehen.

Der Prophet Mose faßte das Göttliche im Blut des Bundes zusammen, und er goß dieses Blut des

Bundes in eine Schüssel, um anschließend damit das Volk zu besprengen. Nicht mit Flußwasser tat er das, sondern mit Blut. Doch jetzt ist die Schüssel zerschlagen, und davon handelt das fünfte Gleichnis, um dessentwillen der Antichrist auf die Erde geschickt ward.

V

Als der verwaiste Säugling, das Christentum, kraft der
ewigen Rivalität zwischen den Erbauern des Tempels und
denen des Turms zu Babylon seine jüdische Mutter verlor,
geriet er zunächst in die Hände von Leuten, die über
seine Mutter alles oder zumindest vieles wußten, aber eine
feindselige Einstellung dazu hegten. Der griechische Vormund, und er war vor allem Grieche, Vertreter einer völlig
anderen geistigen Grundstimmung, tat alles, um dem
Mündel die Wahrheit über sich zu verhehlen. Zu diesem
Zweck führte er die Abgeschiedenheit nicht als zeitweilige
schöpferische Methode ein, derer sich auch Mose und Jesus
bedienten, sondern als ständiges, alltägliches Mönchs-
dasein, das die ideelle Basis schuf, den Säugling endgültig
von seiner judenchristlichen Mutter loszureißen und ihn
deren wahres Gesicht, ihre eigentlichen Hoffnungen sowie
ihr wahres Unglück und Leid inmitten des eigenen untergehenden Volkes vergessen zu lassen. In der mönchischen
Abgeschiedenheit entstand sogar ein neues physisches
Christusbild. Es ist dies nicht das Bild des gebildeten
Pharisäers, der schon in jungen Jahren einen ergrauten
Professor und allerlei Bibelkenner in Erstaunen versetzt,
nicht das Bild dessen, der den praktischen Sinn und die
Kraft der Lehre des Propheten Jeremia begriffen hat, die
den Widerstand gegenüber dem Ungläubigen ablehnt, auf
daß man als seinen Gewinn aus seiner Schwäche die eigene
Seele davontrage. Es ist auch nicht das Bild des Weisen, der
die Stimme des Propheten als die eines Rufers in der Wüste
erkennt. Der Prophet sagt die Zukunft voraus, das Volk
aber begreift die Wahrheit des Angekündigten erst, wenn

die Zukunft Vergangenheit wird. Deshalb bedarf der Prophet der Macht, wie sie Mose besaß. Christus als König – das ist jetzt der Erlöser des Volkes ... Er weiß, wie schwer das Kreuz eines Königs der Juden lastet. Die Mutigsten und Selbstlosesten sind unwissend, die Vernünftigsten und Gelehrtesten feige und gewinnsüchtig. Das gilt immer, wenn ein Volk in langer Unterdrückung lebt, und der Kenner der Bibel und der Propheten weiß dies sehr wohl. Er erinnert sich der Worte des Mose, er weiß, daß man als Erlöser und Patriot auch mit Schläue zu Werke gehen muß, da die Welt eine Wolfshöhle ist. So redet er mit Gebildeten in der scharfen, zornigen Sprache des erfahrenen Polemikers und mit Ungebildeten in Allegorien, denn der Weg ins Dunkel führt durch den Mystizismus, und das Zutrauen der Unwissenden ist nur zu erringen, wenn ihnen das Vorgehende völlig unverständlich bleibt. Durchschaut ein Ignorant Einzelheiten, verwirft er das ihm unzugängliche Ganze. Das heißt, es bedarf der Wunder sowohl im ganzen wie im einzelnen, in der großen Idee des heilenden menschlichen Guten wie in kleinen Heilungen. Für die gelehrte Elite der Kollaborateure auf Moses Thron ist er der unruhige junge Usurpator, der er im übrigen auch tatsächlich war. Sie begreifen ihn und hassen ihn daher. Für die römischen Besatzer ist er der Zerstörer des Mosaischen Gesetzes, ein Nebenbuhler in ihrer heidnischen Ideologie. Sie begreifen ihn nicht und versuchen daher, ihn als Kollaborateur zu nutzen. Genau darin wiederholt Jesus fast deckungsgleich das Schicksal seines geistigen Vorgängers, des Propheten Jeremia, den sein von ihm innig geliebtes Volk ins Gefängnis warf und den seine verhaßten Feinde, die Assyrer, daraus befreiten. Denn ein Prophet kann das Schicksal eines Volkes voraussehen und durchschauen, doch es steht nicht in seiner Macht, sein eigenes Schicksal zu bestimmen. In gleicher Weise machtlos war auch der Heiland. Die Spötter hatten recht, wenn sie den Gekreuzigten verhöhnten: „Anderen hat er geholfen, sich selbst kann er nicht helfen." Er war erstaunlich allein nicht

nur am Kreuz, sondern auch schon vorher. Die Apostel,
die er innerlich stets verachtete, fühlten sich zum Ende
seines Lebens immer mehr von ihm enttäuscht und such-
ten nach einem Mittel, ihn loszuwerden. Ignoranten im
Umgang mit einer großen Persönlichkeit, begannen sie
einzelnes zu begreifen und verwarfen deshalb das ihnen
unzugängliche Ganze.

Kurz vor dem Paschafest kam es in Bethanien im Hause
Simons des Aussätzigen zu einem direkten Konflikt
zwischen Jesus und den Aposteln. Dazu heißt es im
Evangelium nach Matthäus, dem zuverlässigsten der
vier Evangelien:

„Als Jesus in Bethanien im Haus Simons des Aussätzi-
gen bei Tisch war, kam eine Frau mit einem Alabaster-
gefäß voll kostbarem, wohlriechendem Öl zu ihm und goß
es über sein Haar. Die Jünger wurden unwillig, als sie dies
sahen, und sagten: Wozu diese Verschwendung? Man
hätte das Öl teuer verkaufen und das Geld den Armen
geben können."

Damit rügten die Apostel unmißverständlich an Jesus,
daß er seine eigene Lehre nicht befolge, nach der alles Gut
den Armen gegeben werden sollte. Ihren Unwillen
bemerkend, erwiderte Jesus:

„Die Armen habt ihr immer bei euch, mich aber habt ihr
nicht immer."

Er gedachte dabei der Worte Moses: „Du sollst auch
den Geringen in seinem Rechtsstreit nicht begünstigen."
Denn er wußte: Armut ist eine Krankheit und ein Un-
glück, aber kein Verdienst ... Eben nach diesem Wort-
wechsel entschloß sich Judas Ischariot, Jesus dem Hohen-
priester auszuliefern. Was aber bedeutete das in Wahrheit
bei strikter Einhaltung des Gesetzes? Es galt, die
Schuld Jesu vor Gericht zu beweisen. „Die Hohenpriester
und der ganze Hohe Rat bemühten sich um falsche
Zeugenaussagen gegen Jesus, um ihn zum Tod verurteilen
zu können. Sie erreichten aber nichts, obwohl viele falsche
Zeugen auftraten. Zuletzt kamen zwei Männer und

behaupteten: Er hat gesagt: Ich kann den Tempel Gottes niederreißen und in drei Tagen wieder aufbauen." Zu wem hatte er das gesagt? Nach dem Evangelium nur zu den Aposteln, das heißt, die beiden unbekannten falschen Zeugen waren zwei Apostel. Das ganze weitere Verhalten des in der christlichen Literatur und im Evangelium nach Johannes als Ausgeburt der Hölle dargestellten Judas Ischariot deutet in Wirklichkeit darauf hin, daß der Mann lediglich einigen weit gefährlicheren und schlaueren, doch unerkannt gebliebenen Feinden Jesu in der Schar der Apostel als Werkzeug diente. Judas war nur der Naivste und Offenherzigste, der seine Gefühle am wenigsten geschickt zu verbergen wußte, und Jesus, der das Komplott unter den Aposteln ahnte, deutete einfach deshalb auf ihn, weil Judas ihm, zweifellos auf Grund schlauer Machenschaften, am meisten auffiel. Das bedeutet nicht, daß er den anderen mehr vertraute. Auf dem Ölberg sagte er zu ihnen:

„Ihr alle werdet in dieser Nacht an mir Anstoß nehmen und zu Fall kommen; denn in der Schrift steht: Ich werde den Hirten erschlagen, dann werden sich die Schafe der Herde zerstreuen."

In der Provinz, in Galiläa, war Jesus eine bekannte Persönlichkeit, in der Hauptstadt jedoch kannte ihn kaum jemand, und als die Jerusalemer „Goldene Horde" kam, um ihn gefangenzunehmen, mußte ihr Judas durch seinen Kuß kundtun, wer von den zwölf Fremdlingen der Gotteslästerer war. „Das alles aber ist geschehen, damit die Schriften der Propheten in Erfüllung gehen. Da verließen ihn alle Jünger und flohen."

So wurde Jesus ein Opfer nicht nur der äußeren Mißgunst seitens der den Römern dienstbaren Kollaborateure, sondern auch eines inneren Komplotts der Apostel oder zumindest einiger von ihnen, die Judas anstifteten und vorschoben. Daß Judas Ischariot ein naiver, nicht sonderlich gewitzter, aber doch redlicher Mensch war, beweist auch sein Verhalten nach dem Gerichtsurteil. „Als nun

Judas, der ihn verraten hatte, sah, daß Jesus zum Tod verurteilt war, reute ihn seine Tat. Er brachte den Hohenpriestern und den Ältesten die dreißig Silberstücke zurück und sagte: Ich habe gesündigt, ich habe euch einen unschuldigen Menschen ausgeliefert. Sie antworteten: Was geht das uns an? Das ist deine Sache. Da warf er die Silberstücke in den Tempel; dann ging er weg und erhängte sich." Das läßt auf ein ehrliches, wenn auch einfältiges Individuum schließen, das den Sinn des Geschehens überhaupt nicht erfaßte und höchst erstaunt darüber war, daß man Jesus seiner unvernünftigen Reden wegen zum Tode verurteilt hatte. Nichtsdestoweniger wird Judas in der christlichen Literatur und im christlichen Denken als Schulbeispiel eines kanonischen Verräters hingestellt, um die heimlichen, klugen wahren Verräter zu decken, die man bis auf den heutigen Tag zu den heiligen Aposteln zählt und denen zu Ehren zahlreiche Gotteshäuser errichtet wurden.

So zeigten sich Verleumdung und Lüge schon am apostolischen Anbeginn, um durch den Apostel Paulus aus dem Stamme Benjamin noch verstärkt zu werden, der Jesus nie gesehen, der dessen lebendiges Wort nie vernommen, ja ehedem zu den Gegnern seiner Lehre gehört hatte. Nimmt es daher wunder, daß in der griechischen Abgeschiedenheit sogar ein physisch neues Christusbild entstand, das Bild eines ausgemergelten, körperlich gemarterten Menschen, der eher an den heiligen Antonius erinnert als an einen Sohn des Hauses David?

Später, im frühen Mittelalter, gleichsam in seinen Knabenjahren, befand sich das Christentum bereits in den Händen derer, die seiner palästinensischen Mutter nicht nur feindlich gesonnen waren, sondern auch nichts der Wahrheit Entsprechendes über sie wußten. Nur in den Büchern der Schwarzen Kunst las das Christentum manchmal die geheime Wahrheit über sich selbst, doch es fürchtete diese Wahrheit und bestrafte die Begabteren für sie. Mit fortschreitendem Alter geriet das Christentum in *die Macht von Leuten, denen das Judentum völlig fremd war, während die Griechen in ihm zwar etwas Feindliches, aber nichts Fremdes gesehen hatten. Dadurch wurde vieles im Haus der Mutter Einfache und praktisch Klare im fremden Haus kompliziert, unzugänglich und scheinbar metaphysisch unergründlich. Denn jedes menschliche Wort wird ja in einer anderen Welt zur Chiffre. Vielleicht wurde deshalb die widerstandslose Hinnahme des Bösen als christliches Grunddogma immerhin nicht von den frühen Christen durch eine metaphysische Chiffre verschlüsselt, sondern von den eher starken Völkern des frühen Mittelalters, als man die Feindschaft der ersten antiken Vormünder des Christentums gegenüber seiner wahren jüdischen Mutter noch als lebendige Tat und nicht als mythologisches Element empfand wie später im slawischen Christentum, während zur selben Zeit schon die Sprache der biblischen Seele verlorenging und unverständlich wurde. Nachdem den an das in schwerem Kampf unterliegende, heißgeliebte, starrsinnige und aufsässige Volk gerichteten Worten vom widerstandslosen Erdulden des Bösen das Charisma der Rede Jesu fehlte, waren sie nur noch eine Äußerung des vom Himmel herabgestiegenen Sohnes Gottes, der in der Wüste mit den ihr Fleisch abtötenden griechischen Mönchen sprach. Ohne die Weisheit des Politikers und die Bitterkeit des Patrioten blieben von diesen Worten nur der nationalen Sprache beraubte allgemeine, dem lebendigen Menschenherzen immer weniger zugängliche Belehrungen ... Wieso aber konnte das geschehen? Das Christentum war seit seinen frühen Anfängen dem Judentum stets feindlich, aber es hat seinen Glauben unter Opfern und Entsagungen in der Welt behauptet. So geschah es, daß die übermäßige Betonung der göttlichen, himmlischen Herkunft Christi zum Atheismus führte. Tun nicht die Atheisten genau dasselbe, wenn sie das mythologische, antihistorische Wesen Jesu zu beweisen suchen und ihn als nationale Persönlichkeit, als einen der Führer der nationalen Nazaräer-Bewegung ablehnen?*

Ziemlich früh schon schuf der griechische Kaufmann Marcion ein Evangelium, das eine Gemeinsamkeit Christi mit dem jüdischen Gott der Bibel leugnet. „Der biblische Gott", erklärt Marcion, „ist ein Gott der materiellen Welt, der Vater Christi jedoch ist ein Gott der geistigen Welt." Die ökumenische Kirchenversammlung lehnte seinerzeit das Evangelium des Marcion ab. Es war zu offensichtlich erfunden, entstellte zu augenfällig die Wahrheit und roch zu sehr nach Vielgötterei und Heidentum. Viel später jedoch fügte die Kirchenversammlung den drei kanonischen Evangelien ein viertes an, das Evangelium nach Johannes, der, es sei noch einmal wiederholt, nichts mit dem heiligen Johannes zu tun hat, welcher die Apokalypse schrieb. In diesem vierten, dekadenten Evangelium wird auf geschicktere, farbigere Weise dem Wesen nach dasselbe dargestellt wie bei Marcion, nämlich Christus losgelöst von seinem biblischen Gott... Bemerkenswert ist, wie von einem Evangelium zum anderen das Motiv des Komplotts der Apostel gegen Christus schwindet. Im ältesten und authentischsten, dem nach Matthäus, wird es vollständig wiedergegeben, im Evangelium nach Markus immerhin noch recht deutlich, bei Lukas schon sehr abgeschwächt, und bei Johannes fehlt es völlig. Die Christi Tod vorausgehenden höchst tragischen Episoden werden ganz unterschiedlich beschrieben. Im Evangelium nach Johannes fehlt nicht nur die Verschwörung der Apostel, sondern auch der Zwiespalt zwischen diesen und Christus; die beiden geheimnisvollen falschen Zeugen, auf deren Verleumdung hin Jesus zum Tode verurteilt wird, werden überhaupt nicht erwähnt. Judas ist der als Einzelgänger handelnde Verräter, ein Geschöpf des Satans. Davon, daß er die Silberstücke voller Reue von sich warf, ist nicht die Rede, vielmehr wird im Gegenteil seine Habsucht durch den Hinweis auf seine Funktion als Kassenverwalter unterstrichen. Nicht verschwiegen wird als ein doch wohl zu auffälliges Faktum nur die zeitweilige kleinmütige Abkehr des Simon Petrus von Christus. Die Hauptsache aber, das bei Matthäus so deutlich sichtbare vorsätzliche Komplott einer Gruppe von Aposteln, bleibt bei Johannes völlig verborgen. So verwandelt sich das Komplott der Apostel in eine Verschwörung des Christentums gegen Christus. Das klar erfaßbare göttliche Gefäß wurde erbarmungslos in metaphysisch komplizierte philosophisch-religiöse Scherben zerschlagen. In der Legende vom Großinquisitor zeichnet Dostojewski ein lebensfernes, antinationales himmlisch-kosmisches Christusbild, die irdische Verschwörung des Christentums gegen den Lehrer jedoch gibt er recht treffend wieder. Zwar nennt er dieses Christentum „das katholische", doch in der zu Scherben zerschlagenen christlichen Welt erscheint dies lediglich als eine natürliche polemische Methode, die durchaus auch auf die Orthodoxie angewendet werden kann.

So betrat das Christentum mit der Abkehr von der Bibel und dem Mosaischen Gesetz den natürlichen, logischen Weg der Loslösung und Spaltung. Das Komplott gegen Mose wucherte zum Komplott gegen Christus aus. Längst folgen die Ideologen des Christentums schon nicht mehr einer gemeinsamen Idee, wo aber die gemeinsame geistige Idee fehlt, sucht man nach einem gemeinsamen leiblichen Feind, der helfen könnte, eine trügerische Einheit zu bewahren. Im übrigen wurde ein gemeinsamer leiblicher Feind schon lange gefunden, schon während des abgeschiedenen Mönchslebens der ersten griechischen Anachoreten. Sein Name ist Genuß. Das Christentum lehrt, das Feld der Genüsse als das des Satans zu fliehen und auf dem Wege zu Gott zu umgehen, nach der Bibel hingegen gelangt man nicht anders zu Gott als eben über dieses Feld der Genüsse und des Satans, einen anderen Weg gibt es nicht, da der Mensch verflucht und von Gott dem Herrn aus dem Paradies vom Brot des Himmels zu seinem im Schweiße seines Angesichts zu erlangenden eigenen Brot vertrieben ist. Wenn ein Atheist sich im Schweiße seines Angesichts auf dem Felde des Genusses um das geistige Brot bemüht, so erfüllt er etwas Göttliches, erwartet aber ein Mensch, der *sich für religiös hält, auf dem Felde des Genusses das geistige Brot vom Himmel und von Gott, dann handelt er diesem zuwider. Das Christentum, das die Welt seit mehr als fünfzehn Jahrhunderten regiert hat, gibt jetzt dem Atheismus die Schuld an der Unvollkommenheit der Welt, nachdem er noch nicht mal ein Jahrhundert lang an der Macht ist. Dies tut dasselbe Christentum, das dadurch zur Macht über die Welt kam, daß es sich dem geheimen Komplott der Apostel gegen Christus anschloß. Viele Jahrhunderte hindurch hat es so in geistiger Leere verbracht, indem es sich der rein buddhistischen Betrachtung metaphysischer Wahrheiten hingab und die Tat durch boshafte Streitereien über Gut und Böse ersetzte ... Noch heute überschüttet es alle mit seiner Verdammnis, die in ihrem gesunden, wahrhaft menschlichen Drang vor diesen Streitereien in das Feld des Genusses fliehen, das heißt dorthin, wo sie nach der göttlichen Absicht sein sollen. Zu ihrem Unglück aber durchqueren die vor den Lehren der Narren in Christo Fliehenden das gefährliche Feld des Teufels nicht von der schweren geistlichen Arbeit des Lehrers geleitet, sondern einzig den eigenen leiblichen Instinkten gehorchend. Deshalb verderben sie oft entweder infolge ihrer jugendlichen Unwissenheit schon am Anfang des Weges oder aber, von greisenhafter Gier am fruchtbaren Mark vorbeigetrieben, an dessen Ende, beherrscht von pervertierter mystischer Weisheit. Das Scheitern dieser Unglücklichen ruft lediglich das schadenfrohe Gelächter der in sicherer Entfernung in ihrer geistigen Leere sitzenden christlichen geistigen Eunuchen hervor. Nebenbei bemerkt, haben viele dieser Eunuchen heutzutage ihre kirchlichen Gewänder mit dem gänzlich weltlichen Mantel eines Professors der Philosophie oder gar mit einem Literatenrock vertauscht.*

Wahr ist: Wer die Bibel kennt, kennt alles dem Menschen Zugängliche, wer sie nicht kennt, kennt nicht einmal sich selbst ... Ein Beispiel dafür liefert Rußland ... Seit über vier Jahrhunderten baut man dort an dem Babylo-

nischen Turm. Die Bibel warnt: Der Turm nimmt jegliche Kraft, jede Begabung und alle Leidenschaft, aber er wird nie fertig, zu Staub werden Kraft und Talent zerfallen, wie auch in Babylon geschehen. Doch das Gefäß wurde zurückgewiesen und zerschlagen, die klar ersichtlichen Wahrheiten lagen in komplizierten metaphysischen Scherben. Geschäftig wurde gebaut. Der nationale Architekt Dostojewski kam und sah: Am Ende des neunzehnten Jahrhunderts ragte der Turm schon bis in den Himmel auf. „Sieh an, dieses russische Volk! Wo ein Russe hintritt, da ist auch schon Rußland. Aber laßt uns diesem Turm die Gestalt eines Tempels geben, Brüder. Das wird uns vor Europa auszeichnen. Dann haben wir sowohl einen Turm als auch einen Tempel. Und es offenbart sich die Macht des Reiches wie die der Religion." Bei den oberen Etagen aber erwiesen sich die Atheisten als die geschickteren und selbstloseren Bauleute. Da zogen sich die christlichen Erbauer zurück, und heute verhöhnen sie schadenfroh jene, die die von ihnen begonnene babylonische Herausforderung Gottes fortsetzen und denen sie selbst eingeredet hatten, daß sie die Wahrheiten vom Himmel herab angeblich von Gottes Sohn dargereicht bekommen würden, während sie sie in Wirklichkeit aus den knochigen Händen der griechischen Einsiedlermönche erhielten. Und die Geschichte hat bewiesen, wie problemlos in einem solchen Falle der Himmelsbewohner zu ersetzen ist...

Alles kommt unmittelbar vom Himmel, denn es gibt im Evangelium nach Matthäus (von dem sie wissen, daß es das verläßlichste ist, wenngleich sie sich lieber an dem vierten weiden, dem dekadenten, an dem eher das literarische Talent als der geistige Gehalt bestrickt), es gibt in diesem Evangelium nach Matthäus die Verse dreiundsechzig und vierundsechzig, die alle Christen gern als unwiderlegbaren Beweis zitieren. Und worum geht es dort? Jesus steht vor Gericht. Der Hohepriester, ein Mann, in dem der große Stamm Levi den Tiefpunkt seiner Erniedrigung erreicht hat, fragt ihn:

„Sag uns: Bist du der Messias, der Sohn Gottes?"
Und Jesus antwortet:
„Du hast es gesagt. Doch ich erkläre euch: Von nun an werdet ihr den Menschensohn zur Rechten der Macht sitzen und auf den Wolken des Himmels kommen sehen."

Da zerreißt der Hohepriester sein Gewand und ruft:
„Er hat Gott gelästert!"

Aber hat Christus das getan? Sehen wir mal von der Tatsache ab, daß die Stelle überhaupt dunkel und antihistorisch ist. Nach dem Mosaischen Gesetz lästert Gott nur, wer ihn beschimpft. Christus aber schmäht Gott hier nicht. Man könnte sagen, daß der im Dienst der Römer handelnde Hohepriester das Mosaische Gesetz nicht einhält, aber läßt sich das auch von Christus behaupten? Jeder Jude hielt sich für einen Sohn Gottes, denn seit Abrahams Zeiten sind die Juden das Volk des Herrn. Jeder Patriot konnte in Augenblicken, da seinem Volk der Untergang drohte, messianische Kräfte in sich fühlen. Um so mehr, als er mit dem himmlischen „Messias" auch stets etwas Irdisches verband – den König der Juden. Das war eine Benennung für eine diesseitige Persönlichkeit, eine metaphysische, im Volk nicht ungewöhnliche. Und auch das Auffahren des Menschensohnes in den Himmel war durchaus keine Gotteslästerung, denn sonst hätte man auch den kanonisch anerkannten Elia einer solchen bezichtigen müssen, der in einem feurigen Wirbelsturm gen Himmel fuhr… Jesu Äußerung war keine Gotteslästerung, wie der Hohepriester im Evangelium behauptet, aber auch kein von seiner himmlischen Herkunft zeugendes unikales Ereignis, als das sie die christlichen Ideologen auf Grund der Verse dreiundsechzig und vierundsechzig darstellen. Sie bezeugt nichts anderes als den genialen Seelenzustand einer großen Persönlichkeit in einer extremen Situation. Demzufolge erniedrigen die christlichen Ideologen in Wirklichkeit das Geschehen, das sie zu er-

höhen versuchen, weil ihnen sowohl die jüdische Geschichte als auch die jüdische Weltauffassung fremd sind. Und es gibt keinen anderen Weg zum wahren Verständnis der Bibel und des Evangeliums als den über die jüdische Geschichte und Weltauffassung. Aber das Gefäß ist zerschlagen.

Das Gefäß an sich ist nicht kompliziert. In seiner ersten Gestalt erregt es den Verstand nicht, ein Bruchstück des Gefäßes aber erregt ihn schon in der ersten Gestalt, die auch die letzte ist, denn ein Splitter hat eine abgeschlossene Gestalt von Alpha bis Omega. Je kleiner die Scherbe ist und je ferner dem Gefäß, um so ganzheitlicher ist sie allein für sich und um so mehr erregt sie den Verstand schon in ihrer ersten Gestalt. Doch etwas, das den Verstand schon in der ersten Gestalt erregt, fordert weniger geistige Anstrengung, um in die Tiefe zu dringen. Das Bruchstück erregt sofort, das Gefäß nicht, es ist eindeutig. Doch in der Eindeutigkeit des Gefäßes liegt ein weit tieferer Sinn verborgen als im dunklen Wesen des Bruchstückes. Das Gefäß ist materiell und praktisch im täglichen Leben und bringt etwas Materielles in dieses ein. Das ist eben das, dessen man die Juden von jeher beschuldigt. Der Jude, heißt es, bringt das Materielle in die Welt, und das verdirbt sie. Besonders ereifern sich in solchen Behauptungen die russischen nationalen Metaphysiker. Ja, das Gefäß ist praktisch und dialektisch im Alltagsdasein, doch metaphysisch in der Ewigkeit, das Bruchstück hingegen ist metaphysisch und mystisch im Alltag, doch im Ewigen dialektisch, indem es das Unzugängliche zu erreichen versucht und dem Endlichen einen dialektischen Sinn gibt, indem es den menschlichen Leidenschaften, der menschlichen Liebe und dem menschlichen Haß einen endlosen, höheren, ewigen mystischen Sinn vermittelt und zugleich danach strebt, dialektisch, philosophisch unversehrte ewige Begriffe wie Himmel und Gott zu erfassen. Zwischen dem Gefäß und seinen Bruchstücken besteht ein Unterschied wie zwischen dem Glauben und den Religio-

nen, zwischen dem Sinn und den Konzeptionen, zwischen der Ursprünglichkeit eines intimen Gefühls und der eines öffentlichen Rituals... Aber das göttliche Gefäß ist zer-schlagen, und davon handelt das letzte, fünfte Gleichnis des von Gott gesandten Antichrist.

Das Gleichnis
vom zerschlagenen Gefäß

Andrej Kopossow war, wie viele von ihrer Mutter in übergroßer Leidenschaft empfangene Kinder, ein junger Mann von schwächlicher Gesundheit. Zwar kann Anfälligkeit natürlich auch andere Gründe haben, doch Andrej Kopossow blieb von der geradezu krankhaften Leidenschaft seiner Mutter Wera für alle Zeiten gezeichnet. Er wuchs als ein nervöser und zugleich schüchterner, ständig lächelnder Knabe auf. Sein Vater, dessen Vornamen er ihm zu Ehren trug, war mehrere Monate vor der Geburt des Sohnes gestorben, so daß dieser ihn nicht mehr kennengelernt hatte, und das ist für einen Jungen immer schlecht. Niemand mochte ihn in der Familie. Seine Schwestern Tassja und Ustja schlugen ihn, Tassjas Söhne Andrej und Warfolomej Wessjolow balgten sich ständig mit ihm, Tassjas Mann, Nikolai Wessjolow, lachte ihn aus, und die alte Sergejewna, Nikolai Wessjolows Mutter, eine der stets wachehaltenden greisen Kundschafterinnen, musterte ihn mit strengen, mißbilligenden Blicken. Nur seine Mutter Wera liebte ihn, doch sie traute sich nichts zu sagen, ließ sich von den eigenen Töchtern anschreien, schwieg schuldbewußt und fand keine Möglichkeit, ihren geliebten Sohn zu verteidigen. Daher hatte Andrej von Kind auf in seiner Heimatstadt Bor im Bezirk Gorki ein schweres Leben, und da ihn die Menschen ablehnten, wandte er sich den Büchern zu und wurde ein eifriger Benutzer der Borer Bibliothek. Er vollendete zu der Zeit sein sechzehntes Jahr, und es wäre ein Wunder gewesen, hätte er nicht angefangen, Gedichte zu schreiben. Dieses Wunder geschah nicht. Damit war seine Zukunft vorgezeichnet. Somow, professioneller Versemacher bei der „Borskaja Prawda", wies ihm endgültig den rechten Weg.

„Bewirb dich am Literaturinstitut. Du bist Russe, einer von der Wolga, du hast Talent, dich nehmen sie."

Somow, der fast Kopossows Vater sein könnte, hatte sich selbst schon mehrfach an diesem Institut beworben, aber jedesmal eine Absage erhalten. Jetzt jedoch war er vom Erfolg überzeugt, denn er konnte endlich eine Empfehlung vom örtlichen Agitprop vorweisen.

„Die hatten was gegen mich wegen meiner satirischen Verse über den Kriegsinvaliden Iwan Prochorow", erklärte er. „Heute geht das Gedicht in Moskau von Hand zu Hand... Ach, Moskau! Du kannst dir nicht vorstellen, Andrjuscha, was da für ein literarisches Leben herrscht. Und das sexuelle ist auch nicht schlecht, alle Mädchen rauchen... Na, nun werde mal nicht gleich rot, ein Kerl wie du..."

Andrejs erstes Gedicht, das die „Borskaja Prawda" abdruckte, begann mit den Worten:

Ein Ranken Brot und ein Schluck aus der Wolga...

„Du bist ein Volkstalent", sprach Somow, „so was ist heute sehr gefragt... Von der Judenliteratur haben alle genug... Ein Ranken Brot und ein Schluck aus der Wolga – das ist doch geradezu schon ein Stück russisches Christentum."

So hörte Andrej im Alter von sechzehn Jahren zum erstenmal vom russischen Christentum als von etwas Wichtigem und Ernsthaftem, das ganz anders war als seine früheren jugendlichen Komsomolvorstellungen und die lächerlichen alten Frauen auf den Kirchenvortreppen.

Jetzt, in seinem Moskauer Zimmer, das er günstig von einer greisen Moskauerin gemietet hatte, die ihren Lebensabend größtenteils bei ihrem verheirateten Sohn zubrachte, glaubte er in Erinnerung an dieses anfängliche

Gespräch ein völlig anderer Mensch zu sein – was der Wirklichkeit nicht entsprach –, wobei er, wenn er allein war, eine solchen Naturen eigene brennende Scham vor sich und für sich empfand.

Eigentlich hatte sich Andrej seit seiner Ankunft in Moskau gar nicht verändert, im Gegenteil: Seine unausgegorene Denk- und Lebensweise eines Jünglings wirkte nun noch ausgeprägter, anders zwar als bei Saweli, ohne dessen schamhafte Angst vor den Mädchen, aber Andrej sonderte sich von diesen ab wie überhaupt von den Menschen. Nicht, daß er die Menschen geradezu mied, doch er blieb lieber allein. Als Student am Literaturinstitut schrieb er nicht mehr so gern Gedichte, dafür dachte er viel über Kunst nach und erlangte daraus ein ihn bis zu Tränen rührendes Glücksgefühl. Er gewann auch ein engeres Verhältnis zur Religion, anfangs durch einfältige Streitgespräche in Gesellschaft, später auch durch eigene Überlegungen. In diesen ständigen schmerzhaften, ihn oftmals seinem Alter nach überfordernden tiefsinnigen Grübeleien erschloß sich ihm vieles. Zum Beispiel schien ihm seit einiger Zeit der Grundgedanke der Humanisten, daß es keine schlechten, sondern nur gute Völker gebe, fade wie eine heilsame Kost ohne Fleisch und Salz. Darin lag ebensowenig vernünftige Einsicht wie in der rassistischen Idee von der Überlegenheit mancher Völker gegenüber anderen. Aber an dieser rassistischen Idee war wenigstens Fleisch, wenn auch ungewaschenes Schweinefleisch, doch immerhin das gesunde Fleisch der Eigenliebe und der Ablehnung alles Fremden. Andrej wußte bereits, daß der Weg in dieses Labyrinth über die kindlichen Fragen des Christentums nach Gut und Böse führte, daß der Christus fremde christliche Sumpf von metaphysischen Fragen der westlichen Kultur einen beträchtlichen Teil ihrer geistigen Kraft genommen und ihr den Zugang zu den dem Dasein zugrunde liegenden biblischen Wahrheiten verwehrt hatte. Manchmal wurde ihm das so deutlich bewußt, daß ihm die ganze geistige Pein früherer Genies verständlich schien. Das verwirrte ihn, erschreckte ihn, führte ihn aus der Klarheit zu den in der Moskauer jugendlichen Gesellschaft anerkannten Deutern der Wahrheiten des Evangeliums, die über die alten biblischen den Sieg davongetragen hatten. Und wieder geriet er in den Zauberkreis christlicher Dispute über Gut und Böse, bei denen Leute, die er für dümmer hielt als sich selber, klüger redeten als er und unwiderlegbare Argumente anführten. Sein Versuch zu widersprechen aber führte dazu, daß er als bösartiger Reaktionär fast rassistischer Denkrichtung angesehen wurde, und als ihm einmal in einem Streit ein leicht erregbarer junger Mann namens Wassja Korobkow, der, nebenbei gesagt, als Antisemit bekannt war, das Wort „Faschist" zurief, da begriff er, daß die in Jahrhunderten herausgebildeten Evangeliumswahrheiten so, wie sie von maßgeblichen Interpreten aufoktroyiert wurden, tatsächlich jemandem mit gesundem, individuellem Urteilsvermögen keinen anderen Weg ließen als den, diese Wahrheiten entweder anzunehmen oder zum Rassisten zu werden. Das erschreckte ihn, und er besuchte fürderhin solche geistlich-religiösen Gesprächsrunden nicht mehr, was ihm in diesen den bleibenden Ruf eines Reaktionärs und Menschenfeindes eintrug, wobei Wassja ihn als Nachkommen im fünfzehnten Glied jener Pharisäer bezeichnete, die Christus schmähten und ans Kreuz schlugen. Und in dem Augenblick, als Andrej resigniert aufhörte, sich anderen anzuvertrauen, stieß er auf Moses Einstellung zum Volk. Im Grunde hatte er schon oft von der Zerschlagung der Gesetzestafeln durch Mose gehört und sogar auch zu wiederholten Malen die Passagen gelesen, welche schildern, wie Mose im Zorn über sein vom Herrn abtrünnig gewordenes Volk die ersten Tafeln zerschmetterte und erst auf Zureden Gottes die zweiten Tafeln beschrieb. Doch er hatte dies alles ohne innere Anteilnahme und ohne die Spannung aufgenommen, die manche Stellen des Evangeliums in ihm weckten.

Und eines Morgens gegen elf, als seine Wirtin nicht zu Hause und er ganz allein war, glaubte er plötzlich die Geschichte um die Gesetzestafeln des Mose zum erstenmal zu lesen, und ein Gefühl begeisterter Verwunderung überkam ihn, als blättere er nicht, wie gewöhnlich, in den schmutzigen Seiten der durch einen Gelegenheitskauf erworbenen abgegriffenen alten Bibel, die vor ihm auf der nach Vorkriegsart gemusterten Altweiberdecke des Eßtisches lag, sondern als vollziehe er unversehens einen Höhenflug zur Wahrheit, irgendwo hinauf in die Höhe, näher zu sich selbst und weg vom kommunalen Alltagsdasein des gemeinen Volkes.

Die Humanisten lehrten, es gebe keine schlechten Völker. Das war edelmütig gedacht, machte es aber notwendig, dem eigenen gesunden Verstand Gewalt anzutun. Die Rassisten lehrten die Existenz höherer und niederer Völker, wobei sie sich selbst und ihnen Nahestehende als „gute Bekannte" zu den höheren zählten. Das war nicht edel, aber realistisch und entsprach dem Geist der Alltäglichkeit. Moses biblische Lehre aber besagte, wenn man sich aus dem Seelenzustand heraus in sie hineindachte, der sich an jenem Morgen Andrej offenbarte, daß es gute Völker überhaupt nicht gab. Diese Erkenntnis erforderte keine Vergewaltigung des gesunden Denkens und schrieb insbesondere niemandem angeborene unedle Züge zu. Sie war ein klarer, beständiger Ausgangspunkt für das Verständnis vieler Erscheinungen in der materiellen Geschichte und im geistigen Leben des Menschen. Die Bibel sagte keineswegs das, was viele ihrer Anhänger behaupteten, und enthielt nichts von dem, was ihre Feinde verwarfen. Mehr noch: Während die Bibel der Orthodoxen sich unter dem wütenden und vielfältigen Propagandadruck der in ihre metaphysische Ideologie verliebten Christen nur hochmütig in sich selbst verschloß, zeigte die lebendige Bibel das Unwahre und das heidnische Wesen des Märtyrerkultes als Grundlage aller Moral, führte sie vor Augen, wie Grundlegendes durch Zweitrangiges ersetzt wurde, und ließ erkennen, daß der Humanismus, die Vergöttlichung des Menschen, und der Rassismus, die Vergöttlichung der Rasse, zwar späte und schwächliche, aber doch in Leidenschaft empfangene Brüder dieses Kultes menschlichen physischen Leidens waren.

All dies durchschaute Andrej urplötzlich und schrieb es ohne jede Korrektur in einer knappen halben Stunde auf ein Viertelblatt Papier nieder. Er wußte, daß er mehr im Augenblick nicht begreifen und auch das Erkannte in Kürze wieder bezweifeln würde. Deshalb gab er sich nicht der Versuchung neuer Hoffnungen hin, klappte die Bibel eilig zu und steckte das in seiner Handschrift, doch gleichsam von fremder Hand Geschriebene nicht zu seinen Notizen, sondern dorthin, wo er sein Geld und seine Dokumente aufbewahrte, das heißt in eine verborgene Tasche seiner hinter dem Schrank hängenden Jacke, die so alt war, daß jeder Dieb angeekelt vermieden hätte, sie zu berühren.

Es war acht Minuten vor zwölf – die Zeit, zu der an diesem Tag sein wahres Leben endete und sein Scheinleben einsetzte, vermerkte Andrej genau. Sein Scheinleben begann mit dem Zubereiten eines Frühstücks. Er begab sich in die verräucherte Gemeinschaftsküche mit den individuellen kleinen Tischen für jede mitwohnende Familie, stellte die Pfanne der Wirtin auf den Herd, schlug ein paar Eier in das noch vom letzten Gebrauch an ihr haftende Fett und überlegte, während er die brutzelnde Eimasse betrachtete, wie er sich am günstigsten verhalten solle, um das gerade Entdeckte nicht zu verlieren oder herabzumindern. Wenn er weiterhin allein blieb, würde er sich rein rationalen, zielgerichteten und nur auf das eine konzentrierten Gedanken hingeben, dabei gewiß ins Zweifeln geraten und womöglich seine Entdeckung wieder streichen. Traf er sich mit jemandem zu irgendwelchen Alltagsunternehmungen, würde er sicher seine verborgene Erkenntnis ständig mit den Banalitäten um sich her vergleichen und am Ende erstens einen schlechten Eindruck hinterlassen und zweitens mit seiner noch nicht gefestigten Idee auf Widerständliches, Greifbares und Dauerhaftes stoßen, was wiederum dazu führen konnte, daß die Bedeutung des Gefundenen verblaßte und schwand. Deshalb war es das beste, den Tag in Gesellschaft zu verbringen, doch nicht mit Alltäglichem und tunlichst nicht bei religiösen Streitgesprächen. Hier fiel ihm ein, daß in der Tretjakow-Galerie gerade eine Ausstellung eines französischen Malers stattfand, eines Emigranten aus Rußland, die großes inoffizielles Aufsehen erregte und flüsternd von Mund zu Mund empfohlen wurde. Das ist gut! sagte sich Andrej. Ich gehe mit ein paar Leuten in die Tretjakowka, da war ich lange nicht. Ich rufe Saweli an und meinen Landsmann Sascha Somow. Und vielleicht auch noch Wassja Korobkow, es können ruhig unterschiedliche Leute sein. Dann bin ich nicht den ganzen Tag allein, und wenn die anderen nicht alle von der gleichen Art sind, werden sie sich mehr zusammennehmen und weniger platte kumpelhafte Reden führen. Die kann ich jetzt ganz und gar nicht gebrauchen.

Es war Sommer, Anfang Juni, das Lehrjahr näherte sich seinem Ende, Prüfungen standen bevor, und zudem war heute der institutsübliche vorlesungsfreie Studientag. Ich werde zu anderer Zeit keine Gelegenheit mehr haben, die Ausstellung zu besuchen, sie soll ja nicht lange dauern, dachte Andrej. Er nahm die Pfanne vom Herd, drehte die Flamme aus und ging zu dem gemeinschaftlichen Telefon, das jetzt, während der Arbeitszeit, glücklicherweise nicht von den Nachbarn beansprucht wurde. Als ersten rief er Saweli an. Eine Frau meldete sich, seine Mutter oder eine Nachbarin. Saweli schlief noch, und Andrej lauschte etwa fünf Minuten lang auf das Knistern und Summen im Hörer. Jemand klopfte an eine Tür, man vernahm entfernte Stimmen, eine männliche und eine weibliche, und schließlich sagte Saweli, sich räuspernd und hustend:

„Entschuldige, Alter, ich habe mich gestern spät schlafen gelegt... Sei gegrüßt."

Andrej trug ihm seine Idee von dem Ausstellungsbesuch in der Tretjakowka vor.

„Natürlich!" rief Saweli begeistert. „Ich komme unbedingt! Warte auf mich bei diesem vermurksten Ding, du weißt schon: ‚Schwerter zu Pflugscharen'. Bei Wutschetitsch. Oder nein, besser an der Kasse... Aber ich komme nicht allein... Ich bringe eine Frau mit." Saweli kicherte verschämt.

Auch Somow war zu Hause, und er sagte ebenfalls zu.

„Wir müssen uns ohnehin sehen, Landsmann", erklärte er. „Es gibt was zu bereden".

Danach überlegte Andrej, ob er Wassja anrufen sollte, den er nicht mochte und sogar ein wenig fürchtete.

Wassja Korobkow war in der Tat ein etwas aggressiver und seltsamer, wenn auch kein außergewöhnlicher Mensch. Er besaß nichts und ging keiner geregelten Tätigkeit nach, so daß niemand wußte, wovon er eigentlich lebte und trank, ein Dasein, wie es nur in Rußland jemand mit Honoraren für literarische Arbeiten führen kann. Diese Verdienstmöglichkeit war im Lande sehr verbreitet und nährte einen höchst unterschiedlich zusammengesetzten Stand. Einige seiner Angehörigen lebten in ausschweifendem Luxus, andere in ausreichender Üppigkeit, wieder andere sparsam von den Resten und manche nur von der Hand in den Mund. Aber sie lebten alle von diesen Einkünften, die Würdenträger wie die Räuber, die sich immer um die Satten scharten und dadurch wenn auch vielleicht nicht jeden Tag eine ordentliche Mahlzeit, so doch stets etwas zu essen hatten. Auf solche ihm täglich spendierte Bissen verließ sich auch Wassja, der seltsame Gedichte in russisch und in ukrainisch schrieb. In russisch verfaßte er Massenlyrik:

Dem Stift in meiner Hand, aus Birkenholz gemacht,
entfließen Verse, rosazarte, sacht
aufs weiße, wie verschneite Blatt Papier...

Seine ukrainischen Dichtungen waren individueller,
religiöser Art:

> Es hatte der Herr sich entschieden,
> nach Kiew zu kommen hienieden,
> doch litt er dort bittere Pein...

„Ich komme ja aus der Charkower Gegend", erklärte
er. „Aus einem Vorwerk namens Lugowoi bei dem Dorf
Schagaro-Petrowskoje. Das heißt, geboren bin ich in
Kertsch, wo meine verstorbene Mutter Maria zusammen
mit meiner Großmutter Maria im Arbeitseinsatz war.
Aber alle meine Angehörigen sind in der Charkower
Gegend zu Hause. Und mein Familienname ist eigentlich
ein ukrainischer – Korobko. Das ‚w' hat man mir erst
später angehängt, im Kinderheim... Ich bin bis zu
meinem zehnten Lebensjahr in einem Kinderheim erzogen worden, später hat mich dann meine Tante zu sich
genommen, gleich nach dem Krieg, nachdem sie mich
ausfindig gemacht hatte. Tante Xenia aus Woronesh.
Meinen Vater kenne ich nicht, aber Xenia sagt, er sei
Seemann gewesen, ein Ukrainer von der Krim. Dort
steckt in jedem Ukrainer eine Menge Türkisches, Tata-
risches und Griechisches, deshalb hat er mich mit so
einem jüdischen Äußeren beglückt... Alle meine Verwandten sind typische Ukrainer und sehen ganz anders
aus. In dem Dorf Schagaro-Petrowskoje lebt noch meine
Tante Schura mit ihren Kindern, mein Onkel Kolja ist
im Krieg gefallen, dann hatte ich noch einen Onkel
Wassja, der ist in der Zeit der Kollektivierung als Kind
verlorengegangen, deshalb hat meine Mutter mir ihm zu
Ehren seinen Namen gegeben. Und meine Tante Xenia
in Woronesh, die solltet ihr mal sehen, an der ist nichts
dergleichen, eine typische Slawin. Nur ich habe eine

krumme Nase, schwarze Augen und schwarze Haare. Einmal kam auf der Straße so ein verdammter Jude auf mich zu und redete mich in seiner Judensprache an. Ich war natürlich betrunken, wenn auch nicht sehr, und gab ihm unseren ukrainischen Vers zur Antwort:

Nichts Besseres weiß ich als unsre Ukraine,
wo's keine Juden gibt und keine Pans
und keine Katholiken...

Er schrie gleich ai und wai, und ich sagte: Entschuldigung, das ist von der Zensur erlaubt – Taras Grigorjewitsch Schewtschenko, Band soundso, Seite soundso, natürlich in einer vorrevolutionären Ausgabe. Zu alledem, Brüder, hatte ich gerade ein Honorar bekommen und im Restaurant Ukraina zum Wodka einen herrlichen ukrainischen Borschtsch mit Knoblauchsemmeln verspeist. Ich drehte mich zu dem Juden um, der die Frechheit hatte, mich, einen Ukrainer, für seinesgleichen zu halten, vielleicht, weil ich nach Knoblauch roch. ‚Paß auf', sagte ich, ‚ein Ukrainer stinkt nicht wie ein Jude, auch wenn er Knoblauch gegessen hat!' Ich wandte ihm mein Hinterteil zu, hob ein Bein und wunderte mich selber, was ich zustande brachte. Der Jude rannte entsetzt davon wie vor einem Kosakengeist, den er als Ungetaufter zu fürchten hatte."

Wassja lachte stets schallend in einander überstürzenden Tönen, und seine Fähigkeit, die Luft zu verpesten, war in weiten Kreisen ebenso bekannt wie sein leidenschaftlicher, stets wacher Antisemitismus. Die Gase entwichen auf unterschiedliche Weise aus seinem Gedärm, je nach seinem Gemütszustand: manchmal wie ein klares, kurzes Wort, manchmal wie eine langgezogene leise Klage und manchmal wie wildes Schreckensgeheul...

Andrej Kopossows Furcht vor Wassja war sowohl seelischer als auch physischer Art, das heißt, er hegte einen innerlichen Widerwillen gegen ihn, und körperlich scheute er an ihm die Wut einer unglücklichen Persönlichkeit, die keinen Grund hatte, sich in acht zu nehmen, und deshalb gefährlich für andere war. Als Wassja ihn seinerzeit während eines religiösen Streitgesprächs als Faschisten bezeichnete, weil er seine Meinung gesagt hatte, war er, Andrej, auf der Stelle weggegangen. Er wußte, daß Wassja erst kurz zuvor bei einem religiösen Streit über Christus den alten Ilowaiski, den gelehrten Altertumskenner, mit der Faust ins Gesicht geschlagen hatte. Aber da war auch noch was anderes.

Einmal, schon vor längerer Zeit, noch vor den gemeinsamen Disputen über Christus, in den ersten Tagen ihrer Bekanntschaft, hatte Wassja ihn zu sich nach Hause in eine Moskauer Industrievorstadt eingeladen, wo er nach einem Wohnraumtausch mit seiner ehemaligen Frau ein Zimmer innehatte. Andrej war damals noch nicht im Besitz eines Neuen Testaments gewesen, und Wassja hatte ihm versprochen, ihm das seine zu leihen. Er fand ihn, mit Farben bekleckst, das Hemd über der Hose und mit einem Pinsel in der Hand, damit beschäftigt, eine vor ihm stehende, offensichtlich alte Ikone zu restaurieren. Wassja forderte ihn auf, sich zu setzen, goß ihm ein Glas schlechten Tee ein und stellte hart gewordene Pfefferkuchen vor ihn hin. Später brachte er nach dieser kärglichen Bewirtung Brot und ein Gefäß mit duftendem ausgelassenem Schweineschmalz herbei.

„Das hat mir meine Tante aus Woronesh geschickt“, sagte er. „Sie macht sich Ausgaben meinetwegen, weil sie noch nicht weiß, daß es mit mir mal ein böses Ende nehmen wird.“ Dazu lächelte er.

Vielleicht war dieser Vorfall der Grund, daß Andrej jetzt beschloß, auch Wassja anzurufen. Er hegte plötzlich den Wunsch, an dem Tag, an dem sich ihm etwas eröffnet hatte, das er bewahren wollte, auch diesen Menschen um sich zu haben.

„Ich weiß, ich weiß", antwortete Wassja am Telefon, und seine Stimme klang glücklicherweise nüchtern. „Ich bin überzeugt, daß mit dieser Ausstellung nicht viel los ist und unsere hiesigen Franzosen einen unnötigen Wirbel um sie machen, genauso wie man bei uns jetzt Leute wie Malewitsch oder Tatlin und andere Gegner des russischen Realismus auf den Schild hebt. Aber aus Neugier komme ich."

Andrej aß in Eile sein bereits kaltes gebratenes Ei, trank eine Flasche Kefir und ging hinaus in den heißen Moskauer Tag. Er hatte gehört, daß die Leute in Massen zu der Ausstellung strömten und man ewig anstehen müsse, deshalb machte er sich lange vor der vereinbarten Zeit auf den Weg, weil sicher auch die Nowokusnezker Metro überfüllt sein würde. Doch dem war nicht so. Die Bahn war leer und kühl, und an der Umzäunung der Tretjakowka wartete zwar eine kleine Schlange, aber die würde einen nur etwa zwanzig Minuten kosten, nicht mehr. Was mache ich jetzt? dachte Andrej. Am besten, ich gehe schon allein rein und nachher mit den anderen noch mal! Als er mit diesem Entschluß die Kasse erreichte, nach sogar noch weniger als zwanzig Minuten, sprach ihn plötzlich jemand an. Es war Somow, sein Landsmann, der ebenfalls früher gekommen war.

„Das ist er", sagte lächelnd der Satiriker Somow und betrachtete ihn, „oh, ich erkenn ihn doch, zwei Rettungsringe vorn sind seine Brille. Sei gegrüßt, Jemand, sehr erfreut, dich unter den Lebenden zu sehen..." *

„Die anderen sind noch nicht da", erwiderte Andrej nach der Begrüßung, froh darüber, daß als erster der Einfältigste und nicht der geradezu krankhaft emotionale Saweli oder der Boshafteste, das heißt Wassja, erschienen war.

---

* Somow zitiert in geistreichelnd-dümmlicher Weise aus Majakowskis Gedicht „Genosse Nette – Dampfer und Mensch", wobei er statt „Nette" das russische Wort „nekto" (jemand) verwendet.

„Gehen wir doch schon ohne sie rein", schlug Somow vor. „Ich möchte dir was zeigen. Ich habe ein Poem verfaßt, natürlich nicht zur Veröffentlichung. Es heißt: ‚Nebenerscheinungen des Fortpflanzungstriebes'. Oder hör mal gleich zu." Dicht neben Andrejs Wangen atmend, flüsterte er:

> „Nach dem Salat in den Samisdat.
> Der Redakteur ruft glatt: Gib her Kamerad!
> Ich sag nicht A, ich sag nicht B,
> nicht A, nicht B, nicht KGB.
> Er drauf zu mir: Was soll das hier?
> Mit solchem TschP* geh in den SP**..."

Ich habe mich geirrt! dachte Andrej. Besser, Wassja wäre gekommen, wenn es mir schon nicht beschieden ist, allein reinzugehen. Der hätte wenigstens boshaft geschwiegen... Es war überhaupt ein Fehler... Ich hätte mir die Ausstellung doch allein ansehen sollen. Aber der hier wird mich am allermeisten stören.

Der französische Auswanderer aus Rußland zog Andrej doch sehr an, trotz der schon vorgefaßten mutmaßlichen Enttäuschung. Das Tempo des zwanzigsten Jahrhunderts hat den Menschen eine der wichtigsten Wohltaten des Lebens genommen – die Geduld. Die Menschen des zwanzigsten Jahrhunderts sind ungeduldig sowohl in ihrem Verhalten als auch in ihrem Begreifen. Wenn sie etwas nicht sofort verstehen, schreiten sie vorüber und gehen weiter.

Die Ausstellung des aus Rußland emigrierten französischen Malers befand sich in zwei weit hinten liegenden Sälen, so daß man auf dem Wege dorthin an einer Menge anderer Bilder und vielen Besuchern vorbei mußte. Andrej war aufgeregt und äußerst geschwätzig, aber er redete nicht laut, sondern still in sich hinein, und dieser Zustand gefiel ihm.

* (russ.) Abkürzung für „Besonderes Vorkommnis".
** (russ.) Abkürzung für „Schriftstellerverband".

Mir scheint, sagte er über einen französischen Maler, an dessen Arbeiten sie vorüberkamen, seine Bilder, vor allem die der späteren Periode, stehen der Literatur näher als der Malerei. Sie sind ein Mittelding zwischen Literatur und bildender Kunst. Die optische Aufnahme ist hier nur ein Hilfsmittel. Wie beim Lesen. Alle Farben und Figuren sind Buchstaben eines Alphabets. Man muß sie lesen lernen, um die Vorgänge zu begreifen, während einen realistischen Maler selbst ein Analphabet versteht. Das ist weder ein Vorzug noch ein Mangel, sondern einfach was anderes. Ein Analphabet betrachtet ein Gemälde von Rembrandt oder Repin und sieht Bäume, Menschen, den Himmel – alles, was sich ihm auch auf einer Fotografie darstellen würde; zugleich weiß er, daß er einen sehr berühmten Maler vor sich hat, und es erfüllt ihn mit Stolz, daß er bei ihm sämtliche Gegenstände erkennt, wofür er ihm dankbar ist. Ganz anders sähe die Sache aus, würde dieser selbe Analphabet Shakespeare zur Hand nehmen oder würde einer, der zwar lesen und schreiben kann, sich Shakespeare auf englisch zu Gemüte führen wollen. Das wird ihm nicht mal buchstabierend gelingen. Ein Buch in einer unverständlichen Sprache macht einen innerlich wütend. Genauso ergeht es dem Unkundigen mit dem Werk eines Malers nichtrealistischer Richtung. Es weckt offenen oder geheimen Unmut...

Für Somow waren die abstrakten oder surrealistischen Bilder langweilig, in den anderen, nicht modernen russischen Sälen dagegen bewies er echtes Interesse, und seine Miene nahm den angestrengt stumpfsinnigen Ausdruck eines geistig Minderbemittelten an, der etwas seine Kräfte Übersteigendes zu begreifen versucht. In den frühen Sälen fühlte er sich übrigens freier. Zum Beispiel in dem Saal der Porträts. Die Epoche Katharinas. Gesichter in Perücken, die man sich ohne die Perücken durchaus in den Sesseln von Direktoren, von Chefs der Wohnungsbaubetriebe oder von Ministerstellvertretern vorstellen konnte, auch als die Gesichter ausschweifender Damen aus den Hauptverwaltungen und der Ehefrauen von Mitgliedern höchster Instanzen. Man sah sie in einem Wolga sitzen, ein Ebenbild des Grafen Orlow fuhr gewiß in jeder Straßenbahn oder Metro, und Katharina die Zweite kochte, mit einem Sarafan bekleidet, in der Datsche Kartoffeln. Das waren die Leute, die an dem Babylonischen Turm gebaut und ihn verläßlichen Nachkommen übergeben hatten. An anderer Stelle hing Iwanows Kolossalgemälde „Christus zeigt sich dem Volk". Vor diesem Bild standen immer eine Menge Besucher, in der Hauptsache solche aus der Provinz. Wer zu dem Franzosen wollte, hielt sich hier nicht auf, zumindest nicht lange. Andrej jedoch verharrte eine ganze Weile und betrachtete das Bild und das Publikum. Somow schnaufte neben ihm, und sein Gesicht verriet die schöpferische Anstrengung eines auf der Toilette Sitzenden. Dergleichen Gesichter entdeckt man im übrigen auch in der Kirche. Andrejs Blick fiel auf eine an einen kleinen Hund erinnernde Frau in seiner Nähe, etwa vierzig Jahre alt, vielleicht auch jünger, doch gealtert durch häufige Geburten und Fehlgeburten. Ihr Gesicht wirkte weder bäuerlich noch städtisch. Ein nichtssagendes Durchschnittsgesicht. Ihre Wangen waren gerötet, richtiger gesagt: von einer ungesunden Röte. Ihre kleine Nase zeigte nach oben. Sie hatte nichts Frauliches an sich, ihre Brüste hingen schlaff herab. Solche Frauen sind fromm. Auch diese war es. Solche Frauen glauben an Gerüchte und an die Regierung, sofern es die eigene russische ist. Neben ihr stand ein Junge von neun oder zehn Jahren mit rundem Gesicht und schwerem Kinn, der Typus eines schlechten Provinz- oder Vorstadtschülers. Aber er war kein Frechling; seinem Verhalten nach zu urteilen, gehorchte er seiner Mutter, der er wiederholt Fragen stellte. Vor dem großen Bild fragte er:

„Was ist das, Mutter?"

„Das ist Christus", antwortete die Frau leise. „Er wollte, daß es allen Menschen gut geht, dafür haben ihn die Juden umgebracht."

Der Junge nickte verständnisvoll, ging zum nächsten Bild. Um die Frau scharten sich mehrere hochaufgeschossene, ungeschlachte russische Jungfern, vielleicht ihre Töchter, vielleicht ein paar von ihr in die Tretjakowka geführte Wesen „aus der Provinz", die zu Verwandten oder zum Einkaufen nach Moskau gekommen waren. Sie hatten gewiß eine Liste, was sie alles besuchen wollten: den Kreml, das Leninmausoleum, die Tretjakow-Galerie, das GUM, das ZUM, das Kaufhaus „Kinderwelt", dazu natürlich die Lebensmittelgeschäfte an erster Stelle und außer Konkurrenz. Die Frau betrachtete das Gemälde „Christus zeigt sich dem Volk". Andrej betrachtete die Frau und dachte: So sind sie, die russischen Gläubigen. In den Debattiergruppen über Religion ist jetzt viel die Rede davon, daß der Atheismus verspielt habe und es zu einer Wiedergebut der Religion kommen werde. Gut, nehmen wir mal an, der Atheismus habe wirklich verspielt, aber hat deshalb die Religion in Rußland gesiegt? Ohne etwas dazugelernt zu haben, ersteht sie neu in ihrer früheren Narrheit um Christi willen anstatt eines Gefühls, in mit schwerem Kopf geführten Streitgesprächen über Christus und im einfachen Volk, das über Christus nicht streitet, sondern von ihm dasselbe erwartet wie von dem Georgier Stalin, dem Türken Rasin oder einem anderen russischen Ataman. Und sollte Rußland künftighin versuchen müssen, sich durch ein im Volk verbreitetes Nationalbewußtsein zu retten, so wird dies kein materialistisches und kein atheistisches sein. Der rettende russische Faschismus wird eine national-religiöse Maske tragen. Zum einen ist das, was sich „Atheismus" nannte, in Rußland tatsächlich kompromittiert, es langweilt, hat den Reiz des Neuen verloren. Zum anderen hat es im Nationalen nicht die nötige Flexibilität gezeigt und sich als nicht wandlungs-

377

fähig erwiesen, während die Orthodoxie in der Vergangenheit mehrfach ihre Fähigkeit erkennen ließ, die nationale Kraft offen zu preisen, und heute für die Jugend noch immer als etwas Neues verlockend ist.

Doch da war schon wieder ein ganz anderer Saal. Kiprenskis „Puschkin" und Perows „Lermontow" beeindruckten nicht mehr als die Reproduktionen in der Zeitschrift „Ogonjok". Hier hingen auch die Porträts von Tolstoi und Dostojewski. Tolstoi hatte einen leeren Blick, doch das war bei ihm ganz natürlich, sozusagen buddhistisch, denn die unter den Humanisten des neunzehnten Jahrhunderts wachsende Leidenschaft, auf kürzestem Wege zur Vollkommenheit zu gelangen, führte unausweichlich zum geistigen, poetischen Schematismus, wie er für den Buddhismus kennzeichnend ist. An der Wand gegenüber Perows Gemälde „Der Pilger". Perow malte Dostojewski im Jahre achtzehnhundertzweiundsiebzig, den „Pilger" achtzehnhundertsiebzig. Beide Bilder sind einander erstaunlich ähnlich. Vor allem im Ausdruck der Augen. In Dostojewskis wie auch in des Pilgers Blick und Haltung liegt gespannte Tiefe, ein Versunkensein in sich selbst. Ihr Blick scheint auf die innersten Schöpfungen Gottes gerichtet, in Wirklichkeit ist er, sieht man aufmerksam hin, auf die alten Bastschuhe und ungetilgten Schulden konzentriert. Aber das steht eklektisch im Zusammenhang mit globalen erhabenen Gedanken. Dostojewski hat den „Pilger" nicht ohne Grund so zum Heiligen erhoben. Ein Pilger, insonderheit der russische, ist Eklektiker bis ins Mark, er vereint mechanisch leicht seine täglichen Bedürfnisse mit denen der Welt. Sein Traum ist, daß sich alles so erfüllen möge, wie er es beschlossen hat. Perows „Pilger" trägt einen Schirm im Rücken und am Gürtel einen Krug. Dostojewski umfaßt ein Knie mit den Händen. Beide denken konzentriert an ein und dasselbe.

Aber da war jetzt der Franzose, der Emigrant aus Rußland*. Andrej hatte das Gefühl, daß es ein Fehler war, wenn auch ein notgedrungener, sich den Franzosen in natura anzusehen, an der Wand der Galerie. Man hätte ihn in einem Album durchblättern sollen, als Buch. In der Reproduktion verlor das Original kaum etwas, ebensowenig wie ein gedrucktes Werk Tolstois neben der Handschrift verliert. Dafür kann man sich besser konzentrieren. Das war hier völlig unmöglich, denn eine Menschenmenge kann zwar gemeinsam Bilder betrachten oder Musik hören, nicht aber lesen. „Provinzler" waren wenig da. Die trieb es kaum hierher. Dafür viele Juden, sie bildeten in der Hauptsache das Publikum, aus dem sich auch das derzeitige Renegatentum rekrutierte, das kirchliche wie das staatsbürgerliche.

Vor der Revolution waren Konvertiten überwiegend Kaufleute, Händler, Ingenieure oder Ärzte, kühle Rechner, die nichts gegen Mose hatten, solange er ihnen ihren Profit sicherte. Heute sind es Intelligenzler, Philosophen, Mystiker, die sich bewußt gegen Mose auflehnen. „Lauter Verbote: Dieses darf nicht sein und jenes nicht. Bei Christus aber geht alles." Aus Moses Lehre kennt man vor allem das „Auge um Auge", von Christus: „Liebet eure Feinde." Die anwesenden Juden waren offensichtlich allesamt Moskauer, die die anderen Säle schon oft gesehen hatten und deshalb dort nicht verweilten, ebenso wie das andere, ähnlich geartete Publikum. So blieben die Besucher des Saales, in dem der Franzose ausgestellt war, sich ziemlich gleich, während die der anderen Säle ständig wechselten und eine bunte Mischung bildeten. Nur ab und zu belebten ein paar „Provinzler" die Eintönigkeit.

„Was ist das?" fragte einer von ihnen. „Warum hat der einen kleinen Mann auf der Backe?"

„Das wollte der Künstler eben so", antwortete eine Frau mit großer Nase, glänzenden Augen und geheimnisvollem Lächeln.

* Es geht um eine Chagall-Ausstellung.

379

Es ist wohl kaum viel schwieriger, dachte Andrej, die realistische Malerei zu erklären, da sind noch mehr Geheimnisse. Hier ist doch alles geordnet wie die Sätze in einem gut redigierten Manuskript. Da ist nichts Überflüssiges...

Ein Extremist aus der Provinz, ein hagerer, blondhaariger, schon älterer Mann, sagte absichtlich laut zu seinem Sohn:

„Komm, wir gehen, nach Repin und den anderen guten Bildern kann man sich das hier nicht ansehen."

Niemand reagierte. Es kam kein Streit auf, und er ging. Dabei hätte er sicher gern wie beim Schlangestehen ein bißchen was gesagt, sein Mütterchen Rußland verteidigt...

Dann kam noch der Wrubel-Saal. Der allgemein bekannte „Dämon" von achtzehnhundertneunzig wirkte schwächer als der ausgestreckt, zwar ohne eine Frau, aber doch in der leidenschaftlichen Pose einer Vergewaltigung daliegende „Zerschmetterte". Schwarze, blaue, violette Töne... Dann der Märtyrer Falk... Kontschalowski – das Bildnis Jakulows. Ein auf orientalische Art dasitzender fröhlicher Mensch mit Harlekinschnurrbart und Krawatte, der einem im Zusammenspiel mit den an der Wand hängenden Jataganen vorkommt wie Teil eines Ornaments... Das Ganze wirkt wie ein Teppich, und alles ist gleichwertig, der Mensch und die Jagatane. Falks Arbeiten vermitteln ein Gefühl der Schwäche. Seine Farben wirken verschämt, Kontschalowskis Talent dagegen macht sich herrisch breit. Es geht dabei nicht um eine administrative Einordnung, vielmehr um ein immanentes Gefühl – Schamhaftigkeit und Schwäche bei Falk, blutvolles Zupacken bei Kontschalowski. Solche Scham und solche Schwäche werden notwendig in der Nacht hinter versperrten Türen, während Kraft und festes Zupacken bei Tage in der Menge uns Gleichgearteter unerläßlich sind. Die Schwäche wird zur Leichtigkeit, zu ätherischer Zartheit nicht des Fleisches, sondern des Wesens und trägt zum Himmel empor; Kraft und Zugreifen umschlingen als Wurzeln die Erde. Kraft und festes Zupacken sind unpassend im Himmel, Schwäche und Scham sind unpassend auf der Erde... Der Saal der Stilleben... Russisches Brot und Fleisch... Hier auch der aus den Magazinen in sein Dasein als junger russischer Jude geholte Franzose. Der „Honigmond". Er und sie steigen mit langen nebelhaften Regenbogenleibern hinter dem Horizont auf... Der Himmel ist bunt, die Erde von weißrussischem Schmutz bedeckt. Dazu die ziegenartigen jüdischen Gesichter der Verliebten... Das war der traurigste Saal. Üppige Farben, alles jung, und doch kamen einem die Tränen. Das heißt: nicht jedem. Somow, Andrejs Landsmann, fühlte sich hier schlichtweg wohl. Er ging nicht gelangweilt umher wie vor den abstrakten oder surrealistischen Bildern und auch nicht konzentriert einfältig wie vor dem Realismus. Er amüsierte sich wie auf einem Volksfest... Abstrakte Malerei ist wie die realistische eine Kunst der Selbstbestätigung, der Impressionismus ist eine Opfer fordernde. Der Maler tritt hier als ein Gladiator auf, welcher stirbt, um die Menge zu begeistern. Nicht die abstrakte Malerei und der Realismus, sondern der Impressionismus wäre am ehesten in der Lage, unreife, grobe Seelen zur Kunst zu führen; wenn er nur irgendwann offiziell zur Herrschaft käme... Doch ein Mensch mit Gefühl hat es hier schwer wie an einem ihm teuren Grab. Weg von hier, hin zum sozialistischen Realismus, der durch die Dauerhaftigkeit der Niedrigkeiten die Seele beruhigt, hin zu der für alle Zeiten erstarrten Alltagsklarheit... Wenn Somow sich bei den Abstrakten gelangweilt, bei den Realisten der Vergangenheit konzentriert einfältig gezeigt und bei den Impressionisten Feiertagsstimmung empfunden hatte, so fühlte er sich hier, in den Sälen des sozialistischen Realismus, wie in einem Trolleybus. Hier war alles erkennbar, hier war alles wie gewohnt, hier übernahm er die Führung und schritt voran, bis er irgendwo in den Räumen der Verdienten Künstler des Volkes und Akademiemitglieder verschwand. Andrej aber ging hinaus in den Hof zu Wutschetitschs Skulptur „Schwerter zu Pflugscharen".

Auf einer Bank vor der Kaffeestube, aus der es entgegen jeder Ehrfurcht vor dem heiligen Ort nach gewöhnlichem Gemeinschaftsessen roch, saß Saweli mit einer jungen Frau, von der er, wie Andrej sofort erkannte, in der Nacht träumte, zudem in unterschiedlicher Gestalt. Ja, Saweli befand sich wie eh und je in einem Zustand, in dem selbst ein mit gespreizten Schenkeln auf einem Teller liegendes gekochtes Huhn weniger seinen Appetit als vielmehr sexuelle Gelüste in ihm weckte... Die Frau sah aus wie eine gewöhnliche Russin aus dem Volk, doch ihr Gesicht war kein rundes, allgemeinrussisches mit tatarischem Einschlag, sondern eins aus dem russischen Norden, frei von allem Asiatischen. Besonders ihre Augen fielen auf. Helle russische Augen wirken normalerweise leicht wässrig, die dieser Frau aber waren tief blau, fast schon dunkel.

Als Andrej, der Eigenbrötler, sie sah, erwachte in ihm eine Ahnung von seiner Schwester Tassja, die den Antichrist in der dritten Weise geliebt hatte, nicht fleischlich und nicht platonisch, sowie auch von seiner Mutter Wera, der selbstvergessenen Geliebten des Antichrist. Und er freute sich darüber, denn nachdem er seine am Morgen gewonnenen biblischen Erkenntnisse unbeschadet durch die Säle der Tretjakowka getragen hatte, wußte er dies alles kraft eines plötzlich in ihm, dem in sich verschlossenen Menschen, auflodernden Gefühls, das seine Seele noch mehr stärkte.

„Was ist los mit dir?" sagte er zu Saweli.

„Wir haben uns verspätet", erwiderte Saweli. „Entschuldige."

Offensichtlich waren sie lange nach der vereinbarten Zeit erschienen, ohne zu wissen, daß Andrej schon viel früher dagewesen war und nicht auf sie gewartet hatte.

„Ilowaiski war gekommen", erklärte Saweli, „und wir sind ins Schwatzen geraten über Christus... Entschuldige."

„Dem, der schuld ist, gilt unser Vivat", rief der in diesem Augenblick auftauchende Somow. „Dem, der schuld ist, gilt unser Vivat, wer nicht schuld ist, sei begrüßt!" *

Somow war durch die Säle des sozialistischen Realismus gegangen wie durch einen Duschraum, in dem er die Langeweile bei den Abstrakten, die konzentrierte Einfalt bei den klassischen Realisten und die Feiertäglichkeit bei den Impressionisten von sich abgewaschen hatte; nun kam er genauso heraus, wie er hineingegangen war, unverändert und bereit zum weiteren Leben in der derzeitigen Realität. Die Säle des sozialistischen Realismus wirkten gleichsam als Bad, das einen von den unnötigen Ablagerungen der an den Wänden der Galerie hängenden früheren oder wirklichkeitsfremden Kunst reinigte.

„Das ist Ruth", sagte Saweli, „meine Nachbarin, und das ist Andrej Kopossow, ein Kommilitone von mir."

So führte der Zufall sie zusammen, der in Wirklichkeit der Wille Gottes ist. Schon nach den ersten allgemeinen Redewendungen entdeckten sie einander als Landsleute. Es stellte sich heraus, daß Ruth in ihrer Kindheit mit Andrejs Schwester Ustja befreundet gewesen war und auch Tassja, seine andere Schwester, sowie seine Mutter Wera kannte. Somow gab sich ebenfalls als Landsmann aus der Stadt Bor zu erkennen, wo sein Vater Arbeiter im gasbeheizten Kesselraum des zentralen Krankenhauses und seine Mutter Buchhalterin gewesen seien, beide jetzt Rentner. Und er regte an, darauf einen zu trinken.

Aber Wassja Korobkow fehlte noch. Er erschien erst sehr spät. Als er eintraf, nahm sofort alles seinen vorgezeichneten Gang. Die Prophetin Pelageja sah ihn von weitem und erkannte in ihm den schlechten Samen des

---

* Unübersetzbares Wortspiel mit der russischen Entschuldigungsformel „winowat" (ich bin schuldig) und dem Wort „Vivat".

Antichrist, der vernichtet werden mußte, so wie durch Tamar Judas schlechter Same vernichtet wurde, das heißt seine Söhne Er und Onan...

Wassja war betrunken. Er kam heran und sagte:

„Ich habe mich verspätet, entschuldigt!"

Und Somow wiederholte:

„Dem, der schuld ist, gilt unser Vivat, wer nicht schuld ist, sei begrüßt."

Der Vers gefiel Wassja nicht, geradeso wie seinerzeit Somows Verse Pawlow nicht gefallen hatten, dem Kriegsinvaliden in der Stadt Bor. Damals war Pawlow im Park bei der Tanzfläche auf Somow losgegangen. Jetzt in Moskau schlug Korobkow im Vorhof der Tretjakow-Galerie auf ihn ein... Aber die Tretjakowka ist ein wohlbewachter Ort mit viel Miliz. Deshalb rannte die ganze Gruppe eiligst weg von der Ausstellung des bekannten französischen Malers, und als sie sich in einer nahen kleinen Grünanlage wieder zusammenfand, war Somow nicht mehr dabei, er hatte gekränkt das Weite gesucht. Und die Prophetin Pelageja sagte zu Wassja:

„Müssen Sie sich unbedingt hier prügeln?"

Wassja, frohgelaunt wie immer, wenn er ungestraft auf jemanden eingeschlagen hatte, gab keine Antwort; er betrachtete die Prophetin Pelageja und bemerkte, daß auch sie ihrerseits ihn aufmerksam musterte.

„Warum sehen Sie mich denn so an?" fragte er sie. „Kennen Sie mich?"

„Ja, ich kenne Sie", erwiderte die unter dem Namen Ruth bekannte Prophetin Pelageja. „Sie ähneln sehr meinem Vater... verblüffend geradezu."

„Und ist Ihr Vater vielleicht zufällig Jude?" entgegnete Wassja sarkastisch. „Irgend so ein Srul Samuilowitsch?"

„Ja", bestätigte die Prophetin Pelageja. „Aber er heißt Dan Jakowlewitsch... In dieser Hinsicht haben Sie sich geirrt."

„Entschuldigen Sie", bat Wassja ironisch. „Probatsch-tje pomylywsja, wie man in der Ukraine sagt." Und er

setzte auf ukrainisch hinzu: „‚Es hatte der Herr sich entschieden, nach Kiew zu kommen hienieden, doch litt er
dort bittere Pein...‘ Haben Sie das schon mal gehört?"

„Besuchen Sie uns doch mal", sagte die Prophetin
Pelageja, „überzeugen Sie sich, wie sehr Sie meinem
Vater ähnlich sehen... Wir trinken ein Glas Tee
zusammen..."

Und wieder betrachtete sie ihn. Dieser zweite Blick
war schon tödlich, in ihm lag bereits vieles von Tamar,
welche Judas schlechten Samen tötete, seine erstgeborenen Söhne Er und Onan...

Wassja aus dem Stamme Dan verzog das Gesicht und
sagte, dadurch sein Schicksal besiegelnd:

„Ich pfeife auf euren jüdischen Kramladen und auf
euren jüdischen Gott..."

Da beschloß die Prophetin Pelageja bei sich: So mag es
denn geschehen. Wer den Namen des Herrn lästert, muß
sterben. Ob ein Fremder oder ein Einheimischer, wer den
Namen des Herrn schmäht, ist des Todes.

So sprach sie bei sich, während sie dem davongehenden Wassja nachsah. Andrej und Saweli, die ihn beide
wegen seiner Entschlossenheit im Bösen fürchteten,
redeten indessen miteinander.

„Gut, daß er weg ist", sagte Andrej.

Und Saweli fügte hinzu:

„Mir wird jetzt erst bewußt, daß er Ruths Vater ähnelt."

Andrej fuhr fort:

„Es war dumm von mir, ihn herzubitten."

„Der Tag hat unglücklich begonnen", meinte Saweli,
„aber vielleicht kann er noch glücklich enden... Bei mir
zu Hause sitzt Ilowaiski. Er lädt uns in das Sommerhaus
seiner Freunde ein. Es gehört einem Chirurgen, der
früher mal zusammen mit Ilowaiski am Priesterseminar
studiert hat. Er heißt Wseswjatski."

„Das macht mir Angst", erwiderte Andrej. „Sie
werden über Christus reden, und dazu bin ich heute
überhaupt nicht aufgelegt."

„Das tut nichts." Saweli lächelte. „Diese Alten reden über Christus ganz anders... Lustig und amüsant... Und Ilowaiski macht auch noch seine Scherze dazu... Laß uns hingehen. Du, ich, Ruth und meine Mutter mit Ilowaiski."

„Ja, gehen wir doch", stimmte Ruth alias Pelageja zu.

Da war auch Andrej sofort einverstanden. Denn er schätzte inzwischen schon jede Minute in der Gesellschaft dieser blauäugigen Frau. Während Saweli nach Hause fuhr, um seine Mutter zu holen, verbrachte Andrej über eine Stunde allein mit Ruth, das heißt, natürlich umgeben von zufälligem Publikum: zuerst von Passanten, dann von den Passagieren im Trolleybus und schließlich von allem möglichen Volk auf dem Sawelowsker Bahnhof. Sie sprachen miteinander über die Stadt Bor im Bezirk Gorki, wobei sich die Prophetin Pelageja an vieles erinnerte, obgleich sie schon als Mädchen von dort weggezogen war.

„Was macht Ustja?" fragte sie.

„Meine Schwester Ustja hat zwei kleine Kinder", erwiderte Andrej, „und meine Schwester Tassja zwei schon große Söhne – meinen Namensvetter Andrej und seinen Bruder Warfolomej. Andrej ist bei der Armee, Warfolomej arbeitet als Kraftfahrer."

„Und wie geht's Wera, deiner Mutter?" erkundigte sich die Prophetin Pelageja weiter.

„Ich habe eine gute Mutter", sagte Andrej, „aber sie ist zu willensschwach. Alle schreien sie an, allen fühlt sie sich unterlegen, ihren Töchtern wie ihren Enkeln, und die alte Wessjolowa, Tassjas Schwiegermutter, behandelt sie schlecht. Sie hat vor allem Angst; selbst wenn sie betet, wirkt ihr Gesicht wie erschrocken, als könnte auch Gott mit ihr zanken."

So plauderten sie, und es war ihnen, als müßten sie eigentlich über gar nichts reden, sie hatten ja zum Glück auch noch viel Zeit für den Umgang miteinander, und es gefiel ihnen, einfach schweigend beisammen zu sitzen wie manchmal die Prophetin Pelageja mit ihrem Vater, dem Antichrist. Pelageja wunderte sich darüber, denn sie wußte noch nicht, daß Andrej Kopossow ebenfalls ein Same des Antichrist war wie Wassja Korobkow, aber ein gesunder, wenn auch kein grundlegender.

Ein unverwandter Blick ist fruchtbar, wenn der Gegenstand nicht die Persönlichkeit des Betrachtenden unterdrückt wie im Buddhismus... Im Blick des Buddhisten ist das kalte Epos vom Einswerden mit der Natur, wie es mehr und mehr auch das Christentum in dessen Verfall beherrschte, der unverwandte biblische Blick hingegen ist lyrisch. Die Weisheit des Gesetzes ist Gottes Mund, Gottes Fleisch aber ist die hohe Lyrik. Die Prophetin Pelageja betrachtete Andrej Kopossow im Bahnhofsgedränge und erkannte ihn. Und sie wußte, daß sein Leben sich lyrisch gestalten würde. In einem solchen Fall ist das Material ohne Bedeutung, es kann oft das unscheinbarste, ja verwerflichste sein, da Gott bei derlei Schicksalen immer nahe ist. Ein langes Leben war diesem Menschen beschieden, und es würde ein angespanntes, gefährliches Leben sein, jedoch das eines geistig sich Bemühenden, und es würde keine der Strafen Gottes erfahren, sondern nur die Strafe der Menschen, die der Seele nichts anhaben kann...

Nachdem die Prophetin Pelageja dies alles über Andrej Kopossow ergründet hatte, gab es für sie keinen Grund mehr, noch länger mit ihm zu schweigen, und sogleich erschienen Saweli, seine Mutter Klawdija, eine sich jugendlich gebärdende alte Frau mit angemalten Lippen, sowie der schon bejahrte Ilowaiski, der Kenner der Antike. Ilowaiski hatte die peinliche Angewohnheit, einem bei der Begrüßung sein den alleinlebenden Liederjan verratendes ungepflegtes Gesicht zuzuneigen und einen mit seinen unreinlichen Greisenlippen auf den Mund zu küssen, wobei das Problem darin bestand, diesem Kuß auszuweichen, indem man Ilowaiski die Wange hinhielt oder es durch eine scheinbar unbeabsichtigte, ungeschickte Kopfbewegung, ohne den alten Mann zu kränken, so einrichtete, daß er überhaupt nur die Luft küßte. Die Prophetin Pelageja brachte dies auf leichte, kluge Weise fertig, Andrej jedoch mißlang es, so daß er das tote, greise Fleisch auf seinen Lippen spürte. Zudem hielt einem auch Klawdija, Sawelis Mutter, die jetzt Ilowaiski in allem nachahmte, noch ihren geschminkten Mund hin. Saweli suchte rasch das Weite.

„Unsere Bahn kommt gleich!" rief er und rannte nach Fahrkarten.

„Er ist schon ein Iwolgin, mein Söhnchen, ein rechter Iwolgin", sagte Klawdija. „Mit seiner Aufgeregtheit erinnert er mich an seinen verstorbenen Vater, der war auch so ein Panikmacher." Und aus Gewohnheit kamen ihr die Tränen.

Das Wetter verschlechterte sich plötzlich. Dergleichen geschieht in Moskau im Sommer häufiger als im Winter. Unversehens grollte es am fast wolkenlosen Himmel, dann noch einmal; als sie in den elektrischen Vorortzug einstiegen, wehte schon ein kalter Wind, und nach zehn Minuten Fahrt schlugen Regentropfen ans Fenster. Im Zug unterhielten sich meist nur die Vorortbewohner, die Städter hingegen, die Moskau ständig bis zum Überdruß vor Augen hatten und ihm nichts mehr abgewannen, bemühten sich, aus dem Fenster die Sommerhausgegend zu betrachten. Eine Ausnahme bildete Ilowaiski, der unermüdlich redete und erzählte.

„Ihr jungen Leute", sagte er, „habt natürlich noch nichts von dem Geistlichen Petrow gehört und gelesen. Ein christlich denkender Philosoph", Ilowaiski kicherte. „Die Liebe als Gundlage des Lebens in der Gesellschaft... Verwarf das Privateigentum und die ökonomische Ungleichheit, wies nach, daß das Privateigentum eine jüdische Erfindung sei, keine christliche... Die Seminaristen beschlossen unter seinem Einfluß, mit einem neuen Evangelium ins Volk zu gehen... Die religiöse

Bewegung der Volkstümler ist in der Geschichte der Revolution völlig übergangen worden... Aber Petrow wurde ausgestoßen... Ja, man begegnete seiner Dummheit mit Repressalien, wie das in Rußland so üblich ist."

„Sprich leiser, Gawriil", beschwor ihn Klawdija.

„Wieso, was sage ich denn?" erwiderte Ilowaiski herausfordernd erstaunt. „Ich ziehe doch im Gegenteil regierungsfeindliche Dummheiten ins Lächerliche."

„Vermeide das Wort ‚regierungsfeindlich'", flüsterte Klawdija.

„Oje, du hast dir in deiner Ehe mit Katz so eine richtige jüdische Seele zugelegt", entgegnete Ilowaiski.

Es kam zwischen Ilowaiski und Klawdija überaschenderweise zu einem Streit, der von ihrer engen Beziehung zeugte.

„Ich fahre auf der Stelle zurück", erklärte Klawdija leise schon beim ersten Halt. „Es ist taktlos vor Saweli. Und vor Ruth..."

„Aber was hast du denn", sagte Ilowaiski. „Ruth weiß, daß ich kein Antisemit bin und ihren Vater sehr schätze. Ist es nicht so?"

„Doch, ja", bestätigte ihm die Prophetin Pelageja.

Saweli jedoch war in der Tat blaß geworden, und wer weiß, was noch geschehen wäre, hätten sie nicht in diesem Augenblick ihr Ziel erreicht. Darüber und über den Szenenwechsel waren alle froh, auch der impulsive Greis Ilowaiski, welcher merkte, daß er zu weit gegangen war. Er kannte seine Schwäche, vermochte sich aber das Vergnügen nicht zu versagen, ein wenig zu sticheln, wenn er sicher war, daß sein Gesprächspartner ihn dafür allenfalls beschimpfen, aber nicht gleich schlagen würde wie Wassja Korobkow.

Der nasse Moskauer Sommerhausvorort emfing das Stadtvolk mit einer Abwehrhaltung, die von den fremden Zäunen, lautem Hundegebell, dem Fehlen milizgesicherter Straßenkreuzungen sowie von einigen bedrohlichen Gestalten vor einer Bierbude ausging. Doch sobald sie die Datsche des mit Ilowaiski befreundeten Chirurgen Wseswjatski gefunden hatten und in den Hof traten, wo sie sich der schmutzigen Pfoten eines großen zärtlichen Hundes erwehren mußten, wurde ihnen sogleich fröhlich zumute. Und als sie gar auf der Terrasse einen Tisch mit einem Teller voller Äpfel erblickten, gepflückt samt den Stielen und einigen Blättern in dem zum Haus gehörenden Garten, dazu auch noch einen Teller frischer Himbeeren, ebenfalls aus dem Garten, da überdeckte der Moskauer Stadtrandzauber sofort den ersten unangenehmen Eindruck.

An dem Tisch saßen außer dem Hauseigentümer, einem rotwangigen, gepflegten alten Herrn, auch dessen Ehefrau, Warwara Dawydowna, sowie ein Altersgenosse, der ebenfalls mit Ilowaiski bekannt war und sich den Ankommenden mit den Worten vorstellte:

„Belogrudow*... Ein Name wie aus einem Heldengedicht, wo er allerdings eher in weiblicher Form zu einer Jungfrau passen würde", was ihn sogleich als einen Witzbold auswies. Er nannte auch seinen Beruf: Dozent für Literatur.

Ilowaiski küßte nach seiner Gewohnheit alle drei ab, zuerst den Chirurgen, dann dessen Frau, dann den Dozenten und dann noch einmal den Chirurgen. Eine Hausangestellte brachte den Samowar und Warwara Dawydowna eine staubige Flasche Kirschlikör. Gleich werden sie über Christus debattieren! dachte Andrej besorgt. Doch zunächst wurde von dem Kirschlikör getrunken, und danach erging man sich nach der Art alter Männer in rührseligen Erinnerungen an Zurückliegendes, an die Jugendzeit und an unerfüllt gebliebene vergangene Träume.

„Wißt ihr noch", sagte einer, „wißt ihr noch..." Und sie blinzelten genüßlich wie in einem dem Herzen angenehmen Traum befangen, aus dem man nur ungern erwacht.

* Der Weißbrüstige.

„Erinnert ihr euch an die Homiletik?" fragte Belogrudow, der Literaturdozent, augenzwinkernd. „Homiletik
– die Theorie der geistlichen Redekunst..."

„Oder die Liturgik – das Gottesdienststatut", flötete
Ilowaiski.

„Gibt's denn bei der Kirche auch ein Statut?" fragte
Klawdija mit der verwunderten Miene einer Gans.
„Gawrjuscha, gibt es so was?" Sie hatte ebenfalls von
dem Likör getrunken und kokettierte.

Von der zornigen und demzufolge einen Eindruck von
Klugheit hinterlassenden, innerlich gesammelten, förm-
lichen und gut versorgten Ehefrau des Kunstwissenschaftlers Iwolgin, die einst mit eiserner Hand die Kinder
ihrer gemaßregelten Schwester des Hauses verwiesen
hatte, war keine Spur mehr geblieben. Klawdija zeigte
sich jetzt nach der Art oberflächlicher, einfältiger Frauen
verärgert und hysterisch, verzieh andererseits schnell
und gab sich mit dem Geringsten zufrieden. Für Saweli,
ihren Sohn, bedeutete sie längst keine Gefahr mehr, sie
gebärdete sich nicht mehr als strenge Mutter, die seine
jugendliche Sünde unterband, vielmehr stellte er seine
Forderungen an sie als ihr Erzieher, mit Ilowaiski um ihre
schwache Seele wetteifernd, doch nicht, um diese Seele
zu bewahren, sondern um an ihr vor dem anderen Mann
und Konkurrenten sich selbst zu beweisen.

„Das Gottesdienststatut", erwiderte Ilowaiski beleh-
rend, „legt die Ausführung einer jeden kirchlichen Handlung fest."

„Und die Evangelientexte, nach denen wir zu Hause
die Predigt schrieben", fuhr wieder Belogrudow fort,
„das Studium Ioan Slatousts, erinnerst du dich, Gawrjuscha? Und du, Senetschka?" Er wandte sich an den
Chirurgen.

„Gewiß doch", erwiderte dieser. „Unser Praktikum
haben wir in den Pfarrkirchen gemacht. Aber am liebsten
waren mir die Fächer Theologie und Medizin... Das
hatten wir in den höheren Klassen."

„Wie wollen bloß die Katholiken beweisen...", sagte Ilowaiski, schon reichlich betrunken, „hm, ja... Die katholische Denkart – das ist Europa mit all seinen Schwächen... Aber, Brüder und Schwestern, in dem Begriff der Dreifaltigkeit..." Er versuchte aufzustehen, doch Klawdija drückte ihn an den Schultern nieder. „In dem Begriff der Dreifaltigkeit... Bei uns geht der Heilige Geist nur von Gottvater aus, in Europa auch vom Sohn... Das katholische Denken ist frei... Wir aber sind unterjocht durch das Jüdische, das Mosaische. Lächerlich, wir als Russen folgen der mosaischen Denkart..."

Jetzt geht's los! dachte Andrej erregt. Ohne die neben ihm sitzende Ruth wäre er in heftige Trübsal verfallen, doch seine Zuneigung für Dans Ziehtochter war rasch gereift, und ein Jüngling, wenig über zwanzig, liebt eine dreißigjährige schöne Frau ergeben, gefügig, nicht mit dem Gefühl männlicher Kraft, sondern bemüht, es ihr in ihrem Verhalten gleichzutun. Ruth aber betrachtete die betrunkenen ehemaligen Seminaristen gelassen.

„Kant setzt Religion mit Moral gleich", dozierte Belogrudow feierlich wie vom Katheder oder von der Kanzel, „für Hegel ist Religion das Anfangsstadium der Philosophie, entstanden beim Urmenschen aus dem Bedürfnis nach Denken und Wissen. Bei Feuerbach ist sie ein Selbstbetrug des Menschen, der sich vor sich selber verneigt... eine Gottgleichheit des menschlichen Geistes..." Er wechselte plötzlich das Thema und verkündete: „Im Seminar waren Turgenjew, Gontscharow, Tolstoi, Belinski, Dobroljubow, Pissarew, Tschernyschewski und Gontscharow verboten... Aber Gontscharow hatte ich ja schon genannt..."

„Seht diese Schüssel", erklärte Ilowaiski. Seine rheumatischen Finger umklammerten eine schöne goldgerandete Serviceteetasse. „Sie ist einfach..."

„Mama", sagte Saweli, „nimm ihm die Tasse weg, sonst zerschlägt er noch fremdes Gut."

„Sie leiden an einem Ödipuskomplex, junger Mann", versetzte Ilowaiski und wandte ihm sein für einen russischen Intelligenzler und Außenseiter typisches zottiges graues Haupt zu.

„Wären Sie nicht so schwach, würde ich Sie verprügeln", versicherte Saweli, und Tränen jugendlichen Aufbegehrens blitzten in seinen Augen, doch als er das erschrockene, leidende Gesicht seiner Mutter sah, ließ er es dabei bewenden und schwieg.

„Nun hört aber auf", baten die Wirtsleute Wsewsjatski bestürzt, einander ins Wort fallend. „Kaum habt ihr was getrunken, benehmt ihr euch wie Kinder."

„Schon gut, ich bin ganz ruhig", erklärte Saweli. „Ich werde ein bißchen im Garten spazierengehen."

„Unser Garten ist hübsch, wenn Sie wollen, begleite ich Sie", sagte Warwara Dawydowna, und beide gingen hinaus.

„Da habt ihr das Mosaische", fing Ilowaiski wieder an, als Saweli weg war, „das Anmaßende..."

„Genau", fügte Belogrudow hinzu. „Erinnert euch mal an die Revolution... Im Seminar fand ein Meeting statt. Ein Alttestamentler kam in die Klasse, und wir sagten zu ihm: Die Bibel ist ein Dogma... Wieso, fragt man sich, müssen wir Russen die Geschichte des aus irgendeinem Grund von Gott auserwählten jüdischen Volkes studieren, und zwar in allen Einzelheiten? Wir sollen uns mit der Geschichte der Juden gründlicher befassen als mit der unseres Vaterlandes! Ich habe neunzehnhundertzweiundfünfzig über diesen Fall von russischem Patriotismus an einem Priesterseminar einen Beitrag für eine antireligiöse Zeitschrift geschrieben, er ist aber nicht veröffentlicht worden."

„Neunzehnhundertzweiundfünfzig", sagte Wseswjatski, „ist eine Geschichte passiert, an die ich mich oft erinnere... Bei uns im Lagerhospital wurde ein verstorbener Häftling obduziert, das heißt, die Obduktion nahm der leitende Arzt vor, aber alle als Häftlinge im

Lager befindlichen Ärzte wohnten ihr bei. Der Tote war ein alter Mann, und er trug ein großes kupfernes Kreuz auf der Brust. Dieses Kreuz gaben wir mitsamt der Schnur in der Kanzlei ab, und der leitende Arzt, ein Major Baranow, fragte bei der Gelegenheit jeden der gefangenen Ärzte: Glaubst du an Gott? Alle antworteten: Ja, das tue ich. Nur einer erwiderte: Ja, aber im philosophischen Sinne. Das macht keinen Unterschied, sagte Baranow... Ich denke", fügte Wseswjatski hinzu, „in Freiheit hätten sie ihren Glauben nicht so mutig zugegeben. Aber zu einer Lagerhaft von zehn, fünfzehn Jahren verurteilt, hatten sie nichts zu verlieren."

„Seht diese Schüssel!" Ilowaiski umfaßte abermals die Tasse. „Sie ist einfach, doch wirft man sie auf den Fußboden und zerschlägt sie, wird sie kompliziert... Denkt an die Schüssel des Mose... Mose ist eine offensichtlich hochgespielte Gestalt." Er lenkte auf sein Fachgebiet hin. „Ich bin Altertumskundler. Entschuldigt, mir macht man nichts vor. Erst der Schriftgelehrte Esra hat Mose in späterer Zeit zu seiner Größe verholfen... Das ist bewiesen... Von den Propheten zur Zeit der Richter oder der Könige wird Mose nicht erwähnt, überhaupt nennt ihn keiner der großen Propheten, außer Jeremia, und auch der nur beiläufig. Der Kult um Mose entstand in einer späteren Periode durch Nehemia und Esra... Esra hat den Pentateuch des Mose geschrieben und ihm künstlich einen antiken Stil gegeben."

„Na und?" Andrej Kopossow, bleich und erregt, vermochte nicht länger an sich zu halten. „Was ändert das? Entschuldigen Sie, aber Sie verwenden das falsche Wort – nicht ‚geschrieben' sollten Sie sagen, sondern ‚aufgeschrieben'. Ich habe eine philosophische Abhandlung gelesen, in der versucht wird, den Wert des Pentateuch dadurch herabzumindern, daß man ihn für später entstanden erklärt... Warum denn aber offene Türen einrennen? Auch die Patriarchengeschichten sind keine Chronik. Dort steht zum Beispiel, daß Abraham bis in

Dans Gebiet vordrang, wo doch Dan erst in der vierten Generation nach Abraham zur Welt kam und es Dans Gebiet erst nach dem Auszug aus Ägypten gab, das heißt lange nach den Patriarchen. Esra festigte die Gestalt des Mose, als dies historisch notwendig wurde, als er aus der babylonischen Gefangenschaft kam und sich damit sozusagen der Auszug aus der ägyptischen Knechtschaft wiederholte. Es ist dies ein Beispiel genialer Nachgestaltung, wie sie Puschkin in seinem Schaffen zur höchsten Vollendung brachte... Die Nachschöpfung großer Vorbilder erfordert weit mehr Talent, als etwas Neues zu erfinden. Die unterste Stufe des Schaffens ist das Epigonentum, danach kommt das Neuschöpfen und danach das Nachgestalten großer Vorbilder... Das ist Klassik. Die Größe der Bibel besteht im Nachgestalten, in der Wiederholung des Göttlichen... Vielleicht hat der geniale Nachschöpfer Esra im Pentateuch des Mose ein mündlich überliefertes altes Poem aufgezeichnet und es allen anderen voran auf den ihm gebührenden Platz gestellt, denn die Wahrheit der Poesie steht über der Wahrheit der Geschichte... Das habe ich mir nicht angelesen, sondern selbst erkannt, erst später fand ich es zu meiner Freude bei Aristoteles bestätigt. Aristoteles sagt, selbst wenn man den Historiker Herodot in Verse setzte, würden seine Werke dennoch geschichtliche bleiben und nicht Poesie werden. Der Unterschied besteht darin, daß der Historiker von wirklich Geschehenem redet, der Dichter aber von etwas, das geschehen sein könnte. Deshalb ist Dichtung philosophischer und ernster als Geschichte. Die Dichtung behandelt Allgemeines, die Geschichte Einzelnes. Das Allgemeine lehrt, was man zu tun und wonach man zu streben hat, das historische Einzelne schildert, was bereits vorgegangen und geschehen ist... Die biblische Darstellung der Erschaffung der Welt, um die sich borniert Popen in philosophischem, schönrednerischem Gelehrtengeschwätz streiten, ist ein

Poem, das sich der wissenschaftlichen, historischen Analyse versagt."

Nach dieser wortreichen und geradezu in der Kehle schmerzenden Rede wußte Andrej, daß er zwar genau das gesagt hatte, wovon er überzeugt war und woran er ohne Mühe glaubte, daß aber Ilowaiski entsprechend der Fähigkeit russischer Polemiker, klüger zu reden als zu denken, ihm etwas Kluges und Unwiderlegbares entgegnen würde. Doch da brachte die schweigsame Hausangestellte erneut den angeheizten Samowar herein, und außerdem sprach der von dem hausgemachten Likör errötete Witzbold Belogrudow dazwischen.

„ ‚Junger Freund' ", zitierte er fröhlich, „ ‚Mein Sohn...' Erinnert ihr euch?" Er lachte. „ ‚Sage mir, mein Sohn, hast du deine Kindheit durch Selbstbefleckung vergiftet, und treibst du dergleichen noch immer?' "

„ ‚Sage mir, mein Sohn' ", fiel sogleich auch der zottelköpfige Intelligenzler Ilowaiski ein, „ ‚bist du der Päderastie verfallen oder der Unzucht mit einer Frau?' "

„Also weißt du, Gawriil", sagte Klawdija, dümmlich blinzelnd und errötend, „wie kannst du vor den jungen Leuten so was reden...?"

„ ‚Bist du wohl mit dem Vieh oder einem Geflügel zu Fall gekommen?' " salbaderte Ilowaiski weiter, jetzt völlig außer Rand und Band geraten.

„ ‚Die Beschneidung Christi erfolgte am achten Tage des Fleisches' ", sprach mit süßlicher Stimme jetzt auch der greise Belogrudow, „ ‚am achten Tage geruhte er sich beschneiden zu lassen um unseres Heiles willen.' "

„Wißt ihr noch, wie es in der Kirche gebrannt hat?" warf Wseswjatski fröhlich ein. „Auf dem Chor ging die Kiste mit den Kerzenstummeln in Flammen auf... Ein Geistlicher lief mit dem Kreuz umher und schrie: ‚Löscht, löscht!' Dann fing der Fußboden Feuer..."

„Oder wie wir in den Büschen lagen?" Belogrudow lachte. „Einer rief: ‚Mist!', der andere: ‚Packt ihn!' oder ‚So ein Idiot!' "

„Und all die Bittgebete", sagte Ilowaiski amüsiert. „Mal über dem Fundament eines Hauses, mal beim Graben eines Brunnens... ‚Gesegnet seien Eier und Käse... Herr, schicke eine reiche Gemüseernte...‘ "

Und es wurde sehr unangenehm am Tisch, ausgelassen auf Klosterart, aber die Prophetin Pelageja schwieg, denn sie wußte, wie schwer es einem Russen fiel, an Gott zu glauben... Hätte man ihm etwas Gangbares im Unglauben, im Atheismus geboten, er wäre glücklich gewesen... Anfangs schien es, als sei ein Ersatz gefunden, und er war in der Tat glücklich, doch nicht lange... Es ging nur noch schneller vorüber... Und er kehrte zurück, aber wohin? Kann ein Russe bei solchen weiten Räumen und einer solchen Geschichte überhaupt glauben? Wenn nicht an Gott, so wenigstens an den „für uns Gekreuzigten unter Pontius Pilatus"? Es gibt beim Propheten Jesaja Äußerungen, die besagen, daß man Gott nicht immer suchen soll, sondern nur, wenn er nahe ist. Nahe aber ist er der jungen unreligiösen Nation, wenn sie des lärmenden, fröhlichen, freien Nichtstuns müde ist. Am nächsten ist er der jungen Nation im Leid, in der Freude ist er fern. Die erwachsene Nation läßt sich in der Unterdrückung verleiten, wie sich die Juden in der ägyptischen Sklaverei verleiten ließen und den Vater verloren, aber in der Freude erblüht das Göttliche... Groß ist die biblische Klage, die Klage der Propheten, des Jeremia, doch näher ist der Mensch Gott in den Lobpreisungen. Nicht ohne Grund hieß der Psalter in der hebräischen Urfassung das Buch der Lobpreisungen... Wird der Russe Gott am meisten nicht im Leid, sondern in der Freude spüren können, wird der russische Glaube heranwachsen? Oder kehrt er, ohne etwas gelernt zu haben, in seine Kreise zurück? Der russische Atheismus hat verspielt, aber hat der russische Glaube deshalb gewonnen?

Hier wurde es den drei heiteren Greisen und ehemaligen Seminaristen über, sich zu vergnügen, Erschöpfung ließ ihre Gesichter erblassen, und zusammen mit der Müdigkeit bemächtigte sich ihrer die Frömmigkeit. Jetzt sprachen sie anders über das Gebet.

„Erinnert ihr euch an das Gebet mit drei Verbeugungen bis zur Erde?" fragte Ilowaiski. „ ,O Herr, Gebieter über mein Leben, halte fern von mir den Geist des Müßigganges, der Herrschsucht und des leeren Geschwätzes, schenke mir, deinem Knecht, den Geist der Keuschheit, der heiligen Weisheit, der Geduld und der Liebe... O Herr, mein König, lasse mich deine Verbote der Sünden befolgen und verurteile nicht meinesgleichen in Ewigkeit. Amen.' "

„Und was für Gesänge gab's im Seminar", sagte Belogrudow, jetzt leise und verträumt. „Der bischöfliche Chor... der Kantor..." Und er intonierte mit überraschend jugendlicher Stimme das Glaubensbekenntnis und das Vaterunser.

Die beiden anderen alten Herren fielen ein, und es klang gut. Warwara Dawydowna, die mit einem Teller feuchter Äpfel aus dem Garten kam, sagte zuerst:

„Nicht so laut, ihr Kerzenauspuster, leiser, jetzt reicht's mit dem Gottesdienst." Doch dann setzte sie sich mit dem gleichen einfältigen, rührseligen Lächeln wie Klawdija nieder und wischte sich die Augen.

Und die drei alten Männer, die bis dahin über die Religion gespottet hatten, sangen mit Gefühl, sogar der Philosoph und Altertumskundler Ilowaiski schnupfte betrunken auf und sagte:

„An der Seminarkirche gab's zwei Chöre mit jeweils einem eigenen Kantor... Erinnert ihr euch an den Chorleiter Kolka, der die Frau eines reichen Popen geheiratet hatte? Sie spielte Klavier und Kolka Geige."

Die Prophetin Pelageja stand leise auf, um den endlich mit Mühe von den alten Herren erreichten seligen Gemütszustand nicht zu stören, ging in den Hof und von dort über einen ziegelsteinbelegten Weg in den Garten. Andrej lauschte dem Gebets- und Psalmengesang der drei Greise so hingebungsvoll, daß er Ruths Weggang gar nicht bemerkte, als er aber zu sich kam und sie nicht neben sich erblickte, überkam ihn plötzlich wie im Traum eine unabwendbare Angst, sie zu verlieren, nachdem sie in den letzten drei Stunden ständig bei ihm gewesen war. Er sprang so hastig auf, daß die alten Herren sogar ihren Gesang unterbrachen, lief die Stufen der Terrasse hinab und sah sich um, unschlüssig, wohin er sich wenden sollte. Da nahte sich ihm unversehens jemand von hinten und berührte seinen Rücken, so daß er erschrocken aufschrie.

„Was ist denn mit Ihnen?" fragte Warwara Dawydowna besorgt, die mit einer Laterne die Stufen herabgekommen war, denn die Dunkelheit hatte bereits eingesetzt.

Auch der zottige Ilowaiski ließ sein wieder hämisches, schadenfrohes gottloses Gesicht sehen.

„Die Jugend geht ihre eigenen Wege... Ihn plagt die Eifersucht. Er ist eifersüchtig auf Saweli..."

„Unser Hund hat ihn erschreckt", sagte Warwara Dawydowna. „Er beißt nicht, junger Mann."

„Wie komme ich zur Bahnstation?" fragte Andrej, dem der plötzlich mit ihm geschehene Wandel zu schaffen machte, denn eben noch war er doch vor diesen Leuten so von sich überzeugt gewesen und in seinen eigenen Augen gewachsen, hatte er mit sicheren Worten etwas ihm am Herzen Liegendes verteidigt, und nun verriet er mit seinem dummen erschrockenen Aufschrei seine seelische Qual, die für die alten Leute kindisch wirken mußte, wodurch auch seine im Streit gesagten, wohldurchdachten Worte sich jetzt nachträglich kindisch ausnahmen...

„Warten Sie doch!" ließ sich auch Klawdija vernehmen. „Vielleicht fahren wir bald alle gemeinsam... Oder Saweli fährt mit Ihnen. – Saweli!" rief sie. „Wo steckt er denn? Wahrscheinlich geht er mit Ruth spazieren."

„Nein, ich gehe", entgegnete Andrej hastig, der Ilowaiskis spöttischen, gottlosen Blick auf sich fühlte. „Es
wird Zeit für mich."

Er trat aus der Pforte und lief aufs Geratewohl durch
nasses Gras, und als er sich umblickte, hätte er gar nicht
mehr zurückkehren können, selbst wenn er gewollt
hätte. Alle Sommerhäuser sahen in der Dunkelheit gleich
aus. Er ging noch ein möglichst weites Stück, setzte sich
auf einen der großen Steine, die dort in dem Vorort aus
der Erde ragten oder aus unerfindlichem Grund am Weg
lagen, und verfiel ins Grübeln. Seltsamerweise dachte er
nicht über seine heftige, wenn auch erst drei Stunden alte
Liebe zu Ruth nach, die ihm schon solche Pein bereitet
und ihn dazu gebracht hatte, sich so töricht öffentlich
bloßzustellen. Er dachte vielmehr an seine erste Zeit in
Moskau, als alles, was jetzt so voller Spannung war,
noch festlich und wohltuend wirkte.

Bei seiner Ankunft in der Hauptstadt entdeckte er bei
vielen, die er damals schätzte, ein russisches national-
religiöses Gefühl, und eben durch diese national-reli-
giösen Neigungen kam er erstmals mit geistlichen
Belangen in Kontakt. Man konnte das derzeit Vorgehende unterschiedlich betrachten, doch zweifellos hatte
die Erneuerung in der Jugend mit den massenhaft auf-
tauchenden Kruzifixen begonnen, welche aus demselben
Material hergestellt waren wie die kleinen Sparschwein-
chen mit dem Schlitz. Auch er, Andrej, wollte gern ein
solches Kruzifix besitzen, geradeso wie seinerzeit das
Finnmesser, das er bei den Starken dieser Welt gesehen
hatte. Wie schon früher alles Nachahmenswerte etwas
Russisches war und das Russische die Krönung und eine
Auszeichnung bedeutete, halfen diese russischen Kruzi-
fixe, Vergangenes abzulegen und vieles anders zu sehen,
ohne daß sich im Grunde etwas änderte. Andrej begann
das damals von Wassja Korobkow geliehene Evangelium
zu lesen, und auch dort war alles russisch, während alles
Nichtrussische verworfen wurde, und das Allerunrus-

sischste war natürlich das Jüdische, Mosaische... Das Mosaische war schlecht, das Christliche gut... Zahlreiche dem erneuerten Russischen zuneigende intelligente Damen, darunter sogar einige Jüdinnen, verbreiteten mit großem Engagement diese verzückte Hinwendung zum russischen Christus. Dieser für Andrej frohe Honigmonat des Umgangs mit dem russischen Christentum wurde nicht durch theologische Zweifel gestört, für die ihm damals noch das nötige Wissen fehlte, sondern durch auf den ersten Blick unbedeutende, alltägliche Erscheinungen, das heißt durch den Charakter der Hauptstadtchristen, der nicht nur schlecht, sondern auch durchschaubar, gewöhnlich und konsumorientiert war und eher den nationalen Emotionen entsprach als dem Bestreben, in die Aussagen des Evangeliums einzudringen. Und als die Jugend schließlich anfing, die Evangelientexte abzuschreiben und von Hand zu Hand weiterzugeben wie Proklamationen, da begriff er endgültig, daß die Religion Rußland ebensowenig retten konnte wie der Atheismus in der Vergangenheit. Es kommt keine Rettung von selbst, und vor sich selbst ist der Mensch schutzlos. Der Nationalcharakter ist sein wahrer Unterdrücker. Es ist dem Menschen nicht gegeben, sich zu verändern, aber er kann sich selbst verstehen und andere mit Worten warnen. Was sein wird, weiß Gott, aber wie es nicht sein sollte, das kann auch der Mensch wissen. Es bedarf dazu keines übermäßigen Vertrauens auf die Religion, wie auch die Hoffnung auf den Atheismus unangebracht war, denn die christliche Religion kann heutzutage nicht auf sich selbst bauen. Das Christentum, das seinen historischen Weg mit dem Komplott der Apostel gegen Christus begonnen hat, weiß natürlich, daß die wichtigste Erwartung, die der Mensch in die Religion setzt, in der inneren Ruhe besteht, für die er mit folgsamer Ergebenheit zu zahlen bereit ist. Er erwartet damit dasselbe wie ein Kind von seiner Mutter. Verschaffst du mir meine Ruhe, so gehorche ich dir, wenn nicht, werde ich aufsässig. Und die Religion beruhigt durch Liebe zum Leid und Belohnung mit einem Leben nach dem Tod. Ersetzt man jedoch die Liebe zum Leid durch die Liebe zur Tat, was im Prinzip dasselbe ist, ersetzt man die Belohnung im Jenseits durch die Belohnung zum Ruhme der Nation, so fördert dies durchaus die Herausforderung Gottes auf Erden, das heißt den Bau nationaler Babylonischer Türme. Die apostolische Christenheit ist stolz auf ihre Liebe zum Menschen, in Wirklichkeit liegt ihrer ganzen Moral der zu sehr betonte Sinn und die übertriebene Bedeutung des Menschen in Gottes Welt zugrunde, und hier gleicht sie den Atheisten. Das ist es nicht, was die biblischen Propheten lehren, nicht dadurch wollen sie Seelenruhe bewirken, sondern durch die biblische, die göttliche Wahrheit. Die aber besteht darin, daß der Mensch seit seiner Vertreibung aus dem Paradies ein fluchbeladenes Wesen ist. Die Wahrheit über sich selbst erkennen kann jeder, doch nicht jeder will das auch. Kaum einer wird damit einverstanden sein. Dabei erleuchtet die Wahrheit über sich selbst das Leben nicht nur, sie festigt es auch. Jeder erfolgreiche Augenblick, jedes Glück, jede gute Tat wird dann als unverdient und somit als doppelt teure Belohnung aufgenommen, jedes Unglück und jeder Mißerfolg als verdient und daher als weniger kränkende Strafe. Keinen Lohn zu erwarten, der immer unerwartet kommt und als etwas Unverdientes hinzunehmen ist, keine Strafe zu fürchten, die als etwas Natürliches empfangen wird – das ist das wahre Los des religiösen Menschen.

Im zweiten Buch Mose, dem Exodus, findet sich eine bemerkenswerte Stelle. In ihrer Angst vor dem sie verfolgenden Pharao wenden sich die Söhne Israels, statt tatkräftig zu kämpfen, betend an Gott, Mose aber werfen sie ungehalten vor, daß er sie zum Kampf aufgerufen hat und dadurch vom Gebet abhält. Und der große Prophet verspricht, ebenfalls bangen Herzens, dem betenden Volk Gottes Gnade: „Fürchtet euch nicht!

Bleibt stehen und schaut zu, wie der Herr euch heute rettet . . . Der Herr kämpft für euch, ihr aber könnt ruhig abwarten." Doch da erteilt der Herr Mose eine Lehre: „Der Herr sprach zu Mose: Was schreist du zu mir? Sag den Israeliten, sie sollen aufbrechen." Es genügt nicht allein Gottes Absicht, vielmehr muß der Mensch auch selbst auf deren Höhe stehen, soll sie sich erfüllen und zur Tat werden.

Und Andrej Kopossow dachte daran, wie er vor einiger Zeit das in der Nähe von Moskau gelegene Sagorskikloster, die Troize-Sergijewskaja Lawra, besucht hatte und bedrückten Herzens von dort zurückgekehrt war. Er hatte schon immer eine Scheu vor Friedhöfen gehabt, und hier fand er gleichsam einen Friedhof mit zur Besichtigung geöffneten Gräbern. Alles sah aus wie ein offenes altes Grab, das Einkünfte durch die Touristen einbrachte – die Klostermauern, die Glockengerüste, das Refektorium im plumpen „russischen Barock". Das Refektorium machte den Eindruck eines rötlichen versteinerten Weizengebäcks, wie es bei Beerdigungen als Totenspeise beigegeben wird, schrecklich für einen lebenden Mund. Und alles war bedeckt von einer Art Grabinschriften in kirchlich verschlungenen oder staatlich strengen Buchstaben. Als einheitliches Ganzes tauchten immer wieder Gruppen alter Frauen auf, allesamt etwa gleichaltrig, um die sechzig, von gleicher Gestalt und gleichermaßen schwarz oder grau gekleidet. Gelegentlich sah man unter ihnen das Gesicht eines Mannes oder eines Kindes, seltener das eines Jungen, öfter das eines Mädchens. Aber auch ihre Gesichter glichen denen der alten Frauen, und seltsamerweise hatte man den Eindruck, daß es alles Totengesichter waren, unabhängig von Geschlecht und Alter. Die anderen Besucher musterten sie neugierig und scheu, so wie ein Lebender einen Dahingeschiedenen betrachtet. Nur die Mönche – manche in vollem schwarzem Ornat mit den Zeichen ihrer Würde, Ketten und Kreuzen, manche in grauem, tailliertem Gewand ohne jede Zutat – liefen mit gesunden, lebendigen, vollblütigen Gesichtern in unterschiedlicher Richtung über den Hof und pflegten gelassenen Umgang mit den Gläubigen. Sie hatten etwas von Totengräbern an sich, die mit Leichnamen – Objekten ihrer alltäglichen gewohnten Arbeit – umgehen. Trotz des Sommers war es ein kühler, windiger Tag, die Gläubigen saßen gleich Wartenden auf einem Bahnhof in langer Reihe auf Gartenbänken unter dem endlosen trüben Himmel. Manche schliefen, auf der Bank liegend, manche aßen ihre kärgliche Nahrung, Brot und Kochwurst, und tranken Wasser aus Halbliterflaschen. Vor ihnen lauerten die Klosterkatzen, die offensichtlich von den Gaben der Gläubigen lebten; Tauben setzten sich auf die Schlafenden und spazierten auf ihnen umher.

In einer der alten Kirchen fand vor der berühmten, im Besitz des Staates befindlichen Altarwand ein Gottesdienst statt. Ein Geistlicher mit Brille und grauer Mähne saß zu Häupten dessen, was das Grab des Herrn symbolisierte, leichenfahler Glanz umspielte das silberne göttliche Lager, und in das männliche Rezitativ des Popen klang immer wieder ein weibliches „Halleluja!". In langer Reihe zogen die Gläubigen vorbei und berührten mit ihren Lippen das silberne Grabmal. Dies alles ging im Halbdunkel und in beklemmender Enge vor sich. In einem anderen, ebenso engen Teil der Kirche standen wie in einem Bahnhofswartesaal Bänke, dicht besetzt von Gläubigen mit Bündeln und Körben. Und trotz des „Halleluja!" spürte man die russische Amtsatmosphäre, das Asiatische russischer Behörden, die russische Nivellierung und Einförmigkeit und den russischen Kollektivismus. Der russische Waldsteppencharakter hat sich in Jahrhunderten kollektiv aufgebaut und ist darin bis auf den heutigen Tag erstarrt. Deshalb ist so wenig Individualistisches in ihm, deshalb ist er atheistisch, kollektiv, und die russische Kirche bestätigt das selbst durch ihr Aussehen. Versucht aber ein Russe, sich Gewalt anzutun, indem er sich als Einsiedler in eine einsame Klause zurückzieht, dann wallen die Anfechtungen in ihm mit besonderer Kraft auf, jene Anfechtungen, denen man sich nur im Kollektiv entziehen kann. Lew Tolstoi, eine Persönlichkeit von recht gesunder Lebensauffassung, gibt davon eine gültige Darstellung in seinem „Vater Sergius". In wahrhaft tolstoischer Weise reagierte auch ein etwa achtjähriges Mädchen, von seiner Mutter, einer Touristin, herbeigeführt, um sich den Gottesdienst anzusehen. „Laß uns weggehen von hier, ich habe Angst", flüsterte es, nachdem es sich das „Halleluja!" eine Weile angehört und die den silbernen Sarg küssenden Leute beobachtet hatte.

Nein, die Religion wird den russischen Charakter nicht erneuern, denn sie ist sein Produkt und bedarf selbst der Erneuerung. Im übrigen muß der Gerechtigkeit halber gesagt werden, daß die russische Religion kraft des Asiatischen in ihr nur anschaulich das ausdrückt, was für den heutigen Zustand der Religion allgemein typisch ist. Heutzutage wird Tolstois Angst vor einer Kirche, die den Glauben öffentlich und kollektiv macht, besonders verständlich. Alle Religionen entstanden, als die Grundmasse der Menschen ungebildet war und wie eine Schafherde einen Hirten brauchte. Inzwischen aber bedarf die Religion der Intimität nicht weniger, sondern vielleicht weitaus mehr als die Liebe. Kein Außenstehender, wie gut er auch sein und welchen Rang er auch bekleiden mag, darf und kann die Intimität des Glaubens stören, denn die kirchliche Öffentlichkeit des Glaubens führt in noch größerem Maße als Öffentlichkeit in der Liebe zu Enttäuschung und seelischem Verderben. Und ist denn der öffentlich Glaubende weit von dem öffentlich Unzucht Treibenden entfernt? Wenn in der Vergangenheit die Öffentlichkeit des Glaubens eine traurige Notwendigkeit war, so wird in der Zukunft seine Intimität ein zwingendes Erfordernis werden. Die Intimität der Religion ist der einzige Weg zu einer religiösen Erneuerung. Die Leute dürfen von jemandem wissen, daß er verliebt ist, aber wie er liebt, das sollen sie nicht wissen, sondern allenfalls ahnen. Genauso ist es in der Religion. Die Bedeutung des nicht intimen religiösen Rituals muß immer geringer werden, die des intimen Glaubens hingegen wachsen...

Damit beruhigte sich Andrej Kopossow, der illegitime Sohn des Antichrist aus dem Stamme Dan und der Russin Wera Kopossowa aus der Stadt Bor im Bezirk Gorki. Er hatte erkannt, was ihn quälte, und seinen Weg gefunden. Da er fest an Gott glaubte, mußte er sich gegen die religiöse Anfechtung wehren, die auf Rußland zukam, weil die Menschen der talentlosen offiziellen Atheisten überdrüssig waren, und verhüten, daß künftig die Religion zur Hauptgefahr in Rußland wurde. Für die Antireligiosität würde man ihn hassen und in der inoffiziellen regierungsfeindlichen Gesellschaft verlachen, in der offiziellen Gesellschaft sich bemühen, ihn zu benützen, so wie Pilatus versuchte, die Warnung Christi vor dem nicht erneuerten Mosaischen Gesetz auszunutzen, einem Gesetz, an das Jesus Christus, der Jude, selbst mit der ganzen Kraft seiner großen Seele glaubte.

Als Andrej Kopossow, der Sohn des Antichrist, seine göttliche antireligiöse Bestimmung erkannte, spürte dies die Prophetin Pelageja, die angenommene Tochter des Antichrist, die zur selben Zeit mit Saweli in dem finsteren Sommerhausgarten stand, durch einen sanften Druck in ihrem Herzen, und sie sagte lächelnd:

„Dein Freund Andrjuscha gefällt mir, Saweli, nur ist er leider zu jung für mich."

Mit Saweli verband sie schon seit längerem jene freundschaftliche, nahezu vertrauliche Beziehung, mit deren Hilfe eine kluge Frau einen sie umwerbenden, aber ungeliebten Mann vor unüberlegten Schritten bewahrt. Währt ein solches Verhältnis lange Zeit, erfaßt der Mann allmählich jede intime Regung der Frau, und ihr Leben wird fast zu seinem eigenen.

„Er hat sich mächtig in dich verliebt", erwiderte Saweli, „auf der Stelle, und selbst wenn er jetzt einer anderen begegnet, wird er mit ihr nicht glücklich sein."

„Er lebt nicht für ein Glück mit einer Frau", entgegnete die Prophetin Pelageja.

„Auch Wassja liebt dich", fuhr Saweli fort, „obwohl er so ein böses Lästermaul hat... Er ist ein unglücklicher Mensch."

„Ich weiß", sagte die Prophetin Pelageja, „aber er wird nicht mehr lange leiden und sich quälen."

Unversehens erschien ein unnatürlicher Glanz in ihren Augen, ein kirschrotes dunkles Leuchten wie von glühendem Eisen oder der Glut eines niedergebrannten Feuers. Es war das grausame Leuchten der himmlischen Strafe, das die Prophetin von ihrem Nennvater, dem Antichrist, übernommen hatte. Jedes gute wie auch jedes böse Leben endet durch die Herrschaft dieses Lichts.

Saweli hatte dergleichen noch niemals gesehen. Der ganze Garten war erhellt, die sorgsam gepflegten Apfelbäume traten mit ihren weiß angestrichenen Stämmen aus dem Dunkel. Jeder Gesunde hätte angesichts solcher Veränderungen an der geliebten Frau den Verstand verloren, doch Saweli war ja bereits Patient in einer psychiatrischen Anstalt gewesen und überdies derzeit mit gleicher Leidenschaft der Alchimie verfallen wie in seiner frühen Jugend der wollüstigen Sünde der Eingekerkerten. Mitunter focht ihn dies noch immer an, aber er fühlte sich nicht beunruhigt, sondern flüchtete in solchen Momenten in seine obskure Gedankenwelt. So bat er jetzt Ruth-Pelageja inständig, ihm etwas von ihrem Blut zu überlassen.

„Jeder läßt mal sein Blut im Labor analysieren", sagte er. „Ich habe schon alles abgesprochen, ich bezahle, und sie geben mir ein Reagenzglas voll von deinem Blut... Natürlich inoffiziell... Erst wollte ich das Blut von meiner Kusine Ninotschka nehmen, als sie bei uns zu

Besuch war, aber dann erfuhr ich, daß sie verheiratet ist. Ich brauche das Blut einer Jungfrau."

In dem Sommerhausgarten war es nach dem ausgiebigen Vorortregen kühl und feucht, und es roch so üppig wie nach dem Leben selbst. Genau das muß der Duft des Erdenlebens an seinen Wurzeln sein! dachte die Prophetin Pelageja. Der Duft nach einem Regen am späten Abend in einem Vorortapfelgarten!

Die reine Luft inspirierte auch Saweli. Er sprach von der Ursache seiner schlaflosen Nächte, von der Idee, die ihn seit Monaten beschäftigte, von seinem Traum, eine moderne Alchimie aufleben zu lassen, die auf natürliche Weise imstande war, das Geheimnis aller Geheimnisse zu lüften: das Geheimnis des Lebens.

Die Prophetin wußte, daß auch darin nicht die Rettung lag. Die Bücher hatten Saweli verdorben, wie es oftmals leicht beeindruckbaren, weibischen Naturen widerfährt, deren emotionales Leben für ein Genie reichen würde, während ihr geistiges das eines Halbwüchsigen bleibt. Sie sind in der Lage, eine künstlerische Darstellung stark und tief, wenn auch einseitig, aufzunehmen; Bücher jedoch, die das gesamte Abstraktionsvermögen eines Erwachsenen erfordern, sind schädlich für sie. Natürlich war Saweli an sich schon ein Mensch mit schlechter Blutmischung und äußerst gefährlichen Anlagen, doch viele seiner Eigenschaften erwuchsen einfach aus religiöser Lektüre. Nicht im Evangelium, sondern eher bei Puschkin wird ein feuriger junger Mensch Gott entdecken... Wie einst zu Beginn des Jahrhunderts die massenhafte Neigung für die gescheiten Bücher des ökonomischen Materialismus aufkam, mit denen der Verfall vieler talentierter Seelen einsetzte, so zeigt sich heute eine Gefahr durch die Heiligen Bücher, die bereits einige Opfer gefordert hat und vielleicht noch viele fordern wird. Mit dem Heiligen Evangelium, diesem Auswuchs der Bibel, nahm Savelis Niedergang seinen Anfang. Die Bibel selbst wird solchen

Naturen weniger gefährlich, da sie für sie weniger verlockend ist. Das „Auge um Auge" ist klar, was wäre daran nicht zu verstehen? Doch das Evangelium... „Liebe deinen Feind" – das führt weg, das verspricht und verlockt, und man greift nicht nach dem eindeutigen Puschkin, sondern nach mystischen Büchern. So wird die christliche Askese für den jungen Gläubigen unausweichlich zur mystischen Erotik. Besonders wächst diese Gefahr in einer Zeit geistigen Hungers, hervorgerufen durch den massiven untalentierten, inkonsequenten, idealisierten Atheismus.

Seit längerem besuchte Saweli bereits einen Zirkel junger Leute, die sich heimlich in der Wohnung eines der Mitglieder versammelten und sich freudig dem Mittelalter hingaben, das aus jedem Anlaß zu preisen eben in Mode gekommen war. Gogol hatte seinerzeit das Recht gehabt, in die fortschreitenden Jahre hinein mit dem Mittelalter zu liebäugeln und sich an dem jugendlich freien Spiel der Seele und des Denkens zu erfreuen; die Menschen unserer Zeit hingegen, die das unausbleiblich stümperhafte Finale des talentierten mittelalterlichen Gottmenschspiels gesehen und gespürt hatten, sollten in ihrem eigenen stümperhaften Finale nicht danach streben, die fruchtbare talentierte Grundlage nachzuahmen... Kein kindliches Spiel sollte bis zu seinem langweiligen Ende geführt werden, denn jedes Kind weiß, daß das uninteressanteste an einem Spiel dessen Ende ist. Das Mittelalter war die nach dem biblischen weisen ewigen Alter vorübergehend wiedererstandene fröhliche Kindheit. Eben im Mittelalter wurde der Christ endgültig zum heiteren Helden. Der Faschismus war, wie jede nationale Bewegung, ein fröhliches kindliches Spiel, eingeleitet schon von den Genies des Mittelalters. Das Genie aber verfügt über die große rettende Eigenschaft, das Schreckliche in seinen Gedanken und Gefühlen zu vollziehen und dadurch die Welt gegen die schlimmste ihr drohende Gefahr abzuschirmen – gegen die Materialisierung der unausdenkbaren menschlichen Phantasien und Launen. Sobald aber Kinder mit schlechtem Blut dieses Spiel zu spielen beginnen, wird klar, daß Shakespeares und Dantes Phantasien ihre praktischen Vollstrecker haben. Die Frage, an der die liberalen Intelligenzler herumrätseln, wieso nämlich der Faschismus im kulturvollen Europa aufkommen konnte, ist leicht zu beantworten: Faschismus entsteht, wenn sich an den talentierten Spielen des Mittelalters eine Menge armer Kinder mit schlechtem Blut beteiligen. Und die Erwachsenen – Vertreter, glaubt man, erwachsener Nationen – schließen sich diesen Belustigungen leicht an, werfen die Fesseln des Verstandes ab, die ihnen so viele ausgelassene Vergnügungen nehmen, verfluchen das Mosaische „Verbotene", legen dem christlichen „Erlaubten" ihren heidnischen Sinn bei und toben sich aus, werden zu mittelalterlichen Kindern des zwanzigsten Jahrhunderts, doch sie toben nun schon mit Kneifen und Beißen in der Art nach Urin riechender pickliger Frühgeburten. Mittelalterlichen Prunk aber verleiht diesem Spiel der mystische Firlefanz. Einstmals haben sich in Rußland die des Glaubens an Gott entwöhnten Dekadenten vom Mystizismus angezogen gefühlt. Wie, wenn er nunmehr die Kinder des langweiligen Atheismus der vergangenen Jahre verlockt, die nicht gelernt haben, an Gott zu glauben? Welche Gestalt nimmt dann der massenhafte, nationale russische Mystizismus ein? Welches Spiel werden die russischen Menschen spielen, sich selbst und anderen zum Verderben? Viele Sünden lasten auf Rußlands Seele, denn das ist sein Schicksal; eine Nation, die einen solchen Raum beherrscht, kommt ohne eigene und fremde Qualen nicht aus. Aber bahnt sich nicht für die Zukunft eine entsetzliche Sünde an, die Gott nicht mehr verzeihen wird? Eine Sünde, bei der das Heilige Evangelium die unreifen, im Atheismus der Sehnsucht verfallenen Seelen Schlechtes lehrt...

Eines der Bücher, mit denen sich die jungen Leute in Sawelis Zirkel befaßten, war betitelt: „Über den Zustand des Menschen nach dem Tode und die Verwandlung seines vergänglichen Leibes in einen unvergänglichen, wie er im Paradies erschaffen war, sowie auch über den Zustand der verdammten unvergänglichen Leiber im Urgrund der Finsternis". Ein anderer: „Ein offenes Tor in die geheime Natur und ihre wirksamen Eigenschaften in Gut und Böse. Item über die Essenz der Dinge und die von allen Chemikern seit langem gewünschte Urmaterie zur Bereitung einer philosophischen Universalmedizin zum Nutzen aller nach dem wahren Heilkundler- und Ärztewissen Suchenden".

Im übrigen besuchte Saweli den Zirkel in letzter Zeit seltener, er saß meist zu Hause bei seinen Kolben und Retorten, die er sich aus einem Apothekenvorratslager verschafft hatte. Er dachte sogar daran, das Literaturinstitut zu verlassen, um an der Universität Biochemie zu studieren. Bislang aber vertiefte er sich in ein Buch mit dem Titel „Über die philosophischen Menschen, was sie tatsächlich darstellen und wie sie zu erzeugen seien". Darunter stand noch ein Satz, der ihm besonders gefiel: „In Druck gegeben, mit Figuren illustriert und der Welt mitgeteilt." Die Welt erfuhr ohne unnötigen Gefühlsüberschwang und in wissenschaftlicher Sachlichkeit eine einfache, sichere Methode zur Erschaffung von Homunkuli.

„Es geschieht dies auf die folgende Weise. Man nehme einen Kolben aus Kristallglas erster Güte, fülle in denselben einen Teil bei Vollmond gesammelten besten Maitaus sowie zwei Teile männlichen und drei Teile weiblichen Blutes. Dabei ist zu beachten, daß dieses, so irgend möglich, von unbefleckten, keuschen Personen stamme. Sodann stelle man das Glas mit dem genannten Inhalt zur Verwesung zugedeckt an einen warmen Ort, bis sich auf seinem Grunde eine rote Erde abgesetzt hat. Danach sehe man das darüberstehende Menstruum in ein reines Glas und bewahre es wohl."

So begann die Beschreibung der Prozedur zur Herstellung philosophischer Menschen, männlicher wie weiblicher.

Die Prophetin Pelageja wußte, daß Sawelis Vorhaben eine Sünde war; sie hatte ihn schon mehrfach begeistert davon reden hören, und als sie nun seine Bitte vernahm, ihm etwas von ihrem Blut für das Experiment zu überlassen, überlegte sie, wie sie den in sie verliebten, leidenden kranken Burschen davon abbringen könnte. Sie ahnte, daß Worte in diesem Falle nichts fruchten würden, wie seine Absicht aber sonst zu verhindern wäre, fiel ihr nicht ein. Sicher, sie konnte ihm ihr Blut verweigern, aber das bestärkte ihn womöglich nur in seiner Absicht: Er würde das Blut von anderer Seite erlangen und somit für immer in die Sünde verstrickt leben. Oder sie gab ihm ihr Blut – dann würde er das Experiment vornehmen, das natürlich, wie jeder alchimistische Versuch, mit einem Fehlschlag oder zumindest nicht mit dem erhofften Resultat enden mußte. Dann würde er erst in den wahren mystischen Starrsinn verfallen, neue, wiederum erfolglose Versuche anstellen und, falls ihm ein langes Leben beschieden war, in dieser Sünde alt werden. Und als sie nun so in dem dunklen Sommerhausgarten inmitten der Apfelbäume stand, tief die mit dem erregenden, feuchten Duft des Lebens angereicherte Luft atmend, neben sich das blasse, auf slawische Art haltlos verliebte Gesicht mit Klawdijas kurzer Nase und Alexej Jossifowitschs oder gar des Großvaters, Jossif Chaimowitschs, ängstlich glänzenden Augen, als die Prophetin Pelageja dies alles sah und fühlte, beschloß sie plötzlich, gegen die Sünde anzukämpfen, indem sie ihr half, zu geschehen und zutage zu treten, das heißt, indem sie sich dem Satan stellte und auf ihn zuging...

Es muß übrigens erwähnt werden, daß auch die Prophetin Pelageja sich schon seit geraumer Zeit mit dem

Weiblichen in sich quälte und die dritte Strafe Gottes – das wilde Tier der Wollust – durchaus am eigenen Leibe spürte. Bei dem Versuch Stepan Pawlows, sie – damals noch ein junges Mädchen – in dem Wald nahe der Stadt Bor zu vergewaltigen, war ihr das Zeichen ihres Prophetentums zuteil geworden, und daran erinnerte sie sich wohl. Sie wußte auch, daß das Gelübde der Jungfräulichkeit, das sie sich zum Ruhme des Herrn auferlegt hatte, von Satanas bestärkt wurde, der unvermeidlich an jeder riskanten Dramaturgie Gottes teilhatte. Anfangs, in ihrem Kindes- und Mädchenalter, hatten ihr die Scham sowie die Tochterliebe zu ihrem Vater geholfen – das war die unkomplizierteste Zeit in ihrem Kampf gewesen. Doch als sie die Bibel und das Evangelium zu lesen begann und häufig betete, wurde es ihr seltsamerweise besonders schwer, ihr Gelöbnis zu halten. Die sich um sie bewarben, vermochte sie leicht abzuwehren, da bedurfte es keinerlei Kampfes, waren dies doch meist Menschen aus ihrer Umgebung, und der Bekanntenkreis ihres Vaters, des von der Wohnungsverwaltung eingesetzten Hauswarts, war ja nicht groß. Doch in der für sie belastendsten Zeit, im Alter von fünfundzwanzig bis dreißig Jahren, widerfuhr es ihr mehrfach, daß sie Männern begegnete, die ihr gefährlich werden konnten...

Einmal wurde sie von der Wohnungsverwaltung zum Kartoffellesen aufs Land geschickt, und der Fahrer, der die Prophetin Pelageja in seinem Lastauto zum Sammelpunkt mitnahm, versuchte unterwegs, sich an ihr zu vergreifen. Offenbar hatte sie doch etwas sehr Weibliches an sich, das ungezügelte Naturen zu dergleichen reizte... Sie kämpften in einem kleinen Waldstück miteinander, durch das sie gegangen waren, um Luft zu schnappen, und plötzlich verspürte die Prophetin Pelageja den Wunsch, sich dem Mann hinzugeben. Satanas jedoch, der neben ihr stand und seine eigenen Vorstellungen hegte, sah es und begriff. Der Fahrer war ein bekannter Draufgänger vom Lande, der schon wegen Messerstecherei im Gefängnis gesessen hatte, dabei aber ein schöner Mann. Er hatte in seinem Dorf schon mehrere Frauen vergewaltigt, doch aus Angst zeigte ihn niemand an. Bevor er eine Frau nahm, machte er sich einen Spaß daraus, sie zu erschrecken und zu verspotten, wozu sich besonders hier in dem abendlichen Wald Gelegenheit bot, da die Prophetin Pelageja völlig in seiner Gewalt war. Den neben ihr stehenden Satanas sah er natürlich nicht. Als er sie jedoch ins Gesicht schlug und sie packte, verzichtete Pelageja darauf, ihre Macht als Prophetin zu nutzen, vielmehr verließ sie sich nur auf ihre menschliche Kraft. Denn während sie bei der versuchten Vergewaltigung durch Pawlow noch ein schwaches Mädchen gewesen war, hatte sie sich jetzt zu einer reifen, robusten Frau des russischen Nordens entwickelt. Sie versetzte dem Fahrer einen Fußtritt in den Bauch und ging mit zerrissener Bluse davon, ihre bloße Brust mit den Händen bedeckend. So rettete sie sich das erstemal vor der Versuchung. Der zweite Fall verlief friedlich. Ein netter Mann fand Gefallen an ihr, gutaussehend, doch Kriegsinvalide. Wieder ging alles sehr schnell – darin bestand die Hauptgefahr. Immerhin hatte der Mann schon nach Ordnung und Gesetz um sie geworben, doch dem stand ihr Keuschheitsgelübde entgegen. Sie fürchtete lediglich ihre Schwäche und die Verlockung einer günstigen Stunde. Die gefährliche Situation ergab sich nach einer Totenfeier, an der Pelageja mit ihrem Vater, dem Antichrist, teilnahm. Ihr Vater, Dan, die Schlange, der Antichrist, war seiner Hauswartsangelegenheiten wegen früher gegangen, und Pelageja begleitete den besagten Invaliden. Auf der Totenfeier hatte es natürlich Tränen gegeben, der Verstorbene stand ihnen zwar nicht sehr nahe, aber das Herz geriet doch in eine rührselige Stimmung. Und in diesem Zustand liefen sie beide nebeneinanderher, wobei eher sie ihn stützte als er sie, denn es herrschte Glatteis, und der Mann trug eine

Prothese und ging am Stock. Vor seinem Haus bat er die Prophetin Pelageja, mit hineinzukommen.

„Kommen Sie, Ruth, wir trinken noch einen Tee zusammen nach der Kälte."

Er verfuhr wie alle Männer in solcher Lage. Pelageja ging mit ihm, er zeigte ihr Fotos von der Front, auf denen er mit dem jetzt Verstorbenen zu sehen war. Dabei weinte er, sein Gesicht wurde geradezu kindlich, er tat Pelageja leid, der Mann hatte seine Jugend im Krieg geopfert und konnte sich nicht mehr als vollwertiger Mensch fühlen. Und wieder war Pelageja nahe daran, sich ihm hinzugeben. Doch Satanas stand wie ehedem dabei. Sie hatten das Licht gelöscht – der Invalide schämte sich offensichtlich, die junge Frau seine Versehrtheit sehen zu lassen... Pelageja lag bereits auf der Bettstatt, da berührte sie im Dunkeln versehentlich die Krücke des Invaliden, so daß diese krachend zu Boden fiel. Dieses Geräusch holte Pelageja zurück aus jener Ferne, in die sie für ein paar Minuten geraten war, während sie auf dem Laken neben diesem erregten, nach Erlösung verlangenden fremden Körper lag und zugleich selbst Erlösung begehrte... Sogleich stand sie auf, und die gefährliche Situation ging vorüber, noch ehe das Nichtwiedergutzumachende geschehen war. Ruhe überkam sie, das dem Herrn abgelegte Gelübde der Jungfräulichkeit hatte wieder Geltung. Die Prophetin kleidete sich an, entschuldigte sich bei dem Invaliden und ging tastend hinaus, nachdem sie ihn gebeten hatte, das Licht nicht anzuschalten, solange sie noch da war... Sie zählte damals siebenundzwanzig Jahre, und seither glaubte sie, daß ihre Keuschheit von Dauer sei, jeder Anfechtung gewachsen. Aber vor kurzem war die Versuchung doch wieder über sie gekommen, erst im Traum, dann auch im Wachen. Deshalb beschloß sie jetzt, als sie in dem dunklen Garten neben dem in sie verliebten Sünder stand, gegen die Sünde zu kämpfen, indem sie ihr entgegentrat und auf den Satan zuging, ohne bei alledem ihr Gelübde zu brechen.

„Gut", sagte sie, „ich gebe dir mein Blut für dein Experiment."

Saweli konnte sein Glück nicht fassen, er lachte froh und bat Ruth, sie auf die Wange küssen zu dürfen. Sie erlaubte es. Dann küßte er ihr noch die Hand, und auch das duldete sie. Mehr jedoch wagte er nicht zu erbitten, und sie verließen den Garten.

„Vielleicht sollten wir hier übernachten, Ruth", regte Saweli an. „Das Haus ist groß, da gibt es bestimmt ein Zimmer für dich."

„Nein", erwiderte die Prophetin, „mein Vater ist allein zu Hause. Und ich habe auch schon Sehnsucht nach ihm."

„Dann fahre ich auch. Wir gehen, ohne uns zu verabschieden, meine Mutter wird das verstehen. Sonst werden die anderen bloß versuchen, uns zurückzuhalten. Aber wie können wir Andrej Bescheid sagen?"

„Andrej ist schon lange fort", erklärte Ruth-Pelageja. „Ich habe ihn weggehen sehen."

„Er leidet", sagte Saweli. „Ich bedaure ihn."

„Aber Wassja bedauerst du nicht", äußerte Ruth-Pelageja überraschend. „Der leidet doch auch."

„Wassja?" fragte Saweli erstaunt zurück. „Weißt du, ich kenne ihn schon lange. Er ist aggressiv, führt ein schreckliches Leben und macht allen Leuten Vorwürfe, als hätten sie ihm was getan. Ich habe Angst vor ihm", bekannte er. „Zudem ist er Antisemit, ein ganz übler, krankhaft geradezu, und voller Unruhe."

„Findest du auch, daß er meinem Vater sehr ähnelt?" fragte die Prophetin Pelageja.

„Doch, wirklich", antwortete Saweli. „Ich habe das auch gerade gedacht. Das liegt vermutlich daran, daß die Südukrainer einen starken türkischen Einschlag haben. Er weiß im übrigen, daß er wie ein Jude aussieht, und das quält ihn sehr. Mit einem anderen Äußeren wäre er wahrscheinlich ein guter Bursche und wesentlich beherrschterer Antisemit. Heute vor der Tretjakowka

war er ja reichlich nervös, und wie er auf Somow eingeschlagen hat, das war Schwachsinn. Das hätte er auch
klüger anstellen können, Somow hat es verdient. Wassja
handelt ja keineswegs immer so dumm; wenn er sich
wieder fängt, weiß er offenbar selber nichts mehr davon,
dann ist er die Güte selbst, und man kommt gut mit ihm
aus. Aber heute muß ihm was schiefgegangen sein."

Das stimmte. Seit sie sich nach seiner Äußerung über
den jüdischen Laden und den jüdischen Gott vor der
Tretjakow-Galerie getrennt hatten, war Wassja nicht zur
Ruhe gekommen, er blieb keinen Augenblick irgendwo
sitzen, sondern lief und lief in der Hoffnung, müde
zu werden und sich abzureagieren. Aber er wurde weder
müde noch ruhiger. Und er begriff nicht, was mit ihm los
war – gingen ihm die Juden so sehr auf die Nerven, oder
hatte er sich in die blauäugige Jüdin verliebt? Zu Frauen
betrug er sich stets gelassener und vernünftiger als
Saweli oder Andrej, und verliebte Seufzer hielt er überhaupt für eine unmännliche, jüdische Schwäche. Er war
mit einer Geschirrwäscherin verheiratet gewesen, von
der er sich getrennt hatte; jetzt kam er gelegentlich mit
einer ziemlich nichtssagenden Englischlehrerin aus der
seinem Haus gegenüber liegenden Schule zusammen...
Und nun schon so früh am Tage dieser Ärger. Er wußte,
wo Saweli wohnte, und hatte gehört, daß die Jüdin, die
ihm keine Ruhe ließ, dessen Nachbarin war.

Ich gehe hin! beschloß er. Das hätte ich schon längst
tun sollen. Ich mache bei dieser Jüdin Ruth einen Skandal, das wird mich beruhigen, und ich kann sie vergessen.

Zuvor begab er sich noch ins Haus der Literaten, in
das berühmte Restaurant, wo es dem privilegierten
literarischen Publikum gestattet war, den würzigen
Geruch verwesenden Fleisches und sauer gewordener
Tomatensoße zu atmen... Er setzte sich an den Tisch
eines reichen jüdischen Liederdichters, der sich sehr vor
Wassjas Skandalen fürchtete und dem dieser im vergangenen Jahr bei den Maifeierlichkeiten eins verpaßt hatte;

417

dort trank er dreihundert Gramm spendierten Wodka und aß eine spendierte Sprotte. Viel Nahrung brauchte Wassja nicht. Vom Haus der Literaten bis zu dem Boulevard, wo die Jüdin wohnte, war es nur ein Katzensprung. Wassja lief schnell, die dreihundert Gramm spendierten Wodkas aber wirkten noch schneller und verzerrten vor seinen Augen Gottes Welt. So erreichte er das Haus an dem Boulevard. Es war ein altes, vorrevolutionäres Intelligenzlerhaus, in dessen Diele es, wie Wassja meinte, jüdisch süßlich roch. Eine Etage höher aber war ein offenbar derbes Gelage mit weithin hörbarem Tschastuschki-Gesang im Gange, und das beruhigte ihn – hier setzte man dem Juden gehörig zu, ließ ihn nicht aufmucken... Mit merkwürdigerweise tränenden Augen fand er die Wohnungsnummer und läutete. Die Tür ging auf.

„Ich möchte zu Ruth... Kann ich sie sprechen... Ruth...", stammelte er mit schwerer Zunge und geriet gleich ins Stocken.

Was er in dem Türrahmen erblickte, verblüffte ihn doch zu sehr. Er sah sein gealtertes Ebenbild, schwach erleuchtet vom mattgelben Licht der Korridorlampe. Sich selbst als alten Mann sah er, ergraut, mit gebeugtem jüdischem Rücken. Sein Vater hatte ihm die Tür geöffnet. Dan, die Schlange, der Antichrist.

„Ruth ist nicht da", verkündete der Antichrist, der ihn sofort erkannte.

Der junge Mann war sein Erstgeborener, gezeugt vor Kertsch am Meeresufer mit Maria, der guten Seele und minderjährigen Dirne aus dem Dorf Schagaro-Petrowskoje im Kreis Dimitrow in der Nähe von Charkow. Der Antichrist öffnete die Tür weiter, und Wassja aus dem Stamme Dan, der schlechte Same, trat ein. Und je länger sie einander betrachteten, um so besser lernten sie sich kennen.

„Nun", sagte der Antichrist, „erzähle, mein Sohn, wie hast du deinen jüdischen Gott geschmäht?"

„Du lügst, verdammter Jude!" schrie Wassja. „Mein Vater war Ukrainer! Ein Ukrainer mit türkischem Einschlag... Und meine Mutter stammte aus dem Dorf Schagaro-Petrowskoje. Und mein Gott ist ein rechtgläubiger! Den jüdischen hasse ich. Und euer unreines jüdisches Brot hasse ich auch!" Damit ergriff er ein auf dem Tisch liegendes Stück Brot und warf es auf den Fußboden.

Es war dies in der Tat das vom Propheten Hesekiel überlieferte unreine Brot der Vertreibung. Und die sanften jüdischen Augen des Antichrist wandelten sich jäh – das vernichtende Feuer loderte in ihnen auf, wie es die Prophetin Pelageja von ihrem Nennvater übernommen hatte. Zur selben Zeit leuchtete es viele Kilometer weit entfernt in dem dunklen Apfelgarten des Sommerhauses auch aus ihren Augen. Durch das Zimmer des Antichrist zitterte ein bald kirschrotes, bald himbeerfarbenes dunkles Glühen wie von einer abendlichen Wolke am Himmel, das Wassja erschreckte und sein eben noch slawisch selbstsicheres Herz schmerzhaft traf. Zum erstenmal empfand er die wahre, einzige Schuld der Juden vor der verfallenden Welt, die Schuld, deren Name Schutzlosigkeit ist. Er stand auf und ging, von seinem Vater nicht begleitet, schloß selbst die Wohnungstür auf und trat hinaus in den Flur. In diesem Augenblick ging eine Etage höher, dort, wo die wilde Zecherei im Gange war, die Tür auf, und eine Meute geröteter Gesichter kam die Treppe herunter. Eine der Rüpelvisagen sagte zu Wassja:

„Warum rennst du denn so, Jude, dir fallen ja förmlich die die Augen aus dem Kopf!"

Wassja antwortete nichts, und er wußte später nicht, wie er nach Hause gelangt war. Dort angekommen, suchte er nach einer Möglichkeit, sich zu erhängen. Zuerst wollte er es mit dem Gürtel seiner Hose tun, doch er sah, daß der möglicherweise nicht hielt, und kramte aus dem Staub unter der Badewanne eine

Wäscheleine hervor, die schon wer weiß wie lange dort lag, vielleicht noch von seinen Vorgängern, und offensichtlich nur auf ihn gewartet hatte, um ihre Aufgabe zu erfüllen. Er knüpfte eine Schlinge und hielt nach einem Haken Ausschau, fand aber keinen geeigneten, weder im Zimmer noch in der Küche, auch hatte er keinen starken Nagel und keinen Hammer, denn er lebte ohne geordneten Haushalt in den Tag hinein. Um ihn herum gab es nur Flaschen, schmutzige Büchsen auf dem Fensterbrett, ungewaschene Socken über der Dampfheizung und Kehrrichthaufen in allen Ecken, an Wertgegenständen besaß er nichts außer zwei Ikonen – Christus der Erlöser und Nikolai der Gottesknecht.

Von denen können sie meine Beerdigung bezahlen, dachte er. Wenn sie sie günstig verkaufen, vielleicht an Ausländer, dann reicht's auch noch für ein Kreuz. Ich schreibe einen Zettel für Tante Xenia, daß sie es so machen soll.

Er setzte sich mit der um den Arm gewickelten Wäscheleine an den Tisch und schrieb eine Nachricht an Xenia sowie die Bitte an den, der ihn fand, doch ein Telegramm nach Woronesh an Xenia Korobko, verehelichte Gussakowa, an die und die Adresse zu schicken. Und auch eins an Alexandra Korobko, verehelichte Naliwaiko, im Bezirk Charkow, Kreis Dimitrow, Dorf Schagaro-Petrowskoje, Vorwerk Lugowoi. Nachdem er noch einen zerknüllten Dreirubelschein dazugelegt und somit alle Vorkehrungen getroffen hatte, suchte er abermals nach einem Haken. Da er keinen fand, beschloß er, sich kurzerhand vom Balkon zu stürzen, doch dann störte ihn der Gedanke an das fröhliche Lärmen der Gaffer und die stupide Menschenmenge. Also forschte er weiter und entdeckte doch noch einen von Spinnweben umsponnenen und beim Weißen des Raumes mit Farbe überpinselten Haken in der Ecke beim Fenster. Offenbar hatten die vorigen Wohnungsinhaber daran eine Gardinenstange befestigt gehabt. Wassja überzeugte sich, daß der Haken hielt, befeuchtete unter dem Wasserhahn ein Stück Seife, rieb die Leine damit ein und ließ die Seife mitten im Zimmer einfach fallen. Sodann legte er erneut eine Schlinge und stellte einen wackligen Hocker hin. Auf dem Hocker stehend, verspürte er heftige Koliken im Magen und urinierte auf den Fußboden. Dann sprang er mit der Schlinge um den Hals in die Höhe und landete auf dem Rand des Hockers, daß dieser umkippte. Augenblicklich zog sich die Schlinge zu, ein Röcheln, ein Glucksen, und Wassja starb eines unreinen Todes, während seinem Gedärm noch ein grober Charkower Wind entfuhr.

So wurde der schlechte Same des Antichrist, des Gesandten des Herrn, verworfen.

Nachbarn entdeckten Wassja drei Tage später, und sie erschraken natürlich zutiefst. Ohnehin erschreckt einen ein Erhängter, doch wurde das Entsetzen in diesem Fall noch verstärkt durch folgenden Vorfall. Nach dem ersten Ach-und-Weh-Geschrei, als man, ohne den Toten berührt zu haben, telefonisch die Miliz und die Schnelle Hilfe herbeirief, stürzte Wassja noch vor Eintreffen der Staatsorgane, für all die aus den verschiedenen Wohnungen Zusammengelaufenen sichtbar, plötzlich zu Boden, und wie aus seinem Leib entsprungen, rollte ein dünnes Zahnrad, ähnlich dem in einer großen Taschenuhr, einen Halbkreis beschreibend, zitternd um ihn herum, um schließlich flach liegenzubleiben. Damit hatten jedoch die Ungewöhnlichkeiten um Wassjas Tod ein Ende, und es trat der gewöhnliche Alltag ein. Xenia und Schura reisten an, durch die Telegramme herbeigerufen, besorgten den Sarg und bestellten Musikanten.

Aus Xenia war, wie es nicht selten bei in ihrer Jugend leichtfertigen Frauen geschieht, eine gutmütige, teilnahmsvolle kinderlose Alte geworden. Sie lebte als wohlhabende Witwe von der Hinterlassenschaft ihres Mannes am Rande von Woronesh in einem eigenen

Häuschen mit Garten. Für Wassja war sie immer so etwas wie ein Vormund gewesen, und in der Erinnerung an seine Mutter, ihre Schwester Maria, die als Mädchen im Hungerjahr neunzehnhundertdreiundreißig eine Weile bei ihr gewohnt hatte, ehe Xenia sie eines Familienskandals wegen ins Dorf zurückschickte, bemühte sie sich, wo sie konnte, Wassja Gutes zu tun. Seine Beerdigung besorgte sie auf ihre Kosten, Schura steuerte keine Kopeke dazu bei. Das konnte sie auch nicht. Schura lebte wie eh und je in dem Dorf Schagaro-Petrowskoje, aus dem sie fast nie herauskam; sie war arm, ihre zahlreichen Kinder wuchsen ohne Aussicht auf eine bessere Stellung heran, und ihr Blick hatte noch immer den früheren bösen, stumpfen und gequälten Ausdruck. Alles, was Wassja besaß – seinen alten Mantel, seine ausgetretenen Sandalen, seinen verräucherten Teekessel –, außer den Sachen, in denen er beerdigt wurde, schnürte sie in ein Bündel, um es mit nach Hause in ihr Dorf zu nehmen. Xenia nahm nur die beiden Ikonen, Christus der Erlöser und Nikolai der Gottesknecht, an sich. Sie wollte sie erst behalten, verkaufte sie aber dann auf den Rat eines Nachbarn hin vorteilhaft an einen bärtigen Mann, natürlich nicht ohne dem Ratgeber eine gewisse Provision zu zahlen.

Schließlich trug man Wassja hinaus. Und sogleich wurde die ganze Schäbigkeit und Profanität des Todes sichtbar. Es war ein Sommertag, zu einer frühen Arbeitszeit klangen plötzlich unversehens Töne eines Trauermarsches in den öden Alltag, gespielt von ein paar gemieteten Musikanten. Kränze und der Sargdeckel wurden aus dem Haus getragen, den die Träger nicht auf die Schultern, sondern auf ihre Köpfe genommen hatten. Zum Schluß brachte man den Toten, der mit dümmlichem Gesicht in seinem Sarg lag wie die meisten oder, allgemein genommen, wohl alle Verstorbenen. Wenn also jemand sagt: Das Antlitz des Dahingegangenen zeigte einen klugen Ausdruck, so betrügt er sich selbst

422

durch die Erinnerung an die Zeit, in der der Verblichene noch lebte und ihm teuer war.

Die Trauergemeinde war nur klein. Ein paar alte Männer und Frauen, einige wenige junge Leute, vermutlich Nachbarn. Andrej Kopossow war darunter, der von Wassjas Tod erfahren hatte und gekommen war, seinem Bruder das Geleit zu geben. Denn er fühlte seltsamerweise, ohne es zu wissen, daß Wassja sein Bruder war, wenn auch ein schimpflicher, gescheiterter. Bestätigt wurde ihm dies erst später. Ihr gemeinsamer Vater, der Antichrist, und dessen angenommene Tochter, die Prophetin Pelageja, beobachteten die Beerdigung von weitem.

Um den Leichenzug herum ging es lustig zu, und schuld daran waren einige ausgelassene Kinder. Wassjas Wohnung gegenüber lag eine Schule, in der man ihn kannte, vielleicht weil er dort mehrfach in betrunkenem Zustand die Englischlehrerin Jekaterina Anastassjewna aufgesucht hatte. Diese Lehrerin war entweder gerade nicht in Moskau, oder sie grollte Wassja, weil er sich, wie so oft in seinem Leben, wieder mal ungehörig benommen hatte. Man sah, daß die Straße von seinen Eskapaden wußte, über die sich die Kinder lustig machten. Sie liefen auch jetzt lebhaft lachend zu dem Trauerzug hin. Halbwüchsige Mädchen hüpften, an den Händen gefaßt, in einer Reihe und schrien:

„Der Knoblauch wird begraben, der Knoblauch wird begraben!"

Wie sich herausstellte, hatten sie Wassja diesen Spitznamen beigelegt. Ein kleiner Bengel, der sich vor den Mädchen aufspielen wollte, rannte näher an den Sarg heran, wich naserümpfend wieder zurück wie vor etwas Schmutzigem und sagte:

„I, der stinkt."

Immer mehr Kinder liefen auf der Straße hin und her.

„Dort liegt er im Sarg!" riefen sie ausgelassen.

Kinder haben kein Gefühl, weil sie noch nicht ihr Bewußtsein quält; sie müssen wachsen, ihre Herzen sind fest und derb wie die Wurzeln sich in die Erde krallender junger Pflanzen. Doch am Gehsteig standen zwei aus einem Waschhaus getretene Arbeiterinnen in weißen Kitteln. Sie hörten die Trauermusik, sahen den fremden Sarg und wischten sich die Tränen ab. Ihnen schien das Leben schon nicht mehr so endlos wie den Kindern, und jeder fremde Tod war für sie eine Drohung. Sie taten sich selbst leid und fühlten sich selbst angegriffen.

Da sagte der Antichrist, der Vater seines von Gott abgelehnten Erstgeborenen, mit den Worten des sechsten Psalms Davids:

„Herr, wende dich mir zu und errette mich, in deiner Huld bring mir Hilfe!"

Und seine angenommene Tochter, die Prophetin Pelageja, fuhr fort:

„Denn bei den Toten denkt niemand mehr an dich. Wer wird dich in der Unterwelt noch preisen?"

Der Antichrist wußte noch nicht, daß seine Tochter eine Prophetin war, er glaubte, sie habe nur den Psalter gut gelernt, und lobte sie.

Indessen wurde Wassjas Leichnam auf ein Lastauto verfrachtet und zur Bestattung gefahren. Ein paar Leute nur begleiteten ihn zum Friedhof – Xenia und Schura sowie einige von Xenias Geld gemietete Kranzträger. Ohne Bezahlung ging lediglich Wassjas Bruder Andrej Kopossow mit, Sohn des Antichrist und Wera Kopossowas aus der Stadt Bor im Bezirk Gorki. Klein und kläglich war Wassjas Trauergemeinde, doch einige Tage später sprach man plötzlich von ihm als von einem tragisch und vorzeitig umgekommenen Talent. Jedes Mittag- und Abendessen im Restaurant des Literaturhauses wurde geradezu zur Gedenkfeier, alle gingen mehrere Tage lang gerührten Herzens behutsam miteinander um. Aber es gab auch andere. Auf sie hatte Wassjas Tod ebenfalls seine Wirkung, wenngleich in anderem

Sinne. Sie versenkten sich noch tiefer in die sattsam bekannte Pose „Wer verdirbt Rußland?", stützten die Wange auf, ließen gelegentlich die Backenmuskeln spielen und starrten auf das weinbegossene Tischtuch. Auch Andrej Kopossow sah sich um und betrachtete die unterschiedlichen Gesichter der Leute, die alles oder zumindest vieles erreicht hatten, und ihm wurde klar, daß er bei natürlicher Entwicklung der Dinge diese Gesichter früher oder später auf den Nekrologen erblicken würde. Wer lebt, der stirbt, dachte er, ich lebe nicht, aber ich werde auch nicht sterben. Das redete er sich ein – ich sterbe nicht und basta. Ein sündhafter Gedanke. Denn vieles wußte er schon über sich, aber daß er der Sohn des Antichrist war, des Abgesandten Gottes, das ahnte er nur trübe wie im Traum. Das eröffnete ihm bald darauf erst seine Mutter Wera Kopossowa, die fromme alte Frau.

Sie war nach den durchlebten Leidenschaften rasch über der Lektüre des Evangeliums gealtert und sah weit älter aus als eine Frau von wenig über fünfzig. Ein jeder hätte ihr mindestens zehn Jahre mehr gegeben. Ihre billige, greisinnenhafte Drahtgestellbrille auf der Nase, las sie im Evangelium, ihr Gesicht gewann einen dümmlich feierlichen Ausdruck, und ihr Nacken war gebeugt wie der eines Haustieres, das interessiert einen Gegenstand der Menschen betrachtet.

Erstaunlich schön ist das Gesicht eines Denkenden, der aus eigenem Antrieb und Interesse ein tiefsinniges Buch liest. Das Gesicht eines Nichtdenkenden dagegen, welcher ein Buch, das ihn aufrichtig interessieren müßte, unvernünftig, nur auf eine äußere Anregung hin liest, verliert oftmals überhaupt seine menschlichen Züge, und es treten die am Menschen immer unangenehmen eines Tieres in ihm hervor. Auf Weras Gesicht zeigte sich bei der Lektüre des Evangeliums etwas Affenartiges. Doch trotz ihrer Einfalt im Denken war Wera manchmal unerwartet klug in ihren Worten. Als sie einmal ihren

Sohn besuchen kam, beschloß Andrej, seine greise Mutter auf den Roten Platz zu führen, den ehemalige Provinzler, schon um selbst Eindruck zu machen, gern ihren Verwandten aus der Provinz zeigen.

Andrej hatte am selben Tag eine Konsultation für sein bevorstehendes Examen am Institut, deshalb ging er mit seiner Mutter sehr früh los, fast noch im Morgengrauen. Das Zentrum Moskaus peinigt tagsüber durch den Lärm und das Gedränge, der stille Sonnenaufgang über dem Kreml aber ist feierlicher als jede Kirchenmesse. Rosarotes junges Himmelslicht liegt auf den alten Kremlsteinen. Versonnen wirkt das traute Rußland in diesen Minuten, die Seele fühlt sich wohl in ihm, geborgen wie im Elternhaus, und wer auch immer kommt, sieht in ihm die Mutter, für die es nichts Eigenes und nichts Fremdes gibt, die jedermann wohlwill wie die Muttergottes... Nur kurz währt diese Kathedralenstimmung auf dem Roten Platz an einem frühen Sommermorgen. Hoch vom kristallklar blauen, feierlichen Himmel ertönt der Glockenschlag der Uhr am Erlöserturm des Kreml im Rhythmus des in dem weiten Geviert widerhallenden Marschtritts, wenn sich wie unter den Gewölben eines Tempels das Ritual der Ablösung der militärischen Ehrenwache vor dem marxistischen Gottesgrab, dem Leninmausoleum, vollzieht.

Andrej Kopossow und seine Mutter Wera Kopossowa schauten stehend dem Geschehen zu. Da sah Kopossow plötzlich Tränen in den Augen seiner Mutter. Sie weinte nicht, es waren vielmehr sanfte, wahrhaft kirchliche Tränen, wie man sie unbewußt vergießt, ohne es selbst zu merken.

„Was hast du, Mutter?" fragte Andrej Kopossow. „Das ist der Wachwechsel am Leninmausoleum. Er wird mehrmals am Tage vorgenommen."

„Welche Ehre für einen Menschen", sagte leise, mit Tränen in der Stimme, Wera Kopossowa, die sich ständig durch ihre eigenen Sünden wie auch durch die anderer belastet fühlte, „welche Ehre für einen Menschen..." Nicht wohlüberlegt sagte sie es, aber mit klugen Worten.

So offenbart sich echte Volkstümlichkeit. Das Wort ist in Rußland längst zum Idol geworden. Sein Sinn ist seit langem durch die slawophile Intelligenz kanonisiert – Volkstümlichkeit, das ist das einfache Volk. Die Slawophilen haben ihre eigene Bibel, die sie mit der Akribie fanatischer Mönche studieren, an die sie unverbrüchlich glauben, mit der sie sich schmücken und die sie in Streitgesprächen der jüdischen Bibel entgegenhalten. Diese Bibel ist das russische Dorf.

„Ihr habt eure Bibel, wir haben das russische Dorf, das ist unsere Bibel, die ihr nie verstehen werdet."

Hier zeigt sich der Traum der Slawen vom Stillstand der Geschichte. Hierher gehören auch der kluge Alexander Herzen mit seinem widersinnigen Berauschtsein von der Dorfgemeinde sowie der Prophet der unselbständigen russischen Intelligenz Dostojewski, der das Volkstümliche in seiner angeblich besten Gestalt unter den Katorgasträflingen entdeckt. Was aber ist das Volkstümliche nicht nach Dostojewski, sondern nach Puschkin? Für Puschkin ist es nicht das einfache Volk, sondern das Nationale. Volkstümlichkeit bei einem Schriftsteller, schreibt er, ist ein Vorgang, den allumfassend nur seine Landsleute zu schätzen wissen. Nach Puschkin ist der Aristokrat Racine volkstümlich für den Franzosen, nicht aber für den Deutschen. Puschkin ist wie immer genial deutlich, doch selbst sein prophetischer Genius vermag nicht zu verstehen, was Gott noch nicht durch die kommende Zeit verkündet hat. Denn die Zeit ist die Sprache des Herrn, mit der er zu den Menschen redet. Zu Puschkins Zeiten war die nationale Frage keine tragische, existierte das Problem „Volk" nicht in so tragischer Sinngebung wie heute. Und das wahrhaft Nationale bestand in der Menge, gleichsam in einem weiten, unerschöpflichen Ozean ähnlich den

Bodenschätzen unseres Planeten. Wer hat diesen Ozean trockengelegt, ausgeschöpft? Das Nationalbewußtsein, durch das sich das Volk unter den Gestaltern der Geschichte zu orientieren begonnen hatte, ist verbraucht. Fruchtbar ist der nationale Instinkt, diese von den Vorvätern übernommene ewige Massenvernunft, in der der Mensch scheinbar auf eigene Weise verfährt und auf eigene Weise redet, während in Wirklichkeit schon sein Urgroßvater so geredet und sein Großvater so gehandelt hat. Der Mensch redet nichts Eigenes, sondern Gemeinsames, Ewiges. Beginnt er, der Kultur entblößt, Eigenes zu reden, wird er sofort unfruchtbar. Das Volk vermag nicht zu lernen, aber man kann vom Volk lernen, um ihm danach sich selbst zu erklären. Dies ist die heilige Pflicht der Persönlichkeit. Das Volk ist schon deshalb nicht fähig, seinen fruchtbaren Instinkt mit seinem niedrigen unfruchtbaren Bewußtsein zu verstehen, weil es, um seine nationalen Instinkte zu begreifen, ein übernationales, allgemeinmenschliches Bewußtsein besitzen müßte. Sobald das Volk mit seinem niedrigen Bewußtsein seine tiefen Instinkte zu verstehen versucht, entsteht jene plumpe, kitschbildartig-knüppelvershafte Philosophie, vor der sich die Slawophilen in Rußland verneigen. Ein verkommener Räuber, Oppositioneller oder Herrscher ist das Endprodukt des Nationalbewußtseins. Noch schlechter aber ist es, wenn die dem Dienst am Volk verpflichtete Kultur in dem Bestreben, ihm sein eigenes Wesen, das heißt dem Volk das Volkstümliche, zu erklären, knechtisch feige versucht, dem Volk die Wahrheit über sich selbst, die Kultur, die Persönlichkeit abzulauschen. Damit verdirbt sie das Volk und zerstört dadurch, daß sie dem fruchtlosen Nationalbewußtsein Ehre erweist, in ihm den fruchtbaren Instinkt. Schon ist nicht mehr viel von ihm vorhanden, nur hier und da hat er sich bewahrt, wo ein individuelles Unterbewußtsein gemeingültige heilige Worte hervorbringt, wo ein Mensch einfältig denkt und klug redet... Und wenn im neunzehnten Jahrhundert in Rußland eine große Kultur entstehen konnte, so ist dies dem Umstand zu danken, daß Peters Reformen die Intelligenz vom Volk losgelöst haben, daß die aus dem fruchtbaren Ozean des Volksinstinkts schöpfende Kultur nicht Sklave des Volksbewußtseins war. Erst später, gegen Ende des Jahrhunderts, begann das Volksbewußtsein kraft der Bemühungen der anklagenden Rasnotschinzen die Kultur zu unterjochen, und die Nachfolger dieser Ankläger führten diesen Prozeß zu Ende.

So dachte Andrej Kopossow, als er sich während der Konsultation an die Worte seiner Mutter erinnerte. Im Literaturinstitut, dem ehemaligen Haus Alexander Herzens, der die Dorfgemeinde zur Retterin Rußlands erhöhte, war schon die Sommerrenovierung im Gange, es roch nach Farbe, die Korridore waren mit Möbelstücken verstellt, die Fußböden mit Zeitungen belegt. Nur der Konferenzsaal war noch unberührt, in dem die Lehrveranstaltungen zur Erziehung von Verfechtern des sozialistischen Realismus weitergingen. Nachdem Andrej eine Weile seinen eigenen Gedanken nachgehangen und auf einem Blatt Papier ein paar flüchtige Notizen und Bemerkungen festgehalten hatte, wollte er zuhören, was um ihn herum gesprochen wurde, doch er vernahm nur Äußerungen im Geiste eben dieses slawophilen Volksbewußtseins, und der die Konsultation leitende bekannte Poet, ein Mann mit echt russischem Pseudonym, redete in althergebrachter Rjasaner Art mit so volltönender Stimme, daß Andrej sich erneut ablenken ließ und sich nach allen Seiten umschaute.

Im Saal hingen und standen überall Stücke aus den Literaturen aller Zeiten und Völker wie einzelne, einem Körper entnommene Organe. Andrej überlegte lange, woran ihn die alle vier Wände dicht bedeckenden Vitrinen mit Buchumschlägen, Klassikern und dem, was sich heute Klassik nannte, oder einfach mit Büchern erster, zweiter und dritter Sorte erinnerten. Ringsum waren

Losungen und Zitate angebracht, große Worte auf rotem Tuch, dazu große Profile und Silhouetten. Andrej begriff – das war eine literarische Anatomie, ein Leichenschauhaus mit einzelnen Körperteilen. Konservierte Zitate und Buchhüllen wie Lebern, Lungen, Hände und Füße in Spiritus. Körperteile in Spiritus stehen in geringerer Beziehung zum Menschen als ein Stein auf der Straße oder ein Zweig an einem Baum. Ein Stein oder ein Zweig haben mehr Ähnlichkeit mit dem lebendigen Menschen als seine eigene, ihm entnommene Leber oder Lunge. Ebensoweit entfernt von der Literatur waren auch deren Teile in dieser literarischen Anatomie. Das Institut hatte überhaupt etwas Medizinisches, Wissenschaftliches, bei dem die Literatur nur als Versuchstier fungierte, als Kaninchen, das man mit Experimenten quälte, das heißt, der Literatur war eine Opferrolle zugedacht im Namen des menschlichen Wohlergehens entsprechend den humanen Prinzipien des sozialistischen Realismus.

Nach dem Ende der Veranstaltung eilte Andrej Kopossow nach Hause, denn er mußte mit seiner Mutter noch eine Menge Orte aufsuchen, an denen jemand aus der Provinz sein Warendefizit beheben konnte. Warfolomej Wessjolow, dem Sohn seiner Schwester Tassja, mangelte es an Jeans, Tassja, die einstige Geliebte seines Vaters, des Antichrist – wovon Andrej allerdings nichts wußte –, hatte sich eine Garnitur bestellt, die wachehaltende alte Sergejewna, Tassjas Schwiegermutter, brauchte für ihren Tee Würfelzucker, den es in der Stadt Bor nicht gab, Ustjas Kinder erwarteten Leibwäsche und andere Mitbringsel, und dazu sollten nach Möglichkeit noch Fleischkonserven als Vorrat sowie Zitronen und Apfelsinen besorgt werden, heilige Früchte, um sich mal zu verwöhnen... Aber als Andrej anlangte, sah er, daß bereits alles gekauft war, sorgsam eingewickelt in weißes, graues, blaues oder buntes Papier mit den Firmenzeichen drauf. Und die heiligen Früchte, Zitronen und Apfelsinen, füllten ein ganzes Einkaufsnetz. Seine Mutter Wera aber saß mit einem reinen weißen Kopftuch da, das Evangelium im Schoß, und auf ihrem Antlitz leuchtete ein verschmitztes, frohes, geheimnisvolles Lächeln.

„Rate mal, Söhnchen, wer hier war und mir beim Einkaufen geholfen hat!"

„Ja kennst du denn jemanden in Moskau, Mama?"

„Na sicher, und mich kennt man auch", erwiderte Wera. „Ich wollte es dir nicht gleich sagen, es war mir peinlich, aber die alte Tschesnokowa, die Altgläubige aus der Dershawinstraße dreizehn bei uns zu Hause, die schreibt sich noch mit ihren ehemaligen Mietern. Sie hat mir die Adresse von Dan Jakowlewitsch und seiner Tochter Ruth gegeben. Deine Nachbarin, eine sehr nette Frau, hat für mich dort angerufen, und Ruth ist sofort gekommen... Sie lädt uns auch ein, hier ist die Adresse."

Da setzte sich Andrej auf einen Stuhl, seltsam berührt von dem Gehörten.

„Ich kenne die Adresse", sagte er, „und Ruth kenne ich auch. Ich liebe sie sogar, Mama, und will es dir nicht länger verbergen."

Hier schwand der verschmitzte Ausdruck aus Weras Gesicht und machte einem feierlichen, einfältigen, sanften Erschrecken Platz wie beim Lesen des Evangeliums.

„Was bist du doch begriffsstutzig, Söhnchen", erwiderte sie und bekreuzigte sich mit kleiner, schneller Geste, „ein unruhiger Geist, der sich dauernd verirrt... Kann man denn seine Schwester lieben? Die Sünde wird dir vergeben werden, weil du es nicht gewußt hast, aber ich habe mich versündigt, weil ich es dir nicht gesagt habe. Ach, in welch schlimme Sünde bin ich geraten!"

„Was redest du, Mama," sagte Andrej verwundert und ebenfalls erschrocken. „Ist Ruth denn deine Tochter?"

„Nicht meine, aber die deines Vaters... Dan Jakowlewitsch, der Jude, ist dein Vater... Du bist also ebenfalls kein Russe... Nicht ohne Grund mag dich unsere durch Tassja angeheiratete Verwandtschaft nicht, die alteingesessene Wolgasippe der Wessjolows. Vor allem die Sergejewna. Sie wittert die Juden wie ein Waldtier, trotz ihres hohen Alters. Vergib mir, Söhnchen, vergib mir meine schwere Sünde vor dir."

Sie wollte vor ihrem Sohn auf die Knie fallen, doch Andrej hielt sie noch rechtzeitig fest und erwiderte:

„Was tust du, Mama! Es schreckt mich nicht, wessen richtiger Sohn ich bin, ich kann mich nur noch nicht daran gewöhnen. Komm, wir umarmen uns und setzen uns hin, vielleicht geht's dann schneller."

Sie setzten sich eng umschlungen nebeneinander hin und verharrten so bis zum Abend. Schließlich erklärte Andrej Kopossow:

„Ich gehe zu meinem Vater."

„Dafür danke ich dir, Söhnchen", sagte Wera. „Ich gehe mit dir, denn wenngleich er vor den Menschen nicht mein Ehemann ist, so ist er es doch vor Gott."

Sie gingen hin, Ruth empfing sie in der Diele und sagte leise:

„Unser Vater hat heute einen Trauertag. Heute beginnt die jüdische Fastenzeit Schawuoth im Monat Tammus zum Gedenken an die Zerschlagung der Gesetzestafeln."

Als sie eintraten und Wera Kopossowa, die fromme Alte, den Gegenstand ihrer letzten weiblichen Leidenschaft vor sich sah, alt und grau geworden und mit von der Zeit gebeugtem Rücken, da schwindelte ihr in jugendlicher Verwirrtheit der Kopf, und sie sagte:

„Bist du es, mein Ersehnter? Ich bin gekommen, deine Frau... Und dies ist dein Sohn Andrej, nicht nach dir genannt, aber durch dich geboren..."

Es umarmten sich Andrejs Mutter und Vater, die sich so lange nicht gesehen hatten, es umarmten sich Vater und Sohn, die sich noch nie gesehen hatten, und es umarmten sich Bruder und Schwester, die sich zwar gesehen, aber nicht gewußt hatten, wie sie zueinander standen, und daher beinahe der Sünde verfallen wären. Es wurde Zeit, die Kerzen anzuzünden, was am Vorabend des religiösen Datums stets zur streng festgesetzten Stunde geschah.

So beging Dan, die Schlange, der Antichrist, der Abgesandte des Herrn, im Kreise seiner irdischen Familie den Beginn der Fastenzeit. Und dies war die Reihe der heiligen Familie: Vor dem Güterwagen hatte der Antichrist aus den Händen ihrer in die deutsche Sklaverei getriebenen namenlosen Mutter die Prophetin Pelageja als kleines Mädchen an sich genommen, welches dem Dorf Brussjany unweit der Stadt Rshew entstammte; durch die ehebrecherische Wollust, die dritte Strafe des Herrn, war Wera Kopossowa in die heilige Familie gelangt wie Tamar in den Stamm Juda. Und Wera hatte dem Antichrist in der Stadt Bor seinen Sohn Andrej geboren, den guten Samen. Der schlechte Same, sein Erstling Wassja, zur Welt gebracht von Maria Korobko vor der Stadt Kertsch, war verworfen und weggenommen und für immer zum verlorenen Bruder geworden. Denn nicht alle Bruchstücke des Gefäßes lassen sich wieder zusammenfügen, manche müssen losgelöst bleiben, wenn auch das Gefäß durch Gottes Macht wie neu wird...

Das Fastenfest Schawuoth am siebzehnten Tammus ist eines der trübseligsten, da die Trauer hier nicht von einer äußeren Gewalttat herrührt, wie es nicht wenige in der jüdischen Geschichte gab, sondern von einer inneren Missetat, die das Volk gegen sich selbst beging, indem es seinen Gott verschmähte und seinen Propheten Mose kränkte, so daß dieser sich im Zorn und in seinem Leid von den Unvernünftigen lossagte und die Gesetzestafeln zerschlug. Darauf kam es zu dem bekannten Dialog zwischen Gott und Mose. Jedesmal, wenn Mose sein undankbares Volk sich selbst zu überlassen gedachte, mahnte ihn der Herr, seinen gerechten Zorn zu überwinden, nicht um dieses Volkes willen, das genauso schlecht war wie auch andere Völker, sondern um das Wort des Propheten zu erfüllen. Als aber der Herr seinerseits sich abwenden wollte, stimmte ihn Mose um, und zwar wiederum nicht im Namen seines Volkes, sondern um dessen willen, was der Herr mit diesem Volk vorhatte. So festigte sich in der Zeit zwischen den ersten und den zweiten Gesetzestafeln Moses Beziehung zu seinem Volk als eine höchst verläßliche und unkomplizierte. Es steht geschrieben: „Die Tafeln hatte Gott selbst gemacht, und die Schrift, die auf den Tafeln eingegraben war, war Gottes Schrift."

Als sich Mose und Josua dem Lager näherten, sagte dieser:

„Horch, Krieg ist im Lager."

Doch Mose antwortete:

„Nicht Siegesgeschrei, auch nicht Geschrei nach Niederlage ist das Geschrei, das ich höre."

Auf diese Weise wandte sich das Volk mit Liedern und Tänzen um das goldene Kalb – das heidnische Idol – von Gott ab. So wurde die Kunst – diese Gabe Gottes – gegen den verwendet, der sie verliehen hatte. Eine zweifache Sünde, denn außer der Kunst verfügt der Mensch über nichts Göttliches. Die Wissenschaft ist eine menschliche Angelegenheit, eine alltägliche, notwendig für das Wohlleben der Menschen. Sie braucht Gott nicht, und eine religiöse Wissenschaft kann und muß es nicht geben. Auch die Philosophie ist etwas Menschliches wie die Wissenschaft, und der Grund ihrer Existenz ist klar: Jedes vernunftbegabte Wesen braucht sie als geistige Gymnastik. Wie das Eichhörnchen mit der nutzlosen Bewegung im Laufrad etwas Nützliches tut, nämlich seine Muskelkraft stärkt, so erhält die Philosophie die für die Befriedigung der menschlichen Bedürfnisse im Kampf ums Dasein notwendige geistige Spannkraft. Deshalb dient jede religiöse Philosophie im wesentlichen demselben Zweck wie die atheistische, und jeder konsequente Versuch, durch die Philosophie zu Gott zu gelangen, führt unausweichlich zum Atheismus. Es ist unmöglich, Gott auch über die Moral zu erreichen, denn jeder ehrliche Moralist, selbst einer wie Lew Tolstoi, müßte die mit der Moral zusammenhängenden berüchtigten Fragen beantworten: Wieso ist der Mensch sterblich, und wieso existiert in Gottes Welt und triumphiert im Menschenleben das Böse?

Doch es gibt etwas für das Leben, für die Befriedigung des Wohlstandes, für den Daseinskampf Unnötiges und Unverständliches, das – im Gegensatz zur Wissenschaft – die physischen Möglichkeiten oftmals verringert, den Verstand – im Gegensatz zur Philosophie – nicht immer vergrößert und, damit gegen die Moral ankämpfend, die ewigen Fragen verdunkelt. Es wurde am siebenten Schöpfungstag geboren, als Gott den Menschen bat, allem von ihm, dem Herrn, Erschaffenen einen Namen zu geben.

So begann Gott sein Spiel mit dem Menschen, und der Mensch nannte dieses Spiel Kunst. Was ist Kunst, wenn nicht die instinktive Nachahmung des Schöpfers? Natürlich kann man auch durch die Kunst Gott nicht schauen und erreichen. Schon zu Mose sagte doch der Herr: „Du kannst mein Angesicht nicht sehen; denn kein Mensch kann mich sehen und am Leben bleiben." Die Kunst aber ist die „Flamme aus dem Dornbusch", die Mose als noch niemandem bekannter Hirte draußen in der Steppe beim Berge Horeb sah. Selbst die erhabene Kunst vermag Gott nicht zu erreichen, aber sie ist ein Zeichen gleich der Flamme aus dem Dornbusch. Ein Zeichen der Nähe Gottes. Wird die Seele des Menschen von der Kunst erschüttert und erleuchtet, so ist Gott nahe, und man darf diesen Augenblick nicht verstreichen lassen, wie auch der Hirt Mose seine Ergriffenheit nicht verstreichen ließ. In solchen Augenblicken erlaubt uns Gott, Auge in Auge mit ihm zu reden, denn es heißt bei dem Propheten Jesaja: „Sucht den Herrn, solange er sich finden läßt, ruft ihn an, solange er nahe ist." Doch um den Augenblick, in dem Gott nahe ist, nicht zu versäumen, bedarf es zumindest eines gewissen Talents, das Mose besaß, wenn er sagte: „Ich will dorthin gehen und mir die außergewöhnliche Erscheinung ansehen. Warum verbrennt denn der Dornbusch nicht?"

In der heiligen Familie des Antichrist, des Abgesandten Gottes, war ein jeder mit diesem gewissen Talent begabt, keiner ließ seinen Augenblick verstreichen, weder die Prophetin Pelageja noch Wera Kopossowa noch Andrej Kopossow. Der schlechte Same, der von Maria Korobko geborene Wassja, war ja ausgesondert.

Als sich alle zum Gehen wandten und sich verabschiedeten, hob Wera Kopossowa den Blick zu ihrem Mann und sagte unvermittelt:

„Bist du es, Herr?"

Und er antwortete:

„Nenne mich nicht Herr, denn wir haben nur einen Herrn. Wir alle kommen und gehen. Denn was macht es für einen Unterschied, ob uns äußere unausweichliche Umstände in jene Welt treiben oder unsere eigenen Klügeleien?"

Damals trennten sie sich, und jeder lebte sein eigenes Dasein. Wera, die Frau des Antichrist, noch einfältiger an Verstand und noch klüger an Worten, schaffte die eingekauften Früchte – die Zitronen und Apfelsinen – in die Stadt Bor; Andrej, der Sohn des Antichrist, fuhr ihr nach dem Ende des Lehrjahres nach, um sich an der Seite der Mutter von den Grübeleien in der Hauptstadt zu erholen; die Prophetin Pelageja betrieb die Erfüllung ihres Saweli gegebenen Versprechens, der von dem Versuch träumte, unter Verwendung ihres jungfräulichen Blutes einen Homunkulus zu schaffen, und der Antichrist arbeitete in Erwartung künftiger Befehle Gottes wie ehedem als Hauswart der Wohnungskommission, während Wassja, der verworfene Same, auf dem Friedhof unter

Blumen ruhte, die ihm seine unerwartet aufgetauchten zahlreichen Verehrer aufs Grab legten.

Die Prophetin Pelageja ließ sich im Labor der örtlichen Poliklinik Blut zur Analyse abnehmen, und Saweli kaufte es in einem Reagenzglas von einer dem Trunk ergebenen Laborschwester, natürlich illegal. Ebenso illegal erstand er auch ein Reagenzglas mit seinem eigenen Blut, das er, wenigstens in dem Glaskolben, mit dem der geliebten Frau zu vermischen gedachte. So konnte er das Experiment also zum zweitenmal vornehmen. Denn er hatte der Prophetin verschwiegen, daß ihm ein früherer Versuch schon einmal mißlungen war: Da hatte er von der pflichtvergessenen medizinischen Schwester aus dem Labor das Blut eines ihm unbekannten Mannes und einer Frau gekauft, beides im richtigen Verhältnis gemischt, reinen, im Morgengrauen auf dem Twerer Boulevard gesammelten Maitau hinzugefügt, dann das Ganze zugedeckt und an einen warmen Ort zum Verwesen gestellt. Als er aber die sich bildende Oberschicht – das Menstruum – abfilterte und in einen anderen, sauberen Kolben gab, bildete sich nicht die Blase, die das Aufkeimen des künstlichen, philosophischen Lebens anzeigen sollte. Und obwohl Saweli sich einesteils ärgerte, war er andererseits doch auch froh. Nicht weil er etwa beschlossen hatte, die fruchtlose, sündige Sache aufzugeben. Nein, er war froh, weil er riskanterweise für den Versuch das Blut ihm völlig unbekannter Leute verwendet hatte. Denn in der Anweisung stand: „Sofern aber das Blut, aus dem das Filtrat hergestellt wurde, welches den männlichen und den weiblichen Homunkulus hervorbringen soll, von unkeuschen Menschen stammt, kann es geschehen, daß der Mann zur Hälfte ein Tier wird und die Frau an ihrem Unterteil gräßlich anzusehen ist."

Jetzt unternahm er den Versuch zum zweitenmal, in seinem Zimmer eingeschlossen, denn in den Räumen seiner Mutter stritt der Altertumskundler Ilowaiski bald mit diesem, bald mit jenem seiner Kumpane über Christus. Ilowaiski war vor kurzem zu ihnen gezogen und Sawelis Stiefvater geworden, nun führte er seine Streitgespräche über Christus in häuslich nachlässiger Kleidung.

Der Herr Altertumskundler trug zu Hause keine Strümpfe, und während er debattierte, rannte er mit seinen stellenweise geröteten Greisenfüßen in schnellen kleinen Schritten über das von Klawdija gebohnerte Parkett. Nicht alle seine Zehen hatten Hühneraugen, doch keine war ganz in Ordnung. Dazu trug er weite kurze Hosen von undefinierbarer Farbe, ein salatfarbenes Unterhemd mit breiten Trägern, die beim Gestikulieren ständig von seinen weißen, knochigen Schultern rutschten. Die Armlöcher waren so groß, daß sie seine Hüften und seine mageren Rippen frei ließen, und vorn reichte das Hemd nicht ganz, da sich an Ilowaiskis dürrem Körper ein kugelförmiger Bauch wölbte.

„Dies ist eine Schüssel, und sie ist einfach", schrie er, eine nach Wodka riechende Tasse aus einem schon beträchtlich reduzierten, noch zu Iwolgins Zeiten gekauften Service in der Hand, „aber wenn ich sie zu Boden werfe, wird sie sofort kompliziert..."

Saweli nahm sich eine Thermosflasche und ein paar mit Käse und Wurst belegte Brote mit und schloß sich für den ganzen Tag ein. Er verließ sein Zimmer nur, um seine Notdurft zu verrichten. Weder seine einfältige Mutter noch selbst der taktlose Ilowaiski störten ihn. Dennoch klopfte gegen Abend jemand an seine Tür.

Es war ein belastender, erregender Abend. Das Experiment näherte sich dem Stadium, in dem es beim letztenmal mit einem Mißerfolg geendet hatte. Das Blut, sein eigenes und das von Ruth, war im Verhältnis zwei zu drei gemischt, es hatte eine Weile zugedeckt warm gestanden, der Tau war beigefügt, allerdings kein Maitau, was ein bißchen bedenklich stimmte; der rote Bodensatz hatte sich gebildet, das Menstruum war abgenommen, gefiltert und in einen reinen Kolben gefüllt, dazu in einem anderen etwas davon zusammen mit einer Tinktur aus dem Tierreich, von einem rohen Ei, angesetzt, doch die Blase, der Keim, erschien nicht.

Als es an der Tür klopfte, saß Saweli, den Kopf in die Hände gestützt, am Tisch. Er hatte das Gefühl, als bohrten sich Würmer in seinen Nacken. Schon wollte er wütend losschreien und seine Mutter beschimpfen, da vernahm er die Stimme Ruths, der geliebten Frau, deren Blut zusammen mit seinem eigenen an dem Versuch teilhatte. Sein Herz begann zu schlagen, sein Atem stockte, und er schloß die Tür auf.

„Ist das stickig hier", sagte Ruth, während sie, hübsch und blauäugig, eintrat. „Das Fenster ist ja auch zu..." Und sie öffnete es.

Die milde Wärme der Julimondnacht glitt wie ein Vogel in Sawelis erhitztes Zimmer, und ihm war, als flüstere ihm jemand etwas Unverständliches ins Ohr... Mitten in dem steinernen, fruchtlosen Moskau roch es plötzlich nach Äpfeln, nicht nach den halbverfaulten an einem Verkaufsstand, sondern nach frischen, lebendigen, von nächtlichem Regen benetzten. So riecht das Leben. Der Duft des Lebens aber und der Blick der geliebten Frau bewirkten gemeinsam jenen geistesverwirrenden Taumel, ohne den keine Fruchtbarkeit möglich ist. Er brachte den seit seiner späten Kindheit von der beschämenden Sünde eingesperrter Knaben gepeinigten Saweli auf die Beine und ließ ihn mit ausgebreiteten Armen der Frau entgegengehen. Doch er blieb in dem mit Glaskolben und Reagenzgläsern vollgestellten engen Zimmer irgendwo mit dem Fuß hängen, stürzte und stieß sich heftig das Knie. Ruth lachte, strich ihm mit ihrer wundervollen Hand übers Haar, wovon er am ganzen Körper eine Gänsehaut bekam wie in kaltem Wind, und ging hinaus. Saweli legte sich, ohne sich auszukleiden, auf sein Lager und schlief bei noch immer offenem Fenster ein. Ein Geräusch wie von einem Schuß weckte ihn abrupt. Der Altertumskundler Ilowaiski hatte die Haustür zugeschlagen – er lief nach einem trunkenen Zank mit Klawdija in Voltairescher Verfassung hinaus in die Stadt, bestieg die Metro und ließ sich dort auf einen Sitz sinken. Kaum fuhr der Zug, da schwankte Ilowaiskis graues Haupt wie wild, wenn auch unwillkürlich, mal nach links, mal nach rechts; die Brille ohne Futteral in der Faust, erschreckte er mit seinem gelben Gesicht die ihn umgebende friedliche Bevölkerung. An der Endhaltestelle stieg er aus und lief taumelnd mit der Menge mit, doch ehe er den Ausgang erreichte, betrachtete er mit hammelartig vortretenden Augen von oben herab mehrere auf einer Bank sitzende Frauen, setzte sich auf das freie Ende neben sie und stützte mit der Hand sein herabhängendes Haupt, das ihm von den Schultern zu fallen drohte.

Saweli war nur kurz erwacht und schlief gleich wieder fest ein. Er hatte einen zuerst grausig komischen und dann nur noch grausigen Traum. Anfangs war ihm, als gehe er auf einer Straße dahin, wo an einer Mauer mit Kreide geschrieben stand: Ich schlachte alle ab! Er bog um die Ecke, und dort stand, wieder mit Kreide geschrieben: Ja, er schlachtet alle ab! Dann träumte er, ihm werde von irgendeinem Zeug schlecht, etwas wie Watte, von der kleine Stücke um ihn herumflogen. Er bemühte sich krampfhaft zu erwachen, so wie ein Ertrinkender versucht, aufzutauchen, und verspürte in der Tat eine von unten, aus dem Magen aufsteigende Übelkeit. Er knipste die Nachtlampe an, stand auf und eilte zu dem Kolben mit dem Menstruum und zu jenem, in dem er das Teilchen von dem Hühnerei mit dem Menstruum aus Blut und Tau benetzt hatte. Die Keimblase war aufgewachsen, und nicht nur sie, sondern es hatte sich über Nacht schon etwas mit Adern Durchzogenes in ihr entwickelt. Da entkorkte Saweli mit zitternden, steifen Fingern, fröstelnd vor Angst, den Kolben fallenzulassen, das Menstruum und goß ein wenig von der zuvor über der Spiritusflamme erhitzten Flüssigkeit auf den Keim.

Von diesem Augenblick an vergaß Saweli über dem Versuch alles um sich her. Streng nach der Anweisung bemühte er sich, den verkorkten Kolben möglichst wenig zu bewegen. Er ging nicht mehr aus dem Haus, wurde bleich und dick wegen der mangelnden Bewegung und verfolgte nur noch, wie das Konzentrat in dem Kolben gärte und die Blase immer größer wurde. Im Verlaufe eines Monats goß er viermal von dem Menstruum nach, wobei er das Quantum jedesmal erhöhte. Und es trat alles so ein, wie es das alchimistische Buch ankündigte. „Nach dieser Zeit wird man ein gewisses Zischen und Pfeifen vernehmen und, so man vor den Kolben hintritt, zu seiner großen Freude und Verwunderung in ihm zwei Lebewesen erblicken. Hat man keusches Blut zu ihrer Erschaffung verwendet, wird man sich an ihnen erfreuen und sie mit herzlichem Wohlgefallen betrachten. Sie werden nicht mehr als eine Viertelelle groß sein, sich aber rühren und bewegen und in dem Kolben auf und ab gehen. In der Mitte wird ein kleiner Baum aufwachsen, geziert mit allerlei Früchten.“

Genauso geschah es. Saweli ließ fortan das Menstruum durch einen Schlauch mit einem Quetschverschluß einfließen, denn er wußte, daß die Luft, die der gewöhnliche Mensch atmet, für das in seinem Kolben lebende winzige Paar schädlich war. Um die beiden Wesen herum wuchsen Kräuter und Bäume, von deren Früchten sie sich ernährten, zu Saweli aber betrugen sie sich mit großer Ehrfurcht. Er beschloß, diesen Respekt der philosophischen Menschen vor ihm auszunutzen, um von ihnen zu erfahren, was er zu wissen begehrte. So fragte er:

„Welches sind die Hauptideen der Welt?“

Es antwortete das philosophische Männlein, während die philosophische kleine Frau in dem Kolben neben ihm saß und ihn liebkoste.

„Die Hauptideen der Welt sind die Idee der Zeit und
die des Raumes. Die Idee der Zeit ist eine religiöse, die
des Raumes eine atheistische. Die Idee des Raumes hat
die Philosophie und die Wissenschaft hervorgebracht,
die Idee der Zeit die Religion und die Kunst. Später
jedoch kam es zu einer Blutvermischung. Die Idee des
Raumes ist kontemplativ, der Mensch vermag in ihr die
Illusion der Gottgleichheit zu erreichen. Die Idee der
Zeit ist eine aktiv tätige, in ihr fühlt der Mensch seine
Schwäche vor der Zukunft und die Abhängigkeit
von dieser, so daß er der Hilfe Gottes bedarf. Der
Buddhismus und die Antike sind Ideen des Raumes, die
Bibel ist eine Idee der Zeit. Als das Gefäß zerschlagen
wurde, wandelte sich die christliche Welt von einer zeit-
lichen immer mehr zu einer räumlichen. In der Idee
des Raumes, der Idee des Gegenwärtigen und des
Schönen, erlangt das Genie Größe, aber seine Grenze
erreicht es dennoch in der Idee der Zeit, der Idee der
Zukunft."

Da fragte Saweli:

„Was ist die philosophische Welt und was die religiöse?"

Und es antwortete das Männlein aus dem Kolben:

„Die philosophische Welt ist die Welt der Einheit, die
religiöse die der Polarität. In der philosophischen Welt
geht alles von dem Einen aus und kehrt in das Eine
zurück. Das ist die Welt des Gottesmenschen. In der
religiösen Welt ist das Grundlegende auf ewig durch
einen Abgrund geteilt. Das ist die göttliche Welt.
Himmel und Erde, Gott und Mensch, Leben und Tod...
Alles diesseits des Abgrunds Liegende ist dem Verständnis zugänglich, alles Jenseitige nur der Mutmaßung.
Doch der Zusammenhang zwischen Gott und dem
Menschen, dem Himmel und der Erde, dem Leben und
dem Tod ist weder dem Verständnis noch der Mutmaßung zugänglich. Das Vermischen der religiösen und
der philosophischen Begriffe ist ein konventionelles

Verfahren, fruchtbringend im einzelnen, doch das Wesen verdunkelnd."

Weiter fragte Saweli:

„Welches sind die Wege zu Gott?"

Und es antwortete das philosophische Männlein aus dem Kolben:

„Es gibt drei: Glaube, Unglaube und Zweifel. Der Glaube ist der einfachste und verbreitetste, aber unsicherste. Er ist der Weg der Kirche. Der Unglaube ist der gefährlichste, aber erfolgreichste. Er ist der Weg aller irdischen Genies, die auf ihrem persönlichen Weg zu Gott den Atheismus unter die Schwachen säen. Der Weg des Zweifels ist der Weg der Gerechten, der Weg Hiobs. Er ist der beschwerlichste und erfordert tagtägliche geistige Arbeit. Er ist lang, doch sicher."

Jetzt fragte Saweli:

„Wie unterscheidet man eine gute Tat von einer bösen, denn in der Welt erscheint das Böse ja oft in der Maske des Guten und das Gute in der des Bösen?"

Und das Männlein in dem Kolben antwortete:

„Wenn das, was man tut und lehrt, einem schwerfällt, dann tut und lehrt man Gutes, wird unsere Lehre leicht angenommen und unser Tun uns leicht, so lehrt und tut man Böses."

Und Saweli fragte:

„Was ist Wahrheit?"

Das Menschlein antwortete aus dem Kolben:

„Es gibt nicht nur eine Wahrheit für den Menschen, aber auch nicht drei. Es gibt zwei – die echte und ihr Spiegelbild. Dem Menschen ist es nicht gegeben, zu erkennen, welches die richtige ist und welches die legendäre, doch er muß eine Wahl treffen und beim Suchen der richtigen nicht in die legendäre verfallen und beim Suchen der legendären nicht zu der richtigen übergehen. Er darf sich von der seinen nicht lossagen und nach einer dritten suchen, denn die gibt es nicht."

Hier unterbrach Saweli das Gespräch mit dem philosophischen Menschlein in dem Kolben, weil ihn seine Mutter zum Mittagessen rief, das er sich nicht entgehen lassen konnte, da er plötzlich großen Hunger verspürte. Im Weggehen sah er nur noch, daß die Frau in dem Kolben sich eng an den vom Reden erschöpften Mann schmiegte und ihn liebkoste.

Zu Lebzeiten des Kunstwissenschaftlers Alexej Jossifowitsch Iwolgin, dessen Porträt früher auf dem Schreibtisch gestanden hatte und jetzt an der Wand hing, war Klawdija nie eine gute Köchin gewesen. Zwar konnte sie Ochsenfleisch nicht schlecht zubereiten, aber ihr Borschtsch ähnelte einem Kasernenessen, das Kraut war hart, und darüber hinaus gab es meist Sardellen oder Klopse mit Makkaroni. Ihren neuen Mann, Ilowaiski, jedoch, den sie vergötterte, obwohl sie seines schlechten Charakters wegen oft mit ihm zankte, verwöhnte sie durch schmackhafte Speisen, wobei sie unter Tränen sagte: „Er hat ja im Konzentrationslager nur salzigen Fisch gegessen und lange genug gehungert."

Sie setzte ihm unterschiedliche Menüs vor, besonders gut aber gelangen ihr die weißrussischen Nationalgerichte. Saure Gemüsesuppe mit Pilzen oder Buchweizengrütze, Leber auf Gomeler Art, kleingehackt und geschmort mit Speck, Zwiebeln und Wurzelgemüse, Reibekartoffeln mit Schweinefleisch oder rohe Kartoffeln mit Schweinefleisch, Mehl und Wurzelgemüse in der Ofenröhre gebacken.

Auch jetzt brachte sie ein schmackhaftes Essen auf den Tisch, so daß Saweli trotz seiner schweren geistigen Mühen mit Appetit aß und seine Kopfschmerzen ein wenig nachließen. Doch dann dachte er daran, daß er nicht alle Erklärungen des Männleins in dem Kolben verstanden und noch nicht nach allem gefragt hatte. Deshalb aß er rasch zu Ende, wischte sich mit der Serviette nach dem schweren fettreichen Mahl den

Mund und entfernte sich wieder in sein Zimmer, wo er sich einschloß.

„Wer ist ein guter Mensch?" fragte er das Männlein in dem Kolben.

„Ein guter Mensch ist nicht ein göttlicher Mensch", antwortete das Männlein. „Im Gutsein ist nichts Göttliches, das ist ein viel zu nichtiges Gefühl für Gott, doch es ist sehr notwendig für den sündigen kleinen Menschen. Weit notwendiger als die Wahrheit und der geistige Reichtum. Das Gute, Güte und Gutsein sind unterschiedliche Dinge. Ein Genie kann kein guter Mensch sein, da es Gott dient, ein guter Mensch kann kein Genie sein, da er dem Menschen dient. Ein guter Mensch bringt der Welt selten Gutes, weil er schlechte Menschen anzieht, die sich gehenlassen, die aus der Bahn geraten sind, kapriziöse, habgierige, fordernde, und der gute Mensch ist für sie kein helfender Arzt, sondern ein Krankenwärter bei einem geistig Unheilbaren. Der gute Mensch ist ein namenloser Gerechter, bereit, sich selbst völlig aufzugeben, deshalb können Genies oder Propheten keine guten Menschen sein, denn diese sündigen wider Gott, wenn sie sich von dem ihnen gewährten Göttlichen um der menschlichen Unvollkommenheit und Vergänglichkeit willen lossagen. Das Gute in der Welt ist nicht von den guten Menschen vollbracht worden, sondern von den Propheten als heilenden Ärzten und den Genies als Vermittlern geistiger Reichtümer. Die Bitterkeit der Wahrheit heilt die Welt, die gnadenlose Einsicht des Genies, nicht das Gutsein. Das Gutsein heilt die Welt nicht, aber es tröstet und rettet den sündigen Menschen vor der Einsamkeit, das heißt, es kräftigt die verfallende Welt und läßt sie nicht körperlich verderben, denn das Gutsein ist kein geistiges, sondern ein körperliches Gefühl. Es stöhnt gemeinsam mit den Kranken, dürstet mit den Dürstenden, hungert mit den Hungernden, hört auf fremde Klagen und Beschwerden. Der Güte und dem Gutsein wendet man sich um so fordernder und undankbarer zu, je mehr man davon bekommt. Die Welt bleibt böse, aber dank der Güte existiert sie und geht nicht an ihrer Bosheit zugrunde. Der wahre Christ ist der gute Mensch jeglicher Religion, der wahre Jude der Genius und Prophet jeder Religion. Bei der Analyse jedes beliebigen Genies wird man den jüdischen Urgrund in ihm entdecken, selbst wenn es das Judentum ablehnt. Das Judentum steht Gott weit näher als das Christentum, das letztere hingegen steht dem Menschen näher. Doch der gute Mensch ist selten, wie auch das Genie, deshalb gibt es nur wenige wahre Christen und auch nur wenige wahre Juden. Die Mehrheit nennt sich nur so, meist kraft der Geburt, seltener auf Grund der Umstände. Die größte Irreführung durch das Christentum besteht darin, daß es behauptet, man diene Gott, indem man dem Menschen dient. Das besagt nicht, daß der Herr der menschlichen Sünden wegen nicht auch diesen Weg gutheißt, wenngleich er abseits vom Göttlichen verläuft. Gott hat ja selbst mehrfach seine Beschlüsse geändert. Er hat den Menschen geschaffen, ohne die Folgen vorauszusehen. Als er ihn aber geschaffen hatte und sah, was dabei herausgekommen war, beschloß er, seine Schöpfung zu vernichten. Zuerst vertrieb er ihn aus dem Paradies, dann erkannte er, daß dies die Sünde nur vergrößerte, und entschied sich, das Leben überhaupt zu zerstören. Doch nach dem ersten Gerechten, nach Noah, dem ersten Erlöser, den er nicht vernichten wollte und dessentwegen er auch die übrige Welt schonte, erkannte Gott, daß der Mensch nicht imstande war, ihn zu lieben, und zwar nicht aus böser Absicht, sondern seiner Nichtigkeit wegen. Zu dieser Liebe sind nur Genies und Propheten fähig. Da beschloß Gott, den Messias Christus zu schicken, auf daß er für den Sünder das Ideal der Liebe abändere. Waren die Menschen nicht in der Lage, Gott zu lieben, so sollten sie sich wenigstens untereinander lieben. Und auf diesem Ideal wurde die Zivilisation aufgebaut. Nicht das Genie stand in ihrem Mittelpunkt, nicht der Prophet, sondern der gute Mensch, der nicht Gott dient, weil er sich blind und unverständig allen hingibt, aber noch geschickter von den Bösen genommen wird. Das bedeutet, das Gutsein bringt Böses hervor, denn es hört nicht auf Gott, sondern auf sein blindes Herz. Die, welche am meisten der Güte bedürfen, bekommen sie am wenigsten zu spüren. Das Christentum hat die Zivilisation errichtet, weil es weiter als alles andere von Gott abgewichen ist und dank dem Ideal des Gutseins die Raffgierigsten, Stärksten, Hungrigsten anzulocken verstanden hat, das heißt die, denen dieses Ideal mehr als den anderen zugute kam. Einzig das Genie nahm an diesem Spiel nicht teil, dem Spiel, das auf der Lüge beruht, daß man Gott dient, wenn man dem Menschen dient. Wer nach Gottes höchst einfachen Gesetzen lebt, braucht das Christentum nicht. So aber ein Sünder nicht imstande ist, das „Du sollst nicht töten", „Du sollst nicht stehlen" und „Du sollst nicht ehebrechen" zu wahren, rettet er sich in die christlichen Unbestimmtheiten. Zwischen der Masse und der Persönlichkeit gähnt immer ein Abgrund. Die Masse lebt nach der Gewohnheit, und für sie ist das Christentum das Heil. Eine Tragödie wird es für den, der versucht, ein bewußter Christ zu sein. Allerdings finden Schlaumeier auch hier einen Ausweg: Ich bemühe mich, aber ich bin nicht vollkommen. Das Christentum ist ein höchst geschicktes Spiel an der Grenze der Gottlosigkeit. Das Judentum ist zu solch wendigem Spiel nicht fähig, dazu ist es zu ernst. Im Christentum kann man, diese Vorzüge nutzend, auch als Nichtgläubiger sehr stark glauben, denn der christliche Glaube ist äußerst dialektisch. Der Kampf und die Suche im Ewigen, Unwandelbaren, das heißt dort, wo es weder einen Kampf noch ein Suchen geben kann, das ist die Dramaturgie des christlichen Lebens. Auf den ersten Blick mag es so scheinen, als sei das Christentum eine idealistische Lehre ohne Berücksichtigung der Natur des Menschen. Der Mensch ist

447

böse, aber er predigt das idealistische Gute. In Wirklichkeit ist dem nicht so. Eine idealistische Lehre kann eine Religion oder eine Kultur schaffen, nicht aber mächtige Reiche und irdische Zivilisationen. Gerade das Christentum hat äußerst geschickt die wahre Natur des Menschen ausgenutzt. Denn die Ureigenschaft des Menschen ist trotz allem nicht das Böse, sondern der Leichtsinn. Extremer Leichtsinn ist die Grundlage des christlichen Gefühls, und der entspricht der verfallenden Welt. Natürlich war Christus kein Christ, er hat diesen Terminus zu seinen Lebzeiten nicht mal zu hören bekommen, aber er wußte, was die leichtsinnige Natur des Menschen braucht. Nicht Christus, sondern das Christentum hat die Zivilisation errichtet. Christus selbst war ein scharfsinniger, tief empfindender Mensch in enger Anlehnung an Gott. Er fühlte sich als Jude und war ein solcher aus der Sekte der Pharisäer. Aber das ernst zu nehmende Verdienst des Christentums besteht darin, daß es, ohne dem Wesen nach etwas in der bösen, ihm verhaßten heidnischen Welt zu verändern, dennoch den Anschein einer völligen Veränderung erweckte. Dies wiederum hat seinerseits der Sozialatheismus im Augenblick seiner Herrschaft vom Christentum gelernt. Er hat es verstanden, die Ordnung in der verfallenden Welt zu bewahren, indem er der Form nach vieles und dem Wesen nach nichts veränderte. Das Judentum hätte das nicht gekonnt, dazu ist die Kluft zwischen ihm und dem Heidentum, der Götzenverehrung, zu tief und die gegenseitige Ablehnung zu stark. Gott ist groß, der Mensch ist sündig, deshalb bewahrt das Judentum – die Religion der Genies und der Propheten – Gott für den Menschen, das Christentum hingegen – die Religion des namenlosen, unverständigen, guten Menschen, des freiwilligen Märtyrers, der im Namen anderer, Undankbarer, seiner selbst entsagt – rettet im leichtsinnigen Verfall der Welt den Menschen für Gott. Wenn nicht geistig, so doch körperlich. An die christliche Körperlichkeit ist die Welt nicht nur gewöhnt, sie hat sie auch liebgewonnen. Die christliche Körperlichkeit darf nicht verändert werden, doch das Wesen des Christentums gilt es heute zu erkennen und umzugestalten. Denn dieses Wesen hat jahrhundertelang im Widerstreit zu seinen biblischen Wurzeln gestanden."

Saweli merkte, daß das Männlein in dem Kolben schon völlig erschöpft war, wie er selbst übrigens auch. Doch er wußte, daß es ihm ergeben war und ihn respektierte, deshalb fragte er weiter.

„Sage mir", fuhr er fort, während er mit geschlossenen Augen schwer auf einen Stuhl sank, „wieso kann ich vom Verstand her nicht an Gott glauben, obwohl ich schon so viele kluge Bücher gelesen habe, die seine Existenz beweisen?"

„Weil Gott nicht im Verstand ist", erwiderte das Männlein im Kolben mit müder Stimme, „sondern im Instinkt. Der Mensch ist mit dem instinktiven Gottesempfinden ebenso geboren wie mit dem Instinkt, zu essen, zu trinken und sich zu vermehren. Doch die letztgenannten Instinkte sind einfach, konkret und der experimentellen Prüfung ohne den Verstand zugänglich. Der Urmensch war nicht in der Lage, selbst die durch den Verstand erfaßbaren, doch außerhalb seiner Erfahrung vorhandenen physikalischen wissenschaftlichen Erscheinungen der Erde und des Himmels zu begreifen. In derselben Situation befindet sich der Verstand des zivilisierten Menschen im Hinblick auf den außerhalb seiner Erfahrung liegenden komplizierten Gottesinstinkt. Nimmt man einmal den phantastischen Fall an, das Trinkbedürfnis würde nicht durch das zugängliche Vorhandensein von Flüssigem unterstützt, dann wäre die Existenz des Wassers ein ebensolches Problem für den Verstand wie die Existenz Gottes. Der Durst würde einen zwingen, nach dem Wasser zu suchen und es sich vorzustellen, aber der Verstand würde leichter dessen Nichtexistenz beweisen können als sein Vorhandensein.

Einen Menschen in einer Welt ohne Frauen, der nie ein Weib gesehen hat, würden das Verlangen und die sinnliche Begierde veranlassen, sich ein Bild von einer Frau zu machen, doch der Verstand würde deren Existenz eher leugnen als beweisen können. Das Verlangen wäre vielleicht für Denkende noch stärker und quälender als für Einfältige, weil jenen viele kluge Bücher über die Existenz der Frau zur Verfügung stünden. Hätten sie jedoch ihren Verstand lange genug mit Versuchen gepeinigt, die Frau auf analytischem Wege zu finden, würden gewiß nicht weniger Verständige, ja die ehrlichsten und konsequentesten unter ihnen, in ein, zwei klaren, explizierenden Büchern die Absurdität des Existenzbeweises der Frau allein durch den Geschlechtstrieb darlegen beziehungsweise des Vorhandenseins von Wasser allein durch die Tatsache des Durstes. Zieht man dazu noch in Betracht, daß der Durst wie auch der Geschlechtstrieb aus wilder Urzeit stammen, so läßt sich beides leicht als ein bis heute nicht überlebtes Relikt jener Zeit denken. ‚Ich glaube, weil es absurd ist‘, rief der frühchristliche Autor Tertullian verzweifelt aus. Er war klug genug, um die Machtlosigkeit des Verstandes bei der Gotteserkenntnis anzuerkennen, aber nicht so klug, um den Verstand bei derselben gänzlich auszuschalten, denn das Absurdum ist ein verstandesmäßiger, wissenschaftlicher Begriff. Gleich Mose vermag nur ein Mann der Kunst Gottes Stimme aus dem brennenden Dornbusch zu vernehmen. Der Verstand fordert einen logischen Beweis, für den Instinkt aber ist der einzige Beweis das Bedürfnis. Die Notwendigkeit Gottes ist der einzige Beweis seines Vorhandenseins, geradeso wie der Durst das Vorhandensein von Wasser beweisen würde, selbst wenn es dieses auf Erden nicht gäbe, oder der Geschlechtstrieb das Vorhandensein des Weibes, wenn Gott nach Adam nicht auch noch Eva erschaffen hätte."

Nach diesen Worten wurde es still im Zimmer, und plötzlich hörte Saweli ein Zischen und Pfeifen wie zu

Beginn des Entstehungsprozesses der Homunkuli. Erschrocken öffnete er die Augen. Da sah er den Mann und die Frau in dem Kolben von dem Baum essen, der als erster aufgewachsen und erblüht war. Und unter dem Verschluß des Kolbens sammelte sich ein Nebel wie eine Wolke. Buchstäblich vor seinen Augen verdichtete sich diese Wolke, und schließlich wurde sie rot wie Blut. Hastig erhitzte Saweli das Menstruum über der Spiritusflamme, obwohl die Zeit zum Nachgießen noch nicht gekommen war. Kaum aber hatte er eine größere Dosis des Stoffes, der die kleinen Menschlein am Leben erhielt, in den Kolben eingefüllt, da schlug aus der blutroten Wolke eine Flamme, und die beiden drängten sich ängstlich aneinander, um sich vor dem Feuer zu schützen. Sawelis Herz krampfte sich schmerzhaft zusammen. Vor seinen Augen verblaßten die Farben in dem Gefäß, die Kräuter welkten, die Bäume verdorrten. In dem Kolben tat sich die Erde auf, die Flammen loderten stärker, die beiden Menschlein, der Mann und die Frau, sanken reglos nieder und wurden von der vor sich gehenden Eruption verschlungen. Saweli schrie entsetzt auf, und nicht nur sein Herz schmerzte, sondern seine Seele, etwas weit größeres als das Herz, das seine ganze Brust füllte vom Magen bis zum Hals. Er hörte seine Mutter und Ilowaiski an die Tür klopfen, schloß jedoch nicht auf, sondern sah zu, wie sich in dem Kolben vier Schichten herausbildeten, eine über der anderen. An der obersten konnte sein Blick ihres blendend hellen Leuchtens wegen nicht verweilen, unter ihr lag eine kristallklare, dann folgte eine blutrote, und zuunterst wallte pausenlos schwarzer Rauch.

„Saweli!" rief die Mutter. „Mach auf, Junge, laß dir helfen!"

Doch Saweli wußte, daß er nicht öffnen durfte, ehe alles vollendet war.

„Sei nicht albern, Alter", hörte er Ilowaiskis Stimme, „auch das Verrücktspielen hat Grenzen."

„Gawriil", sagte die Mutter, „hol den Hauswart, wir brechen die Tür auf!" Und sie weinte laut.

Vor der Tür sammelten sich mehrere Leute, jemand bewegte etwas, jemand drückte mit der Schulter dagegen, ein metallisches Werkzeug knirschte. In diesem Augenblick ertönte ein lauter Knall, eine heiße Woge traf Saweli, er spürte etwas Scharfes, Schneidendes an seiner linken Wange und seinem linken Arm, denn er stand mit der linken Seite dem Kolben zugewandt. Ein wachsender Schmerz setzte ein, Blut floß über Sawelis Wange und seine Hand, und er fiel in Ohnmacht. Noch im Augenblick des schwindenden Bewußtseins begriff er seinen Fehler: Der Kolben war zu schwach gewesen und deshalb explodiert, auch hatte Saweli nicht die rechte Form gewählt – er hätte keinen länglichen benutzen sollen, sondern einen, der rund war wie eine Kugel.

Ilowaiski, Klawdija, ein Schlosser von der Wohnungsverwaltung und die ihren Vater, den Hauswart, vertretende Prophetin Pelageja stürzten ins Zimmer. Ein schrecklicher Anblick bot sich ihnen. Alles war in einen üblen, giftigen, teils schwarzen, teils gelben Qualm gehüllt, auf dem Fußboden lag eine glitschige, fettige Flüssigkeit, von der Spritzer auch an den Möbeln klebten, unter den Füßen knirschten Splitter des geborstenen Kolbens, und aus seinem verbliebenen Rest quoll eine schlammige, sumpfig riechende Masse. In diesem Chaos lag Saweli auf dem Fußboden, von den Glasscherben blutig verletzt.

Überflüssig, das Leid Klawdijas zu beschreiben, der Mutter des unbesonnenen Narren, überflüssig auch, von der Aufregung und Ratlosigkeit der Zeugen des Vorgefallenen zu reden. Zum Glück erschien rechtzeitig die Schnelle Hilfe und nahm sich Sawelis an. Man bettete ihn auf das Sofa im Wohnzimmer und versorgte seine Wunden, die sich als ungefährlich erwiesen, obwohl sie stark bluteten. Saweli schlug die Augen auf.

„Wie fühlst du dich, Söhnchen?" fragte Klawdija, vor ihm niederkniend.

„Mama", sagte Saweli, „mir ist, als sei mein Kopf nicht größer als ein Nadelöhr und jemand wolle etwas ganz Dickes durchziehen." Er legte die verbundene Hand auf seine Stirn.

Bald darauf brachte man ihn weg. Da kam auch die Prophetin Pelageja wieder zu sich; sie sank auf die Knie nieder und betete:

„Herr, ich habe gesündigt gegen deinen Knecht Saweli... Wie kann ich für diese Sünde Vergebung erflehen?"

Und sie erkannte, daß sie abermals in Versuchung wäre, hätte nicht wiederum Satanas neben ihr gestanden. Der Satan aber suchte sie immer nur wegen des Weiblichen in ihr heim, und auch jetzt erschien er ihr nicht ohne diesen Grund. Sie begriff plötzlich, was er diesmal von ihr wollte, und erschrak. Doch sie erinnerte sich der Töchter Lots, die ihren Vater nach dem Untergang des sündigen Sodom um des Fortbestands des Geschlechts der Moabiter willen betrunken gemacht und mit ihm geschlafen hatten. Sie erinnerte sich auch daran, daß die große Moabiterin Tamar, als Dirne verkleidet, ihrem Schwiegervater Juda beigewohnt und somit den Stamm Juda fortgeführt und das Haus David geschaffen hatte, aus dem der weise Salomo und der Messias Christus hervorgingen. Ihr aber, der Prophetin Pelageja, wurde das Zeichen, mit Hilfe des Satans sich Zwang anzutun und dessen Auftrag zu erfüllen; denn in der Tochterliebe zum Vater ist Zärtlichkeit, in der Leidenschaft der Frau zum Manne Grausamkeit, und der Herr kann nicht grausam sein.

Ihr Vater Dan, die Schlange, der Antichrist, kehrte zurück, und sie setzten sich zum Abendessen. Die Prophetin Pelageja hatte dazu, ähnlich den Töchtern Lots, eine Flasche hausgemachten, auf Waldkräutern abgezogenen Likörs bereitgestellt, den Wera als Gabe der greisen Altgläubigen Tschesnokowa aus der Stadt Bor im Bezirk Gorki mitgebracht hatte. Es war die Absicht der Prophetin Pelageja gewesen, die Flasche für das fröhliche Fest Simchat Tora, das Fest der Freude beim Lesen der Thora, aufzubewahren, doch sie erkannte, daß jetzt die rechte Zeit war, die Idee zu vollziehen. Auch war bereits der Satan zu einem Teil erschienen. Denn Satanas hat die Gewohnheit, in Teilen zu erscheinen, was beim Menschen einem wiederholten Blick zur Tür gleichkommt. Von Satanas tauchte zuerst der Pferdefuß auf, dann der behaarte Leib und schließlich das weise Ziegengesicht des verschlagenen Pessimisten.

Köstlich schmeckte der aus Waldkräutern bereitete Likör der alten Frau. Der Antichrist trank wie Lot aus Sodom und sah den wohlbewahrten, reifen, unverbrauchten, fraulich frischen Körper seiner geliebten Tochter. Runde Arme hatte sie und breite Schultern, doch nicht männlich breite, da war kein Knochen zu spüren und kein sehniger Muskel, sondern nur die zähe weibliche Kraft der Gebärerin. Der Antichrist wußte, daß diese Frau physisch stark war wie die bäuerlichen Schönheiten aus dem Norden. Für ein Mädchen war sie schon nicht mehr jung, und als geliebter Vater einer ihm in allem vertrauenden geliebten Tochter wußte er auch, daß sie unberührt war. Es gibt alte Jungfern, die verdorren, wenn sie nicht gebären. Pelageja war nicht verdorrt, an ihr vollzog sich das Wunder des langen Blühens, wie es auch das Wunder des langen Lebens gibt. Aber selbst Langlebige sterben, jedes Wunder hat seine Grenze. Durch den verschlagenen Pessimisten Satanas wußte der Antichrist, daß es ihm, dem Vater, bestimmt war, dem fruchtlosen Blühen seiner Tochter eine Grenze zu setzen. Sie war nicht seine Tochter dem Blut nach, sondern im Geiste, ihm übergeben als Säugling von der an der Schwelle des Todes stehenden Mutter, er hatte sie großgezogen, nun oblag es ihm, zu vollbringen, was ohne die Hilfe des Satans undenkbar war. Er sah den Satan nicht, er spürte nur den herben Geruch eines feuchten, warmen Körpers, einen üblen, unfrischen scharfen Heringsgeruch, den Geruch dessen, was tief verborgen im Warmen moderte und jetzt zutage trat... Das war der Geruch des in Versuchung führenden Satans, der schon zu einem Teil erschienen war, denn der Satan erscheint in Teilen, nach und nach, um einen vorzubereiten und an sich zu gewöhnen.

Dan, die Schlange, der Antichrist, wußte, daß es kein Zurück mehr gab, dort wartete nur die Verdammnis; er wußte, daß er seinen Traum zerstören würde, wenn er Ruth jetzt als Vater zärtlich umarmte, sie nicht kraftvoll packte wie ein Mann, bereit zu männlichem Tun. Auch wenn er sie ergriff und zögernd nicht sofort niederwarf, würde er jede Hoffnung für immer zunichte machen. Aber er, die Schlange, war schlau, er beschloß, der Tochter die Möglichkeit zu geben, ihm den Rücken zuzukehren, damit er sie packen konnte. Als sie sich zum Büfett umdrehte, wäre der rechte Zeitpunkt gewesen, dennoch wartete er noch und ergriff sie erst in einem für ihn selbst überraschenden Augenblick. Sie war ans andere Ende des Zimmers gegangen, weit entfernt von einem Lager, ihrem jungfräulichen hinter dem Wandschirm und seinem Klappbett, deshalb warf er sie auf den Fußboden. Im weiteren aber geschah etwas, das er am allerwenigsten erwartet hatte. Er dachte, daß sie sich mit Händen und Knien wehren werde, aber sie schlug kraftvoll ihre Zähne in seine Hand, biß ihn nicht wie ein Mensch, wie eine Frau, sondern wie ein wildes Tier, rücksichtslos bis aufs Blut, ungeachtet der Schmerzen dessen, den sie mit den Zähnen packte. Der Antichrist ächzte vor Überraschung und physischer Pein, sein Arm wurde sofort taub bis zum Ellbogen, und er dachte an nichts anderes mehr als daran, seine Hand zu retten. Doch in dem Augenblick, als er schon zurückweichen wollte, half ihm Satanas, den grausamen Schmerz in seiner Hand zu vergessen und zu begreifen, daß Ruth sich in ihrer Weiblichkeit dem geliebten Vater nicht einfach so hingeben konnte, aber weiter keinen Widerstand leisten würde. Ihre kräftigen Knie, der Hauptschutz einer Frau, blieben reglos und willig. Da half der Antichrist mit seiner freien, nicht von Ruths Zähnen gepackten Hand sich selbst in allem, was sein Wunsch war und wonach er sich sehnte.

So kam der Augenblick, in dem Satanas ganz erschien, in allen seinen Teilen, und die grausame Süße des Untergangs überwogte ihre Körper, während sie hofften, daß ihre Herzen gleichzeitig versagen und sie gemeinsam im Glück sterben würden. Doch wie sehr sie auch versuchten, sich an dieser vernichtenden Süße festzuklammern – dieselbe Kraft, die sie in das Übermenschliche versenkt hatte, warf sie von dort wieder hinaus ins Leben, in die Schmerzen und in die Furcht vor dem Tod, und ihre Herzen, beide zugleich aufschreckend, kamen um den Segen des ewigen Schlafs...

Etwas schimmerte noch im Dunkel des Zimmers auf: das Antlitz des entschwindenden Satans, schön und traurig und gar nicht satyrhaft böse wie gewöhnlich in den Versuchungen, wenn der Mensch mit ihm kämpft.

Es schlug zwei Uhr in der Nacht. Beide verspürten Durst wie während einer Krankheit, ihr Mund war trocken und klebrig. Ruth erhob sich, ohne das Licht einzuschalten, ihre vom Antichrist zerknüllten oder vielleicht sogar zerrissenen Kleider raschelten im Dunkeln. Sie zog sie aus und kroch in ihr Bett. Der Antichrist zog ebenfalls sein Hemd aus und legte sich neben sie.

„Was soll jetzt werden?" fragte er besorgt.

„Schweig still, Vater", sagte Ruth. Sie nannte ihn noch Vater, obwohl sie nun seine Frau geworden war.

Der Antichrist fügte sich seiner Tochter, die er vergewaltigt hatte, weil es keinen anderen Weg zu der Idee für sie beide gab. Sie lagen nebeneinander, und die Nacht lebte und arbeitete wie gewöhnlich, ihrem Ende zustrebend. Das tat sie zunächst unsichtbar und unmerklich, ohne sich zu verändern, dann wurde sie blaß und bleich und geriet in Bewegung.

„Was soll jetzt werden?" fragte der Antichrist erneut, während sich im Raum ein nervöser rötlicher Schimmer ausbreitete, völlig fremd der nächtlichen Ruhe. Das war nicht mehr die Nacht, sondern das Morgendämmerlicht.

„Sei still, Vater", befahl ihm abermals seine Tochter, die nun seine Frau war.

Und sie lagen jetzt mitten in dem ungestümen, hastigen Treiben der morgendlichen Kräfte, die beim wiedererwachenden Lärmen der Vögel den Himmel und die Erde reinigten. Als schon alles klar erkennbar war und man sich nicht mehr vor dem Licht verbergen konnte, fragte der Antichrist zum drittenmal:

„Was soll jetzt werden?"

Ruth antwortete nicht. Sie schlief mit schönem, gutem, morgendlich reinem und frischem Antlitz. Da erst erfuhr der Antichrist von Gott dem Herrn, daß seine Tochter Ruth in Wirklichkeit die Prophetin Pelageja aus dem Dorfe Brussjany bei Rshew war.

Wie Gott den Gerechten Hiob in die Hand des Satans gegeben hatte, damit er durch die Martyrien im Glauben gestärkt werde, so waren auch Vater und Tochter um des Göttlichen willen Satanas ausgeliefert worden, dem ständigen, notwendigen Teilhaber an Gottes tragischer Dramaturgie. Dan, die Schlange, der Antichrist, erinnerte sich des Propheten Jesaja: „Da sagte Jesaja: Hört her, ihr vom Haus David! Genügt es euch nicht, Menschen zu belästigen? Müßt ihr auch noch meinen Gott belästigen? Darum wird euch der Herr von sich aus ein Zeichen geben: Seht, die Jungfrau wird ein Kind empfangen, sie wird einen Sohn gebären, und sie wird ihm den Namen Immanuel geben. Er wird Butter und Honig essen bis zu der Zeit, in der er versteht, das Böse zu verwerfen und das Gute zu wählen." Weiter sagte Jesaja: „Dann ging ich zu der Prophetin, und sie wurde schwanger und gebar einen Sohn." Als gebildeter Jude gleich

457

seinem Bruder wußte der Antichrist, daß dies noch nicht jener Sohn war, sondern nur ein Zeichen. Denn ohne Zeichen kann sich nichts Göttliches vollziehen. Heute war es nach dem Hause Davids dem Hause Dan beschieden, sich zu rühmen und zu verkünden: Ein Kindlein ist uns geboren, ein Sohn wurde uns geschenkt.

Als der Antichrist dies erkannte und es geschehen war, ergriff ihn die Sehnsucht nach seiner Vergangenheit und seinem Land. Solche Trauer hatte er nur zu Anfang empfunden, als er, ein jüdischer Jüngling, fast noch ein Knabe, im Jahre neunzehnhundertdreiunddreißig zusammen mit der zweiten Strafe des Herrn, dem Hunger, in der Gegend um Charkow in dem Dorf Schagaro-Petrowskoje im Bezirk Dimitrow erschienen war. Oft hatte er damals, der geliebten heiligen Stadt gedenkend, den jahrhundertealten beschwörenden Eid vor sich hin geflüstert: Die Zunge soll mir im Hals verdorren, wenn ich dich jemals vergesse.

Die wahre Heimat des Menschen ist nicht das Land, in dem er lebt, sondern die Nation, der er angehört. Nicht das russische noch das jüdische, das englische, türkische oder sonst irgendein Land. Alle Erde gehört Gott dem Herrn, er ist ihr einziger festverwurzelter Bewohner. Und das wahre Recht auf ein Stück von Gottes Erde erwächst nicht aus geschichtlichen Eroberungen, historischen Umsiedlungen und jahrhundertelangem Besitz, sondern aus dem Umstand, ob eine Nation dieses Stück Erde Gottes fruchtbar gemacht und eine gerechte Ordnung auf ihm geschaffen hat oder ob sie wie Gogols Pljuschkin die ihr zugefallenen weiten Räume des Herrn verkommen läßt. Grausam zieht der Herr eine solche Nation für seinen Besitz zur Rechenschaft. Aber er belohnt jede Nation, die Gottes Gut bewahrt und hütet.

Auch jetzt sah der Antichrist die Stadt, doch anders, nicht blühend, sondern auferstehend aus den vier Strafen des Herrn. So hatte es in ihr dem Buch Nehemia zufolge nach der babylonischen Verbannung ausgesehen, denn ihr Wiedererstehen wurde nicht nur, wie nach der ägyptischen Sklaverei, durch einen Mann, Mose, betrieben, sondern neben Nehemia, der das Volk aus Babylon führte, auch durch Esra, der das Volk das Gesetz lehrte.

„Der Hohepriester Eljaschib und seine Brüder, die Priester, machten sich ans Werk und bauten das Schaftor auf. Sie setzten die Balken ein und brachten die Torflügel an. Sie bauten weiter bis zum Turm der Hundert, setzten die Balken ein und kamen bis zum Turm Hananel. Anschließend bauten die Männer von Jericho, und daneben baute Sakkur, der Sohn Imris. Das Fischtor bauten die Söhne des Senaa; sie setzten die Balken ein und brachten die Torflügel, Riegel und Sperrbalken an. Neben ihnen arbeitete an der Instandsetzung Meremot, der Sohn Urijas, des Sohnes des Koz. Daneben arbeitete Meschullam, der Sohn Berechjas, des Sohnes Meschesabels. Daneben arbeitete Zadok, der Sohn Banaas. Daneben arbeiteten die Leute aus Tekoa. Die Vornehmen unter ihnen freilich beugten den Nacken nicht zum Dienst für ihre Herren. Jodaja, der Sohn Peseachs, und Meschullam, der Sohn Besodjas, arbeiteten an der Instandsetzung des Jeschanators; sie setzten die Balken ein und brachten die Torflügel, Riegel und Sperrbalken an.“

So stellten sie in hartnäckigem Ameisenfleiß mit schwachen Menschenhänden das Ewige wieder her.

„Malkija, der Sohn Harims, und Haschub, der Sohn des Pahat-Moab, arbeiteten an der Instandsetzung des folgendes Stückes und des Ofenturms... Hanun und die Einwohner von Sanoach arbeiteten an der Instandsetzung des Taltors... sie setzten auch weitere tausend Ellen der Mauer instand, bis zum Aschentor. Malkija arbeitete an der Instandsetzung des Aschentors... Schallun arbeitete an der Instandsetzung des Quelltors. Weiter setzte er die Mauer am Teich der Wasserleitung beim Königsgarten instand, bis zu den Stufen, die von der Davidstadt herabführten. Hinter ihm arbeitete Nehemja, der Sohn des Asbuk... bis zu der Stelle gegenüber den Gräbern Davids und weiter bis zum künstlichen Teich und zur Kaserne der Leibwache... Neben ihm arbeitete Eser, der Sohn Jeschuas... gegenüber dem Aufstieg zum Zeughaus am Winkel... Palal... arbeitete gegenüber dem Winkel und dem oberen Turm, der vom königlichen Palast am Wachthof vorspringt... Die Tempeldiener, die auf dem Ofel wohnten, arbeiteten bis zu der Stelle gegenüber dem Wassertor... Oberhalb des Roßtors arbeiteten die Priester."

Doch in einer verfallenden Welt stehen neben Erbauern immer Zerstörer, und auch sie muß man verstehen. Der Liberale und Humanist von heute versteht stets eher die große Wahrheit des Zerstörers als die enge des Erbauers. Nicht ohne Grund gehen seit dem Ende des neunzehnten Jahrhunderts die goldenen Worte des Liberalen stets dem Dolch des Mörders voraus. Und in der Tat: Der Erbauer schafft ja egoistisch für sich selbst, während der Zerstörer sich selbstlos für alle bemüht. Der Zerstörer ist immer benachteiligt, obwohl er von allem genug haben könnte. Er ist immer zu bedauern, weil er immer verliert. Denn in der verfallenden Welt nicht finden bedeutet verlieren.

Die Feinde, die Zerstörer, die außerhalb ringsum in den Orten wohnten, sprachen und klagten in ihrer seit Babylon unveränderten Weise:

„Wollen sie es an einem Tag vollenden? Können sie die Steine, die doch ausgeglüht sind, aus den Schutthaufen zu neuem Leben aufrichten?"

Aber der erfahrene Erbauer weiß immer, was er von dem Leid der Zerstörer zu halten hat und wie schwer diese das fremde Heil ertragen. Damals waren die feindlichen Zerstörer Sanballat, Horomit und Tobija, und sie lebten außerhalb auf Ländereien, die ihnen nach der babylonischen Invasion unentgeltlich gegeben worden waren. Dies sagte Nehemia dazu, der Sohn Hachaljas, ehemals Mundschenk des persischen Königs Artaxerxes, Nehemia, der den Erbauern vorstand:

„Wir bauten an der Mauer weiter, und bald hatte sich die Mauer ringsum bis zur Hälfte geschlossen. Das ermutigte das Volk zur weiteren Arbeit... Unsere Feinde aber sagten: Sie sollen nichts merken und nichts von uns sehen, bis wir mitten unter ihnen stehen; dann metzeln wir sie nieder und machen dem Unternehmen ein Ende... Ich musterte sie, dann erhob ich mich und sagte zu den Vornehmen, den Beamten und den übrigen Männern: Fürchtet euch nicht vor ihnen! Denkt an den Herrn; er ist groß und furchtgebietend. Kämpft für eure Brüder und Söhne, für eure Töchter und Frauen und für eure Häuser!... Seit jenem Tag arbeitete nur die Hälfte meiner Leute am Bau; die andere Hälfte hielt Lanzen, Schilde, Bogen und Panzer bereit, und die Obersten standen hinter dem ganzen Volk Juda, das an der Mauer baute. Die Lastträger arbeiteten so: Mit der einen Hand taten sie ihre Arbeit, in der anderen hielten sie den Wurfspieß... Weder ich noch meine Brüder, weder meine Leute noch die Wachmannschaft, die mich begleitete, keiner von uns zog seine Kleider aus; jeder hatte seine Waffe an der Seite."

An all das erinnerte sich der Antichrist sehr oft gedankenversunken. Seit dem Tag, da er durch Satanas der Mann seiner Tochter geworden war, ließ die Prophetin Pelageja tagsüber in der Liebe zu ihrem Vater nicht nach, ebenso stark aber erwachte des Nachts die Leidenschaft für ihren Mann in ihr. Und es geschah so, daß sie nach ihren Berechnungen zu Beginn des Frühlings, zur Purimfeier, dem fröhlichen Fest, ein Kind gebären sollte. Nach der Empfängnis hielt sie sich immer an der Seite ihres Vaters, denn sie wußte, daß er nicht für alle Zeit bei ihr sein würde. Ihr Vater umsorgte sie, und da ihm bekannt war, wie notwendig für eine werdende Mutter die Luft der freien Natur ist, fuhr er oft mit ihr aus der Stadt hinaus in die nahen herbstlichen Wälder, denn es war bereits Herbst geworden.

461

Einmal durchwanderten sie dabei eine wenig begangene, zerklüftete Gegend mit waldbewachsenen Hügeln. Andrej Kopossow begleitete sie, der inzwischen ebenfalls wußte, wer sein Vater tatsächlich war und wer seine Schwester, nunmehr zugleich seine Stiefmutter, die von seinem Vater ein Kind erwartete. Sie erklommen die Anhöhe, und Dan, die Schlange, der Antichrist, der Abgesandte des Herrn, sprach nach dem Evangelium des Matthäus, dem zuverlässigsten, mit den Worten seines Bruders aus dem Stamme Juda:

„Denkt nicht, ich sei gekommen, um das Gesetz und die Propheten aufzuheben. Ich bin nicht gekommen, um aufzuheben, sondern um zu erfüllen. Amen, das sage ich euch: Bis Himmel und Erde vergehen, wird auch nicht der kleinste Buchstabe des Gesetzes vergehen, bevor nicht alles geschehen ist."

Da fragte Andrej Kopossow, der gleich dem Gerechten Hiob auf dem dritten, schwersten Weg zu Gott zu gelangen versuchte, nicht auf dem des Glaubens und nicht auf dem des Unglaubens, sondern auf dem des Zweifels, Andrej Kopossow fragte, indem er das kleine Taschenevangelium aufschlug, das er immer bei sich trug:

„Vater, wieso sagt dein Bruder Jesus aus dem Stamme Juda im siebzehnten und achtzehnten Vers des fünften Kapitels im Evangelium nach Matthäus klar und eindeutig, daß er gekommen sei, das Mosaische Gesetz zu erfüllen, wo er doch von Vers einundzwanzig ab anders redet? In Vers achtunddreißig und Vers neununddreißig erklärt er: ,Ihr hab gehört, daß gesagt worden ist: Auge für Auge und Zahn für Zahn. Ich aber sage euch: Leistet dem, der euch etwas Böses antut, keinen Widerstand, sondern wenn dich einer auf die rechte Wange schlägt, dann halt ihm auch die andere hin.' In den Versen dreiundvierzig und vierundvierzig heißt es: ,Ihr habt gehört, daß gesagt worden ist: Du sollst deinen Nächsten lieben und deinen Feind hassen. Ich aber sage euch:

Liebt eure Feinde, segnet die, so euch fluchen; tut Gutes denen, die euch hassen, und betet für die, die euch verfolgen.' "

Darauf antwortete ihm Dan, die Schlange, der Antichrist, der Abgesandte des Herrn:

„Alles ist wahr gesprochen, und es besteht hier kein Widerspruch. Als gläubiger Jude, als mit Gott verkehrender genialer Geist bewahrt und erfüllt er Gottes Gesetz, um Gott für den Menschen zu bewahren, und das eben sagt er im siebzehnten und im achtzehnten Vers. Das ist seine erste Wahrheit, die Mosaische. Doch als Weiser, als Heiland und Messias weiß er, daß der Sünder in der verfallenden Welt nicht fähig ist, Gott im Sinne der Gebote des Mosaischen Gesetzes zu lieben und die einfachen Gebote Gottes – du sollst nicht töten, du sollst nicht stehlen, du sollst nicht ehebrechen – zu erfüllen. Dazu die bösen Sünder zu bewegen, sind auch Gottes Propheten nicht in der Lage, ihre Stimme verhallt wie die des Rufers in der Wüste. Deshalb zieht er zur Rettung der verfallenden Welt nicht das der Welt fremde göttliche Gesetz der Propheten heran, sondern die jedem Sünder verständlichen Gebote des guten Menschen, durch dessen Selbstentsagung, dessen Selbstaufopferung der Sünder lebt wie ein Wurm im Apfel. So rettet er die verfallende Welt nicht mit Hilfe des Göttlichen, sondern mit Hilfe des Menschlichen für Gott. Eben davon spricht mein Bruder Jesus aus dem Stamme Juda. Seine Gebote sind nicht für viele, doch sie erretteten viele. Das ist seine zweite Wahrheit. Eine dritte aber kann es nicht geben... Und daher sagt Jesus, mein Bruder, in seiner Bergpredigt: ‚Ihr sollt also vollkommen sein, wie es auch euer himmlischer Vater ist.' Solche Worte richtet einer, der das Göttliche erreicht hat, an die, welche in ihren Sünden nicht fähig sind, es zu erreichen, und durch eine andere, menschliche Vollkommenheit erlöst werden müssen, denn auch das Gutsein ist eine Vollkommenheit."

Da fragte die Prophetin Pelageja, Dans, des Antichrist, angenommene Tochter und seine Frau:

„Vater, für wen brachte dein Bruder Jesus Christus die Erlösung: für die Verfolgten oder die Verfolger, für die Gehaßten oder die Hassenden?"

Und Dan, der Antichrist, antwortete:

„Natürlich für die Verfolger und die Hassenden, denn ihre Qualen wären furchtbar. Schrecklich ist die Pein eines verfolgenden Missetäters."

„Wie aber", fuhr die Prophetin Pelageja fort, „können die Verfolgten erlöst werden, Vater, und wie die Gehaßten?"

Darauf antwortete Dan, der Antichrist:

„Für die Verfolger ist Christus der Erlöser, für die Verfolgten der Antichrist. Deshalb wurde ich von Gott dem Herrn gesandt. Ihr habt gehört, daß gesagt wurde: ‚Liebet eure Feinde, segnet die, so euch fluchen; tut Gutes denen, die euch hassen, und betet für die, die euch verfolgen.' Ich aber sage euch: Nicht eure Feinde müßt ihr lieben, sondern den Haß eurer Feinde, nicht die sollt ihr segnen, die euch fluchen, sondern ihre Flüche gegen euch, nicht für die Beleidigenden und Verfolgenden sollt ihr beten, sondern für eure durch sie erlittenen Beleidigungen und Verfolgungen. Denn der Haß eurer Feinde ist das göttliche Siegel, das euch segnet. Wenn dieser Haß viele Jahrhunderte hindurch anhält, wenn er allumfassend ist, wenn ihm eine aufrichtige Leidenschaft innewohnt, wenn nicht der Hassende selbst haßt, sondern gleichsam etwas in ihm, wenn zuzeiten auch der Verstand des Hassenden seinen Haß nicht zu beherrschen vermag, wenn um diesen Haß Ideologien und Imperien entstehen, dann schickt der Herr durch diesen Haß dem Gehaßten ein Zeichen. Der Haß der Menschen untereinander ist nicht mehr so selten in der verfallenden Welt, und er ist sehr oft ebenso kleinlich wie sie. Doch einzig Gottes Volk ist der Ehre würdig, mit weltweitem fruchtbringendem Haß über mehr als zweitausend Jahre und die Zeit von über einem Dutzend Babylonischen Türmen, das heißt Großreichen, hinweg unverändert gehaßt zu werden. Es ist durch nichts vor den anderen Völkern ausgezeichnet oder besser als sie, nur durch diesen unveränderten Haß ist es ausgezeichnet und besser."

Damit endete Dan, der Antichrist, der Abgesandte des Herrn, seine Rede, der schon wußte, daß seines Bleibens hier nicht mehr lange war, denn die diesmaligen vier Strafen Gottes waren vorüber, wann aber neue Martyrien geschickt werden würden, das wußte nur Gott allein. Natürlich verlassen diese Strafen die verfallende Welt nie völlig, doch es gibt sündige Perioden, in denen sie erneuert werden und besondere Kraft gewinnen. Dann würde der Antichrist abermals erscheinen, vielleicht aber auch nicht – das lag ganz in Gottes Ratschluß. Daher wußte die Prophetin Pelageja, daß ihr die Trennung von ihrem Vater und Gatten für lange Zeit, wenn nicht für immer bevorstand. Doch sie wußte nicht, wann und wie der Abschied vonstatten gehen werde, und sie bat den Herrn, ihn wenigstens bis zur Geburt des Kindes hinauszuschieben. So lebten sie in Liebe und banger Hoffnung bis Weihnachten.

Es war in jenem Jahr zum Fest nicht sehr kalt, doch windig und unruhig. Dan, der Antichrist, beging den Tag der Geburt seines Bruders bescheiden und allein mit der Prophetin Pelageja, seiner Tochter und Gemahlin. Er verbrachte ihn im Gedenken an seinen Bruder und im Gespräch mit seiner Tochter, die ihm ein Kind gebären sollte. Und er sprach:

„Jeder Mensch wird als geistiger Bettler geboren, dumm und böse. Doch solange er ein unverständiger Säugling ist, lebt er in Gottes Paradies. Sobald aber die Keime des Bewußtseins aufsprießen, wird er augenblicks aus dem Paradies vertrieben, um sich selbst zu versorgen, und dann lauern Armut, Dummheit und Bosheit ihm auf. Wie kann er in einem bewußten, aus eigener

Kraft bestrittenen Leben zu Gott zurückfinden? Gegen die Armut gibt es die Genies, gegen die Dummheit die Propheten und Weisen und gegen die Bosheit die namenlosen guten Menschen. Nicht um irdische Genies wie Puschkin oder Shakespeare geht es dabei, nicht um den göttlichen Mose oder die Propheten Jeremia und Jesaja. Nur um solche, die sich ganz der Gegenwart hingeben und von denen in der Zukunft nichts bleibt. Hinterläßt ein guter Mensch etwas, wird er bekannt und berühmt, sagt man von ihm: Dieser war ein guter Mensch, so ist nicht die wahre Güte von ihm ausgegangen, und er hat den Sinn nicht ganz und gar erfüllt. Nur der namenlose, keinen Dank erfahrende Gerechte schafft das vollkommene Gute. Deshalb wurde mein Bruder aus dem Stamme Juda geboren, denn er ist der einzige Trost und Lohn für die namenlosen Gerechten, die für die Erlösung der Verfolger leben. Ich aber komme, um die Verfolgten zu belohnen und zu erlösen."

In der Nacht erwachte der Antichrist, stützte sich auf den Ellbogen, erinnerte sich seiner Worte über sich selbst, die ihm der Herr in den Mund gelegt hatte, und betrachtete lächelnd seine Tochter, die neben ihm schlief, warm, groß, mit den hübschen gelben Flecken der Schwangerschaft; sodann schaute er aus dem nächtlichen Fenster, vor dem die Weihnachtssterne funkelten, einer davon heller als die ganze übrige Schar. So nahm Dan, die Schlange, der Antichrist, friedlich Abschied von Gottes Welt und von seiner Tochter, indem er ihre Stirn noch einmal behutsam mit den Lippen berührte, um sie nicht zu wecken. Danach schlief er wieder ein; er lebte im Schlaf noch etwas über drei Stunden und starb im Morgengrauen, augenblicklich das ihm auf Erden Widerfahrene vergessend, so wie man mitunter des Morgens beim Erwachen einen nächtlichen Traum völlig vergessen hat.

Seine Tochter aber, die Prophetin Pelageja, schlief, nachdem ihr Vater von seinem Erdendasein erwacht war, neben dem erkaltenden Körper weiter, der ihm einst gehört hatte. Sie träumte von einer Beerdigung wie seinerzeit Annuschka Jemeljanowa, die gottlose Märtyrerin, in dem deutschen Schweinestall. Allerdings hatte Annuschka Jemeljanowa im Traum den Sarg ihrer Mutter gesehen, der bei heftigem Regen im Hof vor ihrer Wohnung stand, deren Adresse lautete: Stadt Rshew, drittes Revier, Baracke drei...

Die Prophetin Pelageja erkannte den Schauplatz ihres Traumes nicht eindeutig, obgleich Annuschka Jemeljanowa und sie aus derselben Gegend stammten: Das Dorf Brussjany lag ganz in der Nähe von Rshew. Auch regnete es nicht, sondern es schien hell die Sonne. Eine dichte Menge Volks trug vier Särge und betrat mit ihnen eine schmale, doch lange Brücke. Dort stellten die Träger erst den einen und wenig später den zweiten Sarg ab. Gleich hinter der Brücke ließen sie den dritten Sarg ins Wasser gleiten und dann, nachdem sie noch ein Stück am Ufer entlanggegangen waren, auch den vierten. Die Särge schwammen jedoch nicht mit der Strömung davon, sondern schaukelten in Ufernähe. Plötzlich versuchte in dem vorderen Sarg ein kräftiges, gesundes Mädchen herauszuklettern. Es fiel in den Fluß und stand bis zum Hals im Wasser. Da stieg aus dem vom Ufer weiter entfernt schaukelnden Sarg ein junger Mann, lief im Wasser auf das Mädchen zu, führte es an der Hand zu den am Ufer wartenden Menschen, kehrte um und legte sich wieder in seinen Sarg, der langsam davonschwamm. Das vor Nässe triefende Mädchen aber begann, kaum an Land, wie eine Schwachsinnige sehr laut zu reden, doch nicht in der Sprache, in der es sich vor seinem Tod ausgedrückt hatte, nicht in Russisch. Zudem veränderte es sich, bekam eine dunklere Hautfarbe und schwarzes Haar, sein draller Körper wurde hager und seine Gestik auf südliche Art hastiger. Die Leute am Ufer faßten es behutsam und ehrerbietig an den nassen Händen und brachten es in einen Raum. Dort trug die gerettete Tote schon ein trockenes Kleid, das ihre Knie frei ließ, sowie eine perlenbestickte weiße Handtasche. Ihren Monolog aber führte sie weiter, wenngleich nicht mehr so laut, und er wirkte auch nicht mehr so schwachsinnig. Ihre Sprache blieb unverständlich, sie klang seltsam urwüchsig wie die eines Primitiven, eines Höhlenbewohners, mit nichts zu vergleichen. Dennoch erfaßte man in dem endlosen Schwall guttturaler Laute mitunter ein gewohntes russisches Wort, aus dem jedoch nichts zu entnehmen war und sich nichts erraten ließ. Die Leute lauschten indessen begierig und verfolgten die Gesten der Sprechenden. Wer in dem Zimmer keinen Platz fand, schaute zum Fenster herein oder lugte durch die einen Spalt offene Tür, vor der sich die Menge drängte. Alle hörten viele Stunden lang zu, obwohl sie nichts verstanden. Die Prophetin Pelageja scheute sich anfangs, in das Zimmer hineinzugehen, doch dann dachte sie: Was kann die mir schon tun? und betrat den Raum. Drinnen sagte sie zu der Toten:

Sei gegrüßt!

Sei gegrüßt, Pelageja! antwortete diese auf russisch und setzte ihren fremden Redeschwall fort, in dem ab und zu unversehens ein russisches Wort aufklang.

Die Leute aber taten, je länger sie dem toten Mädchen zuhörten und je weniger sie verstanden, um so häufiger ihre Zustimmung kund.

O ja! riefen sie bewundernd. Ganz recht... So muß es sein...

Und es standen offenbar jetzt andere Menschen ringsum, keine Trauergemeinde, keine Friedhofsgesellschaft. Viele junge Leute, bunte Kleider, keine düsteren, nachdenklichen Gesichter...

So erwachte Pelageja erleichterten Herzens aus ihrem Alptraum. Draußen herrschte ein frostkalter Weihnachtsmorgen, sonnig und froh. Pelageja umarmte ihren Vater, um ihn zu wecken und ihm ihren seltsamen Traum zu erzählen, doch sogleich fuhr sie schaudernd zurück. Einen Augenblick bevor die menschliche leidvolle Bestürzung über den Tod eines lieben Angehörigen sie traf, empfand sie die wahrhafte biblische Abscheu vor einem toten Körper. Sie wußte, daß in jedem Wort, das ihr Vater gesagt hatte und dessen sie sich erinnerte, ja selbst in jedem von ihm betrachteten und berührten Gegenstand mehr von ihm war als in diesem willenlosen, für immer von ihm verlassenen Leib. Nicht von ungefähr war es in alten biblischen Zeiten den Nazaräern, die sich Gott geweiht hatten, verboten, einen Toten zu berühren. Solange der Körper nicht bestattet ist, kann keine lebendige Erinnerung an den Verstorbenen einsetzen. Sein Leib muß so schnell wie möglich der Erde übergeben werden, damit das, was seiner Umwelt teuer war, wiederauferstehen kann.

In diesem Sinne verfuhr, bescheiden und ohne Aufhebens, auch Pelageja, unterstützt von ihrem Bruder Andrej Kopossow. In einem unscheinbaren, billigen Sarg begruben sie ihren Vater erstorbenen Herzens auf einem allgemein zugänglichen Massenfriedhof. Doch schon auf dem Rückweg von dort regte sich in ihren Herzen neues Leben. Ihr Vater war wieder bei ihnen. Von da an trennten sie sich selten von ihm wie auch untereinander, ohne sich gegenseitig zur Last und der Gesellschaft des anderen müde zu werden.

Pelageja gebar Anfang März, genau zu Purim, am fünfzehnten Adar nach dem jüdischen Kalender. Es ist dies das Fest der Errettung der Juden vor der drohenden völligen Vernichtung nach dem Plan des Griechen Haman, eines Ausländers im Persischen Reich, der dreihundertsiebenundfünfzig Jahre vor der Geburt Christi versuchte, die Judenfrage endgültig zu lösen, die Menschheit vor den Juden zu retten und sie somit zugleich auch vor der Geburt Christi zu bewahren, damit, wie es in seinem Erlaß hieß, „diese Menschen uns künftighin nicht belästigen und wir uns in Zukunft einer beständigen und ungestörten Ruhe erfreuen können".

Doch dank den Bemühungen der Jüdin Esther, einer Frau, konnte die friedliche Menschheit nicht vor der Geburt Christi errettet werden. Haman, der griechische Erretter, wurde auf Befehl des Königs gehenkt. So scheiterte die erste griechische Verschwörung gegen den noch nicht geborenen Christus. Aber die zweite, nach seinem Tode angezettelte griechische Verschwörung wurde zum Teil ein Erfolg. Das Gefäß zerbrach. Und jetzt, da die vier schweren Strafen des Herrn vorüber waren, stellte sich dieser Verschwörung abermals eine Frau entgegen, die Prophetin Pelageja aus dem Dorf Brussjany bei Rshew, indem sie einen Knaben gebar – ein Zeichen, gesetzt von ihrem auf die Erde gekommenen Vater, dem Antichrist, einem Bruder Jesu Christi.

Der Knabe Dan, so benannt zu Ehren seines Vaters, hatte das jüdische Aussehen seines Vaters, doch die Augen seiner Mutter, nördliche wie die Menschen aus der Gegend um Rshew. Wie alle gesunden Säuglinge lebte er eine Weile in Gottes Paradies, doch einige unmerkliche, nur für seine leibliche Mutter, die Prophetin Pelageja, erkennbare Anzeichen deuteten bereits darauf hin, daß er beim Verlassen des göttlichen Paradieses der Kindheit sich von vielen und als Jüngling sogar von allen anderen unterscheiden würde. Schnell würde er die Zeit des Suchens durchlaufen und danach schnell an das Gefundene glauben. Er würde von ganzer Seele die biblischen Propheten lieben, am meisten aber den für alle Zeit unbekannt gebliebenen, mit Vorbehalt dem Buch des Propheten Jesaja angegliederten und mit Vorbehalt als zweiter Jesaja bezeichneten. Deshalb las die Prophetin Pelageja jetzt vor allen anderen Propheten oft diesen unbekannten zweiten Jesaja, bei dem jedes Wort gleichsam als Zeichen des ihm innewohnenden göttlichen Sinnes wie der Dornbusch des Mose brannte, ohne zu verbrennen.

„Seht, das ist mein Knecht, den ich stütze; das ist mein Erwählter, an ihm finde ich Gefallen. Ich habe meinen

Geist auf ihn gelegt, er bringt den Völkern das Recht", las die Prophetin Pelageja, die Mutter des Knaben Dan. „Ich hatte sehr lange geschwiegen", las sie, „ich war still und hielt mich zurück. Wie eine Gebärende will ich nun schreien, ich schnaube und schnaufe. Ich hielt meinen Rücken denen hin, die mich schlugen, und denen, die mir den Bart ausrissen, meine Wangen. Mein Gesicht verbarg ich nicht vor Schmähungen und Speichel."

So sprach der unbekannte Prophet, der zweite Jesaja, ein halbes Jahrtausend vor dem Stern von Bethlehem. Und weiter heißt es bei ihm: „Doch Gott, der Herr, wird mir helfen; darum werde ich nicht in Schande enden. Deshalb mache ich mein Gesicht hart wie einen Kiesel; ich weiß, daß ich nicht in Schande gerate. Er, der mich freispricht, ist nahe. Wer wagt es, mit mir zu streiten? Laßt uns zusammen vortreten! Wer ist mein Gegner im Rechtsstreit? Er trete zu mir heran!"

Nachstehend das kurze, nur zwölf Verse umfassende dreiundfünfzigste Kapitel des zweiten Jesaja. Den ganzen Geist des Evangeliums, seine Dramaturgie und in vieler Hinsicht sogar seine Thematik gibt dieses ein halbes Jahrtausend vor der Geburt Christi geschriebene kleine Kapitel wieder. In ihm steckt alles, was das Evangelium an Schöpferischem hat. Es fehlen lediglich der heidnische Sinn und die heidnischen Ausschmückungen, durch die es später der griechische Vormund herabwürdigte. Hier also das Evangelium des zweiten Jesaja, das älteste, ursprünglichste und poetischste, das keine Chronik ist, wie alle übrigen, sondern eine Prophetie.

„Wer hat unserer Kunde geglaubt? Der Arm des Herrn – wem wurde er offenbar? Vor seinen Augen wuchs er auf wie ein junger Sproß, wie ein Wurzeltrieb aus trockenem Boden. Er hatte keine schöne und edle Gestalt, so daß wir ihn anschauen mochten. Er sah nicht so aus, daß wir Gefallen fanden an ihm. Er wurde verachtet und von den Menschen gemieden, ein Mann voller Schmerzen, mit Krankheit vertraut. Wie einer, vor dem man das

Gesicht verhüllt, war er verachtet; wir schätzten ihn nicht. Aber er hat unsere Krankheit getragen und unsere Schmerzen auf sich geladen. Wir meinten, er sei von Gott geschlagen, von ihm getroffen und gebeugt. Doch er wurde durchbohrt wegen unserer Verbrechen, wegen unserer Sünden zermalmt. Zu unserem Heil lag die Strafe auf ihm, durch seine Wunden sind wir geheilt. Wir hatten uns alle verirrt wie Schafe, jeder ging für sich seinen Weg. Doch der Herr lud auf ihn die Schuld von uns allen. Er wurde mißhandelt und niedergedrückt, aber er tat seinen Mund nicht auf. Wie ein Lamm, das man zum Schlachten führt, und wie ein Schaf angesichts seiner Scherer, so tat auch er seinen Mund nicht auf. Durch Haft und Gericht wurde er dahingerafft, doch wen kümmerte sein Geschick? Er wurde vom Land der Lebenden abgeschnitten und wegen der Verbrechen seines Volkes zu Tode getroffen. Bei den Ruchlosen gab man ihm sein Grab, bei den Verbrechern seine Ruhestätte, obwohl er kein Unrecht getan hat und kein trügerisches Wort in seinem Mund war. Doch der Herr fand Gefallen an seinem zerschlagenen Knecht, er rettete den, der sein Leben als Sühneopfer hingab. Er wird Nachkommen sehen und lange leben. Der Plan des Herrn wird durch ihn gelingen. Nachdem er so vieles ertrug, erblickt er das Licht. Er sättigt sich an Erkenntnis. Mein Knecht, der gerechte, macht die vielen gerecht; er lädt ihre Schuld auf sich. Deshalb gebe ich ihm seinen Anteil unter den Großen, und mit den Mächtigen teilt er die Beute, weil er sein Leben dem Tod preisgab und sich unter die Verbrecher rechnen ließ. Denn er trug die Sünden von vielen und trat für die Schuldigen ein.“

Dies ist das Evangelium des zweiten Jesaja, das einzige prophetische. Obwohl es prophetisch ist, das heißt viel früher geschrieben wurde, als sich all das tatsächlich ereignete, steht in ihm Wesentlicheres und Sinnvolleres als in den lange nach seiner Verwirklichung verfaßten Evangelien. In seinem letzten Satz wird aufgezeigt, als was Christus erscheinen wird: als Bittsteller für die Schuldigen, welche die Mehrheit bilden. Nicht aber als Bittsteller für die Opfer.

Natürlich sind in der Welt der Philosophie, in der einheitlichen, räumlichen Welt der allgemeinen Begriffe, Verbrecher und Opfer nicht zu trennen, und deshalb ist der Philosoph Christus ein Bittsteller für alle. In der religiösen Welt aber, in der Welt der Polarität der Grundbegriffe, in der sich bewegenden, zeitweiligen, biblischen Welt, wird der Verbrecher in jedem konkreten Augenblick scharf unterschieden vom Opfer, und Christus erscheint in der Religion als Bittsteller nur für die Schuldbeladenen. Für das Opfer bittet der Antichrist. Deshalb sind in der antiken räumlichen Welt Christus und der Antichrist gleichsam in eins verschmolzen, weil in ihr das Opfer vom Verbrecher nicht zu trennen ist.

Nicht nur von Christus, sondern auch vom Antichrist heißt es beim zweiten Jesaja: „Blinde führe ich auf Wegen, die sie nicht kennen, auf unbekannten Pfaden lasse ich sie wandern. Die Finsternis vor ihren Augen mache ich zu Licht; was krumm ist, mache ich gerade. Das sind die Taten, die ich vollbrachte, und ich lasse davon nicht mehr ab." So spricht nicht nur der Bittsteller der Verbrecher, Christus, sondern auch der Bittsteller der Opfer, der Antichrist. „Wenn du durchs Wasser schreitest, bin ich bei dir, wenn durch Ströme, dann reißen sie dich nicht fort. Wenn du durchs Feuer gehst, wirst du nicht versengt, keine Flamme wird dich verbrennen."

Durch den Antichrist, seinen Abgesandten, wendet sich Gott an das Opfer: „Ich bin Jahwe, ich, und außer mir gibt es keinen Retter... So spricht der Herr, dein Erlöser, der dich im Mutterleib geformt hat: Ich bin der Herr, der alles bewirkt, der ganz allein den Himmel ausgespannt hat, der die Erde gegründet hat aus eigener Kraft... der zum tiefen Meer sagt: Trockne aus!" Und zu den Unterdrückern, deren Bittsteller Christus ist, sagt der Antichrist, der Bittsteller der Unterdrückten: „Deinen Unterdrückern gebe ich ihr eigenes Fleisch zu essen, sie sollen sich an ihrem Blut berauschen wie an Most... Schon nehme ich dir den betäubenden Becher aus der Hand, den Kelch meines Zornes; du sollst daraus nicht mehr trinken. Ich reiche ihn denen, die dich quälten, die zu dir sagten: Wirf dich zu Boden, wir schreiten über dich hinweg. So mußt du deinen Rücken zum Fußboden machen, zum Weg für die, die über dich schritten."

Dies sagt der Antichrist, der Vater der Prophetin Pelageja und ihres Sohnes, der Antichrist, der in der philosophischen, der einheitlichen Welt Christi Feind ist, doch in der religiösen Welt, der Welt der Polarität, sein Bruder, ihn ergänzend in der gerechten göttlichen Rechtsprechung. Dies alles las die Prophetin Pelageja beim zweiten Jesaja, und sie verstand ihn.

Als der Knabe heranwuchs, fuhr die Prophetin Pelageja häufig mit ihm in jene wenig begangene, hügelige Waldgegend vor der Stadt, dieselbe, in der ihr Vater sie und ihren Bruder Andrej Kopossow unterwiesen hatte. Mit ihr weilten dort wie vordem ihr Bruder sowie ihr Wohnungsnachbar Saweli Iwolgin, der laut ärztlichem Gutachten praktisch von seiner psychischen Krankheit geheilt war. In der Tat hatte sein Angesicht die frühere, von vielfältigen inneren Stimmen zeugende bedenkliche Lebhaftigkeit verloren, es wirkte weniger einsam, und er schaute mit größerem Vertrauen in die Welt, ohne länger zu argwöhnen, daß sie etwas gegen ihn im Schilde führe und etwas vor ihm verberge. Und die Frage der Erkenntnis war für ihn nicht länger eine ironische. Er wußte jetzt, daß es in der Welt keine Einheitlichkeit gab und das Problem der Erkenntnis daher ein alltägliches war, nicht das tragische und fatale, das es bei einem allgemeinen Einssein der Erscheinungen und Begriffe gewesen wäre. Zudem hielt er sich an das grundlegende religiöse Gebot des unbekannten Propheten, des zweiten Jesaja, das seine Erfahrungen zusammenfaßte. Es stand im Kapitel fünfundfünfzig, Vers sechs: „Sucht den Herrn, solange er sich finden läßt, ruft ihn an, solange er nahe ist."

So hatte sich Saweli dank neuester Heilmethoden, dank der Absage von allem Suchen nach einem Einheitlichen in der Welt, die ihn das in dem Kolben umgekommene Menschlein gelehrt hatte, und dank dem erhabenen Gebot des Propheten seelisch beruhigt, er war angenehm im Umgang geworden, so daß ihn die Prophetin Pelageja gern zu ihren Spaziergängen vor die Stadt einlud.

Am ersten Jahrestag des Heimgangs ihres Vaters, des Antichrist, dem Geburtstag Jesu Christi, unternahm die Prophetin Pelageja samt ihrem Knaben abermals einen solchen Ausflug. Mit ihr fuhren ihre ständigen Begleiter Andrej und Saweli. Ihren Säugling hatte sie warm eingepackt, denn es war diesmal zu Weihnachten nicht regnerisch und windig wie im Jahr zuvor, sondern es herrschte leichter Frost und schneite seit dem Morgen ohne Unterlaß.

An winterlichen Schneetagen hat die Welt, vor allem außerhalb der Stadt, nur zwei Farben, weiß und schwarz, denn alles Dunkle wirkt vor dem weißen Hintergrund schwarz. Deshalb sehen die Baumstämme von der einen Seite betrachtet, an der sie vielleicht in der Nacht ein Schneesturm getroffen hat, weiß aus wie gleiche Brüder und von der anderen Seite betrachtet ebenso gleichmäßig schwarz. Diese beiden Farben geben dem Winterwald seine Heiligkeit, und man durchwandert ihn mit stockendem Herzen wie einen Tempel Gottes. Heilige männliche Strenge liegt in dem Weiß und Schwarz, alle anderen Farben scheinen zweitrangig und gar nicht vorhanden. Göttlich ist der Winterwald unter der weißen Kuppel, ehe die Sonne durchbricht und die irdischen Farben weckt, den irdischen leichtfertigen, fröhlichen, weiblichen Glanz und das fröhliche Blau des Himmels. Das ist zwar schön, angenehm, aber weibisch

unruhig und eitel. Im Nu kommt etwas von der sommerlichen, dem Körper wohlgefälligen Zerstreutheit auf,
von der sommerlichen unbedachten Vergeudung, wenn
man das Gefühl hat, jeden seiner Tage dahinschwinden
zu sehen. Mit einem schönen ländlichen Schneewinter
außerhalb der Stadt aber gewährt einem Gott gleichsam
eine Verschnaufpause, mindert er die Hast des Alltags-
daseins, stärkt er das Stetige und macht er die Tage
angenehm gleichförmig, so daß man ihren Verlust nicht
spürt. Selbst unter den Vögeln, den die Natur am
meisten belebenden Wesen, sieht man im Winter meist
nur geruhsame schwarze auf dem weißen Schnee –
Krähen und Dohlen. Der helle Gimpel fliegt nur herzu
wie eine zufällige kleine Wolke, als etwas Unruhestiften-
des, als schreiende weibliche Farbe in dem Weiß, wie
etwas Weltliches in einem Tempel...

Mit Gefühlen wie in einem Tempel Gottes durchwan-
derten den Winterwald auch Andrej Kopossow, Saweli
Iwolgin und die Prophetin Pelageja mit ihrem Knäblein
Dan, in dem zur Freude der Mutter schon die ersten
Ansätze von Bewußtsein aufkeimten, obwohl seine Vertreibung aus Gottes Paradies noch in weiter Ferne lag.
Durch den Schnee stapfend, gelangten sie zu eben der
Anhöhe, auf der im vorvergangenen Herbst Pelageja und
Andrej den belehrenden Worten ihres Vaters gelauscht
hatten. Sie sahen sich um und erkannten: All die Heiligkeit um sie her kam von unten, von der Erde; oben waren
weder die Sonne zu sehen, vor der sich die Sonnenan-
beter verneigen und vor der Abraham sich zu verneigen
weigerte, noch der jetzt von einem weißen Schleier ver-
deckte Himmel, diese heidnische Gottheit, noch der
Mond, das mystische Idol, heute ausgelöscht durch den
irdischen heiligen Tag der Geburt Christi, noch der ufer-
los weite Raum der Sterne, die vielleicht die Haupt-
schuld trugen an der Vielgötterei und die durch ihre viel-
fältige Schönheit den antiken Menschen lange von dem
einen wahren Gott abgelenkt hatten. Aber jetzt war

dieser Gott nahe, und dies war der heilige Augenblick, in dem man ihn finden konnte, denn in dem schwarzen Winterwald loderte das Weiß wie einst die Flamme in jenem Dornbusch in der Steppe vor dem Hirten Mose. Und Andrej Kopossow, der Sohn des Antichrist, Saweli Iwolgin, der der Sünde verfallene Alchimist, wie auch die Prophetin Pelageja, die Frau des Antichrist, vernahmen die Stimme Gottes deutlich wie nie zuvor. Das Knäblein Dan aber, das, in Decken gewickelt und auf den Armen der Prophetin liegend, mit seinen blauen, nördlichen, Rshewer Augen in die über ihm hängenden, schneebedeckten frischen, duftenden Zweige hinaufschaute, hörte sie so, als stünde Gott der Herr vor ihm und legte ihm die Hand auf die Stirn. Natürlich würde das Gehörte erst noch lange vor ihm verborgen in seinem Herzen ruhen, doch wenn die Zeit kam, würde es sich ihm eröffnen, sofern er das Leben lebte, das der Herr für ihn ausersehen und für das ihn sein Vater gezeugt hatte.

In dem biblischen Poem von der Erschaffung der Welt heißt es, daß Gott der Herr die Dinge schuf und der Mensch sie benannte, weil der menschlichen Ohnmacht wegen das Göttliche durch das Wort und einen Namen, das heißt durch die Kunst, erniedrigt werden muß. Geradeso werden die tiefen Gedanken des Herrn um ihrer Zugänglichkeit für den Menschen willen durch das erhabene Wort des Propheten erniedrigt. Aber auch die Worte des Propheten sind vielfach erniedrigt, wenn sie ohne ein Zeichen vorgebracht werden, wie es jetzt die vier Menschen in dem heiligen Winterwald erlebten. Es heißt bei dem Propheten Jesaja: „Erbitte dir vom Herrn, deinem Gott, ein Zeichen, sei es von unten, aus der Unterwelt, oder von oben, aus der Höhe." Und dies sagte der Herr den Menschen in dem heiligen Winterwald durch den Propheten Jesaja: „Aber der Frevler lernt nie, was gerecht ist, auch wenn du ihm Gnade erweist. Denn der Herr verläßt den Ort, wo er ist, um die Erdenbewohner für ihre Schuld zu bestrafen. Dann deckt die

Erde das Blut, das sie trank, wieder auf und verbirgt die Ermordeten nicht mehr in sich."

Die Menschen in dem Winterwald begriffen, daß der Missetäter nur auf Christus hoffen kann und ihm nur durch Christus Vergebung und Trost für das von ihm vergossene Blut zuteil wird. Gott der Herr aber vergibt nicht, denn Christus ist der Erlöser und Gott der Schöpfer.

Jedes Leben, selbst das bittere, und jedes Schicksal, selbst das leidvolle, gestaltet sich, wenn es vergeht, zwangsläufig zu einem Psalm, zu einem Lobgesang an den Herrn, weil es stattgefunden hat im Unterschied zu dem Leben Ungeborener und den nicht abgelaufenen Schicksalen. Jedes Leben, selbst das bittere, ist ein Glück und ein Privileg. Deshalb betrügen der Missetäter und der Abtrünnige den Schöpfer schon durch ihre Geburt. Christus aber ist der Erlöser, rein im Herzen, denn das reine Herz Christus, das nicht die Qualen des Erschaffens kennt, ist vom Herrn gesandt, damit diejenigen nicht verlassen sind, die Gott der Schöpfer alleingelassen hat. Unendlich und dem Menschen unzugänglich ist das Wesen des Herrn, aber in dieser Unendlichkeit erschließt sich immerhin eine Seite an ihm, vielleicht nicht die wichtigste und bedeutsamste, dem menschlichen Verständnis – die des Schöpfers.

„Seht, es kommen Tage", spricht Gott der Herr durch Amos, den frühesten Propheten und Urheber des Prophetentums, „seht, es kommen Tage, da schicke ich den Hunger ins Land, nicht den Hunger nach Brot, nicht den Durst nach Wasser, sondern nach einem Wort des Herrn."

Diese Zeiten sind heute nahe, und der Hunger nach Gottes Wort wird vielleicht die fünfte, schrecklichste Strafe des Herrn sein, angekündigt durch den Propheten Amos wie die vier vorhergegangenen Strafen durch den Propheten Hesekiel. Von den vier früheren Strafen – der ersten, dem Schwert, der zweiten, dem Hunger, der

478

dritten, dem wilden Tier der Wollust, und der vierten, der Krankheit und Pestilenz – wurde der Gottlose erlöst kraft der Vergebung durch Christus. Doch von der fünften Strafe, dem Durst und Hunger nach Gottes Wort, wird er nicht erlöst werden können, auch Christus, der Bittsteller der Missetäter, wird ihn nicht erlösen. Am Hunger nach Gottes Wort, am Durst nach dem Trost des Herrn wird der Gottlose in Qualen sterben. Dafür wird sich der Gerechte an Gottes Wort sättigen. Es heißt im Buch des Propheten Jesaja:

„Schon ehe sie rufen, gebe ich Antwort, während sie noch reden, erhöre ich sie."

Und es steht geschrieben:

„Auf, ihr Durstigen, kommt alle zum Wasser! Auch wer kein Geld hat, soll kommen. Kommt und kauft und eßt... Neigt euer Ohr mir zu, und kommt zu mir, hört, dann werdet ihr leben. Ich will einen ewigen Bund mit euch schließen, gemäß der beständigen Huld, die ich David erwies... Denn wie der Regen und der Schnee vom Himmel fällt und nicht dorthin zurückkehrt, sondern die Erde tränkt und sie zum Keimen und Sprossen bringt, wie er dem Sämann Samen gibt und Brot zum Essen, so ist es auch mit dem Wort, das meinen Mund verläßt: Es kehrt nicht leer zu mir zurück, sondern bewirkt, was ich will, und erreicht all das, wozu ich es ausgesandt habe."

So wiederholt ein Genie das andere, und das Buch des Propheten Jesaja wiederholt das Buch Deuteronomium des Mose, wo über Gottes Wort gesagt ist:

„Meine Lehre wird strömen wie Regen, meine Botschaft wird fallen wie Tau, wie Regentropfen auf das Gras und wie Tauperlen auf die Pflanzen..."

Die vier Menschen im Wald verstanden durch das Zeichen – die im heiligen Weiß des Schnees brennenden schwarzen Bäume –, daß nach den vier schweren Strafen des Herrn eine fünfte, die schrecklichste, kommen wird – der Durst und der Hunger nach Gottes Wort, und nur der geistlich Tätige kann die Welt an diese Strafe mahnen und von ihr erlösen, indem er die Welt mit Gottes Wort tränkt und ernährt. Da verstanden sie auch den innersten Sinn der flehentlichen Bitte des Propheten Jesaja:

„Ihr, die ihr an den Herrn erinnern sollt, gönnt euch keine Ruhe!"

Oktober, November, Dezember 1974
Januar 1975

Zu dieser Ausgabe

Die in Gorensteins Roman häufig vorkommenden Bibel-
zitate sind nach der „Einheitsübersetzung der Heiligen
Schrift. Die Bibel. Gesamtausgabe", Stuttgart 1980,
wiedergegeben. Die Fußnoten hat der Übersetzer für den
deutschen Leser zum besseren Verständnis des Textes
hinzugefügt.

Inhalt

ISBN 3-352-00442-0

1. Auflage 1992
© Rütten & Loening GmbH 1992 (deutsche Übersetzung)
© Friedrich Gorenstein
Schutzumschlag und Einband Dieter Fehsecke
Typographie Peter Friederici
Satz ComPress Fotosatz GmbH, Berlin
Schrift 10/12p Sabon
Druck und Binden Clausen & Bosse, Leck
Printed in Germany